Skagboys

Irvine Welsh

Skagboys

Los chicos del jaco

Traducción de Federico Corriente

EDITORIAL ANAGRAMA
BARCELONA

Título de la edición original:
Skagboys
Jonathan Cape
Londres, 2012

Ilustración: foto © Digital Vision / Photodisc / GETTY

Primera edición en «Panorama de narrativas»: mayo 2014
Primera edición en «Compactos»: junio 2016

Diseño de la colección: Julio Vivas y Estudio A

ISBN: 978-84-339-7803-5
Depósito Legal: B. 10740-2016

Printed in Spain

Reinbook Imprès, sl, passeig Sanllehy, 23
08213 Polinyà

A la memoria de Alan Gordon, el «líder del equipo»,
y a la de Stuart Russell y Paul Reekie,
los auténticos líderes de la oposición en Inglaterra y Escocia

La sociedad no existe.

MARGARET THATCHER

... ese sentido calvinista de la depravación innata y del pecado original, de cuyos castigos, sea en la forma que fuere, ningún hombre que piense profundamente está libre por completo.

HERMAN MELVILLE

Tentación

Entrada en el diario: a propósito de Orgreave

Ni siquiera la rigidez de tabla de este viejo e inflexible sofá puede impedir que mi cuerpo se escabulla hacia la salvación. Me recuerda las residencias universitarias de Aberdeen; tendido en la oscuridad, y regodeándome en la gloriosa ausencia de ese miedo que se acumulaba en mi pecho como las espesas flemas en el suyo. Porque ahora, oiga lo que oiga ahí fuera, el chirrido de los neumáticos de los coches en las estrechas calles de bloques de viviendas de protección oficial (que a veces barren con sus faros el aire rancio de esta habitación), borrachos desafiando al mundo o cantándole serenatas, o los desgarradores maullidos de gatos entregados a sus angustiantes placeres, ese ruido sé que no lo voy a oír.

Ni una tos.

Ni un grito.

Ni ruidos sordos: duf, duf, duf...

Ni esos jadeos apremiantes y agudos cuyo nivel de pánico permite calibrar con toda precisión lo poco que vas a dormir esa noche.

Sólo la oscuridad amodorrada y relativamente silenciosa, y este sofá.

Ni. Una. Puta. Tos.

Porque siempre empieza tosiendo. Sólo una vez. Entonces, mientras ruegas por que no se repita, tu pulso, cada vez más acelerado, te dice que esperabas inconscientemente ese ladrido. Luego la segunda -ése es el peor momento- cuando tu ira pasa del que tose a los que van a ayudarle.

Parad de una puta vez, cabrones.

Pero, claro, a través de esas paredes de papel oyes el alboroto; un suspiro fatigado, el clic brusco del interruptor de la luz, unos pasos nerviosos. Luego las voces, tranquilizadoras y suplicantes, antes de iniciar el lúgubre trámite: el drenaje postural.

Duf... duf... duf...

Duf... duf... duf...

El ritmo espantoso que marcan las manazas de mi padre al sacudirle la espalda, delgada y retorcida, insistentes, incluso violentas. Un sonido y un ritmo que nada tienen que ver con los tímidos toquecitos de mi madre. Esa forma de darle ánimos, exasperada, en voz baja.

Ojalá lo dejaran en el hospital. No quiero verle, joder. No voy a volver a esa casa hasta que se haya ido para siempre. Es maravilloso poder olvidar todo eso en este refugio seguro y dejar que la mente y el cuerpo se disuelvan simplemente en el sueño.

«¡Venga, hijo! ¡Arriba! ¡Muévete!»

Dolorido y agarrotado, me despierta la voz bronca de mi padre. Me mira desde arriba, con sus pobladas cejas fruncidas, desnudo de cintura para arriba, con el pecho como un bosque de pelos rubios y grises y un cepillo de dientes blanco en la mano. Me cuesta tres largos segundos, medidos en abrir y cerrar de ojos, acordarme de que estoy en el sofá de la abuela, en Cardonald. Hace sólo unas horas que pude conciliar el sueño y todo estaría negro como boca de lobo de no ser por la lamparilla de noche que ha encendido mi padre, y que ilumina la habitación con un apagado resplandor de color aguamarina. Pero tiene razón, tenemos que marcharnos para llegar a tiempo de coger el autobús en St. Enoch's Square.

~~Sé que estaré bien en cuanto me ponga en movimiento aunque voy un poco desastre~~ ¡¡JODER, YA LO HE VUELTO A HACER!!

Me voy a poner bien en cuanto empiece a moverme, aunque estoy un poco zarrapastroso, y pido permiso para usar la plancha de la abuela y quitarle las peores arrugas al polo Fred Perry azul marino antes de enfundármelo en mi cuerpo pálido y con piel de gallina. Pero mi padre se niega en redondo. «Olvídalo», dice agitando el cepillo de dientes y dirigiéndose hacia el baño, que está al otro lado del pasillo, mientras enciende la luz del techo al pasar. «¡Esto no es un desfile de moda! ¡Vamos!»

No necesito que me insistan; noto que me va subiendo la adrenalina y me espabilo. Esto no me lo pierdo ni de coña. La abuela Renton se ha levantado para despedirse de nosotros; pequeña, con el pelo blanco y vestida con su bata acolchada, pero robusta y siempre atenta, mirándome por encima de las gafas, con la bolsa de viaje en las manos. Me mira un instante, y hace un gesto antes de salir disparada por el pasillo detrás de mi padre. Oigo su suave voz cantarina: «¿A qué hora sale el autobús..., de dónde sale..., a qué hora llegaréis...?»

«Vuelve... a la... cama... madre...», farfulla mi padre entre movimientos de cepillo y escupitajos mientras yo aprovecho la oportunidad para vestirme rápidamente: polo, vaqueros, calcetines, zapatillas y chaqueta. Me fijo en las fotografías enmarcadas del abuelo Renton que hay encima de la repisa de la chimenea. La abuela ha sacado las cuatro medallas que ganó en la guerra, entre ellas la Cruz Victoria, que creo que le dieron por lo de Normandía. A él no le habría gustado verlas así, expuestas; las guardaba en una lata vieja de tabaco y siempre había que hacerle mil zalamerías para que nos las enseñara. Todo un punto a su favor: desde el primer momento nos dijo a mi hermano Billy y a mí que había sido todo una puta mentira, que muchos hombres valientes no recibieron ninguna medalla por sus heroicidades y que condecoraron a los gilipollas por nada. Me acuerdo de que una vez estábamos de vacaciones en una casa de huéspedes en Blackpool y yo insistía: «Pero tú sí fuiste valiente, abuelo, tuviste que serlo para avanzar por esa playa.»

«Estaba asustado, hijo», me contestó con gesto sombrío. «Pero sobre todo estaba furioso; furioso por estar allí. De verdad. Quería vengarme con cualquiera y luego irme a casa.»

«Pero a aquel hombre había que pararle los pies, padre», le dijo mi padre en tono implorante. «¡Tú mismo lo dijiste!»

«Ya lo sé. Estaba furioso por que le hubieran dejado empezar siquiera.»

Hay una diferencia sutil entre las dos fotografías del abuelo R. En una parece un gallito joven con un uniforme que le da aire de tipo experimentado, como si estuviera a punto de irse de aventuras con sus colegas. En la segunda, más reciente, luce una gran sonrisa, pero distinta de la otra, que es más presuntuosa. No falsa exactamente, sino más bien como asentada, ganada con mucho esfuerzo.

La abuela reaparece y me ve mirando las fotos. Quizá ve en mí algo de perfil, un asomo del pasado, porque se acerca sigilosamente, me coge de la cintura y me cuchichea: «Dales duro a esos cabrones, hijo.» La abuela huele bien pero como a vieja, como a una marca de jabón que ya no se usa. Cuando aparece mi padre y nos preparamos para marcharnos, añade: «Pero ándate con ojo y cuida de mi chico», refiriéndose a él. Resulta rarísimo que siga viéndole así, con lo viejísimo que es. ¡Si ya casi tiene cincuenta años!

«Vamos, socio, que ya está aquí el taxi», me dice, quizá un poco avergonzado por los mimos maternos, mientras se asoma entre las cortinas que dan a la calle antes de dar media vuelta y besar a la abuela en la frente. Entonces ella me coge de la mano. «Eres el mejor, hijo, el mejor de todos», me cuchichea en tono apremiante. Desde que era un crío me dice lo mismo cada vez que nos vemos. Antes me encantaba que me lo dijera, ¡hasta que descubrí que se lo decía a todos sus nietos y también a los hijos de sus vecinos! Eso sí, estoy seguro de que lo siente sinceramente en el momento en que lo dice.

<u>El mejor de todos.</u>

La abuela me suelta y le entrega a mi padre la bolsa de viaje. «No se te ocurra perder el termo que hay dentro de esa bolsa, David Renton», le regaña.

«Sí, mamá, ya te he dicho que no le quitaría el ojo de encima», replica él tímidamente, como si se hubiera metamorfoseado de nuevo en una especie de adolescente huraño. Se dispone a marcharse, pero ella lo retiene. «Se te olvida una cosa», le dice, y acercándose al aparador, saca tres vasitos que procede a llenar de whisky. Mi padre pone los ojos en blanco. «Mamá...»

Ella no le hace caso. Levanta un vaso y me obliga a mí a hacer otro tanto, aunque aborrezco el whisky y es lo último que me apetece a estas horas de la mañana. «Por nosotros. ¿Quién hay como nosotros? ¡Bien pocos, maldita sea, y están todos muertos!»,[1] exclama mi abuela con voz ronca.

Mi padre apura el suyo de un trago. El de la abuela ya ha desaparecido como por un proceso de ósmosis, porque yo ni la he visto llevarse el vaso a los labios. El mío me cuesta dos tragos con sus respectivas arcadas. «Vamos, hijo, que eres un Renton», me reprende.

Entonces mi padre me hace un gesto con la cabeza y nos largamos. «Qué espanto de mujer», dice cariñosamente mientras subo al gran taxi negro con el estómago ardiendo. Me despido de la diminuta figura plantada en el marco de la puerta, deseando

1. Brindis popular escocés: «Here's tae us, wha's like us – damn few and thir aw deid!» *(N. del T.)*

que la vieja boba vuelva a meterse en casa, donde se está calentito.

Glasgow. Así nos enseñaron a escribirlo en primaria: A la abuelita le gusta tomarse un vasito de whisky.

Mientras el taxi rechina camino del centro, todo sigue oscuro como boca de lobo; Weedgielandia[1] es espeluznante un lunes a las cuatro de la madrugada. Aquí dentro apesta; anoche algún guarro asqueroso vomitó dentro y aún se nota el olor. «Santo cielo», dice el viejo agitando el aire con la mano por delante de la napia. Mi padre es un tío grandote, ancho de hombros; yo he salido más a mi madre: palillo y larguirucho. Se puede decir que es rubio auténtico (aunque ahora ya tiene canas), en cambio yo, por más que trate de disimularlo, soy pelirrojo sin remedio. Lleva una chaqueta marrón de pana que le queda bastante elegante, hay que reconocerlo, aunque lo echa a perder con esa insignia del Glasgow Rangers FC que luce en la solapa junto a la del Sindicato de Mecánicos Unidos. Además, echa un cante a Blue Stratos que tira patrás.

El autobús nos espera en la plaza vacía que hay detrás de Argyle Street. Un borrachín incordia a los piquetes pidiéndoles calderilla; desaparece en la noche tambaleándose, aparece de nuevo y repite toda la operación, y así, una y otra vez. Me subo al autobús para no ver a ese puto plasta. El cabrón me da asco; no tiene la menor dignidad ni conciencia política. Tiene una mirada desquiciada, pone los ojos en blanco y frunce esos labios blandengues que tiene en esa cara amoratada. El sistema lo ha machacado y lo único que es capaz de hacer el muy parásito es gorronearle a la peña que tiene huevos para luchar. «Gilipollas», salto, casi sin darme cuenta.

«No juzgues tan deprisa, hijo.» El acento de mi padre se ha vuelto más de Glasgow; bajarse del

1. *Weedgie:* mote despectivo referido a los habitantes de Glasgow. *(N. del T.)*

tren desde Edimburgo en Queen Street tiene ese efecto sobre él. «No sabes por lo que habrá pasado ese tipo.»

No digo nada, pero no me interesa lo que le haya podido pasar al asqueroso ese. En el autobús me siento con mi padre y un par de antiguos colegas suyos de los astilleros de Govan. Me mola, porque me hace sentirme más unido a él que en mucho tiempo. Llevábamos siglos sin hacer nada juntos, los dos solos. Pero está muy callado y pensativo, seguramente porque a mi hermano pequeño, Davie, lo han tenido que volver a ingresar en el hospital.

En el autobús hay mucha priva, pero a nadie le está permitido tocarla hasta la vuelta. ¡Entonces celebraremos haber parado a los putos camiones esquiroles! Eso sí, llevamos papeo a mogollón; la abuela Renton ha preparado montones y montones de bocatas de pan de molde blanco y esponjoso: de queso y tomate, y de jamón york y tomate, ¡como si fuéramos a un funeral!

Eso sí, el ambiente es más de partido de fútbol que de funeral o de piquete; con tanta banderola colgada en las ventanas, esto parece una Final de Copa. La mitad de los que van en nuestro autobús son mineros en huelga de los pozos de Ayrshire, Lanarkshire, Lothians y Fife. La otra mitad son sindicalistas, como el viejo, y compañeros de viaje varios, como yo. Me dio una alegría enorme cuando mi padre me dijo que me había conseguido una plaza. ¡A los politiqueros de la uni les daría una envidia que te cagas si se enteraran de que he estado en un autobús oficial del Sindicato Nacional de Mineros!

El autobús apenas ha salido de Glasgow cuando la noche se disipa y da paso a un hermoso cielo matinal de verano de tonos azul-verdosos. Aunque sea temprano, hay unos cuantos coches en la carretera, y algunos tocan el claxon en solidaridad con la huelga.

Al menos consigo charlar un poco con Andy, el mejor amigo de mi padre. Es un Weedgie enjuto, sal-de-la-tierra, ex soldador y militante del PC de toda la vida. Tiene las facciones angulosas y una piel casi translúcida, de tono amarillo nicotina. «Así que en septiembre vuelves a la uni, ¿no, Mark?»

«Sí, pero el mes que viene, algunos vamos a coger el Interraíl y viajar por toda Europa. He estado currando en mi antiguo tajo de carpintero para reunir algo de guita.»

«¡Ay, qué grande es la vida cuando se es joven! Disfruta todo lo que puedas. ¿Tienes novia en la universidad?»

Antes de que yo pueda contestar, mi padre aguza el oído: «Más vale que no, o la Hazel esa se subirá por las paredes. Es un encanto de chiquilla», le dice a Andy, y luego se dirige a mí: «¿A qué era a lo que se dedicaba, Mark?»

«Es escaparatista. Trabaja en Binns, en los grandes almacenes esos del West End», informo a Andy.

En el careto de mi padre se dibuja una gran sonrisa de cocodrilo. Si el muy capullo supiera qué clase de relación tenemos Hazel y yo, se le quitarían las ganas de darme tanto la matraca con ella. ~~Es horrible~~. Pero ésa es otra historia. Al viejo sencillamente le alegra verme con una tía porque, debido a mis gustos musicales, estuvo años preocupado por si le había salido maricón. Tuve una preadolescencia agresivamente glam-rock y en la adolescencia me hice punkarra. ~~Y una vez mi hermano Billy me pilló polán~~

Ésa es otra historia.

Vamos a llegar a la hora, y cuando cruzamos la frontera con Inglaterra todavía hace fresco, pero según nos vamos acercando a Yorkshire y a las carreteras más pequeñas, el ambiente empieza a enrarecerse. Hay policías por todas partes. Pero en vez de detener el autocar cada pocos metros sin motivo alguno, como nos esperábamos, nos hacen señales para que sigamos. Hasta nos dan indicaciones para ayudarnos a llegar al pueblo. «¿De qué cojones va esta historia?», pregunta en voz alta un tío. «¿Qué ha sido de los controles y el acoso habituales?»

«Colaboración ciudadana», le responde otro riéndose.

Mi padre se fija en una hilera de polis sonrientes. Uno de ellos nos saluda con la mano y con una sonrisa de oreja a oreja. «Esto no me gusta nada. Aquí pasa algo raro.»

«Mientras no nos impidan obligar a los esquiroles a dar media vuelta...», suelto yo.

«Tú no pierdas la cabeza», me advierte con un gruñido antes de fruncir el ceño. «¿Dónde anda el amigo ese con el que has quedado?»

«Es uno de los chicos de Londres con los que compartí una casa ocupada en Shepherd's Bush. Se llama Nicksy. Es buena gente.»

«¡Seguro que es otro de esos punks taraos!»

«No sé qué clase de música oirá ahora», replico un tanto irritado. A veces el viejo puede ser bastante capullo.

«El punk rock», dice riéndose desdeñosamente con sus colegas. «Otra moda de la que se hartó. ¿Cuál es la última, la historia esa del soul durante toda la noche? ¡Mira que bajar al Bolton Casino a beber Coca-Colas!»

«Es el Wigan Casino.»

«Da igual. ¡Menudas nochecitas serán ésas! Latas de refrescos...»

Andy y algunos más se suman al cachondeo. Yo me callo y me aguanto porque hablar de música con viejos chochos no tiene ningún sentido. Me entran ganas de decirles que Presley y Lennon son pasto de los gusanos y que a ver si lo superan de una vez, pero para qué, hay un ambiente guapo en el autobús, y, como ya he dicho, no tiene sentido discutir.

Finalmente, con ayuda de la policía, entramos en el pueblo y dejamos el autobús aparcado en la calle principal, en fila con todos los demás. Resulta raro, porque es muy temprano y a medida que se va reuniendo más gente el sol empieza a calentar. El viejo se escabulle en busca de una cabina, y me doy cuenta por la expresión de su careto de cuál ha sido el tema de conversación y de que las noticias no son buenas.

«¿Todo bien?»

«Sí...», contesta con gesto abatido. «Tu madre dice que el peque ha pasado una noche espantosa. Tuvieron que ponerle oxígeno y toda la pesca.»

«Ah..., vale. Seguro que estará bien», le digo. «Saben lo que hacen.»

Joder. Hasta aquí tiene que estropear las cosas el cabrito ese...

Mi padre dice que no tendría que haber dejado a Davie con mi madre porque ella no hace bien lo del drenaje postural y le preocupa que las enfermeras del hospital estén demasiado liadas para dedicarle el tiempo necesario. Cabecea con careto compungido. «No se le puede acumular líquido en los pulmones...»

No quiero volver a oír la misma mierda. Estamos en Yorkshire y el ambiente sigue siendo cojonudo, pero es como si la sensación de Final de Copa se hubiera convertido en un rollo tipo festival de música o algo así. Todo el mundo está eufórico y nos movemos hacia el campo donde están reunidos los piquetes. Hasta mi padre se anima y le cambia la insignia de su sindicato por la del de los mineros a un tío de Yorkshire con el que se ha puesto a hablar, y cada uno se coloca orgullosamente la insignia del otro en el pecho, como si fuera una medalla.

Vemos a la poli reuniéndose delante de unas barreras que han puesto. Joder, hay mogollón de pasma. Me fijo en los cabrones de camisa blanca de la Metropolitana de Londres; uno de los tíos que iba en el autobús nos dijo que no querían poner mucha poli de Yorkshire en primera línea, por si había lealtades divididas. En nuestro lado hay pancartas de todos los sindicatos y grupos políticos imaginables, que se han sumado a la convocatoria. Pero empiezo a ponerme nervioso: llegan más polis. Parece que por cada piquete que viene a engrosar nuestras filas, las fuerzas policiales primero nos igualan y luego nos superan. Andy da voz a la inquietud creciente que se respira. «Llevan años preparándose para esto, desde que los mineros tumbaron a Heath.»

Es imposible no ver la planta que queremos rodear: la dominan dos gigantescas chimeneas fálicas que salen de una serie de edificios industriales victorianos. Parece un mal augurio, pero la policía nos ha ido llevando hacia un campo enorme que hay en el lado norte. De repente dejan de oírse consignas y se impone la calma; me fijo en la planta: me hace pensar en Auschwitz y, por un instante, tengo la inquietante impresión de que van a acorralarnos y empujarnos al interior del recinto, como si dentro hubiera cámaras de gas, porque la policía no sólo supera a los piquetes en número, sino que ahora nos rodea por tres lados, el cuarto está cortado por una vía férrea. «Estos hijos de puta saben lo que hacen», dice Andy, meneando la cabeza con gesto apesadumbrado. «Nos han traído directamente aquí. ¡Algo traman!»

Tengo la impresión de que no se equivoca, porque un poco más adelante veo a unos cincuenta polis a caballo y a unos cuantos más con perros. Se nota que la cosa va en serio porque no se ven mujeres policía por ningún lado. «Tú no te apartes de nosotros», me dice mi padre, mirando con suspicacia a un grupo de muchachotes robustos de Yorkshire que, por lo visto, tienen ganas de entrar a saco.

De repente surge de la multitud una ovación breve pero ensordecedora: se recibe a Arthur Scargill como si fuera una estrella de rock y empieza a oírse el himno «Victory to the Miners».

El viento le levanta los mechones largos que le tapan la calva y se pone una gorra de béisbol americano.

Nos precipitamos hacia delante para ver a Scargill y un tipo de nuestro autobús que se llama Cammy le dice a Andy: «Dicen que han estado por aquí un montón de infiltrados del MI5.»

A mí no me gustaba esa forma de hablar, porque prefería imaginarme a los servicios secretos británicos más en plan Sean Connery, vestidos de esmoquin y jugando a la ruleta en Montecarlo, no como unos cabrones desgraciaos que andan metiendo las narices por los pueblos mineros de Yorkshire haciéndose pasar por currantes y delatando a todo dios. Scargill lleva el megáfono y se pone a soltar uno de sus típicos discursos enardecedores, de esos que me ponen de punta los pelos del cogote. Habla de los derechos que los trabajadores han conquistado a lo largo de años de lucha, y dice que si se nos niega el derecho a la huelga y a organizarnos, no somos más que esclavos. Sus palabras son como una droga; alrededor, se nota que se le meten a todo el mundo en el cuerpo, que humedecen los ojos, que enderezan las espaldas y fortifican los corazones. Cuando concluye con el puño levantado, el himno «Victory to the Miners» llega al paroxismo.

Los dirigentes mineros, Scargill incluido, discuten con los jefes de la poli; les dicen que nos están impidiendo situarnos donde hace falta para poder piquetear como es debido y que nos han acorralado en un campo que está demasiado lejos de la planta. «Para eso nos habríamos quedado en el puto Leeds de los huevos», le grita un tío grandullón que lleva una chaqueta de trabajo a un poli que luce patillas de chuleta de cerdo y equipo antidisturbios al completo. «¡Sois una puta vergüenza!»

El cabrón se queda impasible, mirando al frente, como si fuera un guardia del Palacio de Buckingham.

Pero los ánimos vuelven a cambiar y parece que la tensión se disipa cuando de repente alguien lanza un balón a la multitud y unos cuantos empezamos a jugar al fútbol utilizando cascos de minero para marcar los postes de las porterías. Me entra un subidón al ver a ese capullín cockney picajoso de Nicksy; está en plena forma, soltando chorradas y fanfarroneando, así que me lanzo a saco y le hago una entrada bien guarra a dos pies. «¡Toma, cabronazo inglés!», grito mientras se cae; acto seguido, él se levanta de un salto aullando: «¿Eres del puto MI5 o qué, puto Jock[1] de los huevos?»

Los tíos que tenemos alrededor dejan de jugar como esperando ver un duelo, pero en lugar de eso nos echamos a reír.

«¿Qué tal, Mark?», pregunta Nicksy. Es un tipo enjuto, de mirada inquieta, flequillo caído y nariz ganchuda; por la pinta y la forma de moverse, recuerda a un boxeador de peso ligero, y no para de mover los pies y de pavonearse. Menuda energía tiene el tío.

«Yo bien, colega», contesto mirando hacia las filas de policía. «Pero es muy fuerte esto de hoy, ¿no?»

«Joder, y que lo digas. El viernes fui a Manchester en tren, y esta mañana me he venido a dedo hasta aquí. El sitio está infestado de Old Bill»,[2] dice indicando con la cabeza las líneas de policía. «A algunos de esos subnormales los han entrenado en nuevas tácticas antidisturbios, después de lo de Toxteth y Brixton. Tienen unas ganas de bronca que te cagas.» De repente vuelve la cabeza hacia mí: «¿Con quién has venido, colega?»

«Con mi viejo. Hemos bajado en el autobús de la sección escocesa de los mineros», le digo,

1. Apelativo genérico empleado por los ingleses para designar a los escoceses. *(N. del T.)*

2. Vieja denominación *cockney* de la policía. *(N. del T.)*

mientras el balón pasa por encima de nuestras cabezas y hacemos un intento fulero de seguir jugando. Pero según se va reuniendo más gente en ambos bandos, la tensión vuelve a aumentar. La gente deja de perseguir el balón cuando anuncian que los camiones esquiroles están a punto de llegar; nos encontramos muy lejos de la carretera para detenerlos. Se juntan bandas de tíos que empiezan a lanzar piedras a la policía, y ésta responde haciendo avanzar un cordón de polis con escudos largos delante de polis ordinarios. Se oyen vítores cuando a uno de los policías le alcanzan en pleno careto con un trozo de ladrillo. Tengo una sensación de náusea en la boca del estómago, pero se me pasa porque me pongo eléctrico al oír gritos de que llegan los camiones esquiroles para recoger el puto coque de la planta.

Todo dios se echa hacia delante a saco para intentar atravesar las líneas de policía, y me empujan directamente contra ellas, con los brazos pegados a los lados: un momento espantoso; pierdo de vista a Nicksy y, acojonado, me pregunto dónde estará mi padre; de pronto me acuerdo de lo que me dijo la abuela Renton. Se abre un hueco y me cuelo por ahí, la policía montada carga contra nosotros y todo dios recula a toda leche. ¡Parece una gresca en un campo de fútbol, pero han conseguido hacer sitio para que pasen los camiones y todos nos chinamos que te cagas! Le grito directamente a la cara a un poli joven que tendrá más o menos mi edad: «¡¿QUÉ COJONES ESTÁS HACIENDO, PUTO NAZI ESQUIROL!?»

La masa empuja otra vez hacia delante, pero cuando los polis a caballo cargan de nuevo, tienen detrás a todas las filas de policía. Les tiran piedras a los cabrones y uno de los cerdos de megafonía advierte que si no retrocedemos cien metros, van a ir a saco por nosotros con todo el equipo. Ya les vemos preparándose, con los cascos, los escudos pequeños y las porras.

«Qué vergüenza», dice un viejo minero de Yorkshire echando chispas por los ojos: «¡En este país nunca se habían utilizado antidisturbios contra los piquetes!»

«¡Esos putos escudos enanos los llevan para agredir y acosar, no para defenderse!», dice otro tipo.

El tío la ha clavado, porque mientras nos mantenemos firmes, los muy hijos de puta cargan y se lía una del carajo. La mayoría de la gente lleva ropa normal, aunque algunos van con chaqueta de trabajo gruesa, pero nadie tiene armas para defenderse, y cuando la policía ataca porras en ristre, estalla el pánico general entre los huelguistas. Me cae un porrazo primero en la espalda y luego en el brazo, y me dan náuseas; después me arrean en la sien. No es la misma sensación que la de los puñetazos o las patadas, porque se nota bajo la piel que los golpes hacen daño, pero no hay mejor anestésico que la adrenalina, y arremeto pateando un escudo...

NO SIRVE DE NADA, JODER.

Esto no vale, joder..., esto es una mierda, coño..., ¿dónde está mi escudo?..., ¿dónde está mi puta porra, cabrones cagaos de mierda?..., no vale, joder...

Doy puñetazos y patadas al plexiglás, quiero romper la fila de polis, pero no hay manera, coño. Que le den; busco un espacio y le meto por la espalda a un poli que acaba de pasar corriendo delante de mí, persiguiendo a un huelguista. Tropieza y parece que va a caerse, pero logra mantenerse en pie y sigue corriendo detrás del tío y pasa completamente de mí. Hay un tipo en el suelo y tres polis le están pegando un palizón de flipar. Están agachados encima de él, sacudiéndole porrazos. Una chavala que tendrá más o menos mi edad, de pelo negro, largo, les suplica: «¿¡Pero qué estáis haciendo!?»

Uno de los polis la llama guarra minera y le da un empujón. Ella tropieza y se cae de espalda; un tío mayor la saca de allí a rastras y se lleva un porrazo en el hombro por las molestias. Todo dios chilla y grita y yo estoy como paralizado entre pensar y actuar, como bloqueado. Un poli mayor me mira, le echa un vistazo a los polis jóvenes y me ladra a la cara: «¡VETE A TOMAR POR CULO DE AQUÍ AHORA MISMO SI NO QUIERES QUE TE MATEN, COÑO!»

Me asusta más lo que estoy viendo que la amenaza; me voy alejando, abriéndome paso entre la multitud confusa e histérica, quiero localizar a mi padre y a Andy, y también a Nicksy. Mires a donde mires el espectáculo es de locura; un tipo enorme y musculoso con melena de motero y vestido de cuero de los pies a la cabeza está reventando a un poli que te cagas; aunque el cerdo lleve escudo pequeño y porra, el grandullón sencillamente lo apabulla y clava al muy imbécil unos puñetazos que parecen mazazos. Otro tipo anda tambaleándose por ahí, cegado por la sangre que le sale a chorros de la cabeza. Me arrean un castañazo escalofriante en la espalda y se me revuelven las tripas, pero me aguanto, y cuando me doy la vuelta, veo a un poli con cara de pánico, escudo y porra en mano, que se aparta como si fuera yo quien lo amenazara a él. Lo veo todo en cámara lenta y ahora estoy más que agobiao por el viejo, pero a la vez disfruto del subidón de adrenalina que flipas. Afortunadamente la policía se retira, y los apaleados piquetes vuelven a reunirse y avanzan otra vez después de recoger piedras del campo. Yo cojo una, pues entiendo que estos zumbaos no nos van a dar cuartel y que necesitaré algún tipo de arma. Pero ahora mismo lo que de verdad quiero es encontrar a mi padre.

Qué cojones...

De pronto el aire se llena de gritos de rabia desgarradores; son tan atroces que por un segundo me parece que la policía nos ha rociado los ojos con amoniaco o algo así; pero son los camiones esquiroles, que empiezan a salir de la planta, cargados de coque. Otra embestida, pero la policía logra repelernos; Scargill aparece delante de las líneas de la policía gritando por el megáfono, pero no se entiende lo que dice, es como los anuncios de megafonía de la estación de tren. Los camiones esquiroles van desapareciendo entre burlas y abucheos, cada vez más apagados a medida que a todo el mundo se le quitan las ganas de pelea. Algo duro y horrible se me coagula en el pecho como una piedra y pienso: fin de la partida. Sigo buscando a mi padre.

Por favor que no le haya pasado nada dios protestante dios papista dios musulmán dios judío dios budista o dioses cualesquiera, que no le haya pasado nada por favor...

Unos piquetes se dirigen a la salida del campo en dirección al pueblo llevándose a sus compañeros heridos, pero otros se limitan a tumbarse al sol con la mayor naturalidad; nadie imaginaría que hace sólo unos minutos estaban involucrados en una pelea de masas. Yo no soy así; me castañetean los dientes y tiemblo como si llevara dentro un motorcito. Por primera vez noto dónde me han pegado, tengo dolores punzantes en la cabeza, en la espalda y en el brazo, que me cuelga al lado como muerto...

PUTOS...

Ahora me siento como la imagen que da mi padre: un sufridor. Es lo que parece ahora, pero en las fotos que tiene de joven no era así. Una vez me acuerdo de que le pregunté por qué siempre parecía tan preocupado últimamente.

«Los hijos», fue la respuesta.

¡QUE NO LE HAYA PASADO NADA!

Estoy a punto de volver al pueblo a mirar en el autobús; imagino que el viejo y Andy han ido allí; pero a continuación veo a los antidisturbios avanzando hacia nosotros, golpeando los escudos pequeños con las porras. No me lo puedo creer, porque ya se ha acabado todo, ¡ya se han ido los putos camiones! Pero, mierda, arremeten directamente contra nosotros; estamos desarmados y la superioridad numérica está totalmente de su parte, y pienso: estos cabrones quieren matarnos de verdad. Lo único que se puede hacer es salir pitando que te cagas, bajar por el terraplén y llegar a la vía del tren. A cada paso que doy me duele la puta espalda. Se me engancha la chaqueta en una valla y oigo que se desgarra. Junto a la vía, un viejo fornido con la cara colorada, que viene cojeando, dice entre jadeos, con acento del norte de Inglaterra: «¡Qui... qui... quieren matarnos, joder!»

¿Dónde está mi puto padre?

Cruzamos la línea y ayudo al viejo a trepar por el otro terraplén. Él tiene la pierna jodida, pero a mí la espalda me está jorobando y me cuesta un huevo, porque también tengo el brazo totalmente hecho polvo. El tío me habla al oído sin parar. Todavía le dura el susto. A mí me había parecido que era del norte, pero me dice que se llama Ben y que es un minero en huelga de Nottingham. Le han descojonao la rótula.

El dolor de hace un rato se ha convertido ahora en una sensación de náusea que me sube del fondo de las tripas, porque al otro lado de la pista vemos una carnicería terrible; la policía sigue aporreando a los piquetes que quedan como si fueran crías de foca y luego los detienen; aun así, algunos tienen unas ganas de bronca que flipas y resisten pese a todo. Hay un tío con camisa roja de leñador que está arrodillado, cuidando a su amigo caído; llega un antidisturbios y le sacude en todo el cráneo por detrás, y se derrumba encima de su colega. Ha sido una ejecución. Unos cuantos piquetes han cogido cosas de un desguace y se las lanzan a la policía desde la entrada del puente. Unos tíos sacan un coche de dentro, lo cruzan en medio de la carretera y le prenden fuego. Esto no es una cuestión de mantenimiento del orden público o de contención: es una guerra contra civiles.

Guerra.

Ganadores. Perdedores. Bajas.

Dejo a Ben y vuelvo a la carretera; veo a mi padre; menudo alivio. Está con un tío que tiene una pinta muy rara, como si llevara una capa a lo Batman. Cuando me acerco un poco más, me doy cuenta de que es sangre negruzca que le cubre toda la cara, hasta el punto de que sólo se le ve el blanco de los ojos y los dientes. Me quedo de una pieza cuando me percato de que es Andy; le han reventado la cabeza. La policía sigue avanzando y medio nos persigue, medio nos arrea otra vez para el pueblo. Subimos al autobús, donde hay muchos tíos que parecen estar de lo más jodidos. Mi padre tiene un corte en una mano. Dice que es de una botella que ~~tiró~~ lanzó un piquete y que no alcanzó su objetivo. Andy está fatal y necesita atención, pero un cerdo de poli que va de escolta nos dice que todo el que vaya a un hospital puede ser detenido y que deberíamos volver a casa sin más. ¡Qué jetas arrogantes y llenas de odio! ¡Qué distintas de los caretos sonrientes que nos saludaban al llegar!

Los hijos de puta nos tendieron una trampa.

No tengo ningún motivo para dudar de lo que ha dicho el pasma, pero quiero ir a ver si Nicksy se encuentra bien. «Mi amigo», intento decirle a mi viejo, pero él sacude la cabeza y me suelta: «Ni de coña. El chófer ha cerrado la puerta y no la va a abrir bajo ningún concepto.»

El autobús se pone en marcha; al pobre Andy le han envuelto la cabeza con una camisa para ver si se le corta la hemorragia. Mi padre se sienta a su lado y le pasa un brazo por los hombros, lleva un vendaje improvisado en la mano; su amigo farfulla: «Jamás había visto nada igual, Davie..., es increíble...»

Y yo ahí, con el trasero dolorido en el asiento y preguntándome hasta dónde llegarán las responsabilidades: jefe de policía, ministro del Interior, Thatcher..., si habrán dado las órdenes o no, si serán cómplices. Legislación antisindical y grandes aumentos de sueldo para la policía, mientras que a la peña del sector público le recortan la paga y las condiciones de trabajo empeoran... Esos hijos de la gran puta los han cebado para prepararlos para esta movida...

El autobús se desliza por la carretera y, dentro, el ambiente es de depósito de cadáveres. Finalmente, la priva que se está distribuyendo y consumiendo empieza a hacer efecto y el desafiante «Victory to the Miners» se canta cada vez con mayor fuerza y convicción. Pero ahora no me suena glorioso. Tengo la impresión de que nos han estafado, como si volviéramos de Hampden y, en el último minuto, el árbitro hubiera regalado a un club de la Old Firm[1] un penalti que no venía a cuento. Fuera hace muchísimo calor, pero en el autobús han encendido el aire acondicionado y hace un frío que pela. Voy con la cabeza apoyada contra la ventana y veo cómo se empaña el cristal con mi aliento. Ahora me duele todo un montón, sobre todo el brazo, y cada vez que respiro es como si me dieran un golpe en la puta columna.

Unos tíos que van en la parte del fondo del autocar empiezan a patear el suelo y a cantar baladas republicanas irlandesas rebeldes, y luego cuelan en el popurrí un par de canciones pro IRA. Poco después, lo único que cantan a grito pelado son baladas republicanas irlandesas.

De repente, mi viejo se levanta y los señala acusadoramente con el dedo; la mano le sangra a pesar del trapo que la envuelve: «¡DEJAD DE CANTAR ESA BASURA, COCHINOS TERRORISTAS HIJOS DE PUTA! ¡ÉSAS NO SON CANCIONES SOCIALISTAS NI SINDICALISTAS, ESCORIA FENIANA DE MIERDA!»

1. Término que designa a los Celtics y los Rangers, los dos principales equipos de fútbol de Glasgow, considerados una especie de *establishment* futbolístico. *(N. del T.)*

Un tipo pequeño y delgadito se levanta y le grita a su vez: «¡VETE A TOMAR POR CULO, HUNO TORY DE MIERDA!»[1]

«¡YO NO SOY UN PUTO TORY!..., joder...» El viejo sale disparado hacia el fondo del autobús como un toro, y yo voy tras él y le sujeto del brazo con el mío bueno. Somos igual de altos, pero yo soy mucho más enclenque, y menos mal que Cammy también se ha levantado y me ayuda a contener al zumbao del viejo. Mi padre y los capullos del fondo del autobús se gritan como energúmenos, pero la gente los manda callar; Cammy y yo nos llevamos a mi padre y me da un pinchazo tan bestia en la espalda que se me saltan las lágrimas, y el autobús entra tambaleándose en una vía de acceso.

Putos Weedgies: son incapaces de hacer nada sin meter por medio sus putas movidas futboleras y su rollo irlandés de mierda...

Lo tranquilizamos, y las cosas como son, uno de los zumbaos se acerca de inmediato y se disculpa. Es el capullo delgadito; prácticamente no tiene mentón y sus dientes son grandes y desiguales. «Perdone, jefe, tiene usted razón, no es el sitio ni el momento...»

Mi padre asiente con la cabeza y acepta las disculpas, y el tipo le pasa una botella de whisky Grouse. El viejo echa un trago conciliador y, al ver que cara-castor le hace un gesto, me la ofrece, pero le digo que no con la mano. Ni de coña voy a beber nada que me ofrezcan estos capullos, y ya no digamos esa mierda.

1. Denominación despectiva referida a los seguidores del Glasgow Rangers y por extensión a los protestantes de dicha ciudad. Al parecer, su origen está en el discurso dirigido por el káiser Guillermo II a las tropas alemanas para que aplastasen la rebelión de los bóxers en China (1900) con la implacable ferocidad de los hunos. Eso llevó a que durante la Primera Guerra Mundial los británicos calificasen de «hunos» a los alemanes. No obstante, el epíteto les fue devuelto en el célebre himno independentista irlandés «The Foggy Dew», que conmemora la insurrección de Pascua de 1916, y que califica a las fuerzas que la reprimieron como *Brittania's Huns.* *(N. del T.)*

«No tiene importancia, es que hay mucha emoción en el ambiente», dice mi padre, señalando con la cabeza a Andy, que tiene una expresión de chalao tal que si estuviera en trance.

Después se ponen a hablar de los acontecimientos del día y enseguida se echan el brazo por encima de los hombros mutuamente, como si fueran colegas de toda la vida. A mí me están dando náuseas. Si hay algo aún más repugnante que ver a estos sectarios hijos de puta montándoselo como el perro y el gato, es verlos hacer buenas migas. No puedo seguir sentado con la puta espalda como la tengo. Fuera veo señales de tráfico en sentido Manchester y, sin saber en realidad qué cojones hago, pero supongo que medio pensando en Nicksy, me levanto. «Yo me bajo aquí, papá.»

El viejo se queda pasmao. «¿Qué? Tú te vienes a casa conmi...»

«No te conviene bajar del autobús aquí, amigo», intercede en vano su nuevo amigote de los piños de ardilla. Pero yo paso olímpicamente del muy capullo.

«Es que he quedado con unos amigos en el Wigan Casino», le miento a mi padre. Es un puto lunes por la tarde y el Wigan Casino cerró hace ya unos cuantos años, pero no se me ocurre nada mejor que decir.

«Pero la abuela te está esperando en Cardonald...; luego vamos a coger el tren de vuelta a Edimburgo...; tu hermano está en el hospital, Mark, y tu madre estará preocupadísima...», me ruega el viejo.

«Me largo», insisto, y me voy a la parte de delante del autocar y convenzo al conductor para que pare en el arcén. Me mira como si estuviera zumbao, pero los frenos neumáticos silban y me bajo del vehículo de un salto y la espalda se me contrae súbitamente de dolor. Me vuelvo y veo la expresión afligida y perpleja de mi padre mientras el autobús se aleja y se reincorpora al tráfico. Entonces caigo en que no tengo ni pajolera idea de lo que hago aquí, andando por el arcén de la autopista. Pero al cabo de un rato noto mejoría en la espalda: tenía que largarme de ahí.

El sol pega fuerte y sigue haciendo un calor de flipar; hace un precioso día de verano. Los coches pasan zumbando rumbo al norte y yo me arranco de la chaqueta vaquera la pegatina COAL NOT DOLE.[1] El roto de la manga no es muy grande; se puede coser sin problemas. Levanto el brazo, lo estiro a pesar del dolor tenaz del hombro. Subo por el terraplén, llego a un paso elevado y, desde la barandilla, me asomo a la autopista para ver los coches y camiones pasar por debajo a toda leche. Pienso en que hemos perdido y se avecinan tiempos crudos y me pregunto: ¿qué cojones voy a hacer con lo que me queda de vida?

1. «Carbón sí, subsidios de paro no.» *(N. del T.)*

HICE LO QUE HICE[1]

Esta mañana me han llegado ocho tarjetas de felicitación de cumpleaños: todas de nenas, y eso que no cuento las de mi madre y mis hermanas. Mola que te cagas. Hay una de Marianne acompañada de una triste súplica diciendo «llámame» tras un despliegue desesperado de frasecitas amorosas sexys y besos. Seguro que se ha dado cuenta de que se ha convertido en una plasta insoportable; todas esas chorradas tipo «vente a la boda de mi hermana». ¿Me habrá visto cara de maromo para llevar a fiestas barriobajeras? Aun así, ha vuelto al redil, y por tanto luego pienso bombearla a lo bestia con toda cerdeza.

Cómo no, un sobre marrón de los del paro me jode la marrana; me invitan a una entrevista de trabajo para ese chollazo de puesto de auxiliar en un garaje de Canonmills. Encantado a más no poder de que se acuerden ustedes de Simone, pero con el debido respeto, voy a verme obligado a rehusar y a decirle cuatro palabritas a mi colega Gav Temperley, de la oficina del paro, acerca de esta desagradable intrusión. Los simples obreretes no llegan a entender el modo de pensar de los nacidos para disfrutar del ocio. Si no tengo trabajo es porque *no quiero*, putos cretinos; haced el favor de no confundirme con uno de esos infelices zánganos que vagan por la ciudad como en trance, en busca de empleos inexistentes.

Auxiliar de garaje. En esta puta vida no, Robaleches y Chicobici. ¡Ofreced plazas de Playboy Millonario en vuestras oficinas de mierda y quizá –sólo quizá– *pudiera estar interesado!*

1. «I Did What I Did For Maria» es el título de una canción grabada por Tony Christie en 1971 y que llegó al Top 20. Trata sobre un viudo que, la víspera de su ejecución, recuerda sin arrepentirse cómo vengó la muerte de su esposa. *(N. del T.)*

Pero el mejor regalo de todos me llega en forma de llamada telefónica. ¡Feliz veintidós cumpleaños, Simon David Williamson! ¡Por fin se ha largado del edificio Bobochorra! Asimilo la noticia que me transmite mi hermana Louisa en una sola parrafada entrecortada, casi sin aliento, mientras sacudo triunfalmente el puño en el aire. Echo un vistazo rápido al diccionario; hoy es un día «M» y decido que mi palabra nueva es:

MIOPÍA. sust. Cortedad de vista. 2. Falta de imaginación, previsión o perspicacia intelectual.

¡Luego me voy de cabeza a los Banana Flats de Leith!

¡De puta madre!

En cuanto llego a Foot of the Walk empieza a caer una lluvia fría de esas que escuecen, pero sonrío, estiro los brazos (voy en camiseta), levanto la cabeza hacia el cielo en este hermoso día y dejo que la munificencia del buen Dios me refresque la piel.

Al grano: subo a la madriguera de los Williamson, que se encuentra en la segunda planta de esta conejera prefabricada que domina el viejo puerto propiamente dicho, no la mierda que hay al sur de Junction Street y Duke Street, que yo me niego a reconocer que forme parte del verdadero Leith. «Simon..., hijo...», suplica mi madre, pero haciéndoles caso omiso a ella, a Louisa y a Carlotta me dirijo inmediatamente al tocador paterno para ver si ese gilipollas vanidoso y fantasma se ha llevado del armario todas las chaquetas y camisas, lo que sería un indicio seguro de que ha cogido el portante *de verdad* y de que todo esto es algo más que una artimaña para poder manipular desde una posición de fuerza en el futuro. Abro la puerta chirriante con el corazón desbocado. ¡Sí! ¡Se lo ha llevado todo! ¡DE PUTA MADRE!

Dios, después de todo lo que le ha hecho pasar, lo suyo sería que estuviera encantada, pero mamá está en el sofá llorando y maldiciendo a la guarra que le ha robado su corazón de hojalata.

«¡Esa zorra le ha sorbido el seso!»

Non capisco!

Debería darle las gracias a esa teleñeca desquiciada por librarla de esa viscosa sanguijuela. Pero no: Louisa, mi hermana mayor, llora con ella, y mi hermana menor, Carlotta, está sentada a sus pies como una nenita boba. ¡Parecen una familia judía de Ámsterdam que vuelve a casa y descubre que al cabeza de familia se lo han llevado a un campo de concentración!

¡Lo único que ha hecho es irse a vivir con un petardo de tía!

Me arrodillo junto a ellas, cojo la mano regordeta de mi madre –que todavía lleva puestos los anillos de bisutería– y, con la otra zarpa, acaricio los mechones largos y oscuros de Carlotta. «Ya no puede darnos más disgustos, mamá. Es lo mejor para todos. Las cosas hay que verlas con perspectiva.»

Se tapa la cara con el pañuelo y llora a moco tendido; veo las raíces grises del pelo teñido de negro, tieso de laca: «No me lo puedo creer. Entiéndeme, siempre supe que era un pecador», dice con su habla entrecortada, medio arrabalera medio italiana, «pero nunca imaginé que llegaría a hacer algo así...»

He venido aquí a echar una mano, incluso práctica, si hace falta; joder, hasta estaba dispuesto a ayudar al gilipollas a hacer las maletas, pero por suerte ya se había largado. ¡Si llego a saber que iba a ser todo tan fácil, tiro la casa por la ventana y compro una botella de Moët Chandon! Me apetece *ultracelebrarlo*. ¡Veintidós putos tacos! Pero aquí lo único que hay es melancolía, desesperación y jetas lloronas.

Que le den. Me levanto, las dejo ahí lloriqueando y salgo al rellano a fumarme un pitillo. Casi es de admirar lo dominadas que las tiene el muy hijo de puta. Mi padre: David Kenneth Williamson. He visto fotos de la vieja cuando era joven: una belleza latina morena y sensual, antes de que la pasta le pasara factura y se expandiera hasta alcanzar sus actuales dimensiones de vehículo pesado. ¿Cómo cojones pudo enamorarse de esa escoria escurridiza?

Ha dejado de llover, el sol ha vuelto a salir con fuerza y del chaparrón no quedan más que unos cuantos charcos en las losas de hormigón descojonadas del pavimento de Villaarrabales de Abajo. Eso es lo que debería hacer, registrar la casa y eliminar todo rastro de ese cabrón. En lugar de eso, le doy una honda y satisfactoria calada a mi Marlboro.

Me asomo a un Leith más soleado que nunca, y veo-veo: a Coke Anderson, a su mujer y a sus niños saliendo de un carro. La costilla, Janey, es una vieja gloria, fijo, decididamente tuvo que estar buena en sus tiempos y todavía tiene un polvete de aquí te pillo, aquí te mato. Está discutiendo con Coke, que va dando tumbos tras ella, bolinga como de costumbre. El capullo empanao no ha estado sobrio un solo día desde que lo jubilaron del puerto por motivos de salud, en tiempos de la puta Maricastaña. Yo lo siento por el crío, Grant, que tendrá unos ocho o diez años, porque sé lo insoportable que puede llegar a ser un viejo que se niega a ponerse las pilas, aunque, en el caso del mío, el motivo de bochorno solían ser más las mujeres que la priva. Pero hoo-laa..., *polvo a la vista, polvo a la vista...*, ¡la hija está hecha una monada que flipas! Seguro que antes de cumplir los dieciocho se convierte en una guarra atocinada con pinta de babuina, ¡pero *desde luego* no me importaría probar un poquito de esa dulce miel antes de que se eche a perder!

Oigo que siguen discutiendo por las escaleras, el gemido nasal de Coke: «Pero, Ja-ney..., es que me encontré con un par de los muchachos, Ja-ney..., hay que ser sociable, ¿no?»

¿Cómo se llamaba la hija...?, ven con Simon...

«Corta el rollo, por Dios», se queja Janey al doblar la curva de la escalera, mirándome un instante antes de estirar de nuevo el cuello hacia Coke. «¡Haz el favor de no entrar, Colin! ¡No me molestes!»

Saludo a Grant, que se ha puesto colorado como la remolacha, con una sonrisa de empatía. Pobre chavalín. *Entiendo tu dolor, jovencito.* Y la hija va detrás de él con un mohín en esos labios adolescentes enfurruñados, como una modelo cuando acaban de decirle que hay que cambiarse de conjunto otra vez y darse otra vuelta por la pasarela antes de poder meterse esa raya de blanca y ese vodka con Martini que tanta falta le hacen.

«Simon», me saluda Janey secamente al pasar, pero la muñeca, Maria se llama, pasa de mí. Es muy rubia y está muy morena; me parece que regresaron hace poco de unas vacaciones en familia en Mallorca (donde Coke hizo, cómo no, un papelón de los suyos), y esa falda negra ceñida y el top amarillo realzan la tonalidad de su piel.

Y de repente ese nombre...

Serán las últimas vacaciones en familia a las que se apunte esa pequeña. A partir de ahora, a follar sin parar con un montón de amigos o con algún menda libidinoso del barrio, afortunado él. Y Simon David Williamson podría estar de humor para ocupar *esa* vacante particular. Louisa solía hacerle de canguro, y yo tendría que haberme interesado más, por si acaso acababa convirtiéndose en un bombón. Pero ¿quién habría podido imaginar que, en sólo seis meses, ese polvete del montón iba a evolucionar hasta transformarse en todo un pibón de pasarela?

Coke sube a trompicones detrás de todos ellos y cuando por fin enfila, resollando, la curva de la escalera que da a la galería, suplica con cara de desconcierto y con las manos vueltas hacia arriba: «Hala, Ja-ney...»

Su mujer y sus hijos entran en la madriguera subvencionada correspondiente y Coke pasa por delante de mí a trompicones justo a tiempo de que le den con la puerta en toda la jeta. Se queda ahí plantado un par de segundos, con el perfil de un espantapájaros embobado, y luego se dirige a mí, perplejo y desconcertado.

«Coke.»

«Simon...»

No me apetece volver a entrar y oír a mi madre y a *mie sorelle* lloriqueando a lo tonto por el prófugo hijo de puta, y parece que a Coke lo han *Scotland Yard*[1] de su casa. No llevo fuera más que un año, pero en ese tiempo la transformación de la pequeña Maria ha sido de las que cortan el resuello. Necesito más información para mis archivos. «¿Hace una pinta? ¡Es mi cumpleaños!»

La perspectiva de más priva templa brevemente los ánimos del borrachín de Coke: «Ando un poco corto...»

Lo pienso un instante. ¿Qué saco yo con todo esto? Una posible introducción vía paterna en el patrimonio familiar y la oportunidad de cortejar a la deliciosa Maria. Es una inversión, así que el viejo Baxter tendrá que esperar un poquitín para cobrar el dinero del alquiler. Además, mi amiguete pelirrojo, que tiene empleo remunerado y está harto de conflictos familiares Chez Renton, se viene a vivir conmigo. Bueno, pues este mes Rents va a hacer de *rent boy*.[2] «Esta ronda la pago yo, amigo. ¡Invita el homenajeado!»

1. Argot rimado: *Scotland Yard* por *barred* («tener prohibida la entrada a un local»). *(N. del T.)*

2. Expresión que designa a un homosexual que se prostituye por dinero; empleada también como simple insulto, aquí alude a que a Renton le va a tocar pagar el alquiler. *(N. del T.)*

Sábado al mediodía

La radio suena a todo trapo mientras yo, Dave Mitch, Les y el joven Bobby, el *Youth Trainee,*[1] coreamos con Nik Kershaw a pleno pulmón: «WOO-DINT IT BE GOOOD TO BE IN YOUR SHOES, EE-VIN IF IT WAS JUST FOR ONE DAHY...»[2] Entretanto, Ralphy Gillsland arrastra el cepillo a lo largo de una plancha de madera y pone cara de asco.

Estaba un poco perjudicado por unos tragos de más anoche en Leith y me encuentro en una postura muy incómoda, con la espalda destrozada, y casi me amputo la punta del dedo intentando cincelar la cerradura de una puerta. Pensé que no dejaría de sangrar nunca, pero conseguí detener la hemorragia con un vendaje de algodón y gasas.

Joder, casi se *saborea* ya el finde, porque es sábado por la mañana y nosotros aquí pringaos, ¡pero no por mucho rato! Dejando de lado las horas extras, que me han venido muy bien porque estamos en el centro, fuera del taller, reacondicionando un bar hecho polvo en Tollcross, ha sido una semana bastante potable. El lunes me perdí la competición de chorizos porque estaba en un piquete en Yorkshire, y Sandy Turner, el chófer, me ha destronado con un ejemplar de treinta y ocho centímetros, que Les ya me ha enseñado dos veces en lo que va de semana, y que está colocado sobre un *Daily Record* empapado, encima del tejado plano del garaje que está al fondo de la fábri-

1. *Youth Training Scheme* era el nombre de un programa de aprendizaje en prácticas y formación profesional puesto en marcha por el gobierno de Margaret Thatcher en 1983 para los jóvenes de dieciséis y diecisiete años que acababan de terminar la educación obligatoria. *(N. del T.)*

2. Letra del tema «Wouldn't It Be Good», de Nick Kershaw. *(N. del T.)*

ca. Pero las cochinas gaviotas han llamado un poco la atención. Los tíos del servicio de alquiler de furgonas de enfrente las ven picotear y graznar frenéticamente, y con el calor que hace se levanta la peste y vuelve a colarse en el cagadero. Sólo es cuestión de tiempo que el jefe se dé cuenta.

Eso sí, de todas formas Ralphy no está nada contento, porque quiere que nos quedemos trabajando hasta tarde en las unidades de bar estas. Pero por mucho que disfrute de volver a hacer carpintería a medida como está mandado, hoy es un sábado a la hora del almuerzo, así que va a ser que no.

Para mí que el careto de Ralphy es el más desgracio y grotesco del universo. Tiene unas mejillas colgantes gigantescas que parecen labios vaginales y una tocha aguileña que, según Les, es «un clítoris extragrande». Y lo que es peor, una boca que va de norte a sur en lugar de ir de este a oeste. Una vez Les le puso el mote de «capullo caracoño». Justo. ¡Eso es lo que parece! Y encima se pone colorado, como si le acabaran de meter una manita de leches, y el pelo, cada vez más ralo y mal cortado, remata la imagen de ingle brasileña. Resopla como un mulo por la napia clitoriana esa y yo no pienso más que en el inminente *all-nighter* de Northern Soul en Blackpool. «Tienes que acabar de cortar esos rodapiés, Mark. Hay que terminarlos esta noche para que Terry y Ken puedan colocarlos mañana por la mañana. Está clarísimo.»

Sí, ya.

Yo no estoy aquí más que de puto temporero, pero Ralphy me endosa todo el curro a mí. Como si me importara una mierda lo que él considera que «está clarísimo». Lo que está clarísimo es que él es un cuadriculado llorón, la clase de pequeño empresario que tanto adora la Thatcher: un capullo avaricioso, espiritualmente muerto, con mentalidad de esquirol y que no para de pregonar a los cuatro vientos «lo mucho que trabaja por su familia», de lo que se infiere que todos tenemos que darle carta blanca y dejar que se nos cague encima con una sonrisa a su mayor gloria. Lo que al muy cabrón se le olvida es que tú a su familia la conoces: la tocina de su mujer, esa rata, ese pozo de mierda sin fondo, y su descendencia desangelada y mutante. Así que pienso: que le den por culo a tu familia, saco de *Barry White;*[1] son unas putas alimañas a las que habría que extermi-

1. Argot rimado: *Barry White* (1944-2003, cantante de soul estadounidense) por *shite* («mierda»). *(N. del T.)*

nar antes de que rematen tu obra y hagan de este mundo un lugar aún más insufrible, aburrido y malévolo de lo que ya es, joder. Así que vete a tomar por culo con esa mierda, buitre hijo de puta.

Antes de regresar pavoneándome al mundillo académico, tengo intención de explotar al máximo la afortunada posición en la que me hallo gracias a este empleo de verano con mi antiguo jefe. «Yo ya he terminado por hoy, Ralphy.»

«Yo también», dice Davie Mitchell antes de apostillar: «Tengo cosas que hacer, ¿sabes?»

Vaya, eso sí que desencadena un temblor de aúpa en esas bolsas faciales. Los ojos de Ralphy se iluminan de dolor, como si acabara de vernos levantar las patatas fritas al horno McCain's del plato de sus regordetes ***kinder***.

«Los sábados tenemos derecho a echar unos tragos», dice Les para echarnos un cable. Les es un tío fondón, más o menos de la edad de mi padre, rubio, aunque se está quedando calvo y con la cara colorada de tanto privar. Siempre anda cachondeándose de todo a saco: «Hasta Bobby, el chaval, ha quedado con una chati para ir al cine, ¿no, Bobby?»

Bobby sonríe; tiene un careto lleno de granos amarillentos y sus afeminados ojos negros echan chispas de malicia cuando logras verlos debajo de su enorme flequillo. «Y que lo digas. Menudo meneíto le voy a dar a la pava esa», dice, soltando tal risotada de burro que le tiemblan los hombros, cosa que siempre hace que los demás también nos riamos y que deja a Ralphy completamente hecho polvo. Se fija en las uñas mugrientas de Bobby y se las imagina desgarrando el himen a su hija adolescente en la última fila de algún cine cochambroso.

«Venga, muchachos», gimotea Ralphy en tono agudo y conciliador al tiempo que se oye ese hermoso sonido definitivo que indica que ha llegado el momento de dejar las herramientas en su sitio. «¡Por lo menos podríais quedaros una hora más!»

Nos ponemos todos a recoger las cosas mirando al suelo. Les empieza a cantar en plan Sinatra: «*... to walk away from some-one who, means ev-ray-thing in life to you...*».[1]

Ralphy se pone en jarras. «Mark», me dice, suplicante, «tú no sueles fallarme nunca, amigo...»

1. «Dejar plantado a alguien que lo significa todo para ti.» Fragmento de la letra de «Let Me Try Again», de Frank Sinatra. *(N. del T.)*

Yo *siempre* le fallo, pero como llevo un año en Aberdeen, me echa de menos. De todos modos, la súplica lamentable y descaradamente manipuladora cae en saco roto. Se le olvida que, cuando le dije que iba a tomarme el lunes de fiesta para ir al piquete, me dijo: «Eso es muy propio de ti. Irte a apoyar a unos vagos que no quieren trabajar cuando aquí hay un montón de trabajo por hacer.»

Pues que te den, cortinillas de coño, que yo ya he cumplido con mi horario y me piro. «Imposible», le digo con gesto compungido, y le enseño los piños, pongo ojos saltones e imito la voz de George Formby: «*Ah ave ter be in luv-er-lee lit-tle Lan-ca-sheeeerrrr...*»[1]

Les y Bobby se suman tocando ukeleles aéreos; disfrutamos de una breve *jam session*, pero una mierda vamos a quedarnos una hora más. Abandonando alegremente al capullo quejica este, nos vamos de cabeza a un bar de Port Hamilton. Un par de rápidas para mí y luego a casa, a cambiarme y a ver a los muchachos.

Tommy, Keezbo, Segundo Premio y yo nos piramos al *all-nighter* de Blackpool en el carro de Tam. He grabado una cinta, y Otis Blackwell canta «It's All Over Me» a pleno pulmón. No hay nada como un poco de Northern Soul y echamos muchísimo de menos el Wigan Casino de nuestra adolescencia. De todos modos debería ser una buena noche, porque lo han organizado unos tíos del Blackpool Mecca original. Tam conduce todo el camino, con ese escandaloso corte de pelo futbolero de los años setenta; yo voy en la parte de atrás con Keezbo, sentado de forma rara por culpa de la puta espalda y procurando apoyarme en la nalga izquierda. No es el mejor sitio del mundo, porque este gordo cabrón lo ocupa todo, con las manos encima de la barriga como un Buda pelirrojo. Segundo Premio, que lleva la cabeza rapada al uno, y por eso parece más duro de lo que es, porque ese corte le realza el hermetismo de la jeta y los ángulos afilados del cráneo, va de copiloto. Él y Keezbo van bebiendo (él, mucho) y yo hago como que bebo, pero cada vez que me pasan la botella meto la lengua dentro y no la saco. El vodka a palo seco no me vuelve loco y quiero estar lo bastante sereno para disfrutar del baile y del subidón del *Lou Reed*.[2]

Parece que a Keezbo se le extiende sobre los hombros ese cuello grueso, mantecoso y salpicado de pecas que tiene, como si fuera el

1. «Tengo que estar en el Lancashire de mis amores.» *(N. del T.)*

2. Argot rimado: *Lou Reed* (1942-2013, cantante y compositor de rock estadounidense) por *speed*. *(N. del T.)*

casco de Darth Vader. Pero tiene una pelambrera pelirroja guapísima, de la variedad cepillo de bañera, que nunca raleará ni tendrá entradas, no como mis pelujos de rata. Lleva unos chinos de cinturilla alta y ancha, que no le quedan bien a nadie, pero que a los gordos les quedan fatal. Tommy ya ha dejado caer un discreto comentario acerca de la «moda de Gorgie». Como era de esperar, apenas hemos salido de Edimburgo cuando Keezbo ya quiere parar a comprar patatas fritas. «Tengo un hambre que me muero, Tommy...»

«Ni hablar, hasta que lleguemos a Blackpool no. Quiero llegar a tiempo de ver el fútbol por la tele.»

Keezbo se agarra dos pliegues de grasa. «Me estoy consumiendo. Díselo, Mark», suplica, enarcando las cejas pelirrojas por encima de la gruesa montura negra de sus gafas.

«Parece que Keezbo se va a morir de inanición, Tam. Tú pusiste para lo de Biafra», le recuerdo antes de imitar la voz de mi antigua vecina racista de the Fort, la señora Curran: «¡Cuidemos de los nuestros primero!»

«Vale, pero no hasta que paremos a echar gasofa», dice Tommy, pasándose la mano por esa melena a lo Rod Stewart que lleva en la cabeza. «¿Qué te has hecho en el dedo?», me pregunta.

«Un cincel. El cabrón me ha hecho perder tanto oficio a base de no dejarme hacer nada, más que montar paneles, que ya no sé cómo se hacen las cosas cuando vuelvo a trabajar de verdad», digo mientras Keezbo rezonga por lo bajini.

«¿Crees que lograrás resistir, compañero?», le pregunto.

«Estoy quemando grasas a lo bestia, Mr. Mark. Si lo consigo, será por los pelos. Si Mr. Rab tuviera a bien pasarme el vodka, igual eso me ayudaba a pensar en otra cosa...»

«Mgrum...», gruñe Segundo Premio, poniendo mala jeta, y la zarpa regordeta de Keezbo sale disparada hacia la botella de Smirnoff.

Pese a la pinta que tiene de coco puesto de lado y vuelto del revés, Keezbo rivaliza con Tommy en la pista de baile. Yo tiendo a quedarme plantado como un soplagaitas en la línea de banda, lamentando no saber bailar, hasta que me entra el subidón del *speed*. Entonces lamento no ser capaz de parar. Una vez, en el Casino, me emocioné más de la cuenta y me jodí la espalda intentando hacer un mortal. ¡El puto poli tuvo que encontrar el punto exacto con la porra! El muy cabrón estará en una casa prefabricada viendo la tele con su esposa frígida y sus niños ingratos, ajeno al hecho de que ha acabado con los bailoteos del bueno de Renton para siempre. Menos mal que existe el puto paracetamol. Ahora, lo de Keezbo, para ser un tío tan tocino, es increíble. Será el ritmo de la batería. Está muy gordinflón para dar volteretas, vale, pero evoluciona en la pista como una máquina sexual obesa y pelirroja.

Llegamos a Blackpool y dejamos el coche por ahí. El olor a fritanga, diésel y aire de mar me recuerda los fines de semana de septiembre de hace muchos años. Me acuerdo de haber venido aquí con mi madre, mi padre, Billy, Davie, la abuela y el abuelo Renton. Yo, cohibido y desgarbado, montado en un burro lleno de costras, mientras la abuela Renton empujaba la silla de ruedas de Davie a mi lado, y todos los demás gritando: «¡QUE TE GANA, MARK!»

Y yo deseando clavarle los talones en las costillas al estoico animal para que el muy cabrón saliera galopando hasta el mar de Irlanda, sólo por librarme de aquella vergüenza. Me acuerdo de estar tan agobiado que me escapé seis veces para ir yo solo a ver *Oliver* en un cine de allí. «Es imposible que quieras volver a ver esa película, hijo. Íbamos a ir a Pleasure Beach», protestaba mi madre. «Venga, dale el dinero y déjale ir, que si no se pasará todo el día con la misma cara», decía papá, meneando la cabeza. Y yo cogía el dinero con avaricia, ansioso por refugiarme en la hermosa soledad de la oscuridad de la sala de cine y por saborear el helado que me comía tan a gusto, lejos de los ojos de ave rapaz de Billy, y con la frase *Que os den, mamones,* reverberándome en la cabeza.

... nunca antes hubo un muchacho al que quisiera más...

Llegamos a la Milla Dorada y entramos en ese garito estrambótico y enorme que hay justo debajo de la Torre. Está hasta los topes, pero conseguimos tomarnos unas copas justo a tiempo para ver a Platini marcar el gol de la victoria contra Portugal.

«Es bueno el cabrón, ¿no, Rab?», le digo a Segundo Premio, que se está tomando una pinta y un vodka doble y empieza a disfrutar. No le apetece hablar de fútbol. «¿Northern Soul?», me pregunta en un tono que me recuerda a mi padre. «¿Pero eso qué es, Mark? ¿De qué cojones va?»

«Ya verás, colega», le dice riéndose Tommy, mientras un chaval gordinflón que tenemos al lado abre una botella de Becks, se le desparrama toda encima y sus amigos se descojonan. Yo les había visto sacudiéndola cuando él no los miraba. «Putos cabrones», maldice con acento de las West Midlands.

«Mala suerte, amigo», dice Tommy, dándole al chaval una palmadita en la espalda.

«Oye, no te pongas de parte de estos cabrones», se queja éste. En todas las pandillas hay un amigo gordinflón; en algunas, más de uno. Esto es el Tower Bar de Blackpool, y si tu estado de ánimo es el debido y la compañía la adecuada, es uno de los mejores sitios que hay en el planeta.

Puede que Tommy sea mi mejor amigo. Le importan las cosas y también la gente, quizá un pelín más de la cuenta, para la clase de mundo en el que tenemos que vivir. Pese a ser uno de los cabrones más duros de pelar y más guapos que conozco, con su tipito de boxeador de peso ligero, en lo fundamental, Tommy es un tipo muy humilde.

Empezamos a hablar del tipo de chicas que nos gustan, y le digo que prefiero a las chicas con tetas pequeñas, comentario que, para estos cabrones, es sacrilegio. Después de que me hayan llamado de todo, desde maricón pasando por pederasta, Keezbo sacude la cabeza y me suelta: «Que no, Mr. Mark, a mí me gustan las tías con un buen par de domingas.»

«Tanto, que también te han salido a ti», le suelto, agarrándole esas tetas cerveceras que tiene.

Pero este cachondeo me dice que, por idóneo que sea el Tower de momento, el momento pasa enseguida. El fútbol y los chicos tienen que ceder ante el bailoteo y las chicas, así que apuramos y nos encaminamos hacia el club. Mientras recorremos el paseo marítimo, los recuerdos vuelven de repente a instantes congelados del pasado como un chorro de agua caliente. Oigo a mamá leyéndonos en la silla que había entre mi cama y la de Billy, oigo su voz, pastosa de tanto fumar, que va y viene al tiempo que vuelve la cabeza del uno al otro. Libros sobre perros, osos y caballos. Todos disfrutando del cuento, pero esperando con angustia el siguiente berrido de Davie, que haría bajar el telón sobre nuestra preciosa ración de tiempo hipotecado.

El club está en el salón de actos de un gran hotel, un poco más arriba del paseo marítimo. Cuando entramos hay ambientazo a tope. Suena un tema que no reconozco, pero no quiero darle a Keezbo la satisfacción de preguntarle cuál es, así que sigo la letra en plan playback mientras nos abrimos paso entre el mogollón de personal. Segundo Premio me mira a mí, luego a la barra, y después a las Pepsis, presa del pánico. Se da cuenta de que el garito no tiene autorización para vender bebidas alcohólicas. «No... ¡No hay puta priva...!»

«Así es», le dice Tam con una sonrisa.

Segundo Premio explota que te cagas. Se pone todo rojo, como cuando le da un ataque: «¿De qué va el rollo este? ¡ME TRAÉIS HASTA AQUÍ Y NO HAY PUTA PRIVA, PEDAZO CABRONES!»

Pensé que la iba a emprender a porrazos con alguno de nosotros, porque está hiperventilando, pero se limita a dar media vuelta y largarse del club como un huracán.

«Me cago en la puta..., cómo se ha puesto..., voy a buscarlo», dice Tommy.

«Déjalo», suelto yo. «¿Se puede ser más ridículo?»

«Es que le gusta beber, Mr. Mark», dice Keezbo.

«A todos nos gusta, pero ¿te imaginas no poder pasarte unas putas horas sin *Christopher Reeve?»,*[1] digo riéndome. «¡Es peor que un puto yonqui! ¡Podía haberse metido un poco de *Berwick*[2] con nosotros!»

Así que echamos un vistazo por ahí, gratamente sorprendidos por la cantidad de titis potables que hay en el garito. A mí me encanta el Northern Soul, pero algunas noches de club se escoraban un tanto hacia los gustos de los chicos. De repente oigo el tintineo de piano de la introducción del clásico de los Volcanoes «(It's Against) The Laws of Love», y me voy de cabeza a la pista, pero de pronto me distraigo al ver en la pista a un tipo pequeñajo con la cabeza vendada. Es Nicksy.

Estoy evaluando la situación...[3]

Lo observo un rato mientras se luce, hay que ver qué poco estilo tiene, y voy entrando en onda mientras estrecho el cerco. Tommy y Keezbo siguen merodeando por el borde de la pista. Estoy a punto de acercarme y saludar a Nicksy, cuando empieza a sonar «Skiing in the Snow», y me abro pitando de la pista, porque es la versión de Wigan's Ovation, no la original de los Invitations. Como el tocino que es, el *Jambo*[4] gilipollas de Keezbo demuestra su mal gusto lanzándose a la pista a echar el resto.

Desde la barra, mientras, echamos el ojo a las chicas, que van como hay que ir: con vestido sin mangas (¡magia!), camisetas escotadas y faldas cortas (¡de puta madre!), o pantalones y blusas ceñidos

1. Argot rimado: *Christopher Reeve* (1952-2004, actor estadounidense) por *peeve* («priva»). *(N. del T.)*

2. Argot rimado: *Berwick-upon-Tweed* por *speed. (N. del T.)*

3. De la letra de «Reviewing the Situation», de *Oliver Twist. (N. del T.)*

4. Denominación despectiva para los seguidores del Hearts of Midlothian F. C. derivada de una construcción de argot rimado *(Jam Tarts,* «galletitas de mermelada de fresa»), basada en los colores rojos de la elástica de dicho equipo. *(N. del T.)*

(¡guapo!). Tommy me pregunta por el viaje a Europa en Interraíl. «Vas a ir con un colega y dos tías, ¿no? Por su sitio.»

«Sí.»

«¿Te estás tirando a alguna de las dos?»

«No», le digo, acordándome de pronto de una, Fiona Conyers, de lo molona que es, una chavala alucinante. Es de Whitley Bay. Roja convencida. De pelo largo, lacio y negro, y con una gran sonrisa de dentífrico y un pecho que reclama imperiosamente tu atención. De vez en cuando le salen unos granitos en la frente, una zona grasienta con la que Clearasil no ha podido. De repente me entran ganas de pegarle un toquecillo. Pero seguramente no es más que el *speed*, que empieza a hacer mella.

Keezbo no pierde el puto tiempo, evoluciona en la pista entre grandes vítores. A todo el mundo le gusta ver a un gordo extrovertido ir a por todas, meneando ese culo fofo. La gente cree que si él puede ligar, ellos también, y fijo que deja mosca a cantidad de peña cuando se larga a rematar la noche con una monada y ellos se vuelven a casa con la tripa llena de priva a darle la mano a su hermano pequeño, al que han vuelto a dejar con las ganas una vez más. Y lo sé porque más de una vez me ha tocado a mí. Pero no puedo denigrar a otro pelirrojo, y menos cuando tocamos juntos, yo el bajo y él la batería. Ahora, no hay forma de seguirle el ritmo a ese cabrón.

Tommy, que lleva su polo Fred Perry amarillo, procura ir de tranqui, espera el momento oportuno, cuando aparezcan más chavalas en la pista. Estamos todos bastante desesperados por echar un polvo, al fin y al cabo es el puto fin de semana, pero creo que Tam tiene aún más ganas que los demás, creo que lleva sin mojar desde que cortó con Ailise en Navidad.

Me acerco a Nicksy por la espalda; baila sin parar con unas chavalas de Manchester, pero en general olisquea la pista como un perro policía en un almacén de Ámsterdam. Cogiéndole con fuerza por el hombro, le suelto: «¡Brian Nixon, queda usted detenido por agresión a la porra de un agente de la ley...!»

«¡MARK RENTON!», exclama, y me planta un beso en la frente. Está totalmente ido, pero las chicas y algún que otro tío me miran como si fuera una especie de superestrella, porque Nicksy es una cara muy conocida en la movida Northern Soul.

«¿Qué tal llevas lo del melón?»

«Ya ves, un pasma hijoputa me arreó. No podía ir al hospital, porque estaban deteniendo a todo quisque. Alucinante, ¿no?»

«Y que lo digas. A mí los hijos de puta me destrozaron la *Fleetwood Mac.*[1] Me cuesta horrores bailar.»

«Cualquier excusa es buena», dice, riéndose y señalándose el tarro. «Sí, seis puntos, pero la puta entrada a lo Graeme Souness que me hiciste me dolió más, so cabrón», añade sonriendo, y se agacha a frotarse el tobillo mientras mira hacia la salida. «¿Con quién has bajado, macho?»

«Con tres colegas. Bueno, ahora con dos. Uno se largó en cuanto vio que no había priva. Lo creas o no, era Rab, el que te dije que llegó a fichar por el Manchester United. Ahora no puede estar ni diez minutos sin echar un trago.»

«¿Ha venido Matty?», pregunta emocionado.

Me entran ganas de decirle que Matty ya no es exactamente el mismo tío al que conoció en aquel piso de Shepherd's Bush en el año setenta y nueve, pero no está bien poner a parir a un colega delante de otro. «Nah, a última hora se echó atrás. Shirley, el crío, y todo eso.»

«Lástima, llevo años sin ver a ese cabrón.»

«He venido con algunos otros chavales a los que quiero presentarte. Y aquí tengo a un pequeñín...»

Me saco un par de pastillas azules del bolsillo pequeño de los vaqueros y le paso una a Nicksy. Nos las echamos al coleto y empezamos a despotricar alegremente el uno del otro. Brian Nixon, mi primer amigo de la casa okupa aquella en la que Matty y yo nos acabamos quedando a base de asistir a todas las fiestas que organizaban. *Monday, Tuesday, happy days.* Me acuerdo de que Nicksy decía que odiaba su nombre auténtico, porque la gente lo asociaba con Richard Nixon. A mí mi nombre real me gusta: ojalá la peña lo utilizara más, en lugar de la mierda esa de Rent Boy. Así que cotorreamos un poco más, repasamos los viejos tiempos, y hablamos de la huelga y de la guerra de clases. *Este* speed *está que te cagas...*

Estamos pegándole al Orbit sin azúcar cuando le presento a Nicksy a Tommy y a Keezbo. Aparecen enseguida, en cuanto ven que está ampliamente rodeado de compañía femenina, dos chavalas de Manchester que se llaman Angie y Bobbi. Aquí todo el mundo conoce a Nicksy, porque no es muy normal que suba gente de Londres a las provincias, y las cosas como son, el cabrón se mueve muy bien en la pista. Pero me dice que no le interesa ninguna de las dos chicas. «Pillao que estoy, ¿sabes?»

1. Argot rimado: *Fleetwood Mac* (grupo norteamericano de blues y rock) por *back* («espalda»). *(N. del T.)*

«Me alegro por ti. ¿Está aquí?»

«Nah, no quiere salir de Londres. Ni te cuento lo que la echo de menos. Pero a ella no le importa que me venga por aquí, porque no es que nos veamos poco. Vive en el mismo bloque que yo, unos cuantos piso más arriba.»

«Nunca cagues donde comes, macho.»

«Menuda jeta tienes, cabrón», dice él. «Nah, ésta es especial. La madre de mis hijos.»

«Contigo lo son todas, colega», le replico, entrando en un juego muy viejo. «¿Te acuerdas de la chica de la casa okupa de Shepherd's Bush? Lorraine, de Leicester. Te partió el corazón. Te cuelgas demasiado, colega, eso es lo que te pasa.»

«Esto no tiene nada que ver», dice con una sonrisa, «y más vale torda en mano que ciento volando, ¿no te enseñaron eso en el cole, macho?»

Es estupendo volver a ver a este cabrón y ponernos al día sobre los viejos tiempos. Me cuenta que lo más seguro es que Chris Armitage, de Salford, otro amiguete punk de Londres, se acerque por aquí en algún momento. Esto promete. Así que, mientras Nicksy pega la hebra con Tommy, yo me pongo a darle palique con la tal Bobbi.

¿Puede un hombre ser un villano toda su vida?[1]

Es una monada chiquitilla y serena, de pelo castaño oscuro, y me cuenta que la llaman «Bobbi» y que en realidad se llama Roberta, pero a Tommy le da por tocarme las pelotas y me pregunta en voz alta: «¿Sabe Hazel que te vas a Europa con dos tías?»

«Hazel y yo somos historia, Tommy.»

«Sí, durante diez minutos, y luego volvéis a las andadas.»

«Esta vez no», le digo, esperando que Roberta tome nota. Decido que me gusta más Roberta que Bobbi, porque no quiero pensar que una tía lleve el mismo nombre que Bobby, el del curro.

Me voy a la pista con ella un rato mientras empieza a sonar «What Shall I Do» de Frankie and the Classicals. Roberta es más rellenita de lo que parecía o de lo que a mí me suelte gustar; bueno, tampoco es lo que se dice una gordita, pero con un poco más de carne en los muslos y en el culo de lo que uno se imagina, a juzgar por la cara, los hombros y esos pechitos enfundados en una camiseta ceñida de ondas rojas y blancas. Mola esa melena, larga y oscura, y tiene una cara bonita. Así que opto por la política de no darle tregua en lugar de

1. Véase nota 3 en la página 48. *(N. del T.)*

marcar territorio. Le doy la serenata con el estribillo: *Huh, baby, what's happening wit choo. Nothin? Ah, that's too bad. Hey, jist came around to see what was happenin wit choo, to see if there was any new party. Ah, c'mon, you can do bettah than that now, uh...*[1]

«Oye, tú estás loco», me suelta con unas risitas de niña pequeña, de esas que animan mogollón y te burbujean en las tripas, como el champán. Entonces me guipa la mano y me pregunta: «¿Qué te ha pasado en el dedo?»

«Accidente industrial», le digo, y le guiño un ojo.

La fiesta termina en euforia total cuando el DJ pone ese viejo tema típico de los finales de fiesta del Wigan Casino, «I'm On My Way» de Dean Parrish. Y luego, por desgracia, eso es lo que hacemos: irnos. Estamos en la puerta del club y hace fresco; nos colgamos un rato, porque Tommy sigue preocupado por Segundo Premio, y a decir verdad yo también lo estoy un poco. Nicksy y Roberta proponen ir a Manchester a una fiesta, a un sitio llamado Eccles, y aunque a mí me apetece un montón, procuro ir de tranqui. «¿Y qué pasa con Rab?» «Habrá vuelto al coche, Mr. Mark», dice Keezbo. «A estas horas no le van a dar de beber en ningún lado.»

Me doy cuenta de que en realidad hace una noche de verano tranquila y templada y que es el *Lou Reed* lo que me da sensación de frío. A Roberta le castañetean los dientes y me dedica una sonrisa picarona al tiempo que se aparta el pelo de la cara. En el coche no hay ni rastro de Segundo Premio. «Habrá ido a Manchester», digo, poco convencido. «Todavía tiene amigos allí, de cuando jugaba al fútbol.»

«Muy cierto, Mr. Mark», dice Keezbo, que no quiere que la noche termine bruscamente y que le ha estado tirando los tejos a Angie, una tía alta de pelo largo y oscuro. Es cierto: para ser un Gordo Cabrón Pelirrojo y Gafotas, a Keezbo se le da de miedo acabar metiéndola en caliente. Hace reír a las chavalas presentándose como un osito de peluche alegre y adorable que no supone ninguna amenaza sexual real. Seguro que, en un momento de lucidez, más de una se habrá preguntado: «¿Qué hago yo con un capullo obeso y sudoroso encima barrenándome el coño con su gran nabo pelirrojo?»

Así que nos subimos a los bugas. Yo voy en el de Nicksy, un montón de chatarra oxidada, sucio, lleno de periódicos viejos, carto-

1. «Eh, nena ¿qué pasa contigo? ¿Nada? Vaya, es una pena. Oye, sólo he venido a ver qué pasaba contigo, a ver si había alguien nuevo por ahí. Anda, vamos, tú sabes montártelo mejor...» *(N. del T.)*

nes de comida para llevar y latas de cerveza vacías. Voy en la parte de atrás con Roberta y una chavala que no es Angie, y no tengo ninguna prisa por llegar a nuestro destino, porque Nicksy ha puesto una cinta de Northern buenísima y los Tomangoes están dándole a tope a «I Really Love You», y Roberta y yo y la otra chavala, que creo que se llama Hannah, vamos en la parte de atrás cantando y chocando al compás los hombros. Delante va una chavala que tiene una melena rubia y lacia que le llega hasta el cuello. Cuando llegamos a la casa de Eccles, está atestada de gente de la fiesta de Blackpool. De repente me abruma la idea de que me encanta ser yo: un tío de clase obrera, joven e inteligente, oriundo de estas hermosas islas. ¿Qué más puede pedir un ser humano?

Roberta y yo nos sentamos en un sofá destartalado y hablamos de viajes. Para mí que, después de Europa, el año que viene voy a recorrer Estados Unidos; me voy a meter en el rollo ese de los campos de verano de BUNAC para buscarme la vida, enseñar a los críos americanos a jugar al fútbol y luego irme a tomar por culo y dar vueltas por ahí hasta que se me acabe la pasta. Los demás están en la cocina y en el pequeño espacio verde de la parte de atrás, bailando al son de los temas de Northern Soul; son todo grabaciones guapas, como «I Love My Baby» de los International GTO's; nosotros nos hemos apalancado en la misma habitación que unos capullos con pinta de guarros que están fumando caballo en papel de plata. Los observo, y uno de los tíos, de pelo lacio y con grandes ojeras, me mira con una sonrisa lúgubre y ojos fríos: «¿Te apetece un poco?», dice arrastrando la voz con acento *Scouse.*[1]

Unos cabrones apestosos metiéndose esa mierda en una fiesta Northern...

«Nah..., tú a lo tuyo», le digo, rehusando la pipa y el papel con un gesto de la mano. Roberta parece un poco mosqueada y hace otro tanto. El asqueroso ese se encoge de hombros, se ríe y se la pasa a su colega, que quema la parte de abajo del papel de plata con un mechero, se mete un montón de humo en los pulmones absorbiéndolo a través de la pipa, y, en cuanto le sube, se queda superaturdido, con los ojos entreabiertos.

Qué imbécil, mira que meterse esa mierda para convertirse en un puto zombi, cuando podría estar divirtiéndose...

1. Mote genérico para designar a los naturales de Liverpool y Merseyside. *(N. del T.)*

«Me quiero ir», dice Roberta. «Vámonos a buscar a los demás.»

Me levanto con ella y vamos a la cocina, a ver si ha aparecido Chris, el de Salford. Me voy hacia el jardín trasero, pero Roberta me para y dice: «Estaba pensando que podríamos irnos a mi casa.»

«Guay», le digo, encantado pero de rollo tranqui. Hago una seña a Keezbo con la cabeza mientras los du-du-dús anuncian el comienzo del tema clásico de los Invitations «What's Wrong With Me Baby». Y pienso: más vale que la Roberta esta tenga un buen polvo, por aquello de sacarme de aquí de esta manera, mientras le canto a gritos a mi amigo las instrucciones para quedar mañana: «El Swinging Sporran, en el centro, Sackville Street, en el Arndale, mañana a las doce.»

Keezbo está con la tal Angie y me indica con la cabeza a Tommy, que está hablando de batallitas futboleras con unos tíos del Manchester City. «Dos a cero para la sección rítmica de Fort Canela, Mr. Mark», mientras me dedica una sonrisa tan larga y turbia como el río Forth.

«¡Viva la sección!» Levanto los pulgares y añado: «¡Los esquiadores más duros que hay!»[1]

Cuando nos vamos, está saliendo el sol por encima de los edificios de ladrillo rojo de Manchester, pero todavía tengo frío, por el *speed*, y Roberta me coge del brazo. Decido pasárselo por los hombros y ella se acurruca muy a gusto contra mí. «Te destroza la vida», dice, refiriéndose a los capullos yonquis, mientras vamos para su casa. «Te enganchas con probarlo una sola vez. Me alegro de que tengas más cabeza que todo eso.»

«Por supuesto», le digo, todo estirado y virtuoso, pero enseguida pienso: tengo que probar esa mierda, de verdad. Incluso me maldigo por cobarde y por disfrazar lamentablemente la cobardía de sangre fría, inteligencia o experiencia.

Me acojoné como un mariquita universitario fumeta y gilipollas, y ellos se dieron cuenta perfectamente, joder. ¿Acaso me estoy convirtiendo en eso? ¿En un puto capullo universitario soso y creído?

Sin embargo, cuando voy de *speed*, los malos pensamientos no me duran mucho, así que corto y me pongo a perorar sobre lo chulo que es el *Sons and Fascination* de los Simple Minds: digo que es muchísimo mejor que *New Gold Dream* (y con eso no quiero decir que

1. Grito de guerra basado en la pasión común de Renton y Keezbo por el tema de Northern Soul «Skiing in the Snow». *(N. del T.)*

NGD sea un mal elepé) y no puedo pensar en otra cosa que en desnudar a Roberta y desnudarme yo, claro, y el mundo es un sitio que en definitiva no está nada mal, joder.

Lunes por la mañana

Tengo la cabeza como un bombo por el fin de semana y el puto *Fleetwood...*, pero al menos la chavala esa, Roberta, resultó ser toda una sorpresa; nunca me habían hecho una mamada así, y no parece que le molestara lo del vello púbico colorado. También nos echamos unas buenas risas. Me suelta: «No suelo acostarme con el primero que pasa, ¿sabes?» Y yo le digo: «Ya, yo tampoco, pero es porque no me suelen dejar.» Me miró cabreada un instante, pero luego se rió y me sacudió con una almohada. ¡Manchester mola que te cagas! Pasamos casi todo el domingo por la tarde en el pub; primero estuvimos en el Sporran y luego fuimos al Cyprus Tavern Roberta y yo con su amiga Celia y con Keezbo, Angie, Nicksy y Chris Armitage (que por fin apareció), hasta que Tommy se acercó con unos chavales muy enrollados del Manchester City y le dio un ultimátum a la sección rítmica de Fort Canela: u os llevo a casa ahora mismo o volvéis por vuestra cuenta. Así que abandoné a regañadientes a los colegas nuevos y antiguos, pero tengo muchas ganas de volver a verlos. Cuando salimos del garito tambaleándonos, bolingas y fumados, y fuimos a buscar el buga, vimos a unos mineros despedidos repartiendo octavillas en Piccadilly. No pude mirarlos y me llevé a todo dios a la otra acera con alguna mierda de pretexto.

Roberta y yo intercambiamos los números de teléfono. Ahora no viene a cuento si nunca volvemos a vernos o acabamos siendo unos amantes desgraciados. Lo que importa es que nos lo pasamos de coña y que ninguno de los dos lamentó ni un minuto.

Pero los lamentos son para el lunes por la mañana y ahora vuelvo a estar bajo las ásperas luces fluorescentes del taller, sudando como una tortillera invidente en una pescadería. Nos han castigado por la insubordinación del sábado en aquel chollo de pub: nos han sacado de aquel curro y nos han devuelto a la monotonía del trabajo fabril más elemental. Así que a volver a juntar paneles para casas y a clavarlos unos con otros para que puedan levantar más barriadas prefabricadas en los últimos terrenos infectos que separan Edimburgo de Glasgow.

POKAU, suenan las pistolas de clavar, ligadas a largos tubos en un circuito que echa aire comprimido sin parar incrustando clavos de quince centímetros en la madera como si fueran balas.

POKAU.

POKAU.

Lunes por la mañana: la puta mierda degradante y comepollas del lunes por la mañana. Hay treinta currelas de plantilla por aquí y no puedo hablar con ninguno, mierda. Gillsland es el único cabrón al que le ha ido bien con la recesión, porque ha dejado lo de equipar tiendas de gama alta con seis empleados por la construcción de casas prefabricadas de gama baja con treinta. Eso sí, para el muy rata, los costes laborales vienen a ser los mismos.

Las cuentas bancarias no crecen en los árboles, no hay más remedio que robar una o dos carteras...

POKAU.

POKAU.

Pero me daba igual que el curro fuera monótono y nada cualificado, sólo quería ponerme a trabajar en serio, pasar desapercibido currando a tope, montar unos cuantos paneles, sudar las toxinas de la priva y el *speed* del finde y trabajar para olvidarme de la vértebra machacada y de la depresión de mierda hasta que llegara la hora del descanso.

Luego, a la hora de la pausa silenciosa, me echo al coleto tres tazas de café solo. Veo a Les mirándome. Ya sabemos lo que toca a continuación. «Venga, muchachos...»

Podría haber prescindido del numerito del tigre y la verdad, no esperaba alzarme con la victoria. Pero era el ritual de Les, y para ser justos con ese capullo, no cabe duda de que era una forma insuperable de empezar la semana.

Nos reunimos los seis: yo, Davie Mitch, Sean Harrigan, Barry McKechnie, Russ Word y Seb (ése es el mote que le pusimos a Johnny Jackson: en tiempos salía con un pibón que se llamaba Sonia, así que le llamamos *Sonia's Ex Boyfriend* –el ex novio de Sonia– porque es lo único por lo que podría llegar a pasar a la posteridad). Vamos al retrete, y cada cual se coloca en su cubículo de aluminio. Les nos entrega a cada uno el *Daily Record* de la semana pasada, del lunes al viernes, y un *Sunday Mail* de ayer, que siempre trae para hacer que cuadren las cifras. Ahora es cuando Les se encuentra en su elemento. Es un humorista frustrado que hace de presentador en el Tartan Club y en el club de los estibadores. Tiene que hacer de tripas corazón, sin duda; su mujer lo abandonó hace años y su hija, a la que no ve nunca, vive en Inglaterra. La vida tiene sus desilusiones, pero Les se divierte como un crápula y con avaricia donde sea. Y encima es un hombre torturado por las almorranas, hasta tal punto que se da crema en el culo antes de salir a tomarse unos tragos.

Cada cual extiende su periódico en el suelo delante de la taza del váter; oigo el crujido del papel de los otros cubículos. Entonces me bajo los pantacas y los gayumbos y me pongo en cuclillas sobre el periódico.

Relájate...

La clave está en asegurarte de que el chorizo salga todo de una vez, sin romperse. Eso significa que tienes que ponerte cerca del suelo y ser lo bastante hábil como para moverte hacia delante para que no se enrolle en forma de espiral, sino que se extienda en línea recta sobre el periódico.

Suave...

Me está saliendo bien, se nota que va saliendo a ritmo uniforme, fluyendo con solidez, y noto cómo toca el suelo, así que empiezo a echarme hacia delante con un movimiento lento y constante a la vez que sigo excretando..., la puta espalda... me está jorobando..., sigue...

¡Sí, señor!...

Splat... Lo oigo caer en el periódico cual simio que salta de un árbol disparado como una flecha. Luego me enderezo y vuelvo a la taza, agradecido de poder descansar la riñonada, y cago los posos antes de limpiarme el culo. Ésa es la parte más peliaguda de la operación cagada, deshacerse de las «secundinas», como las llama Les. Como solemos comer antes de privar, las secundinas tienden a ser más líquidas, contienen más tóxicos procedentes del alcohol y las drogas y escuecen más que la criatura marrón. Pero ya está, misión cumplida: me limpio y admiro mi obra. El chorizo está ahí ante mí desprendiendo vapor; es toda una belleza: sólido, marrón, en perfecto estado, con esa preciosa capa suave con la que salió deslizándose sin agarrarse en absoluto. Este nene tiene que ser un aspirante al título. Los escoceses auténticos se cagan en el *Record.*[1]

Salgo, me lavo las manos y me meto otro par de paracetamoles. Sean Harrigan, un exiliado *Weedgie* que se quedó tirado en Livingstone, ha salido ya, señal segura de que ha cumplido. Barry McKech-

1. En el original, *Real Scots shite ower the* Record. Juego de palabras que alude a una pegatina de automóvil que solía entregar el *Daily Record* a sus lectores y que rezaba así: *Real Scots read the Record* («Los escoceses auténticos leen el *Record*»). *(N. del T.)*

nie es el siguiente, seguido por Mitch. Después aparece Seb; no puedo imaginarme que el suyo esté en buen estado. El último en salir es Russ Word, que sacude tristemente la cabeza.

Así que deslizamos cada uno los frutos de nuestro trabajo por el suelo y los ordenamos en fila mientras Les se pone manos a la obra con la cinta métrica. Según va juzgando cada cagarro, va comentando: «Barry McKechnie: un esfuerzo ridículo, hijo mío. ¿Se puede saber qué hiciste el finde? ¿Te quedaste en casa viendo la tele?»

«Unas veces se gana y otras se pierde», contesta Barry encogiéndose de hombros. Es nuevo, no trabajaba aquí cuando yo estaba empleado a tiempo completo, pero parece un tipo bastante legal.

«Seb: no está mal, amigo. Pero se ha enrollado un poco», comenta Les. El pobre Seb está condenado a ser la eterna dama de honor; está un pelín demasiado gordo para encontrar el equilibrio correcto y aplicar la técnica apropiada. Eso exige cierta forma física. «Davie Mitchell: excelente.»

«Pues sí, el sábado me comí un curry y después del partido de los Hibs en Falkirk me fui todo el día de pedo.»

Sean, el de Livingstone, desliza su periódico fuera del cubículo. Encima del *Record* se ve como una tortuga grande, fea, marrón y negra. «Sean Harrigan: ¡menudo bellezón!», exclama Les. «Más negro que el primer hijo bastardo de la princesa real. Ese del que nunca se habla.»

«Estuve en Gallowgate pegándole a la Guinness en el Baird's.»

«No te dejes dominar por ningún hijo de puta orangista, amigo esquivajabones»,[1] le dice Les con una sonrisa. «Te ha venido de maravilla, Sean. Russ Word...», dice fijándose en el lamentable intento de Russ.

«¿Qué pasa, Russ?... Lo has hecho fatal.»

«La culpa la tiene la parienta con sus tonterías de dietas y de verduras. Me hace cagar como un caballo. Tuve que ir antes, y eché un cagarro fuera de serie.

«Sí, claro», dice Sean.

1. *Soapdodger* («esquivajabones») es un término despectivo para con los habitantes de Glasgow. *Orange* («orangista») es una alusión a la Orden de Orange, sociedad secreta de tipo masónico fundada en Irlanda en 1795 y dedicada al mantenimiento de la supremacía religiosa, dinástica y social protestante frente a los nacionalistas católico-irlandeses, no sólo en el Ulster sino también en Escocia, y particularmente en Glasgow y alrededores. *(N. del T.)*

«Te lo juro, Sean», protesta Russ, «el problema está en la dieta esa rica en fibra. Todas las mañanas lo primero que hago es soltar un chorizo más gordo que los muslos de la foca de Morag, la del comedor.»

«Tienes que cambiar de dieta si vas a tomarte en serio lo de jugar en primera, Russ», le reprende Les con cierta displicencia. «A ver, Marky», dice, mirándome primero a mí y después a mi ofrenda, que yace liberando vapor encima de Gordon Strachan, jugador del Aberdeen. «Excelente resultado: viene a medir treinta y seis centímetros y es el vencedor indiscutible. Ni un eslabón débil, muy compacto y depositado en una bonita línea recta.»

«¿Qué, Rents, tu novio ya te ha vuelto a apretar a base de bien?», dice Sean, con sus ojillos malévolos chispeando de envidia.

Le guiño el ojo. «Yo siempre hago de cartero, no de buzón, Sean. Tú deberías saberlo mejor que nadie.»

Sean está a punto de soltar algo, pero Les se le adelanta. «¡Antes de acercarte siquiera al ojete de un *Weedgie* asqueroso tendrías que ponerte condón!»

«¿Condón? Me cago en todo, ¡un traje de buzo es lo que tendría que ponerme!»

«¡Chitón!», exclama Bobby, asomando por la puerta su desgarbada silueta. «¡Que vienen Gillsland y Bannerman!»

Recogemos los periódicos, abrimos las ventanas y lanzamos nuestras bombas al techo plano mientras Barry sale con Bobby a distraer al jefe. No pudieron distraerlos mucho rato, porque estábamos cerrando las ventanas y a punto de lavarnos las manos cuando oímos ese inconfundible lloriqueo nasal. «¿Qué pasa aquí?», gimotea Gillsland. «¡Hay trabajo que hacer! ¿Se puede saber qué hacéis todos aquí metidos, como un hatajo de mariconas?»

«Estábamos esperando a que vinieras tú a enseñarnos a hacer una mamada como está mandado, Ralphy», dice Les, hinchándose el moflete desde dentro con la lengua y haciendo el movimiento de cabeza correspondiente. «Se la chupó a todo el Jubilee Gang[1] una noche a la puerta del *fish and chips* de Granton, ¿eh, Ralph? Según me cuentan no dejó ni gota una sola vez. Luego fue a casa y le comió la almejita a su mujer para demostrar que le pegaba a todo antes de potárselo todo encima del coño. Nueve meses después nació un crío que se parecía a todo Granton, ¿eh, Ralphy?»

1. Pandilla callejera del barrio de extrarradio Granton de mediados de la década de 1950 y principios de la de 1960. *(N. del T.)*

«Pero ¿qué dices?», dice Gillsland, indignado, antes de replicar: «Cree el ladrón que todos son de su condición.»

«Ay, esas noches de amor estival en el viejo Granton, *ah well-a, well-a, well-a, well, tell me more...*»,[1] canturrea Les mientras pasamos de Ralphy y Bannerman que, al captar el pestazo cada vez más intenso, sacuden el aire con la mano por delante de la cara, y salimos de vuelta a la tediosa tarea.

POKAU.

POKAU.

POKAU.

Sean y Mitch me preguntan por el finde. «Estuve en Blackpool. Una noche de Northern. No estuvo mal, pero aquello nunca volverá a ser otro Wigan.»

POKAU.

UIIIIIISSS...

TOK.

No lo vi venir, pero pasó al lado de la cabeza de Sean como una bala y se clavó unos seis centímetros en una tabla de la pila que tenía delante. Por un instante la sangre se me heló y cabe suponer que a Sean también, antes de que se escondiera detrás de una pila de marcos amontonados encima de unos palés. Yo no tardé en hacer lo mismo, y menos mal; otro pitido, un TOK y otro clavo de quince centímetros que se incrusta en la madera que tengo delante.

«¡PUTO CHALAO! ¡CASI ME MATAS!», le ruge Sean a Bobby, que va disparando por todas partes con la pistola de aire comprimido.

«¡Te voy a volar los sesos, hijo de puta!», exclama Bobby con una mueca, disparando otro par de clavos contra los palés de madera que tengo delante.

«¡PARA DE UNA VEZ, PUTO RETRASADO!», le grita Les. Al cabroncete este se le ha ido la olla y va a acabar matando a alguien. Le encanta la pistola y quedarse ahí con esa sonrisa de idiota en el careto. Pero ahora está en punto muerto, porque Les no suele parar nunca una broma.

«Eh, Bobby», digo yo, levantándome. «Venga, colega, ¡vuelve a ponerle el puto seguro! Como aparezca Gillsland por aquí, la cagamos. Va, colega, ponte las putas pilas, ¿vale?»

Bobby me mira y *me parece* que le veo volver a echar el seguro,

1. Fragmento de la letra de «Summer Nights», uno de los temas de la banda sonora de *Grease. (N. del T.)*

pero el miedo me devora la columna vertebral cuando me apunta con la pistola de aire comprimido y dispara...

Me cago en la puta...

Por supuesto, no pasa nada, salvo que casi vuelvo a cagarme, aunque no me quede mierda en las tripas. «Estás como una puta cabra, Bobby. Venga, amigo, vamos a dejar listos los tablones esos.»

Así que Bobby se pone a disparar contra los tablones, empleando la pistola de aire comprimido para aquello para lo que fue diseñada, pero Sean está que trina. «Ese cabroncete está fatal de la chola, joder», dice tocándose la sien con el dedo y moviéndolo de un lado a otro. «Te lo digo en serio, Mark, no sé en qué puto mundo vive. ¡Como el muy capullo vuelva a las andadas, se lo cuento a Gillsland!»

«Déjame hablar con él. Tú no digas nada.»

«No soy un bocas, Mark, y no quiero que nadie pierda el empleo, pero ése no está bien de la cabeza. ¡No tendría que estar haciendo un puto trabajo como éste!»

Eso era cierto. Bobby era el superprota alelao, baboso y sin miedo de aquel tugurio, un chaval discapacitado que algún plan de rehabilitación había mandado a nuestro humilde seno, y, a medida que acumulaba hazañas de majareta, nuestras especulaciones acerca de qué clase de plan sería se volvían cada vez más estrafalarias. Todos queríamos un montón al chavalín, porque animaba la monotonía aplastante de la fábrica, pero sabíamos que en cualquier momento podía jodernos completamente la vida arrastrándonos, por un capricho de chalado, al abismo del paro o a un accidente laboral grave. En momentos como aquél me alegraba de la escapatoria que representaba para mí la universidad; aquello iba a acabar mal.

Según el reloj ya es la hora, así que le doy una palmada en la espalda a Bobby, dejamos las herramientas y nos vamos al comedor. «Sabía lo que me hacía, Mark», protesta él, «no pensaba dispararle a nadie y tal.»

«Muy bien, Bobby, pero tienes que andarte con ojo, colega.»

Bobby asiente a modo de disculpa. Le caigo bien; por lo visto, a todos los psicópatas les caigo bien. Hacía mucho que tenía asumido que el mundo era un lugar duro, complicado y que fallaba por la base, así que nunca juzgaba a nadie, al menos en público, y por lo general toleraba los caprichos y debilidades de los tarados. Aportaban a la vida cierto interés. Atravesamos el patio que conduce al comedor adyacente al almacén que abastece a varias empresas del polígono.

Sean seguía un poco alborotado y se mantenía a una discreta distancia de Bobby, como si el cabrón todavía estuviera peligrosamente surtido.

El comedor es bastante rudimentario. Habían empezado a ofrecer empanadas y rollos de hojaldre con salchicha acompañados de judías y patatas fritas o bollos rellenos, pero la mayoría de la gente seguía trayéndose el bocadillo de casa. Hoy le toca currar sola a Big Mel, una chavala que parece un petrolero, sin su compañera, Morag.

«¿Qué tal, Mel, bonita?»

«Hola, guapo.»

«¿No tienes compañía hoy, Mel?», le pregunto, mientras Sean, Les, Bobby y Mitch se ponen en la cola.

«No, Mark, se ha tomado el día libre..., de baja por enfermedad», me contesta, bajando la voz cuando ve entrar a Ralphy Gillsland con Bannerman y Baxy. Odiábamos a esos cabrones: Caracoño, Bannerman, el capataz de voz áspera y Baxy, su execrable compinche.

«¿Ya habéis terminado con el pedido de Steel?», me pregunta Bannerman desde la otra punta de la fila; el capullo grandullón parece una caja, con esa cabeza y ese cuerpo cuadrados.

No soporto hablar con Bannerman ni en el mejor de los casos, y menos a la hora del puto descanso. «Lo mandamos en la furgoneta esta mañana», le informo con gran placer. Eso se lo debíamos a Bobby. Puede que fuera un tarado, pero aquel hijo perturbado de Niddrie Mains manejaba la pistola de maravilla.

«Muy bien», rezonga Bannerman con malas pulgas.

Ni lo miro, al desgraciao ese. Parece que a Ralphy, pese a la antipatía que le profeso, le caigo bien, pero es que Bannerman ha ido de enemigo desde el primero momento. El capullo me aborrece más todavía desde que empecé a ir a la universidad. Me vuelvo hacia Mel: «¿Sigues saliendo con el chico aquel, Mel?» Se cepilla a un granjero grandullón de West Calder.

«¿Ése? Ni hablar», me contesta, echando aire por un lado de la boca con la misma fuerza que la pistola de Bobby.

«Pero era un chico grande y fuerte, Mel», le dice Les en plan insinuante.

«Con una chorra que parecía un verdugón superenano», se burla ella. «¡Pa qué lo quiero!»

Lo pienso un instante. «Tienes razón, Mel, tienes que buscarte un enano de ésos. Esos cabrones tienen unos rabos enormes..., o eso tengo entendido.»

«Ay, cochino follaenanos...», tercia Les. Bobby sonríe enseñando todos los dientes y suelta esa risotada sibilante que le hace temblar los hombros.

«Alguno que otro me la ha chupado», digo meneando las caderas. «Son de la altura ideal, no hace falta que se arrodillen, pero nunca me he cepillado a ninguno. Esperaba que me dieras detalles tú, Lesbo.»

«Sí, pues ya te puedes ir yendo a tomar por culo, cabrón», me suelta. Como réplica no vale gran cosa, pero Les es así. El tío mola, pero aunque se las dé de cómico, Oscar Wilde no es, y en materia de ingenio menos todavía que en cuestiones de sexo.

A Bobby se le cae la baba otra vez mirando las tetas a Melanie. Ella lo pilla y le lanza una mirada hosca. «Bobby, ya vale.» Yo le doy una colleja de broma y él me dedica esa sonrisa de pequeñajo risueño. Aunque sólo tenga cinco años menos que yo, no cabe duda de que el joven Bobby me despierta cierto instinto paternal latente, cosa que me inquieta bastante. «Oye, Mel, éste es tu hombre.»

«¿Ese niñato esmirriado? ¡Pero si los pasteles esos tienen más chicha!»

Por un instante pienso que el joven Bobby va a ruborizarse. Pero de repente guiña el ojo y tuerce el labio inferior hacia abajo. «Cuando quieras y donde quieras, nena.»

Melanie suelta una risotada caballuna y sirve a Mitch un buen pegote de puré de patatas. «Eso dicen de los flacos: que son todo polla y costillas», tercia Les. «Frank Sinatra sólo pesaba sesenta kilos, pero Ava Gardner decía que cuarenta y cinco eran polla.» Mel hace un cómico intento de poner cara recatada, pero yo la pillo lanzándole a Bobby la típica mirada que los borrachos le echan a una ración de *fish and chips* a la hora del cierre de los pubs. Le hago un gesto de reprimenda con el dedo, porque el único que se ha dado cuenta soy yo, y ella me contesta con una mueca.

Mel me sirve empanada, judías y puré de patatas, y luego le sirve lo mismo al joven Bobby, que coge la botella de plástico y cubre hasta el último centímetro cuadrado de puré y de empanada con salsa hasta que la botella pedorretea los últimos posos. ¡No queda nada para Bannerman, que se acerca a la mesa en ese momento! «¡Te has echado toda la puta salsa!», gruñe indignado, mirando el plato de Bobby mientras levanta en alto la botella vacía: «¡No es posible que quisieras toda esa puta salsa para ti!»

Bobby lo piensa un poco y acto seguido proclama, apartándose el pelo de la cara para mostrar el ceño fruncido: «Es que hoy estoy mu...

¡sal... salao!» Luego se larga tan campante a la mesa mientras Les, Mitch y yo nos tronchamos de risa. Hasta Sean se anima. Esas pequeñeces parecen trivialidades, pero eran las típicas minivictorias de Bobby, y le salían solas. Sólo por eso valía la pena el riesgo de que te disparara.

Al salir del curro veo a Sick Boy en el Foot of the Walk, junto a la parada del autobús, escudriñando con sus grandes ojos a una chavala que también está ahí esperando, mientras se frota contemplativamente el mentón rasposo de las cinco de la tarde. Veo cómo cambia de expresión de golpe; parecía abucharado como un cachorrillo que pide clemencia y, al momento, se pone cruel y arrogante. Está a punto de atacar. Su pelo negro de corte mod, que le llega casi hasta los hombros, tiene un lustre brillante, y lleva una camisa blanca de cuello de pico, que realza su mediterránea tez morena, herencia de su madre italiana. Unos pantalones de lona marrón le envuelven unas piernas un poco más largas de la cuenta y, para variar, luce unas zapatillas de puta madre, porque suele llevar zapatos italianos caros que siempre saca del mercado negro. Sick Boy siempre anda ligando y le corto el rollo al muy cabrón justo cuando iba a abalanzarse sobre su presa. «Rents...», dice con irritación y señalando a la chavala con un gesto de la cabeza, «estaba *trabajando...*»

«Tómate un descanso y vente a tomar una birra», le digo, porque necesito hablar de mi traslado al queo de Montgomery Street.

«Si pagas tú... De todas formas, por estos lares hay mucha babuina suelta», se queja. Babuina es el término que utiliza para referirse a las chicas que tienen críos: *B*rat *A*ttached, *B*ugger *O*ff *O*nto *N*ext.[1]

Entramos en el Central y empezamos a charlar. Él se desploma en una banqueta, y yo opto por quedarme de pie. Sick Boy hace lo de siempre: poner a parir a Leith y decirme que él está hecho para cosas mejores. «Sé que las cosas están difíciles, pero es que Leith está lleno de pusilánimes hechos polvo.»

«¿Lleno de qué?»

«De pusilánimes. Quiere decir personas carentes de voluntad o de valor para seguir adelante. Quejicas. Lloricas.»

Un viejo desdentado con gorra y que está en la barra junto a nosotros mete baza: «A mucha gente no le gustaría eso que acabas de decir», le advierte, echando chispas por los ojos.

1. Iniciales de *baboon* («babuino/a»). Traducción aproximada: «Cargada con crío, vete a tomar por culo y prueba con la siguiente.» *(N. del T.)*

«¿Te suena de algo la expresión "conversación privada"?»

«¿Te suena a ti la expresión "espacio público"?»

Sick Boy enarca las cejas, parece pensarlo y luego suelta: «Está bien, coño, ahí me has dado, jefe», y pide otra ronda en la que incluye al viejo, que arrima una banqueta, pletórico de satisfacción. Sin embargo, el viejo aprovecha la oportunidad para contarnos su vida, lo que se convierte para nosotros en la excusa para apurar rapidito y largarnos.

Cuando salimos a la cálida luz del sol de una noche veraniega que ya se acaba, veo subir por la calle a la vacaburra entrometida de The Fort, Margaret Curran, con su gran bolsa de ropa para lavar. Frunce el ceño con cara de indignación al ver esperando en la parada del autobús a una familia paki..., en fin, no debería decir eso porque lo más probable es que sean bengalíes.

«¿Por qué ese feto infecto va siempre cargado con una bolsa llena de ropa para lavar?», pregunta Sick Boy según se aproxima.

«Se pasa la vida llevando la colada a la lavandería para pasar el rato con sus amigas», contesto antes de imitarla: "Siempre les digo que me la metan en la Bendix,[1] hijo."»

«¡Señora, por favor!», me suelta Sick Boy.

Cuando la señora Curran pasa a nuestro lado, no me puedo resistir, así que le suelto: «¿Ya le han vuelto a meter el *dhobi*[2] en la Bendix, señora Curran?»

«Sí, Mark, como todos los días. Es el cuento de nunca acabar, incluso ahora que Susan se va porque se casa. Olly y Duncan no hacen más que ponerlo todo perdido.»

«Tiene que acabar siendo un dolor que te cagas», dice Sick Boy, el muy hijo de puta. «Un viaje a la Bendix *todos los días* tiene que ser la leche.»

Ella se queda estupefacta y se enfurruña; y tuerce el morro y yergue la cabeza como si la retuviera una cadena invisible; parece que se haya enterado.

«Quiero decir para las manos, los brazos y eso», matiza él.

1. Juego de palabras: *I always take it up the Bendix, son.* Bendix es una marca de lavadoras, y por extensión, una franquicia de lavanderías del mismo nombre. La frase *take it up* tiene el doble sentido tanto de llevar algo a alguna parte como de meter algo en alguna parte... *(N. del T.)*

2. Término de argot de origen hindú utilizado en el ejército británico para referirse a la colada. *(N. del T.)*

Mamá Curran se tranquiliza: «Qué va, hijo, me doy un paseo hasta allí, hablo con mis amigas y luego cojo el autobús de vuelta hasta The Fort», le explica, antes de mirarme a mí con gesto hostil. «¿Y qué, qué tal en el sitio nuevo ese donde vivís?»

«Tan nuevo no es. Ya llevamos allí cuatro años.»

«Hay que ver cómo les va a algunos», me espeta con amargura. «Ahora éstos viven en la planta D», dice volviéndose hacia los asiáticos, que están subiendo al autobús 16. «Una familia entera en la antigua casa de los Johnstone», suelta, frunciendo los labios con cara de asco. «El olor de la comida esa me pone enferma hasta más no poder; acaba apestando todo el tendedero. Por eso voy tanto a que me metan la colada en la Bendix.»

«Cualquier excusa es buena», la regaño; Sick Boy ha perdido interés por el juego que nos traíamos y ahora mira de arriba abajo a una chavala que pasa por ahí: careto, tetas, culo, piernas, pero por encima de todo bolso.

«No es ninguna excusa, este país ya no es de los blancos que lo construyeron», dice la señora Curran con malas pulgas antes de dar media vuelta y seguir haciendo el paso de la oca por el Walk.

Sick Boy también se larga: «Oye, Mark, tengo que irme, nos vemos luego», me dice antes de salir pitando detrás de la chavala. Me fijo en él un rato: no tarda nada en abordarla y enseguida se pone a conversar con ella. Cabrón. Si yo intentara hacer lo mismo con una titi, me echaría a la policía encima en un santiamén. Nadie puede acusarle de ser un pusi-como-cojones-se-diga.

Así que me quedo de solateras, pero me alegra bastante. Sale el sol y pongo la espalda a prueba agarrándome al tejado de la marquesina del autobús y haciendo un par de dominadas antes de marcharme calle abajo.

En un referéndum nacional celebrado el 1 de marzo de 1979, el pueblo escocés votó por mayoría restablecer su Parlamento, lo que habría devuelto al país cierto grado de soberanía, después de casi trescientos años de unión antidemocráticamente impuesta con Inglaterra. George Cunningham, un diputado laborista escocés radicado en Londres, propuso una enmienda al proyecto de ley de autonomía para alterar las reglas de manera que a la ciudadanía escocesa no se le concediese dicho Parlamento de forma automática.

El Partido Conservador, encabezado por Margaret Thatcher, llegó al poder en mayo de 1979. Dado que contaba con un porcentaje exiguo del voto escocés, se argumentó que dicho partido no disponía de un mandato democrático, pero aun así se opuso de forma categórica y vetó el restablecimiento del Parlamento de Edimburgo.

DEMASIADO TÍMIDO

«Ésa es la puta tragedia de Escocia», se pronuncia Frank Begbie, alias «Franco» –fornido, con el pelo rapado al dos y tatuajes en las manos y el cuello que se asoman lentamente a la luz–, desde una banqueta de un austero pub de Leith Walk que jamás aparecerá en la Guía de Pubs de Edimburgo. Subraya sus palabras descargando en el escuálido bíceps de Spud[1] Murphy, como si tal cosa, un puñetazo tan potente que casi lo derriba del asiento. «¡Ya nos han vuelto a eliminar de la puta Copa Europea de Naciones!»

Para ilustrar lo dicho, señala el televisor, que está en alto en un rincón, por encima de la gramola; en la pantalla, de colores encendidos y luminosos, salen al terreno de juego dos equipos de futbolistas europeos. Tommy Lawrence la mira tensando su compacto y musculoso cuerpo y arqueando el cuello hacia arriba; Mark Renton, con mirada perezosa, hace otro tanto, porque ha llegado de nuevo la oportunidad de ver a Platini en acción. La cámara recorre en plano medio la alineación de jugadores atentos y ellos la siguen con atención en busca de pistas sobre cómo podría ir el partido. Desde el cochambroso bar en el que se encuentran –con sus paredes manchadas de nicotina, su suelo de baldosas agrietadas y su mobiliario destartalado– se preguntan lo que se sentirá ahí arriba, sacando pecho, concentrado y, en cierto modo, a noventa minutos de la inmortalidad.

Spud, pelo rubio sucio con mechones en punta, hace una mueca y se masajea el brazo para disipar el dolor palpitante que tan bien conocían Renton y Tommy. Fijándose en la expresión de Spud, que parece casi al borde de las lágrimas, Renton piensa afectuosamente

1. «Spud» es un término coloquial que significa «patata» y que se utiliza como mote despectivo para designar a personas de ascendencia irlandesa. *(N. del T.)*

que si *Oor Wullie*[1] se hubiera criado en Kirkgate, llevara polos Fred Perry descoloridos, se dedicara a robar en los comercios y consumiera mogollón de *speed*, sería talmente su doble. Aparte de su impagable sonrisa estilo Dudley D. Watkins, Spud tiene dos expresiones: completamente-ajeno-a-lo-que-sucede y siempre-al-borde-de-las-lágrimas. En este momento luce esta última. Abrumado por la autocompasión y el asco que se da por haber cometido la idiotez de sentarse al lado de Begbie, mira alrededor y se pregunta cómo podría cambiar discretamente de asiento: «Ya..., qué chungo, oye», reconoce, sin saber cómo montárselo para cambiarse de sitio. Sin embargo, Tommy, y sobre todo Renton, que tiene lesionados el brazo y la espalda, mantienen deliberadamente a Spud entre ellos y Franco, que está muy animado. Renton mira de arriba abajo el cigarrillo Regal King Size que Frank Begbie acaba de encender y, cuando éste inhala, haciendo que la punta se ilumine como un tercer ojo al tiempo que se le hunden las mejillas, sobre Renton se abate una abrumadora sensación de «¿Qué cojones hago yo aquí?».

Mientras tanto, Tommy se fija en el cuello de toro de Franco y en su constitución, fornida y achaparrada. Muy alto no es; más o menos como Renton, es decir, que no llega al metro ochenta y, por tanto más bajo que él, pero no cabe duda de que es musculoso y parece que condense en su denso cuerpo a todos los que estamos en el bar. Tommy se fija en la chupa bomber marrón que lleva Begbie, clavadita a la de Renton, aunque no por ello deja de insistir en que se la alaben. «Ya..., es tope guapa, ¿eh?..., y además imposible más suave», proclama una vez más, antes de colgarla cuidadosamente en el respaldo de la banqueta.

Spud escudriña el grueso cableado de los bíceps y antebrazos de Frank Begbie, que asoma bajo las mangas de la camiseta Adidas blanca que lleva; son de una potencia fascinante, en comparación con los miembros finos y lechosos de Renton y los suyos. Tommy le mira fríamente el perímetro torácico e imagina el crochet de derecha que sería preciso para abrirlo y dejarlo tumbado de bruces en el suelo. Tommy es perfectamente capaz de asestar semejante golpe y rematarlo con una patada en la cabeza, lo que también entra dentro de su léxico emocional y marcial. Pero era impensable, porque en-

1. Personaje de cómic encarnado por un niño travieso pero bienintencionado, una especie de «Jaimito» escocés, cuyo creador es Dudley D. Watkins (1907-1969), nombrado más abajo. *(N. del T.)*

tonces empezarían los problemas de verdad con Begbie. Además, era un colega.

Begbie hace un gesto agresivo con la cabeza a Mickey Aitken, que está detrás de la barra; el viejo se mueve como un petrolero embutido en un jersey, coge el mando a distancia y sube el volumen de «La marsellesa». Platini, con un destello de hombre predestinado en los ojos, está cantando a pleno pulmón cuando la voluminosa silueta de Keezbo asoma por la puerta del pub con garbo y arrogancia. Tommy, Spud y Renton piensan al unísono y en solitario: *A ver si hay suerte y ese* Jambo *cabrón y gordinflón se sienta al lado de Begbie y se come él las gallas.* Keezbo localiza inmediatamente a sus amigos, pues en el garito escasea la clientela, y luego, a Lesley, la camarera, que acaba de salir de la trastienda para iniciar su turno. Que le den a Platini, aquí la principal atracción es ella, desastrada pero guapa, con ese pelo rubio que le llega hasta el cuello y un escote generoso, aunque el ladino de Mark Renton está más pendiente de sus vaqueros ajustados y el ombligo al aire.

Keezbo le echa a la camarera un vistazo más general y luego le pregunta: «¿Cómo estás, vida mía?»

Ella lo mira, pero sólo se fija en los ojos azul claro de su interlocutor, extrañamente conmovedores y enmarcados por unas gafas de pasta negras. A fin de determinar en qué punto de la matriz cachondeo/flirteo se mueve éste, adopta un tono de voz agradable pero neutral. «Yo bien, Keith. ¿Y tú?»

«En presencia de su hermosura, señorita Lesley, no podría estar mejor.»

La sonrisa de Lesley tiene ese genuino destello de timidez y coquetería que Keezbo suele suscitar hasta en las chicas más fogueadas.

«Corta el rollo, gordo cabrón», tercia Begbie. «Es mía, ¿a que sí, Lesley?»

«Será en tus sueños, hijo», le dice Lesley, más animada y orgullosa, después del requiebro de Keezbo.

«Pues anda que no son húmedos ni nada, hostias», dice Begbie riéndose. Tiene la cabeza pelada y parece tan dura como una bola de demolición.

Keezbo pide una ronda de cervezas. Para ver mejor la pantalla, se sientan todos cerca del rincón de la tele, en un reservado semicircular cuyos asientos de piel destrozados vierten la espuma de sus entrañas alrededor de una mesa de formica. Renton se ha encontrado una vieja papelina de *speed* en el bolsillo del pantalón y la hace circular; todos, salvo Begbie, que sigue sin quitarle el ojo de encima a Lesley, prueban un poquito. «Ésa quiere guerra», dice de manera que lo oigan todos los presentes. Keezbo trae las pintas en una bandeja y sonríe de oreja a oreja con la expresión radiante de quien tiene una obsesión que compartir. Deja las cervezas en la mesa y se mete su tirito de anfetamina, ya humedecida por la saliva fraternal. El sabor salado le arranca una mueca y termina de bajarla con un sorbo de cerveza. «Mr. Mark, Mr. Frank, Mr. Tommy, Mr. Danny, ¿qué me dicen de éste?: Leo Sayer contra Gilbert O'Sullivan.»

Begbie mira a Renton, a ver qué dice; al cambiarse de sitio, han terminado el uno al lado del otro. Renton está a punto de decir algo, pero lo piensa mejor. Opta por mirar a Tommy y echa un trago de cerveza, que le deja un sabor todavía más rancio de lo normal debido a los posos de sulfato que se le han quedado pegados en la garganta.

«Muy bueno», reconoce Tommy. Keezbo suele inventarse enfrentamientos imaginarios entre adversarios inverosímiles. Esta vez se diría que los elegidos hacen buena pareja.

«Gilbert O'Sullivan escribió aquella puta canción de pederasta sobre tirarse a crías», salta Begbie de repente. «Ese hijo de puta merece morir, coño. ¿Os acordáis de aquel puto vídeo?»

«Ah, "Claire", ya, pero yo no lo vi así, Franco», se aventura a decir Spud. «La canción sólo iba de hacer de canguro a una niña a la que conoce y tal.»

Begbie le lanza una de sus típicas miradas, de esas que arrancan la pintura de las paredes, y Spud se arruga ipso facto: «Conque ahora eres un crítico musical que te cagas, ¿no? ¿Te parece normal que un hombre hecho y derecho escriba una puta canción sobre una cría que ni siquiera es suya, eh? ¡Contéstame a eso si puedes, joder!»

Con el tiempo, Renton se ha dado cuenta de que no hay cosa peor que hacer que Frank Begbie se sienta aislado, por lo que considera diplomático darle la razón. «Joder, Spud, tienes que reconocer que un poco sospechoso sí que es.»

Spud se queda un poco mustio, pero Renton detecta en su mirada una gratitud silenciosa por el capote que le acaba de echar: «Ahora que lo pienso, supongo que sí...»

«Ya te digo, cojones», comenta despectivamente Begbie. «Tú hazle caso al capullo pelirrojo este», dice, señalando a Renton. «Es el que más sabe de música de esta puta mesa, el muy cabrón. Él y Keezbo. Montaron un grupo con Stevie Hutchinson», afirma, y mira alrededor para ver si alguien pone algún reparo a lo que acaba de decir. No parece que haya nadie interesado en llevarle la contraria.

«Entonces, chicos, ¿cómo lo veis?», vuelve a preguntar Keezbo, «¿Leo Sayer o Gilbert O'Sullivan?»

«Puestos a elegir, tendría que apostar por Sayer», se permite aventurar Renton. «Los dos son unos esmirriadillos, pero Sayer es bailarín, así que se movería bien, pero O'Sullivan suele quedarse sentado delante de un piano.»

Los demás sopesan la respuesta durante unos segundos. Tommy recuerda la época en que frecuentaba el club de boxeo de Leith Victoria con Begbie y Renton, que a él le vino de perillas, aunque para el primero fue poca cosa y para el segundo demasiado. Se acuerda de una vez, cuando Begbie tenía quince años, que lo dejó sentado en el suelo, después de que éste lo hubiera perseguido por todo el cuadrilátero, furioso, frustrado e impotente, sin lograr cerrar la distancia para darle caza, y todo por culpa del infranqueable directo de izquierda de Tommy. Cuando perdió fuelle, el boxeador impartió al peleador callejero una clase magistral en la «dulce ciencia del aporreamiento». En aquel entonces, Tommy pensó que aquella victoria le iba a salir cara, pero sucedió todo lo contrario: se ganó el respeto de Begbie, pese a que su adversario aprovechó la ocasión para subrayar que cualquier conflicto que tuviera lugar fuera del cuadrilátero sería un asunto completamente distinto.

Y Tommy, que, con cierto remordimiento, había optado por el fútbol en lugar del boxeo, no tenía motivos para dudarlo. Había terminado por reconocer que Begbie tenía más madera de guerrero del asfalto que él. En un cuadrilátero, Tommy podía estar pendiente de un solo adversario, pero, en la vorágine del alboroto urbano, donde hacía falta tener buena visión periférica para «leer» lo que estaba pasando y donde podía haber más de un adversario, el pánico lo abrumaba. En esa clase de caos Frank Begbie se sentía como pez en el agua: «Es lo que dice Rent, coño», sentencia, «sería una pelea de pesos mosca, y ahí lo decisivo es la velocidad. Sayer revienta al pederasta en tres asaltos, ¿no te parece, Tam?»

«Pues sí, yo diría que por ahí andaría la cosa.»

«Sayer», brindan todos, y Spud añade: «El espectáculo debe continuar.»

«Pues, para que este espectáculo continúe, tendrás que levantarte y pagarte una puta ronda, judío cabrón», sentencia Begbie antes de apurar su pinta de un trago largo, obligando así a los demás a seguir su ritmo.

Spud pone cara de pocos amigos pero obedece. Sigue trabajando en las mudanzas, aunque la empresa ha vendido uno de los camiones y se habla de más despidos. No obstante, lo consuela la idea de que lleva currando ahí desde que dejó los estudios: es buen trabajador y de toda confianza. Seguro que a él no le toca. Keezbo ha tenido menos suerte; les cuenta que lo han echado de la empresa de construcción en la que trabajaba de albañil: «Sigo haciendo algunas cosillas para ellos en plan eventual, pero no pueden mandarme a Telford College a completar la formación profesional.»

«¿Dónde cojones está Segundo Premio?», pregunta Begbie. «Me han dicho que le pegaron una somanta. Según me cuentan, no quiere decir quién coño ha sido.»

«No se acordará; entró en el club ciego perdido después de haber estado de pedo todo el fin de semana. Los del Dunfermline lo han echado, lo han liberado. Se fue de juerga y lleva sin parar desde entonces», les explica Tommy a Keezbo y a Renton. «No tendríamos que haberlo dejado solo en Blackpool.»

«Tal como yo lo recuerdo, fue él quien nos dejó a nosotros», dice Renton.

«Mark tiene razón, Tommy», ratifica Keezbo, quitándose las gafas para frotarse un ojo. «No podemos andar por ahí haciéndole de niñeras.»

«El cabrón se está convirtiendo en un puto alcohólico», se mofa Begbie.

«No le falta a usted razón, Mr. Frank», reconoce Keezbo asintiendo con la cabeza y meneando las gafas para subrayar sus palabras.

A medida que el tema de conversación deriva hacia el talento echado a perder, Renton decide aprovechar la ocasión para cambiarse de sitio. Casi lo decepciona comprobar que el *speed* empieza a hacer efecto: todo el mundo cotorrea y nadie presta atención al partido, por lo que le pide a Mickey que quite el volumen, cosa que éste hace sólo a regañadientes y después de mirar a Begbie para que le dé el visto bueno. Las cabezas de algunos bebedores contrariados se vuelven al unísono y en silencio hacia la otra pantalla, situada en el rincón de la entrada. Entonces Renton se acerca a la gramola y pone «Too Shy», de Kajagoogoo. Pensando en la parte de la letra que dice *modern medicine falls short of your complaint,*[1] se entretiene imaginando a Frank Begbie con un corte de pelo a lo Limahl. Cuando empieza el estribillo, se pone a parpadear, a espaldas del cráneo pelado de Beg-

1. «La medicina moderna no ha encontrado remedio para lo tuyo.» *(N. del T.)*

bie, en plan corista de los locos años veinte, provocando angustia y nerviosismo en los demás.

El radar psicópata de Franco parece registrar algo y, volviéndose súbitamente hacia Renton, que se libra por los pelos de que lo pille in fraganti, le pregunta: «¿Qué sabes de Sick Boy?»

«Me lo encontré el otro día en Leith Walk. Me tomé una birra rápida con él en el Cenny antes de volver a casa después de currar», responde Renton tranquilamente. «Me voy a vivir con él a Montgomery Street.»

«¿Qué pasa con el partido?», se queja Keezbo.

«Aún podemos verlo, dile que vuelva a subir el volumen cuando empiece el segundo tiempo. Me apetecía oír algo de música», se explica Renton, consciente de que Tommy tampoco parece muy contento.

Begbie no está dispuesto a cambiar de tema hasta que haya dejado claro lo que tiene que decir: «El cabrón siempre anda diciendo que es demasiado bueno para los Banana Flats, pero me dicen que se tira todo el tiempo en casa de su madre, joder.»

«Es porque su viejo se ha largado con una tía más joven», dice Renton.

Keezbo se ha vuelto a quitar las gafas y limpia los cristales con la camiseta *Combat Rock* de los Clash. Es una XXL, pero le queda ajustada alrededor de la tripa. «Así es, Mr. Mark. Lo vi con ella por el centro. De unos veinticinco años o así. Y tengo entendido que tiene un crío.»

Renton se vuelve hacia la pantalla. *¡Joder! ¡Follarse a una tía que tiene un crío!* Ya es bastante malo de por sí pensar que otro tío se la ha metido a la que te estás cepillando tú, pero encima que le saquen el crío del otro por el chocho..., ni de coña, piensa, y se estremece de aprensión.

«¿Está buena o qué?», pregunta Tommy.

«No está mal», admite Keezbo. «Yo le echaba un polvo.»

«Qué suerte tiene ese cochino viejo.»

«A ti lo que te hace falta es meterla en caliente, Tam», dice Begbie, y luego se dirige a los demás y añade: «El otro día lo vi tratando de ligar con Lizzie Macintosh en el Foot of the Walk.»

«Sólo la estaba saludando», dice Tommy encogiéndose de hombros.

«Ésa tiene demasiada categoría para ti, Mr. T», comenta Keezbo con una carcajada.

Tommy responde con una sonrisa calculadora mientras Spud evoca tiempos pasados: «Una vez hablé con ella. Estaba pintando en un caballete y tal. Era un cuadro guapo, además. Eso fue lo que le dije: qué cuadro más guapo. Estudia Bellas Artes, ¿no Tam?»

«Sí.»

«Es una titi esnob», dice Begbie. «Me acuerdo de ella del colegio. Con ésa no tienes nada que hacer, Tam. Tienes que venir conmigo al Spiral; la semana pasada conocí allí a una tía. ¡Y cómo le iba la marcha!»

A Renton le rechinan los dientes recordando cierto incidente escolar que tuvo como protagonista a Begbie; por un segundo se plantea la posibilidad de contarlo, pero opta por callarse. En su lugar, rememora los tiempos en que Lizzie iba a su clase de dibujo en secundaria. Tenía un polvazo, aunque en aquella clase había montones de tías así: todavía constituía la fuente de casi el cincuenta por ciento de su material masturbatorio.

«En realidad Lizzie no es una esnob. Jura como un puto carretero», objeta Tommy. Nada más decirlo, se avergüenza de su propia cobardía y de la de todos los presentes. Todos ellos habían pasado por la experiencia del encuentro casual con una muchacha que, como un sol ausente durante mucho tiempo, los sacó de un pozo oscuro, abriéndoles y dejándoles tan indefensos como capullos en flor.

«Has dado en el clavo en lo que se refiere a esa monada de la McIntosh», dice Renton, sonriendo y dándole a Tommy un discreto apretón en la rodilla. «Lleva ese rollito distante que tienen muchas tías follables, pero en realidad no es más que un mecanismo de defensa para evitar que los zumbaos intenten ligar con ellas. Pero cuando consigues charlar con ella, es maja.»

Los demás parecen estar de acuerdo con ese dictamen; todos menos Begbie: «Ya, pero la peña esnob sólo jura para aparentar; no lo hacen con naturalidad, como la gente normal, joder.»

Por algún motivo que se le escapa, Renton experimenta de repente, en el fondo del corazón, un enorme cariño por Franco y le dispensa un guiño de reconocimiento: «En eso llevas razón, amigo.»

A Begbie casi se le eriza el pelo de gusto; se repantinga y poco le falta para ronronear de placer. Luego, le cambia radicalmente la cara y a Renton le entra la paranoia mientras piensa: *¡No he entendido lo que le pasaba por la cabeza a este cabrón imprevisible!*

Entonces se da cuenta de que Begbie está concentrado en algo que hay a sus espaldas; se vuelve y ve a una muchacha delgada, de facciones angulosas, de unos dieciocho años, con el pelo de color rubio ceniza, de punta, y rapado por los laterales. A Lesley ni la mira, va directa hacia ellos y se detiene a cierta distancia con los brazos cruzados bajo su escaso pecho. Uno a uno, toman nota de su presencia, mientras Begbie se echa hacia atrás con expresión hostil y le pregunta: «¿Y tú qué cojones quieres?»

«Hablar», dice ella.

Inmediatamente, a Renton le parece una chica interesante. *En realidad es más mi tipo que el de Franco. A él le gustan un poco más rellenitas.*

«Habla todo lo que quieras», se mofa Begbie, impertérrito: «¡Estamos en un puto país libre!»

«Aquí no», dice ella echando miradas ponzoñosas a los demás, que se vuelven de nuevo hacia la pantalla, salvo Tommy, que le dedica una sonrisa apagada y luego, esperanzado, señala la puerta a Begbie con un movimiento de cabeza. Franco parece pensarlo y acaba levantándose y yéndose a otra mesa con su birra, obligando a la chica a seguirlo. Los demás toman nota de que no la invita a tomar nada.

«Esto no pinta nada bien», reflexiona Tommy en voz alta, al tiempo que empieza a sonar en la gramola la otra canción que había elegido Renton, «White Lines», de Grandmaster Flash y Melle Mel.

«¡Porque sé que es tuyo!», oyen gritar a la chica por encima de la música, con un tono de voz agudo y nasal; entretanto, en la pantalla, Platini tira silenciosamente por encima del larguero.

«Eso lo dirás tú», replica Begbie arrellanándose en el asiento, sereno y disfrutando ya claramente. Los demás también: son todo oídos.

«¡No ha podido ser otro!»

Begbie piensa en la grata impresión que le causó la delicadeza de la ropa de la chica, aquella noche, en la elegancia con que se quitó los zapatos. Esas imágenes fugaces prevalecían en su recuerdo sobre cualquier impresión de su cuerpo desnudo. Le gustaba vestida. Aunque era verano, fuera hacía fresco. No tendría que haber salido sin chaqueta. En el viejo puerto a veces llegaba a hacer bastante frío. «Mira, si sales a la calle sin una puta chaqueta cuando está nevando por todas partes, puedes acabar pillando un resfriado del carajo, ¿no?»

Ella lo mira fijamente, atónita, antes de pegar un alarido de incredulidad: «¿Qué coño quieres decir con eso de la chaqueta y la nevada?»

En la televisión, Dominique Rocheteau desvía un tiro libre que pasa rozando el poste. Renton aparta la mirada de la pantalla un instante y se fija en Begbie y en la chica.

Mientras la letra de la canción dice «subamos de tono, nena», Begbie también levanta la voz: «¡Que si sales por ahí sin una puta píldora cuando hay leche por todas partes, te acaban haciendo un puto bombo, joder!»

Lesley mira a Renton y enarca una ceja mientras finge limpiar unos vasos. Mickey Aitken echa una mirada a un par de clientes indiscretos, que se vuelven hacia la otra tele.

La chica escruta a Begbie en silencio durante un rato y se muerde el labio inferior; por último, le suelta: «¿Y?»

«Que te busques la vida, joder. Es tu puto problema, no el mío», dice Franco Begbie, desentendiéndose y echando un trago largo antes de dejar el vaso con cuidado en la mesa. El moteado de la formica le recuerda el de la cáscara de un huevo que encontró una vez en un nido, cuando era un chaval. «Yo te dije: "Venga, vamos a echar un polvo", y no: "Venga, vamos a tener un crío." ¿Por qué? ¡Porque me gusta echar polvos, no tener críos, me cago en la puta!»

La chica se levanta y señalándolo le grita: «ESTO NO VA A QUEDAR ASÍ, TÍO, ¿TE ENTERAS?»; después se da media vuelta y camina hacia la puerta; en la pantalla suena el pitido del descanso y los jugadores abandonan el terreno. De momento, los españoles están dando lo mejor de sí, pero los que más cerca han estado de marcar han sido los franceses.

«¡EH!», ruge Begbie, que acaba de ponerse en pie: «¡QUE NO SE TE OLVIDE QUE TODOS LOS DEMÁS TAMBIÉN TE LA METIERON!», exclama señalando a sus colegas. «¡ACUÉRDATE DE AQUELLA RONDA QUE TE MARCASTE, COÑO!»

La chica se detiene bruscamente. Se vuelve y los mira con gesto horrorizado antes de gritar a Lesley, casi suplicando: «¡ESO ES UNA PUTA MENTIRA!» Lesley mira a Mickey y se encoge de hombros mientras la chica se vuelve de nuevo hacia Begbie. «¡TE VAS A ENTERAR DE LO QUE ES BUENO, CABRÓN!»

«¡YA ME ENTERÉ!», le grita él mientras le pega un corte de mangas. «¡Y QUE SEPAS QUE FUE UNA PUTA MIERDA!»

Renton ve a la chica, humillada, encogerse y salir por la puerta giratoria del bar; sus hombros, delgados y blancos, le parecen los más desnudos que ha visto en la vida, como si no necesitaran más chal que la noche. Imagina otro mundo, un mundo en el que ella no estuviera fecundada por la semilla de Begbie, y se imagina saliendo tras ella, caminando a su lado, quizá hasta cubriendo sus gráciles y delicados hombros con su chaqueta.

Frank Begbie apura su pinta, pide otra ronda a voz en cuello y vuelve donde los demás. «Como se le ocurra denunciarme, vosotros me apoyáis y decís que vosotros también os la tirasteis. ¡Todo el mundo sabe que en el puerto lo compartimos todo, joder!»

«Pueden averiguarlo haciendo pruebas de sangre, Franco», suelta Tommy.

A Renton le tienta mencionar lo que había leído en el *Scientific American* de la Biblioteca Central acerca de unas nuevas pruebas llamadas de ADN, pero de repente se acuerda de que no está en el bar del sindicato de estudiantes de Aberdeen, sino en un pub de Leith Walk, donde las conjeturas de los enteradillos no suelen sentar bien.

Begbie enseña los dientes: «Joder, Tam, todo eso ya lo sé», le suelta, y luego, con mejor cara, añade: «¡pero si la guarra esa piensa que medio Leith va a estar ahí diciendo que la estuvieron bombeando después de que Franco terminara de darle lo suyo, eso la mantendrá alejada de los putos tribunales, capullo!»

Aunque se ríen, los demás ya empiezan a sentir lástima por la chica. Sobre todo Spud. *Demasiados Bacardí con Coca-Cola, un calentón, una metedura de gamba y ya estás criando a un Begbie para los restos. Da igual que la tía sea un poco corta, eso no se lo merece nadie.*

Comienza el segundo tiempo y Platini, con aire de que sencillamente es inevitable, pone a los franceses por delante en el marcador. Todo el pub enloquece, al menos los del otro lado; a Begbie le irrita visiblemente el alboroto y lanza miradas reprobadoras de punta a punta de la estrecha barra para que se callen. Tommy se pregunta si alguna vez volvería a hacer frente a Begbie y qué circunstancias podrían obligarlo a hacerlo.

Un par de rondas más y se acaba la tarde. En la pantalla, Platini ha alcanzado su cima deportiva personal y alza triunfalmente la Copa de Europa de las Naciones. A Renton y Keezbo los asombra que Francia haya ganado por dos a cero; el otro gol no lo han visto. Se lo han impedido la anfetamina, la adrenalina y los dramas personales de cada uno.

«No sé ni cómo se llama, joder», dice Begbie mordazmente, con ánimo despectivo; pero, sin saber por qué, lo que transmite, para sorpresa propia y ajena, está a medio camino entre una acusación y un lamento. Piensa un instante en aquel huevo que vio en el nido, y no está seguro de si lo chafó o lo dejó en paz.

La obstinación malsana es consustancial al carácter escocés. Desde que dije «no» a los tíos esos de Manchester, estoy obsesionado con la heroína. A veces quisiera haber dicho «sí»; puede que así me inclinara más a pasar de ella. Además, se supone que es un buen analgésico, y me sigue doliendo la espalda, sobre todo por la noche. El médico piensa que le echo mucho cuento y los putos paracetamoles no valen para nada.

En nuestro círculo es un secreto a voces que Matty, que nos consigue la mayor parte del *speed* que consumimos, lleva siglos felizmente enganchado al jaco. Por él conocí a Johnny Swan, un colega futbolero mío de hace años que consigue buen material. También llevo siglos sin verlo: desde que jugábamos los dos en el Porty Thistle. Él jugaba bien y yo fatal, pero me esforcé que te cagas con tal de escaquearme de ir al club de boxeo con Begbie y Tommy.

Ya va siendo hora de reanudar esa amistad.

Se lo cuento a Sick Boy en el piso de Monty Street y se apunta: «Me parece una idea excelente, coño. Hace siglos que me apetece probar esa mierda.» Se pone a cantar con voz suave el tema fundamental de la Velvet Underground, el que dice lo de clavarse la aguja en vena..., «ven con Simone», dice, mientras deja a un lado el diccionario que estaba hojeando.

«Pero sólo un poquitín, para probar, porque acuérdate de que esta noche hemos quedado con Franco en el centro.»

Sick Boy se da una palmada en la frente: «Estoy hasta la puta coronilla de que ese cabrón me organice la vida. No me hace ninguna falta estar toda la noche oyéndole hablar de si piensa matar a tal o apuñalar a cual...»

«Ya, pero un poquito de jaco nos tranquilizará, y luego nos vamos a verlo al Mathers.»

Sick Boy se encoge de hombros, se pone de pie y levanta los cojines del sofá para buscar monedas. Se guarda el escaso botín en el bolsillo. «El Estado tendría que darme una asignación mayor», refunfuña. «Estoy harto de gorronear a las nenas para llegar a fin de mes.»

Salimos a la calle y nos subimos a un 16, rumbo a casa de Johnny, en Tollcross. Hace uno de esos días de calor abrasador, así que nos sentamos en la parte de abajo, al final, para ver mejor a las titis que pasan por la calle. Con Begbie viajo arriba, al fondo, para intimidar a los sobraos, pero, para mirar lascivamente a las chicas, prefiero ir abajo, al final. La vida tiene unos códigos muy sencillos.

«Esto va a ser divertidísimo», dice Sick Boy frotándose las manos. «Las drogas siempre son divertidas. ¿Tú crees en las fuerzas cósmicas, en el destino y toda esa mierda?»

«No.»

«Yo tampoco, pero ten en cuenta que hoy ha sido un día "T".»

«¿Qué...?», pregunto antes de caer en la cuenta. «¡Ah, sí! Tu rollito con el diccionario.»

«Todo acabará por revelarse», asiente. Y empieza a hablar de heroína.

El jaco es lo único que no me he metido, ni siquiera lo he fumado o esnifado nunca. Y tengo que reconocer que estoy cagado de miedo. De pequeño me enseñaron que un solo porro de hachís me mataría. Por supuesto, era una memez. Luego, que si una raya de *speed*. Luego que si un ácido; todo mentiras difundidas por gente empeñada en aniquilarse a fuerza de priva y fumeque.

Pero la heroína...

Eso es cruzar una frontera.

Ahora bien, como dijo aquél, hay que probarlo todo una vez. Y a Sick Boy no parece preocuparle, así que sigo vacilando: «Pues sí, me muero de ganas de meterme un poco de caballo.»

«¿Qué?», dice Sick Boy, mirándome con horror mientras el autobús sube la cuesta rugiendo. «¿De qué cojones me hablas, Renton? ¿De "caballo"? No se te ocurra decir eso delante de tu amigo el traficante, si no quieres que se te descojone en la puta cara. Llámalo jaco, por el papa Juan Pablo», salta, antes de quedarse mirando fijamente a una chavala en minifalda que deambula por Lothian Road con propósitos manifiestamente seductores. «Vaya preciosidad; qué porte y qué expresión: demasiado sueltos para ser una babuina...»

«Vale...», respondo, cortado.

Llegamos a casa de Johnny Swan y, aunque abajo tienen portero automático, la puerta está más abierta que la boca de un mendrugo. Subimos las escaleras sabiendo instintivamente que será la última planta. Es el único piso en cuya costrosa puerta negra no aparece ningún nombre. Johnny nos recibe con una sonrisa, aunque él y Sick Boy se cruzan una miradita.

«¡Señor Renton! Cuánto tiempo..., pasen...»

«Pues sí, lo menos un par de años», reconozco. Por aquel entonces estuve aquí en una fiesta. Con Matty. Acabábamos de volver de Londres. Swanney sigue teniendo el pelo rubio, pero ahora lo lleva más largo y desgreñado; también tiene unos penetrantes ojos azules, pero los piños son un amasijo de color verde y marrón. Con esa cara de desconcierto permanente y esa actitud de estar siempre al borde de la indignación, me recuerda a Ron Moody, el que hizo de Fagin en *Oliver*. Huele como a sudor rancio; o emana del inquilino o de la vivienda, y se hace más intenso cuando entramos. Sick Boy, al que presento, capta la tufarada y no hace el menor esfuerzo por disimular el asco que le da.

Una de las ventanas está cegada con tablones y eso oscurece el cuarto de estar. En las demás hay unas tomateras enormes que acaparan casi toda la luz restante. En el suelo todavía hay linóleo, aunque lo tapa una alfombra descolorida. En la pared, encima de la chimenea, hay un póster guapísimo de Siouxsie Sioux desnuda de cintura para arriba.

Nos dejamos caer en un sofá de piel. En una jaula veo un eco de lo que en otro tiempo debió de ser un periquito, con plumas grasientas, que se desplaza sobre un palo de punta a punta. Parece Ricardo III. Después de ponernos rápidamente al día en lo que a los viejos tiempos se refiere, Johnny pasa a ocuparse de los negocios. «Matty Connell me dice que sigues con el rollo Northern Soul ese. Entiendo que habrás venido a buscar algo de *speed*, ¿no?»

Echo una mirada fugaz a Sick Boy y luego otra a Johnny; procuro ir de tranqui. «La verdad, hemos oído decir que tenías jaco del bueno.»

Swanney enarca las cejas y frunce los labios. «Últimamente es lo que quiere todo el mundo», dice con una sonrisa de oreja a oreja. «¿Lo habéis probado ya?», pregunta, mientras se sube la manga de la camisa. Veo unas marcas rojas que recuerdan granos purulentos. «A ver, ¿os habéis chutado alguna vez?»

«Sí», miento, sin mirar a Sick Boy. «En Aberdeen.»

Swanney se da perfecta cuenta de que es mentira, pero se la suda. Saca una caja de madera de debajo de una mesilla auxiliar de cristal, en la que hay un jarrón azul y dorado chulísimo, una taza de la Copa del Mundo 82 con los colores de Escocia, una vela a medio derretir, un plato blanco con anilla azul, de esos que tiene todo dios, y un cenicero lleno de colillas. «¿Te apetece meterte un pico?»

«Sí.»

Abre la caja, saca un poco de polvo blanco de una bolsita de plástico, lo pone en una cucharilla y absorbe agua de la taza con una jeringuilla. Vierte el contenido en la cucharilla y lo calienta sobre la vela, removiéndolo con la aguja para que se vaya disolviendo. Al ver que Sick Boy no le quita los ojos de encima, le echa una sonrisa picarona por encima del hombro y añade al agua el contenido de un bote de plástico que tiene forma de limón. Sin dejar de dar vueltas con la punta de la aguja, vuelve a absorberlo todo con la jeringuilla.

Me recuesto, fascinado por los preparativos. No soy el único: Sick Boy parece un empollón de ciencias escudriñando a su mentor. Johnny me mira, fijándose en la cara de pasmao boquiabierto que tengo, como si fuera una picha de recambio en un congreso de putas. Se da cuenta de lo que hay. «¿Quieres que te lo ponga yo?»

«Sí, porfa», le digo. Swanney es un tío legal y tiene el detallazo de ahorrarme la vergüenza.

Tira bruscamente de mi brazo hacia sí y se lo apoya en el muslo. Noto en la muñeca lo mugrientos y pegajosos que lleva los vaqueros, como si se hubiera echado miel o melaza encima. Me ata una tira de cuero alrededor del bíceps y empieza a darme golpecitos en las venas. Siento en la espalda el dolor palpitante de un porrazo fantasma y me estremezco.

Sé que esto es cruzar una frontera.

El corazón me late a mil por hora, y no es broma. ¡Y encima se supone que hemos quedado con Franco para ir de tragos y ver el fútbol Euro 84! ¡Con lo que le jode que lo dejen plantado!

Di no.

Y Johnny venga a darme golpecitos en el brazo mientras yo me distraigo fijándome en las escamas de piel seca que tiene justo donde le nace el pelo.

Begbie. ¡Hemos quedado con él a las nueve!

Me planteo la posibilidad de gritar «¡para!», pero sé que a estas alturas nunca podría echarme atrás. Si el jaco es tan adictivo como dicen, entonces yo ya soy todo lo yonqui que puedo llegar a ser.

Di no.

Pienso en la universidad: en mis estudios, en el módulo de filosofía y en el libre albedrío frente al determinismo...

Di no.

Pienso en Fiona Conyers en clase de historia apartándose la melena negra de la cara, y en sus ojos azul claro y en sus dientes blancos cuando me sonríe...

Di no.

Johnny sigue dando golpecitos como un buscador de oro veterano y paciente. Me mira y me dice con una sonrisa socarrona: «Tienes unas venas de mierda.»

¡No es demasiado tarde! No es demasiado tarde para poner una excusa, te está ofreciendo una salida, di no, no, no...

«Ya, no puedo ser donante...»

Di otra cosa..., di no, joder...

NO, NO, NO...

«Quizá sea mejor así», dice con una sonrisa, mientras me clava la aguja en el brazo. Lo miro con cara de mala leche, molesto por el intenso dolor del pinchazo. Él me sonríe con esos dientes podridos y me extrae un poco de sangre con la jeringuilla. Estoy a punto de esbozar la palabra «no», pero él pulsa el émbolo e inyecta el contenido de la jeringuilla en la vena. Miro la hipodérmica vacía. No puedo creer que acabe de meterme esa mierda.

El miedo me sube por la columna como el mercurio por un termómetro cuando se aplica calor. Y después desaparece. Sonrío a Johnny. Justo cuando en mi cabeza se forma el pensamiento «¿eso es todo?» me entra un colocón repentino y una especie de calorcillo, y luego es como si las entrañas, el cerebro y el cuerpo se me hubieran convertido en una pastilla con sabor a fruta que se funde en una boca enorme. De repente, todo lo que me bullía en la cabeza, todos los temores y todas las dudas, se disuelven sin más, todo se va alejando hasta desvanecerse...

Sí, sí, *sí, sí,* SÍ, *SÍ.*

Se me viene a la cabeza una imagen de mi hermano Billy, de cuando íbamos caminando por el paseo marítimo de Blackpool, cruzábamos la avenida y nos metíamos por una bocacalle de casas de ladrillo rojo, todas pensiones. Hacía un caluroso día de verano y yo me estaba comiendo un helado de cucurucho.

Johnny dice algo así como: «Está bueno el bacalao este, ¿eh?»

«Sí...»

Sí...

Me abruma la sensación de que todo está, ha estado y estará perfectamente. Me recorre un estado de puro éxtasis, de euforia, como la luz del sol sobre la sombra, y eso hace que las cosas no sólo estén bien, sino *del todo* bien.

Sí...

De pronto me cuaja en las entrañas una náusea y noto que un vómito líquido me sube por la garganta. Swanney me ve haciendo arcadas y me pasa una hoja de periódico. «El bacalao este es potente; se me olvidó que eras un novato, respira hondo...», me dice.

Sí, claro, pero ahora ya no tengo ningún miedo Swanolito, voy volando, joder...

Me lo trago, aguanto el tipo y me encuentro estupendamente, apoyado en el respaldo del sofá. No sé qué esperaba, igual alucinaciones tipo tripi, pero no, todo es como siempre, no es que sea bonito, es que me lo parece a mí: acogedor y maravilloso, joder, como si todas las aristas del mundo se hubieran difuminado y suavizado. Ahora, la columna vertebral, rígida e irregular, es como una goma flexible. La porra de un policía rebotaría en ella y sacudiría al muy cabrón en todos los morros...

Sí, claro.

«Está bien, ¿eh colega?», me pregunta Swanney.

«Acabas de hacer... una cosa... interesante, John.» Me doy cuenta de que las palabras se me caen de la boca lentamente y nos reímos los dos en voz baja.

Sick Boy es el siguiente; me observa fascinado. No tarda nada en tener puesto el torniquete; el pincho de Johnny entra en una vena grande y oscura.

«Esto es lo mejor», digo; le sube, lo veo, y se desploma encima de mí, cálido y suave como un peluche grandote.

«Ay..., cojones, qué pasada...», dice entre jadeos, antes de vomitar encima del periódico. Cuando se incorpora, me sonríe embobado. «La palabra... la palabra "T"... mi diccionario... era torniquete... por el plácido penduleo del escroto del Santo Padre... esto es alucinante, joder...»

«Alucinante...», repito como un loro. No vamos a ir a ninguna parte, le hemos pillado un gramo a Swanney que Sick Boy se ha echado al bolsillo, y nos quedamos aquí un ratito más, en el silencio profundo del sopor de la tarde, interrumpido sólo por el grito de un crío o la bocina de un coche que pasa por la calle. Swanney pone un elepé de los Doors. Nunca me había gustado esa mierda antes, pero ahora empiezo a pillarle el punto. Sobre todo disfruto con el caudal sereno del delicioso discurso, sabio y retozón, con la actitud y las réplicas, y con el goce hipnótico que me produce la sensación de bienestar de «Riders on the Storm», y me deleito con ese tema de la primera cara que ha vuelto a poner. Que le den por culo a ir al centro, a andar por esas callejuelas y callejones de mala muerte, donde porteros nerviosos se enredan en tira y aflojas verbales con tajas folloneros, animados por chavalas más bien ligeritas de ropa y con piel de gallina que chillan con más estridencia que las gaviotas. Todo eso no me inspira más que un desdén fulminante. Me da igual que se trate de Mickey Platini o de Franco Begbie: todos ellos tendrán que esperar.

Mientras subía las escaleras con una taza de té con leche para su hija, Belle Frenchard oyó arcadas en el cuarto de baño. Al instante rogó en silencio que no fuera Samantha la que estaba haciendo esos ruidos. *Por favor, que sea Ronnie, Alec o George, que salieron todos por ahí anoche. Pero Samantha no.*

Cuando su hija, pálida y frágil, salió y se topó con ella, cruzaron un gesto de reconocimiento lento y sombrío, y Belle ya no tuvo la menor duda. Las palabras le salieron de golpe por la boca: «Estás preñada...»

Samantha no intentó negarlo. Se puso en tensión frente a su madre, fornida y achaparrada. Pensó en la vida que crecía en su interior y le asustó la absurda verdad de que ella misma había salido del cuerpo cebón y sudoroso de Belle.

Ese hijo de puta de Sean... La primera opción por la que se decantó Belle no tardó en venirse abajo. «Pero si Sean lleva seis putos meses en el ejército, coño...», pensó en voz alta, antes de preguntar en tono exigente: «¡¿De quién es!?»

Samantha devolvió a la desquiciada Belle la misma mirada feroz; quería proclamar agresivamente: «Mío.» Pero lo único que salió de su boca fue un renqueante: «¿Qué quieres decir?»

«¿Tú qué coño crees que quiero decir?», replicó Belle, en jarras, con las venas del cuello hinchadas. «¿QUIÉN ES EL PUTO PADRE?»

Entonces, Ronnie, que subía lenta y pesadamente las escaleras con una resaca brutal, se espabiló de golpe. Ronnie era una rata de gimnasio musculosísima que rara vez bebía, y se alegró al notar que el subidón de la adrenalina podía con el letargo de la priva que todavía tenía metida en el organismo. Concentrando su fría mirada, preguntó en tono grave y amenazador: «¿Qué pasa aquí?»

«Cuéntaselo», insistió Belle, cruzando los gruesos brazos bajo el pecho. «¡Dinos quién es el puto padre!»

«¡Eso a vosotros no os importa!»

«¿Ah, no? Si va a vivir bajo este puto techo, ¿cómo no me va a importar?», bramó Belle estridentemente. «¡Nadie trae dinero a esta puta casa! George está en el paro; él está en el paro», dijo señalando a Ronnie, que notó cómo le desbordaba la rabia. Odiaba que su madre calificara así su situación laboral. «¡Alec está en el paro!»

Y ahora George, delgado y con la misma mirada penetrante que su hermano mayor, y Alec, más corpulento, más lento y más fofo, subieron las escaleras y se colocaron detrás de su madre, que hacía de juez, y de su hermano, el sheriff de la partida, que ya había decidido que aquello iba a ser un linchamiento. Samantha tenía la impresión de que el aire se vaciaba de oxígeno. «No lo conoces, es de Leith.»

«Da igual que no lo conozcamos, porque nos vamos a conocer enseguida, de eso puedes estar segura», dijo Ronnie, en un tono grave y amenazador, tensando los músculos del brazo y de la espalda, disfrutando de la energía que le recorría el cuerpo.

«Sea quien sea, tendrá que apechugar», dijo Belle ásperamente, mientras estrujaba la barandilla con la mano; y de repente la fulminó una idea insólita: «¿Cómo cojones te has podido quedar embarazada en estos tiempos, joder?»

Samantha se mordió el labio inferior y tragó saliva: «Salí de copas con Wilma y Katie. Dejé de tomar los anticonceptivos... desde que se marchó Sean...» Se avergonzó al pensarlo. «Conocí a un tío. Nos emborrachamos y luego...»

«Sean se va a subir por las paredes», dijo George, regocijándose malévolamente, saboreando la idea como un entendido en vinos saborea un buen caldo, y añadió: «Pero tú eso ya te lo habrás imaginado, ¿no?»

Samantha volvió la cabeza hacia la pared. Pensar en Sean no la reconfortaba.

«¿Cómo se llama?», exigió saber Ronnie.

Samantha levantó el mentón, desafiante. «Tiene novia, no quiere estar conmigo y no le importa el bebé», dijo de sopetón, indignada, comprobando el influjo y el impacto de aquella información. «Me ha dicho que si digo que es suyo, irá con una docena de amigos suyos al juzgado para que digan que también estuvieron conmigo», espetó, antes de romper a llorar.

«No habrás...» A Belle se le escapó sin poderlo evitar.

«¡POR SUPUESTO QUE NO!», sollozó Samantha, mirando a su madre. «¿¡Por quién me tomas!?»

«Pues el chico ese tendrá que cumplir contigo», farfulló Belle, con cierta sensación de culpa.

«¡Pues ha dicho que no piensa hacerlo!»

«Eso ya lo veremos, joder», dijo Ronnie con furia serena y calculada. Belle se calmó y rodeó con el brazo a la muchacha, sabiendo perfectamente que su hija la estaba manipulando: «Vamos, cariño, vamos..., saldremos de ésta.»

Ronnie, en cambio, a medida que la sangre le llenaba la enorme musculatura, iba sintiéndose cada vez más como un superhéroe en plena metamorfosis. La forma en que el hijo de puta del tal Franco ese había tratado a su hermana había sido insultante, tanto para él como para ella. Le había vacilado a tope a Samantha en aquel pub y ahora se iba a llevar lo suyo. «No pienso volver a repetírtelo», dijo Ronnie en tono grave y jadeante: «¿Cómo se llama?»

«Francis», respondió ella en voz baja. «Francis Begbie.»

Los hermanos se miraron. «No lo conozco», declaró Ronnie antes de dirigirse a George, pensando que su hermano menor tenía más probabilidades de ser de la misma cuerda que el tío que había deshonrado a la hermana de ambos.

«Es un sobrao», dijo George con cautela, preocupado por que ahora Ronnie delegara en él la ejecución de la venganza. Vio la mirada homicida de su hermano mayor y luego meditó sobre la reputación en auge del tal Francis Begbie; y entonces calculó el compromiso que sería para él verse atrapado entre dos fuegos.

De pronto, el silencioso hermano menor de George, Alec, a quien, por su pelo cada vez más escaso, solían tomar por el mayor de los dos, habló: «Como no haga lo que tiene que hacer con nuestra Sam, lo que va a ser es hombre muerto.»

«Y que lo digas, joder», saltó Ronnie. «Vosotros dos id a hacerle una visitilla al cabrón ese del tal Francis Begbie y le ponéis las pilas. Solucionadlo. ¡Decidle que más le vale que no tenga que ir a verlo yo!»

Envuelta en los brazos de su madre, Samantha dio rienda suelta a otra catarata de lágrimas y, hundida en el voluminoso pecho materno, esbozó una sonrisa que a los demás les pasó desapercibida.

Joder, esta tarde nos cagamos patas abajo Rent Boy y yo. Estábamos en el piso: yo, repanchingado encima de mis dos pufs negros y Renton, despatarrado en el sofá, fumando *Denis Law*[1] y viendo la apoteósica pelea entre Bruce Lee y Chuck Norris en *El furor del dragón* mientras hablamos de lo guay que lo pasamos la otra noche con el jaco. La bolsa de un gramo que le pillamos a Swanney me quema en el bolsillo, pero Rents quiere dejarlo un poco en paz y hemos quedado en terminárnosla juntos. Estoy a punto de volver a sacar el tema cuando alguien aporrea la puerta. Acto seguido, una voz retumba desde el fondo del pasillo por la rendija del correo. «¡Eh, cabrones! ¡Abrid de una puta vez!»

Nos miramos y nos damos cuenta a la vez: *¡Es Begbie! ¡El otro día lo dejamos plantado!*

Ninguno de los dos tiene prisa por levantarse. Que conteste Renton y se lleve él el guantazo en todos los morros. Pero él está pensando lo mismo: «Pasamos», le digo en voz baja.

Rents pone unos ojos como platos: «Pero seguro que ha oído la tele.»

«¡Joder! Vale, vamos los dos. Habla tú..., no, hablo yo..., ¡no, habla tú!»

«¿¡Joder, en qué quedamos!?»

«¡Habla tú!»

Nos levantamos y vamos para allá, preparando excusas mentalmente; entreabro la puerta y Begbie, ansioso, irrumpe en el piso haciéndome a un lado. Trae un lote de seis latas de cerveza. «Perdonad

1. Argot rimado: *Denis Law* (1940-, popular futbolista escocés de la década de 1960) por *blaw* (término de argot para designar a la marihuana). *(N. del T.)*

por dejaros plantados la otra noche. Os he traído un regalito a modo de disculpa y tal», dice, mientras lo seguimos hasta el cuarto de estar y nosotros nos miramos con cara de alivio y desconcierto. Franco se desploma en el sofá: «Bruce Lee..., ¡joder, qué guay! Es que me encontré con una puta tía, ¿vale? ¿Os acordáis de June? ¿June Chisholm, de Leith? ¡En aquellos tiempos no era gran cosa, pero no veáis qué par de tetas tiene ahora, cabrones! Y no se cortó un pelo, eso os lo cuento gratis...»

«Sí, claro», dice Rents; se sienta cautelosamente a su lado y abre una lata. Me tira otra a mí y la abro, aunque es esa mierda de la Tennent's, que no trago, porque inmediatamente me deja en la boca un sabor a lata. Me desplomo otra vez en los pufs.

«Hacía siglos que la tenía en el punto de mira, mecagüen», dice Franco, rascándose las pelotas por encima de los vaqueros y subrayando lo dicho con un golpe de cadera. «La vi en el puto Spiral el viernes por la noche y, joder, ¡me fui de cabeza pallá y empecé a entrarle a saco! En fin, que llevo todo el puto fin de semana cepillándomela. Se la he metido por todos lados. Al principio no quería ni comerme el rabo, coño. Así que le solté: "¡Pero, so capulla, si de lo último de lo que tendrás que preocuparte es de comérmela!" No te digo, ¡ya no se cortó tanto en cuanto le di cuerda!» Echa el cuerpo hacia delante, levanta la lata, así que como toca brindar de nuevo, me estiro y brindo. Me acuerdo de la guarra esa de la Chisholm: una babuina en ciernes. Sin duda, el bueno de Francis es el hombre indicado para ayudarla a cumplir su sórdido destino.

«Estás en racha, Franco», suelta Rents.

«Ya lo creo. Seguro que vosotros dos acabasteis con un pedo de cojones y follando otra vez con "Manolita"», dice, agitando la mano en el aire, «mientras yo me pasaba todo el fin de semana pulverizándole el coño a tope a la June esa.» Y se golpea repetidamente la palma de la mano con el puño. «No os separéis de mí, que ya me ocuparé yo de que la metáis en caliente, ¡par de putos inútiles!»

Echo a la fuerza otro trago de este brebaje, que sabe a aluminio líquido rancio. «Tu éxito me llena de inspiración, Frank», digo con una sonrisa, congratulándome, y me levanto a esconder la lata y su repugnante contenido en el alféizar, detrás de las cortinas. «Pero muchachos, tengo un par de candidatas en perspectiva, así que os dejo y me voy a ver qué tal se me dan. No me esperes levantado, Mark.»

Pobre Rent Boy. No sólo le he endilgado a Begbie, sino que también le he jorobado el vídeo en el punto culminante. Que le den por saco a ver películas de kung-fu con Begbie, no hay nada más peligroso, porque intenta enseñarte sus versiones de los movimientos, contigo de cobaya, por lo general. Ya que Renton se ha venido a vivir a este piso, que comparta las obligaciones que conlleva hacer de anfitrión y dar palique a las visitas.

Me voy a ver a *mamma mia* y, por supuesto, a nuestros queridos vecinos Coke y Janey. Llevo una buena temporadita frecuentando los Banana Flats, y no sólo por la comida casera de mamá. Es cierto, la vida en mi antiguo domicilio es mejor *sans* Caracoño, y a mi madre le han dado la gran noticia: por fin le han concedido el piso nuevo de la Asociación de la Vivienda en el South Side, tras el que andaba desde hacía años. ¡Eso al viejo le va a poner del hígado!

Trotando con entusiasmo por el Walk rumbo a mi antigua zona de influencia, opto por dar esquinazo al hogar materno y me dirijo a la morada, idéntica a la nuestra, de mis vecinos. Janey, que lleva un top azul muy favorecedor y unas ceñidas mallas negras, me da la bienvenida y me acomoda en un sillón. Otra saga sedante de *Coronation Street*, la droga favorita de los británicos descerebrados, impregna las paredes color magnolia del domicilio de los Anderson.

No obstante, con Maria sentada enfrente, en el sofá, a Simone le cuesta bastante mantener la serenidad. Marco un ritmo insistente con la pierna mientras le echo miraditas furtivas; lleva el pelo rubio, recogido en la nuca, pero el flequillo cae en cascada sobre sus ojazos azules. Con esos párpados entreabiertos, esas largas pestañas y el pelo desplomándose sobre ellos, tiene una pinta de sueño que pide «cama» a gritos. Qué piel exquisita de color miel, que veo gracias al vestido marrón de una pieza, sin espalda, que lleva puesto, y que luce como es debido ese cuello esbelto y esos brazos fuertes, cubiertos por la más fina de las pelusillas rubias. La falda le llega justo por encima de las rodillas, y sus piernas, largas y torneadas, acaban en unas uñas pintadas y unas chancletas doradas. De repente estalla una pelea de mentirijilla con Grant, el pequeño; a Maria se le cae la revista y, cuando la recobra, la maniobra deja ver un instante un trocito de braguita blanca que contrasta tan eléctricamente con esos muslos morenos de Mallorca que casi me corro in situ.

«¡Deja de incordiar!», exclama Deirdre desde la caja tonta.

Esos labios grandes y carnosos...

Por suerte, o más bien *por desgracia,* Coke lleva rato tascando el freno y me mira con ese careto castigado que tiene: «Creo que va siendo hora de ir a echar un traguito. ¿Te apetece bajar al pub, Janey?»

Y unas narices, cacarea Ivy Tilsley,[1] mientras Janey, hecha un ovillo cual gato en el sillón grande, contesta: «No, me quedo aquí a ponerme al día con las series. Si vais a salir, traedme un *fish and chips* cuando volváis.»

«Yo quiero empanada de carne», dice entusiasmado Grant con voz de pito.

Miro a Maria, que sigue absorta en su revista y pasando de todo el mundo.

«¿No quieres nada del *chippy*, cariño?», le pregunta Janey.

Maria levanta la vista un momento. Ay, ese dulce mohín de desdén: Dios mío, estoy más al borde del enamoramiento que nunca en mi vida. «No.»

Coke enarca las cejas y me indica que nos vayamos. Así que salimos por la puerta: «Los adolescentes, ya se sabe...», musita, cuando salimos al rellano para bajar la escalera.

«Ya, supongo que criar niños debe ser difícil y tal. Yo ahí no me veo, si te digo la verdad. Ahora, mi madre no querría otra cosa que vernos a mí, a Carlotta y a Louisa con montones de críos a los que traer a su casa para mimarlos y malcriarlos.»

«No, tú sigue soltero e independiente todo el tiempo que puedas», me aconseja Coke. «Y no es que me arrepienta de nada», matiza enérgicamente, aunque sé que, en cuanto empiece a correr la priva en el pub, voy a oír lamentaciones sin cuento, «porque Maria es una chica estupenda que nunca nos ha dado ningún problema, y el pequeño también es de lo mejorcito.»

¿Tienes alguna idea de lo fenomenalmente follable que está tu hija?

Salimos de las escaleras grises a la cegadora luz del sol y nos damos un garbeo hasta el Bay Horse, en Henderson Street. Como no podía ser de otra manera, a Coke se le suelta la lengua en cuanto empieza a correr el alcohol. Tiene dos estados de ánimo: sobrio, taciturno y silencioso, o bien borracho, baboso y broncas. «Me dijeron que al chaval ese, a tu amigo el futbolista, le pegaron una paliza de cuidado en el Grapes.»

Me jugaría algo a que ha sido el cabrón de Dickson otra vez. Aun así, seguro que es la única vez que se lo ha ganado a pulso. «Rab McLaughlin. Le llamamos Segundo Premio a cuenta de la cantidad de somantas que se ha llevado. Cuando va bolinga siempre busca

1. Personaje interpretado por la actriz Lynn Perrie en la serie *Coronation Street* entre 1971 y 1994. *(N. del T.)*

bronca. Estoy seguro de que no sólo se lo buscó, sino que lo andaba pidiendo a gritos», informo a Coke, mientras pienso que sólo es cuestión de tiempo que Segundo Premio y él se conozcan y se hagan amigos del alma. Casi los veo ya en el albergue, contándose trágicos relatos de borrachines.

Empiezo a agobiarme un poco. Tendría que haberme pasado por casa de mi madre y estoy pensando en meterme un poco del caballo que le pillé a Johnny Swan. Rents me hizo prometer que esperaríamos unos días para chutárnoslo los dos juntos, pero ahora andará por ahí de pedo con Begbie, seguramente rumbo a los calabozos de Queen Charlotte Street o High Street, con ese psicópata desgraciado a remolque. Ahora quiero quitarme de encima a Coke, pero sin quedar mal, ya que necesito mantener vigente la política de puertas abiertas. Maria es una muchachita glacial y calculo que hará falta algo extraordinario para meterme en esas altaneras braguitas. El típico caso del patito feo que se convierte en un cisne precioso de la noche a la mañana y empieza a ser consciente de su poder. Veo a una Kathleen Richardson o una Lizzie MacIntosh n.º 2 en ciernes; necesita probar un poco de carne de SDW para que no adquiera las mismas costumbres calientapollas que esas dos. De pronto me abruma el miedo de haber perdido el tren y me pongo a pensar en cómo meter la directa.

Así que vamos de pub en pub, rumbo al río, luego empezamos a describir un círculo completo y acabamos en el puto Grapes. Sé que es un error, pero tengo unas ganas de mear que reviento, así que la necesidad manda. Ahora Coke ya va medio mamado y se tiene que sujetar a la barra mientras despotrica contra una supuesta injusticia u otra. Me dirijo al retrete, ahora manifiestamente tentado de chutarme un poco más del bacalao ese que me dio Johnny Swan. Pero se interpone en mi camino el corpachón del impío Dickson: «Llévatelo de aquí, ¿vale?»

«No está molestando a nadie.»

«Me está molestando a mí. ¡Que te lo lleves, coño!»

«Vale, de acuerdo, dame un minuto.» Doy media vuelta y me meto en el retrete.

Dickheid[1] es un sobrao que flipas, así que decido meterme un poco de este magnífico jaco en su local. Tengo que adquirir un poco de pericia en esto de «cocinar», o sea, preparar chutes, porque se pue-

1. Juego de palabras: *Dickhead* («gilipollas») en lugar de Dickson. *(N. del T.)*

de tener la absoluta certeza de que Renton se habrá vuelto completamente obsesivo con el tema. A estas alturas, el cabrón habrá leído todo lo que se haya escrito sobre la heroína y hablará como si se la hubiera inventado él. Así que me siento en la taza, corro el pestillo y cumplo con el ritual: mechero, cucharilla, algodones, limón, agua en pequeño contenedor, jeringuilla, aguja y, sobre todo, jaco. No lo cargo mucho, me quito el cinturón como me enseñó el tiparraco ese de Swanney. Me pongo el chute, deslizando la aguja como un avión aterrizando, en lugar de pinchar en plan helicóptero. Encuentro una vena sin ningún problema; algunos tenemos putos oleoductos en los brazos, no cableado de nenaza como Rent Boy.

Chuta a puerta..., ey, eh, eh..., el colocón me recorre todo el cuerpo, pero seguro que no es más que la adrenalina...

Joder...

La adrenalina..., una mierda... Es como si me asaran lentamente por dentro... y subo hacia la gloria...

¡La madre que me parió, qué potente el caballo este; me estoy derritiendo, joder! Empiezo a sudar por la frente y se me acelera el pulso. Tengo que quedarme con el culo aparcado aquí un rato. Algún subnormal aporrea la puerta. Y otra vez. Pues que les den por culo: aquí estoy de vicio. Que se caguen en sus apestosas bragas; los muy asquerosos tendrían que haber defecado antes de salir de casa, joder.

Cohetes en pleno vuelo..., ¡uuu, aaa!

Aunque podría quedarme muy a gusto aquí todo el día, hago un esfuerzo voluntarioso y me levanto.

Cuando salgo no veo ni rastro de Coke, así que me siento en una esquina y me parece que soy uno con este mundo encantador, si bien en parte soy consciente de que llamar la atención picándose en el bar de un ex policía, y con una bolsa de jaco encima, quizá no sea una idea muy brillante, y menos sin una copa en la mano.

Así que me levanto y me acerco a la barra, donde hay un par de mutantes. Uno de ellos luce esa extraña sonrisa que hace imposible saber si es un cotilla o un psicópata. «Dickson se ha llevado a tu amigo a la parte de atrás, para tener con él una de esas conversaciones suyas tan especiales.»

Por el dulce olor del escroto del mismísimo Santo Padre, creo que quizá haya llegado el momento de marcharme. No tengo nada que hacer si pretendo impedir que Coke reciba el mismo trato que Segundo Premio, y menos en estas putas circunstancias, con manteca en las venas y casi un gramo entero en el bolsillo. Pero, de pronto,

Dickson vuelve a entrar; parece alterado que te cagas. Se le ha quitado la cara aquí-soy-yo-el-que-corta-el-bacalao, eso está claro, y pienso para mí: es imposible que Coke le haya hecho cagarse patas abajo. El corpulento ex cerdo se me acerca con cara de acojone y como disculpándose. «Tu amigo... está en la parte de atrás. No lo he tocado, estábamos discutiendo, ha tropezado con el barril y se ha dado un golpe en la cabeza.» Dickson se ha puesto colorado y le tiemblan los labios. «Parece grave», dice, mordiéndose el labio inferior. Es como si gesticulara grotescamente a cámara lenta; esto es como estar en un zoo, pero en uno en el que puedes observar los menores matices del comportamiento de tu propia especie. A continuación levanta la voz para elevar una plegaria a todos los presentes: «¡No lo he tocado en ningún momento!»

Salgo a la parte de atrás con un tipo enorme que se llama Chris Moncur, y allí encontramos a Coke tendido boca abajo, maltrecho que te cagas. Me agacho a su lado y le sacudo; pesa como un fardo y no consigo que reaccione de ninguna manera. «Coke... ¡Coke!»

Coke..., Dios, no...

Tiene la cara hinchada y la boca reventada. «Pensé que había tropezado con un barril», dice Moncur, que se arrodilla junto a mí y levanta la vista, mirando acusadoramente a Dickson. «¿Se ha caído hacia delante?»

«Chris..., venga..., se ha caído redondo, iba como una cuba», dice Dickson, ahora cagado de verdad.

«Para mí que ha sido algo más que ir como una cuba», dice algún otro tipo con pinta de ir de rey del mambo por la vida, con las manos en jarras. Dickson era lo bastante bobo para creer que aquellos sobraos eran sus amigos, pero nadie quiere a un ex cerdo, y es evidente que sólo han estado esperando pacientemente la ocasión de volverse contra él.

Pero Coke...

Se ha ido. Estoy encima de él, me fijo en su boca babosa y blandengue y luego miro la cara de acojone que tiene Dickson, que se ha puesto de perfil. «La ha palmado», digo levantándome.

Otro tío, que lleva un chaleco de nailon rojo, se pone en cuclillas junto a él. «No, todavía tiene pulso y respira...»

Joder, menos mal...

Vuelvo al bar; yo me largo de aquí cagando leches. Un par de tíos salen conmigo, uno de ellos llama al 999 desde la cabina, y pide que venga la policía, además de una ambulancia. Dickson ha salido detrás de nosotros y sigue totalmente cagao de miedo. «El tío iba como una cuba, llevaba un pedo del carajo. ¡Le he dicho que se largara!»

Me voy, pero el grandullón de Moncur me ve y me grita: «¡Eh! ¡Simon! ¡Más vale que te quedes!»

«Con toda cerdeza», refunfuño, pero no puedo hacer nada, puesto y con un gramo de caballo encima, porque la ambulancia y la policía acaban de llegar. Los paramédicos se esfuerzan por reanimar a Coke mientras la policía toma declaraciones. Un poli joven, un paleto, a juzgar por su aspecto y su forma de hablar, me mira boquiabierto y me pregunta si he estado fumando «cigarritos de la risa».

«No, sólo voy un poco bebido, llevo todo el día por ahí», le contesto, y se va a hablar con otros mientras un poli más veterano interroga a Dickson. Los paramédicos han subido a Coke, con una máscara de oxígeno puesta, a la parte de atrás de su furgona. El jaco me espolea, el que llevo en el cuerpo y el que llevo en el bolsillo, así que, ante tan sórdido panorama, me piro discretamente y subo por Junction Street, donde cojo un taxi hasta la Royal Infirmary. Estoy en Urgencias, muy a gusto y esperando a que salga Coke, pero me quedo sobado y, cuando me despierto, el reloj de la pared dice que han pasado cuarenta minutos; tengo muy mal sabor de boca y además la tengo seca. Me cuesta siglos, pero al fin consigo localizar la sala donde han ingresado a Coke. Cuando me presento, me encuentro a Janey, Maria y Grant en una sala de espera. Janey se levanta y me pregunta con voz trémula: «¿Qué ha pasado?»

Por una perversa fracción de segundo pienso en las patatas fritas con las que Coke nunca regresó. «No lo sé, yo estaba en el servicio; cuando volví, había desaparecido. Luego me dijeron que había salido a la parte de atrás con Dickson. Cuando lo encontramos tendido en el suelo estaba inconsciente, así que llamamos a la policía y a una ambulancia. ¿Qué dicen los médicos?»

«Que tiene lesiones en la cabeza; le están haciendo pruebas. Pero no ha vuelto en sí, Simon. ¡No ha vuelto en sí!» Noto el roce del cuerpo maduro y curvilíneo de Janey contra el mío, veo la cara de pirado de Grant y las lágrimas que se condensan en los ojos de Maria, y me entran ganas de secárselas a lametones, y les digo: «No pasa nada..., se pondrá bien..., saben lo que hacen..., se pondrá bien.»

Y sé que no es cierto, pero abrazo a Janey y pienso en lo mucho que puede llegar a cambiar una vida en lo que tarda uno en meterse un pico.

Fue un error ir a ver a la familia. Una vez que te has pirado es mejor seguir así: volver equivale a sumergirse de nuevo en la locura ajena. Mis padres no paran de agobiarme con que Davie está en el hospital y que vaya a hacerle una visita. *No soporto* esa fantasía de mi madre de que «pregunta por mí», cuando el pobre cabroncete apenas tiene ni pajolera idea de quién está en la habitación. Me entran ganas de decirle a gritos: ¿por qué no se lo cuentas a quien le importe una mierda?

«Ya sabes cómo se pone, hijo. Se pone a gritar: "Maaarrryyyk..."», suelta mi madre imitando de una forma repulsiva y repugnante el canturreo aterrador de mi hermano por las tardes.

El Servicio Nacional de Salud dispensa a Davie toda la atención especializada experta que necesita. No sólo padece fibrosis quística crónica, también le han diagnosticado distrofia muscular y autismo extremo. Un forense de la Universidad de Edimburgo, para el que mi hermano pequeño es una especie de celebridad, calculó que las posibilidades de que todos estos males se dieran en una misma persona eran de cuatro billones contra una.

Justamente cuando pensaba que la discusión en la mesa de la cocina, con cervezas de por medio, ya no podía bajar más de nivel, así fue: sucumbiendo a una leve intoxicación alcohólica, mis padres se pusieron a hablar absurdamente de Emma Aitken, una chica de cuando yo iba a primaria.

«Emma siempre le gustó. Y fue con ella a la fiesta de fin de curso», me toma el pelo mi padre.

«¿Hasta dónde llegaste con ella?», preguntó Billy con lasciva malevolencia.

«Vete a la mierda», contesté al payaso despreciable de mi hermano.

«Estoy segura de que se portó como un perfecto caballero», dice mi madre atusándome el pelo con la mano, aunque me aparto. Acto seguido mira a Billy y añade: «No como otros.»

«¿No irás a decirme que ni siquiera intentaste tocarle las tetas?», soltó Billy con una risotada, antes de echarse un buen trago de su lata de Export.

«Que te den por culo, zumbao.»

Mi viejo menea el índice entre Billy y yo como si fuera el péndulo de un reloj. «Ya basta, par de dos. Este tipo de conversaciones las guardáis para el pub, no para casa. Un poco de respeto a vuestra madre.»

Así que fue estupendo volver a Montgomery Street. Pese a que es su nombre el que figura en la libreta del alquiler (o puede que precisamente por eso), Sick Boy casi nunca anda por aquí. El lugar está perfectamente situado: en el extremo de la calle que da al Walk, justamente entre Leith y Edimburgo. Eso sí, le hace falta mobiliario nuevo. En el cuarto de estar hay un sofá viejo y un par de pufs, además de dos sillas de madera viejas junto a una mesa peligrosamente inestable. En el dormitorio hay un diván de mierda y un armario ropero lleno de prendas de viejales. También hay un minidormitorio, pero está hasta los topes de ropa de Sick Boy. En la cocina hay otra mesita y dos sillas cutres, las baldosas rotas del suelo te hacen tropezar cuando vas a oscuras; la cocina de gas no se ve, de la capa de mugre grasienta que tiene, y la nevera traquetea que asusta. El tigre..., en fin, dejémoslo.

Llaman a la puerta; es Baxter, el casero, un viejo con cara de malas pulgas, pero al que si le hablas de Gordon Smith, Lawrie Reilly o cualquier otra vieja gloria de los Hibs,[1] se le ilumina el careto de inmediato. «Dicen que Smith fue el mejor de todos los tiempos», le suelto, mientras saca la libreta del alquiler, vieja y gastada; su respiración laboriosa, consecuencia de un enfisema, me hace pensar en una vieja locomotora diésel entrando en la estación de Waverley.

Sólo le funciona un ojo, y le arde con un brillo imponente. El otro parece un coño afeitado de los que salen en *Penthouse*, con una costra de batido de chochito encima. «Matthews, Finney...», dice con voz ronca y nostálgica, mientras se acomoda en una silla destartalada de la cocina, se moja el pulgar con la lengua y va pasando las páginas de la libreta, «... ninguno de ésos tenía la categoría de Gordon. ¡Y si

1. Apodo del Hibernian Football Club. *(N. del T.)*

no que pregunten a Matt Busby quién fue el mejor jugador que vio en su vida!»

¿Segundo Premio?

Ante eso no hay forma de responder nada que valga la pena, así que le pongo al galápago este una sonrisa inane y me empapo de sus reminiscencias.

El viejo Baxter se larga por fin, sin dejar de dar la paliza con Bobby Johnstone hasta que sale por la puerta. Cuando llegue al Foot of the Walk ya andará por Willie Ormond. Con la casa para mí solo, me planteo la posibilidad de hacerme una *Arthur J. Rank,*[1] pero estoy demasiado hecho polvo después del turno de hoy en la empresa de Gillsland. Al menos salimos de la fábrica; hicimos carpintería de verdad, para equipar otro pub, esta vez en William Street. Tengo unas ganas locas de volver a la uni. Me gusta el rollo que tengo aquí con los chicos, pero si apareces con un libro te toma el pelo todo dios, menos Mitch; aunque él lo va a dejar, así que pronto no tendré con quien hablar de cosas sensatas. Pero antes está lo de Interraíl con Bisto, Joanne y Fiona. Suponiendo, claro está, que las chicas aparezcan y no haya sido todo hablar por hablar.

Estoy viendo un capítulo de *World in Action* sobre asiáticos de Uganda en Gran Bretaña, cuando Sick Boy entra por la puerta con los ojos enrojecidos y la cara pálida, como si hubiera visto un fantasma. Y da la casualidad de que van por ahí los tiros.

«Es Coke. Ha muerto.»

«¿Coke Anderson? ¿El que vivía donde tus viejos? ¿Me tomas el pelo?»

Mierda, esa forma tan sombría de sacudir la cabeza me dice que no es el caso. «Se quedó en coma y lo han desconectado esta mañana.»

Por lo visto, Dickson, el del Grapes, lo infló a leches y le reventó la cabeza. Ese tío es un hijo de puta; le largaron de la policía por forrar a gente en los calabozos. Todos los polis lo hacen, y vale, la mayoría de los borrachos zumbaos a los que encierran una noche preferirían que un fascista inepto les arree un par de bofetones y que los suelten por la mañana a enfrentarse al agobio y los gastos que supone tener que presentarse en los juzgados. Pero Dickson se pasaba de la raya y le pidieron que se marchara del cuerpo, o al menos eso es lo que cuentan. Dicen que fue él quien infló a leches a Segundo Premio,

1. Argot rimado: *J. Arthur Rank* (1888-1972, industrial y productor de cine británico) por *wank* («paja»). *(N. del T.)*

cuando se fue de juerga después de que lo liberaran los del Dunfermline; aunque la verdad es que podría haber sido cualquiera. Pero pobre Coke; me dice Sick Boy que perdió el conocimiento y nunca lo recuperó. La próxima semana saldrá el informe del forense. Joder, qué fuerte. Es alucinante.

Sick Boy no para de atusarse el pelo y sacudir la cabeza. De vez en cuando suelta un «joder» con voz entrecortada. «Janey y los niños están destrozados», dice, mirando a su alrededor como si fuera la primera vez que está aquí y no le gustara lo que ve. «Me voy para allá..., a Cables Wynd House..., a darles un poco de apoyo moral.»

Sé que está alterado porque nunca jamás le he oído llamar «Cables Wynd House» a los Banana Flats menos cuando pretende impresionar a alguna tía rica que ha venido a la ciudad durante la temporada del festival.

«El caso es...», y aparta la vista antes de volver a mirarme con cierto pesar, «que ayer me chuté un poco cuando sucedió todo...»

«¿Qué?»

«Que me piqué en el retrete del Grapes con el caballo que le pillamos a Swanney. Y cuando salí me encontré con que el cerdo ese le había arreado a Coke.»

Qué cojones...

«Ya...», le suelto, incapaz de ocultar mi desilusión, porque habíamos quedado en hacerlo juntos, aquí. Tengo que reconocer que, después de pasar la noche con Franco por ahí, yo también estuve tentando de chutarme. El cabrón no paraba de hablar de lo bien que follaba con la tal June; eso cuando no me inflaba la cabeza con su versión particular de los Premios Duque de Edimburgo: a quién piensa apuñalar y qué pobres desgraciados simplemente pueden contar con que les parta la boca.

Sick Boy se olvida de Coke un instante y se vuelve súbitamente hacia mí: «¿Tú te metiste algo?»

«¡Pero si lo llevabas tú! ¿Cómo coño iba a meterme?»

«Podrías haberte ido a ver a Johnny de extranjis.»

Me doy cuenta de que si Begbie no me hubiera sacado por ahí a rastras a ponerme hasta el culo, seguramente es lo que habría hecho. «Pues no», le digo, «hay que andarse con ojo con esa mierda...» Y entonces me entra el pánico. «Aún te quedará, ¿no? ¿No te lo habrás metido todo?»

«Ni de coña, sólo me metí un poquitín. Todavía queda casi un gramo entero», dice mostrándome la bolsita de plástico para que vea lo intacto que está el pedrusco principal y que la mayor parte del polvillo sigue allí.

«¿Quieres un poco o qué?»

«No..., me lo estoy tomando con calma.»

«Ya, a mí me dejó un poco chungo», reconoce Sick Boy. «Es una putada cuando se te pasa el punto, así que yo voy a dejarlo una temporada. A la manteca esa hay que tratarla con respeto; de momento, me ceñiré al *speed*», dice, al tiempo que apaga un cigarrillo en el cenicero con el logo de McEwan's Export que hay en la mesa precaria; luego saca una papelina y se lleva una pizca a la boca con el dedo. «¿Quieres un poco?»

«No, voy a quedarme aquí sentado viendo la caja tonta», le digo.

«Vale, pues nos vemos.» Se levanta.

«He pagado el alquiler. Ha venido Baxter.»

«Bien hecho, luego arreglamos cuentas. Nos vemos dentro de un rato», me suelta el muy capullo antes de coger la puerta y largarse.

No vale la pena decirle ahora que me suelte algo de guita, después del marrón que se acaba de comer, y de todas formas me apetece estar solo. Finalmente decido cascármela visualizando a una chica delgadita con dientes grandes que trabaja en una pastelería de Aberdeen. En cuanto vacío los huevos en el sofá marrón raído me entra una ligera depre y me doy cuenta de que estoy pensando en el caballo. Tendría que haberle cogido el jaco a Sick Boy. *Cabrón.* Lo de la otra noche estuvo guay.

Llamo a Johnny, pero el teléfono no hace más que comunicar, así que cojo la chupa y me voy a casa de Matty. Me abre él, pálido y con el pelo negro en punta, secado con secador hacia los lados para disimular las entradas prematuras que tiene a la altura de las sienes. La desconfianza con la que me mira sólo se aplaca un poco cuando constata que he venido solo. Un reguero de mocos que parece una cicatriz de duelista le cruza la cara desde la aleta de la nariz a la demacrada mejilla. A juzgar por el ángulo, ha estado tumbado en el sofá medio sobao. Matty tiene toda la pinta de estar condenado a pasarse la vida hurgando entre los restos del banquete de otro. Me indica que pase con un gesto de la cabeza y enseguida desaparece en la cocina y me deja en un cuarto de estar minúsculo, dominado por una tele exageradamente grande, la mayor que he visto en mi vida.

Entonces aparece la chica de Matty, Shirley, una muchacha bonita de rostro ovalado y con unos ojazos que parecen estanques, de profundos que los tiene; se le ha estropeado un poco el tipo desde que tuvo a la cría, Lisa, a la que lleva en brazos, vestida con un pelele. Es como si Shirl *todavía* estuviera preñada. Cuando me siento en el sofá, Lisa se me sube encima. «Hola, amiguita... Estamos en la fase de las rabietas, ¿no?», le digo a Shirley; la cría decide tirar de unos cuantos cabellos pelirrojos.

«A mí me lo vas a decir. ¿Qué tal la vida en la universidad?», pregunta ella. A pesar de los kilos, sigue siendo muy sexy. Deben de ser esos ojos enormes de color avellana, siempre impregnados de patetismo.

«El primer año ha sido estupendo, Shirl, me apetece mucho volver», le digo, al tiempo que esquivo a Lisa, que lleva en la mano algo parecido a un biscote y parece empeñada en incrustármelo en el careto. «Gracias, coleguita, ya he comido...» Me vuelvo hacia Shirley de nuevo: «Disfruto trabajando en la empresa de Gillsland, para variar, y me lo paso bien con los muchachos y eso.»

Debo decir que el piso apesta que flipas y no es sólo por la cría y los pañales y demás. Es como si Matty hubiera arrastrado a Shirley a su nivel; en el colegio, ella nunca fue una zarrapastrosa. Sé que Matty es colega y que su padre era un borrachín, pero hay que reconocer que el muy cabrón es un puto mangui; siempre lo fue y siempre lo será.

«¿Sigues saliendo con Hazel?», me pregunta Shirley con ese tono coqueto pero inquisitivo que tienen las tías.

«No, en realidad no, sólo nos vemos en plan amigos. Hace unas semanas conocí a una chica en Manchester. Dije que iría a hacerle una visita, pero he estado trabajando sin parar para reunir dinero para hacer un viaje por Europa.»

«Qué bien. Ojalá pudiera irme yo de viaje a Europa. Ahora ya no puede ser», dice, mirando con atribulado afecto a la cría, que no hace más que dar botes encima de mi regazo. «A lo mejor cuando crezca Lisa», añade antes de preguntar: «¿Y qué tal está tu hermano?»

«Bien...», contesto, sin saber si se refiere a Davie o a Billy.

«¿Os han dicho algo de cuándo podrá volver a casa?»

Davie. «No.»

«¡Señor raro!», me grita Lisa.

«Así es, amiguita. Es buena psicóloga», le digo a Shirl sonriendo. Levanto a la cría en alto y le hago pedorretas en la tripa, cosa que le encanta.

Mientras transcurre este extraño numerito doméstico, extraño para mí en cualquier caso (asusta pensar que realmente haya peña que vive así), me fijo en unas cajas de artículos de dudosa procedencia amontonadas en un rincón, detrás del sillón. Conociendo a Matty, será mierda barata, como puede deducirse de la que está encima del todo, ya abierta y de la que asoma una chaqueta bomber envuelta en una bolsa de plástico que parece de mejor calidad que el producto que contiene. En Junction Street se pueden comprar trapos que, comparados con ésos, son de marca. Shirley suelta una carcajada al ver que Lisa reanuda su campaña de agresión con el biscote, pero he llegado al umbral de mi tolerancia para esta clase de chorradas.

Sácame de la puta jeta a esta cría. Ahora mismo.

Matty asoma la cabeza desde la cocina y echa una mirada a Shirley, que se levanta y sale para allá dejándome con Lisa. Oigo cuchicheos detrás de la puerta; Shirley no parece muy contenta. Matty reaparece por fin, justo a tiempo para evitar que Lisa me eche encima más trocitos de biscote, y dice: «Marchando, joder.»

Shirley me quita a la cría de encima mientras pone cara de pocos amigos. Yo no digo nada, ni ella me mira a los ojos.

Aunque parece un gnomo demente y resuella como si tuviera un resfriado espantoso, Matty baja las escaleras saltando como un poseso, tanto, que cuesta seguirle el ritmo. Siempre fue rápido, en el colegio y en The Fort. No era muy hábil como jugador de fútbol, pero aguantaba muy bien el ritmo.

«¿Qué son esos espantosos artículos mangados que tienes en esas cajas, Connell?»

«La mierda de siempre», me informa lúgubremente. «En el dormitorio no hay sitio y Franco dice que no quiere guardar demasiadas cosas en el garaje. ¿Llevas guita para un taxi?», me pregunta.

«No», le miento. Ya he apoquinado el puto alquiler de Sick Boy y aún tengo que pagarme el viaje a Europa. A veces hay que echar el freno.

«Mierda», suelta él. «Joder, pues habrá que coger el autobús.»

«¿Adónde vamos?»

«A Muirhouse.»

«Te conté que hace poco vi a Nicksy, ¿no?»

«Sí..., ¿en Londres?»

«No, en Manchester. Preguntó por ti.»

«Ah.»

Subimos a un 32 en Junction Street. El autobús traquetea por el camino y Matty está más callado que un muerto. Como si hubiera dejado de prestar atención a todo.

«¿Va todo bien?», le pregunto.

Se limita a sonreír, exhibiendo una hilera de dientes amarillos. Qué guarro es este cabrón, cepillarse los piños sólo cuesta cinco minutos al día. «Las tías», dice poniendo los ojos en blanco. «El ayuntamiento por fin nos ha ofrecido una casa.»

«Eso está bien. El piso igual se queda un pelín pequeño para vosotros y mogollón de artículos chorizados.»

«Ya, pero nos la han ofrecido en Wester Hailes. Joder, yo ahí no me voy.»

Wester Hailes es lo más lejos que se puede estar de Leith sin salir de Edimburgo. Es una barriada fría e impersonal, infestada de *Jambos.*

«Imagino que a Shirley no le habrá hecho mucha gracia.»

«No..., bueno, la verdad es que es el puto jaco. Joder, ya sabes que ella es un poco cuadriculada, ¿no? En fin, supongo que tiene que pensar en la cría y tal...»

«Ahora todo ha cambiado, ¿no?»

«Supongo», responde mientras se limpia los mocos con la manga. «El colocón es de lo más guay, pero para conseguirlo... Swanney no hace más que vacilarme, desaparece de la faz de la tierra cuando le sale de las pelotas. Joder, anoche fui a Tollcross, a su casa. Tenía la luz encendida, pero el cabrón no me abrió. La puerta de la calle estaba cerrada, así que llamé a otro timbre y conseguí entrar. Joder, me asomo por la rendija del correo y ahí está el muy mamón, cruzando el pasillo desde la cocina hasta el puto cuarto de estar», me suelta Matty con los ojos desorbitados y cara de incredulidad. Parece que lleve las pecas pintadas en esa cara tan pálida. «Conque aporreo la puerta y empiezo a gritar por la rendija. Adivina. ¡El muy cabrón sigue fingiendo que no está!»

Pongo cara comprensiva, o a mí me lo parece; pero la verdad, esto empieza a resultarme bastante cómico.

A Matty no. Ahora se anima como una marioneta manejada por un epiléptico, mueve las manos de una forma tan espasmódica que si intentara cascársela se desgarraría el prepucio y se lo haría trizas. «Así que esta mañana cojo y le llamo por teléfono y el muy hijo de puta aún tiene el morro de decirme que no estaba. Le digo: "¡Vete a tomar por saco, mongolo, te estoy diciendo que te vi, Johnny!" Y el muy cabrón va y me dice: "A mí no me vistes, chaval, estarías alucinando", pero tenía ese tono de voz...» Matty hace una pausa y me mira con cara desagradable. «¿Sabes cuando un cabrón te está vacilando a tope?»

Hago un débil gesto de protesta a favor de Johnny, pero Matty me corta.

«¡Ya sé que es un viejo colega tuyo, pero que le den por culo! Vamos a ver a Goagsie y Raymie a casa de Mikey Forrester. Joder, ha montado un chutódromo,[1] y nos picamos todos juntos con arpones de veinte miligramos. En plan hermanos de sangre.» De repente sonríe, animado por la idea. «¿Conoces a Forrester?»

«De oídas.»

«Vivía en Lorne Street. No es mal tipo. Un *tea leaf*[2] total, aunque a veces va un poco de sobrao.»

«¿No lo infló a leches Begbie hace un tiempo?»

«Sí», dice Matty, «en Lothian Road, pero eso fue hace siglos», añade, un tanto avergonzado.

Según Begbie, la historia (que tantas veces he tenido que soportar) era que él y Matty estaban en Lothian Road cuando se toparon con Gypo, un gilipollas de Oxgangs que andaba con el tal Forrester, y que acabaron teniendo una disputa de borrachos con ellos. Matty se achantó pero Begbie no, y les metió una somanta a los dos. Se mosqueó un huevo con Matty por escurrir el bulto. En cualquier caso, la sola mención de esa historia vuelve a sumir a Matty en el modo silencio. Finalmente abre la boca y me pregunta: «¿Has visto al tocino de Keezbo?»

«Sí, la otra noche estuve por ahí con él.»

A Matty, Keezbo le cae mal, porque en tiempos salió con Shirley. Eso fue mucho antes de que apareciera Matty, pero hay peña que nunca olvida ese tipo de cosas. Además, Keezbo sabe tocar la batería y Matty no vale una mierda como guitarrista. Ni siquiera era lo bastante bueno para nosotros, y es por ahí por donde van los tiros en realidad.

«*Jambo* de los cojones», espeta entre dientes.

Yo no digo nada, porque Keezbo y yo somos de lo más amigos, como Matty y yo antes, cuando éramos punks y nos fuimos a vivir a Londres.

Nos bajamos en Muirhouse y tomamos un atajo por el centro comercial, que está desierto, entre tiendas que sólo exhiben grafitos en sus persianas metálicas, y nos dirigimos a un edificio de cinco plantas

1. Las *shooting galleries* («chutódromos») aparecieron a mediados de los ochenta con el cese del suministro de jeringuillas en Bread Street, lo que fomentó la utilización de grandes jeringuillas comunitarias y la consiguiente expansión del sida en Edimburgo. *(N. del T.)*

2. Argot rimado: *tea leaf* («hoja de té») por *thief* («ladrón»). *(N. del T.)*

que hay detrás de la biblioteca prefabricada. En barriadas como ésta, Wester Hailes, o como Niddrie, no hay nada; sólo más barriada. Como mucho, unas pocas tiendas de mierda que venden latas o verduras putrefactas y más caras de la cuenta, o un bar que más bien parece un búnker asesino. Al menos en Leith, si vives en una barriada de vivienda protegida, estás rodeado de pubs, casas de apuestas, cafeterías, tiendas y montones de chorradas que puedes hacer.

Matty me cuenta que desde que los hijos de puta de los conservadores acabaron con el programa de intercambio de agujas en Bread Street, hace unos años, cuesta hacerse con jeringas, pero dice que al tal Forrester le consigue jeringuillas grandes un contacto que tiene en un hospital. A Sick Boy ya le ha conseguido su propio arpón una enfermera a la que conoce. La idea de compartir jeringuillas no le gusta, aunque a mí me da igual. Eso sí, dice que a mí también me va a conseguir uno.

Subimos varios tramos de escalera y llamamos a la puerta; al otro lado del vidrio esmerilado aparece una silueta y, cuando se abre, veo a un tipo alto pero con cara de torta y pelo rubio que se está quedando calvo. Me mira con expresión dubitativa antes de ver a Matty. «Matthew..., pasa, amigo mío.»

Entro detrás de Matty hasta un cuarto de estar lleno de alfombras roñosas y descoloridas que cubren unas baldosas de linóleo negras como el carbón. Las paredes, por lo demás desnudas, están decoradas con pósters. Hay uno guapo de los Zeppelin con los cuatro símbolos y otro gigantesco y guapísimo del *Setting Sons* de los Jam, pero los demás son de grupos de mierda a los que no vale la pena ni mentar. El mobiliario de la habitación está integrado por un sofá desvencijado, dos mesitas auxiliares idénticas, de madera de teca, un sillón maltrecho y un par de colchones mugrientos. Parece que el sitio esté reservado exclusivamente para el consumo de drogas, con la posible excepción de alguna que otra violación en grupo.

Lo mejor es que veo algunas caras conocidas. Está Goagsie, que es de Leith, así como Raymie, el segundo de Swanney, y como ellos responden por mí, Forrester se relaja un poco. Me sorprende ver a Alison Lozinska, o LA Woman como la llama Spud. Fui con ella al cole, y durante un tiempo muy breve (sin duda un lapsus de gusto por su parte) salió con mi hermano Billy. También está Lesley, la del bar, con una chica llamada Sylvia, alta y delgada, y con un pelo rubio cenizo que le llega hasta los hombros. Me presentan a dos chicos; un tío llamado ET (que deduzco que es la contracción de Eric Thewlis) y uno de más edad, American Andy, que está preparando caballo en una gran cuchara de metal sobre un hornillo de gas, así que no hay premio para el que adivine quiénes se van a chutar primero. Nadie me presenta a los otros dos tipos. Uno de ellos tiene una pinta muy chunga; es un cabrón con cara de tipo duro y pelo entrecano que tiene una cicatriz de cuidado en medio del careto. Se me queda mirando hasta que aparto la vista. El otro tipo es pequeño y tiene una cabezota enorme; no llega a ser enano, aunque lo *parece*. Forrester tiene pinta de legal, quizá un poco seco al principio, seguramente porque soy nuevo, pero sonríe en cuanto saco los emolumentos y se da cuenta de que no he venido a chutarme por la jeta ni a colarme.

Me siento en el colchón junto a Alison, que me saluda y me besa platónicamente en la mejilla.

Circula una jeringuilla grande con una buena dosis ya preparada. Intento sacarme la vena con el cinturón apretado alrededor del brazo, como me enseñó Johnny la otra vez, pero no hay manera. La jeringuilla pasa de manos de American Andy a las de ET, y de las de éste a Mikey y a Goagsie. Caen como fichas de dominó, y yo, que soy el siguiente, no paro de darme golpecitos como un bailarín de claqué. Veo a Raymie preparándose un chute por separado con sus propias herramientas; se lo pone; mientras Ali, Lesley y la tal Sylvia se limitan a mirar y a liarse porros, y rehúsan cualquier oferta de jaco. No miro a Matty, pero oigo que me dice bruscamente: «¡Venga, joder, que no tenemos todo el puto día!»

No puedo hacer otra cosa que pasársela al cabrón llorica este. Me levanto y cojo un pipa de aluminio de una mesa y empiezo a quemar un poco de caballo en plan torpe; los demás me observan con desprecio. «Estás desperdiciando jaco del bueno, coño», se queja Forrester, y se pasa la mano por el pelo, que está en vías de extinción.

«Mierda, Renton», salta Goagsie, que tiene una boca que parece una papelera con pedal.

«Eso es, ahora arréglalo, desgraciao», me suelta Matty en tono rencoroso, mientras Forrester, que va todo puesto y que al principio parece que está jugando a ponerle la cola al burro, consigue inyectarle.

«¡A mí no me vais a dejar colgado, coño! He puesto la puta pasta», salto yo a mi vez. «A mí Swanney me chutó, él sabe cómo sacar una puta vena...»

«Vete a la mierda, mongolo», me dice Matty con desprecio viperino antes de desplomarse en el sofá por efecto del jaco.

CABRONES.

«Tranqui, Mark. Ven aquí», me suelta Alison, y me hace una seña para que me arrime a ella, a Lesley y a Sylvia; están pasándose una pipa de aluminio. «Te estás poniendo en evidencia, y me quedo corta», me reprende.

«No sabía que le pegaras a este rollo, Ali», le digo.

«Ahora lo hace todo el mundo, cariño», dice mascando chicle. «Pero yo sólo lo fumo. ¡No me acercaría a una aguja ni loca!»

Enciende el mechero debajo del aluminio; el caballo empieza a arder y yo chupo el humo como un aspirador.

Joder...

Me lleno los pulmones con un par de tiros grandes. Odio fumar lo que sea y procuro no toser, aunque hago muecas y me retuerzo y los ojos me lloran más que una boca de incendio rota...

Cojones, tú...

Entonces noto que alguien me coge suavemente la pipa y el aluminio de las manos...

«Fumando con las damas...», me dice Matty con sorna y acento jamaicano de pega, y una cara más pálida que el brezo blanco. Forrester comenta algo del tipo «las chicas están bien» y Goagsie también se ríe. Me vuelvo y digo: «Si vosotros, cabrones...» No logro terminar la frase, el jaco me golpea como un mazo de malvavisco. Estoy demasiado colgado para que me importen sus chorradas, y además prefiero estar con las chicas que con estos putos retrasados...

Gilipollas hechos polvo...

Alison está un poco ida, con la boca medio abierta y los párpados entreabiertos, pero no para de hablarme del nuevo curro –que consiste en salvar putos árboles– que le ha salido y en el que empieza mañana. Después me habla de un grupo de poesía al que asiste. La creo, porque en el colegio siempre fue lista, tenía el jersey de delegada con el ribete distintivo...

«Emily Dickinson», digo apoyándome contra ella, «... esa tía sí que sabía escribir putos poemas...»

«Sabes, Mark...», comenta Ali forzando una sonrisa, «deberíamos tener una charla como está mandado..., cuando los dos estemos serenos...»

«Lo hicimos... hace siglos. Zeppelin contra los Doors..., aquella vez en el Windsor. ¿Te acuerdas?»

«Sí..., pero aquella vez yo iba de hongos...»

«Ya..., puede que yo estuviera de tripi...», recuerdo, pero ahora veo a Forrester, que saca la gran jeringuilla del fino brazo de Matty, y me fijo por primera vez en las sanguinolentas marcas de pinchazos que lleva. Ese cabrón es un guarro; siempre lo ha sido. Me pilla mirándolo. «Nadie te estaba dejando colgado, Mark..., joder, te estabas dejando colgado tú solo...», dice ahora con una sonrisita de suficiencia. «Hazte con unas venas como es debido, tío...», añade, y se tira de nuevo en el sofá. Me acerco a rastras y me coloco a su lado. «Perdona, tío...», me suelta, y nos reímos los dos y nos cogemos de la mano como si fuéramos novios.

La jeringuilla grande va a parar a manos de los dos cabrones que dan miedo, el Sargento Salt and Pepper y su Muñeco Ventrílocuo, que no tardan en desintegrarse. Creo que quizá haya llegado el momento de alejarme de ellos, pero las chicas se me arriman y Ali se apoya en mis piernas; siento su espalda reposando en mis espinillas. Tiene unas trenzas tan negras y lustrosas que estoy tentado de acariciarlas, pero logro resistirme y, para variar, le sonrío a la tal Sylvia, que tiene unas facciones angulosas, finas y pálidas. Goagsie le está diciendo al Sargento Salt and Pepper, que está despatarrado en el suelo, que en realidad Motörhead es un grupo punk, no de heavy metal, y la gente entabla conversación consigo misma mientras se pone el sol y la habitación empieza a ensombrecerse.

Me quedo sobado un rato; luego noto que se me contrae la garganta y me despierto de golpe con una sensación de frenazo repentino. Matty está consciente, a mi lado; el cabrón tiene los ojos abiertos y mira directamente al frente. Suda, abre y cierra las manos, se clava las uñas en las palmas, como si fuera tan puesto de jaco que ya ansiara volver a meterse. Puto zumbao. ¡Yo nunca me dejaría enganchar de esa forma por una droga de mierda!

Forrester se acerca, se coloca en cuclillas a mi lado y se pone a darle la vara a las chicas, pero en plan guarro. Joder, menos mal que los dos cabrones espeluznantes están fuera de juego; el Sargento Salt and Pepper está casi dormido y el cabrón enanoide cabecea como si se le fuera a caer el melón de los hombros. «Ya, pero ¿cuánto...?», les pregunta Forrester a las chicas arrastrando las palabras.

«¿Cuánto qué?», pregunta Ali con indiferencia de colgada.

«¿Cuánto tiempo tendrían que salir un tío y una tía antes de acostarse?»

Ali se aparta desdeñosamente de él para hablar con Lesley; no capto lo que dice, pero suena algo así como: «Cortarlos en pedacitos antes de que infecten a todo el mundo», y Forrester levanta la vista como un niñato mosqueado, tratando de calibrar mi reacción. Intento mantener cara de póquer. Al darse cuenta de que seguramente no tiene la menor posibilidad de montárselo con Ali o Lesley, Forrester lo intenta con Sylvia. «Ya, pero ¿cuánto tiempo?»

«En tu caso, yo diría que hasta el fin de los tiempos.»

«¿Qué?»

«Que nadie va a acostarse contigo, Mikey, ni siquiera aquí», dice Sylvia, echándole el humo del cigarrillo a la cara. «Ni. Siquiera. Aquí.»

«No estés tan segura», dice Raymie; se levanta, saca una gran polla blanca y empieza a meneársela delante del careto de Mikey. «¡Prueba ésta, hombre! ¡Venga, muñeco!»

«¡Vete a tomar por culo!», grita Mikey y lo aparta de un empujón mientras todos nos reímos.

Afortunadamente Raymie accede y se desploma de nuevo en un colchón, mientras me habla de los tiempos en que era gimnasta juvenil y practicó de forma obsesiva hasta que consiguió chupársela a sí mismo. «Todavía me llego al capullo y puede que un poco más allá, si tengo el día bueno, pero ya no puedo hacerme una mamada hasta el fondo como está mandado.»

«Vaya tragedia», dice Lesley.

«Estoy de acuerdo. Así que si alguna de las hermosas damiselas presentes está por la labor...»

Nadie parece interesarse. Sylvia se levanta y se hace un hueco junto a mí en el sofá, obligándome a apretarme contra Matty, que farfulla algo vagamente hostil. Sylvia masca chicle pero no me importaría que quisiera fumar algo de jaco, como yo, Ali y Les. En una pletina de mierda suena una canción de John Lennon, pero yo tarareo mentalmente la de Grandmaster Flash...

«Si yo pudiera hacer eso, no saldría nunca de casa...», le dice Goagsie a Raymie.

«Pero si nunca lo haces, Gordon. Eres una vieja bruja que se pasa todo el día recluida en casa, chupacapullos con piños de hámster...»

Todo el mundo se ríe de eso, porque la verdad es que Goagsie tiene un poco cara de torta.

«Joder», se ríe Matty, «¡yo no tardaría ni dos semanas en empezar a decirme a mí mismo que tenía jaqueca!»

«Eres una cara nueva», me dice Sylvia. «Y además agradable.»

Sé que sólo flirtea conmigo para vacilarle a Forrester, que se está empapando de todo, pero a mí me empieza a molar el rollo. Al cabo de un ratito más de charla de colgados empezamos a morrearnos.

Siento la presión de sus labios entumecidos sobre los míos, pero su proximidad me reconforta y nunca me había sentido tan relajado besando a una tía. Exploro todos los rincones de su boca con la lengua, le recorro los dientes y las encías, pero, a pesar de la intimidad, me produce una sensación más distante que sexual. Evidentemente no debe dar la misma impresión, visto desde fuera, porque de repente se oye un grito: «¡Qué hija de puta eres, Sylvia! ¡Pero hija de puta total!»

Dejamos de besarnos y vemos a Forrester mirándonos desde arriba, con cara de gran mosqueo y pasándose nerviosamente la mano por su escasa cabellera.

«Es de muy mala educación hablarle así a una dama», tercio yo. Y así es. A un tío le puedes llamar hijo de puta, pero decírselo a una tía está muy feo.

«Tú no te metas, coño.»

Joder...

Trato de levantarme, pero estoy apretujado entre Matty y Sylvia y, con el caballo en el cuerpo, apenas puedo moverme. Empujo, pero tengo la mano encima de las mallas negras de Sylvia y los cochinos vaqueros de Matty, que se aparta maldiciendo, como si estuviera intentando abusar de él.

«Eres mala, Sylvia. Siempre has sido una guarra de mierda. Nunca has tenido ni pizca de bondad en todo tu cuerpo, ¿te enteras?»

«Sí, claro», suelta ella.

Yo le aprieto el muslo y grito a Forrester: «Ya está bien, niñato de los huevos.»

«Eso, tranquilízate de una puta vez, ¿vale?», dice Ali.

«¿Y tú quién cojones te has creído que eres?» Ahora Forrester pasa de ella y se mete conmigo.

Vuelvo a darle un apretón en la pierna a Sylvia. «Bruce Wayne», le suelto, lo que desata unas cuantas risas. Jodido, Forrester me patea la suela de la zapatilla. Me pongo en pie a cámara lenta y me encaro con el cabrón.

«Señoritas, por favor. Nada de bolsos», dice Raymie con voz de mariquita. «Se lo ruego.»

«Ninguno de los dos vale mucho como peleador. Y vais puestos de jaco», nos recuerda oportunamente Goagsie.

Tanto Forrester como yo tenemos la decencia de avergonzarnos mientras asumimos recelosamente y sin decir palabra la evidencia. Entonces nuestro anfitrión le lanza otra mirada fulminante a Sylvia: «Fóllate a quien te dé la gana, zorra imbécil», dice antes de dar media vuelta y largarse dando un portazo. Mientras vuelvo a dejarme caer en el sofá, oigo sus pasos en la escalera.

«¡Muchas gracias!», grita ella, y luego se dirige a la concurrencia para recabar apoyo. «¡A ver si voy a necesitar su puto permiso! ¡No es mi padre y tampoco recuerdo haberme casado con él!»

«Yo nunca pido permiso a mi padre para follar con nadie», apostillo perezosamente.

«Cuánto me alegro», dice Sylvia en tono cortante, mientras Ali sofoca unas risitas.

«Yo tampoco...», rezonga Matty, «salvo si se trata de mi madre.»

«Qué menos, es una simple cuestión de modales», digo yo encogiéndome de hombros.

Raymie mira al tal Eric Thewlis con cara muy seria y le dice: «De verdad que tendrías que darle un toque a tu madre.» Tras unos instantes de silencio y desconcierto, todo el mundo pilla la gracia y se ríe. Comienza una ronda de vaciles tontorrones, pero tanto esfuerzo me ha dejado hecho polvo y me sumerjo de nuevo en un estado de amodorramiento. Vagamente, oigo discutir a Goagsie en un rincón con uno de estos tarados, o con ambos, sobre gente a la que no conozco y un tipo llamado Seeker, cuyo nombre sale a relucir mucho últimamente. Y no sé nada más hasta que me despierto en la calle parpadeando y pasando frío; cojo un taxi con Matty, Goagsie, Lesley y la tal Sylvia para volver a Leith.

«¿Sabías que la madre de Ali se está muriendo?», me pregunta Lesley.

«¿Sí? Me cago en la puta...»

Sylvia me pone la mano en el muslo.

«Ha ingresado en el club del cangrejo.»

«¿Tiene cáncer?», le pregunto.

«Sí...», dice Lesley estremeciéndose, como si el solo hecho de oír esa palabra le expusiera a uno a contraer la enfermedad. «De mama. Le hicieron una mastectomía doble, pero no sirvió de nada. Es terminal.»

«Una mastectomía doble..., joder, eso es cuando te cortan las dos tetas, ¿no?», pregunta Matty. Sin poder evitarlo, echo un vistazo al generoso escote de Lesley, que se estremece y asiente con la cabeza. «Qué putada», suelta Matty, «y encima sin que le funcionara. Joder, qué chungo es eso, tener que pasar por que te corten las tetas y que aun así te digan que te vas a morir», especula con una alegría morbosa. A continuación, como si estuviera inspirado, añade: «Joder, eso fue lo que le pasó a la madre del gordinflón de Keezbo, Moira Yule, ¿no, Rents?»

«Sí, pero a ella le salió bien, lo cogieron a tiempo», le digo, mientras Sylvia me cuchichea al oído que tengo un bonito culo.

«Eso sí, se volvió majara que te cagas. Lo digo por los putos periquitos esos», dice Matty riéndose.

Le echo una mirada severa para que se calle y luego acaricio el muslo de Sylvia. Lo cierto es que la madre de Keezbo sí se volvió un poco majareta cuando le metieron la pajarera esa en casa, pero no está bien hablar de los asuntos familiares de los amigos así como así. Y todo sea dicho, el cabroncete no insiste. «De todos modos, ¿dónde está Ali?», suelto yo, preocupado de repente al ver que no está con nosotros.

«Joder, se ha ido con Raymie a casa de Johnny», suelta Matty.

Goagsie, como fundido con la ventana, refunfuña: «A mí me vas a hablar de Seeker...», farfulla. «Conozco a ese cabrón...»

Noto una punzada en los pantalones. «*Ye game?*»,[1] le cuchicheo al oído a Sylvia. Capto un olor a pitillos y perfume barato.

«Si tú estás de caza...», me contesta ella sonriendo ásperamente.

Los demás desembarcan en el Foot of the Walk. Sylvia y yo seguimos hasta Duke Street y, de ahí, nos vamos a su piso en Lochend. Ella lo llama «Restalrig» pero es Lochend de cabo a rabo. Y yo odio Lochend. Es un sitio más que chungo. Está infestado de psicópatas asesinos dispuestos a partirte la boca. Normalmente, si anduviera por aquí a estas horas de la noche, sobre todo ahora, cuando estoy a punto de tirarme a una tía del barrio, iría nervioso y me sobresaltaría cualquier cosa que se moviera entre las sombras; sin embargo, es curioso, pero, cuando el taxi se aleja y un grupo de sobraos con aire arrogante se aproxima a nosotros con intenciones torvas, no experimento el menor temor.

El jefe de la manada le echa a Sylvia una gélida sonrisa, y a ella se le graba en el careto una expresión de preocupación, y luego me dan a mí el mismo tratamiento. «Tú eres el colega de Begbie, ¿no? El hermano de Billy Renton.»

No me he topado con este cabrón en la vida, pero, gracias a las obsesiones de Franco, sé exactamente quién es. «El señor Charles Morrison.»

1. Juego de palabras intraducible. *Ye game?* significa literalmente «¿Te apetece?» o «¿Estás por la labor?», pero *game* también quiere decir «caza», por lo que la pregunta también se puede interpretar como «¿Eres caza?». *(N. del T.)*

«¿Qué?», me suelta, mirándome con la boca abierta, la mandíbula relajada; pero enseguida desenfunda los dientes y abre los ojos desmesuradamente.

«Encantado de conocerle. Su fama le precede.»

Durante un instante, Morrison parece desconcertado. Tiene una expresión sombría y afligida, de receloso ante la eventualidad de una conspiración. Uno de sus fornidos segundos salta: «¿Quién es este cabrón?»

A los demás ni los miro, ni mucho menos les dirijo la palabra. Sólo Cha importa y no lo pierdo de vista ni un segundo. Es pálido de cara, pero, a la luz anaranjada de la farola, posee una dignidad extraña y una belleza montuna. Entonces suelta una carcajada y empiezo a preocuparme por primera vez cuando anuncia: «¡Me gusta el palique de este cabrón!»

Y eso parece. Así que estoy un rato pegando la hebra con los chalados estos hasta que Sylvia me tira de la manga, gesto que a Cha no se le escapa. «Será mejor que te vayas, colega. El deber te llama, ¿eh?», dice con una risita cómplice. «Hasta luego.» Rompan filas.

Nos metemos en el portal de Sylvia y nos refugiamos en su piso. Esta noche la he impresionado plantándole cara a Forrester (que no se puede decir que sea un gran peligro) y luego manteniendo el tipo con Cha Morrison (empresa arriesgada, se mire como se mire). «No le tienes miedo a nada, tú», dice con admiración.

«Qué va, le tengo miedo a todo», le contesto, cosa que, cuando se reconoce, seguramente produce más o menos los mismos efectos. Aun así, algo he debido de hacer bien, porque ella no pierde el tiempo y me lleva al dormitorio. Nunca había visto tanta ropa; en el suelo, saliéndose de los armarios y de maletas y bolsas de deporte. Pero la quita toda de encima de la cama, me pongo encima de ella y empezamos a morrearnos de nuevo y a despelotarnos. Sylvia levanta un momento un camisón amarillo cogiéndolo por el dobladillo, que está raído; parece que vaya a ponérselo, pero es lista y enseguida descarta la idea. Eso sí, no es nada tímida; me agarra la polla e, hipnotizada, mira cómo se pone tiesa en su mano. Retira el prepucio para que el capullo, agradecido, salga a la luz. Yo deslizo mis dedos sobre ese suave vello, abro la oscura y húmeda rajita y, cuando ella me suelta, el pito ocupa el lugar de mi mano y empujo, la estimulante sacudida me acelera el corazón y me deslizo hasta el fondo con la sensación de haber llegado a alguna parte.

Y nos ponemos a follar a saco. No parece que a ella el jaco le haya afectado, pero yo estoy entumecido y no muy creativo, y me limito a mantener el ritmo y a bombear para sacarme el caballo del cuerpo a base de sudar. Es guay, porque me noto bien la espalda. Puede que sea el jaco, pero aunque la erección se mantiene no parece que vaya a ser capaz de soltar el chorromoco, a pesar de que ella «chorrea a tope», como diría Sick Boy.

La dama chorreaba a tope.

Finalmente hago algo que en la vida pensé que fuera a hacer: gimo, tenso el cuerpo y finjo un orgasmo. Ella seguramente se dará cuenta de que no tiene nada dentro porque no nos habíamos tomado la molestia de buscar un condón. Con un escalofrío estremecedor, de repente me acuerdo de Begbie y de la loca esa de Pilton que apareció por el garito. Aunque no haya eyaculado nada, de todas formas puede haber restos no detectados de lefa y como solía decir nuestro viejo profe de ciencias, el señor Willoughby, «con uno basta».

«¿Estás... ejem... bien?», le pregunto. «Quiero decir, ¿tomas la píldora y tal?»

«Sí, pero ahora ya es un poco tarde para preguntarlo, hijo.»

«Perdona, tendría que haberlo hecho antes. La pasión del momento y esas cosas, ¿no?»

Ella pone los ojos en blanco con expresión dubitativa, enciende un pitillo y me ofrece otro a mí. Yo rehúso y me echa una breve mirada de incomprensión. La llama del mechero ilumina su rostro demacrado y sus facciones angulosas. Las jetas como la suya siempre las veo como caretos de viejo. Siempre tendrá el mismo aspecto. «A veces Mikey se pone celoso si hablo con cualquiera que no sea él. Está obsesionado conmigo. Me da repelús. No me gusta, y se lo he dejado superclaro, joder.»

Forrester es imbécil, pero a nadie le mola una calientapollas y me doy cuenta de que la tía esta se ha estado dando gusto mareando a ese zumbao. No mola nada que alguien te dé la vara con su fijación con otra persona *con la que ni siquiera folla,* así que me visto y me interno en la noche con el pretexto de que mañana tengo que trabajar.

Cuando vuelvo al piso, veo que Sick Boy aún no ha regresado. Me desnudo de nuevo y me miro en el espejo de cuerpo entero. Me hago torniquetes de forma sistemática y me doy golpecitos en la venas para descubrir dónde están las mejores. En las piernas tengo algunas que no están mal, una que tiene bastante buena pinta en el hueco del codo y otra en la muñeca a la que quizá pueda recurrir en caso de necesidad. Ni de coña me vuelvo a quedar sin picarme.

Llaman a la puerta; es tardísimo, sobre las dos de la madrugada; abro en calzoncillos creyendo que es Sick Boy y que el cabrón se ha dejado las llaves. Pero es Spud, que trae una bolsa llena de cervezas. Va medio pedo; me cuenta que le han dado el finiquito en la empresa de mudanzas donde lleva trabajando desde que dejó los estudios. «¿Te apetece una cerveza o subir al Hoochie para echar el último bailoteo y tal?»

Me jode reconocerlo, pero el Hoochie me aburre. Mala señal: el Hooch y el estadio de Easter Road son los únicos templos de iluminación espiritual que quedan en esta ciudad. Le digo que voy puesto de jaco, y que además para cuando lleguemos allí ya se habrá acabado la fiesta.

Él sigue la trayectoria de mi mirada hasta dar con el instrumental que está sobre la mesa. Niega con la cabeza y resopla con fuerza: «Yo me he metido de todo, tío, pero la gran raya marrón en las arenas de Portobello yo la trazo ante el jaco y tal.»

«Yo sólo lo fumo», le informo. «Así no te enganchas. Es guay, tío, no se parece a nada de este mundo. Es todo tan de puta madre que lo demás te importa una mierda», le digo.

«Pues vale, quiero probarlo.»

No ha sido muy difícil vendérselo, que digamos. Así que saco la mercancía y la pipa de aluminio (he practicado y ya he hecho mogollón de ellas) y nos echamos una. Se notan las partículas de aluminio que se te pegan a los pulmones mezcladas con el humo sucio, pero empieza a pesarte la cabeza y te invade una euforia que se extiende como una explosión de luz solar. Spud, con su sonrisa torcida y los ojos entreabiertos, parece mi reflejo y compartimos un pensamiento solitario: *Todo lo demás puede irse a tomar por culo*. Me recuesto en el sofá y le digo: «Sabes, Spud, todo esto no es más que una gran aventura antes de desengancharme para ir a recorrer Europa y después volver a la uni.»

«Una aventura...», dice con voz áspera, resistiendo el impulso de potar, hasta que sucumbe. El vómito espeso y amarillo va a parar al suelo, a lado de la bolsa de cervezas, que sigue intacta.

Iba a llegar tarde y sabía que no era la mejor forma de causar la impresión deseada el primer día en su nuevo empleo. Salir ayer había sido mala idea, pero después de visitar la casa de sus padres, Alison quiso borrar todo aquello de su memoria: el terrible instante en que su madre tosió y llenó el pañuelo de sangre viscosa; la forma en que se vinieron abajo su madre, su padre y ella misma, paralizados por la mancha de color rojo oscuro que su madre tenía en la mano. No obstante, lo realmente horroroso había sido la expresión petrificada de culpabilidad en el rostro de Susan Lozinska. Se *disculpó* diciéndole ansiosamente a su hija y a su marido Derrick: «Creo que ha vuelto.»

Aquélla había sido la tarde libre de Alison, un descanso tras terminar con el trabajo de la piscina antes de empezar su nuevo empleo. Había pasado por el hogar familiar para acallar la sensación de culpa que tenía por no haber ido a ver a sus padres tan a menudo como quizá hubiera debido, desde que se marchó de casa, hacía ya un par de años. Sus hermanos menores, Mhairi y Calum, no estaban, cosa que la alegró. Recordó la palidez y la expresión tensa de su padre, su esfuerzo por hablar en tono desafiante: «Nos haremos las pruebas, y si es el caso, y no estoy diciendo que lo sea, lo superaremos, Susan. ¡Lo superaremos juntos!»

Alison tuvo la impresión de que todo daba vueltas y de que el alma se le caía a los pies. Se quedó un rato, hablando con sus padres en un tono acorde con sus voces apagadas, que sonaban amortiguadas, como si estuvieran en otra habitación. Su madre, que ahora estaba tan destrozada y afligida, y su padre, un hombre enjuto y con bigote que a duras penas había logrado aferrarse a una noción de sí mismo pulcra y elegante en la madurez, y que ahora, al enterarse de la terrible noticia, menguaba visiblemente en solidaridad con su mujer.

Ha vuelto. Después Alison se marchó y fue caminando hasta su piso en Pilrig. Incapaz de calmarse, salió enseguida, a primera hora de la noche, y se encontró con Lesley y Sylvia, dos chicas a las que no conocía muy bien. Fueron a una fiesta en Muirhouse en la que circulaban drogas en abundancia, y al final acabó en el sofá de Johnny Swan.

A Johnny le costaba tener las manitas quietas y por la noche intentó meterle mano. Pese a su estado de confusión emocional, agravado por el consumo de narcóticos, como movida por un resorte, se animó y le mandó a tomar por culo: tan mamada no iba. Luego él le suplicó tanto que Alison llegó a sentir que la maltratadora era ella por negarse a follar con él. Por un instante estuvo a punto de transigir, sólo para hacerle callar, antes de darse cuenta de lo horrible que habría sido eso desde todo punto de vista. Finalmente, Johnny se dio por vencido y la dejó en paz, refunfuñando de vuelta al dormitorio.

Cuando se marchó de allí, con la primera luz de la mañana, regresó al piso de Pilrig, se duchó y luego salió tambaleándose hacia su empleo nuevo y la conferencia en la sala consistorial del ayuntamiento.

Durante la larga convalecencia de su madre, Alison se acostumbró a llenar su vida de distracciones. El Grupo de Poesía de Mujeres de Edimburgo era una de las mejores, y tenía la ventaja añadida de ser una libre de varones. Asistió al GPME con su amiga Kelly hasta que el novio de esta última, Des, creyéndose amenazado, consiguió que su novia dejara de participar haciendo burla y escarnio del grupo. A Alison le destrozó ver la forma en que Kelly, tan alegre y extrovertida, generaba un precario exoesqueleto siempre que Des andaba por medio. Era el refugio en el que solía ocultarse, y desde allí estaba pendiente hasta de la palabra más nimia que saliera de boca de su novio. En cualquier caso, la decisión había sido suya, y Alison optó por seguir asistiendo al grupo de poesía.

No es que le entusiasmaran precisamente todas las chicas que asistían. Era evidente que muchas iban por objetivos sexuales y algunas odiaban furibundamente a los hombres y generalizaban a partir de sus malas experiencias personales. No obstante, Alison se daba cuenta de que algunas no habían asimilado la lección, lo que las condenaba a toparse con el equivalente más próximo, el misógino semialcohólico que rumiaba amargamente desde el taburete de un bar acerca de la última zorra que lo había dejado pelado. Había un Des para cada una de esas chicas; la verdad, era una lástima que éste saliera con Kelly. Y luego estaban aquellas a las que Alison consideraba las peores: las que realmente creían ser buenas poetisas.

No obstante, la mayor parte de las mujeres del grupo le caía bien. Estaba en una fase experimental de su vida. Aprendió un poco sobre estructura métrica y haikus, y también descubrió que nunca podría ser lesbiana, después de acostarse con una chica llamada Nora. Fue agradable que Nora le hiciera un cunnilingus durante un rato, pero luego Alison empezó a pensar: *Vale, muy bien, pero ¿cuándo llega la puta polla?* Evidentemente no iba a ser el caso y empezó a sentirse tensa e irritada, como si estuviera perdiendo el tiempo. Al menos Nora no era egoísta, porque se dio cuenta, levantó la cabeza del felpudo y asumió su derrota diciéndole: «En realidad esto no es lo tuyo, ¿verdad?» Alison tuvo que confirmarle que no. Y tuvo algún remordimiento por no sentirse inclinada a corresponder: el aroma un tanto intenso y almizclado de Nora le recordaba el de su propia menstruación.

Ahora bien, si algo era Nora era insistente, y a la semana siguiente le dijo a Alison que había encontrado «la solución para nuestro problema». Expresarlo con esas palabras ya era lo bastante desconcertante, pero Nora se había presentado con un consolador con correa. No cabía ninguna duda de que era formidable, pero en cuanto se lo puso, Alison empezó a reírse a carcajadas. Entonces, al ver la cara que ponía Nora, se le ocurrió que era como si el consolador se hubiera quedado morcillón, si tal cosa fuera posible. Pero lo cierto es que lo había intentado y Alison podía decir con el corazón en la mano que no tenía un solo hueso sáfico en todo su cuerpo.

Al entrar en la sala consistorial, forrada con paneles de roble, y abrumada por el calor que hacía en la calle, se puso nerviosa al ver a tanta gente ajetreada y resuelta y al notar el tufo que emanaba de sus axilas, aunque se había duchado y se había puesto desodorante. *Puaj. ¡El hedor de las drogas y el alcohol! Por más que te laves, el tufo vuelve.*

Se abrió paso hasta el fondo de la sala, que estaba llena en sus dos terceras partes, y tomó asiento. En ese momento, su nuevo jefe, Alexander Birch, acababa de subir al estrado y estaba tomando posición delante del atril. A Alison le desconcertó la buena impresión que le causó, con aquel traje de color gris perla y aquel corte de pelo elegante. Iba tan acicalado como un homosexual, pero tenía ese toque ligeramente pugnaz de los heterosexuales con tendencias deportivas.

«Me llamo Alexander Birch, y por algún motivo que se me escapa, desde muy joven me sentí atraído por el trabajo con árboles»,[1] arrancó entre las consabidas risas de cortesía. Había aprendido hacía

1. En inglés *Birch* significa «abedul». *(N. del T.)*

mucho tiempo a convertir la coincidencia potencialmente embarazosa de su apellido y de su profesión en una de sus herramientas de trabajo. Cuando amainó la hilaridad, reanudó su discurso con mirada penetrante y cara de póquer. «No quiero ponerme melodramático», dijo echando una mirada a la concurrencia, que se iba calmando y tomando asiento, «pero he venido aquí a hablarles de una terrible plaga que amenaza con cambiar nuestra hermosa ciudad hasta dejarla irreconocible.»

Los cuchicheos cesaron de forma abrupta y todo el mundo estaba pendiente de él, incluso Alison, que se estaba preguntando si tanta ironía no sería pisar terreno peligroso.

Cambió rápidamente de parecer cuando Alexander se concentró con gesto serio al lado de un proyector de diapositivas. Al ponerlo en marcha, apareció una imagen frontal de un insecto oscuro que, con las patas extendidas, parecía retar en duelo a toda la sala. «Éste es el escarabajo de la corteza del olmo, o *Scolytus multistriatus*. Propaga una enfermedad micótica fatal para todas las especies de olmos. Para tratar de evitar la difusión de dicho hongo, el olmo reacciona obturando sus propios tejidos con resina, lo que impide al agua y otros nutrientes alcanzar la copa del árbol. Entonces el olmo comienza a marchitarse y muere.»

¡Lo dice en serio!

El tambor del proyector avanzó de nuevo, y en la pantalla, tras el clic, apareció una segunda diapositiva. En ésta se veía un árbol que iba amarilleando de arriba hacia abajo. «Los primeros síntomas de infección aparecen cuando las ramas superiores empiezan a marchitarse y a mudar de hojas en verano, lo que da al árbol enfermo un aspecto otoñal poco habitual en la época estival», explicó Alexander solemnemente. «Luego se propaga hacia abajo hasta alcanzar las raíces, que acaban por atrofiarse.»

Alison se acomodó en su asiento, en el fondo de la sala consistorial. Cruzó las piernas y se distrajo con fantasías carnales, que se le venían fácilmente a la cabeza con la debilidad de la resaca y, lo que es más, era la única forma de sacarle algún partido a ese estado.

Hacia abajo. A la raíz.

Entonces, de repente, con un estremecimiento involuntario, se preguntó qué podían hacer con su madre. Las pruebas. Más quimio. ¿Daría resultado esta vez? Seguramente no. ¿La llevarían a un centro de atención paliativa? ¿Moriría en casa o en un hospital?

Mamá...

Se le cortó la respiración. Abrumada por el pánico, hizo lo que pudo por llenarse los pulmones del aire caliente y viciado de la sala. Se sucedieron una serie de diapositivas en las que se veían planos del paisaje urbano de Edimburgo, que iban desde los reconocibles jardines de Princes Street y el jardín botánico hasta lugares recónditos de la ciudad. «Edimburgo es una ciudad llena de árboles y bosques, que van de la magnificencia de los bosques naturales de Corstorphine Hill o Cammo a la variedad enorme de espléndidos ejemplares que pueblan nuestros parques y calles», argumentó Alexander, adornando su retórica con bonitas florituras. «Los árboles y las zonas boscosas poseen un valor de biodiversidad intrínseco, y ofrecen al mismo tiempo oportunidades de recreo y de educación medioambiental. Nuestro objetivo es mantener un paisaje arbóreo de todas las edades dotado de una amplia gama de especies, que atienda de forma equilibrada a las necesidades físicas, económicas, sociales y espirituales de la ciudad. En Edimburgo hay más de veinticinco mil olmos, que forman parte integral del paisaje arbóreo de nuestra ciudad.»

Mientras Alexander paseaba la vista por el mar de rostros del público presente en la sala, Alison visualizó a su nuevo jefe como un niño pequeño que merodeaba, inseguro, por los lindes de un bosque. Sin embargo, éste continuó con su exposición sin encogerse ni un ápice: «No podemos permitirnos fracasar. Hemos vivido con esta pesadilla desde que, en 1976, descubrimos la presencia de este escarabajo en nuestros árboles. Ya hemos perdido el siete y medio por ciento de nuestros olmos. Ahora es preciso intensificar los esfuerzos en lo que a talas sanitarias se refiere, aunque eso suponga ir hacia un Edimburgo sin olmos.»

Eso era lo que abrumaba a su madre. La sensación de fracaso. Estaba aquejada por aquella horrible enfermedad y se culpaba a sí misma. *Cree que nos ha abandonado, que ha fracasado.*

En la siguiente diapositiva aparecía una cuadrilla talando árboles con sierras eléctricas. Alison creyó adivinar en el rostro de Alexander una expresión de tristeza, como si lamentara la pérdida de un viejo amigo. Otra imagen: esta vez, consistía en un montón de árboles ardiendo y una espesa columna de humo negro que ascendía hacia un cielo azul y blanco. Alison pensó en el último funeral al que había asistido. Debió de ser el de Gary McVie, un chaval del colegio que murió en Newhaven Road cuando iba a casa conduciendo un coche robado bajo los efectos del alcohol. Era un chico joven, popular y guapo, y acudió mucha gente al sepelio. Ahora visualizaba su cuerpo destrozado, convertido en esquirlas de hueso y polvo dentro de aquel horno en el que habían metido el ataúd. Matty, que había trabajado brevemente en el crematorio de Seafield, le había contado con malévola alegría que el incinerador no reducía los cuerpos a ceniza del todo, por lo que los empleados tenían que introducir en un aparato triturador, para molerlos, los huesos más grandes y más tenaces del esqueleto: la pelvis y el cráneo.

Mamá..., ay, mamá...

La mirada mesiánica de Alexander se posó en los diversos concejales, funcionarios, empleados y periodistas antes de ascender hasta la escasa representación de ciudadanos concienciados que se encontraban en la tribuna del público. «Para mantener la enfermedad en unos niveles tolerables, es absolutamente fundamental intensificar el control de la grafiosis del olmo mediante una política de tala y quema de ejemplares afectados, complementada con el reemplazo paulatino por otras especies.»

Ahora, mientras Alexander les enseñaba otra diapositiva en la que se plantaban árboles, Alison se imaginó a su madre jugando con los nietos que, supuestamente, le darían algún día Mhairi, Calum y ella. De pronto, se animó de nuevo. ¿Tendría hijos su jefe? Alison creía recordar haberle oído decir algo de pasada al respecto después de la entrevista, cuando ya la habían elegido para el puesto y ella había ido a verle y tomaron un café y charlaron de manera informal.

«La única forma de conservar nuestro paisaje arbóreo, y, por consiguiente, nuestro paisaje urbano, es adoptar una política implacable de selección de los árboles enfermos y renovarlos plantando otros en su lugar», concluyó, poniendo así punto final a la presentación con una nota positiva y dando gentilmente las gracias al público. Todo parecía haber salido a pedir de boca, pese a que la conferencia había sido diseñada más como una sesión «de concienciación», en palabras de Alexander. La comisión de parques y jardines ya había aprobado las medidas presentadas y la semana siguiente la someterían a la formalidad de pasar por el pleno municipal, puesto que había que solicitar recursos extraordinarios al Scottish Office.[1] Alison evaluó la sonrisa de Alexander al bajar éste del estrado: lacónica y formal, cálida y general, pero sin llegar a ser frívola, aceptando tranquilamente la ad-

1. El Scottish Office se estableció en 1885 con el fin de descentralizar la administración de los asuntos escoceses. Hasta su desaparición en 1999 muchos lo consideraron un instrumento de control de Londres. *(N. del T.)*

miración por la forma en que había formulado aquella política y se disponía ahora a ponerla en práctica.

Cuando por fin logró captar la atención de Alexander, éste se hallaba en compañía de un hombre de cincuenta y pico años de cara inusitadamente colorada, como si lo hubieran pintado con spray, un efecto alarmante que intensificaban su cabello plateado y el color amarillo chillón de su camisa. «Alison...», le dijo Alexander con una sonrisa, mientras la chica se acercaba, «te presento al concejal Markland, presidente de la comisión de parques y jardines.» A continuación se volvió hacia el hombre semáforo. «Stuart, te presento a Alison, la nueva auxiliar administrativa de nuestra unidad. La PRC nos la ha cedido de forma temporal.»

«¿Cómo van las cosas en la *Commie* últimamente?», le preguntó el concejal Markland.

«Muy bien», contestó Alison con una sonrisa, y le tomó simpatía instantáneamente, por emplear el término coloquial con el que los usuarios designaban a la Piscina de la Royal Commonwealth, en lugar de la insulsa denominación de la neolengua municipal que había utilizado Alexander. «Hoy empiezo a trabajar con Alexander, y me han asignado este puesto para un año.»

«Ven a comer con nosotros. Luego te llevaré en coche a ver algunos de los sitios más afectados por la grafiosis», le dijo Alexander.

Salieron de la sala consistorial y recorrieron la Milla Real envueltos en la calima achicharrante hasta llegar a un bar de vinos. Era el último día del Festival de Edimburgo y la estrecha calle estaba abarrotada de gente contemplando los espectáculos organizados por los artistas sobre los adoquines de la antigua arteria de la ciudad. A lo largo del recorrido, a Alison le colocaron en la mano ocho folletos para otros tantos espectáculos. Alexander también cogió un par, pero Stuart Markland apartaba a los jóvenes estudiantes que se los ofrecían con ruidos graves y broncos, exhibiendo el porte amedrentador de quien ya lo había visto todo antes. Pero se le iluminó la cara en cuanto pusieron el pie en la taberna, y cuando los acomodaron en una mesa que había en un rincón se frotó literalmente las manos.

Aunque Alison agradecía mucho más el vino que la comida (era como si su estómago hubiera encogido), se acordó de lo poco que había comido en dos días y se esforzó por no dejarla en el plato. Stuart Markland parecía disfrutar tanto de una cosa como de la otra. Tras llevarse a la boca una generosa ración de pollo Kiev y limpiarse a continuación con una servilleta, dedicó a sus dos comensales una sonrisa voraz.

Alexander, con una copa de vino tinto en la mano, dijo con toda seriedad: «No me gusta la forma en que alguna gente emplea el acrónimo "DED"[1] en la correspondencia municipal. Se lo he hecho saber a Bill Lockhart. Si la prensa se entera y empieza a seguir esa costumbre, creará una impresión macabra y derrotista. Tenemos que evitar tirar piedras contra nuestro propio tejado, Stuart», dijo, obligando al concejal a prestarle atención.

«Sin duda», le espetó Markland.

«*Dutch elm* suena más recio», aseguró Alexander pinchando el aire con el tenedor. «La prensa va a ser un factor de mucho peso en esta campaña, así que será mejor asegurarnos cuanto antes de que todos leemos la misma partitura. Alison, quizá sea buena idea que hagas un seguimiento de toda la correspondencia que tenga que ver con la unidad, con la grafiosis del olmo en general y, a lo mejor, mandar una breve nota al respecto a todos los interesados.»

«Muy bien», dijo Alison.

¿De qué cojones va?

Markland parecía estar reflexionando sobre algo mientras fruncía el ceño. Por unos instantes, Alison supuso que estaría paladeando el vino, hasta que el concejal preguntó: «Entonces, ¿cuándo empieza a ponerse en práctica esta política de talado y repoblación?»

«Ya tengo a una cuadrilla de peones en marcha, en la parte más lóbrega de West Granton, junto a la fábrica de gas. Empezaron ayer», le informó Alexander con una confianza y una satisfacción rayanas en la petulancia. Era consciente de que se había saltado las normas, de que se había adelantado a los acontecimientos al ordenarles dar comienzo a la tarea antes de que las medidas hubieran sido aprobadas oficialmente, pero estaba ansioso por dar una imagen de dinamismo.

Escrutó el rostro del concejal, castigado por el alcohol, en busca de una reacción, y su sensación de alivio fue palpable cuando éste esbozó una sonrisa: «Por donde pasas tú no vuelve a crecer la hierba», aseveró el concejal antes de añadir, «y no lo digo con segundas.» Acto seguido, para mayor alegría de Alison y evidente incomodidad para Alexander, con un gesto de la mano, indicó al personal de la barra que trajeran otra botella de vino.

1. Acrónimo de *Dutch Elm Disease* («enfermedad de la grafiosis del olmo») y homófono de «muerto» en inglés. *(N. del T.)*

Cuando ésta llegó, Alexander cubrió su copa con la mano y, mirando al camarero, se excusó: «Tengo que conducir.»

Markland se volvió entonces hacia Alison y a ella le recordó una ilustración del gato de Cheshire de un libro de cuando era pequeña: «¡Estupendo, así nosotros tocamos a más! Por la nueva unidad», brindó.

Alison en el País de las Maravillas, solía decir mamá.

Cuando salió del bar en compañía de Alexander, Alison estaba más que gratamente piripi, tanto que tuvo que tener cuidado al sentarse en el Volvo al lado de su jefe. Pensó que, tal como iba, no tenía ningún sentido disimularlo. «Guau..., no estoy acostumbrada a beber por las tardes», dijo. «¡Tengo que reconocer que voy un poco achispada y me quedo corta!»

«Ya, gracias por tomarte una por el equipo», asintió Alexander, mientras ponía el motor en marcha; al parecer, estaba realmente satisfecho de ella, porque se había bebido casi una botella de vino por su cuenta.

Joder, qué curro más guay...

Los excesos del día anterior, la falta de sueño y el efecto primera hora de la tarde empezaban a hacer estragos. «De nada...»

«No me malinterpretes, Stuart Markland es un tipo estupendo», creyó conveniente decir Alexander, mientras maniobraba para entrar en el South Bridge, «pero es muy de la vieja escuela.»

Alison estuvo a punto de decir que ella no tenía nada que objetar, pero contuvo el instinto parlanchín. *Estás trabajando*, no paraba de recordarse a sí misma. Pero, sentada en el coche tapizado, con las ventanas bajadas y el sol entrando a chorros, no tenía esa impresión. Alexander era un poco gilipollas, pero con ese traje tenía buen aspecto y le apetecía flirtear con él. Estiró las piernas y se miró desde las espinillas hasta las uñas de los pies, pintadas de rojo, que asomaban de sus veraniegas sandalias de tiras. Tuvo la acuciante impresión de que los ojos de Alexander habían hecho el mismo recorrido, pero, al volverse rápidamente hacia él, el hombre estaba completamente pendiente de la carretera.

«Esto es un espectáculo muy, muy triste», dijo Alexander frunciendo el ceño mientras subían por West Granton Road. Se detuvieron junto a la gran torre azul de la fábrica de gas y al salir del coche, Alison vio a la cuadrilla talando un árbol, como en una versión móvil de la diapositiva que Alexander había mostrado en la conferencia. «Éste tenía indicios de la plaga», dijo, entrecerrando los ojos para que el sol no lo deslumbrara mientras señalaba otro árbol afectado que los miembros de la cuadrilla estaban desarraigando. Acto seguido indicó con un gesto del brazo un minibosque situado al otro lado de la torre de la fábrica de gas. «Ésos todavía están sanos. Bueno, al menos de momento. La verdad es que aquí estamos en la línea del frente.»

Me apetece que me la metas, pensó Alison para sus adentros, primero sólo como un impulso ebrio subversivo y vagamente malicioso. Luego, la bolita de lujuria en aumento, que pareció hincharse y estallar después de que se permitiera esa noción transgresora, la sorprendió y excitó al mismo tiempo, mientras pasaban del asfalto a la hierba.

A lo largo de aquella franja de terreno situado en zona de mareas ganada al río, los operarios estaban llevándose dos árboles talados para colocarlos con otros en una pila. Aunque hacía calor, el terreno estaba cada vez más blando y Alison notó una sensación fría y húmeda entre los dedos de los pies. Se acercaron a un hombre que estaba rociando los árboles infectados con el contenido de una gran lata rectangular. Estaba a punto de prenderles fuego cuando Alexander gritó: «¡Espera!»

El hombre lo miró con el ceño fruncido y el gesto hostil. Un segundo tipo, de aspecto autoritario, achaparrado y con el pelo negro muy corto, que Alison imaginó sería el capataz, se acercó con expresión amenazadora gruñendo: «Jocky, quema esos putos troncos», mientras fulminaba a Alexander con una mirada desafiante y el mentón levantado.

Con esperanzas de desarmarlo, Alexander le tendió la mano y dijo: «Usted debe de ser Jimmy Knox. Hemos hablado por teléfono. Alexander Birch, Unidad de Control de la Grafiosis del Pino.»

«Ah..., vale», respondió Jimmy Knox, sin rastro de deferencia, y, con renuencia, aceptó la mano que Birch le tendía. «Pues es que tenemos que quemar a estos hijos de puta antes de que los putos escarabajos que hay dentro levanten el vuelo. Como lo consigan, estamos jodidos.» Mirando a Alison, que había levantado la mano para taparse los ojos del sol, añadió: «Disculpa la grosería, guapa.»

«Por supuesto, Jimmy, yo sólo quería enseñarle a la señorita Lozinska..., a Alison, aquí presente...», dijo Alexander, e indicó a la muchacha que se acercara. Ella fue pisando con cuidado, pero no pudo evitar hundirse de nuevo en el húmedo césped. «Alison, Jimmy Knox. Él y sus muchachos están haciendo una gran labor aquí, en primera línea, y no quiero entretenerlos», dijo, sacudiendo enérgicamente la cabeza, «pero me gustaría enseñarte la copa de este árbol.

Concédeme un momento, por favor», rogó al desconcertado capataz. «Fíjate en la corteza», le rogó mientras se inclinaba sobre el árbol y arrancaba un manojo amarillento del tronco. «Está podrida. Acércate un poco más», la instó. «Mira. Completamente podrida», repitió, con los ojos empañados.

En realidad, Alison no tenía el menor deseo de acercarse más, pero se vio obligada a hacerlo por sentido del deber. Cuando el pie derecho se le hundió en el barro, tropezó; estuvo a punto de caerse, pero logró recobrar el equilibrio, no sin antes volcar la lata de gasolina de una patada. Jimmy maldijo en voz baja y Alexander dio un respingo cuando la gasolina le salpicó la pernera del pantalón por detrás. «No pasa nada», dijo quitándole importancia mientras un peón recogía la lata y la dejaba firmemente clavada en el terreno empapado. A instancias de Alexander, Alison hundió la mano a regañadientes en la esponjosa corteza, y le dio la misma sensación que la de los pies en la hierba empapada.

Retrocedieron un poco para que el operario prendiera fuego a los árboles. No parecía que tuvieran mucha humedad, ya que las ramas comenzaron a arder enseguida y la corteza también prendió y elevó al cielo una columna rizada de humo negro. Fascinada, Alison se fijó en la combustión y en el crepitar de las llamas. Era consciente de que Alexander estaba a su lado mientras las oleadas de calor le lamían el rostro. Podría haberse quedado ahí para siempre, pese al frío que sentía en los pies, cada vez más hundidos en el suelo húmedo.

Oyó que Alexander se aclaraba histriónicamente la voz, rompiendo el hechizo del fuego, y se despidieron de la cuadrilla. Cuando se volvió para irse, Alison oyó las risas burlonas de Jimmy Knox y algunos peones. Miró a Alexander, pero era evidente que le daba igual, si es que había oído algo. Se enojó por él y con él al mismo tiempo, y le pareció curioso.

«Estos tíos están bastante mosqueados», comentó Alexander mientras llegaban al coche. «Los han sacado a todos del registro de parados de larga duración, por medio del Programa de Iniciativas Comunitarias de la Comisión Manpower.[1] El gobierno ha cambiado la normativa y ha convertido todos los puestos de trabajo en empleos a tiempo parcial, con el pretexto de sacar al doble de gente de las listas del paro por el mismo precio.» Miró al grupo de trabajadores. «Pero

1. Manpower Services Commission (MSC) (1973-1987): comisión encargada de asesorar al gobierno en materia de empleo. *(N. del T.)*

el hecho sigue siendo el mismo: que no hay trabajo suficiente para todos. Ahora, éstos tienen que aceptar salarios de trabajo a tiempo parcial o volver al paro.»

Alison asintió con la cabeza y pensó en un artículo del periódico que decía que, a raíz de los recortes en la financiación que había aprobado el gobierno central, la Junta de Salud de Lothian se había visto obligada a aumentar el tiempo de espera entre controles para pacientes de cáncer en remisión. Aquel artículo, que en otro momento habría pasado por alto por considerarlo una trivialidad de relleno de la prensa local, le había llamado la atención.

«Me pregunto adónde irá a parar todo esto», comentó el jefe, mientras subían de nuevo al Volvo. Alexander introdujo la llave de contacto en la ranura, pero, en lugar de poner el motor en marcha, parecía que se le había ocurrido algo. Se volvió precipitadamente hacia Alison y la miró a los ojos. «Oye, ¿qué pensabas hacer ahora, es decir, luego?»

«Nada..., ¿por qué?», se oyó decir, mandando así a la porra al grupo de poesía de mujeres. ¿Para qué? ¿Por qué? No quería ir a casa a lidiar con los lóbregos mensajes que tendría en el contestador. Era importante seguir en la calle.

«Hay una barbacoa en casa de mi madre en Corstorphine. Cumple sesenta años. Será un aburrimiento mortal, pero no hace falta que nos quedemos, basta con que estemos un rato. Me apetece dejar el coche por ahí y tomarme un par de cervezas. Tengo que reconocer que Stuart y tú me disteis un poco de envidia, por lo del vino», dijo, sonriendo, con los ojos brillantes.

«Claro, ¿por qué no?», contestó ella con falsa despreocupación, ya que la verdad era que le apetecía oír a Alexander hablar de árboles un rato más. No perdía la conciencia de que la jornada, hubiera sido lo que fuese, se había convertido ahora en otra cosa.

Fueron al centro y pasaron por Tollcross, donde Alison se acordó de Johnny, de cómo los ojos se le habían puesto vidriosos y la boca se le redujo a una estrecha hendidura cuando ella le dio calabazas. Como si él se hubiera ausentado de su propio cuerpo y ella lo hubiera tenido que volver a poner en su sitio a gritos. Alexander frenó de súbito en Dalry Road y detuvo el coche. «Ése es mi hermano», dijo. Alison miró y vio a Alexander en versión bajita, también trajeada, que entraba con aire alegre y garboso en lo que parecía un pub destartalado. «Desde luego, le gusta frecuentar los bajos fondos», dijo Alexander, leyéndole la mente. «Vamos a saludarlo.

Puedo dejar el coche aquí y luego vamos todos a Corstorphine en taxi.»

El pub de Dalry Road era el típico garito de mala muerte de clase obrera, muy semejante a muchos de los que había a ambos lados de Leith Walk. Durante el breve trayecto que separaba la puerta de la barra, Alison tuvo la impresión de que la habían desnudado con la mirada una docena de veces. Alexander, aparentemente incómodo con su traje, miró hacia uno de los reservados del fondo, donde estaba su hermano, Russell, con un hombre que llevaba mono.

Michael Taylor miraba con dureza a Russell Birch impasiblemente, en silencio. A Alison le pareció que estaban discutiendo.

«Hola. ¿Os importa que nos sentemos con vosotros?», preguntó Alexander con cierta vacilación, al captar las malas vibraciones que flotaban en el ambiente.

Al principio, Russell abrió los ojos de par en par, primero porque no se esperaba ver a su hermano, y después, al mirar escrutadoramente a Alison. «Mike..., eh, te presento a mi hermano», dijo, mirando un momento a su perplejo compañero de copas; luego se volvió de nuevo hacia Alexander. «¡Faltaría más! ¿Qué tal va el negocio de la silvicultura?», preguntó, al tiempo que arrimaba una silla.

«He pasado de la Comisión al Consejo Municipal», dijo Alexander, tomando asiento y acercando otra banqueta para Alison.

«Eso tengo entendido. ¿Y cómo te va con todo eso?», preguntó Russell. Alison era consciente de que le estaba mirando las piernas y se sentó con cuidado, alisándose la falda sobre los muslos.

«El trabajo está bien, pero la catástrofe de la grafiosis nos está arruinando. ¿Y el negocio farmacéutico qué tal?»

«Estamos viviendo un boom. Todo el mundo quiere algo para el dolor», le informó Russell con una sonrisa mientras se volvía hacia el hombre que estaba con él. «Te presento a Michael, es...» Russell vaciló; sus labios parecieron estar a punto de esbozar la palabra «compañero» antes de reparar en el mono. «Trabaja en la misma empresa que yo.»

«Lo mismo que Alison», contestó Alexander. «¿Vas a casa de la vieja?»

«Sí. Estaba a punto de salir», dijo meneando su pinta.

«¿Vas en coche?»

«No.»

«Entonces tomémonos otra y cojamos un taxi», propuso Alexander señalando la pinta de Michael. «¿Otra rubia?»

Michael sacudió la cabeza. «Yo no, gracias. Tengo que irme.» Se levantó, dejando sin consumir aproximadamente una cuarta parte de su pinta. «Nos vemos luego, Russell.»

Alexander se quedó mirándolo con cierta perplejidad; después se levantó y se fue a pedir otra ronda.

«¿Y qué tal se trabaja con mi hermano?», preguntó Russell a Alison, cuando su jefe no podía oírles.

«Bien...», respondió ella torpemente. «Aunque hoy es mi primer día.»

Cuando Alexander regresó, los hermanos se pusieron a hablar de sus cosas; Alison tenía la sensación de estar de más. Se fijó en un tipo joven, delgado y pelirrojo que entró en el bar. Por un instante pensó que era Mark Renton, pero no era más que otro producto de esa fábrica de gente de piel blanca y pelo color canela que hay en alguna parte de Escocia.

Todavía no sabía qué pensar de Mark. Ahora parecía majo, pero en primaria era un cabroncete cruel. Se acordaba muy bien del mote que, con toda naturalidad, le había puesto: «la judía», por la nariz, y a ella le había entrado complejo. Resultaba raro imaginarlo ahora en la universidad, y seguramente Kelly tampoco tardaría en acabar allí. Alison se fijó en los hermanos Birch, un par de triunfadores, y trató de imaginar qué tendrían ellos que no tuviera ella. Siempre había sacado buenas notas en el colegio, pese a haberla cagado cuando los Highers.[1] Fue entonces cuando a su madre le diagnosticaron cáncer por primera vez. Pero podía volver a presentarse al examen. Ojalá fuera capaz de concentrarse. Era como si la hubieran despojado del don de la perseverancia, que hubiera sufrido una pérdida catastrófica de resistencia cerebral. Ahora la vida parecía consistir en una constante búsqueda de distracciones efímeras, una tras otra. Se preguntó si alguna vez recobraría la capacidad de concentración.

Los dedales de vino de cocinar agrio que vendía aquel cochambroso establecimiento resultaban casi imbebibles después del vino de calidad que habían tomado a la hora de comer en aquel bar especializado en vinos. Alison se sintió aliviada al ir en la parte trasera del taxi con los hermanos Birch. Cayó en la cuenta de que estaba en compañía de dos hombres a los que en realidad no conocía y, no obstante, acudía con ellos al cumpleaños de su madre. Y por lo visto mantenían

1. Examen final del Scottish Certificate of Education, equivalente a la ESO. *(N. del T.)*

una relación terriblemente competitiva: «Apestas», le espetó bruscamente Russell a Alexander.

«Me ha caído un poco de gasolina encima en el trabajo, ya me limpiaré como es debido en casa de mamá.»

Llegaron a Corstorphine y el taxi se detuvo delante de una casa prodigiosa de arenisca roja. El enorme camino de entrada de grava ya estaba lleno de coches, y había unos cuantos más aparcados fuera, en la calle. Cuando llegaron al jardín de atrás, un amplio espacio rodeado por un muro de piedra y lleno de arbustos, árboles y parterres de flores, había grupitos de gente repartidos de cualquier manera por el patio y el césped. El padre de Russell y Alexander, un hombre de mirada cansada, pelo gris y pliegues colgantes de piel en la cara y el cuello, estaba asando salchichas, hamburguesas, pollo troceado y bistecs.

Mientras Russell iba circulando entre grupos de vecinos, parientes y amigos, Alexander le presentó a Alison a su padre, Bertie, que reaccionó de forma educada pero somera. Lo dejaron allí con su tarea y Alexander explicó que su padre era quince años mayor que su madre. Alison vio en él a un anciano que se había quedado aislado, que había ido perdiendo los contactos de los tiempos en que trabajaba, con una esposa atareada, socia del Rotary Club y absorta en sus actividades, unos hijos pendientes de sí mismos que estaban llegando al egocentrismo frenético de la madurez y unos compañeros de golf ancianos, que estaban muertos o en vías de morir. Sus ojos, furtivos pero de mirada férrea, delataban un espíritu deseoso de escapar del pesado residuo que representaba su cuerpo.

Harta del gentío, Alison se dedicó a disfrutar viendo a los niños correr alrededor de una piscina infantil, cada vez más asilvestrados, animándose unos a otros. Entre los adultos reunidos destacaba una pareja. Una mujer de labios carnosos con el pelo mal teñido de rubio se reía estentóreamente, echando la cabeza atrás, de algo que acababa de decir su acompañante, un hombre grande y musculoso con la cabeza afeitada, que llevaba un traje que le quedaba grande. Acto seguido, se quedó petrificada y, a continuación, le asestó un puñetazo en el pecho y empezó a desternillarse de risa otra vez.

Alexander le acercó un vaso de vino y, al ver hacia dónde miraba Alison, le presentó a la rubia, que resultó ser su hermana Kristen: «Encantada de conocerte», le dijo con una sonrisa. «Te presento a Skuzzy», añadió Kristen, volviéndose hacia Alexander. «No conocías a Skuzzy, ¿a que no?»

«No», dijo Alexander estrechándole la mano con cierto recelo a aquel hombre.

«Alexander se dedica a la horticultura», dijo su hermana haciendo una mueca.

«Bueno, no exactamente...»

«Puedes conducir a una puta hasta la cultura, pero no obligarla a leer»,[1] terció Alison antes de apostillar: «Lo dijo Dorothy Parker.»

Kristen la miró un instante con cara de desconcierto antes de estallar en una risotada socarrona, volverse hacia Alexander y decir: «¡Me gusta! ¡Me alegra verte con una chica que tiene sentido del humor para variar!»

«Alison trabaja con...», empezó a protestar él, pero Kristen ya estaba poniendo a parir a la esposa de Alexander, que saludó secamente a Alison con un movimiento de cabeza y se llevó aparte a Alexander.

En Rena Birch, Alison vio a una mujer de facciones rapaces y ojos saltones, fulminantemente fijos en su hijo mayor. «¡Mira que traer a una jovencita a mi fiesta de cumpleaños, cuando tu mujer está en casa con tus hijos y tiene el corazón partido! ¡¿Qué clase de hombre eres?! He hablado por teléfono con Tanya y con los niños; sólo deseaban que su padre volviera a casa..., ¡y te presentas en mi fiesta con una jovencita borracha...!», dijo, y se volvió a mirar a Alison.

«Yo no estoy...», protestó Alison antes de llevarse inmediatamente la mano a la boca para taparse un hipo.

«... en lugar de traer a mis nietos», le espetó Rena a su hijo. «¿Te parece bonito, Alexander?»

Alexander respondió encogiéndose groseramente de hombros: «Me importa un huevo que te parezca bonito o no.» Miró a Alison con una expresión que transmitía exasperación y una leve disculpa, y se dio cuenta de que ésta había retrocedido un poco, hacia donde estaba Kristen. «Para empezar, Alison es una compañera de trabajo. En segundo lugar, fue Tanya quien me echó a mí de casa. Fue idea suya que yo me marchara para», y Alison sintió vergüenza ajena cuando vio a Alexander simular unas comillas con los dedos, «darle espacio. Así que eso hice. ¿Ahora se supone que tengo que estar siempre a su completa disposición? Ni hablar. Me dijo un montón de cosas hi-

1. «*Ye can take a whore tae culture, but ye cannae make her read a book.*» Juego de palabras inspirado en el refrán *You can take a horse to water, but you can't make it drink* («Puedes llevar a un caballo hasta el agua, pero no obligarlo a beber»), así como en la homofonía entre *horticulture* y *whore tae culture*. *(N. del T.)*

rientes, como que quería que desapareciera de su vida. Pues hay que tener cuidado con lo que se desea, porque eso es exactamente lo que he hecho. Y ahora mismo te voy a decir una cosa para que se la cuentes si te apetece: no tengo ninguna prisa por volver con ella, ¡porque me lo estoy pasando de puta madre!»

«¡Tienes *hijos!*», graznó Rena.

Alison, cruzada de brazos y con una copa en la mano, empezaba a divertirse. Sonreía mientras Kristen le soltaba un rollo, aunque, al mismo tiempo, procuraba enterarse de cómo lidiaba su jefe con el desprecio de su madre.

«¿Sabes lo que me dijo?», preguntó Kristen a Alison, mirando malévolamente a otro familiar de aspecto irascible, el hermano de su madre, casi seguro: «Pues va y me suelta: "¿Y tú a qué te dedicas?" Me entraron ganas de decirle: "¿Cómo? ¿Qué quieres decir con eso? Me dedico a hacer el amor. A ver la tele. A salir de copas." ¿Por qué siempre tenemos que suponer que cuando nos preguntan eso se refieren a la vida laboral?»

Alison se volvió hacia la barbacoa y se fijó en cómo subían las llamas y lamían la grasa que desprendían las chisporroteantes salchichas. Disfrutaba de la expresión ceñuda y concentrada de Bertie, que seguía colocando pechugas de pollo en la parrilla con unas pinzas. Pese a tener los sentidos agradablemente embotados, se dio cuenta de que Alexander había levantado la voz, adoptando un tono de seguridad y aplomo más propio del lugar de trabajo: «¿Y a ti qué te parece mejor? ¿Que mis hijos vivan en una casa con dos padres que se aborrecen, o que vivan en dos hogares normales entre gente cuerda?»

Mientras Bertie Birch daba la vuelta a las salchichas y las llamas envolvían la carne, que siseaba y goteaba, Alison tuvo la impresión de que el hombre disfrutaba discretamente de la discusión pública entre su esposa y el mayor de sus hijos. Era probable que para él los pretendientes de baja estofa de su hija Kristen y su implacable trayectoria descendente en la escala social, el porte fatuo pero alicaído de Russell y la arrogancia ecológica de Alexander hubiesen acabado por encarnar cualidades místicas y exóticas.

Hasta Kristen dejó de hablar; se quedó absorta en la disputa, que iba subiendo de tono, y empezó a acercarse paulatinamente arrastrando a Alison consigo, mientras Rena levantaba estridentemente la voz: «Conque en realidad de lo que se trata es de tu padre y yo, ¿no? ¡Pues al menos ten las agallas de decirlo! Pobrecito mío: el colegio Stewart's

Melville, que apenas podíamos costear, los campamentos de verano en Baviera y Oregón para que pudieras ver tus preciosos árboles...»

De repente Alexander soltó un chillido agudo que alarmó a todo el mundo. Parecía fuera de contexto incluso en el marco de la tormentosa discusión con Rena. A Alison le pareció que le iba a dar un ataque o algo así; empezó a agitar las manos alocadamente en el aire y echó a correr, y tropezó con su padre y con la barbacoa. En el preciso momento en que Alison se dio cuenta de que a Alexander le había picado una abeja o una avispa o que, al menos, lo perseguía uno de tales insectos, vio una cortina de llamas subiendo por el dorso de los pantalones de su jefe.

Los invitados, sin dar crédito a lo que veían, se quedaron paralizados, mientras Alexander se esforzaba en vano por apagar las llamas. Russell fue el primero en reaccionar: arrastró a su hermano hasta la piscina infantil, en la que Alexander cayó agradecido, y donde se revolcó de un modo que a Alison le recordó a un niño en la playa. Después se incorporó, jadeando y con una mancha negra y carbonizada en la parte de atrás de la chaqueta. Como si de repente se hubiera dado cuenta de dónde estaba, se puso rápidamente en pie y salió de la piscina hinchable más avergonzado que conmocionado. Se opuso rotundamente a que llamaran a una ambulancia. «Estoy perfectamente», declaró, y aunque el traje había quedado para tirarlo a la basura, parecía que había salido milagrosamente indemne, sin quemaduras de importancia.

«Voy a casa a cambiarme», dijo, para quitarle importancia al revuelo que se formó a su alrededor. Como para subrayar las palabras, echó a andar rígidamente y salió a la calle con las piernas y el culo chamuscados y empapados. Entonces la madre se puso a discutir con Kristen y Alison oyó repetir a Skuzzy varias veces, como un obseso: «Déjalo, lo único que conseguirás es provocar más discusiones.» Cuando Alison salió detrás de Alexander, lo vio caminando a zancadas por la calle. Tuvo que echar a correr para alcanzarlo y, a medida que se acercaba, empezó a llamarlo. Él se detuvo y se avergonzó al verla.

«Lo siento mucho, de verdad, ha sido culpa mía. Me refiero a lo de la gasolina y eso», se excusó ella.

«No pasa nada, fue un accidente. Es que me entró el pánico y cometí una imprudencia..., la avispa..., un accidente doble», dijo; de pronto se echó a reír y Alison se sumó a él.

Pasado el momento de risa, Alexander dijo con tristeza: «No sabes cuánto siento haberte traído aquí a presenciar semejante espectáculo.»

Alison pensó casi de inmediato en su propia familia, en la que tantas cosas se callaban desde la enfermedad de su madre. Muchas veces la tensión era insoportable. Al menos aquí todo parecía ventilarse a plena luz del día. «Ha sido emocionante», confesó, y enseguida, consciente de la angustia de Alexander, se tapó la boca con la mano.

Él sacudió la cabeza: «No me gustan las abejas ni las avispas. Por eso intentaba quedarme al lado de la barbacoa, por el humo. De niño me picaron y casi me muero.»

Alison no alcanzaba a comprender cómo podía uno morirse por una picadura de abeja, pero se sintió obligada a reaccionar en consonancia.

«Resultó que tenía una alergia grave y entré en estado de shock anafiláctico», le explicó Alexander, y ante la cara de perplejidad de Alison, añadió: «Me desmayé y tuvo que venir a buscarme una ambulancia. La presión arterial me bajó peligrosamente y estuve un par de días en coma.»

«¡Dios! No es de extrañar que tuvieras miedo.»

«Sí, me siento como un mariquita de mucho cuidado por montar semejante número a cuenta de un insecto, pero prefiero correr el riesgo de quemarme que...»

«Calla», dijo Alison, dio un paso al frente y besó a ese hombre, que todavía echaba humo, en mitad de la calle residencial.

Caída

La primera vez que vi a Fiona Conyers fue en el seminario de historia de la economía. Era un aula estándar, pequeña, con los pupitres dispuestos en semicírculo y con una pizarra acrílica. Los rotuladores nunca funcionaban; aquello era lo único que jorobaba al profesor, Noel, un tipo por lo demás flemático que siempre llevaba puesta una chaqueta de cuero negro raspado. En clase éramos aproximadamente una docena. Sólo cuatro hablábamos: yo, Fiona, un tío mayor, alto, de Sierra Leona, llamado Adu, y una muchacha iraní regordeta y de expresión dulce que se llamaba Roya. Lo de los otros ocho iba más allá del mutismo: eran tan retrasados sociales que les aterraba preguntar cualquier cosa.

Fiona polemizaba con Noel e impugnaba todas las ortodoxias, pero de una forma enrollada, que no chirriaba, a diferencia de mucha peña politiquera. Tenía un acento *Geordie*[1] culto, que se hizo más marcado a medida que fuimos intimando. Como el mío de Edimburgo, me imagino. Me atrajo inmediatamente. No sólo era preciosa, sino que tenía voz propia. La mayoría de las chicas con las que había estado en Edimburgo eran calladas, astutas y amorfas, precisamente, me di cuenta, porque yo las trataba así. Pero entre Fiona y yo no pasó nada: a mí siempre se me ha dado de culo saber si a una tía le molo o no. Me pareció que a su amiga Joanne Dunsmuir, que iba a mi clase de literatura inglesa el año anterior, sí que le hacía tilín, pero a mí ella no me interesaba. Era una *Weedgie* entrometida, bueno, no del todo *Weedgie*, pero de por ahí. A diferencia de mucha peña de Edimburgo, que los desprecia y los considera unos golfos, yo no tengo nada contra los esquivajabones, porque mi padre también lo es. Pero

1. Denominación coloquial que se da a los nativos de Newcastle. *(N. del T.)*

Joanne tenía un no sé qué maniático y avasallador que me desagradaba. Era de las que van a la universidad a buscar a un tío al que mangonear para los restos.

En Edimburgo yo era un golfo; frívolo y vicioso, siempre en busca de aventuras. Ponerme hasta el culo, dar palos en casas o intentar tirarme a chicas. Aquí era todo lo contrario. ¿Por qué no? Para mí tenía todo el sentido del mundo. ¿Para qué largarse, si es para hacer la misma mierda que ya hacías en casa? ¿Para ser la misma persona? Así lo veo yo: soy joven, quiero aprender y formarme como persona. En la universidad soy totalmente serio, y sobre todo, trabajador y disciplinado. No porque quiera «llegar lejos». En lo que a mí se refiere, ya he «llegado». Sentado en una biblioteca bien iluminada, rodeado de libros, en silencio absoluto: ése es mi cenit personal. No había nada en el mundo que me gustara más. Así que estudiaba duro: no había venido a Aberdeen a hacer amigos. Durante el primer año, la mayoría de los fines de semana volvía a Edimburgo para ir al fútbol o a conciertos y clubs con mis colegas o mi novia intermitente, Hazel. Pero hice un buen amigo, Paul Bisset, un tipo de Aberdeen. «Bisto» era un chico de clase obrera, de Torry, bastante bajito pero fornido, de pelo rubio platino, que, pese a ser urbanita, tenía pinta de pueblerino. En Aberdeen frecuentaba a elementos antisociales, vivía en casa con su madre y su padre y, como yo, había trabajado a tiempo completo. Otra cosa que teníamos en común era que ambos habíamos tenido trabajos como está mandado (él era impresor), sabíamos lo mierdero que era y apreciábamos el hecho de estar en la universidad más que la peña que venía aquí directamente, después de haber terminado el sexto año en el colegio o en algún instituto de tres al cuarto.

Bisto y yo habíamos planeado un viaje a Estambul. Yo siempre había querido viajar. Sólo había estado en el extranjero dos veces: de juerga adolescente en Ámsterdam con los muchachos y, antes de eso, en España, de vacaciones en familia. Estuvo guay: sólo fuimos yo, mamá, papá y Billy, porque mi tía Alice se quedó cuidando del pobre Davie. Papá estaba encantado, pero mamá andaba siempre preocupada por Davie y se gastó un dineral en llamadas a casa. Yo me lo pasé en grande, fueron las mejores vacaciones que habíamos tenido en la vida, sin monstruos que nos avergonzaran a Billy y a mí.

Cuando Fiona y Joanne se enteraron de nuestro proyecto de viaje, digamos que se invitaron ellas solas. Todo empezó en plan de cachondeo, pero luego la cosa empezó a ir más en serio. Incluso cuando intercambiamos los números de teléfono e hicimos planes más concretos, Bisto y yo seguíamos en la onda: vale, que sí, que nos lo creeremos cuando aparezcan.

Después de la última clase del último trimestre, Fiona, Joanne y Bisto quisieron emborracharse en el bar del sindicato de estudiantes. Yo estaba por la labor, pero primero tenía que ir a ver a Parker, el de literatura inglesa. El cabrón me había puesto un sesenta y ocho por ciento en el trabajo que hice sobre F. Scott Fitzgerald. No me conformaba con eso, joder: era la primera vez que sacaba una puntuación de menos de setenta en un trabajo y estaba mosqueadísimo. Me acuerdo de que Joanne me dijo: «¡Estás loco, Mark, un sesenta y ocho por ciento es buena nota!»

A la buena nota le podían dar por culo; yo me lo había currado y había dejado el listón muy alto, coño. Quería una matrícula de honor conjunta en Historia y Literatura; bueno, en historia, porque ese año dejé de estudiar literatura. Analizar novelas suponía arrancarles el alma y destruir el placer que me proporcionaban. No podía permitir que me formaran para pensar de esa manera. Sólo negándome a estudiar literatura pude conservar mi pasión por la lectura. También estuve pensando en cambiar la licenciatura en historia por la de economía. Pero solía ser el número uno en todas las clases; sólo Adu, el africano, rivalizaba conmigo en algunas; él y Lu Chen, una chavala china que tenía una capacidad de concentración acojonante. Así que los dejé plantados y me fui a entablar un combate con el payaso de Parker, un ratoncillo estirado que llevaba pajarita y se comportaba como si fuera catedrático de Oxford o algo así. En sus anotaciones, había hecho hincapié en que ése era el trabajo más flojo que había presentado, y que no había entendido ni la vida y obra de F. Scott ni al personaje de Dick Diver en *Suave es la noche*.

Así que, cuando llego a su despachito, abarrotado de libros y papeles, me encuentro al capullo de marras recostado en su mullido sillón. Las estanterías llegaban hasta el techo y tenía un par de escaleras para acceder a los libros viejos y llenos de polvo de la parte de arriba. ¡Cuántos libros metidos a presión en aquel escondite cómodo y calentito! Y además tenía un Rolodex de ésos, para todos sus contactos; yo hago como que los odio, pero, en secreto, creo que molan que te cagas. Me daba envidia que el muy hijo de puta dispusiera de semejante espacio: un sitio donde poder encerrarte, leer y reflexionar. Me asombraba el hecho de conocer a la vez a aquel cabrón y a gente de la ralea de Frank Begbie, Matty Connell y Spud Murphy. Parker adoptaba una actitud distante y de leve superioridad, con esas gafas de montura dorada apoyadas en el puente de la napia, y, cuando se dignaba mirarte, lo hacía de una forma inquisitivo-policial como si hubieras hecho algo que no debías. Así que le expuse mi queja, pero no se inmutó. «Se te escapa algo fundamental, Mark, y he de confesar que me sorprende», me suelta.

«¿Qué?», pregunté, con la mirada fija en lo que parecía un ejemplar muy antiguo de *Jane Eyre*, colocado en un estante que estaba al lado de la ventana.

«Vuelve a leer el libro, los ensayos críticos y la biografía suplementaria de F. Scott», me propuso, y se levantó a abrir la puerta a algún capullo que estaba llamando. «Ahora, si me disculpas...»

Cuando me volvió la espalda y se fue a ver quién era, aproveché la ocasión: estiré el brazo y me metí el ejemplar de *Jane Eyre* en la bolsa de viaje. Con un mismo movimiento del brazo, hizo pasar a un gilipollas de posgrado y me indicó que me marchara. Salí del despacho de mala leche, pero con el puntito de haberle cobrado en especie a aquel burgués tramposo levantándole uno de sus artículos de coleccionista. Al llegar al bar, conté la conversación que habíamos tenido a Fiona, Joanne y Bisto y a algunos otros, pero omití la represalia virtuosa vía «reasignación de recursos», como Sick Boy y yo llamamos al hurto, no fuese que la malinterpretaran. «Quiere que vuelva a leerlo, el jeta de los cojones», me quejé, y me llevé a los labios la rubia, que se había quedado sin gas.

«Te dará tiempo a leerlo en los trenes de Europa», dijo Fiona con una sonrisa enrollada, y le pegó al Marlboro una calada de infarto; Joanne se reía, lo que me dejó más convencido que nunca de que se estaban quedando con nosotros. No obstante, cuando volví a Edimburgo, Bisto me llamó para decirme que se apuntaban al viaje de todas todas, y que habían comprado los billetes de Interraíl. Yo le dije que me lo creería cuando lo viera.

Y joder, cuando llegó el día, tuve que volver a mirar cuando vi a Joanne en el vestíbulo grande de la estación de Waverley. Estaba leyendo *Vida y época de Michael K*, de J. M. Coetzee, evidentemente porque le habían dado no sé qué premio piojoso, y porque la gente como ella, pese a sus pretensiones de librepensadora, siempre necesita que le digan lo que tiene que leer. Subimos al elegante InterCity en un estado incómodo de antipatía mutua, pues al igual que yo, seguramente ella también se estaría preguntando cómo íbamos a aguantarnos durante cuatro semanas. Por suerte, Bisto estaba esperándonos en el tren; se había subido en Aberdeen, y traía un lote de cervezas.

De camino a Newcastle nos tomamos una o dos cada uno, yo, electrizado ante la perspectiva de ver a Fiona y, luego, fingiendo despreocupación al divisarla en el andén, antes de subir. De repente, Joanne se puso a chillar con su acentazo *Weedgie:* «¡Fiona, estamos aquí!»

Fiona estaba preciosa: con gesto concentrado, se pasaba la lengua por los dientes, pequeños y perfectos, al tiempo que dejaba una bolsa en la rejilla del portaequipajes, antes de acercarse a nosotros. Su presencia y sus movimientos hicieron estragos en mis entrañas como si tal cosa. «Hola», dijo dirigiéndose directamente a mí. Estoy seguro de que me puse más colorado que mi puto pelo o que la camiseta del Aberdeen que llevaba Bisto, con las rayas blancas y la divisa de la Copa de Europa de 1983. Sólo se me ocurrió levantar la lata de cerveza y hacer un brindis teatral, porque estaba deshecho por dentro. Ella llevaba una chaqueta de cuero negro con el cuello levantado y, cuando se la quitó y se echó el pelo hacia atrás, dejó al descubierto una camiseta de los Gang of Four. Jamás en la vida había deseado tanto a nadie.

Estábamos en camino: Londres-París-Berlín-Estambul.

París. ¿Dónde, si no? Sentados en una terraza del Barrio Latino, tomando Pernod con mucho hielo. Hacía calor y nos estábamos embolingando a toda velocidad. Había un rollito coqueto y sexy en el ambiente. No sé cómo coño, pero el caso es que empezamos a jugar a lo bobo a pasarnos cubitos de hielo de boca a boca, lo que dio pie a practicar los besos con lengua; primero Joanne y Fiona, para asombro nuestro, que nos quedamos boquiabiertos, aunque yo lloraba por dentro, y luego yo y Bisto (rígidos, apretando la boca cerrada, los labios del uno contra los del otro, y sobreactuamos) ante los vítores de las chicas. A esto le siguió una breve sesión de sillas musicales y, a continuación, se me puso el corazón a mil al mirar a Fiona y ella a mí y, en un instante interminable, nos pusimos de acuerdo: *Yo soy tuyo, tú eres mía,* antes de ponernos a ello. Finalmente nos dimos cuenta, cuando los vítores dieron paso a las protestas, de que el hielo se había derretido, y no era lo único. Nuestros rostros siguieron soldados e hicimos caso omiso de los comentarios descarados y jocosos de Bisto y de las protestas estridentes de Joanne la controladora. Le habíamos jorobado el viaje. Ella quería conocer a chicos extranjeros y darse el gusto de catar unas cuantas pollas continentales antes de volver a la universidad y pescar de por vida a algún ceporro lleno de granos. Más tarde, Fiona me contó que hasta le había llegado a decir: «¡Eso no es lo que se supone que tenía que pasar!» En plan tortolitos, Fiona y yo incomodábamos y avergonzábamos a Bisto y a Joanne. Ellos no tenían el menor interés el uno por el otro, y nosotros no hacíamos más que restregárselo por la cara sin querer.

Y una mierda.

¡Me encantaba hacerlo! Cuando volvimos al hotel, que estaba al lado de la Gare du Nord, era evidente que íbamos a dormir juntos. Nos alojábamos en un tugurio argelino de mala muerte, aunque para mí era el último grito en sofisticación. Era como vivir con una tía, pero en Europa, que es de lo que se trataba en realidad. Al haberme criado con dos hermanos, la mera proximidad doméstica de una chica me fascinaba. Me maravillaba verla sentada al borde de la cama, con el albornoz, sorprendentemente elegante, del hotel, encima de la raída colcha de chenilla; quitarse el albornoz y meterse en la bañera para afeitarse las piernas; no sólo lavarse los dientes, sino también hacer una cosa que se llamaba «pasarse la seda». Sentada en el tocador, delante del espejo, maquillándose o limándose las uñas distraídamente, con el pelo mojado envuelto en una toalla.

Hasta seguí el consejo de Parker y me releí *Suave es la noche* mientras me imaginaba que Mark Philip Renton y Fiona Jillian Conyers eran Dick y Nicole Diver en versión contemporánea: una pareja bohemia que viajaba por Europa gozando de interesantes aventuras y haciendo comentarios finos y elegantes sobre el mundo en general. Para mí fue un paso muy importante. Por lo general, mi vida sexual había consistido en una serie de cópulas amargas y apresuradas, a hurtadillas, en rellanos de escaleras y dormitorios familiares, o entre edredones mugrientos en ruidosas casas okupas. Aquello era un lujo asiático y supuso que el pobre Bisto y Joanne tuvieran que compartir la habitación adyacente y las camas gemelas.

Luego Berlín y más de lo mismo. Berlín me moló que te cagas. En la línea 6, de camino a Friedrichstrasse, había un tramo muy curioso en el que el U-Bahn, el metro, pasaba por debajo del Muro y atravesaba dos estaciones abandonadas espeluznantes, de la parte comunista, que llevaban cerradas desde la división de Alemania, antes de volver a salir al sector occidental. Fiona y yo nos escapamos de los demás (lo hacíamos a menudo) y nos fuimos a Berlín Este; me moría de ganas de ver cómo era aquello. Era mucho mejor que la parte occidental: no había vallas publicitarias que afearan hermosos edificios antiguos. Una comida copiosísima, de tres platos, costaba treinta peniques. Una mamada en el parque con un poco de picante clandestino debido a la proximidad de guardias armados. Casi llegamos después del toque de queda, ya que habíamos entrado por Friedrichstrasse e intentamos volver por Checkpoint Charlie, sin tener ni idea de que había que volver por la misma ruta por la que habías entrado.

Más tarde estuvimos en una cafetería tomando café solo rodeados por los sonidos de la ciudad (trenes eléctricos, bocinas de automóvil y seres humanos), que creaban un ambiente extraño, pero hermoso, de emoción serena. Fiona tenía los ojos resplandecientes y desbordaba asombro. «¿Te acuerdas de lo blanca que era aquella aula, cuando estábamos en clase de Noel?»

«Sí, siempre le daba la luz y la persiana estaba hecha polvo.»

«Me acuerdo de una vez que deslumbraba y todo, te daba en los ojos y te los tapabas con la mano sin dejar de debatir con Noel acerca de la formación del capital en la Europa mercantil.»

«Ah..., sí...»

«Me entraron unas ganas locas de follar contigo...»

Semejante revelación me produjo euforia y desesperación al mismo tiempo. «De eso hace seis meses..., podríamos llevar seis putos meses así...»

No obstante, nos fuimos al este entusiasmados, flotando como cometas a base de vino barato y de la marcha del grupito. Yo tenía el corazón en un estado turbulento de desmadre perpetuo, y Fiona igual. Construimos a nuestro alrededor un universo de fiesta indescriptible y vertiginosa, y atraíamos a nuestra órbita todo y a todos con los que nos cruzábamos, cantando la canción de Estambul y Constantinopla con acento yanqui cursi en los trenes que nos llevaban por Europa.

Why did Constantinople get di woiks?
Ain't nobody's business but dem Toiks'.[1]

Por la noche, cuando volvíamos al hotel, destrozados por la pura intensidad de estar juntos, caíamos agradecidos el uno en brazos del otro y cobrábamos vida otra vez de forma explosiva para poner el broche sublime a un día más. Fiona me daba masajes suntuosos en las lumbares, palpando cariñosamente las vértebras maltrechas con las yemas de los dedos y extrayendo el dolor infligido por el Estado.

1. Fragmento de la letra de «Istanbul (Not Constantinople)», canción de estilo swing compuesta por Jimmy Kennedy y Nat Simon. Traducido aproximadamente podría ser: «¿Por qué le dieron puerta a Constantinopla? Eso es asunto de los turcos y de nadie más.» *(N. del T.)*

Nos poníamos motes; ella me llamaba su Hombrecillo Hedonista de Leith, por lo mucho que me gustaba quedarme en maceración en la bañera. Cuando entramos en Turquía, Bisto y Joanne ya no podían más y acabaron enrollándose. De todos modos, el asunto resultaba un poco macabro; la verdad es que no sintonizaban y fueron las circunstancias las que los impulsaron a hacerlo.

Estambul era un sitio chulísimo, lleno de pandillas amenazadoras de ceporros mojigatos que patrullaban las calles con cara de no haber visto a una tía en su vida: igualito que Leith. Siempre iba pegado a Fiona. En un restaurante pedimos cosas alucinantes. Cuando me pusieron delante un plato de *koc yumurtasi*, o pelotas de carnero, Bisto sacó a relucir la faceta de muchacho de Aberdeen. El cabrón no sabía si comérselas o acariciarlas.

Donde mejor nos lo pasamos fue cruzando el Bósforo en barco, rumbo al embarcadero de Besiktas. El sol feroz y castigador de primera hora de la tarde había usurpado el protagonismo: nos aplastaba y nos saturaba a través de una calima densa. El polo Fred Perry se me pegaba al cuerpo como una segunda piel. En el trayecto de vuelta decidimos meternos un ácido que le había pillado yo a un tío en una discoteca la noche anterior, más que nada, por no comprar el caballo que me ofreció, aunque me tentó a más no poder. En la cubierta del barco me subió el tripi que no veas. Me impactó mucho constatar que estábamos cambiando de continente, dejando atrás Asia y volviendo a Europa. En cuanto me di cuenta, las estrechas dimensiones del barco se ampliaron más allá de donde me alcanzaba la vista, que sólo lograba abarcar a Joanne. No veía ni a Bisto ni a Fiona, pero ella estaba unida a mí, sentía su presencia, éramos como un solo animal con dos cabezas. Su sangre y su aliento me recorrían el cuerpo como si compartiéramos venas, pulmones y corazón. Mi vida pasada, presente y futura parecía expuesta en una panorámica espacial sobre la cubierta; el dormitorio de The Fort se fundía con el del piso de protección oficial junto al río, que recordaba al Bósforo, y de repente estaba en la tribuna este de Easter Road y luego en nuestro cuarto de estar de Montgomery Street, que daba a nuevas vistas y a calles sin nombre, por las que me emocionó saber que algún día pasearía...

«Pasearía o ya he paseado en una vida anterior», le cuchicheé a Fiona, que se rió a carcajada limpia y repitió: «Fleegle, Bingo, Drooper y Snork.»

Me acordé de que le había dicho que así era como nos llamaba mi madre a mí, a papá, a Billy y a Davie, en honor de los Banana

Splits, los de la tele. *Makin up a mess of fun,*[1] pensamos al unísono, mientras contemplábamos, ahora con un solo ojo, el viaje chungo de ácido de Joanne, que suplicaba constantemente: «Estoy harta, ¿cuándo acabará esto? ¿Cuándo terminará?»

Una revelación abrumadora me golpeó con la fuerza de un bate de béisbol: *Parker tenía razón*, mientras varios libros, revoloteando como pájaros, flotaban ante mí remedando trampantojos que anunciaban su victoria. «Ahora lo entiendo todo», reconocí, mientras me abrazaba a Fiona y Bisto consolaba a Joanne diciéndole «estás buena» y el mar adquiría el color y la textura de una camiseta gigante de los Hibs ondeando al viento, «ahora entiendo por qué está todo tan hecho mierda.»

Fiona volvió a reírse con un sonido extrañamente mecánico, como el de un dispositivo atascado; le aparté el pelo de la cara, le cuchicheé «suave es la noche» al oído y después sellé sus labios con los míos, que estaban entumecidos. El ácido sólo complementaba mi amor; sin ley, con alas, sin restricciones, derribando las estrechas barreras de mi psique.

«¿Cuándo va a acabar esto?», seguía gimiendo Joanne. «Esto ya no me gusta. Quiero que se acabe. ¿Cuándo va a terminar?»

Un tipo con una mata de pelo fantástica, negra como el carbón, con las puntas rubias, llamativas, que parecía una anémona exótica de arrecife de coral, se aproximó a nosotros. Llevaba unas gafas de espejo en las que vi reflejado al monstruo Fiona-y-Mark, que tenía dos cabezas chifladas con lenguas protuberantes que surgían de un solo cuerpo. El tipo señaló el muelle, que se había materializado de repente a un lado de la cubierta, ahora desierta. «¿No van a bajar del barco, amigos?»

Temblando de miedo, como piratas condenados a desfilar por la tabla, bajamos por la pasarela con piernas de goma y llegamos a tierra firme. «Joder, joder..., menudo viaje, tío...», me dijo Bisto con voz trémula.

«No ha estado mal», reconocí.

«A mess of fun», canturreó Fiona.

«¿Cuándo va a terminaaar...?», seguía gimoteando Joanne.

La respuesta era, como pasa siempre con todo lo bueno: antes de la cuenta, joder. Había llegado el momento de volver; nuestra gozosa

1. Fragmento de la letra de la canción «Banana Splits», de The Dickies, que podría traducirse por «pasándolo pipa». *(N. del T.)*

tristeza rebotaba por los compartimentos del ferrocarril mientras cruzábamos Europa rumbo a la villa de Londres sin dejar de cantar. «Istanbul (Not Constantinople)», «The Northern Lights of Old Aberdeen», «I Belong to Glasgow» (interpretada por Joanne con brío y desinhibición sorprendentes y no exentos de pasión; nos explicó que Paisley no tenía canción propia). Pensé que ojalá la tuviera Leith, e incluso me habría valido con una de Edimburgo, de haber existido. Pero lo mejor de todo fue la alegre versión de «Blaydon Races»[1] que nos brindó Fiona...

A medida que el tren se acercaba a casa, el bajón se hacía mayor y más insoportable; tenía a Fiona entre los brazos, unos lagrimones enormes le caían por las mejillas cuando llegamos a la estación de Newcastle. La besé en la frente, que estaba aceitosa. Cuando se bajó del tren, me invadieron una sensación de desespero total y un deseo de llevarla conmigo a casa. Pero no a una con Sick Boy dentro, y al domicilio familiar menos todavía. En lugar de eso, cuando el capullo de la cara colorada tocó el silbato, le dije: «¡Sólo faltan dos semanas para la uni! ¡El fin de semana que viene bajo a Newcastle!»

Nos dijimos «te quiero» en silencio, como dos pececillos de colores separados por un cristal, mientras el tren cerraba las puertas de golpe, me apartaba de ella implacablemente y nos separaba, cada uno en un país bobo distinto.

«Ay, *love's young dream*»,[2] dijo Joanne. Sacó el labio inferior con un gesto amable de amargura pasivo-agresiva y no dirigimos hacia el norte, un trío depauperado. Joanne y yo nos bajamos en Edimburgo, dejamos a Bisto solo, con destino a Ovejilandia. Estuve a punto de despedirme de Joanne en plan enrollado en Waverley, pero me miró con expresión de angustia y me dijo: «¡No quiero que todo el mundo se entere de que Paul y yo salimos juntos!»

Me marché con una sonrisa evasiva y la bolsa de viaje llena de ropa apestosa. En realidad no..., la cosa no fue así, pero ésa es otra historia.

¿Ah, sí? Cuenta la verdad, coño.

Cuenta..., joder...

Basta.

1. Célebre canción folk de Newcastle escrita por Geordie Ridley en el siglo XIX. *(N. del T.)*

2. Título de un célebre poema del poeta romántico irlandés Thomas Moore (1779-1852). *(N. del T.)*

En lugar de ir andando hasta Montgomery Street, compré un *New Musical Express* en un quiosco. Siempre me hacía pensar en Hazel con un poco de remordimiento. Luego me subí a un 22 para ir a casa de la vieja y dejarle algo de ropa para lavar. En Monty Street no teníamos lavadora, y a diferencia de la señora Curran, yo no tenía el menor deseo de dejar que me la metieran en la Bendix.

Cuando llegué a casa estaba tan absorto que tardé un rato en darme cuenta de que mi madre lloraba. Estaba en el sofá, con la cabeza entre las manos. Sollozaba tanto que sus frágiles hombros se estremecían. Lo supe en el acto, pero tenía que preguntárselo: «¿Qué pasa, mamá? ¿Qué sucede?»

Miré a Billy, que estaba sentado a la mesa. Me miró enfadado y me dijo: «Davie ha muerto en el hospital. Hace dos noches.»

El carácter irrevocable de la afirmación fue como un golpe sordo y violento. El mantra «se acabó» no paraba de darme vueltas en la cabeza. *A mess of fun. Lots of it for everyone.*[1] Snorky el silencioso ha desaparecido de los Banana Splits de mi madre. Fleegle el huno, Billy Bingo y yo, el querido, queridísimo Drooper, león enrollado, pero un tanto inepto para la vida social, aquí seguimos. El tiempo se dilataba y tuve la sensación de que las emociones se paralizaban. La insensibilidad me impregnaba poco a poco, como el anestésico de un dentista invadiéndome todo el cuerpo. Entonces salió mi padre de la cocina: yo, mi madre y Billy levantamos la vista de repente, como si un profesor nos hubiera sorprendido haciendo algo malo. Mis padres se volvieron hacia mí, luego hacia Billy, luego otra vez hacia mí. Me limité a asentir lentamente con la cabeza; no tenía nada que decirles. Nunca en la vida tuve nada que decirles.

1. Véase nota en página 147. «Mucha diversión. A mogollón, para todo el mundo.» *(N. del T.)*

He ayudado a mi madre y a mis hermanas a trasladarse a su nuevo hogar, en South Side, en Rankellior Street, y en ausencia del bravo Marco Polo (que pese a todos sus graves defectos, es el único cabrón de por aquí que está en la misma longitud de onda que yo), he pasado el rato en casa de Janey intentando darle un poco de apoyo, a ella y a los críos. Y también para dar esquinazo a Marianne, que está cada vez más pegajosa. Me contó que su amiga April y un desgraciao llamado Jim «salían en serio» y, al mismo tiempo, mientras me proporcionaba esa información completamente superflua, me miraba esperanzada, con necesidad. *Saliendo en serio.* ¡Joder, garantizado que, con esa frase, sale uno pitando a toda leche!

Así que a esta hora aburrida y mortecina de la cena, supuestamente de final de verano, he quedado en llevar a Janey al club de los estibadores a ver a mi tío Benny. Me la encuentro sumida en ese perpetuo estado de aturdimiento en el que está ahora, bebiendo en abundancia, con un vaso de vino tinto barato y cutre delante, como si eso la acercara de algún modo a Coke. Está demacrada y el escalado que lleva pide a gritos el toque afectuoso de un estilista; tiene la mirada apagada y distante, lleva unos pantalones de chándal grises descoloridos y una camiseta amarilla con letras de plástico, en la que se ven unos números de bingo alrededor de un eslogan en relieve que dice: «Saqué un *Full House* en Caister Sands».[1]

Tiene todos los motivos del mundo para estar abatida. Los círcu-

1. Caister Sands es un centro turístico británico. Aquí *Full House* contiene un juego de palabras, pues dicha expresión se emplea para referirse a una línea completa en el bingo, pero también a un encuentro sexual «completo», es decir, en todas las posibles modalidades de penetración. *(N. del T.)*

los oficiales se han lucido una vez más haciendo eso que tan bien se les ha dado siempre en Gran Bretaña: joder a las clases inferiores. Cerraron filas cagando leches; la familia quería que condenaran a Dickson por asesinato, pero esa pretensión se fue enseguida a pique sin pena ni gloria. ¡Y ahora ni siquiera lo van a empapelar por homicidio! En el informe, el forense determinó como causa probable de la muerte lesiones craneales graves a consecuencia de una caída. Pasaron de las heridas que Coke tenía en la cara, y en cambio hicieron hincapié en su grado de intoxicación etílica. De modo que a Dickson le van a juzgar por agresiones, lo que conlleva una pena máxima de dos años (saldría a los doce meses) en caso de que lo declaren culpable.

Janey pega una calada displicente a su cigarrillo y me da una noticia que me sienta como un tiro: me dice que Maria y Grant están en Nottingham, en casa de su hermano. «Los chicos lo están pasando muy mal. ¡Grant está como ensimismado y Maria se ha vuelto completamente loca! No para de hablar de matar a Dickson. Tuve que sacarla de allí.»

Simone tenía a esa pequeña preciosidad en el punto de mira y ahora esta vieja bruja tontorrona va y lo echa todo a perder...

«Entiendo su punto de vista», digo, mientras lamento su ausencia tanto como si me hubieran abierto un boquete en el puto pecho.

«¿Me acompañas a los juzgados la semana que viene?», me ruega Janey con los ojos muy abiertos y la mirada expectante.

¡Protesto! ¡La defensa está chantajeando emocionalmente al testigo!

Protesta denegada.

«Claro que sí.»

Ahora, su mayor preocupación es que le quiten la pensión de invalidez de Coke. Lo he consultado con Benny, el hermano mayor de mi padre (y mejor persona), que es un viejo incondicional de la confederación sindical TGWU. Janey se esfuma por la puerta del dormitorio y vuelve transfigurada; el maquillaje le realza las facciones y se ha puesto un vestido negro y dorado que le llega hasta la rodilla, con unos pantis oscuros que imagino que serán mallas, pero prefiero imaginar que son medias. A nivel de impacto, resulta de lo más devastador. ¡No puedo creer que una vieja babuina me esté poniendo cachondo! A medida que nos dirigimos hacia ese revoltijo arquitectónico de reliquias victorianas y paneles prefabricados de los años setenta que es el club de los estibadores de Leith, edificio que resume la zona a la perfección, tengo la impresión de que esto es como una cita.

Si mi padre rezuma repelente truhanería por todos los poros, Benny es todo lo contrario. Aparenta quince años menos de los que tiene, y lo más fuerte que bebe es agua del grifo de la región de Lothian. Ha dedicado su vida a representar a los demás y se toma el papel muy en serio: «Lamento la pérdida, cielo», le dice a Janey. Luego, mientras nos tomamos unas pintas de rubia y él H_2O, nos expone el meollo de la situación. Al parecer, según las normas de la Autoridad Portuaria del Forth, cuando fallece el beneficiario, hay que volver a evaluar las pensiones, en lugar de reasignarlas automáticamente al pariente más próximo o a las personas a su cargo. Se trata de un cambio reciente, ahora que todo quisque se ha subido al carro thatcherista de la reducción de costes, sobre todo cuando se trata de esquilmar a proletarios. Eso significa que Janey recibirá algo, pero que lo dejarán en casi nada.

Ella encaja esta última derrota con entereza y da las gracias a Benny, que se ha quedado abatido. Vuelvo con ella al piso y enseguida nos ponemos a privar, ella en el sofá, donde se quita los zapatos, y yo en el sillón de enfrente. Cuando se acaba el vino, empezamos a beber whisky Grouse sin hielo. A medida que cae la noche, el ambiente de la habitación se vuelve cada vez más espeso y cargado.

El silencio de Janey resulta un poco desconcertante, pero disfruto del cálido fulgor del whisky y del ardor que me deja en la garganta y en el pecho. «No les digas que ha muerto», le sugiero, fundamentalmente para llenar con algo de sonido el inquietante vacío que se ha creado. «Ése es mi consejo: si nadie se lo dice, no se enterarán.»

«Pero eso es fraude», dice ella, alarmada brevemente, abriendo un poco los ojos. Estira el brazo y enciende una lámpara de mesa.

«¿Y qué *es* fraude?», le pregunto, deleitándome al ver cómo la anima la luz dorada que la envuelve, al tiempo que voy entrando en materia. «Alejémonos del control estatal y hablemos de *moralidad* de una puta vez. Fíjate, los hijos de puta como Dickson se van de rositas. *Eso sí* que es un puto fraude. ¡Asesina a un hombre y sigue ahí, en la calle, poniendo putas cervezas como si no hubiera pasado nada!»

«Tienes toda la razón. Que les den por culo», espeta ella, desafiante; se lleva el vaso a los labios y da un sorbo. «De todos modos, ¿qué es lo peor que podrían hacer ahora?» Entonces inicia un lamento: «No digo que Colin fuera un santo, Simon, para nada. Entiéndeme, podría haber sido mejor marido y mejor padre...», dice, cruzando las piernas y alisándose el vestido, que se pega a las medias por la electricidad estática.

«Lo hacía mucho mejor que mi viejo.»

Esta noticia manifiestamente novedosa parece pillarla por sorpresa. «Pero si tu padre siempre parecía un hombre de lo más agradable.»

«Sí, claro», me mofo, «seguro que contigo lo era. Siempre ha sido de lo más agradable con las mujeres bonitas», le explico, y veo que se ruboriza a su pesar. «Con quien no es muy agradable es con su propia familia.»

«¿A qué te refieres?»

Me acuerdo de que la aflicción necesita compañeros de cama y clavo a Janey una mirada abatida. «Cuando yo era crío, solía llevarme por ahí y me dejaba en el coche con una Coca-Cola y unas patatas fritas mientras él atendía a sus amiguitas. Lo llamaba "nuestros recaditos secretos". En cuanto me percaté de qué iba la historia, dejó de hablarme; es más, perdió el interés por mí completamente.»

«¡Pero cómo...! ¿Cómo iba a hacerle eso a un niño pequeño...?»

«¡Pues ya ves! ¡No sabes de la misa la mitad! Te voy a contar una anecdotilla que resume ejemplarmente todo lo que se refiere a él y a nuestra relación. Mi padre es tan cabrón que una vez devolvió un reloj que le había regalado yo por el Día del Padre. El dinero lo había robado, vale, pero ésa no era la cuestión, sino la puta idea. Pero nada, el muy hijo de puta volvió con el reloj a Samuel's, en el St. James Centre, con el resguardo con el que tenía que quedarme como garantía en caso de que se jodiera.»

«¡Nunca hubiera imaginado que fuese capaz de hacer algo semejante...!»

«Uy, sí, la puta escoria fue allí y hasta se negó a cambiarlo por otro artículo, quería que le devolvieran el dinero.» Se lo digo claro y disfruto con su reacción de perplejidad, pero airada. Se lleva el vaso de whisky a los labios y se rasca una rodilla, se levanta la falda por un lado y enseña un muslo que todavía está agradablemente musculado. Mientras le doy otro sorbo al mío, siento ese hormigueo tan familiar que anuncia el comienzo de una erección. «Y eso no es ni la mitad de la historia. Luego presumió delante de mí», digo, echándome hacia delante y hundiéndome el pulgar en el pecho, «y te recuerdo que en aquel momento yo sólo tenía quince añitos, quince, joder», le digo, casi a voces, mirándola a los ojos con expresión traumatizada, «y que después se fue a Danube Street a buscar una buena puta, y de ahí al Shore, a meterse un curry y unas cuantas cervezas. Me contó que todavía le quedaba dinero suficiente para que una puta callejera costrosa le hiciera una mamada después. "Siempre me entra gusa después de echar un polvo y siempre me pongo cachondo después de papear", se rió dándose palmaditas en esa barriga fofa que tiene. Ésa era la forma que tenía ese puto cabrón de "intimar" conmigo», digo meneando la cabeza al recordarlo. «¡Pienso en la santa con la que se casó y me pregunto qué hicimos para merecerlo a él!»

«Pero tú no has salido como él», dice Janey, esperanzada, y vuelve a cruzar las piernas. Cada vez veo más a su hija en ella, y eso me lleva a pensar: *¿Cómo cojones se ligaría Coke a esta hembra?* «Has salido más a tu madre, que es una mujer encantadora. Y tus hermanas también.»

«Y todos los días doy gracias a Dios», le digo, al tiempo que echo un vistazo al reloj enmarcado en roble del aparador. «En fin, creo que es hora de que me vaya.»

Eso parece sumir a Janey en el pánico; se abraza a sí misma y mira en torno a la tumba fría y vacía en la que se ha convertido el piso. Abre los ojos como platos y frunce los labios en un gesto suplicante. «No te vayas», me ruega en voz baja.

«Tengo que irme», me sorprendo suplicándole en el mismo tono.

«No quiero quedarme sola, Simon. Ahora no.»

Enarco las cejas, me levanto de la silla y me acerco a ella. Asomándome a las profundidades de su mirada destrozada, la tomo de la mano, ella se levanta y la llevo al dormitorio. Me detengo ante la cama y le susurro: «¿Estás segura de que quieres seguir adelante?»

«Sí», dice ella en voz baja, y me besa en los labios; su aliento desprende olor a alcohol y fumeque. Acto seguido, me da la espalda, pero sólo para pedirme con voz ronca: «Desabróchame.»

La cremallera se separa y el vestido negro y dorado se divide en dos mitades. Ella lo deja caer, saca los pies del vestido y se sienta en la cama, arquea el cuerpo para quitarse las medias y las bragas, lo que me permite vislumbrar un espeso felpudo antes de que se tape con las sábanas.

Me desnudo y me meto en la cama con ella. Me deslizo suavemente entre sus ansiosos brazos. Tiene el cuerpo caliente y mucho más firme de lo que habría imaginado en una mujer que debe de tener por lo menos treinta y cinco años. Tiembla, le castañetean los dientes, pero estoy empalmado a tope y sé que me voy a pasar toda la noche metiéndosela y voy a tener a raya a Coke y a los remordimientos hasta por la mañana.

FUNERAL PYRE[1]

En el espejo de pub robado se refleja, detrás de mí, lo asquerosísima que está la cocina. Tiene grabado un caballero McEwan's Lager y me encantaría rajarle con un vaso ese careto provocador suyo. No me extraña que no pare de sonreír y de brindar; lograr que la gente *pague* por beber esos meados tibios y ponzoñosos no es para menos. Vuelvo a cagarla con esta piojosa corbata negra: me la arranco por décima vez. «¡Mierda!»

Sick Boy aparece a mi lado para socorrerme. Consigue anudarla a la primera. «Hala, ya está», me arrulla, haciendo que me sienta como si fuera tonto del culo. «Desayuna algo, anda.»

¿Comer algo en este basurero? No, gracias. «Ya tomaré algo en casa de mi madre. Aquí no hay nada.»

«Hice un poco de lasaña», dice, señalando el horno.

«Es una mierda, la probé anoche.» Es cierto, la probé después de que un par de tragos rápidos con un par de muchachos de la empresa Gillsland se convirtieran en una sesioncilla.

Sick Boy se pone en jarras. «Ésa era la receta de mi madre, tío jeta», me pseudo-brama, tomándoselo a cachondeo por mi bien.

«La lasaña de tu madre la he probado, y esa mierda de ahí dentro», digo señalando el horno, «no se le parece en nada. Es evidente que no seguiste su receta. Para empezar, la lasaña no lleva grumos de atún.»

«Utilicé los recursos disponibles. Tú empieza por bajar a la cooperativa de vez en cuando y *luego* métete con las dotes culinarias de los demás.»

1. Literalmente, «pira funeraria». Título de un conocido single de The Jam. *(N. del T.)*

El jeta es él. Llevo dos palabras escritas en la frente: alquiler y dinero. Pero que le den por culo a discutir con este capullo ahora mismo. «Vale, me piro.» Cojo la chaqueta, que está colgada de un clavo que hay detrás de la puerta.

«Muy bien, te veo en el crematorio a las dos», dice, antes de dar un paso al frente y abrazarme. «¿Te encuentras bien?»

«Claro que sí, desgraciao.»

Me suelta, pero me planta las manos en los hombros. «Te acabará haciendo efecto, ¿sabes? El dolor», me asegura, al tiempo que baja una mano. «Pero tú hazte el escocés estoico todo lo que quieras. Ahora, yo te aconsejo el luto italiano, es el mejor. Ábrete. Siente el ardor por dentro. Déjalo salir», dice; con la otra mano me da un par de cachetitos cariñosos en la cara.

«Sí, claro», le digo, antes de salir por la puerta.

Miro la hora y empiezo a bajar por el Walk. El sol llega hasta Pilrig, pero allí se divisan unas nubes grandes y cochinas que parecen dispuestas a echarlo por la fuerza. Llego a Junction Street y me libro por los pelos de un chaparrón de verano, porque empiezan a caer chuzos de punta.

Mis padres parecen zombis. Literalmente. Con ojos vidriosos y tropezándose con cosas. No puedo creer que todavía les dure el pasmo por el fallecimiento de alguien cuya muerte estaba anunciada desde el día en que nació, y por todos los especialistas médicos del Reino Unido. ¿Acaso no comprendieron el término «corta esperanza de vida»? ¿Creían que sacándole el líquido de los pulmones a golpes podían mantener a Davie vivo para siempre?

Ahora no tienen que sufrir el agobio de oírle respirar, ni el duf-duf-duf y el aj-aj-aj de las sesiones de drenaje postural, después de las cuales se derrumbaba en un sueño exhausto mientras llenaba de aire sus pulmones chirriantes. Entretanto, los demás esperábamos, nerviosos y aterrorizados, a que todo volviera a empezar de cero. Eso se acabó. ¿Por qué no se les ve siquiera un poco aliviados?

Se acabó *para siempre.*

Los dejo allí, agarrados con todas sus fuerzas a la encimera de esa cocina pequeña y gris en la que parecen vivir condenados a perpetuidad. El ambiente del cuarto de estar está cargado de humo. Billy y su novia fuman un cigarrillo tras otro; ahora que ya no está Davie, no hace falta sentarse junto a la ventana del dormitorio para echar el humo a la calle. Ahora pueden destrozarnos los pulmones a todos. Me pican los ojos y me lloriquean; apenas han pasado los segundos necesarios para que dejen de picarme, cuando veo a Billy lanzarme su mirada de «eres un bicho raro de mierda», lo cual me hace estar pendiente de todos y cada uno de mis actos. Tengo la sensación de que hemos retrocedido casi una década.

Estás en posición de ventaja, Tobacco Boy.

Sharon está buena; de esa forma barriobajera, tipo boutique de franquicia. Tiene las tetas, el culo, el corte de pelo rubio en capas y la cintura delgada que ponen a los tíos; todo menos las patorras, que son un poco cortitas y gordas. La sagacidad calculadora que capto en su mirada me induce a pensar que quizá valdría la pena hablar con ella cuando no se encuentre en la sofocante compañía de Billy. No para de largar sobre una chica llamada Elspeth; opto por poner la oreja, porque seguramente se trata de la hermana guapetona de Begbie (por suerte para ella, no se parece a él en nada), pero el humo y el mal rollo de Billy tienen un impacto asfixiante que extrae el oxígeno del aire que respiramos. Se me viene a la cabeza una cita de un tal Schopenhauer, a saber: casi todas nuestras penas surgen de nuestras relaciones con otras personas.

¿No te dabas cuenta, Tobacco Boy, del poder nocivo que tenía tu maléfico humo, por más que quisieras disimularlo, sobre los debilitados pulmones de tu hermano menor?

Cojo el *New Musical Express* que dejé encima del aparador el otro día. La sonrisa irónica de Mark E me recuerda la cinta de the Fall que le grabé el otro día a Hazel, que seguro que viene al funeral. Decido llevármela, y estoy a punto de esfumarme rumbo a mi vieja y mohosa madriguera de música y masturbación, cuando suena estridentemente el teléfono y destroza los nervios, tensos como cuerdas de piano, a todo el mundo. Pita sin piedad, pero nadie se mueve.

Mein bruder Wilhelm, maestro de la mirada acusadora: «¿¡Algún cabrón piensa coger el puto teléfono!?»

Capto tu dilema, Tobacco Boy. ¡Contestar al teléfono supondría tener que hablar por el auricular y privarte así de unos preciosos segundos inhalando esa nicotina que tan desesperadamente ansías!

«Ya verás como lo coge alguien», declaro mientras le sonrío de oreja a oreja a Sharon. «Quiero decir algún día y tal.» Ella me obsequia con la más leve de las sonrisas.

«No empieces a ir de listo, coño», amenaza Billy. «¡Hoy no!»

El chalao este está mosqueado que flipas, y me imagino que estará acordándose de la vez que me pescó meneándosela a Davie. Fue muy duro tratar de explicarles a todos que lo hacía exclusivamente por el pobre cabrito, porque, desde luego, yo no le saqué ningún placer. Por más que uno actúe por los motivos más desinteresados, siempre habrá cabrones que lo interpreten de manera tendenciosa para que encaje en sus retorcidos esquemas. No obstante, reconozco el estado de ánimo en el que se encuentra Bilbo y, a decir verdad, me asusta un pelín. «Seguro que no es para mí», protesto.

Oímos que contestan al teléfono, que mi madre dice unas palabras y luego se suma a nosotros para espesar la densa humareda, aún más si cabe, con su B&H. Podríamos estar todos apretujados en este cuchitril de habitación y aun así jugar al escondite como es debido. «Mark, es para ti.»

Billy entorna los ojos: se mosquea echándome en cara silenciosamente que tenía razón él. Se impone este último sentimiento, le sostengo la mirada un segundo y los dos empezamos a reírnos a carcajada limpia, cosa que distiende un poco el ambiente. El capullo pendenciero este no me gusta y nunca me ha gustado, pero, con enorme desagrado por mi parte, a veces no me queda más remedio que recordar que lo quiero, en cierto modo. Sin embargo, estamos en Chez Renton; en cuanto uno adopta la posición reglamentaria, el otro se distancia. «¿Qué os hace tanta gracia, joder?», grita mi madre. «¡Yo no se la veo por ninguna parte!»

Ese lenguaje te acabará llevando al infierno, madre. ¡Otra serie de avemarías que le deberás a algún pederasta con sotana en otro momento!

Levanto las palmas de las manos en modo rendición y digo: «Ya voy», y recorro el pasillo, perennemente azotado por corrientes de aire, hasta donde tenemos el teléfono, colgado de la pared. «¿Hola?»

«Mark, ¿eres tú?»

«Sí. ¿Fi?»

«¿Cómo estás, cariño?»

«Bastante bien, pero muchísimo mejor después de oír tu voz.»

«Oye, Mark, estoy en Waverley. Quiero ir al funeral de tu hermano contigo.»

Primera emoción: euforia. Segunda: inquietud ante la plétora de bochornos en potencia que se avecina. *La cinta de E de Hazel y Mark.* En fin. «Estupendo. Eh..., gracias, me parece de maravilla», le suelto, rebuscando en el cajón del endeble soporte de madera que hay debajo del teléfono. Dentro hay una funda donde mi madre guarda las gafas de leer. Me vendrá bien para llevar la chuta que me dio Sick Boy. Me la meto en el bolsillo de la chaqueta.

«Voy a coger un taxi ahora mismo, cielo. ¿Dónde quedamos?»

«Dile al taxista que te lleve a un pub que se llama Tommy Younger's, en Leith Walk.»

«De acuerdo. Nos vemos dentro de diez minutos.»

Es evidente que mi madre ha estado haciendo labores de vigilancia, porque aparece en el pasillo con pose de pistolero. Un escalofrío recorre su delgado cuerpo, el cigarrillo le tiembla en las manos. «¡Tú no vas a quedar con nadie en ningún pub! ¡El coche ya está pedido! ¡Vamos a salir de aquí y vamos a ir *en familia!*»

«He quedado con mi... eh... novia de la universidad.»

«¿Novia?», pregunta boquiabierta; mi padre aparece a su espalda. «No nos habías dicho nada de ninguna novia», me acusa, entornando los ojos. «Pero, claro, ¡cómo ibas a hacer eso, Mark, porque tú nunca cuentas nada, maldita sea!»

«Cathy...», dice mi padre para tranquilizarla, y le pone una mano en el hombro.

Mi madre vuelve la cabeza violentamente y lo fulmina con la mirada. «¡Es que es así, Davie! ¿Te acuerdas de aquella chiquilla a la que oímos llorando en la escalera? ¡No quería ni dejarla entrar en casa!»

Era un feto..., una malfollada asquerosa que me siguió a casa después de que me la tirara en el apartadero..., ellos la invitaron a entrar y se pusieron a consolarla como gallinas cluecas, e insistían en que me quedara levantado y me tomase un café con ella en la cocina, cuando lo que yo quería era morirme... o que se murieran ellos, hunos de los huevos...

Me pongo colorado como un tomate desde el cuello hasta las orejas y veo que Billy también ha salido, picado súbitamente por el interés. «¿Qué pasa aquí?»

«No es asunto tuyo», le dice mi padre, y me callo, al tiempo que Billy esboza una sonrisa como un hachazo.

«Dile que venga aquí», suplica mi madre, sacudiéndose un poco de ceniza de la manga de la amarillenta chaqueta de punto. «Habrá sitio en los coches.»

«No... eh..., os veo a todos allí. Podría resultarle excesivo ir con el séquito, no conoce a nadie», le explico; entonces aparece Sharon al lado de Billy, enarcando una ceja depilada a la cera.

«¡Excesivo para *ti,* querrás decir!», me reprocha mi madre. *«¡Todavía* se avergüenza de nosotros! ¡De su familia!» Y entonces mira a los demás con gesto suplicante. «Bueno, pues él ya no está aquí y ya no puede avergonzarte más..., angelito, nunca le hizo daño ni a una mosca...» Y vuelve a empezar.

«Cathy...», dice el viejo, que de momento sigue en tono conciliatorio, «deja que se vaya.»

«No», repite ella con los ojos tan desorbitados que parecen de pez. «¿Cómo no va a decirle a la chica que venga aquí? ¡Una chica de la que ninguno sabía nada! ¡Porque nunca la había mencionado siquiera! ¡Nunca nos cuenta nada, para variar! ¡Se avergüenza de nosotros!», me acusa. «¡De su propia familia!»

Billy Boy echa un poco de humo en plan dragón y me lanza una mirada fulminante e inmunda: «El sentimiento es mutuo, joder. Eso te lo digo gratis.»

Tus poderes de inhalación de humo son impresionantes, Tobacco Boy. Mucho más que tus crípticos comentarios.

Mamá levanta la vista hacia el techo. «Padre nuestro que estás en los cielos..., ¿qué he hecho yo...?»

«Ahora no empieces tú. Hoy no», dice papá, en un tono de voz que está a mitad de camino entre la súplica y la amenaza. «¡Hala, tranquilos todos! Un poco de respeto por el peque. Mark, vete a buscar a la chica esa, a tu...», la palabra se le atasca en la garganta, como si fuera un bocado de comida exótica que no le acabara de convencer, «... novia, pero no llegues tarde al cementerio. Y te sentarás en primera fila con ella, conmigo, con tu madre, con tu hermano y con Sharon. ¿Entendido?»

Cuánto follón y cuánto drama a cuenta de dónde se sienta el personal...

Asiento levemente con la cabeza y me doy cuenta enseguida de que ese acto será demasiado minimalista para él.

«Te lo repito: *¿entendido?*»

Sospecha confirmada. «Sí, no te preocupes», le digo, y me voy brincando por el pasillo, emerjo de ese ambiente viciado, arcaico y apestoso a la tregua que me dan el rellano y la calle, y llego a Junction Strasse. Un *Joe Baxi*[1] hambriento baja con estruendo por la calle, lo paro y subimos a toda leche por el Walk, rumbo a TY.

Dentro de la gran caverna que es ese pub, Willie Farrell y Kenny Thomson, un par de tipos mayores a los que conozco vagamente, me saludan con un gesto de la cabeza. La forma en que personifican a la peña de Leith da miedo; uno va de bar en bar hasta que, al final, se queda en un garito y envejece allí. Dentro de diez o veinte años

1. Argot rimado: *Joe Baxi* (Joe Baksi, 1922-1977, boxeador estadounidense) por *taxi*. *(N. del T.)*

sabrás dónde encontrarlos. Por suerte, Fiona sólo tarda un par de minutos en aparecer y su presencia me transporta a los cielos. «Mark..., cuánto me alegro de verte, cariño», dice, y se pasa la lengua por esas dos perlas que tiene por dientes delanteros. Qué encantadora es, joder.

Estación de Newcastle... Waverley..., que le den...

Evito mirar a Willie y a Kenny mientras nos abrazamos, y Fiona achaca mi rigidez al dolor. Nos sentamos en un rincón tranquilo con dos cervezas. Le cuento lo difíciles que han sido las cosas con mi familia. Ella me dice que tienen que ser momentos dolorosos para todos. Estoy de acuerdo. Decido olvidarme de toda la mierda mala, estúpida y débil. Hacer como que nunca existió, joder. Porque ahora somos ella y yo, y así es como va a ser, y lo demás no son más que un montón de putas chorradas sin importancia.

Apuramos las pintas rápidamente y pido otra ronda a voces. Todo vuelve a estar bien. Se me inundan los sentidos de ella: la toco, la miro, la abrazo, la beso, pero, cuando intento decirle algo, soy incapaz y no suelto más que clichés. «No pasa nada, Mark», dice ella. Mientras me abraza, me sube del estómago una bola asfixiante de ácido, pero la obligo a bajar de nuevo. La nuez me sube y me baja mientras le enmarco la cara con las manos, que tengo frías. «Joder *qué bueno* volver a verte.»

«Ay, Dulce de Vainilla», dice ella mientras nos levantamos, yo, un poco paraca, por si alguno de los cabrones de la barra ha oído lo que me ha llamado (porque parezco un helado de vainilla con una capa de frambuesa por encima), y luego salimos al Walk. Paro un *Joey* que se aproxima en ese momento para que nos lleve al crematorio.

La gente forma una fila para entrar en la capilla, pero no hemos llegado tarde, sino justo después del coche fúnebre y el ataúd, así que nos hacen sitio. Hay unos cuantos necrófagos que adoran esta parte de la ceremonia, pero la mayoría se revuelve, incómoda, en unas prendas de luto que no les sientan bien, mientras esperan ansiosos el pelotazo inminente. Mis padres parecen inmensamente aliviados de verme; Fiona y yo ocupamos los asientos que nos han reservado, delante de la parentela de Glasgow y de Midlothian, así como de amigos y vecinos varios. Un bobalicón baboso no sería capaz de llenar un autobús de amigos dolientes, pero a nadie le gusta que la espiche un jovencito y la asistencia es considerable. Veo a mis colegas; Begbie, Matty, Spud, Sick Boy, Tommy, Keezbo, Segundo Premio, Sully, Gav, Dawsy, Stevie, Mony, Moysie, Saybo y Nelly, además de Davie Mitchell y Bobby y Les de la empresa de Gillsland. No hay rastro de Swanney. Veo a Hazel; está con Alison, Lesley, Nicky Hanlon y Julie Mathieson, otra vieja amiga con la que cambiaba cintas, que tuvo un crío y que parece una escoba con ojos. Veo a abuelos, tíos y tías y algunos otros parientes ancianos a los que no recuerdo del todo, todos atrapados en una vejez lúgubre y amorfa. A veces, un par de ojos fogosos en una cabeza blanca, hinchada o flacucha, dan una pista de que en algún momento han sido *personas de verdad;* pero Schopenhauer tenía razón: la vida tiene que ser un proceso de desilusión, de ir tropezando inexorablemente hacia el desastre total.

La ceremonia es una mierda de esas con cinta transportadora; el mamonazo del meapilas dice con desgana no sé qué de caminos inescrutables, pero lo pillo un par de veces echando una mirada de soslayo al reloj. Luego clavo la vista en el ataúd cerrado; pese a las atenciones de los fisios y los esfuerzos más ímprobos de mis padres, Davie se había quedado tan contrahecho que habrían tenido que romperle los brazos y la columna por un par de sitios para conseguir que adoptara la posición debida ahí dentro. No me extraña que el viejo dijera hasta aquí hemos llegado cuando mi madre se empeñaba en celebrar la ceremonia papista de ataúd abierto.

Sin embargo, suceden cosas extrañas. A la salida de la capilla, al ir hacia los coches bajo la llovizna y después de dar la mano, fría y huesuda, a los acompañantes al duelo, mi padre me planta un beso en la mejilla. Es la primera vez que lo hace desde que yo iba a primaria. El tufillo del *aftershave* y la enorme barbilla áspera contra mi piel tienen algo que me infantiliza. Luego, cuando nos subimos al buga para recorrer Ferry Road y acudir a la comida en el Ken Buchanan Hotel, mi madre me estruja la mano y, tras una cegadora máscara de lágrimas, me dice: «Ahora mi pequeño eres tú.» Lo achaco al dolor, pero hay otra parte de mí que piensa: *Esta mujer está como una puta cabra*, pero en mi fuero interno el resentimiento y la ternura rivalizan.

En el hotel, mientras me tomo un whisky y me como un bollo de salchicha de esos que levantan ampollas en las tripas, Hazel se nos acerca a mí y a Fiona. Parece que se transmite algo entre las chicas, pero tengo el ánimo tan por los suelos que ni siquiera me incomodo. «Hola, Haze», digo, y le doy un casto beso en la mejilla. «Gracias por venir. Eh, te presento a Fiona.» Y, con formalidad desmañada y estúpida, añado: «Fiona Conyers, Hazel McLeod.»

Hazel le estrecha la mano. «Soy amiga de Mark», dice. No sé lo que pasa entre ellas, pero es decoroso, casi conmovedor y, por un instante, es como si algo se me abriera por dentro. Echo un trago de whisky ardiente para sofocar la emoción.

Fiona dice lo que suele decir la gente en estas circunstancias: encantada de conocerte, lástima que haya tenido que ser en estas circunstancias. Circunstancias. Llevo la cinta de The Fall para Hazel en el bolsillo; una mezcla de mis temas favoritos de *Slates, Hex Induction Hour* y *Room to Live*. Sí, pensaba dársela, pero no parece correcto hacerlo delante de Fiona. Schopenhauer decía que las relaciones entre varones están definidas por una indiferencia natural, pero que las relaciones entre mujeres se caracterizan por el antagonismo. También es verdad que fue un cabrón de lo más cínico.

Las cintas de Hazel.

Hazel y yo éramos amigos desde tiempos del colegio. Desde segundo curso. Oíamos música juntos; la Velvet, Bowie, T. Rex, Roxy, Iggy and the Stooges, los Pistols, los Clash, los Stranglers, los Jam, los Bunnymen, Joy Division, Gang of Four, los Simple Minds, Marvin Gaye, Sister Sledge, Wire, Virgin Prunes, Smokey Robinson, Aretha Franklin, Dusty Springfield; por oposición a los Beatles, los Stones, Slade, Springsteen, U2, OMD, Flock of Seagulls, Hall and Oates, juntos, a veces en su dormitorio y otras en el mío. Ella me gustaba, pero me ponían otras chicas más guarronas, supongo. Chicas que se reían de forma histérica y que, cuando les entraba, me decían: «largo de aquí, chaval» o «deja de incordiar». Chicas que te echaban miradas calculadas y decían «ya veremos» cuando tú decías «venga, tú y yo», como si les estuvieras invitando a una pelea limpia. Pero, a pesar de que era un imperativo evidente, nunca quise metérsela a una chavala sin más. Siempre buscaba algo más complicado; quizá dramatismo, puede que hasta amor, ¿quién coño sabe?

Mis amigos se negaban a creer que Hazel y yo no folláramos. Es guapa, aunque de una forma un tanto depresiva. Es gótica de espíritu, si bien viste ropa convencional de chica disco: tonos pastel incongruentemente luminosos, del Top Shop, entre semana, y los fines de semana tiramos la casa por la ventana con Etam. Una vez le estaba poniendo un elepé de los Stranglers, *Black and White*, y empezamos a morrearnos. Creo que empecé yo, puede que porque estuviera harto de las conjeturas de aquellos capullos, aunque también podría ser que la cabeza me estuviera jugando una mala pasada, como suele. Quizá las letras de los Stranglers me hicieran creer que tenía derecho. Pero, empezara quien empezase, todo acabó cuando traté de ir más allá. A ella le entró lo que sólo podría describir como un ataque de pánico de una ferocidad impresionante. Le dieron convulsiones, se quedó un rato sin poder respirar y empezó a ponerse colorada. Fue como un ataque de asma como los que le daban a Spud o a Davie, en plan espasmódico...

Drenaje postural..., duf-duf-duf, como los demoledores golpes al cuerpo que asestamos a los sacos pesados del gimnasio Leith Victoria.

A medida que pasaron esos meses adolescentes, lo intenté alguna que otra vez más, curiosamente casi siempre instigado por ella. Pero en cada ocasión pasaba lo mismo. Se quedaba paralizada y luego padecía una reacción violenta; era como si tuviera una alergia física al sexo. Ni siquiera estaba dispuesta a hacerme una mamada, aunque sí me hacía alguna que otra *J. Arthur*,[1] concentrándose en mi polla como si fuera un científico realizando un experimento. Una vez, cuando me corrí, la lefa fue a parar a su oreja y al pelo que le caía por un lado de la cara. Al tocar los filamentos pegajosos dijo: «Es horrible, qué asco...» y, antes de levantarse para lavarse la cara, volvieron a darle arcadas convulsivas. Cuando regresó, tenía el pelo mojado: también se lo había lavado. Me acuerdo de que en ese momento la deseé de verdad, me moría de ganas de tirármela por el solo hecho de verla ahí de pie, con el pelo mojado. Y eso que acababa de soltar el chorromoco.

Pero no había manera.

Cuando por fin follamos, fue deprimente, pero ésa es otra historia. Ahora, pasan siglos sin que nos veamos, pero luego acabamos quedando con el pretexto de ir a un concierto u oír un poco de música, y mantenemos unas relaciones sexuales malísimas. Nefastas. Los dos pensamos: «nunca más», hasta que uno de los dos, normalmente ella, coge el teléfono.

Stevie Hutchison y su chica están hablando con mi padre. Él se acerca con ese andar pesado que tiene, desplazando el peso de una pierna a otra, y me pasa el brazo por los hombros. «¿Cómo lo llevas, hermano?»

«Bien, Hutchy, bien. La vida sigue, ¿no? ¿Y tú, qué tal?»

«Hasta los huevos», dice, con mirada iracunda. «Me dieron el finiquito en la Ferranti. Presenté una solicitud en la Marconi de Essex. Por aquí no hay una puta mierda. De todos modos, me apetece probar suerte un poco en Londres, y a lo mejor montar un grupo allí.» Echa una mirada de soslayo a su torda, Chip Sandra, que está charlando con Keezbo. Es una zumbada de cuidado, ni de lejos lo bastan-

1. Véase nota en página 99. *(N. del T.)*

te buena para Stevie y, en cierto modo, la culpo de la ruptura de nuestro grupo de antes, Shaved Nun. «A ella no le apetece mucho ir», dice, con una sonrisa retorcida. «Hora de abrirse, me parece», añade, guiñándome el ojo.

Le sonrío a mi vez. *Ya iba siendo hora.*

«¿Qué pasa, Stephen?», suelta Chip Sandra, al captar la onda.

«Nada, hablábamos de música, ya nos conoces.» Stevie vuelve a guiñarme el ojo y luego la mira a ella. «Venga, vamos a tomar algo», dice, y se la lleva empujándola por la espalda con el dedo corazón para que lo vea yo.

A Chip Sandra le pusieron ese apodo porque una vez se puso a comer patatas fritas mientras Matty se la tiraba en el apartadero de las vías. Hace siglos. Para Matty fue un episodio bochornoso: una tía comiendo patatas fritas mientras tú le das lo suyo contra una pared. Peor todavía, cuando pasamos por ahí todos. Yo le pedí descaradamente una patata a Sandra y ella me pasó el paquete, así que cogí una. Matty gritó: «¡Vete a tomar por culo, Renton!» No sabía que todos –Begbie, Nelly, Saybo, Dawsy, Gav y algunos más– habían hecho fila para coger patatas mientras el pobre Matty bombeaba desesperadamente, con el culo al aire, brillando en la oscuridad. Recuerdo que, al salir al Walk, Saybo se relamía la salsa de los morros y nos dijo: «¡La mejor rueda para los muchachos que ha hecho ésa en su vida, joder!»

Se acercan Franco y la June Chisholm esa, la que se cepilla últimamente; ella se pone a hablar con Hazel. El Pordiosero, por su parte, me clava con su voluminoso puño un directo cariñoso en las costillas de esos que te dejan marca al día siguiente. «Échate esto al gaznate», dice, y me pasa un whisky doble. «Joder, colega. ¿Cómo lo llevas?»

«Bien», le digo mientras echo un sorbo.

Mi viejo me lanza una mirada que dice: «Qué mal estás quedando con estas dos señoritas, amigo.» Pero esa desaprobación está trufada de alivio porque veo que, para él, acabo de pasar de mariquita en potencia a golfo mujeriego.

Franco mira a Fiona antes de volverse a mí. «Preséntanos de una vez, cabronazo maleducado.»

«Fiona, te presento a mi amigo Frank Begbie. También conocido como Franco.»

O como Beggars. O Beggar Boy.[1] *O como el Generalísimo. O como*

1. «Pordiosero.» *(N. del T.)*

Capullo Psicópata y Matón. Yo era el saco de huesos que encajaba aquellos demoledores golpes al cuerpo en Leith Vic. Duf-duf-duf...

«Hola, Frank.» Ella hace ademán de estrecharle la mano pero él la obsequia con un besito bastante sofisticado en la mejilla. De vez en cuando, el cabrón este es capaz de dar alguna que otra sorpresa agradable (no violenta). Apúntate un tanto, Beggars. «Mark me habla mucho de ti.»

La chispa paraca de pirao ilumina la mirada de Begbie. «Conque sí, ¿eh?» Y escruta las profundidades de mi alma, o lo que queda de ella.

«En términos muy halagüeños, debo decir», añade Fiona con elegancia y desenvoltura.

Begbie se relaja y una leve sonrisa le humaniza el careto. Joder, ha logrado embelesar hasta a este cabrón. Franco me pasa un brazo por los hombros. «Bueno, es que somos muy amigos, ¿no Mark? Lo conozco desde primaria, cuando teníamos cinco tacos.»

Sonrío con nerviosismo, me echo un buen trago de whisky y noto el ardor. «Este tipo es de lo mejorcito que hay», suelto, y, presa de la emoción del momento, encima me lo creo totalmente. Aprovechando que ahora gozo de cierta licencia, le asesto un puñetazo relativamente potente en el pecho.

Begbie ni se entera; está en su elemento. Los funerales se le dan de vicio, como tiende a suceder con muchos psicópatas. Supongo que si se tiene la vocación existencial de sembrar la muerte y la desesperación, uno se realiza en sitios como éste: el trabajo ya está hecho, así que puedes limitarte a ponerte cómodo y relajarte. Me agarra con más fuerza y aprieta la cara psicoafectivamente contra la mía; su olor caliente, oscuro y ahumado me asalta los sentidos. «Ya no vienes nunca a buscarme para ir a echar unos putos tragos los dos solos como hacías antes, joder.»

Porque siempre acabas reventando a algún capullo. «Paso la mayor parte del tiempo en Aberdeen, Frank.»

«Pero no todo, joder. ¡Seguro que es porque siempre acabamos reventando a algún capullo!»

¿Qué insinúas con ese «acabamos», pirao de los cojones?

«Qué va..., siempre nos lo pasamos de puta madre cuando salimos los dos solos y tal.»

«Joder, ya lo creo», le dice a Fiona, y barre la habitación entera con un brazo al tiempo que me estrecha más fuerte con el otro. «Nuestro sentido del humor no lo pilla ni la madre que lo parió, ¿a que no, Rents? A la mayoría de los capullos ni se le puede explicar, coño, y perdona la grosería», dice disculpándose con Fiona, y a continuación intenta ilustrar ese estilo jocoso y absurdo tan singular que sólo tenemos él y yo.

Hazel ya lo ha oído todo antes y se vuelve hacia mí. «Te he grabado una cinta del elepé en directo ese de Joy Division.»

«¿*Still*?»

«Sí.»

«Guay, muchas gracias. Me han dicho que sale una versión estupenda de "Sister Ray"», le digo con una sonrisa de gratitud. Tengo ese elepé desde que salió, pero no pienso decírselo. Cuando grabamos cintas a los demás, por mucho que Sick Boy diga que es un acto encubierto de agresión y de control mental egotista, lo que cuenta es haber tenido la gentileza de grabarlas. Me imagino la caligrafía clara de Hazel en el lomo de la casete:

Joy Division: Still

Hay un instante de incomodidad entre ambos mientras sonrío y remato el whisky, y Hazel parpadea, baja la cabeza recatadamente y se excusa para acercarse a la mesa del bufé. Consigo captar la atención de Fiona y circulamos; yo cojo otro chupito, hablo primero con Keezbo y con mi padre, Moira y Jimmy, y luego con algunos parientes de mamá, la peña de Bonnyrigg-Penicuik, que la está consolando.

Veo a Alison dirigirse a la mesa del bufé y la intercepto. «Ali..., siento mucho lo de tu madre. ¿Es muy grave?»

«Aquí me tienes, estoy de ensayo», me dice, a la vez que me dedica una sonrisa de cúter. «No creo que tarde mucho. Pero gracias por preguntar», apostilla, y luego se arrima a la barra, donde están las demás chicas. Entonces parece acordarse de algo y da media vuelta. «Kelly te manda sus condolencias, siente no haber podido venir; es que tiene exámenes la próxima semana.»

«Guay», le suelto mientras veo cómo se marcha para acercarse a Matty y Gav. Fiona está hablando con Tommy y Geoff, así que me siento al lado de mi madre. Lleva un sombrero soso, porque hace algún tiempo que no se tiñe esas raíces castaño-grisáceas que tiene. Mientras le pega una calada a un pitillo, me fijo en que lleva pegados a la frente unos mechones sudorosos y oxigenados, y que las lágrimas le han corrido el maquillaje. Entre el peso del dolor y tanto fumar, se le ha puesto una voz áspera de estibador. «A veces pienso que todo esto es castigo de Dios», dice.

«¿Por qué iba a castigarte?»

«Por dar la espalda a la fe cuando me casé con tu padre.»

Echa un chorro de humo con los labios fruncidos. Las mejillas hundidas y la mirada demencial apuntan a que está enajenada. «¿De verdad crees que Dios te castiga porque eres católica y te casaste con alguien de otra religión?»

«Sí. Sí lo creo», dice categóricamente, con las pupilas completamente dilatadas. Está mosqueada porque no hemos hecho una ceremonia en St. Mary's Star of the Sea. Cuando era más pequeño y más fácil de transportar, siempre llevaba allí a Davie.

«¿Y qué me dices de papá?» El viejo está con Andy y su familia *Weedgie*, la abuela Renton y sus hermanos, Charlie y Dougie. Ya me he pulido el whisky y dejo el vaso vacío encima de la mesa. «Él es protestante y Davie también era hijo suyo. Así que eso quiere decir que al menos Dios es equitativo: os odia a los dos.»

«No puedes decir eso, Mark. No digas eso...»

«O quizá, pero sólo quizá, podría ser que le importarais una puta mierda los dos. ¿Alguna vez se te ha pasado por la cabeza esa posibilidad?»

«¡No!», grita ella, y pienso en lo que molaría un Dios así; uno que odiara a los putos cristianos, a los musulmanes, a los judíos y a todos los demás capullos que le tocaran los huevos. E incluso, o sobre todo, a los cabrones esos que justifican las castas: a los putos budistas. Pero mi pequeño exabrupto ha sido escuchado: sin querer, he creado una muestra de unidad cristiana. «Vamos, Mark, ya basta, hijo», me suelta Kenny, y mi padre y sus hermanos se acercan a toda prisa, acompañados por Billy. Dougie no es mal tipo, pero Charlie es un fanático superficial y venenoso; fue el que metió a Billy en toda esa mierda orangista, y, encima, mi padre lo sabe. Me mira con el ceño fruncido como si yo fuera la escoria del averno; estoy seguro de que Billy le ha contado la movida de la paja de Davie. Empiezan a dar vueltas a mi alrededor como buitres. Busco a Franco con la mirada, pero está en la barra con June. Entonces aparece Fiona a mi lado y se pone a pedir excusas y a embelesar a todo el mundo sin proponérselo. «Está alterado. Pero cómo, cielo...»

Y un huevo peludo estoy alterado. Lo que me altera es la mierda esta. Protestantes y papistas; el furgón de cola de los fracasados de los bajos fondos, destilado a partir de los desechos de las dos tribus blancas más endógamas de la cristiandad europea. Unas alimañas retorcidas y rabiosas que saben intuitivamente que forman parte de lo más infecto del montón de basura del puñado de rocas heladas más inmundo del Mar del Norte y que no saben hacer otra cosa que pensar en a quién convertir en chivo expiatorio de su triste suerte. Para ellos, la aparición del monstruo en forma de mi hermano fue una ocasión (cristiana) enviada por Dios. Se les escapó el hecho de que Davie seguramente era el nadir que sólo podían haber producido unos subnormales sectarios como ellos, porque, al margen de los colores de mierda de paloma que luzcan en torno a sus simiescos hombros o de las baladas de lealtad o rebelión mierderas y monocordes que canten, están todos cortados por el mismo patrón apestoso de idiotez nociva.

Mamá, dejándonos ayudarla a Billy y a mí a hacer una tarta de chocolate en la cocina de arriba, en The Fort. Nos lo pasamos todos en grande. Entonces suenan los gritos de Davie; agresivos, imperiosos, profanadores. Yo y Billy la miramos como diciendo: «déjale», pero, primero ella y después nosotros nos acordamos desesperadamente de quiénes éramos. El entrecortado ir y venir de nuestra respiración cuando salió corriendo escaleras abajo. A modo de amargo consuelo, metemos los dedos en la masa de chocolate.

La muerte de Davie no me trastorna. Cuando pienso en él, lo único que se me viene a la cabeza es lo monstruoso y lo grotesco. El caso es que se parecía a mí: pelo rubio rojizo, piel blanca como la leche y ojos azules, de loco. Yo solía pensar que la gente sólo lo decía para vacilarme, pero era verdad. Para vergüenza de Billy el orangista, era él quien tenía pinta de mozo de granja de Connemara, achaparrado, pelo oscuro y cejijunto, trasladado a los pozos de Midlothian, igual que todos los varones papistas de la parte de mi madre.

De niño suplicaba que me llevasen a la piscina al aire libre de Porty, con Davie, Billy y papá. El agua de la de Porty siempre estaba fría que te cagas y yo la odiaba; además, allí la chulería de Billy solía alcanzar cotas más psicóticas, pero prefería aquello mil veces a la humillación de que me vieran con ellos en Leith Vickie.

Mamá empieza a chillarle a Margaret «Bendix» Curran, nuestra ex vecina amargada, que cree que utilizamos a Davie para conseguir la vivienda protegida, y que luego lo abandonamos en una residencia para discapacitados. «Lo único que digo, Cathy, es que en esa lista había otra gente que iba delante de vosotros...»

«¡Nunca lo metimos en una residencia! ¡Murió en el hospital, en el Royal Infirmary!»

«Pero ahora que no está aquí, deberíais renunciar a esa casa, es lo único que digo.» Entonces es cuando ve a mi amigo Norrie, que trabaja en el Departamento de Vivienda. «Vaya, vaya, ¿qué hace ése aquí? ¡Está claro que no importa tanto lo que sepas como a quién conozcas!»

«¡Largo de aquí!», grita mi madre; mi viejo y Olly Curran, racista delgaducho con pinta de enterrador, se acercan y se suman al alboroto, y yo me voy saltando a la barra, donde Spud está haciendo cola para invitarme a una pinta. Siempre evito los conflictos sociales de los demás; prefiero con mucho armar mis propios follones. Mientras me fijo en los esfuerzos que hace Spud por captar la atención del camarero, unos brazos me rodean por detrás. Lo primero que pienso es que es Fiona, pero la veo hablando con unos parientes míos, y entonces me pregunto si las circunstancias habrán inducido a Hazel a volverse tan inusitadamente táctil. Vuelvo la cabeza y veo a Nicola Hanlon. «Sólo quería darte un achuchoncillo», dice, y me da un besito en la mejilla.

Y pienso: joder, ¿el cabroncete de Davie no podía haber estirado la pata el año pasado? ¡Ahora que tengo pareja, las chavalas se ponen a hacer cola! «Gracias, Nicky, se agradece.»

Spud se acerca con una pinta para mí; ha estado siguiendo a Nicky por ahí como un cachorrillo al que ella acabara de salvar de la perrera de Seafield.

«Gracias, socio.»

«Qué putada, Mark: dale, tronco.»

Le guiño un ojo y, entonces, alguien me agarra del culo y pienso: ¿es que la cosa se va a poner mejor todavía? Pero sólo es Sick Boy, que anda enredando. «A Nicky se le cae la baba contigo», me susurra al oído; observo que Billy y Sharon se han interpuesto entre mis padres y los Curran. «Yo me la tiraría, aunque sólo fuera por joder a Spud», me sugiere. Me fijo en que Spud se ha puesto a perseguirla otra vez inútilmente.

Paso de Sicko y me fijo en el perfil de Fiona. Está preciosa, lo único que quiero es estar a solas con ella. Pero como el cabrón insiste, le digo: «Ya, creo que hoy quieren otorgarme el voto del polvo de compasión.»

«La compasión por la muerte del hermano discapacitado sólo es una faceta de la cuestión. El elemento decisivo es que ya tienes una tía.»

«¿Qué quieres decir?»

«El factor de incumbencia. Las chicas te ven con Fiona, enhorabuena, Rent Boy, por cierto, aunque está un poco por encima de tu categoría», dice, mirándola y, de paso, tranquiliza a mis padres y los Curran se marchan. «Como iba diciendo, ven que la tratas como un pretendiente agradable y atento y eso las atrae, porque se acuerdan del último tiparraco desapegado con el que salieron.»

No puedo creer que este cabrón me esté haciendo un cumplido. «¿Entonces, ¿es porque les parezco un buen novio?»

«Con toda cerdeza, pero no se dan cuenta de que estáis en la fase luna de miel. No tardarás en transformarte en un tiparraco desapegado, como nos pasa a todos. Así que, dale fuerte mientras el hierro esté candente; cuando se tiene una tía nueva que te vuelve loco es precisamente cuando hay que tirarse a todo lo que se te ponga a tiro.»

Es como un puñetazo en el pecho. Noto que se me encoge la voz. «Pero no quiero hacer eso, yo sólo deseo a Fiona.»

«Por supuesto», dice con aire de suficiencia, y coge un rollo de hojaldre con salchicha que lleva rato sudando en el plato de papel; pero lo piensa mejor y vuelve a dejarlo donde estaba. «Es una paradoja. Sólo puedes luchar contra ella utilizando la fuerza de voluntad y confiando en la polla enhiesta, a la que hay que obedecer en todo momento. Que resuelva ella todas las inquietudes que te acometan, joven Skywalker. Joder», dice de repente, «¡tendría que cobrar por estos consejos, no debería dárselos gratis a otro tío. Por suerte, acabarás demasiado mamado para acordarte de ello mañana.»

Me doy cuenta de que el cabrón este realmente nos lleva años luz de ventaja a todos. No somos más que unos chiquillos embobados. «¿Cómo cojones sabes tú todo eso?»

«A fuerza de estudiar el juego con entusiasmo. Experiencia y observación. Me fijo y escucho, y estoy dispuesto a pasar por todo el espectro de emociones», declara; apura el trago y se larga muy ufano. Creo que, para él, debe de ser un día «E»; en ese preciso momento se me acerca Norrie Moyes y se pone a despotricar contra los Curran. Al parecer, odia a esos cabrones tanto como yo, ya que, por lo visto, siempre andan por el Departamento de Vivienda jorobándole.

Entonces veo a Billy, que se acerca a toda prisa mirándome con aborrecimiento. Ha estado hablando con la parte *Weedgie* de la familia y ha acompañado a la salida a Margaret y Olly Curran. Norrie capta la mirada y se pira discretamente.

«¿Qué tal, hermano?», bromeo.

Billy apesta a whisky. «Ahora tendrás que buscarte un novio nuevo, ¿no?»

Una rabia controlada me arde por dentro. Pongo los ojos en blanco. «¿Te interesa la vacante? ¡Estas cosas tienen que quedar en la familia!»

Nos damos cuenta de que Fiona y Geoff, el baboso de Bonnyrigg, vienen hacia acá. Como ese cabrón haya intentado ligar con ella...

«Puto cabroncete pervertido...»

«Eres fantástico», le digo.

«¿Qué insinúas, eh?», grita él.

Todo el mundo lo ha oído y se nos acercan. «Nada», digo con toda tranquilidad. «Decía que eres la leche.»

«Mark...», me implora Fiona, cogiéndome del brazo.

Sharon pregunta a Billy: «¿Qué pasa, Billy? ¿Por qué le gritas a Mark? ¡Estamos en el funeral de Davie, Billy!»

«No sé por qué se calienta tanto los cascos», protesto con cara de inocente y los ojos como platos.

Begbie ya está aquí; su energía estática tensa magnéticamente las facciones laxas de los borrachos y les imprime sobriedad y raciocinio temporalmente. Hace callar a Billy con una mirada ceñuda y reprobadora. Charlie y Dougie se llevan a mi hermano mayor; este último vuelve la vista atrás y sacude la cabeza con expresión triste y desolada. Me dan ganas de reírme en su estúpido careto. En vez de hacerlo, le guiño un ojo a Franco, que parece tenso (¿y qué si quiero a este tío? ¡Sí, lo quiero!), cojo un bolígrafo de la barra, me subo a una silla de un salto y golpeo el vaso con el boli. «Por favor, ¿podríais prestarme todos atención?»

Algunas cabezas se vuelven a un lado y al otro, a ver si mis adversarios potenciales están en posición reglamentaria; después se posan en silencio sobre mí. Mío es el poder. «Davie y yo...» Miro a mis desconcertados padres y a mi hermano mayor, que está lívido. «A pesar de su profunda discapacidad, Davie y yo teníamos una relación especial.» Sonrío a Billy, que está indignadísimo, y espero un momento. «Nuestros padres le dieron la mejor vida que nadie hubiera podido darle y nunca jamás dejaron de quererlo, de cuidarlo y de desearle lo mejor a pesar de todo. Y él nunca dejó de aportar alegría y risa a la vida de toda la familia. Le echaremos muchísimo de menos.» Hago una pausa para fijarme en las caras serias y formales de la gente y veo unos lagrimones de vergüenza en el careto de Billy. Y de repente me mareo aquí arriba. La priva. Así que me lleno los pulmones de aire, levanto el vaso y brindo: «¡Por Davie!»

Los rostros que pululan por la casa se dejan vencer un instante por la tristeza y la embriaguez, hasta que por fin se deciden a corear: «¡Por Davie!»

Me alegro de bajarme de la silla y echarme en brazos de Fiona, y que me jodan si no me esfuerzo por contener unas lágrimas incipientes al ver que los ojos afligidos de mi padre y de mi madre rebosan ahora de orgullo y cariño.

Bajo el gobierno laborista de James Callaghan (1976-1979), la inflación y el paro aumentaron hasta alcanzar niveles de posguerra.

El cartel electoral del partido conservador reflejaba el espíritu de la época; en él se veían personas abatidas en la cola del subsidio por desempleo y el eslogan «LABOUR ISN'T WORKING».[1]

Tras la elección de Margaret Thatcher, en la primavera de 1979, la tasa del paro laboral se triplicó, pasando de 1,2 millones de parados a 3,6 millones en 1982, y se mantuvo por encima de los tres millones hasta 1986.

Durante el mismo periodo, el número de parados de larga duración aumentó hasta superar el millón de personas.

Se calculó que había treinta y cinco personas compitiendo por cada vacante.

Durante este intervalo, también se reemplazó el empleo a tiempo completo por empleo a tiempo parcial y cursos universitarios (muchas veces a tiempo parcial), que supuestamente servirían para «reconvertir» la mano de obra, con el fin de situarla a la altura de los requisitos del nuevo orden económico.

A lo largo de este periodo, las estadísticas gubernamentales se politizaron más que nunca; con veintinueve cambios en la forma de calcular las cifras de desempleo se consiguió que, en la práctica, fuese imposible establecer el total real. Cientos de millares de personas desaparecieron de las listas del paro, con lo cual cada vez era más difícil acceder a subsidios, y, además, sólo se contabilizaban como auténti-

1. Juego de palabras basado en la polisemia de *labour*, que significa tanto «trabajo» como «laborismo». El eslogan, pues, dice dos cosas a la vez: «El laborismo no funciona» y «La mano de obra está parada». *(N. del T.)*

cos parados a quienes los percibían, en lugar de contabilizar a todos los solicitantes.

Al margen de todas las disputas políticas de esta era, hubo un factor irrefutable: cientos de millares de jóvenes de clase trabajadora del Reino Unido tenían mucho menos dinero en el bolsillo y disponían de mucho más tiempo.

Me muero de aburrimiento, tío. Tanto tiempo recorriendo estas calles, siempre la misma canción; conozco hasta la última cochina grieta del pavimento de Pilrig... desde que me dieron el finiquito en lo de las mudanzas, la vida ha sido una mierda; llevaba allí desde que dejé los estudios. Creía que ser un hombre libre sería *Lou Macari*,[1] pero lo echo de menos; los muchachos, los desplazamientos, entrar en todas esas casas tan gansas con los muebles, ver todas esas vidas diferentes... Ahora todo eso se ha acabado.

Y no es justo. No es justo. Cuando Eric Brogan me dijo: «Lo siento, Danny, vamos a tener que despedirte», no me lo podía creer.

Yo lo único que le dije fue: «Ah..., vale...», y fui a recoger mis cosas.

Tenía que haberle dicho «¿Pero por qué yo? Donny y Curtis no llevan aquí tanto tiempo como yo.» Y sabía que había sido la tal Eleanor esa, es decir, su marido, quien me había delatado. Me puso en primera fila de los candidatos al despido. Yo sólo quería ayudarla y ser amable al verla llorando y eso. Porque se puso supertriste hablándome de su hijo. Cuando aparecí en aquella casa gansa de Ravelston con la factura del porte, ¿sabes?

«Siéntate y tómate algo conmigo, Danny», me rogó, con los ojos llenos de lágrimas.

«No, señora Simpson, no puedo...»

«Por favor», me suplicó de todos modos aquella mujer elegante, guapa y pija, de verdad que como rogándome, ¿sabes? ¿Qué se suponía que tenía que hacer? «Llámame Eleanor», me suelta. «Por favor, Danny, sólo una copa. ¿Quieres que te haga un sándwich?»

1. Argot rimado: *Lou Macari* (1949-, ex futbolista y entrenador escocés de ascendencia italiana) por *barry* («guay»). *(N. del T.)*

¿Qué podía decir? La conocía poco, sólo lo suficiente para saludarla, pero se puso a contarme sus cosas y la escuché un rato. Sólo fui amable y tal. Abrió una botella de vino y ya había otra vacía, pero no parecía que estuviera borracha, sólo triste y eso.

Y lo único que hicimos fue hablar. Bueno, ella hablaba y yo seguí escuchándola. Hablaba de su hijo, que se había quitado la vida con sólo diecisiete años, y decía que nadie lo había visto venir.

Entonces entró él, su maromo. Empezó a gritar a Eleanor, luego a mí, y ella se puso a llorar. Así que dije: «Será mejor que me marche y tal...»

Él me miró y dijo: «Pues sí, a mí también me parece que es lo mejor que puedes hacer.»

Y aquello me avergonzó tanto que no me atreví a explicárselo a Eric. Pero luego, por la actitud de Eric conmigo, supe de todas todas que el tal Simpson le había pegado un telefonazo. Y ahora estoy de patitas en la calle. Caminando sin rumbo. Walk arriba y Walk abajo. A la biblioteca de Leith y de ahí al centro. Hago kilómetros todos los días. Me paso por la oficina del paro, pero ahí no hay nada. Aun así, voy todos los días. Gav Temperley me dijo que me guardaría cualquier cosa apañada que saliera, pero lo único que conseguí fue un cursillo de informática.

Veo a Sick Boy en la parada del autobús. El nota ese nunca mete un solo día de *George Raft,*[1] pero parece andar siempre con los bolsillos llenos de viruta. Pero puedes jugarte el cuello a que sale del bolso de alguna titi. Sigo su línea visual hasta el otro lado de la calle y me topo con un cartel ganso, de esos que ha sacado el gobierno para que la gente se chote entre sí, como en la Alemania nazi, donde incitaban a los críos a delatar a sus viejos:

LLÁMENOS, SOMOS DISCRETOS...

¡ACABEMOS CON EL FRAUDE EN LAS PRESTACIONES!

Y un número de teléfono rojo al que llamar. Sick Boy patea suavemente con el talón el panel de la marquesina. Me ve y me saluda. «Spud.»

1. Argot rimado: *George Raft* (1895-1980, actor cinematográfico estadounidense que interpretó papeles de gángster en las décadas de 1930 y 1940) por *graft* («curro»). *(N. del T.)*

«¿Qué tal, Si?», le suelto yo, porque en grupo puedes llamarle «Sick Boy», pero parece un poco grosero llamárselo cuando vas de solateras. «¿Qué tal te va?»

«Lo de siempre. Problemas de mujeres.»

«Yo también, tío, pero en el sentido de que no pica ni una, ¿sabes?»

Tiene una risa cálida y acogedora. Cuando ves esa sonrisa, entiendes por qué a las nenas les mola el gato chungo este. Cuando te la dedica, te sientes como si fueras el elegido. «No se puede vivir con ellas ni sin ellas. Cuando era monaguillo en St. Mary's, tenía que haberme quedado en la empresa y haberme hecho sacerdote. A estas alturas sería el número dos del Santo Padre. Toda una vida de contemplación y serenidad a la que renuncié por tías que no lo saben apreciar. ¿Y tú, qué tal? ¿No tienes ningún curro en perspectiva?»

«Igual cuando las ranas críen pelo», le suelto yo. «Y encima estoy más pelao que el culo de una mona. Me mandaron a un sitio donde daban cursillos de informática, pero me jiñé de miedo pensando que igual me cargaba los ordenatas si me equivocaba de tecla y tal, ¿sabes?»

«No es lo mío», dice él.

«Ni lo mío tampoco. Es como una especie de moda, tío; la verdad, no creo que ese rollo cuaje... porque a la basca le gusta el contacto humano, ¿sabes?»

«Ya», dice él, pero se nota que no está muy convencido.

Vuelvo a fijarme en el cartel. Es como si dijera: podemos convertiros en gentuza. «Qué espanto, ¿no?» Señalo el otro lado de la calle. «Incitar a gente que no tiene un chavo a chotarse unos a otros. Igual que en *1984*», le suelto yo, pero al momento caigo en la cuenta. «A ver, que ya sé que estamos en 1984, pero lo decía por el libro, no por el año.»

«Capto», dice él volviendo la cabeza al ver que sube el autobús por el Walk. Saca un billete de cinco del bolsillo. «Ése es el mío, nos vemos», me suelta, y, para mi gran sorpresa, me coloca el billete en el cazo.

«No te estaba sableando», protesto, porque es verdad, pero, en fin, es superlegal por su parte y eso.

«Tranquilo, colega», me suelta, al tiempo que me guiña un ojo, y se sube al autobús.

«Te los devuelvo la semana que viene», grito, mientras desaparece dentro y el autobús arranca. Sick Boy es un tío legal, de lo mejorcito.

Así que vuelvo a bajar por el Walk con un poco más de energía, ahora que el gesto de Sick Boy me ha reavivado la fe en los bípedos.

Entro en la tienda de la señora Rylance a comprar el periódico y unos pitos; me echa una sonrisa de oreja a oreja al ver que meto las vueltas en la hucha de plástico amarillo que dice: LIGA PROTECTORA DE GATOS. «Eres todo un caballero, Danny, hijo», me suelta, sacando a secar esa dentadura sucia que tiene.

«Hay que cuidar de nuestros amigos felinos, señora R. Cuatro patas, bueno, pero igual dos tampoco están tan mal, ¿sabe?»

«Así es, hijo. Ya ves, a los animales lo que les ocurre es que no pueden decirte si les pasa algo malo. Para mí que cuanto mayor me hago, más prefiero a los animales antes que a las personas.»

Esta gata vieja mola mazo. «La entiendo, señora R, porque no empiezan guerras, como el fregao ese de las Malvinas», y justo cuando estoy a punto de marcharme del local, hola, hola, aparece otra gatita. Esta vez es LA Woman, Los Angelos, Alison Lozinska, luciendo boina y chaqueta vaquera blanca, con una pinta de felina sexy total. «Hola, Ali.»

«Hola, Danny, ¿qué haces?»

«Patear las duras calles de Leith. En el modus operandi de este felino, por así decirlo, no hay novedad. ¿Y tú?»

«He quedado con Kelly y las demás en el Percy», dice, mientras compra algo de fumeque a la vieja señora R. «Quiero dejarlo», me suelta. «Mi madre...»

«¿Qué tal está? Mark y Si ya me contaron.»

«No hay nada que hacer, es sólo cuestión de tiempo», responde Ali resoplando. Voy a pasarle más o menos la mano por la espalda; ella me ve, sonríe y me acaricia la muñeca. «Eres un encanto», me suelta antes de recobrar la compostura. «Lo dicho, voy a ver a las chicas al pub y luego vamos a ir al centro. Es el cumpleaños de Sally. ¿Te apetece venir a tomar algo?»

Lo de Sally debe de referirse a Squiggly, y para Murphy eso significa mal rollito. Squiggly y yo no nos llevamos demasiado bien, pero no todos los días lo invitan a uno a Chatilandia, macho, así que no puedes negarte cuando ocurre, ¿sabes? Entonces me guardo el *Evening News* en el bolsillo interior de la chaqueta vaquera y nos vamos por Puke Street.[1] Le hablo de la vida que lleva Mark en Aberdeen y me suelta: «Nunca imaginé que sería capaz de hacerlo. Ya sé que se cree un intelectual, pero me sorprende que realmente lograra entrar en la uni. En el colegio siempre sacó unas notas de mierda.»

1. Duke Street, alterado para significar «calle Potas». *(N. del T.)*

Lo pienso un poco. «Como todos.»

«Habla por ti, yo no.»

«Ya, pero con las chicas es distinto. Me refería a los tíos y tal», le suelto yo. «Me acuerdo de cuando Ali se ponía aquel jersey de delegada. Fua, tío, ya te digo, esas prendas tendrían que prohibirlas. Pornografía pura.»

Ali se ríe tapándose la boca con la mano. Lleva esos guantes de encaje tan monos, más por una cuestión de moda que por funcionalidad, ¿sabes? «Pero, Danny, si nunca estuviste en el colegio el tiempo suficiente para que se te diera ni bien ni mal. ¡Y te echaron de dos!»

«Ya», digo, dándole la razón y, además, justo cuando pasamos por delante de Leithy, uno de mis alma máter, junto con Augies y Craigy, «pero igual el colegio no es el mejor entorno para que aprenda según qué peña. A ver, que la mayor parte de los animales aprende jugando», le digo, guiñándole un ojo, «¡y en las callejuelas cochambrosas del puerto viejo se juega mucho!»

Eso ha sido un intento de flirtear y tal, pero a la tía esta le rebota como las balas contra el pecho de Superman. De todos modos, supongo que esta gatita tiene otras cosas en que pensar. Pero igual ha salido para olvidarlo todo. Y alguien me dijo que estaba saliendo con un tío, por lo visto un tipo suertudo, mayor que ella, del curro. ¿Quién sabe?

Llegamos al Percy y hay tías por todas partes; Kelly, Squiggly, Claire McWhirter, Lorraine McAllister, la supernena sexy esa de Lizzie McIntosh, que fue conmigo al colegio de antes, Esther McLaren y tío, la pequeña Nicola Hanlon (la gatita sexy más adorable de todas, y no es broma) y un montón más a las que no conozco, porque Squiggly y otra chica, Anna, cumplen veintiún años, así que todas las bellezas de Leith han salido de fiestón por la hermosa ciudad de Edina.

Cuando me ve, Squiggers pone cara de vinagre, porque fui yo el que le puso ese mote hace años: Sally Quigly = Squiggly Diggly, por el pulpo aquel que salía en la tele cuando éramos enanos.[1] Nunca me enteré de lo que fue de él: era de Hanna-Barbera, la misma cantera que Don Gato, el oso Yogui y Huckleberry Hound, pero nunca arraigó en la conciencia del público de la misma forma. Pero a Squiggers no le gustó, aunque sólo fue una pequeña venganza, porque ella me ve-

1. Squiddly Diddly, conocido entre nosotros como «El Pulpo Manotas». «Squiggly» se refiere a una persona «rara», que no acaba de encajar, y también a un bebé o a una persona muy pequeña. *(N. del T.)*

nía con la mierda esa de «Scruffy Murphy».[1] Supongo que el zarpazo vino a cuenta de que, cuando iba al cole, sí que era un poco zarrapastroso, porque en aquella época, en Chez Murphy andábamos tan cortos de dinero que más valía no mentarlo siquiera, ¿sabes?

Por lo demás, el rollito no podría ser mejor, y no hago más que pensar: olvídate de los muchachos, olvídate de oír toda esa mierda futbolera y musical y sobre quién ha humillado o reventado a quién, y quién ha hecho el pirao cuando iba de pedo. La verdad, no hay nada mejor que desplomarse en una silla grande y estar aquí, rodeado de belleza y con los sentidos totalmente ocupados, tío:

«¿... y tú cómo lo ves, Danny?»

Veo que molas cantidad, gatita. «Pues creo que el Hoochie es lo suyo, Nicky. Todos los demás sitios de Edimburgo son unos antros de perdición, ¿sabes?»

«¿Y si lo que quieres es un poco de perdición, qué?», me suelta la zorrilla descarada esta, y me parte el corazón, porque Sick Boy, Tommy o incluso Rents o Begbie le habrían contestado algo así como: «En ese caso quédate conmigo, pequeña.» Pero no es ésa la clase de palique que sale de mi boca: me limito a sonreírle mientras pienso en lo cruel que es el mundo y en que toda esa belleza se eche a perder con alguien al que le da igual, que sólo ve a esta tortolita como otra muesca más en el cabezal de su cama. Me muero de ganas de decirle: «¿Te apetece salir a comer algo un rato de éstos? Acaban de abrir un *chinky*[2] guapo en Elm Row», pero no soy un hombre de empresa, y una chavala que trabaja en la Junta del Gas nunca se rebajaría a salir con un vulgar parado-de-por-vida. Y me juego algo a que el viejo verde del curro con el que sale Ali –y la oigo decir a Squiggers un nombre de tío en plan coqueto total– tiene toneladas de guita. No hay derecho, tío. Es que no hay derecho.

Entonces, por indicación de Squiggly, apuran las bebidas y empiezan a levantarse; Nicky me mira con cara triste y dice: «Siento dejarte aquí, Danny...»

«¡Venga, Nicky!», le grita Squiggly.

«No pasa nada, me pasaré por el Walk a ver a los chicos; estarán en el Cenny, en el Spey, en el Volley o en un sitio de ésos, avanzando paso a paso al centro y al ciego total, tía. Ya sabes, el circuito habitual.»

1. «Murphy el zarrapastroso.» *(N. del T.)*

2. Mote despectivo para con las personas de ascendencia china, pero que también designa informalmente a los restaurantes chinos. *(N. del T.)*

Sonríe, y tanto ella como Alison me dicen hasta luego. Entonces se marchan todas y me quedo con el corazón hecho migas. Es una mierda que las tías te cojan cariño pero sólo *en plan amigo*. Me pasa constantemente: me veo metido en el papel del *tío majo con el que no quieren follar*. Me encantaría hacer de *hijo de puta al que matan a polvos*, pero por estos pagos ese mercado lo tiene más o menos copado la basca como Sick Boy, ¿sabes?

Así que voy por Gordon Strasse para llegar al Walk por Easter Road, y al cruzar esa gran vía pública, veo a dos tipos salir del Volley y subir por la calle jalando millas. Lo siguiente que veo es a Begbie, que sale detrás de ellos gritándoles: «¿Queréis una puta foto, cabrones?»

Oh-oh..., cachorros, gatitos y conejitos..., cachorros, gatitos y conejitos...

Los dos tíos se vuelven y miran al Pordiosero de arriba abajo. Uno de ellos tiene un poco de miedo; es gordito y joven, pero todavía un tanto bola de billar. Pero el otro tiene los andares arrogantes esos y entre los rizos castaños asoma una mirada asesina. Este chico no es un mariquita de tapadillo que le esté echando jeta a la cosa a saco; mira con mala intención. «Le estuviste vacilando a mi hermana...»

Asuntos domésticos, tío. Así que cruzo la calle y me pongo al lado de Begbie. Como mínimo tengo que darle apoyo moral y eso. El Pordiosero es mi colega; además, a diferencia de los notas estos de fuera, nos vemos casi todos los días. Tanto el gato asilvestrado como el doméstico me echan una ojeada y, por lo visto, los dos deciden que mi presencia igual no cambia tanto las cosas. La verdad es que ahí tampoco podría llevarle mucho la contraria.

Aunque tampoco es que el Pordiosero se comporte como si necesitara ayuda. «Le he vacilao a la hermana de más de uno y más de dos», dice, riéndose. Se vuelve hacia mí y me suelta: «Y si les va la marcha, me las cepillo, ¿vale?» Y entonces se vuelve de nuevo hacia el tío ese: «¿Tienes algún problema con eso, soplapollas?»

Vaya, que se nota que en ese momento el menda este odia a su hermana un huevo y quisiera que hubiera echado ese polvo con cualquiera menos con Franco, o que aquella aciaga mañana se hubiera metido una *Jack and Jill*[1] con el té, ¿sabes? Eso sí, el tipo tiene un par. Da un paso al frente y dice: «¡Me parece que no sabes con quién te la estás jugando!»

1. Argot rimado: *Jack and Jill* (célebre verso infantil) por *pill* («píldora»). *(N. del T.)*

Ay, no, tío, me tiemblan los párpados y empiezan a llorarme los ojos, como si les hubiera entrado arenilla. Y me pregunto: ¿dónde está el resto de la banda?

Pero Franco no se arruga; es más, se le nota contento que te cagas, porque a este felino le encantan las broncas y estos chicos... como que se le han puesto a tiro. «¿Te das cuenta de lo envidiosos que son algunos, Spud? ¡Yo lo único que he hecho ha sido dejaros a vosotros el segundo plato, o eso dice la zorra de vuestra hermana!»

Eso da el resultado deseado: el pirao pierde los papeles y entra a saco a por Franco: le mete en el hombro. Begbie le asesta un crochet en el costado; el tío se cree que le ha pegado un puñetazo, pero yo veo el brillo del acero; el siguiente impacto, que le da de lleno en el estómago, lo para en seco; al ver la sangre que empieza a empaparle la camisa, el chaval se petrifica con el horror en la cara. Begbie ya ha guardado la navaja, pero se queda allí examinando fríamente su trabajo, como un capataz inspeccionando la calidad de la obra. El gordito se adelanta y me acerco lentamente a él, pero con las manos a la vista, porque es una pelea limpia y no queda otra...

Ay, ay, ay...

Pero ahora ya han salido Tommy y algunos muchachos, y Tommy corre hacia el gordo y le sacude en todo el hocico. «Lárgate de aquí, vete a tomar por culo, por tu propio bien», le dice, y entonces, mientras el chaval se aleja tambaleándose, con las manos en la boca partida, Tommy ve sangrando al otro tío y sale al Walk a parar un taxi.

El coche se detiene y Tommy más o menos escolta al psicópata rajado hasta la portezuela y le dice: «Que te miren eso ahora mismo, lo de la tripa no es muy chungo, pero lo del lado puede que haya afectado algún órgano.» Y ahora que veo la cara de miedo que tiene el menda me preocupa, tío; ahora ya no se le ve tan chiflado, sólo es un chavalín asustado. Y entonces Tommy cierra la portezuela y el taxi sale pitando.

El tipo corpulento y calvorota se marcha tambaleándose por el Walk, agarrándose la cara, sin dejar de mirar atrás. Y nosotros venga a reírnos, y luego volvemos al pub. Eso sí, se nota que Tommy está mosqueado con Begbie. Finalmente le dice: «¿En qué cojones andabas pensando? ¡Sacar una puta navaja en el Walk! No hacía ninguna falta. Entraron aquí, nos vieron y se dieron cuenta de que tenían todas las de perder.»

«Tampoco iba a pegarme con ese cabrón en el puto Walk, ¿no?», se mofa Franco. «Así que le pinché un par de veces para darle algo en que pensar camino de casa, ¿vale?»

Este tío consigue que todo parezca muy razonable.

Tommy se muerde el labio inferior. «Pues habrá que cambiar de aires por si aparece la pasma. Y tú tendrás que deshacerte de esa navaja.»

«Pues es una navaja de lo más guay», protesta Franco. «El mejor baldeo de acero de Sheffield que he tenido en putos siglos.» Así que se dirige a un tío mayor que iba hacia la salida. «Anda, Jack, llévate esto a casa y mañana me lo traes.»

«Ningún problema, hijo», dice el vejete echándose la navaja al bolsillo, y se larga del pub arrastrando los pies.

«Asunto resuelto», dice Begbie con una sonrisa. «Esto hay que mojarlo.» Se vuelve hacia la barra. «Les, ¡unos chupitos de Grouse para todos, guapa! ¡Y otro para ti, princesa!»

Mientras Lesley asiente y empieza a servir los whiskies, Tommy pone cara de preocupación. «Vaya una puta locura», suelta.

Pero Nelly no quiere saber nada. «Franco tiene razón, coño. Esto es cosa de él y la tía; esos cabrones no tenían que haber metido las putas narices, sean familia o no. Los dos son adultos, tienen edad para consentir, joder. Si esos cabrones quieren convertirlo en su puto problema, nosotros lo convertimos en el nuestro.»

«Vaya que sí, coño», suelta Franco. «Tal y como están las cosas últimamente, no te puedes cortar, porque si no, la peña empieza a vacilarte que te cagas, ¿o no?»

Tommy se da cuenta de que no va a sacar nada en limpio con la discusión.

Franco le sacude una palmada en la espalda mientras Lesley coloca los chupitos en fila. En realidad a mí no me apetece mucho el whisky; me vendría mejor ron, por aquello de que a mí me va más el rollo marinero portuario, pero como ponga pegas, fijo que el Generalísimo se mosquea. «De todos modos, Tam, has estado muy fino metiendo al cabrón ese en un taxi. No interesaba que fuera sangrando por el Walk y lo viera la bofia.»

«Eso pensé yo: saquemos al capullo este de la calle.»

«En fin, salud», suelta Nelly, que va repartiendo chupitos.

Todos brindamos por Franco y el espantoso whisky baja por el gaznate ardiendo como un hierro al rojo, pero deja después un calorcillo agradable. Se nota cuando sales a la calle.

Y entonces nos vamos para Tommy Younger's camino de Edimburgo, con un subidón total; es la misma emoción que sentía cuando me levantaba para ir a trabajar en lo de las mudanzas y hacía buen día; me preguntaba si haríamos un viaje largo, a lo mejor hasta Perth o Inverness o algún sitio de ésos, o si serían todo portes locales, y pensaba en todas las risas que me iba a echar con los muchachos. Ahora eso es historia; no hay curro para la peña no cualificada como yo. Pero esto sienta bien; no lo de rajar a la peña –en eso Tommy lleva razón y Franco se ha pasado a tope–, sino lo de formar parte de un equipo, tener algo de que hablar, algo que contar. Porque eso lo necesita todo el mundo; todos necesitamos tener algo que hacer y algo que contar.

Dicen que la libertad nunca ha salido gratis. Pronto me quitarán la beca, la convertirán en un préstamo y, después de eso, *game over*. Que le den a acumular deudas que nunca podrás pagar. Para eso, me pongo unos grilletes en los tobillos y me los dejo puestos toda la vida. Cuando la gente como Joanne y Bisto se casa y se convierte en profesor o en funcionario municipal, se pasa el resto de la vida acumulando mogollón de deudas; préstamos para estudiantes, hipotecas, plazos de automóvil. Luego echan la vista atrás y se dan cuenta de que los timaron.

¿Por qué tiene que importar el futuro? Tengo mi propio queo y mi chica tiene el suyo, aunque siempre durmamos en uno de los dos. Vamos juntos a la biblioteca de la universidad, debatimos, hablamos de los trabajos que tenemos que preparar, buscamos textos el uno para el otro, hasta que volvemos a su pequeña habitación repleta de libros o a la mía. Cocinamos el uno para el otro y ella me ha metido en el rollo vegetariano, por el que hace tiempo que tenía interés. Me gusta la carne, pero si no puedes permitirte comprar género de calidad, no haces más que envenenarte, joder. Que le den por culo a ingerir toda esa mierda procesada que le meten a los pasteles y la comida rápida.

Lo más importante es que follamos al menos dos veces al día. Sexo como está mandado: relajado y sin prisas, en lugar de corriendo y a hurtadillas. El lujo sublime de desnudarte por completo y no tener que volver a vestirte a toda prisa. Me choca pensar que, aunque me haya tirado a dieciocho chicas, la única que me ha visto desnudo un rato largo ha sido Fiona. Todavía tengo la sensación de que en cualquier momento nos va a interrumpir algún cabrón. Tengo que recordármelo constantemente: *tómate tu puto tiempo*.

Pero después, cuando estoy en sus brazos, como ahora mismo, es como si estuviera atrapado en un torno. Tengo ganas de levantarme y salir a dar una vuelta. «Qué impaciente eres, Mark», me dice ella. «¿Por qué no te relajas nunca?»

«Es que me apetece dar un paseíto.»

«Pero si fuera hace un frío que pela.»

«Aun así. Igual compro algo para hacer un revuelto luego.»

«Pues vete tú», dice ella, medio soñando; afloja el abrazo, da media vuelta y procura volver a conciliar el sueño.

Y yo me visto y salgo por la puerta. ¿Cómo le explicas a alguien a quien quieres que, a pesar de todo, necesitas más? ¿Cómo? Se supone que el amor contiene todas las respuestas, y que nos lo da todo. *All you need is love.* Pero eso es una puta mentira: yo necesito algo, pero no es amor.

El teléfono comunitario del pasillo de la residencia me tienta. Hay una griega loca que siempre anda colgada del aparato, largando sin parar durante horas. Pero, como ahora mismo está libre, llamo a Sick Boy a Monty Street. El otro día fue a declarar a los juzgados. Contesta con mucha cautela. «¿Quién es?»

«Mark. Oye, llámame tú, esto está a punto de cortarse», le canto el número y se lo repito antes de que se corte la comunicación.

Y, en efecto, al final del pasillo blanco aparece la griega. Trae el careto más tenso que una mortaja. «¿Estás usando el teléfono?»

«Sí, me van a llamar ahora mismo.»

La jodía monopolizadora jeta pone mala cara, pero se sienta en una de las tres hileras de asientos y saca un libro.

Un minuto más tarde suena el teléfono. «¿Qué tal, Rents? ¿No llevas puto cambio encima, agarrao de los cojones?»

«No..., los teléfonos estos se lo comen todo. ¿Qué tal el juicio?»

«Peor imposible. Ha sido una puta pesadilla. En cuanto entré y vi el careto del juez aquel, me dije: esto no pinta bien. Chris Moncur, otro tío que se llama Alan Royce y yo dijimos todos más o menos lo mismo. Pero en lo tocante a los hechos era la palabra de Dickson contra la de un muerto. Dieron por buenas todas las mentiras que les contó; que si discutieron, que si hubo unos golpes y que si Coke se cayó, se abrió la cabeza y murió. Una simple condena por agresión, o sea, una miserable multa de quinientas libras. No es sólo que no vaya a ir a la cárcel, es que ni siquiera van a retirarle la puta licencia.»

«¿Me tomas el pelo...?»

«Ya me gustaría. Janey está hecha polvo y Maria se echó a llorar y empezó a despotricar contra todo el juzgado. Tuvo que sacarla su tía. Y el juez con ese careto frío y arrogante todo el rato. Luego se puso a largar acerca de la bebida como causa fundamental de este trágico accidente; dijo que los borrachos acosaban continuamente a los taberneros y que Coke era un beodo confeso...; la familia está destrozada, Mark. En serio, tío, ha sido el día más chungo de mi vida...»

Sick Boy habla sin cesar, y aunque no llegué a conocer mucho a Coke, lo recuerdo como un borracho feliz y cantarín; de vez en cuando podía ser un *string vest,*[1] pero nunca se ponía violento ni agresivo. «Son unos vendidos», le digo; miro a la griega, que me está echando el mal de ojo por encima del libro.

Cuelgo y me quedo abatido, así que salgo a patear la calle un rato. La insistente lluvia ha dado paso a una bruma nacarada que envuelve la ciudad. Me tiro siglos callejeando; poco a poco, empiezo a notar el frío en la cara; vuelvo con Fiona y me la encuentro despierta y vestida; le cuento lo de Coke. Dice que habría que poner en marcha una campaña para que se haga justicia a un parado alcohólico y se castigue a un ex poli francmasón y dueño de un pub, y a un juez del Supremo.

No la interrumpo, la dejo darse el gusto, pero no dejo de pensar: *No es así como funcionan las cosas.* Entonces llega la hora de que se marche. Se supone que voy a pasarme por su casa esta noche. Mientras se pone su largo abrigo marrón, me posa los dedos amorosamente en la nuca. Su mirada es tan serena que podría perderme en ella para siempre. «¿A qué hora piensas pasarte?»

Cuando sopeso esta pregunta tan sencilla, es como si se dilatara hasta abrirme los pensamientos en canal. ¿A qué hora?

1. Argot rimado: *string vest* («camiseta de malla») por *pest* («pesado»). *(N. del T.)*

NOTAS SOBRE UNA EPIDEMIA 3

En 1827, Thomas Smith, licenciado de la célebre facultad de medicina de la Universidad de Edimburgo, se hizo cargo de la botica de su hermano William. Empezaron a manufacturar productos químicos y medicinas elaboradas con productos de origen vegetal. Diez años después, se orientaron hacia los alcaloides, la morfina en particular, que empezaron a extraer del opio.

John Fletcher Macfarlan, un cirujano de Edimburgo, se había hecho cargo de una farmacia en 1815 y había consolidado un importante comercio de láudano. Más tarde fabricó morfina, cuya demanda se había incrementado gracias a la aparición de la aguja hipodérmica, que aumentaba la eficacia de la droga permitiendo inyectarla directamente en el torrente sanguíneo. El negocio de Macfarlan prosperó y, además de vendajes quirúrgicos, fabricaba también anestésicos (éter y cloroformo). En 1840 abrió una fábrica y, hacia la primera década del nuevo siglo, J. F. Macfarlan & Co. se había convertido en uno de los mayores proveedores de alcaloides del país.

Ambas empresas siguieron creciendo por medio de absorciones y adquisiciones y, en 1960, se fusionaron para formar Macfarlan Smith Ltd. En 1963 la compañía fue adquirida por el grupo Glaxo, y hoy en día sigue dando empleo a más de doscientos trabajadores en su planta de Wheatfield, en el distrito de Gorgie (Edimburgo).

La creencia de que la heroína que inundó las calles de Edimburgo a comienzos de la década de 1980 tenía sus orígenes en productos de base opiácea fabricados en dicha planta, debido a una serie de infracciones de las medidas de seguridad, gozó de amplia difusión. Cuando dichos problemas de seguridad se resolvieron, se atendió la enorme demanda local de heroína con mercancía barata de procedencia pakistaní, que a la sazón ya había inundado el resto del Reino Unido.

Los teóricos de la conspiración señalan que esta saturación de heroína de importación se produjo poco después de los disturbios generalizados que tuvieron lugar en 1981 en muchas de las áreas más pobres de Gran Bretaña, y que, en los casos de Brixton y Toxteth, recibieron la máxima atención mediática.

Janey no puede decir que no se lo advirtieron; habría que vivir en Marte para no darse cuenta de que los *tories* iban a endurecer las medidas contra el fraude en las prestaciones. Así que el tribunal le impuso una pena ejemplar. Tras condenarla a seis meses de prisión, el juez dijo que sólo sus trágicas circunstancias «le han inducido a mostrarse indulgente». No es el mismo que dejó que el asesino de su marido se librara pagando una simple multa.

¡Cuando se la llevan, parece una ternera aterrada camino del matadero! Suplica, implora a esos rostros glaciales que tengan un poco de piedad. La abogada de oficio, vegetariana y buena samaritana, que le asignaron para defenderla parece casi tan traumatizada como ella, y seguro que ya está pensando en emprender una nueva trayectoria profesional como abogada de empresa. Maria, que está a mi lado, llora de incredulidad una vez más. «No pueden... no pueden...», repite, estupefacta. Elaine, tía de Maria y cuñada de Janey, una mujer flacucha y sin sangre en las venas, que parece un cuchillo de cocina, se lleva un moquero a los ojos. Por suerte, a Grant lo han librado de los juzgados, igual que en el juicio de Dickson; está en Nottingham con el hermano de Janey, Murray.

Nunca imaginé que la cosa podía acabar así. Hasta yo tiemblo como una vara, mientras escolto a Maria y Elaine, que están completamente abatida, hasta la taberna de Deacon Brodie's, en la Milla Real. El pub es un anexo de los juzgados, que se encuentran un par de números más allá, y está a rebosar de delincuentes y algún que otro letrado, además de por no pocos turistas que se preguntan cómo han acabado en un sitio tan raro.

Pido un dedal de *too risky*[1] para mí y otro para Elaine, además de

1. Argot rimado: *too risky* («demasiado arriesgado») por *whisky*. *(N. del T.)*

una Coca-Cola para Maria, quien, para sorpresa de todos, se echa rápidamente al coleto uno de los dos chupitos.

«Pero ¿qué haces? Ni siquiera tendrías que estar aquí», le digo, y echo una mirada escudriñadora alrededor y Elaine dice no sé qué sosería con su acento de las Midlands orientales.

Maria se sienta en el asiento de respaldo alto. Está que arde de indignación. «¡No pienso volver a Nottingham! ¡Me quedo aquí!»

«Maria..., cariño..., pobre Nottingham», le ruega Elaine con el acento de aquellos lares.

«¡He dicho que me quedo aquí, joder!» Y agarra su vaso vacío con tal fuerza que se le ponen blancos los nudillos al intentar estrujarlo.

«Déjala quedarse unos días en casa de mi madre», insto a la desconcertada tía Elaine, y añado en voz baja: «Luego, en cuanto se haya calmado un poquitín, la convenzo de que se vuelva en tren.»

Veo saltar una chispa en los ojitos feos y mortecinos de la cuñada. «Siempre y cuando no te suponga mucho problema...»

No es exactamente como llamar sin más ni más para vender ventanas dobles en una barriada de casas prefabricadas. No creo que Maria haya sido una huésped especialmente entrañable. En cualquier caso, va siendo hora de pirarse de aquí. Cuando bajamos de the Mound hacia Princes Street, Maria va hecha un siniestro total, llora y vomita vitriolo contra Dickson, y los viandantes nos miran furtivamente. Acompañamos a la sosa y anémica Elaine a la estación de autobuses y la vemos subirse, agradecida, al autobús de National Express. El bus se aleja y Maria se queda en la explanada con los brazos cruzados, mirándome como si dijera: «¿Y ahora qué?»

No voy a llevarla a casa de mi madre. Demasiado agobio, ahora que acaban de mudarse. Cogemos un taxi y nos dirigimos a su hogar paterno, ahora desprovisto de padres. Por supuesto, sé que la mejor forma de lograr que haga algo consiste simplemente en insinuar lo contrario. «Tienes que volver a Nottingham, Maria. Sólo serán unos meses, hasta que salga tu madre.»

«¡No voy a volver! ¡Necesito ver a mi madre! ¡No voy a ninguna parte hasta que le haya dado su merecido a ese hijo de puta de Dickson!»

«Bueno, pues, entonces, ¿qué te parece si recogemos algunas cosas de tu casa y luego vamos a la de mi madre?»

«¡Voy a quedarme en mi casa! ¡Sé cuidarme sola!»

«Cometerás alguna estupidez. Con Dickson.»

«¡Lo voy a matar! Él es el culpable de todo esto. ¡Él!»

El taxista nos mira por el espejo retrovisor, pero yo lo miro a él fijamente y el capullo entrometido no tarda en volver sus miserables ojos de periquito a la puta carretera, que es donde debe ponerlos.

El taxi llega avanzando lenta y ruidosamente a Cables Wynd House y pago la carrera de mala gana. Maria se baja a toda prisa, tengo que echar a correr para alcanzarla. Por unos segundos llenos de ansiedad, temo que se haya encerrado en casa y me haya dejado en la calle, pero me está esperando en la escalera con un mohín desafiante. Subimos hasta nuestro rellano y ella abre la puerta. «A Dickson déjamelo a mí», le ruego con delicadeza, al tiempo que entramos en el piso frío.

Maria se desploma en el sofá con la cabeza entre las manos; el labio inferior le cuelga, flojo. Se estremece levemente y llora un poco más. Enciendo el radiador eléctrico y me siento con delicadeza a su lado. «Es muy natural que quieras vengarte, lo entiendo perfectamente», le digo en un tono suave y sosegado, «pero Coke era mi colega y Janey es mi amiga, así que yo me encargaré de que Dickson pague por lo que ha hecho, ¡y no quiero que te mezcles en esto!»

Se vuelve hacia mí hecha un mar de mocos, convertida en un ser tan repelente como la tía de *El exorcista*, y dice hoscamente: «¡Pero es que estoy mezclada! ¡Mi padre ha muerto! ¡Mi madre está en la puta cárcel! Y él está allí abajo», dice, señalando la ventana grande, «¡paseándose por la calle en libertad y tirando putas pintas como si nada!»

De pronto se levanta de un salto y sale disparada por la puerta. Yo voy detrás inmediatamente, pero, mientras la persigo a toda leche por las escaleras, me doy cuenta de que está absolutamente fuera de sí. «¿Adónde vas, Maria?»

«¡A DECÍRSELO CON TODAS LAS LETRAS, JODER!»

Cuando llega al final de las escaleras, cruza la explanada a la carrera, se mete por la calle lateral y va hacia el garito; voy detrás, pisándole los talones. «¡Me cago en la puta, Maria!», exclamo, cuando por fin la agarro por el hombro.

Pero ella se zafa, abre la puerta de golpe y se mete corriendo en el pub, y yo, detrás. Todas las cabezas se vuelven a mirarnos. Dickson, cosa que me sorprende mucho, ha reanudado sus obligaciones detrás la barra. Está hablando distraídamente con uno de sus amigotes al tiempo que hace un crucigrama. Levanta la cabeza cuando nota el silencio ensordecedor que llena el local. Pero dura poco. «¡ASESINO!», chilla Maria, señalándolo con el dedo. «¡ASESINASTE A MI PADRE, HIJO DE PUTA! ASE...» Empieza a ahogarse a medida que el ataque de frustración la agota, y la cojo por debajo de las axilas y la saco por la puerta, mientras Dickson larga una réplica petulante pero apagada: «No es eso lo que ha dicho el juez...»

Ya la he sacado fuera, pero parece que el aire le renueva las fuerzas. «SUÉLTAME», ruge, con la cara contraída de furia y dolor. Tengo que esforzarme a tope, porque su esbelto cuerpo está fortalecido por la histeria y la rabia, y me entran unas ganas enormes de abofetearla como en las películas, pero de pronto se calma y llora y gimotea en mis brazos; me la llevo al otro lado del parking y, mientras subimos las escaleras de casa otra vez, pienso que *así* es como tenía que acabar la cosa.

Y cuando la meto otra vez en casa y la siento en el sofá, casi tengo la sensación de que su intento de poner en evidencia a Dickson ha sido una pesadilla, porque la estrecho entre mis brazos y le acaricio el pelo y le digo que todo saldrá bien. Le digo que me quedaré aquí con ella todo el tiempo que quiera y que iremos a por el cabrón de Dickson los dos juntos, ella y yo...

«¿De verdad?», me pregunta, con una expresión sanguinaria y demencial, hiperventilando. «¿Tú y yo?»

«Dalo por hecho, princesa. Dalo por hecho. Ese puto paria mandó a Coke al cementerio y, por lo que sabemos, también a Janey a la cárcel.» La miro fijamente, con gesto rencoroso y vengativo. «Se va a llevar su puto merecido.»

«¡Vamos a matar a ese hijo de puta asesino!»

«Tú y yo. ¡Créeme!»

«¿Lo dices de verdad?», me pregunta con voz suplicante.

La miro directamente a los ojos, está desolada. «Te lo juro por la vida de mi madre y por la de mis hermanas.»

Asiente lentamente y noto que se relaja un poquito.

«*Pero...* tenemos que combatir de manera inteligente. Si hacemos una chapuza, acabaremos como Janey. ¿Me explico?»

Inclina lentamente la cabeza, como ausente.

«Piénsalo», insisto. «Si entramos ahí a saco y lo masacramos, pasaremos lo que nos queda de vida en la cárcel. ¡Tenemos que estar libres para disfrutarlo, para disfrutar de haber hecho lo que había que hacer, mientras ese hijo de puta babea en una silla de ruedas o se pudre en una zanja!»

Respira más despacio. Le cojo las manos.

«Tenemos que pensarlo. Y cuando ataquemos, hay que ser tan fríos como el hielo. Tan fríos como ese cabrón de ahí abajo», digo, señalando hacia fuera, «si no, ganará él. Tiene a la policía y a los tribunales de su parte. Eso significa que hay que esperar, actuar con calma y averiguar cuáles son sus puntos débiles antes de atacar. Porque si hacemos una chapuza o nos dejamos llevar por la emoción, volverá a ganar. No podemos dejar que vuelva a ganar. ¿Me sigues?»

«La cabeza..., esto es una pesadilla..., no sé qué hacer...»

«Escúchame. Lo trincaremos», insisto; ella asiente y se tranquiliza; se pone la mano en la frente.

Estoy lo bastante tranquilo como para sacar las herramientas y empezar a preparar unos chutes.

Al ver la chispa del mechero, Maria se vuelve. «¿Qué haces...?», me pregunta, con los ojos como platos.

«Lo siento, estamos en tu casa y tendría que haberte pedido permiso. Me estoy preparando un piquito.»

«¿Qué? ¿Qué es eso? Es... ¿es heroína?»

«Sí. Oye, que esto quede entre tú y yo. No estoy orgulloso, pero me pico un poco. Voy a dejarlo, pero bueno, en fin, ahora mismo es como que lo necesito. Desde que tu padre...», me tiembla la cabeza al fijar la vista en su rostro colorado y desencajado, «... es que estoy muy deprimido y me siento muy impotente...»

Maria se queda impasible, como si tuviera la cara de porcelana. No le quita el ojo de encima al líquido burbujeante que se está disolviendo en la cucharilla. «Esto es lo único que me quita el dolor...», le digo. «Voy a meterme un chutecito, sólo uno, para mantener a raya los nervios. Al fin y al cabo, no quiero acabar enganchado en serio, pero la verdad, ha sido un día estresante que te cagas.»

Así que absorbo la solución a través de la bola de algodón y luego me atravieso la piel con la punta de la aguja. Cuando extraigo un poco de sangre y lleno el cilindro con ella, a Maria se le oscurecen los ojos, como si también a ella se le espesara algún fluido opaco. La sangre vuelve a entrar lentamente en la vena, pero no noto la presión de mi mano en el émbolo, es como si la vena la sorbiera directamente de la jeringuilla.

QUÉ GUAPO... DE PUTA MADRE... SOY INMORTAL, SOY INVENCIBLE...

«Quiero un poco...», la oigo decir, medio asfixiada por la ansiedad.

«Ni hablar..., no es cosa buena», le digo; vuelvo al sofá sudando, balbuciendo como un bebé extático a medida que el jaco me inunda el cuerpo como una canción infantil. Luego experimento esa náusea casi melosa en el mismo centro de mi ser..., tomo aire a jadeos y dejo que la respiración se regule poco a poco.

«Entonces, ¿por qué te la metes?»

«Es que últimamente lo paso mal..., a veces, fatal..., es lo único que me ayuda...»

Fataaal...

«¡Pues yo también estoy mal! ¡Y yo qué!», exclama con cara de dolor; durante un instante vagamente perturbador veo en su cara a Janey y a Coke a la vez. «¡Dijiste que me ayudarías!»

La miro con tristeza y le cojo las manos temblorosas. «Eres una jovencita preciosa y no quiero que te des a las drogas...» Dios, es un ángel destrozado y arrojado a esta pocilga oscura y vil. «... Entiéndeme, se supone que te tengo que cuidar..., no ponerte las cosas peor.» Niego con la cabeza mientras noto la sangre recorriéndola lentamente. «Ni hablar...»

«¡No pueden ser peores!», brama ella, y a continuación parece que piense en su apuro actual. «Venga..., va..., sólo un chutecito, como dijiste», vuelve a suplicar, «a ver si se me pasa esto...»

Me quedo sin aliento, con esa misma resistencia hermética del émbolo de la jeringuilla cuando tiras de él hacia atrás, ese delicioso tirón sellado... «Vale, pero uno y no más..., es de locos... y sé que es un error..., sólo un poquitín, para relajarte.» Le acaricio suavemente el rostro. «Y luego pensamos en cómo pillar a Dickson...»

«Gracias, Simon.»

«Debes de tener la impresión de que el mundo entero se acaba», digo, y me pongo a prepararle un buen chute. «Esto te ayudará, nena, te quitará el dolor.»

Pone cara de debilidad y desconcierto cuando le ato el lazo de cuero al brazo, delgado y blanco, y aparece una vena. Tiene buen cableado, además. Esta pequeña anhela y ansía olvidar, y hacerle un favor a una dama en apuros es una cuestión de decencia elemental...

Le pongo el chute y me fijo en su reacción; gime suavemente y se funde de nuevo con el sofá. «Sienta bien..., es agradable..., es guay...»

Entonces la acuesto con la cabeza en el reposabrazos del sofá, para ir preparándola para el otro chute que pienso meterle. «Pero ahora la mujer de la casa eres tú, y tienes que ser fuerte, por Grant. Tenemos que mantenerlo todo en orden por aquí. Por tu madre y por la memoria de tu padre. Pronto iremos a verla», le digo, mientras le aparto el flequillo de los ojos; luego se lo vuelvo a colocar sobre la frente. «¿Vale, cielo?»

«Sí...», dice ella, mirándome con unos ojos tan vidriosos y brillantes como monedas de plata.

«¿Te encuentras mejor?»

«Sí..., sienta bien..., creí que nunca volvería a estar tan bien...»

«Vamos a ir a por Dickson, es nuestro. Tú y yo haremos pagar a ese hijo de puta», le cuchicheo. Me arrodillo en el suelo junto a ese magnífico cuerpo tendido. Le paso una mano por debajo de la cabeza, se la levanto y le pongo debajo un cojín. «Eso es, ahora relájate. Has pasado un mal rato. ¿Quieres que me eche a tu lado... y te abrace?»

Asiente con gesto lento pero definitivo. «Eres muy bueno conmigo...» Y levanta la mano y me acaricia la cara. Me inclino un poco más hacia esos labios que parecen picados por una avispa.

«Claro que sí. Sienta bien ser bueno contigo. Ahora dame un besito.»

Me mira con una sonrisa triste y me besa en la mejilla.

«No, no, nena, así no vale. Venga, dame un beso de mujer como está mandado.»

Y sus labios se posan sobre los míos y noto su lengua en la boca; de momento, todo el trabajo se lo dejo a ella. Cierro los ojos, pensando un instante en la pobre Janey, que se va a pasar unos meses en Corton Vale fabricando peluches. Como dijo el juez, hay que castigar de manera ejemplar a los individuos que pretenden explotar a los necesitados por medio de prácticas fraudulentas. Creo que estaba citando al pie de la letra al ministro del Interior. Pero para Janey será un aprendizaje: lamerá más coños que sellos un empleado de Correos. Eso sí, ahora mismo me preocupa más la educación de su hija, que está mejorando por momentos, con estos besos prolongados y húmedos. Sí, señor; lo que es yo, desde luego no siento ningún dolor. Porque ahora ella es mía. Me separo un poco y le digo, mirando esos ojos tristes, sexys y llenos de jaco: «Nunca te dejaré, no como los demás. A partir de ahora todo irá bien.»

Una sonrisa lastimera moldea sus facciones: «¿De verdad, Simon?»

«Sí», le digo, y nunca he sido tan sincero en toda mi puta vida. «Con toda cerdeza.»

Me estoy bajando del autobús número 1 al comienzo de Easter Road, a las puertas del pub Persevere, cuando veo a Lizzie McIntosh corriendo hacia la parada; se esfuerza por aferrarse a su gran carpeta de bellas artes mientras el viento huracanado tira de ella en ambos sentidos. Está más que guapa; botas negras sexys con medias de lana y una falda corta a franjas rojas, negras y amarillas. Quizá sea un vestido: es imposible saberlo, con ese abrigo marrón, la bufanda y los guantes que lleva. «Espera, colega», le digo al conductor, que está a punto de arrancar. Pongo la bolsa de deporte en la plataforma, por si intenta cerrar la puerta, y él me obsequia con una mirada avinagrada.

Vale la pena, porque, según se va acercando, Lizzie tiene mejor aspecto todavía; casi no lleva maquillaje, sólo un poco de lápiz de ojos y algo de carmín color cereza. «Gracias..., Tommy...», dice jadeando; pasa junto a Tommy Gun Sin Miedo y va a meter el dinero en la ranura. «Llego tarde...» Me sonríe. ¡Sí, preciosa!

En fin, nunca un tío tan pusilánime conquistó a una tía buena, así que pruebo suerte –porque hay que hacerlo– mientras veo cerrarse la puerta y el gruñón del conductor hace no sé qué comentario antes de arrancar y largarse: «Me debes un trago.»

Hace frío; aún estamos en octubre, pero esta mañana había escarcha y el terreno podría estar helado. Mucho peor, desde el punto de vista futbolístico, es este viento de mierda. Pero Rents ha venido de Aberdeen a pasar el fin de semana; esta noche salimos y mañana vamos al estadio de Easter Road a ver el derby. Así que salgo a toda leche hacia casa de mi hermana Paula, a dejar allí la bolsa y a meterme algo entre pecho y espalda. Me invitó a cenar, pero no sé si me apetece ver a su marido, un capullo quejica de Coventry que siempre anda totalmente deprimido. Todos nos podemos poner así, pero no puedes dejarte vencer y machacar. No hay que tirar la toalla en ningún momento.

Pero la Lizzie esa..., fua...

Así que me jalo el papeo rapidito, dejo allí la bolsa y me voy al Volley pensando que voy a llegar el primero. ¡Ni de coña! Ya hay un grupito sentado en un rincón, preside Begbie. Parece que se alegre mazo de verme. «¡Tommy! ¡El mismo cabrón que viste y calza!»

«¿Todo bien, chavales?», pregunto, y saludo a Rents con una inclinación de cabeza; lleva una camiseta de franjas rojas y negras a lo *Daniel el travieso*, y luego a Nelly, que luce tatuaje nuevo en el careto, ¡un ancla en la mejilla! El muy bobo. «¡Puta carne de trena!», digo, señalándolo en plan de coña. Luego, con mayor desconfianza, saludo a Larry, un gilipollas retorcido al que no trago, y a Davie Mitchell, un viejo colega futbolero mío que trabaja con Mark en la empresa de Gillsland.

Nos ponemos al día mientras tomamos unas cervezas y echamos unas risas. «¿Y vas a algún partido allí, Mark?»

«No...», contesta Rents. Es como si fuera fumado todo el rato. Se sienta ahí con una gran sonrisa boba. En tiempos se mofaba a tope de los fumetas y le encantaba el *speed*. ¡Típico capullo universitario! «Paso», dice, mientras enreda con la funda de unas gafas.

«No habrás empezado a llevar gafas, ¿verdad? ¡Enséñamelas!»

«No», dice, y se las guarda en el bolsillo interior de la chaqueta vaquera. Al pobre cabrón debe de darle vergüenza. ¡Por aquello de sumarse al club de los gafotas pelirrojos al que pertenece Keezbo!

Tiene suerte de que Begbie esté hablando con Nelly y Larry de tatuajes y no se hayan enterado, así que decido darle un respiro al capullo cuatro ojos este. Mark es legal, pero para ser un capullo pelirrojo a veces es un poco engreído y vanidoso.

Ahora le está comiendo la oreja Begbie. «¿Cómo está la tía *Geordie* esa con la que sales? Fiona, ¿no se llamaba así?» Se vuelve hacia los demás señalando a Rents. «¡Y parecía un mosquita muerta! ¡Anda que no! ¡No se corta el cabronazo este!»

«Guay, tío, es absolutamente magnífica», dice Mark, sonriendo afectuosamente. «Ha ido a Newcastle a ver a su hermana. Es su cumpleaños..., es decir, el de su hermana, ¿sabes?»

«Si la hermana se parece a ella aunque sólo sea un poco, recomiéndame, cabrón», dice Franco.

«Vale», suelta Rents con esa sonrisa de colgado vicioso, aunque se nota que no tiene la menor intención. Se vuelve hacia Davie: «¿Qué tal los chicos de la empresa de Gillsland?»

«Bien. Les me preguntó por ti. El tarado de Bobby también. Y Ralphy sigue tan capullo como siempre», sentencia Mitch con una sonrisa.

«Ese hombre...», masculla Renton, pero se pone tieso y se corrige, «ese cabrón es la capullez hecha carne.»

«Así es», dice Begbie en un tono de voz más lúgubre, que delata que está pensando en otra cosa. «Abundan mucho.»

«¿Qué pasa?», pregunta el gilipollas de Larry a Franco. Una vez tuve un roce con este capullo en Leithy. Estaba metiéndose con Phillip Hogan. Se tomaba muchas libertades, joder. Esas cosas nunca se olvidan.

Franco baja la voz de esa manera que tanto acojona y que se oye todavía mejor que cuando emplea su tono habitual. «Nada, que últimamente oigo hablar mucho del capullo ese de Pilton, el hermano de la guarra», suelta. «Lo lógico sería que cerrara el pico, después de lo que les pasó a sus dos hermanos cuando vinieron por aquí, joder.»

«Ya», asiento, sin poder quitarme de la cabeza la imagen del pobre cabrón aquel llenando todo el taxi de sangre. Fue una sobrada que te cagas.

«Pues el puto subnormal del hermano mayor anda diciendo que si va a hacer esto y lo otro. Por lo visto, el cabrón tiene cierta fama en Pilton», se mofa Franco.

«¿Y? A mí me parece que es todo de boquilla», suelto yo. Nelly hace un gesto de asentimiento.

Parece que Begbie se anima con la idea. «Anda que si me hubieran matao todos los capullos que me han dicho "eres hombre muerto"... ¡tendría que haber tenido noventa y nueve vidas, coño!»

Estoy a punto de cambiar de tema, y entonces el tal Larry suelta en plan malicioso: «Se supone que es karateca, de la escuela de George Kerr. Cinturón negro, me dicen.»

«Que le den», se mofa Begbie. «Como te revienten los putos huevos de una patada, el kárate no te va a servir de nada. ¿O es que da huevos de acero?», le pregunta a Larry.

«No...», dice éste, escurriendo el bulto, «sólo era un decir...»

«Pues para eso te callas, coño», le corta Begbie.

No me gusta el rumbo que está tomando esto. Se suponía que nos íbamos a echar unos tragos tranquilos antes del gran partido de mañana. El ambiente siempre está tenso el fin de semana anterior a un derby, como cuando hay luna llena. «Me parece que ya has llegado al fondo del asunto, Franco», le suelto, y simulo una puñalada, lo que le arranca una sonrisita. «Serán todo bravatas. Después de lo del otro día, no creo que esos capullos tengan mucha prisa por volver.»

«Eso, sobre todo ahora que el hermano del cabrón se ha quedado como un puto colador», suelta Nelly, riéndose.

Miro a Begbie, que ha vuelto a poner esa expresión glacial. Conozco esa mirada. «Ya, pero con alguna gente nunca se llega lo bastante al fondo. El hermano mayor del capullo ese sigue soltando gilipolleces por ahí. Tal y como va la cosa últimamente, parece que haga falta matar a alguien para que te tomen en serio, coño.» Echa una mirada alrededor de la mesa y sentencia: «¡Vamos a ir allá a charlar un ratito con el puto Hong Kong Phooey ese!»

Trago con fuerza, aunque no tengo nada en la garganta. «¿Cuándo?»

«Nada mejor que el jodido presente», dice Franco frunciendo el labio inferior. «Vamos a hacerle una visita y a decirle cuatro putas palabras al muy cabrón, joder.»

Me fijo en las caras de los muchachos. Todos están por la labor. Incluso Mark, que sólo ha venido a pasar el fin de semana, sonríe y suelta: «¿Por qué no?»

«Tú no vienes», le suelta Franco.

Mark le mira con una cara de desconcierto total. «¿Y por qué no?»

«Vas a la puta universidad. No vas a mandarlo todo a tomar por culo. Esto no es asunto tuyo. Quédate aquí con tu colega», dice, señalando a Mitch.

Rents sacude la cabeza. «Sí es asunto mío, Franco, nosotros también somos colegas», le suelta, pero le distrae algo situado detrás de Begbie, cerca de la entrada del pub. Clava la mirada en la puerta cada vez que se abre.

Begbie tira de Mark y le pasa el brazo por los hombros. Lo mira directamente a esos ojos de colgado. «Y una polla como una olla. Tú lo que tienes que hacer es montártelo bien en la puta universidad esa y darte el piro de aquí. Además, vas hasta el culo de hachís, cabrón. ¿De qué coño ibas a valernos?»

Miro a Mitch. Es uno de mis mejores amigos, pero últimamente casi no lo veo. Les digo: «Vosotros dos esperadme aquí. Vuelvo en cosa de una hora.»

Mitch asiente y Mark mira alrededor como si fuera a protestar, pero al final se encoge de hombros. Mientras apuramos las copas, parece que la idea de quedarse lo alivia y lo disgusta al mismo tiempo.

Rents no es un tío violento pero tiene sus momentos. Le pegó un navajazo a Eck Wilson en el cole y le rompió una botella en la cabeza a un tío después de la semifinal aquella de Hampden. Esas cosas dejaron huella, porque normalmente no es así. Dice que sólo se pone violento cuando tiene miedo de verdad. A Mitch se le dan muy bien las broncas, pero es de Tollcross y esta movida no va con él.

Nelly y Franco son unos piraos y el capullo del tal Larry no es más que un matón. Salimos, montamos en la furgona de Nelly, él y yo en la parte de atrás, y tiramos hacia Pilton; Begbie, emocionadísimo, nos va dando instrucciones desde el asiento del copiloto: «¡Vosotros quedaros en la furgona y no salgáis hasta que os avise! ¡Que no se os olvide: quedaros aquí hasta que os avise!»

«¿Estás seguro?», le suelto, porque esto es alucinante y la verdad, ahora mismo no soy tan Tommy Gun Sin Miedo. De todos modos, a veces eso es lo mejor; para que te pongas las pilas tiene que entrarte un poco de miedo.

«Lo dicho, si necesito refuerzos, ¡os pego un grito!», ruge Franco.

No insisto, porque ya lo ha dejado bien claro. Sin embargo, me paso el trayecto mirando fijamente a Franco a la cabeza y pienso en cuántos puñetazos harían falta para tumbarle, en la combinación que lo dejaría fuera de combate. Directo, directo, directo de derecha, crochet de izquierda, gancho de derecha, directo de izquierda, crochet de derecha, crochet de izquierda. Y el puto Larry ese..., un buen crochet de derecha le rompería esa mandíbula de cristal...

Al llegar a la barriada vemos a unos chavalines jugando al fútbol en un descampado. Nelly baja la ventanilla y les pregunta: «¿Sabéis dónde viven los Frenchard, colegas?»

Los chiquillos se miran entre sí y uno de ellos señala un viejo bloque de apartamentos al final de una calle que están reformando y pintando de blanco. «Allí, en el Rise, en el número 12.»

Conozco el Rise; es una calle estrecha y empinada con una iglesia arriba del todo y unos comercios cochambrosos en la parte de abajo. Paramos delante de la casa, junto a un contenedor que está casi lleno. Franco baja de la furgoneta y señala el piso de la derecha, en la planta baja. «Es ahí», dice, todo concentrado.

Acto seguido se pone a escudriñar la calle, se acerca al contenedor y rebusca un rato. Los ojos se le ponen como platos cuando ve un balaústre que cuelga de una verja de hierro forjado, que está doblada por la mitad, como si un coche hubiera chocado con ella y la hubiera jodido. Termina de arrancarlo y lo agarra con las dos manos, blandiéndolo como una cachiporra. Entonces se acerca a la casa y deja la tranca apoyada contra el seto de la entrada. En efecto, viven en la planta baja; están viendo la tele en el cuarto de estar. ¡No doy crédito cuando Franco saca un ladrillo del contenedor y lo tira por la ventana sin más! Se oye un estrépito de la leche y luego unos gritos. Miro a Nelly y estamos a punto de agarrar al tontolculo de Franco y salir echando leches de aquí.

«¡AVON LLAMA! ¿HAY ALGÚN CAPULLO EN CASA?», grita Franco. Te imaginarías que saldría todo el mundo, pero, aparte de unas cuantas cortinas que se mueven, nadie da señales de vida. La mayor parte de las casas están vacías, abandonadas y en ruinas, o en proceso de restauración.

Menos el domicilio de los Frenchard, claro. El primero que sale a la puerta es un capullo grandote; aparece una maruja en una ventana, que se pone a señalar a Franco y grita: «¡Es ése! ¡TÚ! ¡TÚ! ¡TÚ ERES EL QUE INTENTÓ MATAR A MI HIJO!»

«Al muy capullo lo unté», dice Franco, burlón, medio riéndose. «¡Si lo hubiera querido matar, a estas alturas ya estaría muerto, coño!»

El grandullón está furioso que te cagas y baja corriendo por el camino de la entrada hacia Franco, que le está esperando; Franco da un paso atrás, coge el balaústre y arrea al hijoputa en la mandíbula, todo en un solo movimiento seguido. El menda cae como un saco de patatas; ha sido un leñazo que flipas, de los que dan náuseas; hay que ver cómo se derrumba el tío, y luego Franco, agarrando el balaústre con ambas manos, sacude al pobre cabrón de lleno en las pelotas con el extremo roto y con todo el peso del cuerpo. Después le suelta un par de golpes espantosos en la jeta. «¡NO OS ACERQUÉIS A LEITH, JODER!»

El tipo no se mueve en absoluto mientras la sangre se derrama por el pavimento. Mierda, tío, creo que voy a vomitar. Por algún motivo me bajo de la furgoneta y me pongo junto a Franco, que se limita a echarme una mirada severa y desquiciada por el rabillo del ojo; luego bajo la vista para echar un vistazo al tío. Está fatal. Le ha abierto la cabeza completamente. Hay dientes esparcidos por la acera; parecen fichas de dominó que se hubieran caído de la mesa de un pub. Me cago en la puta, joder.

La maruja grita a sus otros dos chicos. «¡A POR ÉL!» La chica está junto a ella, mordiéndose las uñas, pero la vieja brinca más que una verdulera de Bowtow que se hubiera encontrado una cagada en el umbral de su puerta. «¡HE DICHO QUE A POR ÉL!»

«¡VENGA!», ruge Begbie a los otros dos hermanos. El pobre grandullón sigue gimiendo en el suelo, a sus pies. Los hermanos están cagaos de miedo, paralizados, como idos.

No son los únicos. «Me cago en la puta...», suelta Larry al asomarse por la ventanilla con los ojos más salidos que las pelotas de un galgo semental.

La madre sigue gritando a sus hijos. «¡A POR ÉL, GALLINAS DE MIERDA!»

Begbie les mira con expresión burlona. «Ésos no van a hacer una puta mierda» y, mirando al capullo del cachas tendido en el suelo, añade: «¡Y éste tampoco!» Luego se ríe de la chica: «¡Si sale niño, pégame un toque, pero si es niña no es mía, joder!»

Tira el balaústre al suelo, me hace un gesto con la cabeza y me subo con él a la furgoneta, él delante y yo detrás. Nelly arranca y salimos pitando. La madre sigue gritando a sus hijos, que intentan levantar al pobre tipo del pavimento con ayuda de la chavala.

Franco se vuelve y nos mira a Larry y a mí. «Eso es lo que pasa cuando le tocas los huevos al YLT.»[1] Cuando pasamos por delante de unas viviendas destartaladas con tiendas de mierda en la planta baja, Franco asoma la cabeza por la ventana y grita: «¡NI SE OS OCURRA ACERCAROS A NUESTRO BARRIO, PUTOS GUARROS PIOJOSOS DE PILTON!»

Nos preocupa la pasma, pero no porque estos capullos vayan a chotar a nadie; además, es dudoso que en la comisaría de Drylaw se molestaran en interrumpir una pausa para tomar té por escoria como ésa, pero puede que algún viejo capullo haya hecho una llamada.

Franco lleva un subidón que te cagas y va tan tranquilo, con una sonrisa enorme en el careto. «Tanto follón porque a una puta guarra le hacen un bombo. La próxima vez que me la tire, se la meteré por el culo pa no dar pie a acusaciones, coño.»

«El romanticismo no ha muerto, ¿eh, Franco?», dice Nelly, que va al volante, con una sonrisa; saca la furgoneta de la barriada y se dirige hacia West Granton Road.

«Puede que no, pero esos putos guarros de Pilton sí. Aún no he terminao con esos putos cabrones. Es más», dice, con una mueca de indignación, «¡ni siquiera he empezao, coño!»

Tengo que reconocer que estoy cagado de miedo; el ritmo cardía-

1. Siglas de Young Leith Team, banda callejera juvenil surgida durante la década de 1970. *(N. del T.)*

co no se me normaliza hasta que guardamos la furgoneta en el almacén de Newhaven, que es más o menos de Nelly, aunque tanto Begbie como Matty tienen llaves, y luego cada uno se va por su lado. Yo me voy al Walk por donde vine, a reunirme con Mitch y Rents en el garito. Cuando llego, veo a Mitch de solateras; no se ve a Rent Boy por ningún lado. «¿Dónde está Mark?»

Mitch se limita a encogerse de hombros. «Se largó con un tipo pequeñajo que apareció por aquí, el tal Matty ese. Me dijo que tenía que ir a hacer un recadito con él y que volvería», me explica Davie, y luego me pregunta: «¿Está bien? Lo veo muy raro, incluso para ser él, y eso que hace siglos que curramos juntos.»

«Sí...», digo riéndome. «Bueno, al menos eso me parece.»

«¿Seguro?»

«Irá más fumao de la cuenta. Y también creo que el cabrón se ha enamorado de una chavala de Aberdeen. Conociéndolo, habrá ido a pillar más hierba o más *speed.*» Tengo que reconocer que lo envidio. Todo le sale a pedir de boca: una novia maja, unos buenos estudios, y fijo que cuando se licencie se irá lejos cagando leches, porque aquí no se va a quedar. Es algo que admiro en él, porque yo soy un pájaro demasiado casero. Eso sí, me encantaría poner tierra de por medio. Sería estupendo.

«Pues será eso», dice Davie; coge su pinta y la apura. Menea el vaso vacío y yo capto el mensaje.

«¿Otra ronda de lo mismo?»

«Como de costumbre.»

Frío

Otro día deambulando estoicamente por la ciudad; bajo por Union Street y me azotan feroces ráfagas de viento. Puede que Edimburgo sea un lugar gris y deprimente, pero Aberdeen te vacila a base de bien. Podrías pasarte la vida entera esperando a que el cielo pase del gris al azul. No obstante, ahora paso más tiempo aquí arriba; ya no voy tanto a casa como antes.

La última vez que volví, me puse hasta las cejas de jaco con Matty, Spud y Keezbo, en casa de Swanney.

No sé cómo llegué al queo de Swanney desde una fiesta de drogatas en la morada del yonqui veterano, Dennis Ross, en Scabbeyhill,[1] aunque recuerdo vagamente haberme pasado siglos buscando cambio en los bolsillos para pagar a un taxista cabrón que refunfuñaba al oído que flipas, pero regresé a la superficie del mundo consciente en Tollcross. Recuerdo cuando salió el sol e inundó el cuarto de estar de Johnny con una luz destructora, que nos acribilló sin piedad y nos obligó a asumir de nuevo nuestro deterioro y nuestras flaquezas de vulgares mortales. Me levanté y, luego, Matty, Spud y yo fuimos a ver a los demás al Roseburn Bar, varias horas antes del derby; después fuimos con un montón de basca a Haymarket, a echar unos tragos en varios garitos más. Por el camino, las dos hinchadas no paraban de amenazarse a tope, pero el cordón policial que las separaba no cedió. El partido terminó en un empate reñido, sudoroso y sin goles. Como estaba hecho polvo, no me enteré de la mayor parte del partido, pero recuerdo que, hacia el final, los Hibs casi marcan el gol de la victoria; McBride logró regatear a un *Jambo* y pasó el ba-

1. Juego de palabras entre el adjetivo *scabby* («costroso») y el suburbio conocido como Abbeyhill. *(N. del T.)*

lón a Jukebox,[1] que hizo lo propio con otro capullo granate y se lo centró a Steve Cowan, cuyo disparo con la derecha falló el blanco por un pelo cuando el portero estaba ya batido. El asaltacunas de Sick Boy también le había pegado al jaco, pero aun así se volvía completamente loco; iba con la pobre chica esa, Maria, a remolque. Es un poco jovencita para él, y se la veía bastante perdida en aquel proceloso mar de grillaos.

Después del partido hubo un montón de movidas pasadas de rosca con Begbie. Él, Saybo y unos cuantos más les metieron una somanta a unos zumbaos en Fountainbridge. Como siga con esa mierda, el muy cabrón acaba en Saughton fijo. Pero el caos de Edimburgo me recordó lo mucho que me había llegado a gustar mi existencia ritualizada en Aberdeen. Me di cuenta de que mis pretensiones de espíritu libre no eran más que chorradas. En realidad, saturaba los días de rutina, hasta que me mosqueaba tanto que me veía obligado a romperlas drásticamente. Una buena ración de jaco ayudaba. Aquí, sin embargo, estaban Fiona, mis estudios y mis paseos. Y la razón por la que hacía menos viajes a casa era que había localizado una fuente de jaco.

Pateé una burrada, recorrí las calles durante siglos y con independencia del tiempo que hiciera. No parecía que llevara un rumbo determinado, pero invariablemente acababa más allá de la estación de ferrocarril, en los alrededores del muelle. Me quedaba allí mirando los barcos grandes que iban a Orkney, Shetland y quién coño sabe a qué sitios más. En el cielo, las gaviotas graznaban y describían círculos; a veces, pasando por Regent Quay, tenía la sensación de que se reían de mí a grito pelado, como si supieran lo que me traía entre manos, aunque yo no.

Y qué decir de los pubs náuticos: el Crown and Anchor, el Regent Bridge Tavern (un antrito estupendo) y el Cutter Wharf. El Peep Peeps, más chabacano, que estaba en una calle lateral, y donde siempre terminaba con una pinta de rubia en la mano, pero con ganas de otra cosa. Esperándola. Casi oliéndola. Sentado siempre en el mismo lugar, sabiendo que si la esperaba lo suficiente, acabaría viniendo a mí.

Fue allí donde lo vi: un tipo sentado junto a la gramola, a su rollo, leyendo el *Financial Times*, con una Pepsi a la que no le había

1. Gordon Scott Durie (1965-): ex futbolista profesional escocés, conocido con el apodo de «Jukebox» por el teleconcurso musical *Jukebox Jury*. *(N. del T.)*

echado ni un trago. Con una melena larga y grasienta, negra-pero-canosa, fina y rala en la parte superior, y unas carnes mortecinas de tono translúcido y azulado. De unos granos amarillo mostaza que tenía en la barbilla le salía una barba escasa y escuálida. Tenía unos dientazos amarillentos que parecía que se le fueran a caer al primer estornudo. En otras palabras, apestaba a jaco. Yo no. Yo era un universitario pulcro con una novia bonita. Yo no podría apestar a jaco, no con los ojos luminosos, la piel clara y los dientes blancos que tenía. Fiona había conseguido hasta que me pasara la seda dental. Pero aun así, en cuanto me vio, fue como si se hubiera dado cuenta en el acto. Yo también. Me senté a su lado.

«¿Qué tal?», me preguntó.

No tenía ningún sentido andarse con gilipolleces. «Tirando a mal. Me encuentro un poco chungo.»

«¿Estás con la tontería?»

No sabía qué coño querría decir aquello, pero me pareció que daba en el clavo, y reconocerlo fue como darme permiso para hundirme en la miseria. Antes de aquella sensación mierdera, había experimentado vagos síntomas de gripe; me pesaban los brazos y las piernas, tenía la cabeza cargada y notaba dolores que iban cambiando de sitio. Ahora, algo apremiante acechaba detrás de todo ese malestar.

«Entonces, tío, ¿necesitas medicina?»

«Sí.»

Don me echó una mirada turbia, parecida a la que les había visto a los picotas más talluditos de Edimburgo. «Vete a dar una vueltecita por la manzana y te veo en la entrada del muelle dentro de diez minutos», me dijo en un tono metálico y nasal; y se repantingó y siguió leyendo el *Financial Times.*

Lo cierto es que tuve que esperar diecisiete minutos hasta que Don se dignó salir del bar y acercarse a mí arrastrando los pies; tenía una pinta tan chunga como el estado en que me encontraba yo. No podía estar enganchado físicamente, no por un solo fin de semana chutándome, pero mi mente y mi cuerpo ansiaban un pico. Mientras íbamos a su costroso piso, que estaba a la vuelta de la esquina, para cerrar el trato, me esforcé todo lo que pude por disimular una excitación y una ansiedad poco menos que abrumadoras.

El queo de Don podría haber sido el de Swanney, el de Dennis Ross, el de Mikey Forrester o incluso el nuestro de Montgomery Street. Los mismos carteles mal pegados en unas paredes decoradas con un papel pintado feo y envilecedor, colocado por capullos que ya habían muerto o tan viejos que lo mismo les daría estarlo. Cubos de basura repletos, pilas de platos caóticas en un fregadero que parecía un pueblo mediterráneo arrasado por un terremoto y los omnipresentes montones de ropa vieja por el suelo: los marchamos oficiales de los fracasados desequilibrados de cualquier parte del mundo.

Don preparó picos para los dos. Me di unos golpecitos en el brazo derecho, la mejor vena que tenía en la muñeca salió obedientemente a la superficie y ahí me chuté. Era manteca potable y me entró un colocón excelente. Me impregnó todo el cuerpo y me abrí irresistiblemente bajo el impacto como una flor en primavera. Acto seguido me subió del estómago algo afrutado y amargo. Me dio una arcada y Don me puso un *Financial Times* viejo debajo, pero lo aparté. El momento había pasado; ahora era invencible.

Pese a que yo me conformaba con relajarme y disfrutar del jaco (es increíble hasta qué punto me hacía soportable incluso una mierda tan asquerosa como la cinta de los Grateful Dead de Don), él insistió en darme conversación después de haberse chutado él y todo. El cabrón se metió una buena dosis que apenas pareció hacerle efecto. Me pregunté cuánto se metería habitualmente.

«Así que eres de Edimburgo, ¿no? Allí abunda el caballo bueno.»

«Sí...», dije yo. Me entraron ganas de explicarle que los de Leith no nos considerábamos parte de Edimburgo, pero ahora que estaba derretido y disfrutando del colocón, me pareció una trivialidad.

«De allí sale todo.» Y levantó hacia la bombilla pelada una bolsita de plástico llena de polvo blanco. «Allí es donde lo fabrican: en el hermoso centro de Gorgie. ¿Conoces a Seeker?»

Quién coño sabría de qué iba todo aquel rollo de Gorgie; yo era de Leith, pero *qué será.*[1] «Sólo de oídas.»

«Sí, es mala gente, tío. Conviene estar lo más lejos posible de ese pirao.»

La dulce futilidad de todo aquello me hizo sonreír. Era inevitable que el tal Seeker y yo acabáramos siendo, cuando menos, conocidos. Lo sorprendente era que todavía no hubiera sucedido. Así que me quedé ahí mientras Don cascaba monótonamente y la habitación se iba sumiendo en la oscuridad. No me interesaba nada de lo que decía; me daba igual que el cabrón hablara del cachorro nuevo que le

1. En castellano en el original. Fragmento de la letra de la canción «Que será, será», interpretada por Doris Day en la película de Alfred Hitchcock *El hombre que sabía demasiado*. *(N. del T.)*

había comprado a su sobrina o de los cadáveres que hubiera debajo de las tablas del suelo de su piso; el caso es que yo disfrutaba con el ritmo balsámico de su voz.

Cuando pude moverme, me fui de allí y volví a mi habitación de la residencia universitaria. Fiona me había dejado una nota por debajo de la puerta.

M

He pasado por aquí, pero ni rastro del Hombrecillo Hedonista de Leith. Buaa.

¿Te veo mañana en clase de Renacimiento o vienes esta noche a cenar... y a tomar postre?

Besos

F xxxx

La nota me temblaba en la mano. Quería a esa chica, la quería de verdad. Sentí un espasmo horroroso al darme cuenta, allí mismo y en ese mismo instante, de que pronto iba a importarme menos que cualquier desgraciao al que acabara de conocer y ni siquiera me cayera bien. Pero aquello no fue más que una vocecilla fugaz que ahogaron los coros y danzas del jaco, que canturreaba: «Tú estás bien, todo está bien.»

Pero no fui a verla. Me acosté y me quedé mirando las volutas de Artex del techo. Caí en un sueño anémico y modorro, me despertaron los retortijones del hambre y la precaria luz de la mañana. Me di cuenta de que el día anterior no había comido absolutamente nada. La ropa estaba tirada en el suelo, junto a la cama; no sé cómo, pero me había desnudado durante la noche. Me había salido un hematoma amarillento en la parte interior del codo. Aquella mañana decidí no ir a clase de Renacimiento.

En cambio, salí a darme un garbeo. Hacía frío. El cielo gris se abrió repentinamente un minuto y el sol irrumpió en la atmósfera e inundó la ciudad brillando en el granito centelleante. La sangre me latía en la cabeza y me dieron ganas de estar en otra parte. Luego la luz desapareció y el espeso manto gris volvió a cubrirme. Lo prefería así: me gusta que se me ralenticen los pensamientos cuando ando bajo ese cielo hasta quedarme lánguido, sumido en un estado irreflexivo, libre de la carga opresiva de las opciones infinitas de la cotidianidad.

Acababa de dejar una tumba por otra que estaba en la misma costa, sólo que un poco más arriba. Pero no pasaba nada; en Aberdeen me encontraba a mis anchas. Me gustaba la ciudad, los habitantes solían caerme bien. Era gente bastante enrollada y tranquila, no unos mitómanos gilipollas e impertinentes, como tantos escoceses de las tierras bajas, que no paran de pasarte por los morros que son ellos quienes cortan el bacalao, cuando en realidad son unos pelmazos sin excepción. Antes que participar en la vida social de la universidad, prefería beber con vejetes que me contaban historias de la pesca de arrastre y de los muelles, o charlar de partidos y bullas del pasado con aficionados al fútbol que rara vez sentían necesidad de darse ínfulas. Era todo muy natural. En aquellos sitios yo siempre era el único universitario.

Y, no obstante, todo esto sucedía al ladito mismo de Marischal College, un edificio de la Universidad de Aberdeen que parecía milimétricamente diseñado. Sólo de vez en cuando me dejaba caer por el bar del sindicato de estudiantes con Bisto y alguna gente más, o con Fiona, pero lo evitaba todo lo que podía. Una vez, por el cumpleaños de Joanne, me llevaron allí casi a rastras a echar unos tragos. Ella iba un poco pedo, se encaró conmigo delante de todo el mundo y, en un tono desagradable, de reproche, me preguntó: «¿A qué te dedicas todo el día, Mark? ¿Dónde te metes?»

Alguien más dijo no sé qué de «el misterioso Mark Renton» y entonces Fiona me miró como animándome a contarlo. Todo el mundo me miraba y yo me reía y les daba la penosa excusa de que me gustaba mucho patear. La verdad era que ahora pasaba casi todo el tiempo libre merodeando por los bares del muelle, esperando a Don.

La siguiente vez que Fiona vino a verme fue un sábado por la mañana. No tenía un pelo de tonta, pero llevábamos vidas independientes, a pesar de mantener una relación. Edimburgo estaba lo bastante cerca para poder decirle, con un pretexto cualquiera, que iba a pasar la noche a casa; por lo general, le decía que era para ver qué tal andaba mi afligida familia. Pero en realidad me tiraba en el sofá de Don, en un sector de Aberdeen que frecuentaban muy pocos estudiantes o profesores. Esta vez, sin embargo, mi comportamiento debió de confirmar la impresión que le había producido mi ausencia de clase a lo largo de toda la semana, a saber, que algo andaba mal. «Mark..., ¿dónde has estado?..., ¿te encuentras bien?»

«Creo que he pillado una gripe malísima.»

«Tienes un aspecto horroroso..., voy a bajar a la farmacia a buscarte algo, cielo.»

«¿Me fotocopias tus apuntes del Renacimiento?»

«Pues claro. Tendrías que haberme dicho que estabas malo, tonto», dijo; me besó en la frente sudorosa y salió por la puerta. Tardó una media hora en volver con las medicinas. Luego se marchó al sitio donde curraba los sábados. Esperé un poco y, ansioso por alejarme del olor rancio y químico de la habitación, de ese olor que yo desprendía (¿acaso ella no lo percibía? ¡Yo sí!), salí y me fui calle abajo.

Los sábados, Fiona trabajaba de voluntaria con niños necesitados. Eran unos pilluelos alborotadores que la adoraban: ellos, psicópatas en ciernes con orejas de soplillo que se ponían colorados como tomates cuando ella los saludaba, y ellas, chiquillas de mirada dura que siempre mascaban chicle y de pronto reclamaban atención. Hacía unas semanas, deambulando por ahí como de costumbre, la había pillado con un grupo de chavales a la puerta del teatro Lemon Tree. Se la veía feliz; en el fondo era una tía cuadriculada y me había hablado de buscar piso juntos el año siguiente. Después llegarían la licenciatura, los curros de nueve a cinco y otro piso, éste ya con hipoteca. Luego el compromiso. Después la boda. Una hipoteca mayor para comprar una casa. Hijos. Gastos. Y por último, las cuatro Ds: desencanto, divorcio, dolencias y defunción. Por mucho que se negara a reconocerlo, ella era así y eso era lo que esperaba de la vida. Pero como yo la quería, me esforzaba por disimular lo malo que me sacaba de dentro. Al verla arrear pacientemente a aquellos críos asilvestrados para que se metieran en el teatro, sabía que yo jamás podría ser así. Que nunca podría tenerla a ella, tenerla *de verdad*, en el sentido de entregarme plenamente a ella. Quizá no fuera más que un imbécil. En su entorno me acogían más que favorablemente. Mis padres tenían ambiciones respetables. ¡Joder, cómo aborrecía esa palabra! Me daba repelús.

Pero lo cierto es que me querían.

En la librería me coloqué estratégicamente para espiar sin ser visto y oír lo que decían; estaban en la cafetería de al lado. Un gafotas desgarbado y entusiasta acompañaba a Fiona y a los críos. «De acuerdo, chicos y chicas, ¿podéis dejar los cuadernos y los bolis y venir conmigo un momento?»

Ella acabaría liada con uno como ése. Quizá una versión más enrollada, con el que echara un polvo de vez en cuando, o con un capullo un poco más arrogante que acabase amargándole la vida, pero en definitiva vendría a ser lo mismo. Vestido de anorak y con gafas de culo de vaso o con camiseta de rugby y musculatura hinchada, en realidad no hay ninguna diferencia: un cuadriculado es un cuadriculado.

Vuelvo a casa. Cuando aparece Fiona, estoy todavía levantado. No me he tomado más que un par de infusiones contra la gripe. Lleva el pelo mojado por la lluvia y se lo seca con una toalla que saca de la mochila. Pongo a hervir un poco de agua para preparar un cacao caliente.

Consciente de lo que me mola el pelo mojado, Fiona me echa un vistazo e inmediatamente se da cuenta de que estoy tan malo que no puedo agarrarla y tirarla encima de la cama. «Estás tiritando, cielo. Tendrías que ir al médico...»

«¿Puedo decirte una cosa?»

En cuanto sus pupilas se dilatan y dice: «Claro que sí, Mark. ¿De qué se trata?», sé que no puedo decirle lo que le quiero decir, pero, para disimular, tengo que hacerle alguna revelación igual de profunda e importante.

«Se trata de mi hermano pequeño», me oigo decir, casi horrorizado de que sea mi propia voz, como si me acabara de chotar alguna otra persona que estuviera en la habitación. «Jamás le he contado esto a nadie...»

Fiona asiente con la cabeza mientras se envuelve el pelo con la toalla; luego coge la taza humeante. Me recuerda a la tía esa a la que dejan plantada en el anuncio de Nescafé.

Me aclaro la garganta mientras ella adopta la posición del loto en la silla. «Me di cuenta de que Davie estaba colgado de Mary Marquis, la presentadora del telediario escocés. Quizá la hayas visto, tiene unas facciones... digamos italianas; es morena y lleva mucho maquillaje, sobre todo en los ojos, y usa lápiz de labios rojo intenso.»

«Creo que sé a quién te refieres, cielo. ¿La de por las noches?»

«Sí, ésa. Bueno, pues me fijé en que Davie se excitaba cuando presentaba ella las noticias. Respiraba más deprisa. Y era imposible no darse cuenta de lo que le estaba pasando debajo del pantalón de chándal aquel...»

Fiona asiente con gesto comprensivo. Veo en sus vaqueros, a la altura de la rodilla, una marca roja en la que no me había fijado, seguramente pintura de algún taller que habrá hecho con los críos.

«Tenía que quedarme con él los viernes hacia la hora de cenar. Cuando echaban el telediario escocés, veía a Davie mirando la pantalla fijamente, con la polla visiblemente erecta, y empecé a pensar: joder, el pobre cabroncete tiene quince años..., ¿me entiendes?»

«Sí», dice Fiona en tono triste pero analítico. «Que tenía su sexualidad pero que no podía darle salida.»

«Exacto», digo, respirando de alivio que flipas porque alguien lo entiende, simplemente. «Así que... se me ocurrió que podía meneársela.»

Fiona baja la vista un instante y luego la levanta y me mira a los ojos con los labios muy fruncidos. No me dice que siga, pero tampoco que pare.

Respiro hondo. «Así que lo hice. Parecía consolarle.»

«Ay, Mark.»

«Lo sé, lo sé..., se trataba de mi hermano y era un rollo sexual, así que no fue muy sensato por mi parte. Ahora lo entiendo. En aquel momento, sin embargo, no pensaba más que en aliviarle la angustia, como cuando le sacudía en la espalda para ayudarle a drenar el líquido de la cavidad torácica. Así que lo hice. El pobre cabrito se volvió loco y se corrió en lo que a mí me pareció una fracción de segundo. Y luego se quedó profundamente dormido. Nunca lo había visto tan en paz. Lo limpié y él se echó la mejor siesta de su vida. Así que pensé: no hay ningún mal en ello.»

«¿Y qué pasó?», pregunta Fiona, descruzando las piernas; luego deja la taza en el suelo sin quitarme la vista de encima ni un instante.

«Que después me exigía que se lo hiciera. Los críos autistas son como mecanismos de relojería: están programados para responder a una rutina. Que si las comidas a la misma hora, que si los acuesten siempre a la misma hora, etcétera. Aquello se convirtió en algo así como su mimito de los viernes; si Davie no hubiera tenido otros problemas físicos, lo habría hecho él solo constantemente, a todas horas. Pero los demás días que daban el telediario, miraba primero a la pantalla y luego a mí y gritaba, e intento reproducir ese espantoso mugido: "¡MAY-HAY! ¡MAY-HAY!"..., por supuesto, estando los demás en casa, yo no podía ayudarle.»

Ahora la expresión de Fiona es de asco. Se acomoda de nuevo en la silla, rígida, con las piernas cruzadas.

«Ellos pensaban que estaba gritando "Marky" y les parecía muy enternecedor. Sólo él y yo sabíamos que gritaba "Mary"», le explico. Ahora Fiona está tan inmóvil que me enerva. «¿Crees que hice mal?»

«No...», dice Fiona con voz trémula, «claro que no, cielo..., pero es que..., ¿no podías contárselo a tus padres?»

«No tenemos esa clase de relación. Son mis *padres.*»

Ella asiente pensativamente; coge la taza y la sostiene contra el pecho con ambas manos.

«En fin, que seguí haciéndole pajas todos los viernes ante la imagen de Mary en la caja tonta. No era fácil. Las cosas se complicaban.

A veces, ella presentaba en el estudio y, cuando él estaba a punto de correrse, si de repente cambiaban de plano para mostrar una emisión exterior, él se desmoronaba y se ponía a chillar; otras veces le entraba un ataque de tos. Y así todos los viernes. La cosa llegó a tal punto que tenía que esforzarme a tope para conseguir que se corriera. Y, en fin, un día se me olvidó de que Billy iba a venir de permiso de Belfast. No lo oí entrar, porque lo hizo a hurtadillas, como siempre, para sorprender a mi madre. Se acercó por detrás del sofá... justo en el momento en que Mary volvía a aparecer en pantalla...»

A Fiona se le ponen los ojos como platos. «Entonces..., ¿Billy te pilló haciéndoselo a Davie?»

«Peor. El nabo de Davie explotó en ese mismo momento. Soltó una descarga que salió por los aires cual serpentina y le dio a Billy de lleno, en toda la cara, y también en la pechera del uniforme.»

Fiona se lleva la mano a la boca. «Ay, Dios..., ay, Mark... ¿Y qué pasó entonces?»

«Nos separó a Davie y a mí, me sacó del sofá a rastras y me sacudió una patada en las costillas. Yo me levanté y, aunque conseguí darle un par de leches, me llevé una buena palicilla. Davie empezó a chillar. Los vecinos oyeron el jaleo y la señora McGoldrick se puso a aporrear la puerta y a amenazar con llamar a la policía, lo que con toda seguridad me libró de una tunda de consideración. Los dos nos tranquilizamos, pero, cuando mis padres volvieron a casa, se dieron cuenta de que nos habíamos peleado. Así que nos interrogaron y cada uno contó su versión de la historia.»

Ha empezado a llover. Oigo los golpecitos contra el cristal de la ventana.

«¿Y ellos qué dijeron?»

«Más o menos se pusieron de parte de Billy. A mí me dijeron que era un cabroncete retorcido y cochino. No hacía mucho que acababa de dejar el colegio y no supe explicar lo que pretendía al hacer aquello por Davie: ¡El derecho de los discapacitados a disfrutar de su sexualidad!», exclamo golpeándome el pecho con el puño, como si Fiona hubiera dudado de mí, pero ella no dice ni pío y asiente de forma más o menos comprensiva. Pero, pese a su silencio, de pronto me percato de cómo pinta la cosa. Sé que si Fi tuviera una hermana discapacitada, mientras le quedara un hálito de vida en el cuerpo, lo último que se le ocurriría sería hacerle un dedo, pongamos que viendo a David Hunter, el del culebrón *Crossroads*. Por primera vez en mi vida tengo que reconocer que, a cierto nivel, podría ser un puto enfermo o, cuando menos, uno con las ideas muy equivocadas. En voz baja, le digo con angustia: «El pobre cabrito sufría un tormento y yo sólo pretendía aliviarlo un poco. ¡No te vayas a creer que me ponía!»

Fiona me mira un rato casi con gesto inexpresivo, mientras la luz va desvaneciéndose, pero su expresión es la de quien se encuentra completamente en paz consigo misma. «¿Y no puedes contárselo ahora a tu madre y tu padre?»

«Lo he intentado una o dos veces, pero nunca parecía ser el momento oportuno. Además, creo que ya tienen unas ideas muy definidas acerca de quién soy.»

Fiona suelta un suspiro con los labios fruncidos. «¿Por qué no les escribes una carta explicándoselo todo y poniendo los puntos sobre las íes?»

«No sé, Fi..., sería como si le diera más importancia de la que tuvo...», digo, y de pronto me siento enfermo y agotado, tirado en la silla; luego me echo hacia delante y me abrazo.

«Pero está claro que para ellos sí significa algo, Mark. Y para ti también, porque si no, no me lo estarías contando.»

«Lo sé», digo, mirándola y reconociendo la derrota. «Lo pensaré. Gracias por escucharme.»

«Claro, cariño...», sonríe con tristeza, fijándose en mis sudores y en mis tiritones nerviosos. «Me voy a ir, cielo, así te dejo dormir un poco», me susurra; se levanta, me acaricia la frente sudorosa con la mano y después me la besa. La sensación de sus brazos alrededor de mi cuerpo es pesada y asfixiante; me alivia que se vaya.

En cuanto pasan un par de minutos bajo al teléfono de pago a llamar a Sick Boy a Montgomery Street. Empiezo a hablar sin parar, le cuento lo de Don y le pregunto cómo se las apaña en materia de heroína. Y va él y me dice: «A ti no te interesa nada que no sea el jaco.»

Cuando parece que negarlo es inútil y en vano, me doy cuenta por vez primera de que esa afirmación es, en lo fundamental, completamente verídica. Y a su vez eso me lleva a pensar: tienes que poner fin a esto, de verdad. No me quedo con nada más de lo que dice Sick Boy, hasta que se acaba el dinero.

Vas a tener que poner fin a esto ahora mismo o la vas a cagar del todo.

Así que lo que hice fue salir a la calle, atravesar la ciudad fría y borrascosa y enfilar por Union Street.

Maria Anderson supo, por el sabor metálico de sangre que tenía en la boca, que se había quedado sin chicle. Mientras escupía sobre los húmedos adoquines grises, se sacó un tirabuzón de detrás de la oreja, se lo enrolló en el dedo como una espiral y luego lo soltó; acto seguido cogió otro y repitió la operación. Todavía no habían ido a por Dickson, pero el síndrome de abstinencia no admitía medias tintas en lo tocante al imperativo de picarse. Después de aquello, Simon y ella se marcharían juntos, a Londres o a otro sitio por el estilo. Simon tenía grandes planes.

Sick Boy la mira desde un portal. El comportamiento compulsivo de la chica le recuerda el del perro que tenían los Renton en otros tiempos: cuando se metía en su cesto, siempre tenía que dar tres vueltas sobre sí mismo y entonces, por fin, se tumbaba. Tras un comienzo tan prometedor, todo se había ido al traste rápidamente. Para Sick Boy fue una amarga desilusión comprobar que él no había sido el primer amante de Maria. A un chico del colegio y a un camarero español oportunista les había tocado el gordo antes que a él. Compensó tal circunstancia ampliando los horizontes de Maria y, de paso, también los suyos un poco. Ella se encontraba en su mejor momento cuando empezaba a darle el mono, durante la breve fase que precede al debilitamiento total, en la que uno creía que, a fuerza de follar, podía sacudirse un síndrome cada vez más fuerte. Cuando iba puesta era de lo más complaciente, pero costaba lograr que adoptara las posiciones con un mínimo de entusiasmo.

Se oye un motor y pasa un coche por los adoquines de unas calles mojadas, bañadas en la luz anaranjada de las farolas; un Volvo se detiene al lado de Maria; un hombre que parece pequeño baja la ventanilla y la mira de arriba abajo; después se dirige a Sick Boy, que se acerca moviendo la cabeza como un halcón al que acaban de quitarle la capucha. «¿Tu amiga necesita que la lleven a alguna parte?»

«Sí», dice él, fijándose en la expresión ausente y en la mirada vidriosa y desamparada de Maria. Conversa con el tipo unos instantes y luego le dice: «Adelante, Maria, sube, este tío es legal. Sólo quiere darse una vueltecita contigo, ir a su casa y volver a dejarte aquí. Nos vemos en casa.»

Maria se estremece de ansiedad. «Pero ¿no puede venir él a casa y ya está?»

«No conviene que todo el mundo, los vecinos y tal, se meta en nuestros asuntos. El otro día, la señora Dobson andaba fisgoneando por ahí.» Sick Boy escudriña la calle con sus enormes ojos. «¡Venga! Nos vemos por la noche, cariño.»

«No quiero...», protesta ella.

Éste es su tercer cliente. Dessie Spencer, uno del bareto, había sido el primero, seguido poco después por Jimmy Caldwell. Sick Boy detesta compartirla, pero no es más que sexo por dinero y no significa nada. «¿Vas a subir o qué?», se impacienta el tipo trajeado del coche.

Sick Boy capta tufillo a cerdo de paisano, pero los polis también tienen cartera y, en cualquier caso, el mono aprieta tanto ya que no le importa, hasta el punto de que, ahora, que lo detengan y lo encarcelen no le parece un perjuicio tan grande, sino una oportunidad perfecta para desengancharse. Está saliendo todo fatal. Todo el mundo está enganchado. Tommy, Begbie, Segundo Premio, y Gav no, pero casi todos los demás sí. Maria había hecho gala de un entusiasmo mayor de lo que esperaba, y no sólo en cuestión de sexo sino también respecto a la sed de jaco. Su propio hábito se le ha ido de las manos por estar con ella. Maria está tensa y se empeña en no subir al coche del tipo trajeado. Sick Boy intenta empujarla. «¡Vete ya!»

Ella clava literalmente los tacones en el adoquinado. «Es que no quiero, Simon...»

«No me puedo quedar aquí esperando», protesta el tipo trajeado. «¿Vienes o no? ¡Bah, al carajo!» Arranca de nuevo y sale disparado.

Sick Boy se da en la frente con la mano al ver cómo se aleja de él a toda pastilla una bolsita de plástico que contiene una preciosa bola blanca y unos restos de heroína. Se vuelve hacia Maria y la decepción lo induce a vocalizar lo que estaba pensando el tipo del traje: «¡Joder, qué poca profesionalidad!»

«Lo siento, no quiero hacerlo...», lloriquea ella, abrumada por una súbita sensación de pusilanimidad, producto del mono y de la angustia, y agarra a Sick Boy por las solapas de la chaqueta de espiguilla plateada. «Yo sólo quiero estar contigo, Simon...»

A Sick Boy le deja atónito el desprecio abrasador que le inspira esta chica, que, hasta hace tan poco, era su objeto de deseo más desenfrenado. Hay que ver la rapidez con que Maria le cogió el gusto a la heroína. Supone que serán los genes de adicto bolingoso de Coke; se suelta y le canturrea el sonsonete de las *Noticias de las diez:* «¡Di-di-di, di-di-di-di! Estamos con el mono. ¡Ping! Tenemos que conseguir jaco o será peor todavía. ¡Ping! Cuesta dinero. ¡Ping!» Maria hace un mohín, se encorva y se aleja; Sick Boy se queda mirando la silueta de niña abandonada y sufre remordimientos de conciencia a pesar de la abrumadora necesidad de caballo; no está lista para hacer la calle. «Vale, nena, vale, vuelve a casa. Yo llevaré a alguien y montamos una fiestecita.»

«¿Todavía me quieres?», lloriquea ella.

«Claro que sí.» La abraza; le gratifica notar que se le pone la polla dura. La desea, cree que la quiere. Si fueran diferentes, si él lo fuera... «Vuelve a casa y espérame.»

Maria se marcha cabizbaja. Sick Boy la observa mientras se aleja. A medida que se aleja de él, parece que anda con mayor arrogancia y seguridad en sí misma, casi le hace sospechar que quizá se la esté jugando. ¿De verdad creía que iban a matar a un ex poli entre los dos? El gran problema de presentársela a otros tíos es que empezaba a darse cuenta del poder que ejercía sobre ellos. La otra noche tenía completamente fascinado al tocino de Caldwell, un lelo gilipollas, capaz de *cualquier* cosa por un chochito joven y tierno. Retenerla podría acabar siendo complicado.

Sick Boy echa a andar con el cerebro bulléndole de ideas contradictorias. En el Foot of the Walk, en Woolies, un cartel casero y chapucero, decorado con purpurina en los bordes, proclama que sólo quedan veintiún días de compras para Navidad. Poco después ve una silueta enfundada en un top Wrangler azul oscuro con capucha, temblando en la deprimente llovizna, bajo el toldo del centro comercial de Kirkgate, y sabe que es Spud Murphy.

«¿Tienes jaco?», se preguntan simultáneamente.

«No», dice Spud, al tiempo que Sick Boy niega con la cabeza.

«Te acabo de ver con la tal Maria», se aventura a decir Spud con una expresión ansiosa y hosca en su pálido careto, como un sacerdote viejo encapuchado.

«Ni me la nombres. Esa putilla atontolinada se cree que puede mantenernos a base de mamadas de cinco libras. No tiene ni zorra.

Lo que quieren todos son coñitos y culitos prietos. Podría ponerse las pilas, pero tiene que aprender. Soy demasiado blando, ése es mi puto problema.»

Olvídate de Maria, el verdadero inocentón es Spud, piensa Sick Boy, consciente de que su amigo seguramente achaca su biliosa perorata a fantasías inducidas por el síndrome de abstinencia, y que la estará reconfigurando mentalmente a toda leche hasta convertirla en algo aceptable. Casi oye el mantra interior de Spud, que va asfixiando su repugnante rollo a base de cachorritos, gatitos y conejitos aterciopelados. Por una fracción de segundo, querría ser como él, pero algo le surge rápidamente de dentro y aplasta esa idea sin piedad.

Los dos amigos siguen adelante hasta que la intensidad de la lluvia supera el umbral de lo tolerable y los obliga a detenerse delante de la tienda de alfombras del Walk, debajo del puente. «Van a derribarlo», dice Spud, levantando la vista. «El puente. Es la línea vieja que salía de la Estación Central de Leith.»

«Confirmado, entonces: no hay escapatoria de esta puta ratonera.»

Spud pone cara de pocos amigos. Sick Boy sabe que no soporta que la gente ponga a parir a Leith, y que le parece imperdonable que lo hagan los nativos del viejo puerto. Pero el chico está desesperado, tiene frío y está pelado, así que informa a su amigo: «Me han echado de casa, ¿sabes?»

«Vaya, lo siento.»

Los ojos de Spud, tan grandes, luminosos y alucinados como los del más patético personaje de Disney, chorrean necesidad. «Me preguntaba... si podría quedarme unos días contigo. Sólo unos días y eso, tío, hasta que me recupere...»

Ante el asombro y la incredulidad de Spud, Sick Boy le entrega gentilmente las llaves del piso. «Claro que sí, colega, cuando quieras, ya lo sabes. Vete para allá y enciende la chimenea esa. Yo me acerco luego. Tengo que ir al South Side, a casa de mi madre», le dice, mientras Spud coge las llaves con una mano mugrienta, casi esperando que las retire cruelmente en el último instante.

«Gracias, tronco..., eres de lo mejor que hay», dice jadeando de alivio.

Hay que ayudar a los colegas, piensa Sick Boy, con un satisfactorio hormigueo de sentimiento virtuoso; reanuda la marcha Walk arriba repasando la estrategia planeada. Ahora irá a sablear a su madre y a sus hermanas, luego a casa de Johnny Swan a por jaco, y por fin, al puerto; piensa entrar en un garito para buscar un cliente a Maria. Se vuelve a echar una mirada fugaz a Spud, que se aleja agradecido, arrastrando los pies, por Constitution Street, seguramente rumbo a St. Mary's Star of the Sea, a encender una vela y a rogar a la Virgen que perdone a su amigo y, de paso, pedir a Dios un poco de jaco. Seguro que ahí se encuentra con Cathy Renton, que estará completamente absorta, fantasea Sick Boy, arrastrando los dedos, pringosos de caramelo, en la fuente del agua bendita.

Sick Boy lleva encima las monedas justas para pagar el billete de autobús hasta The Bridges y llegar a casa de su madre. Pero, al llegar al nuevo hogar, en cuanto cruza la puerta, algo se le muere por dentro. Allí está su padre, en su sillón de toda la vida, impasible, enfrascado en la serie policíaca que echan en la tele. Es como si nunca se hubiera ido. Y su madre luce una gran sonrisa de satisfacción.

«Bonita choza, ¿eh?», le dice Davy Williamson a su hijo, con una sonrisa de oreja a oreja.

«Le has dejado volver...», le dice Sick Boy a su madre con voz entrecortada. «No me lo puedo creer.» Le echa la mirada de reproche más feroz que podría echarle a su madre un hijo único favorito. «Le has dejado volver. ¿Por qué? ¿Por qué lo has hecho?»

Su madre es incapaz de decir una palabra. Su padre toca un violín invisible parodiando una expresión atormentada. «Así son las cosas. Sécate las lágrimas, chaval.»

«Hijo, tu padre y yo...»; la madre empieza a balbucir un pretexto, pero el padre la hace callar con delicadeza.

«Calla, cielo, calla», dice Davy Williamson, y se lleva un dedo a los labios. Tras haber silenciado a su mujer, el padre se vuelve hacia el hijo y le habla en tono firme. «No las metas», dice tocándose la nariz, un gancho impresionante repleto de capilares reventados. «¡No metas las putas narices!»

Sick Boy se pone rígido y cierra los puños. «Me cago en tu...»

Con un gesto grandilocuente y desdeñoso, Davy Williamson estira lentamente el brazo y vuelve la palma de la mano hacia arriba. «Yo no me meto en tu vida sentimental, así que tú no te metas en la mía», dice sonriendo; ladea la cabeza y pone cara de payaso. Su madre no entiende nada y a Sick Boy se le escapa un bufido involuntariamente. *El cabrón lo sabe todo*. «Ya ves. A que eso no te ha gustado, ¿eh?», confirma su padre con otra sonrisa. «Pues que no se te olvide: ¡no metas las narices en mis asuntos!»

«¿Qué significa todo esto...?», pregunta la madre.

Davy Williamson declara con fingida formalidad: «Nada, cariño.» Ha recuperado el control sobre todos ellos una vez más. Mira a Sick Boy con una sonrisa amigable. «¿No es así, *bambino* mío?»

«Vete a la mierda», grita Sick Boy. Pero quien se marcha es él, y se esfuma rumbo a South Clerk Street acompañado por las súplicas de su *mamma* y las carcajadas desdeñosas y burlonas de su padre.

Tira por The Bridges sumido en la confusión, con el cuello al rojo; sigue pelado y no sabe si pasarse por Montgomery Street para ver a Spud o continuar rumbo a Leith para ir a buscar a Maria. Opta por lo segundo. La recogerá y se la llevará a la cama, donde la abrazará, la protegerá y la amará, como se supone que tendría que haber hecho desde el principio. Nada de ir echando las redes en cochinos pubs en busca de sucios golfos con los que volver a casa; se quedarán juntos en la cama los días que haga falta, sudando hasta sacarse el bacalao del organismo, abrazados, cuidándose el uno al otro hasta que la pesadilla haya pasado y amanezcan por fin en una era nueva y dorada.

No hay otra forma de hacer borrón y cuenta nueva...

Entonces se oye un bocinazo y un Datsun destrozado se detiene junto a él. Transporta la corpulenta figura de Jimmy Caldwell, que baja la ventanilla. «Menuda fiestecita la de la otra noche, ¿eh? Le he hablado aquí a mi amigo Clint de la palomita esa tuya», dice, señalando con la cabeza a un cómplice de facciones angulosas que ocupa el asiento del copiloto y sonríe lascivamente. Un diente de oro solitario brilla en su boca cual mansión en medio de una barriada en ruinas.

«¿Os apetece montar otra ahora mismo?», pregunta Sick Boy, agachándose. Inmediatamente se produce un cortocircuito entre el síndrome de abstinencia y lo que venía pensando hace sólo unos instantes.

«Súbete atrás», dice Caldwell con una sonrisita afable. «Llevamos la pasta. Hay que ver lo que tira la lira, ¿no, Si?»

«Así es», dice Sick Boy, ausente y distraído; entra en el angosto espacio y los huesos, doloridos, protestan por la dureza de los asientos de piel. *«Le cose si fanno per soldi...»*

Estoy en el bar del hotel esperando a Fiona, pensando en esa sonrisa que me derrite el corazón y en la forma tan sexy y concentrada que tiene de fruncir el ceño cuando sopesa los libros y los comentarios de los profesores sobre ellos. Cada vez que entra en un sitio, me animo a tope. Lo que siento es puro deleite, ni más ni menos. Nos pasamos la vida besándonos apasionadamente entre suaves ataques de risa y, aunque ya llevemos tiempo follando, me sigue encantando mirarla sin más.

Llevamos casi cuatro meses juntos. Sin contar la extraña relación que tengo con Hazel, es la chica con la que más tiempo he estado. Pero sigo sin tener casi ni puta idea, porque esta noche se acabó. Esta noche, en este bar de hotel, voy a cortar con la mejor novia que he tenido en la vida, con la chica más bonita y más inteligente que conozco. Vale, igual el listón no estaba muy alto, pero no por eso deja de ser cierto.

Es un bar pequeño de un hotel igualmente pequeño, supongo que en un país pequeño, pese a que, a mí, Escocia siempre me ha parecido grande, ya que en realidad no he salido de mi rinconcito. El garito desprende un rollito tipo viajante de comercio: una lustrosa moqueta azul en el suelo (raída hasta decir basta), asientos empotrados a lo largo de toda la pared, con mesas viejas y banquetas de cobre dispuestas alrededor y, encima de la chimenea, un retrato firmado y enmarcado del ex futbolista y entrenador Martin Buchan, con los colores del Aberdeen.

Un camarero saca brillo a la vajilla. La puerta se abre y veo lo que parece una silueta femenina, que vacila un instante detrás del vidrio acanalado. En un primer momento pienso que es Fiona, pero no, es una mujer de la edad de mi madre, más o menos, unos cuarenta y pico; lleva una falda negra ceñida y una blusa blanca.

Fiona Conyers. Tener el valor de ser cruel. De decirle adiós. Reflexiones que no puedo compartir. Delante de mí, una pinta intacta. No es eso lo que quiero. Lo que quiero está en el muelle, en casa de Don. O en Edimburgo, en casa de Johnny Swan.

¿Dónde está ella? Echo un vistazo al reloj de la pared; como todos los relojes de pub, seguro que va adelantado. A lo mejor ha decidido pasar de mí antes que yo de ella. Ojalá. Problema resuelto.

Fiona no estará soltera y sin compromiso mucho tiempo. Está buena y, además de ser estudiante, tiene coño y vive lejos de casa. Encontrará a alguien con «madera de novio», como habría dicho la asquerosa de Joanne. *Mark era majo, pero no es que tuviera MDN precisamente.*

La mujer de la barra charla con un hombrecillo..., perdón, hombre. Llevo tanto tiempo en Ovejilandia, que se me ha pegado la costumbre del diminutivo para todo. Ahora me doy cuenta; es una prosti, una zorrupia, un putón. ¡Joder, no me lo puedo creer! Me encanta cómo sostiene el pitillo, la sonrisa prefabricada, esa risa gutural, directamente sacada del cine negro de Hollywood, donde las mujeres eran zorras cochinas y duras de pelar, sueltas de lengua y sucias de boca.

Acabo de decidir que esta mujer es la cabrona más molona del mundo. Una prostituta madurita de Aberdeen en un bar de hotel lleno de viajantes que tienen que regatear con el jefe hasta por el último bocadillo que figure en la dieta. *¿Aceptan vales de comida?* Fíjate en el tío. Como Fiona y yo dentro de unos años. Que le den por culo, yo nunca seré así. Jamás de los jamases.

La prosti vuelve a reírse de forma estentórea y arrogante. Me encanta cuando la gente se ríe de esa manera, como si dijera «que os den». Sobre todo las chicas. Fiona y yo nos reíamos mucho juntos. Ella todavía lo hace. Risas para dos.

Siempre está cuando la necesito. El funeral, lo de Davie y tal.

Puede que el sexo con Fiona no haya sido especialmente aventurero, pero, emocionalmente, ha sido el más intenso que he disfrutado en mi vida. Me ha ayudado a superar la leve aprensión que siempre me suscitaba el folleteo. Aunque, todo sea dicho, para eso bastó con salir de casa, porque siempre había asociado el sexo a la demencia y la deficiencia mental: recuerdo a mi madre y mi padre bañando a Davie y bromeando sobre su erección; por si fuera poco, la chorra de mi hermanito retrasado era grotescamente descomunal. Otra broma cruel que el destino nos ha gastado a todos, y algo que él nunca tendría ocasión de utilizar, a pesar de mi asistencia con lo de Mary, pero mucho más grande que la mía o la de Billy.

La vergüenza. El bochorno. El horror.

Drenaje postural.

Duf.

Duf.

Duf.

Despejar los pulmones. Pintar el Forth Bridge. Reparar el barco que se hunde.

Ya está.

Repítelo.

Nunca más. Nunca tendré que volver a oír el ruido sordo de esas toses, jadeos y resuellos horribles.

Nunca jamás llevaba chicas a casa: sólo mis amigos más íntimos estaban al tanto. Curiosamente, Sick Boy trataba bien a Davie y se metía a mis viejos en el bolsillo con toda naturalidad. Tommy también; jugaba con el cabroncete, le hacía reír y bromear con él. Matty parecía avergonzarse, pero toleraba que Davie le babeara y le echara mocos encima. Spud le atribuía poderes místicos; creía que veía más de lo que lograba expresar. Begbie era sincero; se sentaba en la cocina con Billy a fumar pitis y a echar el humo por la ventana pasando de los espasmos y gorjeos del cabroncete, mientras mi madre le daba golpecitos constantemente en la espalda, para que los bronquios no se le llenaran de líquido.

¿Qué sentía yo por él...?

Y aquí estoy, en este bar de hotel, consciente de que todo eso no son más que chorradas, tratando de establecer la relación que hay entre lo de Davie y todo esto; la adicción al jaco y la soltería inminente, en cuanto Fiona entre por esa puerta. Porque Sick Boy, Matty y Spud nunca tuvieron un Davie. Nunca tuvieron necesidad de engancharse al jaco. Mi hermano mayor, Billy, sí tenía uno, pero nunca se ha fumado un porro siquiera. Los capullos que pretenden psicoanalizar a la peña que está hecha polvo pasan por alto lo más crucial de todo: a veces lo haces porque te lo encuentras y porque eres así. Vi a mi madre y a mi padre machacarse a sí mismos y arrancar de cuajo sus respectivos árboles genealógicos en busca del origen de todos los genes malos de Davie. Pero al final tuvieron que asumir que daba igual. Es lo que hay y punto.

Y aquí llega Fiona. Lleva un top verde oscuro con capucha. Unos pantalones negros, ceñidos, de loneta. Guantes negros. Lápiz de labios morado. Su sonrisa, enorme y relajada, me da ganas de echarme a llorar. «Perdona el retraso, Mark, estaba hablando con mi padre por teléfono», me dice, y de pronto se interrumpe bruscamente. «¿Qué pasa, amor? ¿Cuál es el problema?»

«Siéntate.»

No lo digas...

Se sienta. La cara que pone. No puedo hacer esto. Pero tengo que hacerlo. Porque de algún modo entiendo que es el último acto desinteresado que haré en la vida. No puedo detenerme ahora. Voy a hacerle daño, pero es por su bien. El miedo va trepándome por las entrañas como una mala hierba. «Creo que tendríamos que dejarlo, Fi.»

Joder..., ¿de verdad he dicho eso?

«¿Qué?» Intenta reírse en mi cara con una risa amarga, como si fuera una broma de mal gusto. «¿Pero de qué vas? ¿A qué te refieres, Mark? ¿Qué problema hay?»

Es una broma. Ríete. Dile que es broma. Dile: «En realidad me preguntaba qué te parecería irnos a vivir juntos...»

«Tú y yo. Creo que tendríamos que cortar.» Pausa. «Quiero cortar. Quiero que dejemos de salir juntos.»

«Pero ¿por qué...?», dice, llevándose la mano al pecho, al corazón, momento en el que el mío casi se rompe a la vez que el suyo. «Hay otra persona. En Edimburgo, esa chica, Hazel...»

«No, no hay nadie más. De verdad. Simplemente pienso que tendríamos que hacer borrón y cuenta nueva. No quiero ataduras. Además, estoy pensando en dejar la universidad y tal.»

Cuéntale que estás deprimido. Que no sabes lo que dices. CUÉNTALE...

Fiona se queda boquiabierta. Tiene una expresión más boba y más carente de dignidad de lo que nunca habría imaginado posible en ella. Es culpa mía. Soy yo. Todo esto, toda esta mierda, es cosa mía y de nadie más. «¡Teníamos planes, Mark! ¡Íbamos a viajar!»

«Ya, pero necesito largarme solo», le digo; estoy pillando el ritmo de la apatía cruel, he encontrado las reservas de cabronez necesarias para seguir adelante con algo así.

«Pero ¿por qué? Te pasa algo, últimamente estás muy raro. Siempre estás resfriado, llevas así todo el invierno. Tu hermano...»

Sí..., sí..., eso es. Cuéntale que es eso. Cuéntale ALGO...

«No tiene nada que ver con mi hermano», digo rotundamente. Otra pausa. Ha llegado el momento de confesar. «He estado consumiendo heroína.»

«Ay, Mark...» Se nota que ahora todo le encaja. Las postillas en el dorso de la muñeca y en el pliegue del codo. La moquera eterna. La fiebre. El aletargamiento. El desaliño. La disminución en la frecuencia de las relaciones y los intentos de evitar el sexo. Los secretos. Casi parece aliviada. «¿Desde cuándo?»

Aunque no sea verdad, parece que sea desde siempre. «Desde el verano pasado.»

Hay un destello en su mirada y se lanza. «Es lo de Davie... y su muerte. Estás deprimido, nada más. ¡Puedes dejarlo! Lo superaremos, cielo», y la mano que está al otro lado de la mesa sale disparada y coge la mía. La suya está calentita, la mía parece un filete de trucha encima del hielo de una pescadería.

Fiona no capta el cuadro de conjunto. «Pero es que yo *no quiero* dejarlo», digo, y, con un gesto de rechazo, retiro la mano. «La verdad es que me mola», confieso, «y no puedo compaginarlo con una relación. Tengo que ir a mi bola.»

Se le desorbitan los ojos de horror. Se pone toda sonrosada. Jamás la he visto así; es una versión extrema de cuando estamos en la cama y va a correrse. Por fin explota: «¿Me vas a dejar? *¿Tú* me vas a dejar *a mí?*»

Echo un vistazo por encima de su hombro y veo la reacción del camarero, que se aparta deliberadamente para dejar constancia de su desagrado. Una mueca de desprecio como no me habría imaginado jamás desfigura la cara de Fiona. La arrogancia salta al primer plano. Pero me alegro de que sea así. «Soy yo», le digo, «no hay nadie más. Es el jaco y punto.»

«¿Me... me vas a dejar porque quieres pasar más tiempo metiéndote *heroína?*

La miro. En resumidas cuentas, es eso. No tiene ningún sentido negarlo. La he cagado. «Sí.»

«Huyes por cobardía, cabrón de mierda», me espeta, y alza tanto la voz que se vuelvan unas cuantas cabezas. «Pues, ¡hala, cagao de mierda!», dice poniéndose en pie. «¡Mándalo todo a la porra, mándame a mí a la porra, manda a la universidad a la porra! Eso es lo único que eres y lo único que serás en la vida: ¡UN COBARDE Y UN VICIOSO DE MIERDA!»

Acto seguido se larga y cierra de golpe la puerta de cristal esmerilado al salir. Se vuelve un instante, como si quisiera mirar otra vez al interior antes de desaparecer. La puta, su cliente bobochorra y el soplapollas del camarero echan ojeadas fugaces alrededor después de que se haya esfumado. Esa chica tan dulce y cariñosa se ha enfurecido, me ha enseñado otra faceta suya y, aunque me ha dejado pasmado, me alegro de que la tenga.

En conjunto, me parece que la cosa ha ido muy bien.

Camino del laboratorio de procesamiento más grande de las instalaciones, Russell Birch, con bata blanca de laboratorio y una tablilla sujetapapeles en mano, se cruzó con Michael Taylor, que iba enfundado en un mono marrón reglamentario. Como de costumbre, no se saludaron. Habían acordado que sería mejor que sus compañeros de trabajo no supieran que existía relación alguna entre ellos.

Según iba introduciendo la clave de seguridad en el nuevo dispositivo de cierre, Birch rumiaba con satisfacción que ahora Taylor ya no podría acceder a esa área. Al abrir la puerta y entrar en aquella habitación de cegadora blancura, se acordó de la vez que pescó allí a su socio con las manos en la masa, a punto de llenar una bolsa de plástico. No, en cuanto almacenista, Taylor no tenía que haber estado allí en absoluto, pero mientras Russell Birch se guardaba su propia bolsa en los pantalones, se quedaron los dos estupefactos unos instantes, mirándose boquiabiertos y con sensación de culpabilidad. Después, con nerviosismo, echaron un vistazo alrededor; volvieron a cruzarse la mirada e instantáneamente concertaron un pacto. Fue Taylor el que tomó el control de la situación. «Tenemos que hablar», dijo. «Nos vemos a la salida en el Dickens de Dalry Road.»

El guión completo de aquella farsa no habría desentonado en el escenario de un teatro del West End. En el pub, con nerviosismo, fueron cayendo pintas una tras otra e incluso hicieron bromas sobre lo sucedido, hasta que por fin acordaron que Birch sacaría bolsas del laboratorio y se las daría a Taylor, y éste, a su vez, las sacaría de la fábrica escondidas en los recipientes de comida de la cantina.

A la luz de los fluorescentes del techo, los instrumentos de la consola parpadearon y poco a poco empezaron a zumbar sordamente. A veces la sala parecía tan inhóspita y blanca como el polvo sintético que se producía en ésta, la parte más nueva y lucrativa de la planta. No obstante, ahora Russell contemplaba con enorme reverencia el precioso polvo blanco, que salía por un tubo en un chorro uniforme y abundante e iba a parar a los estuches de metacrilato de una cadena automatizada pero prácticamente silenciosa. Volvió la vista atrás, hacia el gran cuenco de filtros de tela y el depósito de cloruro de amonio, donde se enfriaba la solución, que desde ahí recorría otra sucesión de filtros y, por último, iba a parar a un tambor gigantesco, de cuatrocientos cincuenta litros de capacidad. Dentro del tambor se vertían cada hora doscientos setenta litros de agua hirviendo, a los que se agregaban treinta kilos de opio sin refinar. Las impurezas subían a la superficie y se filtraban. Luego la solución pasaba a un contenedor adyacente más pequeño, donde se le añadía cal muerta –hidróxido de calcio– para convertir la morfina, que no es soluble en agua, en morfinato cálcico, que sí lo es.

Después de secarse, pigmentarse y molerse, el producto acabado, de una blancura prístina, se vertía a chorro en los contenedores de plástico. Y era tarea de Russell comprobar la pureza de cada remesa. De ahí que para él fuera fácil guardar un buen puñado de mercancía en una bolsa de plástico y escondérsela en los pantalones.

Russell Birch acarició con satisfacción el bulto que llevaba en la ingle. Estaba ansioso por salir de allí y hacer el trayecto a los servicios, para asegurarse de que, a partir de ahí, toda la responsabilidad y el riesgo corriesen por cuenta de Taylor. No obstante, se entretuvo un rato tomando unas muestras y comprobando medidas. Era increíble lo que la gente era capaz de hacer por aquel producto. Pero de repente, cuando ya se daba la vuelta para irse, la puerta se abrió de golpe. El jefe de seguridad, Donald Hutchinson, apareció ante él flanqueado por dos guardias. Russell captó la expresión de turbación que traía en la cara, larga y demacrada, pero se fijó también en su mirada acerada.

«Donald..., ¿qué tal?..., ¿qué pasa?...», inquirió Russell Birch, como un tocadiscos recién desconectado.

«Entréganoslo», dijo Donald, extendiendo la mano.

«¿Qué? ¿De qué me hablas, Donald?»

«Podemos hacerlo por las malas, si lo prefieres, Russell. Pero me gustaría ahorrarte el mal trago», respondió Hutchinson, al tiempo que señalaba, por encima del hombro de Russell, una cámara de seguridad colocada en la pared. Les apuntaba directamente y, junto a la lente, parpadeaba una lucecita roja.

Russell se volvió y, al verla, se le escapó un grito entrecortado. Lo acababan de desenmascarar, y no sólo como ladrón, sino, peor todavía, como necio. Estaba tan a la vista como todos los demás aparatos de la planta, y ni siquiera se había dado cuenta de que la habían instalado. Allí estaba, boquiabierto e impotente, preguntándose qué verían en su expresión los que estuvieran mirando la pantalla del otro lado. Humillación, miedo, odio a sí mismo, pero sobre todo tener que aceptar la derrota. Dio media vuelta, metió la mano en la parte de delante de los pantalones y sacó la gran bolsa plana de polvo blanco. A continuación la entregó y siguió a los hombres de uniforme, consciente de que, independientemente de lo que fuera a pasar a continuación, era la última vez que salía del laboratorio.

Durante el humillante trayecto a lo largo del pasillo, flanqueado por su inescrutable escolta, volvió a ver a Michael Taylor, que iba empujando un carrito de recipientes de comida metálicos desde la plataforma de carga y se dirigía al comedor. Esta vez Taylor lo miró a los ojos con expresión suplicante, pero Russell Birch estaba convencido de que su socio sólo pensaba en el vacío.

Evitaba a todo el mundo y ellos me correspondían, Bisto incluido; Joanne y él seguían enrollados. Yo era como un personaje tipo Cuasimodo, el jorobado apestoso y cojo expulsado de las filas de la humanidad decente, y estaba *encantado,* joder. Dejé de ir a casa los domingos. Me daba mucha angustia ver llorar a mi madre constantemente, unas veces gimiendo suavemente, otras, a grito pelado. Detuvieron a Billy y lo acusaron de agredir a un tipo en un garito. Según me iba contando la historia mi vieja, se me apareció de pronto la imagen de él con el reguero de lefa de su hermano espástico resbalándole por el careto. Goteo, horror, humillación, acusación, pelotera. «Pero tú estás bien, ¿no, hijo?», preguntaba mi madre con voz monocorde. «¿Te va todo bien?»

«Por supuesto», decía yo, procurando mantener un nivel de atención aceptable.

No obstante, el cerco se iba estrechando; todo iba convirtiéndose en mierda a mi alrededor. Sick Boy no paraba de darme la vara para que nos fuéramos a Londres a pasar una temporada con mis colegas «angloides». Con cada día que pasaba, esa perspectiva se volvía más tentadora. No obstante, a pesar de que la adicción al jaco iba en aumento, yo seguía inquieto, buscando pistas sin parar. Leía con desesperación, vorazmente. Leía todo menos lo que se suponía que tenía que leer para los estudios. En el aula, me sentaba al fondo, medio sobao, y luego pedía a algún empollón que me dejara fotocopiar los apuntes. En los grupos de los seminarios solía meterme *speed* para animarme y orientar los debates hacia mis obsesiones individuales mediante discursos largos y divagantes de drogata, que no eran más que tientos mentales para rascarme el prurito fantasma que tenía en el cerebro. Como Davie, tenía flemas en la cavidad torácica que me goteaban desde las fosas nasales formando un reguero constante. Respiraba fatal. Hasta me cambió la voz, me fijé; me resultaba más fácil obligar al sonido a salir por la nariz, aunque produjera un ruido metálico y quejumbroso que no soportaba, pero que era incapaz de suprimir. Un día, un profesor me miró con cara de lástima y me dijo: «¿Estás seguro de que éste es tu sitio?»

«No», le contesté, «pero no se me ocurre ningún otro.»

Era cierto. Al menos tenía una razón para estar allí, aunque hubiera dejado de entregar trabajos: sabía que ahora nunca llegaría ni de lejos al umbral de aceptabilidad del setenta por ciento. Dejé de mirar si había algo en mi casillero. A menudo la gente parecía dar por supuesto que ya me había ido, y les sorprendía mucho que me dejara caer por allí de vez en cuando. En cierto modo, era verdad que me había ido; lo único que veían ellos eran mis restos espectrales.

En las raras ocasiones en las que ponía el pie en los bares del sindicato de estudiantes, me burlaba de la gente y de sus proyectos bobos, de sus grupos de música, de sus planes de viajar por Interraíl y de sus actividades deportivas, pero sólo porque sabía que yo ya no podía apuntarme. Acabé aborreciendo la música de Bob Marley; cuando era punk y vivía en Londres me encantaba, pero ahora no soportaba la desfachatez con que se la habían apropiado los universitarios blancos de clase media. Una noche, cuando me dirigía a la residencia a dormir, vi a unos gilipollas de colegio de pago borrachos y muy emocionados, que canturreaban acerca de estar en un bloque de viviendas protegidas de Trenchtown. ¡Estaban cantando sobre la vida en una *barriada* de Kingston, en Jamaica! Les lancé una mirada brutal y adoptaron en el acto una actitud sobria y contrita. Aquello era lamentable. Yo era lamentable. La gente me evitaba. Había pasado de ser un escéptico simpático, ingenioso y juerguista a un plasta y un cínico frío y mordaz. Y, sin embargo, cuanta más manía me cogía la gente, más fuerte me volvía yo. Me alimentaba del rechazo ajeno. No existía nada bueno, normal o cuadriculado de lo que no me mofara. Lo criticaba todo, y de la peor forma posible, porque cada onza de bilis me la generaba mi propia sensación de fracaso e inadaptación, se desprendía de ella como el vapor de los meaos de un borracho.

Y en las clases empecé a apestar como un ídem. Antes siempre había sido un poco compulsivo en lo tocante a la higiene personal y el orden; ahora tenía una ciénaga permanente de ardor y suciedad en torno a las «joyas de la corona», el culo y los sobacos. Parecía que en cualquier momento pudiera entrar espontáneamente en combustión.

Una vez me crucé con Fiona en un pasillo. No pudimos evitar mirarnos a los ojos. «Conque sigues aquí», me espetó en tono desafiante.

Eso sí, me di cuenta de que todavía le importaba (o quizá no, a lo mejor sólo me engañaba). Lo único que logré decir fue: «Hola, eh, nos vemos...» antes de salir pitando.

Más o menos después de aquel incidente dejé de ir a la uni. Mi plan, por llamarlo de algún modo, consistía básicamente en quedarme en la residencia. Me alimentaba la vena con Don, y, de vez en cuando, los genitales con Donna, la prostituta del bar en el que dejé a Fiona. Empecé a acudir al hotel con regularidad y, poco a poco, fui reuniendo el valor para abordarla. Me llevó a un piso funcional en el que había reproducciones de los girasoles de Van Gogh, y que evidentemente era de uso exclusivo para clientes. Me pasaba la mayor parte del tiempo comiéndole el coño, en lugar de tirármela. Quería adquirir pericia en lo primero. Para mi gran vergüenza, me dijo que se llamaba cunnilingus. Sick Boy jamás habría cometido ese error. Seguía hasta que se me agotaba la pasta o la libido, o hasta que ella me largaba, independientemente de cuál de las dos cosas sucediera antes.

Seguía deambulando por la ciudad como un fantasma. A todas horas. Y, un buen día, Don desapareció. En los pubs del muelle nadie sabía nada de él. Circulaban toda clase de teorías acerca de adónde podía haberse pirado el muy zumbao, la mayoría de ellas basadas en sus divagaciones: Copenhague, Nueva York, Londres, Hamburgo, Peterhead. Yo habría apostado por esta última localidad. Era más que posible que estuviese en el sofá de su piso, muerto de sobredosis, pero pasaba de ir a comprobarlo. Entonces vi a Donna por la calle, y también a una chiquilla con síndrome de Down que se le acercó corriendo y se le echó a los brazos. Me fui calle abajo y supe que nunca más volvería a visitarla.

De repente tuve la impresión de que un silencio omnipresente dominaba Aberdeen; un mutismo y una quietud posapocalípticos, como si el cielo te encerrara igual que el cristal de esas bolas que tienen nieve artificial dentro. Mi vida ahí había llegado a su fin, así que, sudoroso y temblando, me subí a un autobús y volví a Edimburgo. Con una bolsa llena de ropa sucia y otra llena de libros. Hice la primera escala en casa de Johnny Swan, en Tollcross.

Llevaba ahí unos diez minutos cuando llamaron a la puerta; eran Spud y Sick Boy; llevaban la misma pinta de hechos polvo que yo, pero estaban encantados de haber llegado a la casa donde aliviaban el dolor. Mientras Johnny se tomaba su tiempo tranquilamente para preparar los chutes, nosotros nos convertimos literalmente en unos monstruos babeantes, de ojos saltones y con los tendones del cuello tirantes; dábamos repelús. Johnny estaba en una forma exuberante, y nos daba la brasa con sus retorcidas obsesiones. «No tengo nada contra los morenos como tales, pero ahora mismo aquí hay muchos más de la cuenta. Pakis también. Esa forma indiscriminada de reproducirse diluye el vigor de una raza. La moral se acaba yendo al carajo. Si ahora nos invadieran los alemanes, no se salvaba ni el apuntador. ¿Me pilláis?»

«Sí», digo yo, pero estoy tan ajeno a los chicos de aquí como a los estudiantes políticamente correctos en Aberdeen. *Gilipollas. Puto gilipollas nazi. Pero me da igual. Ponme el jaco.* «¿Estás preparando esos chutes o qué?»

Es como si no me oyera. «No creo en eso de mandarlos a todos a su casa; las tías pueden quedarse, sobre todo las asiáticas occidentalizadas esas..., fuaa...», dice, con una sonrisita de suficiencia que deja al descubierto sus dientes putrefactos. Sick Boy aparta la vista con cara de asco.

«Por suerte, la mayoría de ellos no quiere venir a Escocia. Hace demasiado frío para la gente de piel oscura.»

Cierra la puta boca y cocina, cocina, cocina...

«A mí no me parece que sea así y tal», dice Spud. «Tiene más que ver con que aquí arriba no hay curro, ¿sabes? Y lo de los ordenadores en realidad no cuenta, porque yo ese rollo no me lo creo, tío.»

Pero ahora, ¡menos mal, joder!, Swanney empieza a prestar un poco de atención en serio al asunto que tiene entre manos; la heroína ya está colocada en la cucharilla con el agua, y el mechero está debajo, venga a arder. «El curro no tiene nada que ver. Es un hecho de todos conocido que los negros no vienen aquí más que a vivir de gorra del Estado. Es como una venganza por los años de esclavitud, cuando el imperio británico y tal. El poscolonialismo o no sé qué cojones, ése es el puto término científico. Díselo tú, Rents», me ruega mientras me indica que absorba el jaco con mi hipodérmica. Oh, gracias, Swanney, gracias, Señor de los cojones, si Tú lo deseas desfilaré al paso de la oca todo el trayecto hasta las urnas y votaré al Frente Nacional... «Psicología», dice dándose con el dedo en la cabeza.

«Y que lo digas», suelto, para corroborar sus palabras. Aunque ahora mismo me preocupa más la *fisiología*, dadas las *Danny McGrains*[1]

1. Argot rimado: *Danny McGrains* (1950-, ex futbolista escocés e internacional que fue jugador del Celtic de Glasgow F. C.) por *veins* («venas»). *(N. del T.)*

tan chungas que tengo; he conseguido que una se asome a la superficie, pero me preocupa que desaparezca; es tan precaria como una erección después de beberse una botella de whisky. Pero atravieso la piel, meto la aguja y chuto... «Ya te he vuelto a pillar», digo, con una carcajada entrecortada, y sonrío a los demás. «Soy demasiado rápido para vosotros, cabrones...»

Sumirme en el olvido, donde no me alcancen...

Luego vuelvo al piso con Sick Boy y Spud, que se ha instalado en mi habitación, por lo que a mí me ha tocado el sofá. Nos metemos un poco más de jaco, aunque yo sigo con el colocón del último pico. No cabe duda de que estos chicos no se han cortado un pelo en mi ausencia. «Tendrías que haber seguido con la uni», me dice Sick Boy con la mayor tranquilidad, mientras prepara más chutes, antes de hacerse un torniquete magistral con una corbata escolar azul marino de Leith Academy, con el barco y el lema «Persevera» estampados. Sus venas se arriman triunfalmente a la luz como un ejército avanzando por una colina. «De todos nosotros, eras el único cabrón que podía haber hecho una carrera.»

«Tú también. Tengo entendido que en primaria eras un cabrito de lo más empollón.»

«En *primaria* sí», admite Sick Boy.

«Vi estallar en hormonas tu carrera académica el día que, en segundo curso, Elaine Erskine fue a clase con aquella minifalda roja.»

«¿Por qué no hablamos más de rock, tíos?», se queja Spud, impaciente por que le llegue su turno mientras ve el telediario escocés. Presenta Mary Marquis, lo que me lleva a pensar en la monstruosa polla de Davie en mi mano y en su respiración espástica y gorjeante.

«Ya», se acuerda Sick Boy, y sus grandes ojos castaños se vidrian. «Cuando la mandaron a casa a cambiarse de ropa, salí derechito a la calle detrás de ella. Le dije a Munro, el de Geografía, que estaba *Zorba*[1] perdido y que iba a vomitar. La pillé a la altura de los Links y le ofrecí un hombro sobre el que llorar, al tiempo que la felicitaba por el gusto tan certero que tenía en materia de moda. Las tías buenas sólo tendrían que llevar minifaldas...»

«Venga, Si..., ¡chútate ya!», suplica Spud.

«Ahora bien, aquellas tetas hermosas que flipas, que me hicieron perder completamente el juicio, nos convirtieron en un par de cochi-

1. Argot rimado: *Zorba the Greek* («Zorba el griego») por *seek* («enfermo»). *(N. del T.)*

nos descerebrados, fascinados por la carne del otro. Y yo, intrigando y maniobrando sin cesar para espantar a los tíos mayores y más enrollados que codiciaban su coño...»

«Simon, colega, ¡vale ya! ¡Las estoy pasando canutas!», exclama Spud entre jadeos.

«... antes de finalizar aquella semana, mi glande estallaba como la traca final del puto castillo de Edimburgo en Nochevieja.»

«¡SI! ¡VALE YA!»

«Paciencia, Danny boy,[1] siempre tiene que haber un poquitín de sombra antes de que salga el sol», dice Sick Boy con una sonrisa; absorbe algo de jaco y le pasa la cucharilla a Spud, que rebosa de gratitud. «Ya..., yo lo único que digo es que eso me marcó un camino, Rents, y no necesariamente el que habría elegido yo», reflexiona en voz alta; muerde la corbata y las venas, grandes y hermosas, sobresalen con generosidad en el brazo, le dan tanto donde elegir que no sabría qué hacer con todas. «No necesariamente el que habría elegido yo...», repite mientras se clava la aguja y extrae un poco de sangre con el émbolo de la jeringuilla; luego se lo inyecta todo otra vez.

Hace una mañana fría pero luminosa; el suelo está cubierto de nieve, las casas soportan el peso de densas filigranas de hielo y un sol alegre centellea por encima de torres de nubes. Me levanto y me visto después de una cabezadita irrisoria; paso por encima de Spud, que está tirado en el suelo del pasillo, y vuelvo a la empresa de Gillsland, huero y metálico como un bote de espuma de afeitar vacío y desechado. Se habían hecho con la unidad de al lado y Gillsland había dado un giro de ciento ochenta grados, pasando de equipar tiendas de gama alta y de la carpintería a medida, a fabricar más y más paneles de viviendas para profanar Escocia central con más y más cajones de mierda todavía.

Les seguía obsesionado con sus competiciones de chorizos de los lunes por la mañana, pero ahora tenía que esforzarme a tope y no conseguía producir más que chocolatinas escuálidas. «¿Qué pasa contigo, Mark?», me preguntó con expresión dolida. «¿Qué clase de dieta sigues en Aberdeen?»

La dieta del jaco. Pronto será la dieta favorita de todas las amas de casa jamonas de clase media de la periferia.

1. *Danny Boy:* célebre balada de tema irlandés compuesta por Frederic Weatherly. *(N. del T.)*

No obstante, el trabajo me convenía. Mientras los demás se quejaban porque decían que estaban perdiendo oficio, a mí, limitarme a trabajar mecánicamente con pistolas de aire comprimido, clavando clavos en los marcos y atornillándoles placas de aluminio, me parecía muy bien. Podía estar ahí, chungo por el jaco y con los ánimos por los suelos, y hacerme diez paneles en una hora sin cruzar una palabra con nadie.

Estoy totalmente pelao, tío, y con la trampa sacapastas de las navidades y el Año Nuevo encima. Eso sí, estamos todos en el mismo barco. Begbie aparece por el queo, y en la vida había visto a un gallo de un humor tan de perros, ¿sabes? «Spud», me suelta en plan saludo al entrar en el piso, y me hace a un lado para ponerse a buscar a Rents y a Sick Boy. «¿Dónde cojones están esos dos cabrones?»

«No lo sé, tío, aquí todo va y viene, ¿sabes?», le cuento. Estoy un poco chungo y me he puesto a limpiar un poco esto, ¿sabes? Como intentando currármelo un poco y tal.

Pero el Pordiosero no está contento, y le echa las culpas a Cha Morrison, el de Lochend. Lo juzgan el mes que viene por rajar a Larry Wylie, y todo el mundo menos Franco se alegra, tío. Dos piraos chungos retirados de la circulación vía las movidas carcelaria y hospitalaria; es como un puntazo total en todos los sentidos, ¿sabes? Para todo quisque, menos para Francis James Begbie, que se ha tomado lo de Larry como un ataque personal. Franny Jim no anda muy contento últimamente, así que cuando me viene con la noticia de una casa en la que dar un palo, me lo tomo con cautela, tenga problemas de tela navideña o no.

¡Porque una vez más he vuelto a ser un bocazas total! El caso es que es el mismo queo que le dije yo a él hace siglos y tal. Tenía información privilegiada, porque el año pasado entregamos allí un aparador. Pensé que le habría entrado por un oído y le habría salido por otro. Pero el Pordiosero es de esos tipos que lleva un rollo elefantino; como que nunca se olvida, ¿sabes? «¡En esa casa no, Franco! La policía repasará la lista de toda la gente que haya pasado por ahí a lo largo del año pasado. Y adivina a quién le pondrán la orla, tío. ¡Al menda resentido de las mudanzas al que acaban de darle el finiquito!»

«Y una mierda», dice Begbie despectivamente. «Estamos hablando de la puta policía de Lothian and Borders. Esos julandrones no valen pa una puta mierda que no sea poner multas, joder. Ahora ya será todo agua pasada, capullo, se habrá enfriado la pista que te cagas», dice, y descorre las cortinas y se pone a mirar la calle.

«¡Pero el tío es abogado, Franco. ¡Conrad Donaldson, letrado!»

¿Sabes cuando alguien sencillamente no te oye? Ése es Franco de pies a cabeza. Cuando hay alguna noticia que ese felino no quiere oír, el nota gira las orejas puntiagudas para otro lado y todos los sonidos malos se pierden en el espacio. «¿Hay algo de beber en esta puta pocilga?»

«Eh, sí...» Las orejas vuelven a su posición normal, se va para la cocina y coge una botella de la nevera, una de esas Peroni que Sick Boy compró en una licorería pija. La abre y echa un trago gluglú, pone careto de asco, estira el brazo y se fija en la etiqueta. «Joder, ¿cerveza italiana? Los italianos hacen vino, coño. Y Sick Boy es de los que tendría que saberlo, joder. ¡Ya le pondré yo las pilas a ese cabrón! ¡La madre que lo parió! ¡Cerveza italiana!»

«Pero, oye, que el Conrad Donaldson ese es letrado», le repito, pero veo que sigue bebiéndose la garimba espagueti esa.

«Ya, pues con más motivo todavía, joder, porque el cabrón es abogado defensor», dice Franco, señalándome con la botella. «Defiende a piraos como Morrison, así que la poli lo tiene atravesado. No harán una puta mierda por ese hijo de puta», dice, y vuelve a leer la etiqueta de la Peroni.

«Pero Frank...»

«¡La cosa no tiene ningún peligro, joder! Lexo, el de los *casuals*,[1] me contó que el cabrón QC[2] este... QC, ¿y eso qué coño quiere decir...? ¿*Queer cunt*[3] o qué?» dice, y me mete un castañazo en el brazo. Ojalá dejara de hacerlo, tío, porque, aunque lo hace en plan cariñoso, es como un rollo tipo acoso, ¿sabes? Es como decir «yo soy el mazas tío duro y tú el piltrafilla» y eso. «Vale, el maricón de mierda este lo defendió en el juicio aquel y ahora se larga seis semanas de vacaciones a Estados Unidos. He ido a reconocer el terreno, es una casa grande

1. Denominación de los jóvenes informalmente vestidos que van al fútbol a montar bronca antes, durante o después del partido. *(N. del T.)*

2. Siglas de *Queen's Counsel:* título conferido a ciertos abogados de prestigio. *(N. del T.)*

3. Traducción aproximada: «maricón de mierda». *(N. del T.)*

que te cagas en Ravvy Dykes. No hay ni dios, así que vamos esta noche. Fin del puto rollo.» Vuelve a asomarse a la calle. «¿Seguro que no tienes ni puta idea de dónde están Rents y Sick Boy? ¡Joder, podían haber dicho adónde iban! Cerveza italiana de los huevos... En fin, cortarse la polla para fastidiar a las pelotas no tiene ningún sentido.» Mata la botella de un trago y abre otra.

«Eh, creo que igual han ido a buscar ratoneras. Aquí hay ratones y tal.»

Franco enarca sus pobladas cejas y echa un vistazo por la cocina. «¡Y yo que creía que esta puta pocilga sería demasiao asquerosa para cualquier ratón que se preciara!»

En fin, no digo nada, porque tuve una pelotera del carajo con Rents y Sick Boy sobre el tema; a mí eso de matar ratones no me parece bien. Tiene que haber una forma humanitaria de disuadirlos sin hacerles daño y tal. Mi idea era hacernos con un gato, sólo para asustarlos. Puede que matara uno o dos, pero los demás captarían el mensaje y se pirarían a otro lado. Pero Rents me salió con que si era alérgico y tal.

Franco y yo decidimos salir a buscarlos, así que ahora vamos pateando el Walk. Llegamos al Cenny y vemos a Tommy, y también a Segundo Premio, ciego perdido, con manchas de pis en los pantalones, pero como ya secas, ¿sabes? Ahora que, de Rents y Sick Boy, ni rastro.

«Será que todavía andan buscando ratoneras», suelto yo.

«Sí, ya», dice Tommy, enarcando las cejas. «¿Es así como lo llaman ahora?»

Begbie capta algo y parece percatarse. «Estarán por ahí con Matty y el puto yonqui ese de Swan! Un capullo menos en mi lista de postales navideñas.»

«No sabía que tuvieras una lista, Franco», suelto yo, mirando a Segundo Premio, que parece que murmure para sus adentros mientras se queda frito en el rincón; se le cierran los párpados como las persianas de los escaparates. Se acabó el horario de atención al cliente por hoy, ¿sabes?

Pero no para Franco; el menda me mira en plan felino de la jungla al acecho, con todos los pelos del pescuezo erizados y tal. «Todo dios tiene una puta lista», dice, dándose con el dedo en la cabeza. «Una lista de postales navideñas, ¡y yo a ese capullo acabo de largarle de la mía!»

Cuando el menda este está de mal humor no te queda otra que..., ¿cómo se dice?..., contem... contem..., tragar. Así que nos vamos a la sala de billar y dejamos a Segundo Premio echando una cabezadita. «Ese capullo es un puto lastre», suelta Franco. Cruzamos Duke Street, llegamos al bar de los billares y Begbie se pone a hablar con dos sobraos de cabeza rapada que llevan cadenas y anillos con soberanos de oro. Veo a Keezbo doblado encima del paño verde, echando una partida con un tipo pequeñajo que lleva una sudadera roja con capucha y que tiene un poco pinta de tía, pero no de las que están buenas, ¿sabes? Después veo a Rents, Sick Boy y Matty en un rincón al fondo, mirándolos. Matty se acerca y me dice que tiene que volver con Shirley. Se nota que Franco lo mira con mala cara, como echándole el mal de ojo, ¿sabes?»

«¿Habéis conseguido las *Agatha Christies*[1] y tal?», pregunto a Sick Boy y a Rents.

«Eh, ya», suelta Sick Boy, echando una miradita a Rents. Luego dice: «Eh..., el tío ha dicho que él nos lo soluciona. En plan humanitario. Echan unas bolitas y el ratón no se entera de nada.»

«Me alegro, tío, no soportaba lo de la trampa, con ese resorte abatiéndose sobre un bichito peludo de sangre caliente, ¿entiendes?»

«¡Deja ya de hablar de putas ratoneras, joder!», salta Franco, que se acerca con una botella de Beck's en la mano y se pone a contarles lo del palo.

La verdad, no tiene que insistir mucho para convencerlos. En lo que piensan esos dos es en unas navidades blancas de otro género. «Suena divertido», dice Rents, aunque es imposible saber si lo dice en serio o no es más que una maniobra dilatoria para distraer al Generalísimo e intentar llevarlo a otro terreno. Rents es uno de los pocos mendas a los que Franco a veces hace caso, y sabe manejarlo un poco.

Sick Boy enarca una sola ceja, como Connery cuando entra en un casino. «Podría ser interesante. Fijo que una casa como ésa estará hasta arriba de objetos de valor.»

«Sí, pues no te lo vas a meter todo por los putos brazos, so cabrón», le suelta Begbie; Sick Boy intenta bajarse la manga del jersey para taparse las marcas de pinchazos y luego mira para otro lado con cara de ofendido; le ha jodido mogollón que le hayan cortado el rollo.

Begbie le echa esa mirada gélida que dice «pues sí, cabrones, os tengo calaos», luego me la echa a mí y, por último, a Rents.

1. Trampas para ratones, así llamadas por Spud en alusión a la obra teatral de gran éxito *La ratonera,* de Agatha Christie. *(N. del T.)*

«Esto es superserio, joder. Más vale que nadie la cague. Tenemos que ser muchos, porque vamos a dejar ese tugurio pelao y a guardarlo todo en el almacén. No es un puto patio de recreo para yonquis, cabrones. Mira que meteros esa puta mierda en las venas..., menos mal que el capullín ese de Matty se ha pirao, joder...»

«Yo me muero de ganas», dice Rents. Creo que Rent Boy quiere hacerlo de verdad. Normalmente suele ser él quien más controla, pero ahora es el que instiga todas las fechorías. El otro día apareció con una bolsa de deporte llena de libros. Eso sí, hay que decir que siempre los lee todos antes de venderlos. Sigue siendo un tío estudioso, incluso ahora que se pica. Y supongo que siempre le ha gustado allanar casas.

«Ya, pero que no se te olvide que esto es serio que te cagas», le dice Franco, fulminándolo con la mirada. Rents asiente. «Tommy, Sick Boy y yo podemos conducir. Me han dejado furgonas Denny Ross, mi hermano Joe y el lameculos ese de Madeira Street, ¿cómo se llama...? El del tupé. ¡Tú y Keezbo montasteis aquel grupo de mierda con él, Rents!»

Keezbo iba a hacer una jugada, pero de repente levanta la vista, un tanto incómodo. Eso sí, parece tener al chico-chica completamente en el bote.

«HP», dice Rents. «Hamish Proctor: el Heterosexual Princesa.»

«Justo», suelta Franco.

«Ese capullo no es heterosexual ni de coña», se mofa Sick Boy mientras Keezbo mete una roja-negra-roja-rosa. Muy buena, gordinflón. «Es el clásico apaño para disimular. Las tías con las que sale ése o son vírgenes profesionales o son unas putas *fag-hags.*[1] Ese mariquita no representa ninguna amenaza para ellas. Él y Alison bajaron juntos a Reading y luego se fueron a Francia. ¡Estuvieron por ahí una semana entera y no le puso un puto dedo encima! Me lo contó ella misma... después de un gentil interrogatorio.»

Rents sonríe y mira a Franco: «¿Les dijiste a HP, a Joe, a Dennis y tal para qué querías las furgonetas?»

«Y una polla. Lo que no sepan no se lo podrá sacar nadie a leches. Y más vale que todos los que estáis aquí cerréis la puta boca, ¿entendido?» Nos mira de uno en uno. Lo del nota este es para partirse el culo, porque la mitad de la sala de billar oye todo lo que dice

1. *Fag-hag:* literalmente, «bruja de maricones». Término empleado para designar a aquellas mujeres que tienden a rodearse de homosexuales masculinos. *(N. del T.)*

el muy zumbao, aunque nadie se lo diga. Eso sí, cuesta aguantarse la risa, tío.

«Ni que decir tiene», dice Rents con cara de póquer.

«Ya, pues os lo digo de todas formas, joder», le suelta Franco en plan sermón, aunque se nota que en realidad la cuestión de fondo es el jaco. El menda no se entera para nada, tío. «¿Tú estás limpio?», le pregunta.

«Como una patena», contesta Rents con una sonrisa, pero tiene la mandíbula tensa y a Sick Boy se le ve un poco hinchado por la retención de líquidos, y los dos parpadean y se retuercen cantidad. *Y que te lo has creído.*

Ya sé que el jaco tiene mala prensa, pero a mí me parece guay. Es muy fácil criticar algo desde fuera, pero en esta vida hay que probarlo todo, ¿sabes? Imagínate lo mierderas que habrían sido las cosas para todo quisque si Jim Morrison no se hubiera comido unos tripis. No habría llegado al otro lado y, de resultas, todos esos temas tan guapos habrían sido más mierdosos. Pero el *Salisbury Crag*[1] tiene mucho peligro, así que no pienso volver a meterme. Goagsie me dio la paliza con que le hacía vomitar. Pero mola: el jaco no hace desaparecer la chifladura de Begbie, los chanchullos de Sick Boy, las quejas de Tommy ni los chistes cutres de Keezbo, ni, sobre todo, los mosqueos de la vieja, que no para de decirme que a ver si me largo y encuentro curro; sencillamente hace que todo eso ya no te agobie.

Aun así nos piramos; se nota un huevo que Tommy no está muy contento, pero se apunta. Recogemos las distintas furgonetas y nos encontramos todos en el lugar de la cita, el polígono industrial de Newhaven. Luego vamos conduciendo hasta la casa pija, aparcamos las furgonetas en la calle de al lado y escalamos el muro de la parte de atrás, cosa fácil para todos menos Keezbo, que suda la gota gorda.

«Date prisa, grandullón», le suelta Rents, que se sopla las manos aunque no haga tanto frío. Tenemos que ayudar a Keezbo a subir; Tam y yo lo sujetamos por ese culo mantecoso que tiene, hasta que más o menos consigue pasar, y luego hace ¡paf!, en el suelo, al otro lado. Es un pasote que haya notas capaces de cargar con todo ese peso por ahí, tío. Atravesamos el jardín de puntillas y forzamos la puerta, que se abre cuando Begbie le da un empujón con el hombro.

1. Argot rimado: *Salisbury Crag* (una serie de colinas en Arthur's Seat, en las afueras de Edimburgo) por *skag* («jaco»). *(N. del T.)*

Estamos listos para salir pitando si suena la alarma, pero, en efecto, ¡no funciona! ¡Guay! ¡Ya estamos dentro!

Entramos en una cocina de esas gansas, con suelo de piedra y una isla enorme en el centro, como esas que se ven en Beverly Hills, en las películas y tal, ¿sabes? Keezbo mira a Rents y suelta: «Esto es lo que tendremos nosotros, Mr. Mark, cuando el grupo empiece a tener éxito, pero en Los Ángeles o en Miami, y con piscina en la parte de atrás.»

«Sí, claro», dice Rents despectivamente. «Lo único que tenemos nosotros de rockeros es la cantidad de drogas que nos metemos.»

«A los de la sección rítmica eso no nos afecta tanto, Mr. Mark, aún podemos cumplir con nuestro cometido», le explica Keezbo, y se pone a registrar la despensa y a meter pan en la tostadora. «Fíjate en los músicos de jazz, se limitan a relajarse y pasarlo bien. Sobre todo los percusionistas. Por ejemplo, Topper Headon», dice, estirando la camiseta talla XXL de *Clash City Rockers*, que le queda ceñida.

«Lo echaron por picarse, Keith», dice Rents mirando al grandullón con cara de que no se entera. Tío, ¿cómo puede comer en un momento como éste?

«Ya, no les gustaba que se metiera jaco», reconoce Keezbo, al tiempo que encuentra un bote de Marmite, «pero volvieron a admitirle cuando se dieron cuenta de que eso no le impedía tocar la batería como siempre. Seguía siendo mejor percusionista que Terry Chimes.»

Esta pareja es capaz de pasarse todo el día discutiendo de cualquier cosa que tenga que ver con el rock and roll. Begbie pone cara de asco cuando ve a Keezbo comiendo, pero saca unos pitillos y el muy desgraciao está a punto de encender uno, así que le suelto: «¡Franco, no! ¡Que se van a disparar las alarmas antiincendios!»

«Sí, para eso tendrías que salir fuera, Mr. Frank», dice Keezbo.

A Begbie no le hace ninguna gracia. «¡Fuera hace un frío que te cagas!»

«Pero, Franco...»

«Necesito puto fumeque, ¿vale?», y mirando a Keezbo añade: «¡Todos los demás hacéis lo que os da la puta gana! ¡Algún capullo tendrá que ir a apagar esa puta alarma!»

Nos miramos unos a otros y todos los ojos, redondos y brillantes, se posan en mí. Es la historia de mi vida, tío. Estoy marcado como *tea leaf*[1] pa los restos, por mi talento de niño-mono trepador. Empecé de crío, entrando en casas para ayudar a las viejas que se habían

1. Véase nota 2 en página 105. *(N. del T.)*

dejado las llaves en casa y se habían quedado en la calle. Y luego vino el día en que mi viejo me señaló un piso de un edificio, al final de Burlington Street, y me contó que su amigo se había quedado sin poder entrar en casa. «Sube ahí arriba, Danny, hasta esa ventana, el pobre Freddy ha perdido las llaves, ¿vale?», me suelta el viejo, mirando a su amigo, que estaba ahí con careto triste. Así que trepo por el canalón y entro por la ventana; llego a la otra punta de la casa y les abro la puerta principal antes de que hayan terminado siquiera de subir las escaleras. El tal Freddy me suelta un par de libras y el viejo me dice que tire para casa. Pero me quedé esperando fuera, de extranjis, agachado detrás de un coche, y los juné llevándose el botín chorizado de la casa y metiéndolo en una furgoneta.

Así que en todo ello hay lo que los comentaristas deportivos llaman «una cierta inevitabilidad» y tal. Me doy por vencido y me fijo en un cuarto de lavar y planchar que hay en un hueco. «Ahí dentro hay una escalera de mano», y voy para allá y saco una gran escalera de aluminio. «Con esto nos valdrá.»

«Date prisa, cabrón», me suelta Franco. «¡Estoy que me asfixio!»

Así que me subo a la escalera y me acerco a la luz roja que parpadea en el disco blanco. Mientras, oigo a Keezbo y a Rents, que siguen dale que te pego, aunque ahora han pasado a hablar de fútbol: «Robertson tendría que ser fijo en la selección escocesa, Mr. Mark, las estadísticas hablan por sí solas.»

«Pero Jukebox es un goleador y un tío que crea ocasiones de gol. Eso siempre le aportará más beneficios a un equipo que un sansón de tres al cuarto que no hace más que acumular faltas.»

Me parece que Rents es injusto con Robbo, porque a mí el tipo me cae bien. Antes de que le corrompiera el lado oscuro fue Hibby,[1] y voy a decir algo, pero no estoy muy contento, porque la escalera esta se tambalea en este suelo de piedra irregular, pero enseguida cierro el cazo con codicia alrededor del detector y estoy a punto de desatornillarlo, cuando algo se tuerce y chirría y las suelas se me separan del metal: vuelo por los aires y lo siguiente de lo que tengo conciencia es de estar tendido en el suelo de piedra...

... tumbado ahí y tal, viendo la luz roja parpadeante...

«¡Joder! ¡Danny! ¿Te has hecho algo?», me pregunta Sick Boy.

«No te muevas», suelta Rents, «no te levantes. Intenta mover los dedos de los pies primero. Luego los pies.»

1. Jugador del Hearts of Midlothian F. C. de Edimburgo. *(N. del T.)*

Así lo hago, y no hay problema, así que trato de incorporarme, pero tengo un dolor extraño e intenso en el brazo, tío. «Ay, mi brazo, estoy jodido...»

«Serás inútil», me suelta Begbie, que sale a encenderse el pitillo. «¡Joder, aquí fuera me estoy helando!»

Me levanto, pero tengo el brazo muy, muy jodido; no lo puedo mover, y se me queda colgando al lado. Cuando intento levantarlo, me sube de las tripas una sensación de náusea muy, muy chunga. Los chicos me llevan al salón y me acuestan en el sofá. «Quédate aquí, Spud, no te muevas», me suelta Rents. «En cuanto hayamos cargado las cosas, te llevaremos al hospital.»

Keezbo no para de pegarle bocados a la tostada con Marmite, y yo con el brazo venga a palpitarme de dolor.

Begbie entra y ve a Rents pintarrajeando la pared con un rotulador y escribiendo en grandes letras negras:

CHA MORRISON ES INOCENTE

«Ahora no creo que Donaldson se esfuerce tanto por defender a ese cabrón», dice sonriente.

Franco empieza a partirse de risa y grita: «¡Tam! ¡Keezbo! ¡Mirad lo que ha hecho Rents! ¡Así aprenderán esos cabrones!» Y le sacude a Rents un puñetazo en el brazo. «¡Vaya estilazo del carajo que tiene el capullo pelirrojo este!», dice, arreándole una palmada en la espalda.

Estoy hecho una mierda, pero quiero ver qué clase de botín vamos a sacar, así que me meto el brazo dentro de la chaqueta y me abrocho los botones de abajo para hacerme una especie de cabestrillo. Luego ayudo a los muchachos a explorar la choza. Miramos hasta el último rincón, y la cosa pinta guay, sobre todo unas joyas que hay en una caja, encima del tocador conyugal. Sé que está mal, pero, igual por culpa del dolor del brazo, me toca menos botín, así que me guardo un par de anillos, brazaletes, broches y collares en el bolsillo, mi alijo personal, y luego les anuncio que he encontrado un botín.

De repente, Tommy sale a toda leche de un dormitorio, más pálido que una sábana. «En esa cama hay una chavala», suelta en voz baja, muy acojonao. «Ahí dentro.»

«¿Cómo?» Franco tensa los músculos del cuello.

«Me cago en la puta», dice Rents.

«Pero está como dormida..., a ver, es como si... ¡como si estuviera muerta, joder!» Tam tiene los ojos más abiertos que los agujeros que dejaría en la nieve una meada de elefante. Suponiendo que los elefantes supieran lo que es la nieve y tal. «Dentro hay pastillas... y vodka..., ¡la titi esta se ha suicidado, tío!»

Ahora yo también me cago patas abajo. «Uau, tío..., tenemos que salir de aquí pero ya...»

Sick Boy sube las escaleras con los ojos desorbitados. «¿Muerta? ¿Una chavala? ¿Aquí?»

Franco menea la cabeza: «Tal como lo veo yo, joder, si la capulla está muerta, nosotros seguimos a lo nuestro, coño. Está claro que nadie sabe nada ni le importa un carajo.»

«Ni de coña», le dice Tommy. «¡A mí sí que me importa, joder! ¡Yo me piro!»

«Espera», dice Rents, que entra silenciosamente en el dormitorio. Nosotros lo seguimos. Y es verdad, en la cama hay una tía tumbada y tiene pinta de extranjera. Espeluznante, tío. Y a mí me deja destrozao, porque es chungo que eso lo haga un pibito joven, como el chavalín de la tal Eleanor Simpson. Es supertriste, tío, y encima era un niño pijo con mogollón de cosas que esperar de la vida. Te piensas que son los casos perdidos, como aquí el memo que os habla, los que tendrían que quitarse de en medio y sanseacabó, ¿sabes? Claro que, con la suerte que tengo yo, nada más acabar de hacerlo aparecería alguna preciosidad como Nicky Hanlon en el funeral y diría: «Es curioso, y yo que estaba a punto de pegarle un telefonazo a Danny para ver si le apetecía venir a mi casa a echar un polvo.» Fijo que con mi suerte la cosa sería así, ¿eh?

En la mesilla de al lado de la cama hay un montón de pastillas y una botella de vodka; se la ha atizado casi entera. Cojo unas cuantas pastillas de las que han sobrao para el dolor de hombro que tengo y me las echo al coleto con el último culín de vodka.

«¿Serás imbécil, capullo?», me espeta Franco. «¡Ahora has dejao tu saliva por todo el cuello de la botella!»

«Pues si tanto te mola el rollo forense, tío, ¿por qué no dijiste nada cuando Keezbo estaba haciendo tostadas?», le pregunto, mosqueado a tope.

«¡PORQUE NO TENÍA NI IDEA DE QUE HABÍA UN PUTO CADÁVER EN LA CAMA, GILIPOLLAS!», me grita a la cara, y luego baja la voz y me sisea: «¡Si está *potted*[1] te pueden acusar de complicidad!»

1. Argot rimado: *potted heid* («cabeza de jabalí en conserva») por *deid* («muerto»). *(N. del T.)*

Asiento, porque no se puede decir otra cosa que: «Es verdad..., bien pensado, Franco.»

«¡Menos mal que aquí hay por lo menos un cabrón que piensa, joder!»

Rents se acerca a mirar a la chica, la agarra del hombro y la sacude: «Señorita..., despiértese..., tiene que despertarse.» Pero la chavala está totalmente ida. La coge de la muñeca y le busca el pulso. «Tiene pulso, pero está débil», suelta. Y entonces le pega un bofetón en la cara. «¡DESPIERTA!» Se vuelve hacia Tommy: «¡Ayúdame a levantarla!»

Tommy y Rents empiezan a sacar a la tía de la cama; es una chavala bastante guapa, o más bien lo sería si no estuviera hecha una mierda. Pero es tirando a rellenita, y lleva un vestido de noche largo, aunque no es de los que se transparentan y tal. Tampoco es que en estas circunstancias vaya a fijarme demasiado, claro.

«¿De qué va toda esta mierda de la ambulancia de St. Andrews?», se queja Begbie.

Pero Tommy y Rents no le hacen caso; han levantado a la tía, que gime y echa mocos por la tocha, y se la llevan a rastras al cuarto de baño. «Keezbo», dice Rents, «tráenos un poco de agua caliente en una tetera. Que no llegue a hervir, pero que lleve mogollón de sal. ¡Venga!»

«De acuerdo, Mr. Mark...»

Sientan a la chavala en el borde de la bañera. Rents le pone la mano debajo de la barbilla, le levanta la cabeza y la mira a los ojos, pero está completamente ida. «¿Cuántas te has metido?»

Entonces la tía murmura algo en una especie de lengua extranjera. «Parece italiano», suelta Tommy, y se vuelve a Sick Boy. «¿Qué dice?»

«No es italiano.»

«¡Pues suena a italiano, joder!»

Begbie le suelta a Tommy: «Al capullo este ni lo mires: ¡este cabrón no tiene ni puta idea de italiano!»

«Sí que sé, pero esto parece español...», dice Sick Boy, acercándose a la chica.

Entonces Begbie se interpone entre los dos, cerrándole el paso. «No se te ocurra acercarte a ella, coño.»

«¿Qué? ¡Pero si estoy intentando ayudar!»

«Rents y Tam ya lo tienen todo controlao. A la chavala no le hace falta que la ayudes *tú,* joder. Ya me he enterao de cómo ayudas tú a las tías, coño», le suelta. A Sick Boy no le gusta, pero no dice ni mu. «Tú mira a ver lo que haces, coño», le recomienda el Pordiosero. «Que ya empiezas a tener una puta fama.»

«¿Qué quieres decir?», pregunta Sick Boy, levantando el mentón.

«Ya lo sabes, joder.»

Sick Boy se echa discretamente atrás.

«¿Cómo te llamas?», le grita Rents a la chica. «¿Cuántas pastillas te has metido?»

La tía sacude la cabeza, que se le va para un lado. Rents se la vuelve a levantar y la mira a los ojos. «¿CÓMO... TE... LLAMAS?

«Carmelita», consigue decirle entre jadeos.

El brazo me duele de verdad y me distraigo leyendo una placa con rima que hay en la pared:

Por favor, no debes olvidar
que el cuarto de baño seco ha de quedar,
no dejes en el agua la pastilla de jabón
y cumple siempre esta recomendación...

Esa placa tendríamos que tenerla nosotros en casa fijo, porque cada vez que pasa por ahí mi hermana pequeña, Erin, parece que haya explotado una bomba dentro. Pero no le puedo decir nada. Y el piso con Rents y Sick Boy, en fin, eso va mucho más allá de cualquier principio de higiene, tío. En el cuarto de baño tenemos una araña de puta madre que se llama Boris. No para de caerse a la bañera. Y yo no paro de sacarla y dejarla en el alféizar de la ventana. Pero cada vez que vuelvo, me la encuentro otra vez tratando de salir de la bañera trepando ladera arriba, pero siempre se cae otra vez ¿sabes?

Keezbo aparece con una tetera. «Está llena de agua salada caliente.»

«Una puta tetera, anda ya», se mofa Begbie, y se larga.

«Vale, Carmelita, no sé qué coño te has metido, pero ahora lo vas a echar.» Rents le echa la cabeza hacia atrás y le tapa las aletas de la nariz con los dedos, mientras Keezbo le mete el pitorro en la boca y levanta la tetera. Tommy sigue sujetándola para que no se caiga del borde de la bañera.

Ella traga un poco y luego parece que se atraganta y sale agua disparada por todas partes. Y de repente la chavala se echa bruscamente hacia delante y se pone a vomitar dentro de la bañera; tío, se ven a tope todas esas pastillas blancas, sin digerir, dentro de la mezcla, pero a mogollón. Cuando para de vomitar, Rents le vuelve a meter el pitorro de la tetera en la boca. «No..., no..., no», dice ella, intentando apartarla.

«Igual ya ha tenido bastante», dice Tommy.

«Tenemos que vaciarle el estómago del todo», insiste Rents, y la obliga a beber más. Y sí, la chica tiene otra arcada y vuelve a echarlo todo, y luego otra más, hasta que lo que sale es totalmente transparente. Tommy y Rents no la dejan hasta que ya no sale nada más y sólo echa potas secas. Por la forma en que la cogen del pelo, y ya sé que no está nada bien decirlo, ¡se parece un huevo a una peli porno que vi una vez, en la que una chica se la chupaba a dos tíos!

Sick Boy y yo salimos al pasillo, donde está Begbie esperando. «Así que ahora esos tontos del culo han reanimado a una puta testigo que puede identificarnos a todos y decir que estuvimos en casa de un QC. Cojonudo», salta Sick Boy.

«Cierra el pico», le suelta Franco. «Y empieza a bajar putos cacharros por la escalera.»

«¿Como qué?», pregunta Sick Boy, encogiéndose de hombros.

«Como las putas alfombras que hay en las putas paredes, por ejemplo. ¡Cualquier capullo que cuelgue una jodía alfombra en una pared está pidiendo a gritos que se la choricen!»

Así que me voy de nuevo a los dormitorios. Tío, el brazo me está matando gracias a Begbie, así que yo, a por las joyas.

«Que no salga de ahí dentro», grita Begbie a Tommy y a Rents. «¡Porque, como me vea el careto a mí, le voy a meter por el gaznate algo más que unas cuantas pastillas de mierda y un poco de vodka!»

Saben que no bromea, así que se ponen en plan «sí, amo», a tope y eso.

En otro dormitorio, que es como de chavala adolescente, hay algunas joyitas muy guapas, así que me las guardo en el bolsillo de la chaqueta. Pero con un solo brazo es superjodido. Entonces entra Sick Boy. Me ha pillado más in fraganti que una marcha protestante en Belfast Este, pero no dice nada porque está superfurioso. «¿Has oído a ese puto psicópata juzgando a los demás? ¡Él!», cuchichea en tono grave y venenoso. «Y Tommy, Míster Cuadriculado, tan desesperado por unirse a las filas de la Gente Perfecta.»

«¿Y qué quieres decir con eso?»

«Ya los conoces, Spud. La Gente Perfecta. Nunca se drogan, a menos que sea hachís o alcohol, que no cuentan. Siempre dicen lo correcto. Nunca se saltan las normas. Se *muere* de ganas de ser uno de ellos.»

«Pero si sólo intenta ayudar a la chica, Si.»

«Y ese puto maricón lameculos de Hamish y su piojosa furgoneta..., ¿quién coño se habrá...»

En fin, cuando el nota este se pone así, no hay forma de razonar con él, así que me alivia oír la voz de Begbie tronando por el hueco de la escalera: «¡SICK BOY! ¡QUIERO VER TU PUTO CULO AQUÍ AHORA MISMO! ¡Y EL TUYO TAMBIÉN, SPUD!»

«Joder», salta Sick Boy, pero de todos modos baja, y yo salgo derechito tras él.

Así que vamos cargando cosas en la furgona, yo sólo cosas pequeñas, y, al poco rato, Rents baja a echar una mano. He hecho una buena limpieza con la *tomfoolery*,[1] pero me tintinea en los bolsillos, así que subo disimuladamente al tigre a relevar a Tommy, que ha estado controlando a la chica, que está sentada en la tapa del váter recobrando el aliento. «Eh, por ahí necesitan tus músculos, Tam», digo, señalándome el brazo.

«Vale..., tú vigílala», me suelta Tommy. «Cuando esté lo bastante fuerte para ponerse de pie, llévala otra vez al dormitorio y acuéstala.»

La chica me mira y lloriquea abrazada a un albornoz que le ha traído alguien; va dando sorbitos a un vaso de agua. Algo en su cara redonda, amable y con esos ojazos negros me dice que no nos va a delatar. Se nota a tope. Nos ponemos a charlar y me cuenta que estaba deprimida aquí, lejos de su familia.

Al poco rato la ayudo a levantarse con el brazo bueno, la llevo a su habitación y le digo que se acueste; luego me voy y cuento a los chicos lo que hay. Decidimos que Tam y yo la llevaremos en taxi al hospital. La coartada será que ella ya estaba en Urgencias cuando dieron el palo en la cueva, y así constará en los archivos del hospital. Cuando vuelva, hará como que descubre el robo y llamará a la policía. La chavala está completamente por la labor: se nota que la familia y ella no se tragan.

«*Dice* que no se chivará, pero ¿quién sabe lo que contará la muy guarra en comisaría en puto español?», suelta Franco.

«Sólo nos ha visto bien a mí, a Tommy y a Spud; somos los únicos que corremos peligro», dice Rents. «Acabamos de salvarle la puta vida, así que yo me jugaría algo a que no cantará.»

«Vale, pero es tu puta condena», bufa Begbie, que por suerte parece estar de acuerdo», y se ponen otra vez a cargar las furgonetas.

1. Argot rimado: *tomfoolery* («payasadas») por *jewelry* («joyas»). *(N. del T.)*

Al poco rato salimos los tres, yo, Tam y la tal Carmelita, que lleva vaqueros, zapatillas, un jersey y un gran abrigo negro; ya es de noche. Bajo la luz anaranjada de las farolas está todo oscuro y hace un frío que pela. Vamos andando despacio hasta la calle principal y Tam para un taxi.

«Me he hecho daño en el brazo, ¿sabes?», le cuento a la Carmelita esta.

«¿Cómo lo llevas?», le pregunta Tommy.

Carmelita dice que bien con un poco de vergüenza, con todo el pelo en la cara, mientras Tommy abre la puerta del taxi. Subimos ella y yo. «¿Seguro que podéis ir solos?», pregunta Tam.

«Sí, Tommy, todo va de puta madre.»

Así que al final Carmelita y yo acabamos en Urgencias. Está a reventar de los pirados habituales, en su mayoría, felinos que se han pasao de nébeda y se han lanzao a la vez sobre el mismo cuenco de leche, y luego se han peleao y han acabao a zarpazo limpio. «Debes de echar de menos España y tal», le digo. «Ahora allí se estará de puta madre.»

«Sí. Este invierno ha hecho mucho frío, muchísimo más que en Sevilla.»

Esta chavala mola bastante; sí que es triste pensar que una tía joven pueda querer hacer algo así. Eso demuestra que en realidad nadie sabe lo que pasa en la cabeza de los demás. Ahora sí que no entiendo nada, ¿sabes? «¿No te gusta trabajar aquí?»

Mira directamente al frente antes de volverse hacia mí: «Mi madre está enferma y mi novio... murió en un accidente de moto. La familia de aquí no me trata bien. Me emborraché muchísimo y estaba tan, tan mal... Por suerte, Dios os envió a buscarme a ti y a tus amigos.»

«Eh, sí, eso», le suelto. Más bien fue Begbie el que nos envió a dar el palo o, en el caso de Rents y Sick Boy, el jaco los envió a buscarla. En cualquier caso, supongo que el capo celestial obra de maneras misteriosas, y fijo que podríamos haber sido Sus agentes y tal. Él haciendo de M, del Bernard Lee ese; nosotros, de Bond, y Carmelita, de espía extranjera exótica a la que salvamos a lo grande. *Enviados por el jaco a salvarla.* Con lo que ahora mismo me duele el brazo, no me importaría meterme un chutecito de *Salisbury*, ¿sabes?

Fuaa, tío, se nos acerca una monada de enfermera de ojazos enormes, melena rubia, recogida, y flequillo sexy. Con esta gatita no me importaría compartir cesto. «¿Carmelita Montez?»

Carmelita me mira con sus enormes ojos llorosos y me tiende la mano. Yo se la cojo torpemente con la buena. «Gracias, Danny...», me dice entre lágrimas, mientras la enfermera ultrabuena la acompaña a una de las consultas.

Es una chavala muy maja y no nos va a chotar, eso lo sé. Sé que está mal ocultar a los chicos lo de las *coos and bulls*,[1] pero se han llevado un montón de cosas más que se pueden repartir, ¿sabes? El caso es que lo único que quiero es que me den una dosis aquí arriba, porque me encuentro fatal, fatal, fatal, tío. ¿Sabes cómo te digo? Me pregunto si estos mendas pondrán inyecciones de morfina por un brazo reventado. Es que si no, salgo pitando a todo gas a casa de Johnny Swan con todos los anillos, collares y pulseras estos en el bolsillo.

1. Argot rimado: *coos and bulls* («vacas y toros») por *jewels* («joyas»). *(N. del T.)*

Alexander se lo monta guay en la cama. Hace el amor como si quisiera que lo disfrutaras tú, no para darse placer él y ya está, que es lo que hacen algunos a los que podría nombrar. De todos modos, me flipa cuando empieza a decir que soy preciosa y que quiere verme más a menudo. Es mi jefe, nos vemos todos los días, le digo. No me refería a eso, me suelta él.

Preciosa. Era lo que solía decir mi padre: la primera vez que vi a tu madre en el Alhambra –no el pub, sino el salón de baile, añadía siempre–, nunca había visto cosa tan preciosa.

Sé que no estoy mal y que puedo ponerme monísima, pero cuando un tío te dice que eres preciosa, ¿de qué va? Flipas, y me quedo corta.

Quiero explicarle que esto es un pasatiempo agradable, pero nada más. El problema es que, en efecto, es mi jefe. Juro por Dios que se me da de cine complicarme la vida. El fin de semana anterior lo pasó en mi piso. No fue buena idea. Se dejó un neceser en el cuarto de baño, con sus cosas de afeitar; maquinilla, crema y brocha. No paro de repetirme que tengo que llevárselo al trabajo, pero por algún motivo no puedo. No sé por qué. A lo mejor porque llevarlo a la oficina quedaría chabacano. ¡En cualquier caso, no es por él! Lo dicho, no es más que un pasatiempo agradable.

De todas formas, tras la sesión de esta tarde, subo al Hoochie, donde he quedado con Hamish. Está loco por la poesía y le gusta lo que escribo. Ya sé que suena gilipollas, pero quedamos, tomamos café, nos fumamos unos petas y leemos lo que ha escrito cada uno. Hamish y yo nunca follamos; no sé si es maricón, tímido con las tías o sólo me ve como una amiga, porque es un tío raro y es difícil pillarle el rollo, pero a mí me cae bien. «No soporto que los amigos se peleen ni tampoco que follen entre sí», me dijo una vez, aunque sonaba un poco a discurso preparado. Antes yo le preguntaba si era gay, pero siempre me contestaba que no le interesaba el sexo con los hombres. En realidad no es mi tipo, pero seguramente me lo follaría; tiene cierto carisma, y eso da mucho de sí. Hace un par de años, fuimos al festival de Reading juntos y luego a París unos cuantos días. Resultó extraño dormir en una cama con un tío sin follar con él, aunque una vez me desperté con una de sus manos encima de una teta.

Eso me hace pensar en mi madre, allí en casa, sin tetas, porque el bisturí del cirujano le ha amputado los dos pechos. Andrógina y esquelética; juro por Dios que se parece a Bowie en la portada de *David Live.* Tendría que ir más a verla, pero casi no me atrevo ni a mirarla. Ahora sé que, para no pensar en ella, me metería cualquier cosa: una polla, drogas, poesías, poemas, películas o simplemente trabajo.

Volvamos a París, volvamos a París, volvamos a París...

... en una discoteca conocí a un francés que me puso supercachonda, cosa que, por lo visto, jorobó a Hamish, aunque no lo bastante para que intentara follar él conmigo. Es como una zorra delgadita (lo dijo Simon una vez), con los ojitos, de niña, que se le llenan de lágrimas cuando lee sus poemas en voz alta, y además se pone como de color rosa orgasmo. Que es la clase de tío que estaría muy solicitado en la cárcel, vamos, y me quedo corta.

Me mosqueé un huevo cuando Mark Renton y Keith Yule entraron en el grupo de Hamish, porque empezaron a dejarse caer por el Hoochie. Supongo que lo consideraba más o menos mi territorio y no quería que un montón de macarrillas de Leith viniera a joder la marrana y a bajar el nivel. (¡Menos Simon, claro!) Los de Leith miran por encima del hombro al resto de Edimburgo: creen que si no has nacido en Leith no vales nada. Aunque haya vivido toda la vida en Leith, lo cierto es que nací en Marchmont y, por tanto, soy de Edimburgo total. Otra cosa es que durante un tiempo más o menos salí con el hermano de Mark, Billy, aunque entonces todavía iba al colegio. Pero juro por Dios que nunca le dejé follar conmigo, aunque todo el mundo crea lo contrario o lo dé por supuesto. Ya ves: así son Leith y sus muchachos, y supongo que sus muchachas también.

De todos modos, llego al Hoochie, el rinconcillo que hay encima del Clouds, donde siempre se oye la mejor música y se conoce a gente interesante, y las primeras caras que veo son la de Mark (¡puaj!), con esos andares arteros tan suyos, y la de Simon (¡bien!), peinado hacia atrás, pero está en la barra hablando con la zorra esa de Esther, una arpía arrogante que se cree que caga rosas.

Por favor no te enrolles con ésa, por favor no te enrolles con ésa...

Juro por Dios que nunca me pongo demasiado celosa de las tías a las que se tira Simon, porque vamos por libre, cada uno a su aire, y no nos exigimos nada el uno al otro, aunque, a mí, él siempre me ha gustado, desde los tiempos en que estudiábamos en Leithy. Bueno, puede que algunas veces sí, porque hay zorras a las que sencillamente no soporto y Esther es una de ellas. Veo que Hamish está con Mark y que se acercan a dos chicas a las que conozco vagamente. Me parece que una es la que supuestamente le hizo una mamada a Colin Dugan, pero podría estar equivocada. ¡En cualquier caso, en esa compañía, las pobres no tienen la menor posibilidad de que se la metan!

Mientras me acerco a ellos, oigo mentir a Hamish con toda desenvoltura: «Wendy, Lynsey, os presento a mi buen amigo Mark. Es un bajista de gran talento.»

Y una mierda: ¡Hamish echó a Mark de *dos* putos grupos, por incompetente con el susodicho instrumento!

Mark, con los ojos caídos y goteando mocos por la nariz, suelta: «¿Qué tal tu música últimamente, H?»

«He dejado de tocar, Mark», dice Hamish pomposamente, y una de las chicas, la de melena rubia y ojos chulamente maquillados, parece quedar deshecha por la espantosa noticia. «Ahora sólo escribo poesía. La música es un género artístico grosero, vulgar y comercial; además, está en bancarrota espiritual.»

La rubia (Lynsey, creo) pone cara de falsa pena, mientras que Wendy, la posible especialista en mamadas, no reacciona de ninguna manera. Hamish me ve a su lado y me da un beso en la mejilla. «Eh..., Alison. ¿Qué tal?»

«Bastante bien», le digo con una sonrisa.

Mark está venga a babear a las chicas con sus chorradas habituales. «Yo y unos amigos de Londres estamos en un proyecto de art-rock industrial», miente a toda máquina, y me guiña discretamente un ojo. «Es un poco del rollo Einstürzende descubre a los Meteors en sus comienzos –cuando "In Heaven", más que cuando "Wreckin Crew"–, pero con ritmo disco cuatro por cuatro y mucha influencia ska, y una vocalista a lo Marianne Faithfull. Imaginaos unos Kraftwerk que hubieran follado mogollón durante la adolescencia y frecuentaran pubs de franquicia de cerveceros escoceses y de Newcastle, siempre con Labi Siffre y Ken Boothe en la gramola y soñando con curros bien remunerados en la fábrica de Volkswagen de Hanover.»

«¡Suena chulísimo!», suelta la rubia que quizá sea Lynsey. «¿Y cómo os llamáis?»

«Fortification.»

Ése es el momento que Hamish, al que Mark ha pillado ligeramente a contrapié, aprovecha para cambiar hábilmente de tema y volver a sus poemas «influidos por Baudelaire, Rimbaud y Verlaine», y también para que una de las chicas diga no sé qué de *Marquee Moon*. Yo también aprovecho para meter un codazo a Mark y darle un toque de atención. «¡Buscavidas de The Fort bajando el nivel!»

Me mira de arriba abajo. Aunque va colgado, me clava una mirada admirativa que nunca le había visto. «Uau, Ali. Estás guapísima.»

No es la clase de cumplido que esperaba de él, pero a Hamish lo pone en estado de alerta y se vuelve a mirarnos. «Y tú tienes una pinta muy... de Mark.»

Él se ríe y me indica que nos apartemos un poco, mientras Hamish sigue largando un rollo a las chicas sobre un concierto que dieron una vez Mark y él en el Triangle Club de Pilton. «¿Qué tal te va?»

«A mí bien. ¿Y a ti?»

«Bastante bien. Aunque los porteros no han dejado entrar a Spud sólo porque llevaba el brazo en cabestrillo.»

«¡Pobre Danny!»

«Pues sí, ha tenido que volver a casa. Antes he visto aquí a Kelly. Iba con Des.»

«Sí.»

Mark baja la voz y se agacha hacia mí. Es más alto de lo que parece a primera vista. «¿Tienes algo en perspectiva?»

«¿Te refieres a lo que creo?»

«Sí, creo que sí.»

«No; antes he llamado a Johnny, pero o no estaba o no quiso coger el teléfono.»

«Ya, yo también», suelta él. Luego se produce un silencio al que le sigue una pregunta: «¿Cómo va lo de tu madre?»

«De puta pena, y me quedo corta», suelto yo, que no quiero hablar del tema, aunque sea amable por su parte preguntármelo.

«Ya..., lo lamento. Eh, cuando sepas algo de Johnny o Matty y tal, dame un toque», solicita.

«Gracias. Vale, tú también», digo yo.

Hamish se aparta de Wendy y Lynsey y me entrega un libro delgadito de poemas. «Te cambia la vida», dice, y Mark pone los ojos en blanco.

«Muy bien..., gracias...», suelto yo, pero estoy pendiente de Simon, que sigue en la barra, charlando con la asquerosa de Esther. Lynsey pregunta a Hamish por el libro y él empieza a rajar acerca de la obra de Charles Simic. «¿Puedes creerte que hubo un tiempo en el que no hablaba ni una palabra de inglés?»

Me vuelvo a Mark. «Hubo un tiempo en que ninguno de nosotros hablaba una palabra de inglés», suelto yo, y él me suelta una sonrisa de oreja a oreja; señalo a Esther con un movimiento de cabeza. «¿Te parece guapa esa rubia platino con la que está hablando Simon?»

Mark echa un vistazo y poco menos que se le cae la baba. «¿Marianne? Claro, está como un tren.»

«Ésa no es Marianne, es Esther.»

«¿Sí? Pues parecen idénticas.»

«Pues sí: son totalmente intercambiables. Vamos a acercarnos a saludar», le digo, y me guardo el poemario de Hamish en el bolso. En cuanto Simon me ve, se acerca inmediatamente y nos lanzamos el uno en brazos del otro. Él hunde la cabeza en mi cuello y cuchichea: «Hola, preciosa, no digas nada, sólo quiero abrazarte.»

Eso hago, pero, sin poder evitarlo, le suelto una sonrisa a Esther por encima del hombro de Simon; ¡le he encasquetado al guarrete de Mark! ¡Ja! Juro por Dios que cuando Simon y yo nos morreamos parece destrozada, y oigo a Mark dándole la brasa, primero con el elepé de los Simple Minds, *New Gold Dream*, y, luego, con su proyecto ficticio de rock and roll industrial, al que añade algunos ingredientes nuevos sobre la marcha. Mientras a mí se me va la cabeza gracias a la lengua y al aroma de Simon, oigo a Esther quejarse con voz ronca de lo difícil que tiene que ser conseguir que encajen los distintos elementos entre sí. Simon y yo nos damos un respiro y contemplamos el espectáculo. Mark le da la razón: «Ése es el desafío fundamental al que nos enfrentamos, pero también el que hace de la tarea algo tan intrínsecamente gratificante...»

Ella pregunta cómo se llama el grupo y él se lo dice, pero, a consecuencia de la molienda mandibular debida a la anfetamina, Mark está colgado y habla entre dientes, de manera que lo que le sale de la boca suena algo así como «Fornication», por lo que Esther cree que le está vacilando que te cagas, ¡y nos mira a nosotros como para que intercedamos! Entonces llega una chica asiática muy mona, pero con un acento barriobajero total; se acerca y suelta: «¡Me he metido tanto *speed* que se me va la olla!», y Mark se limita a encogerse de hombros y deja de hablar con ella.

«Yo también», dice él, entusiasmado, y Esther se da cuenta de que hasta Mark pasa de ella.

Parece que va a decirle algo a Simon, pero él la corta: «Ya hablaremos», y me lleva de la muñeca a una esquina, a charlar un ratito agradable en la intimidad. Miro a Esther: *¡toma ya, zorra pija de mierda! ¡Los mejores rabos de Leith se quedan en Leith, joder!*

El volumen está mucho más alto de lo normal y tenemos el altavoz muy cerca de nuestro asiento, así que no nos queda otra que gritarnos al oído para poder hablar. Me tiro del cinturón hacia arriba por detrás para asegurarme de que llevo tapada la raja del culo y pregunto a Simon por eso de que no hayan dejado entrar a Spud sólo por llevar el brazo en cabestrillo.

«Yo en este asunto estoy con el personal de la puerta», dice desdeñosamente. «Un fallo de estilo imperdonable. Y el hecho de que tenga esa pinta de borrachín callejero fijo que no ayudó.»

Entonces empezamos a hablar de Maria Anderson, porque mi hermano y sus amigos salen con ella y con sus amigas del cole. La gente dice que Simon y ella están saliendo. Yo no me lo acabo de creer, porque no es más que una niña, ¿y por qué iba a hacer eso él, cuando tiene montones de novias?

Pone cara triste y me cuenta que, sin darse cuenta, se ha metido en una pesadilla. «Es un desastre», se queja, mientras Prince anima a los juerguistas a desmadrarse. «Somos vecinos y, después de la muerte de su padre y de que encarcelaran a su madre, me sentí un tanto responsable, porque ella se negaba a ir a Nottingham, a casa de su tío.» Respira hondo y mira al techo. «El problema es que se ha colgado de mí, y lo que es peor, del jaco. También intento alejarla de él, pero es lo único que quiere.»

«Pero ¿qué tiene todo eso que ver contigo? ¡No es justo que tengas que apechugar con ese rollo!»

«Es culpa mía. Fui un estúpido..., ay, mierda», gime. «Acabamos en la cama..., me acosté con ella. Quería consolarla y estaba tan necesitada y tan desesperada, que una cosa llevó a la otra. Fue un gran error.»

«Joder, Simon», le digo, a modo de reprimenda, pero sin que parezca que estoy celosa, porque, la verdad, un poquitín celosa sí que estoy. De todas formas, con todo lo que ha pasado, no se le puede reprochar a esa chica que ande despendolada.

«Era tan joven y estaba tan afligida... Ahora veo que fui débil e idiota y que me aproveché de una chavalita que se encontraba en una mala situación. Ahora ella se cree que salimos. La semana que viene iré a ver a su madre a la cárcel y, con un poco de suerte, la convenceré de que vuelva a casa de su tío y se ponga las pilas. Este desastre... ¡me ha hipotecado la vida! Yo sólo quería hacer lo correcto, pero me ha salido el tiro por la culata a lo bestia.» Simon respira hondo y mira con expresión ausente hacia la pista de baile. «El caso es que, incluso ahora, estoy preocupadísimo por ella, que estará sola en ese piso; nunca se sabe lo que puede llegar a hacer una chiquilla en su estado. Ya le ha montado un pollo al tipo que mató a su padre, Dickson, el del Grapes. Me preocupa que pueda acabar como su madre o su padre: en la cárcel o bajo tierra. Y anda por ahí con unos tíos muy sórdidos; intento mantenerla alejada de ellos, pero no puedo estar todo el día encima de ella. Es un asco..., es todo... tan retorcido...», dice abatido. «Y no puedo seguir acostándome con ella y dándole puto jaco, pero es lo único que la tranquiliza... Tendría que estar sacándose el bachillerato», dice con voz entrecortada y abatida; me mira a los ojos. «Dios, aquí me tienes, venga a soltarte el rollo con mis movidas, cuando tu madre...» Me coge la mano y me la aprieta con fuerza.

Noto que los ojos se me llenan de lágrimas. «Lo siento, Simon, yo...», y soy incapaz de hablar, con la música y la gente rodeándonos por todas partes. Al final me oigo decir en voz alta: «¿Por qué será tan asquerosa la vida?»

«A mí que me registren», dice él, al tiempo que me aprieta la mano con más fuerza; también a él se le empañan los ojos. Acto seguido, cuando empieza a sonar "You're the Best Thing", de Style Council, echa una mirada de asco a su alrededor.

«¿No te gusta esta canción?»

«Me gusta *demasiado:* es demasiado buena para los falsos y los gilipollas que hay en este tugurio deprimente», me espeta. «Me revienta que a esta gente le esté permitido oír música como ésta.»

«Entiendo lo que quieres decir», digo, y asiento con perplejidad; cuando miro a Esther, creo que más o menos capto lo fundamental. Está preparando el terreno para huir de las virulentas voces que dan Mark y la chiquita asiática, que ahora recuerdo que se llama Nadia.

«Oye, ¿qué te parece si vamos a casa de Swanney, pillamos algo y nos vamos a tu casa o a la mía a hacer un poco eso que tanto nos gusta, y pasamos el rato charlando tranquilamente? Los dos tenemos un montón de problemas y esta peña de aquí empieza a sacarme de mis casillas. Mark se está volviendo un poco loco con el jaco y el *Lou Reed;* no es que yo sea un angelito, pero es que se ha vuelto miope perdido, joder...»

Vemos a Mark venga a despotricar con esa chifladilla de Nadia; como van los dos de *speed,* no paran de moverse.

«He ahí un matrimonio basado en los polvos», dice Simon con una sonrisita de suficiencia, y luego añade: «Prefiero que pillemos antes de que ese capullo se presente en casa de Johnny, porque si no, nunca nos lo quitaremos de encima.»

A mí no hace falta que me convenza de ninguna manera. La velada de poesía y café con Hamish tendrá que esperar. Y Alexander me había dejado un mensaje diciendo que quería quedar, pero ahora eso también ha quedado borrado de la agenda de esta noche. «Guay. Vámonos.»

Salimos a la calle; la noche está fría. Algo inefable me da vueltas en la cabeza. Simon tiene la mano calentita y su aliento ardiente es como si te susurraran ángeles al oído.

La puerta de la calle del bloque en el que vive Johnny está abierta; alguien ha reventado la cerradura y el portero automático; donde estaba el panel de aluminio con los timbres sólo queda un agujero negro con los cables colgando; parecen un puñado de espaguetis. Al llegar al primer piso le oímos discutir con un tío que también le grita a él y que tiene una voz que me suena de algo: «¡No tienes ni puta idea, colega!»

Simon me lleva a las sombras del fondo de las escaleras.

«Han trincado a tu colega, Michael», oímos decir a Johnny en tono burlón, «no a ti, tú sigues en el terreno de juego. ¡Busca otra forma de sacarla, coño!»

«Ya te lo he dicho: ese cabrón nos chota en un minuto. Ten cuidado», medio cuchichea el tío; luego da media vuelta y lo oímos bajar las escaleras. Se para, estira el cuello hacia arriba y grita: «¡Se acabó lo que se daba!», y da media vuelta de nuevo y casi choca de morros con nosotros; nos hace a un lado con muy mala cara, pero, al verme, se vuelve un momento para mirarme otra vez. Johnny lo ha seguido hasta la primera planta. Parece un tanto sorprendido de vernos, y luego le suelta al tío un *ciao* teatral a voz en cuello, pero el otro no contesta. El caso es que ya sé dónde he visto antes a ese hombre: con el hermano de Alexander, en aquel pub de Dalry Road.

«Putos negocios», dice Johnny, encogiéndose de hombros, pero está muy tenso y muy enojado. «Esta puta cueva empieza a parecerse a la estación de Waverley. No entiendo cómo la policía no ha hecho una redada.»

«Estamos en Edimburgo», dice Simon riéndose. «La poli de esta ciudad no pone mucho empeño en hacer que se cumpla la ley.»

Subimos al piso y hacemos el trapicheo. Johnny quiere meterse un poco de jaco con nosotros ahora mismo, pero estamos ansiosos por largarnos. Entonces llaman a la puerta. Es Matty. Johnny le hace pasar con cara de pocos amigos y vuelve a la sala de estar. Matty lo sigue como un perrito faldero ansioso. «Ali. Si», nos saluda.

«Matteo», dice Simon. «¿Qué tal estás? Se te ve un poco pálido y desmejorado, amigo.»

«Bastante bien», dice él. La verdad es que tiene muy mala pinta; se le han puesto los ojos colorados y es como si tuviera un lado de la cara embadurnado de tierra. Prácticamente, hace como si no estuviéramos y echa una mirada fulminante a Johnny. «Joder, tengo que pillar. Mikey Forrester también.»

«Entonces, enséñame el color de la pasta, chaval», le dice Johnny con frialdad.

Simon me hace un gesto como diciendo «pasemos de este rollo» y nos largamos. Mientras nos vamos, Johnny y Matty empiezan a discutir, y la cosa parece ir subiendo de tono según bajamos las escaleras, donde casi nos damos de narices con Mark, que sube a toda prisa con cara de pulpo desquiciado; entonces oímos cerrarse de golpe la puerta de Johnny. Me pregunto a qué lado de ella se habrá quedado Matty. «Marco...», dice Simon, enarcando una ceja y señalando su espantoso forro polar verde. «¿Qué *no* se pondrá el elegante hombre de mundo...? Imagino que no habrá habido suerte con las nenas, ¿verdad?»

«¿Adónde vais?»

«A una fiesta. Para dos. En el sentido de que no estás invitado», dice Simon con rotundidad; luego señala el piso de arriba y añade: «Si pretendes pillar, yo que tú subiría ahí cagando leches. El joven Matteo acaba de llegar con un fajo que podría atragantar a un caballo y mentando a Forrester como si fuera el rey del mambo. Creo que pretende aprovisionar a todo Muirhouse.»

Mark no necesita que se lo digan dos veces: nos hace a un lado y sube las escaleras como una exhalación. El ruido que hace al aporrear la puerta de Johnny ahoga nuestras risas al tiempo que salimos a la calle.

Andamos un rato, paso a paso, por el negro pavimento y bajo una lluvia incesante. Estamos completamente empapados y cogemos un taxi hasta mi piso, en Pilrig. Pongo en marcha el radiador y me voy a la bañera a buscar unas toallas. El neceser de Alexander sigue ahí, encima de la cisterna. Lo echo al cesto de la ropa sucia, no vaya a ser que lo vea Simon. Vuelvo al cuarto de estar con el pelo envuelto en una toalla, le doy otra a él y pongo el contestador para oír los mensajes.

«Aquí papá, princesa. Sólo quería contarte que anoche mamá durmió muy bien, muy apaciblemente. Estaba un pelín nerviosa y aturdida por la medicación que le están dando...»

Simon me aprieta la mano con fuerza. Qué majo es.

«... pero te manda mucho cariño y dice que le apetece mucho verte. Hasta luego, cielo..., te quiero.»

«Hola..., soy yo...»

Alexander.

«... me preguntaba si estarías en casa..., está claro que no. No importa. En fin, hasta el lunes.»

Simon me suelta la mano. Enarca una ceja, gesto que acompaña con una sonrisa irónica, pero sin decir nada. La siguiente es Kelly, con voz emocionada y de pito.

«¿Dónde te has metido? Anoche vi a Mark en el Hooch. He tenido una peleíta con Des. ¡No veas qué flipada! ¡Llámame cuando oigas el mensaje!»

Simon me mira, pero los dos sabemos que ahora mismo no voy a llamar a Kelly ni a nadie. «¿Así que sigue con Des?»

«Sí, pero alucina con lo que me ha dicho: ¡que le mola Mark!»

«Hummm», dice Simon. «Se me ha venido inmediatamente a la cabeza la expresión "salir de la sartén para caer al fuego".»

Asiento y me voy al frigorífico a echar un poco de vodka a palo seco encima de unos cubitos de hielo, tan fríos, que el ruido que hacen al crujir recuerda el de los huesos al astillarse. Me fijo en el polvo blanco que contiene la bolsa de plástico que nos ha dado Johnny.

«¿Te mueres de ganas?», pregunta Simon.

«Estoy bien», le digo bruscamente. Me gusta tomar un poco de jaco de vez en cuando, pero tampoco es que sea una puta yonqui, como Johnny, Mark o Matty.

«Creo que sería estupendo que nos acostáramos e hiciéramos el amor primero», dice él.

Eso me apetece pero *ya*. Vamos al dormitorio, y empiezo a quitarme la ropa mojada, pero me cuesta quitarme el top, que se me ha quedado pegado. En cuanto me deshago de él, miro a Simon, que se desnuda lentamente y dobla las prendas una a una, con primor; pienso que, quitándole a él, el mejor sexo del que he disfrutado ha sido con Alexander, que tendrá unos treinta y cuatro años o así. Los tíos mayores son mejores amantes, porque saben orientarse por el cuerpo de una mujer, pero me costó siglos conseguir que me echara un polvo. Me dejaba chupársela, pero era como si pensara que una mamada no era una infidelidad o algo así. Después me devolvió el favor, y estuvo bien, pero pensé: «Me cago en la puta, otra vez lo de Nora», pero la primera vez que follamos fue guay (para ser la primera vez). Entonces él lo echó más o menos a perder hablando de su mujer, de la que estaba separado, y yo se lo dije claro: si vamos a repetir la jugada, no quiero volver a saber nada de esa mierda. No sé si es porque no ha estado con muchas mujeres o porque lleva mucho tiempo sin estar con ninguna, pero ¡era como si se creyera que pretendo que se case conmigo, joder! ¡Vaya pajas mentales que se hace!, y me quedo corta. Eso sí, tiene un polvo cojonudo. Pero Simon folla como un tío mayor, como si tuviera todo el tiempo del mundo, y antes de metértela te pone a mil. Primero te hace el amor, luego te folla y luego te hace el amor otra vez, de manera que siempre te tiene en danza. Sale a cuenta pasar la noche con él. No piensas en nada más todo ese rato, y eso es lo que necesito: no pensar en nada más.

Empezamos a morrearnos: besos cochinos y húmedos, y algo rojo e inmaculado va acumulando fuerzas en mi interior. Me cuchichea al oído: «¿Alguna vez un tío te ha hecho el amor por el culo? Me apetece mucho hacerlo así.»

Se me va el calentón a tomar vientos directamente, porque eso no me dice absolutamente nada. Es más, me quedo corta: la idea de tener el pollón de Simon metido en el nalgamen me revuelve las tripas, pero entonces se me viene a la cabeza, como una inspiración, el consolador que se dejó Nora. «¡Te dejo darme por el culo si tú me dejas hacértelo a ti primero!»

«¿Qué...? No seas... ¿Cómo vas a...?»

Me levanto de la cama de un salto, voy al armario y saco el consolador de la estantería de arriba; me lo pongo con la correa, como hizo Nora, apoyando la base contra el hueso púbico.

Las pupilas negras de Simon se dilatan y echan chispas. «¿De dónde cojones has sacado eso?»

«¡Eso es lo de menos! Quiero follarte el culo a ti primero», le digo. Muevo las caderas y me fijo en la forma en que mi gran rabo negro se menea de un lado a otro.

Él enarca una ceja dubitativa. «Sí, claro. *¡Eso* no me lo vas a meter por el culo!»

«Pero si es del mismo tamaño que tu polla», le digo, aunque creo que el consolador es un poco más grande. Pero el cumplido parece apaciguarle, los labios le tiemblan y veo un indicio de reflexión en sus ojos. Así que le suplico: «Venga, será divertido. Luego me lo haces tú a mí.»

«Ah..., no sé...»

«Vamos, Simon. Será una experiencia. Vas a disfrutarlo mucho más que yo.»

«Sí, claro», dice él. «¿Y eso por qué?»

«Porque tú tienes una próstata que estimular y yo no. La próstata es una zona sensible. Mi amiga Rachel es enfermera y me lo ha explicado todo. A ti te pasan muchas más cosas por ahí que a mí. Fíjate en los homosexuales; disfrutan igual recibiendo que dando, ¿sabes?»

Él lo piensa un poco. «¿Seguro?»

«Sí», insisto, y empiezo a embadurnar el consolador de vaselina. «No te haré daño.»

Simon hace rechinar los dientes, se mofa como si eso fuera imposible. «Vale, me apunto, hagámoslo. Probaré lo que sea una vez..., pero con un tío no, ¡por supuesto!»

«Te va a encantar.»

«Sí, ya», dice él con cara de incredulidad.

Así que se acuclilla en la cama con las piernas separadas. Pone el culo en pompa; es como el de una chica, pero más musculado y peludo donde la raja. No es que haya visto muchas rajas de culo de tías, pero ésta es más peluda de lo que imagino que serán las de ellas. Alineo la punta del consolador y se lo introduzco. Parece que el culo cede un poco para que entre el glande, y luego se estrecha en torno a la verga.

«Ay..., mierda...»

«¿Te encuentras bien?»

«Por supuesto», salta él.

Se lo meto un poco más. Luego lo saco otro poco y lo vuelvo a meter...

«Oh..., ah..., escuece un huevo...»

Aprieto, Simon se deja caer lentamente en el colchón y me coloco encima de él, metiendo y sacando, follándolo lentamente, introduciéndole el consolador cada vez un poco más, y él se tensa y se relaja, y luego vuelve a tensarse. No para de gemir y agarra la colcha con fuerza, con ambas manos, pero no es el único que disfruta. «Está guapo que te cagas, ¿eh? Te estoy dando por culo porque eres una zorrilla de los Banana Flats», le espeto, gozándola y excitada que te cagas, chorreando y acariciándome el clítoris con los dedos de una mano y sujetándolo por el hombro con la otra.

Me froto con los dedos y con la base del consolador, me masturbo a la vez que lo follo a él, *un tío*, y juro por Dios que sienta de maravilla controlar totalmente el ritmo, penetrar...

Estamos dándole, dándole, dándole...

«¡EUUGGGGGG!», Simon se retuerce de repente, se pone rígido y luego se suelta del todo y se relaja. Suelta unos gemiditos como si se le hubieran quedado medio atrapados en la garganta.

Me tiro del clítoris, me lo froto, ¡Y JODER, ESTOY A PUNTO DE EXPLOTAR! «¡QUÉ GUAPO, JODER... FUAA... fua... fua... ayy... EEEGGGH...»

Me derrumbo encima de Simon. Parecemos un montón de árboles talados, como los de Alexander, listos para la hoguera. Me quedo un rato boca abajo, encima de él, y le noto los huesos nudosos y los músculos de la espalda en las tetas y en el vientre, que se me aplastan. Luego me incorporo y, más que tirar del consolador para sacárselo, veo que lo expulsa como si fuera una cagada, y se queda despatarrado encima de las sábanas. Me desabrocho el aparato y lo levanto a contraluz. Resplandece de vaselina, pero no se ve ni rastro de mierda. «¿Qué tal? ¿Has disfrutado?»

«Ha sido... un tanto clínico...», medio farfulla contra las sábanas.

Tiro el consolador al suelo y pongo a Simon boca arriba. Él se da la vuelta obedientemente y se queda con los ojos entreabiertos. Entonces veo unas manchas pegajosas de semen en las sábanas, y también en su estómago y en el pecho. «¡Te has corrido!»

«¿Sí...?» Abre los ojos de golpe y se incorpora; está muy alterado. «No me había dado cuenta...» Me mira con los ojos desorbitados, y me dice: «Oye, Ali, no te pongas a contar esto por ahí, ¿eh?»

«Claro que no, yo no voy contando mis aventuras sentimentales por ahí. ¡Esto queda entra tú y yo!»

«Vale..., vale...», dice él. Nos tapamos con las sábanas y nos metemos en la cama. «Ha sido un poco intenso, pero eso es porque ha sido contigo», me dice, y me estrecha contra su cuerpo. Me encanta cómo huele; algunos chicos huelen fatal, pero Simon huele dulce, como a pino, como me imagino que olerá una colonia de las caras.

«Para mí también ha sido intenso porque ha sido contigo», le digo. «No podía dejar de acariciarme...» Le cojo la polla y se le va endureciendo, me separa los dedos. «Fóllame», le cuchicheo al oído, «fóllame el coño a lo bestia y dime que me quieres...»

Simon pone una cara inexpresiva y cruel y me mira como si fuera a recordarme nuestro pacto, pero no: se coloca encima de mí y empuja lentamente contra mi coño, y todas mis fibras ansían más mientras me cabalga estupendamente de esa forma tan suya, primero despacio, luego rápido, y me dice «te quiero» (y sé que no lo dice de verdad) y luego cosas en italiano, y nado entre nubes al tiempo que tengo un orgasmo tras otro, y estoy tan desquiciada que, cuando por fin se corre y grita: *«Avanti!»*, la verdad es que es un puto alivio.

Sudorosos, nos abrazamos; por suerte, parece que se le ha olvidado mi ojete por completo, aunque sospecho que es porque está pensando en el suyo, o quizá en el jaco.

En las inmediaciones del valle de los Trossachs, la nieve se amolda en gruesos montones prietos, como nubes caídas, a las colinas altas y a los tejados de las casas buenas. Algunas ventanas ya resplandecen con las luces de los árboles de Navidad. En la cárcel de mujeres, Janey Anderson ve desde su celda los grandes copos que caen del cielo y desea ver más. La nieve nunca había sido un adversario. ¿Pero qué clase de Navidad iba a ser ésa?

Janey se anima un poco al salir de la celda y unirse en el pasillo a una fila de mujeres, encabezada por una sola, de uniforme, que va abriendo puertas cerradas, una tras otra. Finalmente llegan a la sala de visitas y cada interna se sienta ante una de las mesas, que están ordenadas en filas. Al cabo de unos minutos, empiezan a pasar las visitas de una en una y de pronto aparece Maria, que va hacia ella y la saluda con una sonrisa forzada.

La escasa experiencia de Janey Anderson ya le ha mostrado que la cárcel de mujeres puede ser tanto un refugio como un lugar de encierro. Maria parece asustada y necesitada de protección. Tiene unas ojeras tan moradas que parecen hematomas. Lleva el pelo enmarañado en algunos sitios y lacio y grasiento en otros, y en la barbilla luce dos granos a punto de estallar. Ésa no era su niña, sino más bien una versión Bizarro[1] de ella; parece una refugiada de ese mundo paralelo de los cómics DC que coleccionaba su hermano Murray. Maria se queda de pie, así que Janey se levanta instintivamente y le tiende los brazos. «Cariño...»

1. El Mundo Bizarro (también llamado Htrae, «Earth» al revés) es un planeta ficticio del universo de los cómics DC, habitado por Bizarro y sus compañeros, versiones Bizarro de Superman, Lois Lane y su descendencia. *(N. del T.)*

Una boqui corpulenta de pelo rapado que, al parecer, le ha tomado inquina, quizá porque ambas son más o menos de la misma edad, aprovecha la ocasión para advertir a Janey acerca del contacto físico. Vuelve su cuello de toro hacia ella y le ladra: «¡Basta! ¡No pienso repetírtelo!»

Janey se derrumba de nuevo en el asiento y no da crédito a sus ojos cuando lo ve *a él* detrás de Maria, con una actitud de superioridad que la asquea en lo más profundo de su ser. ¡Coke ha desaparecido, ella está encerrada aquí dentro y este usurpador rodea con el brazo los frágiles hombros de su hija, Maria, que se supone que tenía que estar sana y salva en Nottingham, en casa de Murray y Elaine! ¡Y qué decir de la carta que le había enviado!

«¿Qué haces tú aquí?», pregunta, mirando a su antiguo vecino, el amigo de su difunto esposo y, de forma tan pasajera como vergonzosa, su amante.

«Vas a pasar aquí unos meses, Janey», responde él mientras acerca una silla y echa una mirada a Maria, como si le diera permiso para hacer otro tanto. «Alguien tiene que cuidar de Maria», dice despectivamente y con tono de aprovechado.

«¡Ya sé lo que entiendes tú por cuidar!», exclama Janey, incrédula, entrecortadamente. «¡No es más que una niña!»

Simon –había oído decir que se apodaba Sick Boy– se deja caer en el duro asiento con una mueca de incomodidad y luego se arrellana en él en la medida de lo posible. Mira las filas de visitantes que ocupan las sillas con una expresión de asco y nerviosismo, o eso se le antoja a Janey, pero esa sensación remite enseguida, en cuanto el chico se sienta derecho y erguido y llena la estancia con su presencia. Finalmente es Maria quien protesta: «Tengo casi dieciséis años, mamá.»

Janey tiene un escalofrío de vergüenza. Cuando Coke y ella se mudaron al lado de los Williamson, hacía ya tantísimos años, Simon era un niño pequeño. Ella era entonces una madre joven y había flirteado abiertamente con su padre. Y una vez, en Año Nuevo...

Ay, Dios mío...

Después se acostó con el hijo. Y ahora es él quien tiene a su hija, a su pequeña. «¡Pero mírate! ¡Fíjate en qué estado vienes! ¡Tendrías que estar en Nottingham, con tu tío Murray y con Elaine!»

De repente, Maria pone cara de asco y a Janey se le hiela la sangre al verla. «¡No voy a ir a ninguna parte hasta que haya dado a Dickson lo que se merece! ¡Es él quien lo ha destruido todo! ¡Seguro que fue él quien dio el chivatazo sobre lo de la pensión de papá!»

«Razón no le falta, Janey», tercia Simon Williamson inmediatamente.

«Tú cállate, coño», salta Janey. Boqui, la Tortillera Machorra, levanta un momento la vista de su novela de Ken Follett y le echa una mirada con esos ojos azul claro profundamente hundidos en unas carnes sonrosadas y fofas. Janey baja la voz, se echa hacia delante y mira a Simon con mala cara. «¡Tú...! ¡Con mi niña! ¡¿Qué clase de persona eres?!»

«Procuro cuidarla», replica Sick Boy con una expresión de indignación en sus enormes ojos. «¿Quieres que esté sola mientras tú pasas el rato en esta acogedora hermandad femenina? Nos ha dicho, tanto a ti como a mí, que no va a volver a Nottingham, aunque le he repetido hasta la saciedad que es donde mejor iba a estar. Así que muy bien. La dejaré en paz», dice, y levanta las manos en alto a la italiana, a lo cual, Boqui la Tortillera Machorra responde dejando el Follett sobre sus gruesos muslos, a modo de advertencia.

«No, Simon...», suplica Maria.

«Ahora ya no podría dejarte, nena, no te preocupes», dice; le pasa el brazo por la cintura y la besa en la mejilla sin dejar de mirar con cara de reproche a Janey. «¡*Alguien* tiene que cuidarte!»

Abatida, Janey no puede hacer más que clamar desde el otro lado de la mesa: «Pero... si no es más que una cría...»

«Tiene casi dieciséis años. Yo sólo tengo veintiuno», declara pomposamente Simon Williamson, aunque parece estremecerse levemente al caer en la cuenta de que Janey sabe que hace poco celebró su vigésimo segundo cumpleaños. «Comprendo lo que puede parecer desde fuera, y no estoy nada orgulloso de que nos hayamos embarcado en una relación, pero es lo que ha pasado. Así que asúmelo», le ordena, acercándole la cara hasta que la dureza del asiento le arranca una mueca de dolor.

Janey siente que se desmorona todavía más bajo esa mirada penetrante y baja la cabeza, pero enseguida la levanta bruscamente otra vez y mira a su hija a los ojos, aturdidos y fatigados. Y una reflexión aterradora va tomando cuerpo: son los ojos de una anciana.

«No soy un asaltacunas, Janey.» Sick Boy sigue mirándola fija y fríamente. «Como creo que sabes, por lo general prefiero mujeres más maduras.» Ahora Janey se ahoga de vergüenza en silencio.

Poco a poco, cambia el blanco de la ira silenciosa de Janey: con una claridad inquebrantable, se da cuenta una vez más de que fue la afición de Coke a la bebida la que les infligió a todos este sufrimiento. A él lo destruyó, a ella la llevó a la cárcel, a su hijo lo mandó a Inglaterra, a casa de unos parientes a los que apenas conocía, y a su hija la arrojó en brazos de este vecino tan turbio. Cada vaso al que se habían asomado sus estúpidos y aturdidos ojos y que se había llevado a aquellos labios grandes y gomosos, había ido acercándolos a todos un poco más a este horrible destino. Los sentimientos que albergaba por su difunto marido, en otro tiempo rodeados de toda suerte de ambivalencias, cristalizan en un odio incandescente.

Entonces Sick Boy le da a su hija otro achuchón, esta vez en el muslo, y a Janey le parece la prueba de una intimidad exclusiva. «Por violento que te resulte, quiero a esta chica y, mientras estés aquí dentro, voy a cuidarla como es debido», le informa.

Janey le vuelve a lanzar una mirada llena de odio y luego se dirige a su hija de nuevo. «¡Pero mírate! ¡Estás horrible!»

Maria se araña la piel de los brazos por encima de la blusa. «Hemos cogido la gripe...»

«Hemos pasado unas cuantas noches sin dormir, es cierto», tercia Sick Boy. «Pero ahora estamos bien, ¿a que sí, nena?»

«Sí. En serio, mamá», sostiene Maria.

Aunque la situación no la convence ni de lejos, Janey ve que no va a sacar nada en limpio de echar más leña al distanciamiento de su hija o de echar por tierra lo que, por vejatorio que resulte, parece ser su única fuente de protección. Y además había que tener en cuenta a Boqui, la Tortillera Machorra. Su archienemiga había dejado de leer *El ojo de la aguja*, de Follett, y empezó a pasearse como un pato entre las hileras de mesas, bajando el volumen al personal como un regulador de alta fidelidad; luego se coloca delante de la puerta y cruza sus brazos carnosos sobre una protuberancia pectoral y estomacal que parece una maleta.

La última fase de la atroz visita es un baile forzado en torno a banalidades; Janey tiene tanta necesidad de llamar por teléfono a su hermano, el de Nottingham, como Sick Boy y Maria de jaco. Cuando concluye el horario de visita, todas las partes están aliviadas.

«Tenemos que ponernos manos a la obra», le dice Sick Boy a Maria mientras salen por las puertas de la cárcel bajo la llovizna; van al casco viejo de Stirling, a la estación de ferrocarril, a coger un tren con destino a la estación de Waverley.

Un autobús los lleva hasta el principio de Easter Road, cruzan después los Links temblando de frío, azotados por un viento fuerte y una lluvia que hace daño en la cara. Pese a lo incómodo que les resulta, Maria mira alrededor con un asombro que a Sick Boy lo deja atónito, como si la desagradable caminata bajo la lluvia evocase el final del curso escolar y suscitase el recuerdo de los veranos inocentes de toda una niñez: tirarse en la hierba aturdida por el calor, las deslumbrantes calles vacías de tardes sin brisa, el chismorreo de las radios de los coches que pasaban por ahí, el intenso olor a diésel, la ebriedad melancólica de su padre, la voz ronca de su madre, que se oía desde el balcón en una noche polvorienta que caía con tal parsimonia que la desaparición de la luz parecía una estafa. Todo aquello se había terminado con la aparición incipiente de los pechos y de las caderas, que anunciaban juegos nuevos y más peligrosos, así como el despliegue de actitudes burlonas, desdeñosas y posturas distantes, defensas irrisorias contra las atenciones incesantes de muchachos asilvestrados. Sick Boy lamenta que le haya tocado ese papel en la retahíla más reciente de tragedias de Maria, pero le quita importancia diciéndose que, de no haber sido él, habría aparecido otro depredador menos compasivo y dispuesto a encargarse de la tarea.

È la via del mondo.

Saboteado por una emoción que se encuentra a mitad de camino entre la euforia y el pánico, Sick Boy se pasa la mano por el bolsillo de los vaqueros. ¡No era un sueño! Los billetes de diez que levantó a Marianne el otro día seguían allí, filosos al tacto. Ella le abrió la puerta y se le pusieron los ojos como platos; él entró directamente a por ella y la hizo callar con un beso. Mientras ella reaccionaba, Sick Boy recorrió el dormitorio con una mirada y vio el bolso encima de la cama. Con delicadeza, llevó a Marianne hasta allí y le metió la mano por debajo de la falda, le acarició los muslos y se coló en sus bragas. A punto estuvo de soltar un grito de victoria cuando, al tocar su inflamado clítoris con el índice, comprobó que estaba mojada y jadeante. Mientras le separaba los labios, le pasó el otro brazo por debajo de la cabeza y lo estiró hacia el bolso. Introdujo la mano en él y, con destreza, localizó los labios de latón de la boca del monedero y siguió avanzando en dirección norte hasta llegar al nudo apretado. Lo deshizo y separó lentamente los elegantes labios, introdujo los dedos: estaba lleno de billetes nuevos. Sacó un par del fajo prieto y doblado, sin dejar por ello de seguir trabajando lentamente los otros labios con la mano derecha al tiempo que presionaba la boca contra la de Marianne y la inmovilizaba en la cama. Siguió manipulando los dos pares de labios, uno con cada mano, y aflojó el ritmo de la derecha para ralentizar el orgasmo de Marianne hasta que la izquierda cerró los dos de latón y salió del bolso, no sin antes cerrar la cremallera tirando de ella muy lentamente. Entonces sacó el brazo de debajo de la cabeza de ella y, aumentando la presión en sus labios vaginales, la miró a los ojos y le dijo desabridamente: «Después de esto *vamos* a follar, te lo digo por si tenías alguna duda», y esperó a que ella gritara, «Ay, Simon, ay Dios...», sabiendo que tendría que cumplir la promesa, cuando en realidad sólo pensaba en los billetes que se estaba guardando en el bolsillo de detrás y en cómo iba a gastárselos.

Ahora, mientras los acaricia, Sick Boy no tiene la menor duda acerca de cómo pulírselos. Maria ve los dos billetes de diez que Sick Boy frota pornográficamente entre dos dedos, y le mira a los ojos; él está a punto de darle una explicación cuando, de pronto, una voz le atruena el oído: «Éstos me vienen al dedillo», y al volverse ve la figura fornida y el pelo engominado de Baxter júnior que acaba de salir de detrás de la marquesina del autobús que tenía justo enfrente.

Pero ¡qué cojones! «Graham...»

«Éstos me los quedo yo», dice Baxter júnior, y tiende una mano enfundada en un guante de piel. «Y como no me des lo que falta antes de fin de mes, saco toda tu mierda a la calle y cambio la cerradura.»

«Vale...»

Sick Boy traga saliva y sostiene la mirada glacial a Baxter júnior antes de entregarle los billetes con labios temblorosos. «No he visto a tu padre por ahí; he oído que no se encontraba bien..., por eso me he retrasado un poco en el pago del alquiler. Mi compañero de piso y yo hemos tenido ciertos problemas de comunicación...»

«A mí tus rollos peliculeros de mierda me la sudan», salta Baxter júnior. «A mi viejo puede que le vaciles, pero a mí no.»

«Yo jamás...»

«Si no hay pasta, no hay piso», dice Baxter júnior con cara de cabreo. «Y entraré a saco, me llevaré todo lo que tengas y lo venderé, y si con eso no basta para reembolsarme, te denuncio.»

Sick Boy se queda sin habla, hundido en la miseria más abyecta; Baxter sube a su coche y se larga.

«¿Quién era ése?», pregunta Maria. «¿Por qué le has dado el dinero?»

«Es el hijo del puto casero..., ¡estaba espiándome! ¡Me cago en la puta!»

«Pero dinero para jaco tenemos, ¿no, Simon? ¿No?»

Maria le recuerda a un polluelo enloquecido en un nido, reclamando comida frenéticamente. «Sí, lo conseguiremos. No pierdas la calma», dice él, aunque calma es lo último que siente.

Cuando regresan al domicilio de los Anderson, Sick Boy bebe un poco de agua fría del grifo, pero le entra tal dolor de cabeza que parece que vaya a estallarle el cráneo. Pensando rencorosamente en Baxter júnior, rebusca en su agenda y ve inmediatamente el nombre «Marianne Carr». Pasa rápidamente la página de la «C» con sentimiento de culpa, oye a Maria en el cuarto de baño y se pregunta por qué no podrá ser ella más parecida a Marianne, que tiene curro y dinero. Cazar para dos es cansado. Llama a Johnny Swan, pero éste lo rechaza sin contemplaciones. «Si no hay guita, no hay jaco. No puedo fiar, amiguete, y menos en época de sequía.»

Así que Sick Boy volvió a la «C», pero esta vez se detuvo en el nombre de Matty Connell. Al parecer, Matty vuelve a estar a buenas con Shirley, pero a Sick Boy le endilga el mismo cuento desolador. «Fallo técnico, colega. El tipo nos dejó tirados, ¿sabes?», dice Matty. «Han detenido a alguien, joder. Un contacto de Swanney.»

Para los afligidos oídos de Sick Boy, la voz de Matty destila mentiras ladinas. «Ya veo», replica, y añade: «Nos vemos», y cuelga sin aguardar respuesta.

Conque había habido alguna clase de redada y había escasez. Pero seguro que Swanney tenía un alijo personal para capear las temporadas de vacas flacas. Con una adicción como la suya, tenía que ser así. Sick Boy vuelve a llamarle.

«Lo siento, colega», dice Swanney, y es como si Sick Boy le viera sonriendo maliciosamente al otro lado de la línea, igual que si estuviera en la silla de enfrente. «Cuando te dije que no te podía ayudar, quería decir que no te podía ayudar. Paso de repetirme. Paso de repetirme...», dice imitando el graznido de un loro. Y entonces oye al fondo la risa de hiena de Raymie, aguda y burlona.

«Oye», dice Sick Boy bajando la voz, «tengo aquí en Leith a una chavalita que está buena que te cagas y se muere de ganas, pero yo voy demasiado puesto de jaco para tirármela. Está salida que te cagas y tiene unas ganas de marcha del carajo.»

Oye a Maria, que cierra el cuarto de baño de un portazo y se larga al dormitorio.

«¿Ah, sí?», pregunta Johnny en tono cínico, y añade, parodiando el acento de *Crown Court:*[1] «¡Sostengo que eso no es más que una

1. *Crown Court:* serie de televisión de sobremesa, de carácter judicial, emitida entre 1972 y 1984. Aunque los abogados, los jueces y las partes en litigio eran actores, el jurado estaba compuesto por miembros del público, susceptibles de formar

maraña de mentiras que ha urdido usted hábilmente para poder surtirse gratis de jaco!»

Pero Sick Boy se da cuenta de que ha picado, aunque sabe que tendrá que seguirle el juego. «¡Protesto, Su Señoría! Solicito humildemente que se aplace la sesión una hora y que se reanude en Tollcross, donde pueda presentar ante el tribunal la prueba principal.»

Se produce un silencio, y a continuación: «Espero sinceramente y por su bien, señor Williamson, que dicha prueba esté a la altura de las circunstancias. A este tribunal no le agrada en absoluto que se le haga perder el tiempo.»

«Te lo aseguro, Johnny. Es una golfilla muy traviesa.» Sick Boy baja la voz al oír que Maria está registrando los armarios, hurgando y maldiciendo. «Te convido a hincarla en ese coñito calentito. A cambio de un chutecito, claro.»

La línea vuelve a sumirse en el silencio dos espantosos latidos en los que Sick Boy muere mil veces. «¿Sí? ¿Está buena, dices?»

«Johnny, es un angelito *bellissimo*. Más pura que la nieve recién caída, hasta que la desvirgué yo mismo», miente. «También le he enseñado unos cuantos truquitos», añade; ahora disfruta con su discurso y contrarresta la necesidad aplastante que le abruma intentando crear otra mayor en su adversario. Vuelve al lenguaje de *Crown Court*, en el papel de un fiscal agresivo, esta vez: «Sostengo que esta zorrilla lo encandilará tanto a usted como a mí mismo en su día», y añade: «Es que le va la marcha a tope.»

«Bueno, eso nos va a todos. Pues entonces pasaos por aquí», dice Johnny en tono expansivo, antes de saltar como el resorte de una trampa: «¡Pero sólo vosotros dos, que no se te olvide!»

«No te preocupes, se lo he contado todo sobre ti y tiene ganas de conocerte.» Sick Boy sofoca un grito entrecortado cuando ve aparecer a Maria, cual fantasma, en el umbral de la puerta. Le habla a ella, pero al mismo tiempo al auricular: «Claro que te vamos a ir a ver, ¿no, Maria?»

La única respuesta que recibe, sin embargo, es la de Johnny: «Muy bien, hasta luego.»

«Nos vemos dentro de una hora como máximo», dice Sick Boy antes de colgar. «¡Empieza el partido!»

Maria acoge la noticia con una sonrisa ulcerada. Sick Boy entra

---

parte de un jurado en la vida real, y era este jurado el que emitía el veredicto final. *(N. del T.)*

en el dormitorio y ve que lo ha sacado todo de los cajones y el armario y lo ha tirado en el suelo. Ella entra tras él. «¡No tengo nada que ponerme!»

Él logra encontrar en el cesto de la ropa sucia una camiseta de color naranja y blanco que no está excesivamente asquerosa, y la convence de que se la ponga.

Enseguida están en la calle otra vez, temblando bajo una marquesina, en Junction Street. Suben al autobús, que enfila Lothian Road. Un cielo ambarino se oculta tras tiras de nubes ahumadas de color gris azulado. «Ya queda menos», dice Sick Boy; mira por la ventana y golpea suavemente el suelo del autobús con los pies; se fija en las chicas a través del cristal, embadurnado de porquería, y se las imagina desnudas; le alivia notar el hormigueo en los pantalones. Resuelve que jamás consentirá que el jaco le domine la libido.

El autobús recorre Lothian Road y, cuando llega a Tollcross, Sick Boy está hecho polvo. Maria se encuentra peor; tiembla tanto que él se siente obligado a ponerle las manos en las rodillas. Al bajar del vehículo, simula despreocupación. «Acuérdate, Maria, sé enrollada. Coqueta. Sexy. No pienses en el jaco y no digas nada hasta que Johnny lo mencione. Eh..., ¿has tomado la píldora esta mañana?»

«¡Pues claro!»

«Yo estaré en la habitación de al lado, así que no te preocupes. Johnny es buena persona», dice, sin ninguna fe, y empiezan a subir las escaleras del bloque de pisos.

A Maria le castañetean los dientes y se pone a morderse las uñas, pero según se aproximan a la puerta negra, Sick Boy levanta las manos para que no diga nada. Va a asomarse por la rendija del cartero antes de llamar a la puerta, pero no cede cuando la empuja con los dedos. Aporrea la puerta; quienquiera que la haya abierto grita «¡Adelante!» y vuelve por donde había venido. Ellos lo siguen. Cuando están dentro, Sick Boy mira la puerta y ve que han clavado un trozo de contrachapado encima de la rendija del cartero.

En el cuarto de estar, además de un sofá y una silla, una mesita auxiliar con un jarrón roto, una jaula para pájaros vacía encima de un viejo aparador, un calendario de adviento con todos los días están abiertos y sin chocolatinas, y algo que parece una mancha de sangre en las maltrechas tablas del suelo, Maria constata la presencia de dos hombres y mira ansiosamente a Sick Boy antes de que se los presente: «Maria, éste es mi buen amigo el señor Raymond Airlie, y éste es nuestro anfitrión, el señor Johnny Swan. Ésta es Maria», y la guía hacia delante poniéndole las manos encima de los hombros.

«¿Tenéis algo de jaco?», suplica Maria.

Joder, piensa Sick Boy.

Johnny se ríe sonoramente en el sillón que hay al lado de la chimenea vacía. «Cada cosa a su tiempo, preciosa. Las normas de la casa son que si tú te portas bien con el Cisne Blanco, el Cisne Blanco se portará bien contigo. Estoy seguro de que Simon ya te habrá informado de lo que tienes que hacer.»

Maria se acerca y lo desconcierta inmediatamente sentándose en sus rodillas. Acto seguido, levanta la mano y le acaricia la barbilla sin afeitar. «Vamos al dormitorio.»

«Eso está pero que muchísimo mejor», dice Swanney con un gruñido grave, e indica a Maria que se levante; luego guiña un ojo a Sick Boy, que se estremece, y salen de la habitación.

«The flowers of romance»,[1] dice Raymie en tono desdeñoso, pero Sick Boy ve, ¡albricias!, que está preparando un chute.

«Eres un príncipe, Raymie.»

«El príncipe Pétalel Himen», se ríe, y señala la puerta con un movimiento de cabeza; después canturrea: *This may not be downtown Lee-heeth, but we promised you a fix...»*[2]

Veinte minutos después, Sick Boy baja de las nubes y oye gritos. Es Maria. «¡Prepárame un chute y ya está!», chilla, mientras sigue a Johnny al cuarto de estar. Lleva la camiseta del revés, se ven las gruesas costuras de color naranja en las mangas.

«Qué impaciente es la juventud. Deja que el Cisne Blanco disfrute de su momentito poscoito», protesta Johnny, ataviado con un kimono de seda roja con estampado de dragones dorados. Se vuelve hacia Sick Boy. «Oye, esos truquitos que le enseñaste..., ¿no podrías haberlo hecho mejor?»

«Tú dale el chute a la chica», responde Sick Boy encogiéndose de hombros casi imperceptiblemente.

«Vale», dice Johnny, y se avergüenza un momento, antes de ponerse a preparar el chute con fría parsimonia.

Se empeña en ponérselo él y, al parecer, disfruta aún más con

1. «Las flores del amor». Nombre de un grupo punk formado en 1976 y título del tercer elepé de Public Image Ltd. *(N. del T.)*

2. «Puede que esto no sea el centro de Leith, pero te prometimos un chute.» *(N. del T.)*

esta penetración que con la otra. Mientras Maria resuella de gratitud y se deja caer en sus brazos, Johnny acaricia codiciosamente el pelo alborotado de la chica con una ternura que desasosiega a Sick Boy.

Así que se acerca a ellos, da las gracias a Johnny y, suplicante, lo exhorta a que le dé un «poquitín» para llevarse. Johnny le responde con tácticas obstruccionistas y le echa un sermón petulante sobre las leyes elementales de la oferta y la demanda, pero por fin cede y agita una bolsa delante de Sick Boy, que está tan ávido como agradecido.

Disimula con una sonrisa la violencia con la que la coge y, al mismo tiempo, obliga a Maria a levantarse. Johnny protesta débilmente, colocado, pero la pareja de colgados se marcha. Regresan a Leith en autobús, Sick Boy pasa el brazo a su chica por los hombros. «Siento muchísimo que hayas tenido que hacer eso, nena.»

«No me importa, porque lo hago por ti», dice ella, pero enseguida puntualiza, «por los dos, por ti y por mí. Ahora estoy guay. Eres muy bueno conmigo, Simon», le dice, aunque él sabe que ella sabe que no es cierto, y que espera abochornarlo de algún modo, hasta que se convierta en la versión de sí mismo que ella desea. «No me dejes nunca...»

«Descuida, nena, estás conmigo para los restos. Volvamos a tu casa. Conozco a un par de chicos que tienen ganas de fiesta, ya verás, lo pasaremos de cine.»

Sick Boy se fija en el reflejo de Maria en la ventana del autobús; le sorprende lo joven que parece; pálida y pasmada. Aparta la vista y escruta ansiosamente a los demás pasajeros. De vuelta en Leith, suben con impaciencia las escaleras de Cable Wynd House y Maria se retira inmediatamente al dormitorio para acostarse.

Sick Boy vuelve a salir y, una hora más tarde, vuelve del pub Grapes of Wrath con Chris Moncur. Chris mide un metro ochenta y siete y es todo músculo; es el primer miembro de su familia que no ha trabajado en el puerto, ahora prácticamente difunto, en al menos tres generaciones. Sick Boy se pregunta si estará dotado en proporción a su estatura. «Trátala con delicadeza», le dice con súbita ansiedad.

Chris asiente, pero se ofende. *Si no puede aguantar un buen meneo, ¿qué coño hace en este oficio?*

Veinte minutos después, sale y arregla cuentas con Sick Boy. Según van cambiando de manos los billetes, ninguno de los dos es capaz de mirar al otro a los ojos. Entonces Chris dice, en tono bastante triste, señalando el dormitorio con el pulgar: «Creo que se ha meado en la cama. Yo que tú la ducharía y cambiaría las sábanas. Poco negocio vas a hacer ahí.»

Poco después aparece Maria. «Me duele, Simon.»

Se estaba preparando un chute y fue como si ella hubiera olido el jaco. Los dos se meten otro pico. Maria se tumba en el sofá y susurra entrecortadamente, con satisfacción: «Ya estoy mejor, Simon..., siento lo de las sábanas..., ahora estoy guay...»

«No te preocupes.» Sick Boy se levanta lentamente, pero animado; quita la ropa de la cama, hace un bulto con ella y la mete en la lavadora. Mira al exterior: la luna llena arde como el magnesio en un cielo de color malva, sobre ventanas escarchadas con una cruda luz amarilla. Regresa al dormitorio y maldice mientras se esfuerza en dar la vuelta al colchón con sus frágiles brazos. Encuentra unas sábanas limpias y hace la cama lo mejor que puede.

Cuando Maria ve lo que ha hecho, se mete inmediatamente entre las sábanas otra vez. Quiere dormir y que él se una a ella. Él se acuesta a su lado y lo asalta de pronto un temor. «¿La tenía grande?»

Ella asiente.

«¿Más que yo?»

«Ese chute... ha estado guay...»

«Ya, pero si compararas el tamaño, ¿qué conclusión sacarías?»

«La tuya es más grande», dice Maria, aunque Sick Boy se da cuenta, con gratitud y pesar a la vez, de que la chica está aprendiendo las reglas del oficio, «pero él no es tan tierno como tú. No ha conseguido que me corriera como contigo.»

Respuesta correcta, concluye Sick Boy, admirado y desolado.

Se levanta en previsión de la llegada del próximo cliente, se viste y pone una casete del *Meddle* de Pink Floyd en el walkman. Se le están acabando las pilas y va un poco más lento de lo normal. El cliente es puntual; y Sick Boy, en actitud totalmente impasible, lo deja pasar y se asegura de que le pague por adelantado; se queda mirándolo entrar en la habitación, donde Maria duerme. El cliente retira el edredón y admira su cuerpo desnudo. A continuación se vuelve y mira con expresión mordaz a Sick Boy, que se aparta de la puerta, pero la deja entornada para poder mirar. El hombre se desnuda con rapidez. *Menos mal que la tiene pequeña, joder*. Le alivia que, con un movimiento súbito y violento y una sucesión de golpes de cadera, se monte encima de ella y la penetre.

Maria cobra conciencia de una masa que pesa más que el espesor del sueño y la droga. Sick Boy no puede verle la cara, pero ella casi pronuncia su nombre, «Si...», pero se da cuenta a tiempo de que ni el peso, ni las dimensiones, ni el olor ni la sensación son los de él. Se queda de piedra y, al abrir los ojos, la pesadilla se hace realidad.

«Siento lo de tu papi, cariño», le dice con una sonrisa floja mientras la bombea.

«No..., déjame..., ¡DÉJAME!», chilla Maria, que intenta apartarlo con los brazos, finos y consumidos, mientras, fuera, Sick Boy se estremece de horror y de vergüenza; aparta la vista y sube el volumen del walkman para escuchar el legendario tema de los Floyd, «Echoes».

«No te preocupes, cielo, ahora tu papi soy yo», dice Dickson; las pilas se agotan y el riff de guitarra se desvanece. Sick Boy lo visualiza tapándole la boca a Maria con la mano y obligándola a volver la cabeza para mirarle a los ojos.

Ésa es la oportunidad de Sick Boy, que corre al armario y saca el martillo de orejas de la caja de herramientas de Coke. Ve el culo blanco y fofo de la bestia subiendo y bajando, con los pantalones negros de franela alrededor de los tobillos. El cráneo del ex poli pide a gritos que lo haga papilla con una intervención heroica, mientras su hermosa princesa aparta la cabeza y grita con tanta fuerza que los Banana Flats se estremecen; pero la mano del tabernero sofoca sus gritos.

Podría cargármelo ahora..., sería violación...

Pero se le afloja la mano y el martillo cae al suelo; se queda mirando el lúgubre acto por la puerta entreabierta, balanceándose lentamente.

Dickson tarda siglos hasta que por fin, da una sacudida y se deja caer, gratificado, encima de la muchacha atrapada. Retira la mano y el sollozo de incredulidad de Maria da paso a un bramido que hiela la sangre: «No..., no..., no..., Simon... ¡SI-MON! ¡SI-MO-HO-HON...!»

Sick Boy ve que Dickson se retira de encima de la chica y que vacila un instante antes de vestirse; luego sale a toda prisa de la habitación. «Menudo cabrón estás hecho», le dice con admiración, junto a la puerta, y, antes de largarse, le da una palmada en el hombro a modo de despedida.

Maria llora quedamente sobre la almohada y Sick Boy está encima de ella, martillo en mano, intentando sofocar su llanto como si fuera una manta y la envolviera para apagar las llamas; intenta sujetarla y ella se sacude y se retuerce, aprisionada, deshecha en mocos, lágrimas, gritos y quemaduras muy, muy profundas. «HAS DEJADO QUE ME VIOLARA... VETE A TOMAR POR CULO... NO TE ME ACERQUES... QUIERO IRME CON MI MADRE... QUIERO IRME CON MI PADRE...»

«¡LLEVABA EL MARTILLO EN LA MANO! ¡IBA A CARGÁRMELO! ¡PERO AQUÍ NO, COMETÍ UN ERROR!»

«¡SE LO HAS PERMITIDO!»

«¡ERA PARA PODER PILLARLO! ¡LUEGO ME DI CUENTA DE QUE NO PODÍAMOS HACERLO AQUÍ, PORQUE NOS METERÍAN EN LA CÁRCEL!»

«¡QUIERO IRME CON MI MADRE...! ¡UUU-AAA...!», llora Maria entre convulsiones, y Sick Boy sabe que tendrá que sujetarla hasta que se le pase la rabia y el mono entre poco a poco en sus células, necesitadas de jaco, y los dos pidan otro chute a gritos.

Y eso hace. Los gritos de furia pasan a segundo plano, como si gritara otra persona, a medida que Sick Boy divaga mentalmente sobre chanchullos y confabulaciones varias y Maria se vuelve calentita y suave otra vez.

Entonces se duerme. Sólo cuando suena el teléfono se decide Sick Boy a levantarse y dejarla sola. No para de sonar.

Cuando lo coge, es el tío Murray, que llama desde un restaurante de carretera. Ha hablado con Janey y va hacia allá a recoger a Maria. Le dice que procure no estar allí cuando llegue él. Aunque Sick Boy insiste machaconamente en que «estás tomando el rábano por las hojas, Murray», «ése no es mi estilo, Murray», «tendríamos que sentarnos todos a hablar de esto, Murray», cuando el tío de Maria, más encolerizado que nunca, cuelga con violencia, a Sick Boy no le parece tan mala idea largarse de allí. Deja a la muchacha medio dormida y enfila Junction Street hasta el Walk. Piensa ir directamente a Montgomery Street, donde estarán Spud y Renton, o incluso seguir andando hasta el Hoochie Coochie Club de Tollcross, donde habrá chicas de mantenimiento mucho menos costoso.

NOTAS SOBRE UNA EPIDEMIA 4

La policía cerró el Centro de Intercambio de Agujas de Bread Street (Tollcross), a comienzos de los años ochenta, después de que la prensa local airease la inquietud creciente que suscitaba dicho centro.

El resultado fue que la comunidad de usuarios de droga por vía intravenosa de Edimburgo, siempre en aumento, dejó de disponer fácilmente de útiles de inyección limpios. En consecuencia, la gente empezó a compartir jeringuillas y agujas, ajena al peligro de transmisión del VIH (considerado en aquella época una enfermedad que afectaba casi exclusivamente a homosexuales masculinos) por contacto directo con la sangre de otros usuarios.

Éstos empezaron a enfermar en cantidades sin precedentes, hasta el momento, y, muy pronto, algunos sectores de los medios de comunicación empezaron a referirse a Edimburgo como «la capital europea del sida».

LA LUZ LE HACÍA DAÑO EN LOS OJOS

Cuando entró en aquella habitación oscura, estiró instintivamente la mano hacia el interruptor, pero se detuvo súbitamente. Al reconocer la mole de su ex cuñado y socio en el sillón, se acordó de que la luz le hacía daño en los ojos.

Después de la última entrevista en el departamento de personal, en la que lo humillaron y lo aterrorizaron sucesivamente, Russell Birch pasó la mayor parte de la tarde intentando emborracharse. Recorrió los pubs del oeste de Edimburgo y, poco a poco, fue acumulando rabia contra el hombre que lo había sumido en aquella pesadilla, y que ocupaba en silencio el sillón de mimbre, frente a él, tan inmóvil que no hacía el menor crujido con su voluminoso cuerpo. Russell pensaba que había cumplido su misión con éxito, pero de repente se sintió mucho más sobrio de la cuenta.

Se apoderó de él la conciencia de tener que afrontar ahora otra clase de ignominia, aún más descarnada e inmisericorde que la terrible experiencia de la mañana en el despacho de mala muerte, y maldijo para sí a la guarra estúpida de su hermana, que había llegado al extremo de *casarse* con ese animal y celebrarlo con una ceremonia motera chabacana en Perthshire. Ardía de indignación al recordar la boda y el desfile de frikis musculosos, tatuados y vestidos de cuero. Pero Kristen no era tan estúpida, y no tardó en dejar aquella relación. Russell no había podido hacer lo mismo.

Había venido a acusar, pero ahora se daba cuenta de que habría sido una locura. Lo que le tocaba era dar explicaciones. Y eso fue lo que trató de hacer, con una voz débil y quejumbrosa que lo ofendió incluso a él. «Me llevaron a la oficina; me pescaron con las cámaras nuevas esas que han instalado por todas partes. Me dijeron que recogiera mis cosas del escritorio», dijo Russell, estremeciéndose y pensando por un breve instante en la expresión glacial de Marjory Crooks, la directora de personal. Conocía a esa mujer, habían sido *colegas* de profesión. Ocho años de servicios tirados a la basura, y para nada más que un par de miles de libras en una cuenta corriente.

Y no obstante repitió a la mole oscura que ocupaba el sillón lo que había dicho la señorita Crooks, casi palabra por palabra, como un loro. «Me dijeron que el único motivo por el que habían decidido no denunciarme eran mis destacados servicios anteriores y la publicidad adversa que acarrearía a la empresa.»

Unos guardias de seguridad de semblante severo (¡conocía a aquellos hombres!) lo aguardaban para escoltarlo en el breve trayecto que separaba la oficina de la calle. Mientras se disponían a emprender el humillante trayecto, uno de los directores le preguntó: «¿Hay alguien más involucrado?»

«Michael Taylor», respondió de inmediato, ansioso por colaborar y por congraciarse con ellos. Ése era su punto débil: tenía demasiada necesidad de ser aceptado.

«Es un mozo de almacén», dijo Crooks volviéndose hacia el director, que asintió dos veces, una con un gesto de lenta comprensión y la otra para indicar a los guardias de seguridad que acompañaran a Russell Birch hasta la salida y lo dejaran en la fría calle.

Él les dio algo: les dio a Michael y no recibió nada a cambio. Y ahora Michael querría vengarse. Se acordó de una vez que su ex socio lo amenazó. Sin perder la calma, Russell contraatacó diciendo que, si quería, podía decir eso mismo a su cuñado. Michael no respondió, porque prefería que todo quedara entre ellos. Fue cuando el yuppie ególatra de su hermano entró en el pub Dickens de Dalry Road, de todos los lugares posibles, con aquella jovencita tan follable con la que luego se presentó en la fiesta de cumpleaños de su madre. Aquella tarde Alexander hizo el ridículo, pero luego se largó con aquella titi borracha, golfa y jovencita. Y es que parecía que Alexander siempre cayera de pie. Era todo tan indignante que se lo llevaban los demonios.

Y ahora ese elemento taciturno estaba frente a él. Y pensar que se había metido en aquel lío como favor personal, para echarle una mano. Le había dicho que padecía muchos dolores desde el accidente, que lo ayudase. Y luego, en cuanto lo hizo, su ex cuñado empezó a apretarle para que le pasara más. Le daba su parte, por supuesto, pero era Russell quien corría todos los riesgos. Bolsas llenas que se guardaba en los calzoncillos, y luego, a andar como un pato hasta los servicios, como si hubiera sufrido un accidente no laboral.

Aquellos polvos habían traído estos lodos, como solía decir su madre. Se había quedado en el paro y era improbable que sus antiguos jefes le diesen buenas referencias para otro empleo de su especialidad. La licenciatura de cuatro años (con matrícula) en Química Industrial en la Universidad de Strathclyde no era más que un trozo de papel enmarcado, desprovisto de valor.

Y mientras contaba lo sucedido a su ex cuñado y le volvía a exponer los peligros del reajuste de seguridad del que le había advertido con anterioridad, debido a los nuevos sistemas de vigilancia, una voz incorpórea surgió de la oscuridad y le hizo callar: «En definitiva, lo que estás diciendo es que la has cagao, que las has cagao *a tope* para todo dios.»

«Pero ¡si he perdido el empleo por ayudarte!»

Más silencio. Ahora Russell distinguía mejor al hombre de la silla. Llevaba gafas de sol. Hoy debía de estar pasándolo mal con los dolores, porque empezaba a hacer más frío. «¿Sabes lo que tienes que hacer ahora?»

«¿Qué?»

«Cerrar la puta boca.»

«Pero si ha sido por ayudarte..., Craig...», suplicó.

La silueta oscura se levantó de la silla. Russell había olvidado la colosal corpulencia de su ex cuñado. Medía un metro noventa y cinco y parecía tallado en mármol. Se acordó de una película que había visto hacía poco, protagonizada por un culturista reconvertido en actor; su cuñado le recordaba a Terminator emergiendo de entre las brumas. «Me parece que no te enteras», le dijo éste en un tono de progenitor desilusionado.

Russell Birch no pudo hacer sino interpretar el papel de niño timorato que le había tocado. Con los brazos extendidos, la cabeza echada a un lado y la boca temblando, suplicó: «Craiiig...»

Un golpe seco en el estómago le sacó todo el aire del cuerpo. El dolor era abrumador; no podía reprimirlo, ni pensar en otra cosa ni manejarlo de ninguna. Se dobló a la vez que tendía la mano lamentablemente, a modo de súplica. No le sorprendió quedarse paralizado, pues no tenía experiencia con ninguna clase de violencia, pero lo que le llegó al alma fue comprobar lo flojo que era: se le había acelerado el pulso como a un animalillo acorralado; parecía que se le fuera a salir el corazón por la boca.

Su ex cuñado le miró desde arriba. «Aquí sólo ha pasado una cosa, joder. Sólo una. Que tu puta estupidez me ha costado dinero.»

Había ideado un plan de contingencia insatisfactorio para este momento. Hacía ya tiempo que le parecía evidente que, tarde o temprano, la empresa acabaría descubriendo el chanchullo. Pero, aunque el cambio de estrategia lo mantendría en activo, iba a suponer todo un descenso de categoría. Ya no sería El Jefe. Ahora él trabajaría para ellos, para toda la gente a la que suministraba mercancía de calidad, en Glasgow y en Inglaterra, donde no tenían más que la mierda paki marrón esa, que los yonquis de por aquí ni mirarían o ni siquiera sabrían qué coño era; ahora él trabajaba para ellos. ¿Y quién trabajaba para él? Sólo el pobre y despreciable pringao que yacía a sus pies, el payaso a cuya zorra de hermana se cepillaba en otros tiempos. Pero tenía una deuda que saldar y eso había que recordárselo. «Sigues trabajando para mí. Irás en coche a donde yo te diga, joder: Londres, Liverpool, Manchester, Hull. Recogerás género y lo traerás aquí. ¿Entendido?»

Russell Birch levantó la vista y miró a su ex cuñado, a las impenetrables gafas oscuras. No pudo decir más que: «Vale, Craig.»

«... como vuelvas a llamarme así, te arranco la cabeza, imbécil. Me llamo Seeker. ¡Dilo!»

Y lo era. ¿Cómo podía haber sido tan estúpido? Se llamaba Seeker. Siempre Seeker. «Perdona... perdona, Seeker», logró escupir; tenía la sensación de que le habían abierto las tripas en canal.

«Muy bien, pues ahora desaparece de mi puta vista.»

Russell Birch buscó a tientas el pomo de la puerta en un crepúsculo en el que todo le daba vueltas. El miedo se iba abriendo paso paulatinamente a través del dolor y se largó de allí. Fuera, fuera, fuera.

Deshielo

A mí no me importa que Mark sobe aquí; es un tipo decente. Aunque no sé si se puede decir lo mismo del tío que se ha traído con él. Anda pavoneándose por ahí como si el sitio fuera suyo; eso cuando está por aquí, cosa que afortunadamente no suele ser muy a menudo. A saber en qué leches andará metido.

Todo eso tensa un poco la cuerda a primera hora de la mañana, y más teniendo en cuenta lo mal que duermo últimamente. El gran problema que tiene este piso es que estamos al lado de la rampa de la basura. Por la puta rampa que está dentro de la pared caen botellas y toda clase de porquerías armando jaleo junto a mi cabeza hasta llegar al contenedor de basura grande, y eso a todas horas.

Esta mañana no es ninguna excepción en lo que al mal rollito se refiere; me levanto y me encuentro al otro capullo, Sick Boy de nombre y Sick Boy de condición,[1] junto a la ventana delante de un plato de tostadas. «Buenos días, Nicksy», salta, y tras echarle una mirada al panorama con esa puñetera mirada que luce en el careto, salta: «Hackney no es precisamente el cogollito de la ciudad, ¿eh?», como si esperara que esto fuera el puto Palacio de Buckingham o algo por el estilo.

«Te invito encarecidamente a trasladarte a otro», le contesto al muy cabrón.

Y él me mira, más chulo que un ocho, y me suelta: «Puedo asegurarte que estoy en ello.»

1. «Le llaman Sick Boy no porque siempre esté chungo por el síndrome de abstinencia, simplemente porque es un cabrón de lo más chungo» *(Trainspotting)*. En la canción «Death Trip», de The Stooges, también se hace mención de un «sick boy». *(N. del T.)*

Vaya morro que tiene el cabrón este. Encima, me he enterado de que ya ha mosqueado a más de un parroquiano del pub local. Lo cierto es que tengo poco aguante para tiparracos que se creen mejor que los demás, como si ellos fueran los únicos que rebosan grandes ideas y chanchullos turbios. Ni que él hubiera estado alojándome en su cagadero de Jocklandia,[1] así que lo menos que podría hacer es tener un poco de respeto.

Además, en esta barriada tampoco se está tan mal. Hay torres de pisos mucho peores que Beatrice Webb House por estos lares. Hasta en la séptima planta tenemos unas vistas potables; podemos ver el otro lado de Queensbridge Road y hasta London Fields. Y además los ascensores suelen funcionar; bueno, al menos ayer funcionaban. No es que el piso sea un palacio, pero he estado en sitios peores. Aunque siempre esté vacía, heredé una gigantesca nevera-congelador de estilo americano que ocupa media cocina. Tengo habitación propia, y en la de los invitados hay colchones para que se queden los muchachos.

Por lo menos el capullo este de Sick Boy se levanta. No es que quiera meterme con Mark, pero se pega unas panzadas de dormir que te cagas; ya son casi la una y ahora mismo acaba de regresar al mundo de los vivos, entornando la mirada y frotándose los ojos para desperezarse. Coge la carátula de un vídeo que está encima de la tele y suelta: «A mí me gusta más Chuck Norris que Van Damme.»

Sick Boy le mira como si estuviera ido del bolo del carajo: «Tratándose de ti, Renton, no me cabe ninguna duda. Pero que ninguna», dice; ahora está sentado en la mesa de la cocina redactando una serie de postales con una letra de lo más pulcra y cuidadosa. Como nos está dando la espalda, no hay forma de echar un *butcher's*.[2] De todos modos, nos la pela en qué ande metido ese cabrón. Mark vuelve a dejarse caer sobre el sofá y pilla la novela de Orwell que anda leyendo: *La hija del clérigo.* Ése fue el primer libro como está mandado que me leí en el colegio después de que me diagnosticaran la dislexia y empezaran a tratarme. Daba igual que fuera unas cinco veces más gordo que el texto de todos los demás y que me vacilaran que te cagas por ser un tarado: me encantó. Orwell era la polla. Tal y como yo lo veo, nunca ha habido nadie que lo haya igualado.

«Por lo visto, en el norte sigue habiendo cierta sequía en materia

1. Véase nota 1 de la página 25. *(N. del T.)*

2. Argot rimado: *butcher's hook* («gancho de carnicero») por *look* («mirada»). *(N. del T.)*

de jaco», comenta Sick Boy distraídamente. «El otro día llamé por teléfono a Matty. Estaba más nervioso que un oso panda en un garito chino de comida para llevar.»

Matty. Ése sí que es un tío de puta madre. Ojalá Rents hubiera venido con él. Habría sido como en los viejos tiempos, cuando vivíamos en Shepherd's Bush. Qué tiempos aquéllos. Rents se vuelve fugazmente y contempla el perfil rapaz de Sick Boy antes de volver a zambullirse en el libro.

Así que he estado intentando mantenerme a flote: aguantando a los escoceses estos pero a la vez pensando en Marsha, la de arriba.

Capto el pestazo horroroso que sale de la cocina. El piso huele como una puta leonera, y fijo que decir eso es faltarle a los grandes felinos, que a fin de cuentas parecen una basca bastante limpia. Mark potó en la cocina porque el muy capullo se había pasado con la marrón, y como no ha limpiado, Sick Boy y él están discutiendo al respecto. «Lo recogeré», dice él, aunque no parece que le corra demasiada prisa. Al principio le hacía ascos a la marrón y todo, joder; decía que no podía ser jaco de verdad y que si en Escocia era blanca. Pero ahora el muy capullo nunca parece tener bastante.

Ya estoy harto; dejo a mis cochinos huéspedes escoceses y salgo a la calle al fresco y nuevo día; me lleno los pulmones de aire y me siento mejor casi en el acto. Mientras me dirijo al mercado, veo a la hermana de Marsha, Yvette, una chavala enorme y gordinflona que no se parece en nada a ella, esperando fuera de la estación de metro de superficie de Kingsland Road.

«¿Qué tal? ¿Todo bien?»

«Sí, guay.»

«¿Y Marsha?»

«Pues reponiendo fuerzas. Últimamente no andaba muy bien.» Yvette cambia el peso sobre una de sus piernas y una voluminosa teta parece a punto de escapársele de la blusa, como si fuera uno de esos muelles de juguete, los *slinkys* esos.

«Lo siento...»

Yvette le pega al acentito jamaicano-londinense ese: *«No te lo ha dicho, ¿verdad?»*, me dice mientras hace las reparaciones oportunas en el top y se ciñe más estrechamente el abrigo.

«¿Que no me ha dicho qué?»

«Nada..., da igual. Cosas de mujeres, eso es todo.»

«No me habla. Tengo que verla. Sólo quiero saber qué es lo que he hecho mal, ya está.»

Yvette menea la cabeza. «Déjalo estar, Nicksy. Si no quiere saber nada de ti, no quiere saber nada de ti. Tú no vas a cambiarla», dice otra vez con el dejo jamaicano ese, y riéndose levemente para sus adentros reitera: «Que no, *mon*, que tú no vas a hacer que cambie.»

Me encojo de hombros y dejo ahí a la gordi mientras pienso que tampoco es que yo me empeñe en cambiar a nadie, porque suelo ser de los que se meten poco en la vida de los demás. Al fin y al cabo, sigo siendo joven. Y ella no digamos. Diecisiete tacos. Para algunas cosas es mayor, pero para otras es más peque. Y tiene un hijo de dos años, el pequeño Leon. Un encanto de crío.

No conozco al viejo del crío; igual es que ha reaparecido en su vida; tampoco sé si sigue habiendo algo entre los dos. Cada vez que yo tocaba el tema, lo único que decía ella era: «Tranqui, tío, las cosas están claras.»

Porque yo sé lo que me hago, y tan tarado como para meterme en el territorio de algún negrata grandullón no soy, desde luego. Hace mucho tiempo que el hombre blanco emigró a los condados; quitando unas cuantas bolsas como Bermondsey (los cabrones esos del Millwall no cuentan), el casco viejo londinense está poco menos que dominado por los negratas y los yuppies. A veces parece que los míos seamos poco más que puta basca que está de paso en su propia ciudad. Hay que saber comportarse, y además, de guerras por faldas ni hablar.

Eso sí, yo creía que lo que había entre ella y yo era de verdad. Entonces pensé en que a un montón de gente, tanto blanca como negra, no le gusta la idea de que un tío blanco y una negra se lo monten. Llegará el día en que eso no importe un carajo: seremos todos de color café con una pizca de amarillo. Pero hasta entonces no veas la de malos rollos que tendremos que tragar.

Gracias a Dios que Maria, la chica esa, ya está en casa de su tío Murray en Nottingham. Me la encontré hace un par de semanas cuando volvía de trabajar hecha un asco total y mendigando al lado de uno de los puentes, así que me la llevé conmigo a casa de Johnny. Pero perdió completamente los papeles cuando llegamos; dijo que ya había estado antes allí y le daba demasiado miedo entrar, así que subí y le pillé algo, y luego conseguí el teléfono de su tío y le llamé. La llevé a casa conmigo (estaba cagada de miedo de que me robara por la noche cuando la dejé durmiendo en el sofá) y al día siguiente fuimos a la estación de autobuses de St. Andrew's Square. Le compré un billete para Nottingham, la metí en el autocar de National Express y no me fui de allí hasta que salió de la estación. Al día siguiente llamé a su tío Murray para asegurarme de que había llegado; me contó que estaba buscándole tratamiento. Empezó a poner a parir a Simon, y lo culpó de que Maria se hubiera enganchado, pero no quise entrar en ese tema con él. A veces las familias no hacen más que proyectar su propia mierda sobre otra gente. Eso sí, su tío se portó y me envió por correo un cheque por el importe del billete.

Lo último que me apetecía a mí era salir por la noche después de trabajar. Alexander se comportó de forma muy rara todo el día, seguramente porque no he quedado con él fuera de la oficina tanto como él querría. A veces lo pillo mirándome, asomando desde su despachito con carita tristona y esperanzada, como un perro que aparece con la correa en la boca. Me gusta, pero ahora mismo todo esto me supera, y me quedo corta. La ciudad está fría y apestosa: ha habido un deshielo, y la nieve derretida y el hielo la han dejado como un cenicero enorme lleno de colillas, gravilla y mierdas de perro. Incluso pensé en pasar de ir a ver a mamá esta noche, pero papá ha dejado un mensaje en el contestador diciéndome que vaya al hospital inmediatamente y que también les había dicho a Mhairi y Calum que estuvieran allí. No me ha gustado su tono de voz. Me cambio a toda velocidad, nerviosa a más no poder, y salgo para allá.

Cuando llego a la habitación, parece que mamá se esté hundiendo en la cama. Con tantos vendajes es como si fuese sus propios restos momificados, como si tuviera que estar en una tumba egipcia. Estoy a punto de hablar cuando me doy de narices con la realidad en todo su horror: ésta *no* es mi madre. Me doy cuenta de que me he equivocado de habitación y me marcho, como entumecida, a la siguiente, donde mi madre tiene casi exactamente el mismo aspecto que la pobre vacaburra de al lado. Es como si estuviera desvaneciéndose poco a poco en el colchón, como un globo al deshincharse. A su lado está mi padre, cuyos finos hombros tiemblan como si le costara controlar su respiración. Está pálido y lleva el bigote lápiz prácticamente afeitado por uno de los lados, como si hubiera intentado recortárselo pero lo hubiera dejado hecho un asco. Le saludo con un leve gesto de la cabeza y me agacho sobre mamá. Sus ojos, tan mortecinos y vidriosos como los de mi viejo osito de peluche, miran hacia el techo con expresión ausente. Lo que queda de ella está tan atiborrado de morfina que dudo que sea consciente siquiera de mi presencia cuando me agacho para darle un beso en una mejilla apergaminada y capto el fétido olor de su aliento. Se está pudriendo por dentro.

En ese momento aparece la jefa de sala, que posa su mano en el hombro de papá y le dice en voz baja: «Se está yendo, Derrick.»

Él aferra entre las suyas la escuálida mano de mi madre mientras suplica: «No..., no..., Susan..., no..., mi Susie, no..., no es así como tendría que ser...»

Me acuerdo de que a veces él solía cantarle aquella canción, «Wake Up Little Susie»; solía hacerlo cuando le llevaba el desayuno a la cama un domingo. Yo me arrodillo junto a ella mientras le digo una y otra vez «Te quiero, mamá» a este saco de piel, huesos y tumores envuelto en vendajes que cruzan el pecho aplanado por el cirujano, esperando y rogando que exista un Dios en el que en realidad nunca he pensado mucho para que entre de repente en esas heridas.

Mi padre apoya la cabeza sobre su estómago mientras yo le paso los dedos por su espeso cabello negro en punta, que contiene algunas hebras plateadas que parecen fantasmas que caminasen entre los vivos. «Tranquilo, papi, tranquilo», le digo estúpidamente. Y caigo en que no le había llamado así desde que tenía unos diez años.

En algún punto de todo esto, antes de dejar de respirar, a mamá le sobreviene una leve convulsión. No he sido testigo de su último aliento, lo cual me alegra. Nos quedamos ahí en silencio un rato mientras mi padre emite una especie de gruñidos que hacen pensar en un animalito herido, y yo me siento culpable por las olas de alivio que me bañan en cascada. Ésa ya no era mamá; ella apenas podía reconocernos como consecuencia de las drogas que le estaban administrando. Ahora ya se ha ido y nada puede hacerle daño. Pero no volver a verla nunca más es algo que sencillamente no concibo.

Tengo veintiún años y acabo de ver morir a mi madre.

Entonces entran en la habitación mi hermanito, Calum, y mi hermanita, Mhairi, ambos destrozados. Tienen la mirada condenatoria esa, como si pensaran que les he robado algo, mientras papá se levanta con el aspecto de un hombre sacándose a sí mismo de la tumba, y nos da un abrazo a Mhairi y a mí. Luego se acerca a Calum y trata de hacer lo mismo con él, pero Cal le aparta y se vuelve hacia la cama.

«Entonces, ¿se acabó?», pregunta. «¿Ya se ha ido mamá?»

«Ahora está en paz, no ha sufrido... no ha sufrido», no deja de repetir mi padre.

Mi hermano menea la cabeza como diciendo: «Ha tenido un cáncer durante cuatro años, le han hecho una doble mastectomía y ha pasado por mogollón de quimioterapia. Claro que ha sufrido, joder.»

Me aferro a los fríos barrotes de metal del fondo de la cama mientras fijo la mirada en la salida de oxígeno de la pared; en la jarra de plástico de encima de la taquilla. En las dos estúpidas tarjetas navideñas que están encima del estante que hay junto a la ventana. Fijo la atención sobre lo que sea menos el cadáver. Pienso en el alijo de morfina de mi madre, que me llevé de casa y que guardo en la mesilla de noche del piso. Para cuando no haya. Ni de coña se lo vamos a devolver al hospital; es lo menos que nos deben.

Saco a Mhairi al pasillo para fumar un piti. «No deberíamos hacer esto», le cuento. «No después de lo de mamá.»

«Nos acabará pasando de todas formas», dice Mhairi mientras unas lágrimas silenciosas hacen que se le corra el maquillaje de los ojos y se le crispa el gesto de dolor. «Mira que morir así, después de que le cortaran las tetas, ¡como si fuera un monstruo! ¿Qué sentido tiene?»

«¡Tú no puedes saber si te pasará o no!»

«¡Se transmite de generación en generación!»

«¡Eso tú no lo sabes! Ven aquí, cabeza de chorlito», digo mientras la estrecho entre mis brazos. «Tú y yo tenemos que cuidar de esos muchachos de ahí dentro, ¿vale? Así lo habría querido mamá. Ya sabes qué par de putos inútiles están hechos. ¿Te has fijado en el bigote de papá? ¡Por Dios todopoderoso!» Mhairi prorrumpe en una risotada dolorosa antes de entornar el rostro y volver a llorar. Capto el aroma a Coco Chanel que despide; aquel frasco que desapareció antes de marcharme de casa, ladronzuela de mierda. Pero éste no es precisamente el momento más indicado para decir algo al respecto.

Cal y papá salen, pero ahora quiero dejarlos a todos e irme a ver a Alexander o quizá a casa de Johnny a pillar. Un poco de hachís o incluso un poquitín de jaco, lo que sea con tal de quitarle hierro a toda esta mierda. Nos quedamos en la calle durante siglos charlando acerca de mamá, y luego paro un taxi y les meto en él, pero yo no pienso subir. «¿No vas a volver con nosotros esta noche?», me pregunta con gesto lastimero papá después de bajar la ventanilla.

Está tan triste que casi cambio de parecer, pero no, va a ser que no. «No, voy a volver a casa a acostarme y mañana me acercaré a primera hora de la mañana para intentar ocuparme de todos los papeleos y eso. Registrar la muerte y eso.»

Alexander o Johnny..., polla o jaco...

Mi padre saca los brazos fuera del taxi y aferra mis manos entre las suyas. «Eres una buena chica, Alison...», dice antes de romper a sollozar. Nunca le había visto llorar. Mhairi le consuela mientras Calum se vuelve hacia la ventanilla de su lado para estar en alguna otra parte.

«Buenas noches...», me oigo decir con voz débil mientras la mano de mi padre se desprende de la mía, húmeda y viscosa, y el taxi se marcha. Lo miro mientras se aleja, y de repente quisiera que se detuviera.

Pero me vuelvo y echo a andar hacia Tollcross.

Polla o jaco...

Cuando llego a casa de Johnny me encuentro a Matty, mugriento y asilvestrado, al acecho a la entrada del edificio. Me acerco a él por detrás. «¿Qué hay?»

Casi se sale de su propia piel del susto, como la culebrilla que es. «Eh..., Ali..., eh..., nada..., sólo he venido a ver a Johnny.»

«Venga, pues», le digo mostrándole el portero automático destrozado y el portal abierto. «¡No hace falta que andes merodeando por aquí!»

«Vale», me suelta él todo cauteloso, y subimos las escaleras. Entonces Matty me dice que me quede delante de la mirilla mientras él pulsa el timbre. «Joder, a mí no me dejan entrar», dice cuchicheando en voz baja.

«Pues yo no soy tu caballo de Troya», le digo enojadísima mientras Raymie abre la puerta. Lleva una camiseta en la que pone *I Was Born Under a Wandering Star,*[1] pero con caracteres caseros de mierda: fuente redondeada de plástico sobre fondo blanco.

«Paint your wagon...», me dice. «Adelante.» Entonces ve a Matty. «Eso está muy, muy, muy feo, Matthew», le dice imitando la voz de la maruja esa que entrena a los perros en la tele.

«Dale una oportunidad a un pobre muchacho blanco, Raymie.»

Raymie se encoge de hombros y nos deja pasar. Entro hasta el cuarto de estar y veo a Johnny en compañía de un tipo al que he visto antes. Es el colega del hermano de Alexander, el tipo al que Simon y yo pillamos discutiendo con Johnny en el rellano de la escalera. Esta vez tiene aspecto convencional y además de llevar el pelo más corto va con ropa normal. Tuerce el gesto al verme, a la vez que Johnny se levanta del asiento. «¡La encantadora señorita Lozinska! Siempre es un placer, queri...»

Se para en seco en cuanto ve entrar a Matty haciéndose el remolón detrás de mí.

«¿Qué cojones haces *tú* aquí? ¡Te lo dije bien clarito, coño!»

Matty se limita a poner cara de vergüenza y a encogerse de hombros, pero su presencia, o más bien la mía, ha descolocado al otro tipo. «¿Qué pasa aquí, Johnny?»

Johnny opta por tranquilizarle. «Son gente legal...», dice volviéndose y sonriéndome antes de añadir, «aunque habría estado bien que Ali hubiera traído con ella a algunas de sus *amigas...»*

«Para que tú les echaras miradas lascivas y les metieras mano», apostillo medio en broma, pero no tengo ganas de reírme, tengo más sensación de que me ahogo.

AY, DIOS MÍO...

«¡Eh! El Cisne Blanco siempre se porta como un caballero», dice, pero se detiene al ver las lágrimas que de pronto noto que me caen por las mejillas. «¡Eh! ¡Ali! ¿Qué te pasa, cariño?»

Se lo cuento todo y de dónde vengo, y Johnny se comporta de forma realmente maja.

«Joder, Alison, no sabes cómo lo siento», dice meneando la cabe-

1. Título de la canción interpretada por Lee Marvin en *La leyenda de la ciudad sin nombre (Paint Your Wagon,* 1969). *(N. del T.)*

za. «Es una enfermedad horrorosa. Acabó con mi padre. Fue desgarrador: peleó durante todo el camino. Hacia el final yo le suplicaba: déjate ir, pero no. Fue terrible, lo peor de lo peor», me dice abrazándome y luego alborotándome el pelo como si fuera una cría. Se mete en la cocina y enchufa la tetera, y Matty y yo lo seguimos.

«Eh, Johnny, me preguntaba si podríamos pillar», dice Matty.

«¡Acaba de morir su madre, coño, pedazo de capullín empanao!», grita mientras me señala. «¡Ten un poco de respeto, joder!»

«Vale..., eh..., lo siento, Ali», dice Matty dándome un torpe apretón en la mano. Se me hace increíble pensar que hace un par de años llegamos a dormir juntos.

El otro tío, el colega del hermano de Alexander, se ha levantado y ha ido hasta la cocina, donde le cuchichea algo al oído a Johnny, que asiente. Acto seguido dice: «Vale, pues entonces me voy», pero asegurándose de que los demás le oigamos.

«Muy bien, querido muchacho», le responde Johnny con alegría forzada.

Cuando el tío hace ademán de irse, Matty avanza hacia él un paso y le dice: «Lo siento, colega, no me he quedado con tu nombre.»

«Porque no te lo he dicho», contesta secamente el otro, y luego se dirige a mí. «Lamento tu pérdida, bonita, ¡pero ya puedes decirle a tu novio de mi parte que su hermano es un chivato cabroncete que se va a llevar lo suyo!»

«Eh, oye, amigo, que acaba de fallecer su madre», salta Johnny, pero no sin echarme una mirada de lo más inquisitiva.

«No me gustan tus compañías, Johnny. No me gustan un pelo», suelta el tío, que sale por la puerta mosqueadísimo. Johnny también lo está, y sale detrás de él. Les oigo cuchicheando en tono apremiante en el rellano. Salgo a toda velocidad y le grito al tío: «Yo no sé nada de su hermano o de tus putos trapicheos, sólo follo con un tío que es licenciado en botánica y tiene un buen empleo en el ayuntamiento. ¡¿Entendido?!»

El tío me mira y suelta: «Perdona, hermosa, es posible que no tenga nada que ver contigo..., lo siento.»

Johnny asiente con la cabeza y yo suelto un «Vale, pues», antes de regresar al interior de la vivienda.

Raymie y Matty han oído el alboroto, y Matty intenta poner cara de que la cosa no va con él.

Johnny entra en la cocina furioso. «Lo siento, preciosa», me dice un instante antes de mirar a Matty con el gesto totalmente rojo de ira y cerrando los puños. «¡Esta noche te la estás jugando que no veas, joder!»

Matty se achanta, le lloran los ojos, y pone una voz de pito lamentable y poco menos que inaudible. Es esa defensa de niño pequeño que emplea, le he visto hacerlo en otras ocasiones, y aburre a una velocidad espantosa: «¿Joder, y cómo?»

«Con la mierda esa de "no me he quedado con tu nombre".» Sé de qué pie cojeas, Matty. No metas las putas narices en mis asuntos. ¡¿Entendido?!»

«Vale», dice Matty encogiéndose de hombros, convertido de repente en un adolescente arisco a lo Calum y mostrando que no entiende de qué le está hablando Johnny.

Y Johnny se pone a hablar de la vez que Simon trajo a Maria aquí. Espero de verdad que no enredara a la chica de la forma que insinúa Johnny y como sostiene Murray; pero Simon no haría eso; sé que en realidad estaría intentando ayudarla. Casi quisiera que estuviera aquí. Me pregunto si andará pensando en mí ahora mismo.

Al salir a la superficie en la estación de Picadilly Circus y sumergirnos en el caos del West End, la brisa levanta el lustroso cabello de Lucinda. ¡Sí! Éste es el auténtico Londres: Soho, esa milla cuadrada de diversión y desenfreno. Hace un atardecer fresco, pero todos ellos han salido a deambular por esa cuadrícula de callejuelas estrechas: ejecutivos publicitarios, empleados de las compañías discográficas, dependientas, proxenetas, chaperos y putas, y tampoco nos olvidemos de los buscavidas y los turistas. Se respira un alegre rollito navideño en el ambiente y hay partidas de oficinistas borrachos transitando de los restaurantes a los bares y de éstos a aquéllos. El botón de alarma folladora se enciende tantas veces que está poco menos que en un estado de vibración permanente. Observo con celos y asombro a una insignificante basura mediática culicorta entrar pavoneándose en un club privado, sin duda para que una aduladora chica de alterne le mime y se la chupe.

Yo quiero lo que tenéis vosotros y voy a conseguirlo.

Sí, esto es Londres propiamente dicho, no una especie de versión del sur de Leith repleta de babuinas y de escoria que no va a ninguna parte, salvo de sus complejos de viviendas subvencionadas en el gueto al corredor de apuestas, al pub, a la cárcel o a una habitación de hospital. Y Lucinda bien podría ser mi billete de entrada en esta isla paradisíaca. Caminamos cogidos del brazo, completamente lánguidos después de un día en que no he parado de follarle el coño en su piso de Notting Hill. Lefa y jugos vaginales por todas partes, juegos psicológicos y acrobacias corporales, y mi polla disparándose como un AK-47 en manos de un epiléptico. La masacre empezó cuando di comienzo a mi rutina de murmurarle frases en italiano al oído. A las chicas de casa eso les encanta, pero ella empezó a rogarme que le hablara con acento *escocés*. Vaya, que yo siempre había sospechado que las niñas pijas eran unas guarras que te cagas, e indudablemente eso no hizo sino confirmármelo.

Lucinda posee esa arrogancia que es inseparable de la opulencia; resulta irónico, por tanto, que ella fuese sólo una de las receptoras de las tarjetas que distribuí al azar. ¡Ah, qué estratagema tan maravillosa! El último fin de semana redacté otro lote de cincuenta:

Hermosa mujer, hasta el día de hoy no creía en el amor a primera vista. Llámame, por favor. Simon X 01 254 5831

Cincuenta fragmentos de intriga; a juzgar por experiencias anteriores, deberían valerme en torno a cinco o seis llamadas aseguradas. ¿Quién puede resistirse a la perspectiva potencial del amor y del romanticismo? Lo único que hace falta son las tarjetas y cierta ecuanimidad, la palabra elegida en este día «E».

Eso jamás daría resultado en la provinciana Edimburgo ni en ningún otro centro de población del Reino Unido que no fuera éste. Están hechas a la medida para una metrópoli enajenada, espaciosa, desconectada y sin retorno como ésta. Hace dos semanas, repartí la primera remesa en los alrededores de Knightsbridge (y me tocó la lotería con Cinders),[1] donde se encuentran los mejores consumidores. La semana pasada estuve dando caña a blancos escogidos en Kensington, St. John's Wood, Notting Hill, Primrose Hill, Canonbury y, en un intento de triunfar a lo grande, Mayfair. El problema es que aquí hay muchas muchachas bonitas asalariadas, cuando yo lo que ansío es que tengan un fondo fiduciario. El número de teléfono de Nicksy y su embarazoso código 254 representan otra maldición, pero sólo la gente bien informada vincula dichas cifras con el tóxico distrito de correos E8.

La regla del una de cada diez suele funcionar y hace las veces de filtro autorregulado. Cuando se lo conté a Rents, empezó a irse por las ramas hablándome de estadísticas y que si las correlaciones y las regresiones y la campanas de Gauss. A mí la única campana que me importaba era la que tenía en la punta del rabo dentro de los pantalones. Este sistema es imán o para idiotas perdidamente enamoradizas que tienen de la vida unas expectativas completamente fantasiosas, o para las muchachas más curiosas y atrevidas. Y en general, eso signifi-

1. Diminutivo afectuoso de Lucinda que también significa «cenizas». *(N. del T.)*

ca poco menos que lo peor que te puede pasar con él es acabar metiéndola en caliente.

De momento Lucinda ha sido el mejor fichaje de todos; no es precisamente una angloide de sangre azul, pero con el St. Martin's College of Art y Roedean Girls' School en su currículo, y un apartamento guapísimo en Notting Hill, me vendrá de perillas hasta que se presente la oportunidad de ascender de categoría.

Al otro lado de la calle, veo a un tipo moreno saliendo por la puerta de un garito de mala nota en compañía de una rubia de bote demacrada. Es evidente que el cabrón sabe lidiar con mercancía averiada. *Fíjate y aprende, Simon.* La verdad es que en Escocia la cagué con aquella pequeña mina de oro; me pudo la codicia, el jaco me volvió indulgente, me involucré emocionalmente y me pasé de la raya, si bien es cierto que Dickson me hizo una buena oferta. Aquello no estuvo muy bien por mi parte, pero fui a ver al padre Greg y, ¡hala!, otro pecado del que me arrepiento alegremente. Cuando uno tiene el don de la fe, aprende a pasar página.

Quiero seguir a este capullo de aspecto árabe y a su muñeca hecha polvo, y casi duplico sus movimientos mientras mantengo el brazo alrededor de la cintura de la pija de Lucinda y la conduzco hacia el Blue Posts. «Ya hemos follado, ¿ahora qué tal un poco de alcohol?», le cuchicheo al oído en plan chico malo estereotipado con una sonrisa clandestina; la suya, tan saludable, me dice que ella está por la labor. Voy a un paso por detrás de mi objetivo, y cuando pide y sienta en una banqueta a esta guarra indefensa, yo también deposito a Lucinda en la de al lado, bajo un enjambre de espumillón, bolas de espejos y purpurina.

Me gusta cómo se mueve este tío; manteniendo la mirada de forma dura y sostenida, tiene a la chica enfilada por su rayo abductor y no tiene intención de dejarla escapar. No tiene ninguna necesidad de recurrir al puño de hierro; es todo guante de terciopelo. E-S-T-I-L-O: eso se ve a K-I-L-Ó-M-E-T-R-O-S. Me convenzo de que es del todo de ley cuando le oigo decir: «Por supuesto que me importas, nena, pero intentas utilizar psicología inversa conmigo y eso no es de recibo.»

«Que no, Andreas, que no...», suplica ella meneando la cabeza. Aunque de un modo vulgar y delirante, está de buen ver. No logro determinar si son tembleques de privosa o espasmos de yonqui, pero su cerebro está incorrectamente conectado a la piel y tiene las funciones motoras un pelín averiadas. «Sólo quiero saber que te importo...», suplica ella.

Yo aparto el pelo de la cara de Lucinda y le cuchicheo al oído: «Me asombraría que algún día me dijeras que te importo...»

«Me importas», le dice Andreas con sinceridad a su zopenca consorte. Se nota que el primer espabilao que se la cepilló en su «urbanización», como los angloides denominan ridículamente a sus complejos de vivienda municipal, dejó marcas de polla y puño por todos lados, como si fueran otras tantas dianas para los buscavidas siguientes. Con sólo hablar con ellos unos minutos uno se acaba dando cuenta: la mayoría de los depredadores son de lo más espesos. Por tanto, para que el sistema funcione, sus presas tienen que ser cortas que te cagas, además de estar increíblemente desesperadas y necesitadas.

«Di que me quieres con locura, y ahí estaré yo con mucho gusto», le digo plantándole un besito en la mejilla mientras ella me sonríe. Tengo que escucharla atentamente mientras babea acerca de su trabajo y las tediosas intrigas de oficina que tanto fascinan a quienes están involucradas en ellas, pero que aburren que te cagas a todo el resto del personal. Por encima del hombro, mientras su amiguita desastre total se va a los lavabos, le guiño levemente el ojo al moreno de Andreas. Él me echa una mirada glacial que me recuerda a Begbie durante dos espantosos segundos en los que creo haber metido la pata a fondo, hasta que él asimila y procesa una imagen mental. Luego una sonrisa cálida como el sol al salir le dulcifica el semblante. Con cierto enojo por parte de Lucinda, entablamos una conversación amigable en la que ella queda al margen. El tío no es árabe, es de Atenas.

Lucinda mete baza para decir que una vez visitó su ciudad de origen y murmurar algo acerca de la Acrópolis. Andreas sonríe forzadamente y recorre sutilmente sus curvas con una mirada ardiente y dura como el pedernal.

«La Edimburgo del sur», sentencio con una sonrisa mientras Desastre Total regresa y le sonríe a Lucinda antes de mirarme a mí con cierta aspereza. «Hola», le digo a la vez que la saludo con una leve inclinación de cabeza. «Me llamo Simon.»

«Y a mí qué», relincha la yegua picajosa esta, pero Andreas ya le está haciendo ademán de callarse con la mano.

«Igual que tirar de los hilos de una marioneta..., pup, pup, pup», le susurro a Lucinda mientras Andreas Grecian 2000 habla por encima de Desastre Total con una fugaz expresión de desdén y de disculpa; mientras, ella se queda ahí con cara de colegiala díscola a la que el maestro del que está perdidamente enamorada acabase de echarle la bronca. «¿Tú crees?», pregunta. «¿Edimburgo y Atenas? ¿Tienen relación?»

«Descarao. Tengo entendido que son ciudades gemelas.»

Andreas parece reflexionar un poco al respecto mientras se rasca la barba de dos días. «Tendré que ir allí alguna vez, pero sólo de visita. Londres me encanta. ¿Adónde se puede ir después de haber vivido en Londres?»

Me vuelvo hacia Lucinda y le dedico una sonrisa feliz pero agradecida, y con sinceridad añadida respondo mientras enarco una ceja: «He de reconocer que de momento esta ciudad no me ha tratado mal. Ya conoces el dicho: el amor es como un tiovivo, y ofrece todas las diversiones de una feria...»

«¿Es eso lo que dicen en Escocia?» Andreas se echa hacia atrás con cara de satisfacción y ya nos ponemos los dos a tocar el mismo ritmo suave y agradable, como una sección rítmica de jazz, como intentan hacer Keezbo y Rents sin lograrlo jamás. «¡Si has tardado tanto tiempo en conocer a una mujer tan hermosa, yo diría que te estás abriendo camino en nuestra ciudad muy bien!»

«C'è di che essere contenti», admito juguetonamente.

«Vaya..., ¿eso era italiano?», pregunta Andreas.

«Aay..., italiano...» Nenoide Desastre Total se afana en regresar a la conversación, pero está tan claro que aquí goza de un rango tan ínfimo que me siento cómodo no haciéndole el menor caso.

«Sí. Me viene de la parte de mi madre», informo a Andreas.

Nuestro palique de picaflores mediterráneos ruboriza a Lucinda y también suscita una ronda de parloteo coqueto pero cortés. Observo a la pija esta de perfil; está encumbrada por nuestras atenciones, radiante, y es completamente ajena al hecho de no ser más que otra estadística al azar en un juego concebido por mí. Me siento cosmopolita, sofisticado, y ante todo a una enorme distancia del Edimburgo de los putos huevos, donde siempre aparece algún descerebrado de Leith tambaleándose por la puerta de alguna sofisticada vinoteca del centro para tomarse una última para pescarme besuqueándome con alguna monada de fuera de la ciudad y ponerme en evidencia, habitualmente con el aterrador grito de «¡SICK BOY, CABRONAZO! ¿QUÉ COÑO HACES TÚ POR AQUÍ?»

Así que nos pasamos la mayor parte de la velada poniéndonos agradablemente a tono con Andreas y Hailey (el nombre real o de bailarina de striptease de Desastre Total) antes de tomar de nuevo la línea Victoria para ir al hotel de su familia en Finsbury Park. Está situado justo al borde de la zona verde que da nombre al distrito, y atiende a vendedores ambulantes de traje raído; Andreas me cuenta discretamente que les proporciona la clase de servicios que tan a menudo ansían los caballeros que se encuentran lejos de su hogar. Mientras tanto Hailey se embarca en un monólogo quejumbroso y nasal de catástrofes de la extrema pobreza que abarca la letanía habitual de cheques de la seguridad social que dejan de llegar, desahucios sufridos y niños colocados al cuidado de la asistencia social. Por suerte, la destinataria de la mayor parte de estas chorradas es Lucinda, a quien Hailey proclama fastidiosamente como su nueva mejor amiga.

Nos trasladamos a una de las habitaciones, y Andreas me impresiona ofreciéndonos un poco de heroína marrón londinense. Lucinda me mira con expresión tensa pero emocionada. «Yo no he..., ¿tú vas a...?»

«Ya hemos follado y bebido», le cuchicheo al oído mientras Andreas prepara los chutes y Hailey le mira, desesperada y boquiabierta de concentración, ansiando que hasta la última gota de ese turrón se disuelva en la cucharilla, «así que lo que toca ahora son los opiáceos.»

«Guau..., ¿tú crees?»

«Estamos siendo muy, muy traviesos», le digo mientras me arremango, «pero a veces es bueno ser traviesos. Por supuesto, siempre y cuando mantengamos la perspectiva y el sentido de la ecuanimidad.» Ambos sonreímos al unísono y yo sé que aunque ella sea virgen en lo que al jaco se refiere, para detenerla ahora tendría que amputarle las extremidades con una motosierra. A veces, como dice Renton, *sencillamente es tu momento.*

Sé que es una flaqueza por mi parte, y que llevo sin meterme nada desde que aterrizamos en Londres, quitando algún que otro chino y un poco de *speed*, pero nos chutamos. Dios, juro que noto cómo la aguja se dobla y se curva hasta adquirir la forma de un anzuelo dentro del brazo de Lucinda, disponiéndose a tirar de ella hasta sumirla en una prolongada pesadilla de la que a papaíto le costará mucho tiempo y dinero sacarla. Se desploma sobre la cama como una auténtica debutante en cuanto le hace efecto. No llega a ponerse del todo Zorba,[1] pero por la comisura de los labios se le escurre un poco de vómito baboso. Cuando veo que no hace el menor intento de moverse, por unos instantes me cago de miedo, así que indago ansiosamente: «¿Te encuentras bien, nena?»

1. Véase nota en página 238. *(N. del T.)*

«Mmmm...», murmura ella extáticamente mientras me coge de la mano y me acaricia el dorso de la muñeca. Casi mejor que se haya metido el turrón amariconao este: si se hubiera metido una dosis de la mercancía blanca de Swanney, habría salido volando por los aires, y habría acabado más al norte que Islandia o más al sur que las Malvinas.

Andreas sonríe y se dispone a abandonar la habitación, no sin antes obligar a incorporarse a una Hailey completamente colgada. «Que descanséis, amigos míos», dice sonriendo. «O pasadlo bien, si preferís.»

«Encantada de conocerte...», dice míseramente Hailey mientras se esfuman. Yo ayudo a Lucinda a desvestirse y la meto en la cama. Disfruto del calor de su cuerpo suave contra el mío y del edredón reconfortante, y nos decimos bobadas, entrando y saliendo de un estado somnoliento mientras ella mete la mano dentro de mis calzoncillos y me coge la polla. Incluso puesta de jaco, su cuerpo se mueve con esa masculinidad cachonda y sana que tienen las muchachas adineradas. El nabo se me pone tieso; follamos despacio y cuando ella se corre, es como un largo y prolongado bostezo, aunque quizá no fue más que eso.

Por la mañana, Andreas nos invita a desayunar café y cruasanes un tanto duros. Todos tenemos cierto mal cuerpo y temblamos levemente, pero bromeamos acerca del día anterior; bueno, todos menos la furcia de Hailey, que está fumándose un cigarrillo tras otro sin decir palabra. No para de llevar su mano temblorosa de la taza de porcelana al platillo, hasta tal punto que casi tengo la impresión de que lo hace adrede. Cuando Andreas le echa una mirada de esas que arrancan la piel tiras, hace acopio de fuerzas para dejar de hacerlo.

Entonces aparece un capullo obeso y sudoroso embutido en un traje que no le sienta, y que nos saluda con una leve inclinación de la cabeza antes de servirse zumo de naranja y café. Andreas se levanta para saludarle y comparten una broma en voz baja. El capullo griego este es igual que un puto villano de Bond, o al menos como uno de esos secuaces chungos que hacen de enlaces suyos en el extranjero, lo cual me convierte a mí poco menos que en el mismísimo 007.

«¡Por Dios!», exclama Lucinda de repente tras echar un vistazo a su reloj. «Tengo que irme volando.»

Y así pues, se marcha para volver a Notting Hill y cambiarse de ropa antes de ir a trabajar. Ay, esas perezosas pijas angloides: tengo para mí que en Escocia cualquiera que se presentara a semejantes horas en un curro *de verdad* no tardaría nada en estar mirando su hoja de despido. Andreas y yo quedamos para vernos luego; hay un club al que quiere llevarme. Tras darle las gracias por su hospitalidad, salgo a la calle y me doy un garbeo hasta la estación de metro de Finsbury Park. La primera parada en dirección sur me lleva a Highbury & Islington, pero en lugar de bajarme ahí para coger el mierdoso tren de superficie que lleva en dirección este a Dalston Junction, decido hacer uso de mi Capital Card, válida para todas las zonas, y recorrer un poco la red de metro.

Desde Green Park, en lo que suele ser excelente territorio para la caza del chochito, mi tren con rumbo al oeste de la línea Piccadilly ofrece una marcada ausencia de polvos en potencia. Me bajo en Knightsbridge y me subo a toda velocidad en el vagón siguiente. Polvo a la vista inmediato: una belleza serena absorta en la clase de novela que podría leer Renton. Me siento a su lado. «Estaba en el vagón de al lado y te he visto por el cristal. Apenas me dio tiempo a redactar esta nota.»

Se la entrego mientras me agarro a la barra y me levanto. Ella la coge con expresión recelosa y confusa. La pesco mirando a su alrededor para ver quién más ha presenciado la escena. Entonces me bajo al andén, las puertas se cierran, y ahora que ella tiene el poder, pongo «la mirada»: sincera y suplicante, pero encogiéndome de hombros como si me burlara de mí mismo y moviendo las cejas con un gesto cándido que espero que se entienda como «lo he intentado». Y mientras el tren arranca y se aleja, estoy seguro de captar la cordialidad que irradia su rostro, aunque podría ser cosa de mi imaginación.

Ya está, con eso me basta. Hora de volver «a casa.» Vaya una puta broma que es este cagadero situado al este de Islington: el distrito londinense de Leith sur. ¡Por no tener, ni siquiera tiene una piojosa estación de metro de mierda!

Regreso al gulag de Beatrice Webb House, en Holy Street, y me meto en el apestoso ascensor, que funciona. Menos mal, joder. La única otra ocupante es una doncella de piel morena y aspecto follable que me hace ojitos a tope. Puede que sea una babuina, pero de todos modos es excepcionalmente joven, lo que suele significar que la progenie se la endiña a la abuelita. Noto un cosquilleo en *la base* de los huevos, lo cual siempre es buena señal. Sólo he estado con una chica negra una vez; según me dijo ella misma, era una estudiante de la NYU,[1] aunque yo no supiera lo que era eso y me importaba un co-

1. Siglas de la New York University. *(N. del T.)*

jón, pero durante el festival del año pasado pasé una semana muy agradable metiéndosela hasta las pelotas.

Ésta me lanza una mirada tan acerada que parece que estuviera restregando su ingle contra la mía: «Tú vives con Brian, ¿no?»

«Es una medida temporal», le aseguro. Ahora me doy cuenta de que esta chavala es la que despreció a Nicksy durante la velada de Northern Soul aquella en el Twat's Palace[1] nada más llegar nosotros a la hermosa villa de Londinium. Fue la misma noche en que yo me acabé tirando a la Shauna esa, y me puse a tope de amilo de nitrato con ella para poder metérsela por el culo. «¿Y qué, pensáis organizar alguna fiesta navideña?»

«Estamos preparando una gran fiesta de Año Nuevo, ¿que no?»

«¿Queda alguna plaza vacante para un vecino solitario?»

«Claro..., sube cuando quieras. A charlar y tal. Es el número 14-5. Yo me llamo Marsha.»

«Me encanta tu estilo, nena», le suelto antes de cogerle la mano y besarle el dorso, lo que le arranca una risita dentuda mientras me bajo en la séptima planta. Otra posibilidad en firme, si bien un poco cerca de casa, con todas las ventajas e inconvenientes que eso supone.

A veces pienso que tendrían que amputarme una pierna o algo así. Sólo para darles una oportunidad razonable de escapatoria...

1. Literalmente, «palacio de los gilipollas». El nombre real del local en cuestión es Chat's Palace. *(N. del T.)*

Pulverizo al hijo de puta del despertador ese con el puño hasta silenciarlo. Sick Boy está tendido junto a mí en el colchón, con el gorro de lana puesto y profundamente dormido; ni siquiera lo ha oído. Yo no podría tener peor sabor de boca aunque me hubiera pasado toda la noche lamiéndole el ojete a este cabrón. Me levanto; el piso está como una puta nevera, y me pongo un jersey, unos pantalones de chándal y unos calcetines. Echo una ojeada a London Fields; el sol está saliendo, aunque sin fuerza, y desde aquí casi se ve la piscina climatizada al aire libre. Ojalá fuera verano, esto es más que cutre. Pasado mañana es Navidad, pero yo me voy a quedar aquí para reservarme para Año Nuevo. Me acerco a la cocina y pongo en marcha la calefacción y el agua caliente.

Mientras pienso en la entrevista de esta tarde, me sorprende ver a Nicksy fumándose un poco de turrón mientras va amaneciendo. También tiene abierto delante un papel de plata lleno de *speed* y ha puesto la tetera y preparado café.

«¿No teníamos una entrevista esta tarde?»

«Sí..., vamos sobrados de tiempo. No podía pegar ojo», me explica, tendiéndome el chino mientras pilla un poco de *Lou Reed* con el dedo.

Bajo la vista y miro el polvo marrón como el cacao que hay en el papel de plata chamuscado y me parece de capullo decir que no. Pongo el mechero debajo del aluminio y le pego con la llama. Llevo la angulosa pipa a mis labios agrietados y chupo; noto cómo se me glasean los pulmones con el humo y las partículas metálicas mientras se me va la cabeza y la tensión abandona mi cuerpo.

Either up your nose or through your vein,
With nothin to gain except killing your brain.[1]

Sweet home Leith Alambra...[2] Me desplomo contra la pared. Me apetece volver al *feather n flip.*[3] Pero en lugar de hacer eso opto por meterme una pizquita de salado *speed.* Y luego otra. Al cabo de unos diez minutos me entra cierto subidón, pero me siento como si fuera una marioneta puesta de jaco manejada por un titiritero sobreexcitado. Rasco con las uñas la formica del borde de la mesa. «¿Entonces el tío este... nos ha buscado curro... en los ferries?»

«Tony nos ha conseguido una entrevista», dice Nicksy. «Para que nos den el curro propiamente dicho tenemos que ponernos las pilas. En cuanto estemos dentro, podremos empezar a traer género aquí. Las normas aduaneras son distintas para los empleados, y él tiene allí a muchachos que están metidos en el ajo.»

«Tiene buena pinta, la verdad.»

«Pero hay que ponerse las pilas o se irá todo a tomar por culo.»

«Eso es más fácil decirlo que hacerlo», comento indicando con un gesto de la cabeza el chino antes de meterme otra pizquita de veneno. «Puaj..., es la hora del café.»

«Ya, hay que tener un par para ponerse las pilas hoy en día.» Nicksy ya está lanzado y pincha el aire con el dedo. «Todo el mundo anda como puta por rastrojo. Es cuestión de estar siempre al loro. De mantenerse fuera de sus putas listas para que no te jodan vivo. Todo es provisional. No esperes un trabajo, una casa o una tía para toda la vida.»

«El otro día se lo estuve diciendo a Sick Boy. En estas circunstancias, estafar al Estado es un acto virtuoso. Es evidente que te cagas, a poco que tengas media neurona.» Centro la atención en Nicksy. «Entiéndeme, sólo nos interesa este curro por las posibilidades de mangoneo, ¿no?»

Él suelta una risotada estentórea y gutural. «Yo disfruto dándole el palo al puto Estado como el que más, pero los *Jocks* sois de lo que

1. «O por la nariz o por la vena, y sin sacar nada en limpio salvo matar el cerebro.» Fragmento de la letra de la canción «White Lines Don't Do It» (1983), de Grandmaster Melle Mel, que fue número 1 de las listas de éxitos británicas en 1984. *(N. del T.)*

2. Juego de palabras que combina el título de la canción de Lynyrd Skynyrd «Sweet Home Alabama» y el Alhambra Bar, conocido pub de Leith, Edimburgo. *(N. del T.)*

3. Argot rimado: *feather n flip* («plumas y vueltas») por *kip* («catre»). *(N. del T.)*

no hay; vosotros lo consideráis como una especie de derecho de nacimiento.»

Menudo morro tiene el capullo este; aquí abajo me he metido en más fraudes al paro y al subsidio de la vivienda que nunca estando en Escocia. Como los distintos distritos están tan cerca unos de otros es más fácil. Pero no me quejo, estoy agradecido de poder formar parte de la organización de Tony.

Suena el teléfono y lo cojo yo aunque sepa que será alguna tía preguntando por Sick Boy. El cuaderno está lleno de nombres de chicas, todas buscando a «Simon».

«¿Hola?»

«¿Qué tal? ¿Eres tú, Rent Boy?»

Joder.

Begbie.

«Sí... ¡Franco! Hombre, pues vamos tirando.» Se pone a largar con ganas, y me cuenta que se ha ido a vivir con June.

«... así que estábamos en casa de su madre y me acerco a ella, que se había puesto debajo del muérdago, y le suelto "¿estás por la labor?". Y entonces ella me dice: "No te quepa duda", ya sabes, de esa forma toda blanda y con una sonrisa que te cagas en el careto. La muy boba se pensaba que sólo quería darle un puto beso debajo del muérdago de los huevos.[1] Anda y que te lo has creído, joder.»

Bésame debajo del muérdago, du, du, du... Franco y yo en primaria, cantando esa canción con todos los demás críos y crías. Las chiquillas poniendo caras coquetas, y los chiquillos ruborizándose. Me pregunto si se acordará. What's your name, what's your nation...[2]

«Conque ella cierra los putos ojos y frunce los labios en plan bobo que te cagas, y entonces la cojo de la cabeza y le digo: «Lo que a mí me apetece es una puta mamada, tonta del culo», y me estaba aflojando el cinturón mientras le decía: «¡Venga, que aún no está ni dios en casa! ¡Amórrate al pilón!... ¿Sigues ahí, Rents?»

«Sí...»

También cantábamos aquella canción sobre el hundimiento del Titanic: «It was sad when the great ship went down... husbands and wi-

1. Según una tradición navideña arraigada en el mundo anglosajón, aquella mujer que recibe un beso bajo el muérdago en Nochebuena encontrará el amor que busca o conservará el que ya tiene. *(N. del T.)*

2. Fragmento de la letra del tema de los Simple Minds «This Earth That You Walk Upon» del elepé *Sons and Fascination* (1981). *(N. del T.)*

ves, little children lost their lives, it was sa-had when the gray-hate ship went down.»[1]

Una educación escocesa..., me pregunto si se acordará.

«Porque pa mí es parte de la puta emoción y eso, ¿sabes? En fin, que no le hizo puta la gracia, pero ella ya conoce el *Hampden Roar*, [2] así que la obligo a ponerse de rodillas debajo del puto muérdago en el cuarto de estar de casa de su madre. Nos ponemos a ello sin prisa pero sin pausa, ahora que ya la tengo cogida del pelo, porque me lo había enrollado alrededor de la mano pa controlar el puto ritmo, y ahí estaba yo dándole que te cagas y disfrutando a tope. ¿Sabes cuando se te arruga el entrecejo y tienes la boca fruncida que te cagas?

«Eh... ya...»

«¡Pues aunque tenía los ojos medio cerraos más o menos veo a un tipo, y caigo en que es su puto viejo! ¿Pues no ha ido el muy capullo y ha entrado sin llamar? Ella le estaba dando la espalda y no lo vio venir, ¿vale? Resulta que estaba en el jardín, fijo que en el cobertizo de los huevos haciéndose una puta paja, el viejo verde, y va y suelta: "¿Qué demonios pasa aquí?"»

«¿En serio?»

«Joder, ya lo creo, mecagüen. Así que me vuelvo y le suelto al muy hijoputa: "¿A ti qué coño te parece, cochino hijo de puta? Vete a tomar por culo de aquí", y el capullo se fue a tomar por culo en el acto, y venga a farfullar un montón de chorradas entretanto. Veo que a ella le entra el pánico, que le dan arcadas y que quiere parar, pero la tengo bien cogida, coño; no se va a ningún lao hasta que yo haya terminao de limpiar el fusil, y anda que no lo sabe. Y entonces hago el rollo porno ese, ¿sabes? Cuando la sacas y te corres en todo el careto de la tía. ¡Pues ella cagá de miedo, con los ojos como platos, hasta que le cae una corrida del carajo en toda la jeta! Cagüen la puta, te habrías pensado que el fusil este tenía dos cañones en lugar de uno solo. ¡Le dejé la cara como la radio de un pintor de brocha gorda, mecagüen!»

«¿Qué dijo de lo de su padre?»

1. «Fue muy triste cuando aquel gran barco se hundió... maridos, mujeres, y niños pequeños perdieron la vida.» Fragmento de la letra de «The Titanic». *To go down* significa, además de «hundirse», «practicar sexo oral». *(N. del T.)*

2. Argot rimado: *Hampden roar* («El rugido del estadio de Hampden») por *score*, tal y como se utiliza en la frase *to know the score* («saber lo que hay», «estar en onda»). *(N. del T.)*

«Ya voy, puto capullo pelirrojo impaciente de los huevos», salta Franco, y yo me alegro un huevo por la dulce distancia de seiscientos cincuenta kilómetros que nos separa. «Así que mientras ella está limpiándose la lefa de la cara le entra un pánico del copón y pregunta: "¿Quién era? ¿Mi padre?"»

«Vaya un guarro pervertido de mierda, mira que acercarse de extranjis a la gente así», suelto yo. «Entonces se pone en plan gélida que te cagas, frígida y mosqueada, pero que le den por culo, en navidades hay que echarle un poco de romanticismo a la cosa. Así que ella sale a la calle y les oigo gritándose, y ella vuelve a entrar y me dice que la han echao de la puta casa. Así que yo le digo: "Vale, pues entonces nos vamos a casa de mi madre.." "Gracias, Frank...", me dice ella, y se pone a coger los bártulos agradecida que te cagas, ¿sabes? En fin, no iba a dejarla allí con ese viejo pervertido de mierda, ¿no?»

«Por supuesto...»

«Así que ya tiene recogidas algunas cosas, y el puto cabronazo estirado y de cara larga del padre vuelve a entrar y empieza a meterse con ella otra vez. "Pero qué vergüenza", le suelta, allí parado sacudiendo el melón como un puto mongolo. "Lo tuyo sí es una puta vergüenza, colega", le digo al muy cabrón, "¡mira que aparecer de repente como un viejo pervertido de mierda!" "¿Cómo dices?", suelta mirándome a mí antes de volverse a ella y decirle: "Sois tal para cual. Estás completamente desmadrada, June Chisholm, menuda golfa estás hecha..." "Pero, papá...", protesta ella. "Largo de aquí", dice el muy cabrón. "Largo de aquí los dos. ¡Fuera de mi casa!" Así que le digo a ella "Vámonos", y la saco a la calle. Entonces vuelvo y me planto delante del cabrón ese. "Si está hecha una puta golfa es culpa tuya: a la capulla la criaste tú", le digo. "Y a mí no me leas la cartilla, mamonazo, si no quieres que te parta la puta boca, ¿entendido? ¡Serás el puto padre de June, pero no el mío!" ¡Y entonces el capullo se caga patas abajo! Cochino viejo sobrao. "¡Y más vale que no digas nada, joder!", le suelto. Menuda jeta tiene el cabrón, ¿eh?»

«Y que lo digas, tendrías que haberle partido la boca al muy cabrón», le sugiero comprensivamente. ¡Pero sólo es para animar al zumbao este a armar pajarracas ahora que estoy bien lejos y no tengo que lidiar con las consecuencias!

¡Te amo, Londres!

«Eso fue exactamente lo que le dije a Tommy, coño», dice Franco reafirmándose orgullosamente. «Pero lo dejé estar, ¿vale? Porque no me quiero meter en sus rollos familiares de retrasaos, aunque a ese cabrón más le vale andarse con ojo. Pero en fin, ella venga a gemir y a llorar, así que la llevo a casa, y de repente se anima que te cagas y se pone a rajar sin parar acerca de buscarnos un sitio pa los dos. Yo lo primero que pensé fue: conmigo no va a sobar, joder. En una cama individual no; que duerma en el puto sofá. La convencí para que se viniera a echar un puto polvo y después del revolcón la mandé de vuelta al diván. A eso que le den, mecagüen, ¡pa estar guapo y fresco yo tengo que dormir mis horas! Luego volvieron a entrarme ganas, así que la desperté y me la llevé conmigo al dormitorio pa echar otro puto casquete. Pero por la mañana no hicieron más que ponerme putas jetas, ella, mi madre y Elspeth, todas mirándome con cara de gachas azucaradas,[1] cagüenlaputa.»

«¿Te dieron la murga y tal?»

«Sí, la mierda de siempre, pero yo me puse a pensar que de todas formas ya iba siendo hora de tener sitio propio, que ella no tiene mal polvo, y que no tiene ningún sentido cortarse la polla pa que se fastidien los huevos. Es lo que digo yo siempre. ¿Me estás escuchando, coño?»

«Sí. No tiene ningún sentido cortarse la polla pa que se fastidien los huevos, no», le repito. La verdad es que *siempre* dice eso.

«Y que lo digas, coño. Así que llamo a Monny, y la semana que viene nos vamos a vivir al puto piso ese de Buchanan Street. ¡Espero que la cabrona cocine tan bien como folla! Le dije que se fijara en mi madre: ¡en lo de cocinar, no en lo de follar, joder! Así que ahí me tienes, con chabolo propio y echando un puto polvo todas las noches. Ahora ya sólo me queda cerrarle la puta boca y será todo guay del paraguay, cagüentodo.»

«Mola...»

«Pues vale ya, que tengo que salir pitando. ¡No me puedo pasar todo el día hablando contigo, capullo empanao! ¡Que por tu culpa la factura de teléfono va a ser del carajo, cacho payasete!»

«Perdona por entretenerte, Frank.»

«Más te vale. Ahora soy un hombre de negocios, so cabrón. ¿Cuándo vuelves por aquí, eh?»

«Para Año Nuevo...»

«Guay. Será un clásico. Nos vemos entonces, amiguete.»

1. *Sugary porridge*. Tradicionalmente, en Escocia las gachas se consumen saladas; unas gachas azucaradas se consideran sinónimo de algo insípido y desagradable. *(N. del T.)*

«Nos vemos, Franco, colega.»

Tras semejante jodienda psicológica necesito otra calada de jaco urgente. Entonces aparece Sick Boy frotándose los ojos para desperezarse. «¿Os estáis poniendo hasta el culo *ahora*, drogatas pervertidos? ¿Y qué pasa con lo de la entrevista para lo de los barcos?»

Hay que ver en qué estado se encuentra el cabrón este. *El muchacho protesta demasiado, creo yo.* Nicksy y yo nos miramos el uno al otro con sonrisas de colgados. «Ha sido por motivos medicinales..., he tenido que hablar con Begbie por teléfono, ¿vale?» Le acerco el chino a Sick Boy.

Él me hace gesto de que la aparte. «Que él sea un psicópata socialmente retrasado no significa que vosotros no seáis unos capullos irresponsables de mierda», suelta él mientras picotea un poquito de *speed*. A continuación suaviza la mirada. «Me olvidé de decírtelo: la semana pasada murió la madre de Alison. Creo que el funeral fue ayer.»

«Joder..., vaya mierda, hombre. Ojalá me lo hubieras dicho, Simon. ¡Habría ido al entierro!»

Begbie ni siquiera ha dicho una palabra. Cabrón.

«Sí, ya», dice mirándome con expresión dubitativa, mientras sigo con el chino en la mano. Igual me he pasado un poquito de optimista diciendo eso. «Si alguien debía haber estado ahí, ése soy yo. Su madre y yo éramos íntimos», dice en tono solemne.

«Ali asistió al funeral de mi hermano pequeño, además», digo yo. Menuda mierda: hay que ver cómo la vida puede pasar de ser una constelación de posibilidades a un miserable camino de tierra llena de baches.

«Ya. Fue a daros ánimos a ti y a Billy. Pero lo entenderá, por lo de Londres y toda la pesca, y la veremos dentro de una semana, para Año Nuevo», dice. Se fija en Nicksy, que mira la pared de modo significativo, ensimismado en la contemplación que induce el jaco. «Tendríamos que llevar a Nicksy allá, le sentaría bien», comenta antes de volverse enfáticamente hacia mí. «Oye, Marco, necesito que me hagas un favorcillo de nada. Tengo que hacer las paces con Lucinda..., le dije que la vería en el pub Dirty Dick's, que está delante de la estación de Liverpool Street.»

Me cuenta todos los detalles, y no es que me quede muy contento, pero es colega, así que hay que apoyarle.

Le lleva un siglo asearse, vestirse y bajarse a la estación de Hackney Downs, pero cogemos un metro que nos lleva justo hasta Liverpool Street; el garito está en la acera de enfrente. Es la hora de comer y Dirty Dick's está lleno de empleados de la City, pero incluso vistiendo lo que se supone que es ropa para una entrevista de trabajo, seguimos teniendo una pinta crónicamente inadecuada, cosa que por lo demás nos importa un carajo. Sick Boy y yo nos hemos esforzado, con nuestros trajes de funeraria de la cooperativa Leith Provident, pero Nicksy luce un mohicano morado y un jersey esponjoso de aros rosas y blancos que afortunadamente tapa una camiseta en la que pone *La reina hace buenas mamadas*, y si bien los Sta-Press negros que lleva son bastante aceptables, sus Doc Martens rojas de cordones de veintitrés centímetros resultan un tanto llamativas. Es curioso cómo se ha deshecho de la imagen de *soul boy* y ha vuelto a adoptar la de punk impenitente. Mientras busca una banqueta en la barra, Sick Boy ve a la tal Lucinda en una mesa de la esquina y me indica que le acompañe. Nos presenta someramente, tras lo cual ellos entablan una animada conversación durante la que Sick Boy saca pecho como una paloma macho en plena danza del apareamiento, mientras ella se viene abajo. «Salta a la vista que estás alterada», admite desdeñosamente mientras tamborilea con los dedos sobre la gran mesa de madera. «No sirve de nada que hablemos estando tú en este estado. Entiéndeme, es como si oyeras pero sin oírme. No sé si me captas.»

La pobre chavala, de piel clara anglosajona, se sienta sobre las manos y aprieta la mandíbula. Está que trina y se encuentra al borde de la implosión, de esa forma espantosamente decente y reprimida tan propia de la clase media inglesa. Me siento incómodo estando aquí metido y me entran ganas de marcharme.

«Es perder tu tiempo y el mío», se explaya Sick Boy con expresión tensa y actitud arisca y formal, antes de volverse displicentemente hacia mí. «Tráete otra ronda, Rents.»

No tengo inconveniente en abandonarles y sumarme a Nicksy en la barra. Tampoco tengo una prisa loca por pedir las consumiciones. Pero Nicksy tiene pinta de estar hecho cisco, como si sus finos hombros tuvieran que soportar el peso de cinco de los distritos más apestosos de Londres. Con ese tinte chillón que atraviesa ese corte mohicano de dibujo animado, es clavadito al gilipollas ese que sale en las postales que venden en Piccadilly Circus. Me recuerda la gracia esa del humorista Les Dawson sobre los punks: «Son todo pelo azul e imperdibles: igual que mi suegra.» Pero Nicksy me cuenta que los turistas siguen acudiendo en tropel para hacerse fotos con él en el West End, y que le viene bien para sacarse una pinta o una libra, y hasta para echar un polvo de vez en cuando.

A pesar de los chanchullos en los que se mete, siempre anda pelao. Londres es un vicio caro, y en gran medida carente de sentido salvo que tengas guita; si vives en un sitio como Dalston o Stokie o Tottenham o el East End, la vida que se puede llevar se parece más a la que se lleva en Middlesbrough o Nottingham. La economía carcelaria de los distritos postales hace de la buena vida del West End algo igual de remoto e inaccesible. Salvo nosotros, no hay un solo capullo de nuestro garito local que beba en el West End jamás.

Pido una pinta de rubia para Nicksy, y él le pega un sorbo antes de volverse hacia la tele que está encima de la barra y ni siquiera se vuelve para mirarme a los ojos. La tal Marsha le ha dejado bien jodido. Nunca había visto a un tío tan de bajón después de que una chica le haya dado puerta. Menudo polvo debe de tener. Se vuelve hacia Sick Boy y Lucinda. «Vaya cabrón, ¿no? Con las niñas. ¡Ahora lleva a remolque a una *Sloaney!*»[1]

Lo que sí ofrece Londres, hasta en sus zonas marginales, son expectativas para los depredadores con pretensiones. «Como si yo no lo supiera, coño», le digo. Luego vuelvo a examinar el atuendo de Nicksy; es un poco extremo para nuestros propósitos. «Podrías haber moderado un poco la imagen. ¡Se supone que vamos a una puta entrevista!»

«Es lo que soy, ¿que no?», dice encogiéndose de hombros mientras Sick Boy me hace ademán de que me acerque. Le entrego a él su pinta y a Lucinda su ginebra. Él me echa una miradita; está a punto de lanzar el órdago, pero sigue dirigiéndose a ella. «Si me permites que te lo diga, Lucinda, estoy bastante desilusionado. Te he dicho la pura verdad, y evidentemente no crees ni una palabra. Muy bien. Si ése es el grado de confianza que hay entre nosotros, entonces para mí todo esto no tiene ningún sentido.»

Lucinda se sienta muy erguida mientras lo fulmina con la mirada. Tienes los ojos rojos. «Se te olvida que *te vi* con ella. ¿No lo entiendes, joder? *¡Os vi* a los dos en la cama con mis propios ojos!»

Exhalando bruscamente, Sick Boy va y dice: «Te lo he explicado hasta quedarme ronco. Esa chica era la novia de Mark, Penelope.» Entonces me mira a mí.

1. Denominación genérica aplicada a jovencitas que han asistido a colegios de pago, llevan ropa de diseño de dudoso gusto, disponen de abundante dinero para sus gastos y tienden a pasar mucho tiempo de fiesta en King's Road o High Street Kensington. *(N. del T.)*

Lucinda hace otro tanto: se nota que piensa: «este escocés barriobajero, flacucho y zanahorio no es de esa clase de tíos que se follan a chicas que se llaman Penelope». Es como si me hubiera caído encima un peso muy grande, y por un instante flirteo con la idea de que quizá sea mi conciencia antes de que esa noción se disuelva en cuanto me entra el subidón de adrenalina del embuste. «Iba ciego perdido», dice Sick Boy poniendo unos ojos como platos, «y me metí en aquella cama. No tenía ni puta idea de que ella estaba ahí hasta que entraste tú y empezaste a leerme la cartilla, joder.»

«¡Venga ya! ¡Tendrías que haberlo sabido!»

Sick Boy menea lentamente la cabeza. «Mark ha aceptado que lo que estoy diciendo es cierto porque me conoce y porque confía en mí. Sabe que nunca haría algo semejante con su novia. Es mi mejor amigo desde el primer año de colegio», dice con la voz entrecortada y los ojos llenos de lágrimas. «¡Mark! ¡Díselo!»

Lucinda me clava su intensa mirada. Es una buena chica. No se merece tener a un mentiroso de Leith en su vida, no digamos dos. Sus enormes órbitas están abiertas como platos y suplicantes, y creo que de verdad quiere que la convenza. Así que les doy a ambos lo que necesitan: «Yo me enfadé mucho, Lucinda. Es más, me puse furioso que te cagas. A ver, tú ya sabes qué pinta tenía aquello.» En su rostro aparece un levísimo indicio de asentimiento mientras me vuelvo hacia Sick Boy. «¡Si este cabrón se hubiera estado tirando a mi Penny, al muy hijo de puta lo rajo, joder!»

«¡Vete a tomar por culo, Mark! ¡Lo que hay que oír!», exclama Sick Boy volviéndose primero hacia Lucinda y luego hacia mí. «¡Cualquiera diría que tú tampoco me crees!»

«¡No estoy diciendo eso, Simon, sólo me refería a la pinta que tenía!»

Lucinda asiente con la cabeza y luego se dirige a él: «¿Y qué pinta *esperabas* que tuviera, Simon? Intenta verlo desde la perspectiva de los demás.» Y me mira de nuevo, y sus ojazos están ansiosos por formar una alianza.

«Eso es exactamente lo que quería decir yo, joder», tercio yo.

Sick Boy exhala ruidosamente. En el doloroso silencio subsiguiente oigo en mi cabeza: Williamson uno a cero. Tengo la impresión de que si le miro empezaré a reírme a carcajada limpia. Pero lo hago, y de algún modo logro no perder el control mientras él asiente con gesto apesadumbrado. «Ya veo», dice con expresión dolida y de reproche.

No me quedó otra opción que tragarme aquello y seguir con la perorata. «Perdona, colega. Yo te creo. Es sólo que Penny y yo no nos hemos estado llevando demasiado bien últimamente, y supongo que me puse de un paranoico que te cagas.»

Dándose en la frente con la palma de la mano, Sick Boy se aparta brevemente con un gesto de asco antes de volver a encararse conmigo. «Pues sí, ya lo creo que sí», me regaña, con una expresión rebosante de amargura. Ha hecho un sprint para ocupar la posición de superioridad moral y haría falta nada menos que una auténtica atrocidad para desalojarle de ella. «Permíteme un pequeño consejo, Mark: no tomes anfetaminas y no te quedes levantado toda la noche si no puedes afrontar las consecuencias», me reprende el hijo de puta caradura este. Acto seguido, mira a Lucinda, que ya está algo más suave, con gesto muy matizado. «Y también creo que quizá me merezca una disculpa por tanto histrionismo.» Acto seguido se cruza los brazos sobre el pecho y le da la espalda.

«Vale, vale... Simon..., yo... lo siento..., pero tienes que comprender la pinta que tenía aquello...» Lucinda intenta pasarle el brazo por los hombros.

Él la aparta cabreado antes de erguirse pomposamente en el asiento, como si se dirigiera a la clientela del pub, y en efecto, algunos tipos trajeados de cara colorada echan una breve mirada a su alrededor cuando canturrea: «Hay una palabrita que quizá no signifique nada aquí, en la metrópoli, pero que en Escocia aún se cotiza: confianza.» Lucinda está a punto de decir algo, pero Sick Boy levanta la mano para hacerla callar mientras deletrea: «C-O-N-F-I-A-N-Z-A.»

Tras hacerse de rogar un rato, permite a Lucinda que le abrace y acto seguido empiezan a darse frenéticos y húmedos besos con lengua, lo que me indica que ha llegado el momento de retirarme a la barra mientras me pregunto cómo sería la tal Penelope. De haberse tratado de cualquier otro, habría dado por supuesto que tenía que estar de muy buen ver para arriesgarse a quedarse sin una tía como Lucinda, pero estamos hablando de Sick Boy. En lo que a las chicas se refiere, la verdad es que es un cabronazo total.

Pero ahora ha llegado el momento de dedicarse a los negocios. Estamos solicitando el ingreso en los universos duales del empleo moderno: curro legítimo en los ferries y trapicheo de drogas a través de un contacto de Nicksy. Echo un vistazo a mi reloj, les hago una señal a los demás, apuramos y cruzamos la calle hasta llegar a la estación de Liverpool Street. Sick Boy se echa un último muerdo con

Lucinda en el andén antes de subirse al tren con destino a Harwich con Nicksy y conmigo.

«Increíble», dice con una extraña mezcla de asco y tristeza mientras parece darle vueltas a un millón de posibilidades. «Este trabajo da mucha sed», dice tamborileando con los dedos sobre la mesa. «¿Tendrán un vagón restaurante en este puto tren? Te diré una cosa, Nicksy: más vale que este cabrón sea de fiar, porque puedo hacer tándem con Andreas en Finsbury Park cuando me salga de los huevos.»

Este machaque continuo con Andreas empieza a tocarme las pelotas de verdad, pero si digo algo lo atribuirá a la envidia. La verdad es que es un puto gilipollas total.

Nicksy guarda silencio y se queda apretujado contra la ventana. «¿Te encuentras bien?», le digo, preguntándome si le habrá entrado la náusea después de la poquita heroína que nos fumamos esta mañana. Yo todavía noto la mala ponzoña del chino en la garganta y los pulmones.

«Sí», dice él. «El caso es que, Mark...»

«¡Ah, del barco!» La puerta del compartimento se abre de golpe y ante nosotros aparece un tipo escuálido con una complexión muy mala que andará por los treinta y tantos. Nicksy nos lo presenta cansinamente como Paul Marriott, un viejo conocido yonqui suyo y de Tony, que lleva siglos trabajando temporalmente en las embarcaciones de Sealink. Marriott es cojo y se aproxima a nosotros a trompicones, dejándose caer en el asiento vacío que hay junto a Sick Boy. «¿Todo bien, muchachos?», pregunta en el tono del capullo del gato morado ese, el que era colega del perro verde aquel, Roobarb.[1] Nicksy nos había explicado que fundamentalmente se dedicaba a hacer de cabeza de turco para los gángsters de verdad que estaban situados más arriba en el escalafón, de cordero sacrificial que se comería las condenas serias en caso de que todo se fuera a tomar por el culo. Para ser justos, parece hacerse pocas ilusiones acerca de su estatus; su grado de adicción supone que no puede tener ni de lejos el grado de aversión al riesgo que debería tener un hombre que pretenda transportar una gran cantidad de drogas de primera. Dicho eso, no quiere acabar en la cárcel si no es imprescindible, y nos mira de arriba abajo con unos ojos penetrantes. Es evidente que es capaz de oler el ansia

1. *Roobarb and Custard:* serie de dibujos animados de la década de 1970. *(N. del T.)*

de jaco de los demás a un kilómetro de distancia. Frunce el ceño al ver el atuendo punk de Nicksy. «Ese tupé habrá que chafarlo antes de entrar a ver a Benson.»

Nicksy dice en voz baja algo como que no es un tupé. Marriott no lo oye o prefiere no responder mientras mira con mayor aprobación a Sick Boy, que lleva el pelo peinado hacia atrás y recogido en una coleta. El pobre Nicksy tiene aspecto sudoroso y de estar colgado, y exhibe tanto autocontrol como una araña intentando salir de una bañera.

«¿Y qué es lo que pasa con el tal Benson?», pregunta Sick Boy con el aire prepotente y de autoridad habitual en él.

Marriott le mira recelosamente. Parece que se percata de inmediato de que para él Sick Boy será o bien un activo increíble o un cuco total en nido ajeno: no tendrá término medio. «Es el tío que os tiene que dar el visto bueno tras la entrevista para que podáis empezar a currar ahí. Recordadlo: busca trabajadores temporales baratos», dice Marriott en su tono quejumbroso y camp de picota. «Su lema es "voluntad de colaboración". Eso es lo que busca en todo aquel que empieza a trabajar con él.»

«¿Acaso no es eso lo que buscamos todos?», pregunta Sick Boy con una sonrisa.

Marriott no le hace ningún caso y prosigue: «Durante años, en los transbordadores la afiliación sindical fue obligatoria, pero después del rollo de la privatización ese y la ruptura con British Railways, los esbirros de Maggie les dieron por culo con contratos nuevos. Así que nada de chorradas acerca de la lucha sindical, los derechos de los trabajadores y toda esa mierda del "a mí no me pagan por hacer eso". Benson lo que quiere es flexibilidad. Quiere que le digáis que trabajaréis en donde haga falta –en la cocina, en los camarotes o en la bodega de automóviles–, y que haréis lo que sea, desde limpiar potas a desatrancar cagaderos. Que estáis dispuestos a hacer turnos dobles si hace falta y que lo haréis luciendo una sonrisa del carajo.»

Por mí perfecto. Soy capaz de morderme la lengua y decir que sí a todo, si la cosa tiene compensación por otro lado.

«¿Y qué pasa con la mercancía?», pregunta Sick Boy.

«Vosotros encargaos de que os contraten primero, de eso ya nos ocuparemos luego», salta Marriott mientras le echa una mirada acusadora a Nicksy, que vuelve la cara miserablemente hacia la ventana de nuevo.

El tren va serpenteando hasta llegar al mismo puerto de la estación internacional de Harwich, en Parkeston Quay. Nos bajamos y caminamos prácticamente desde el andén hasta una colmena de edificios de oficina prefabricados, mezclándonos con otros cuerpos ansiosos que han sido escoltados hasta una habitación aséptica. Aunque yo empiezo a tener un mal cuerpo de cojones, me fijo en los presentes. Somos más o menos una docena, y tenemos todos pinta de escoria, salvo una chica guapa que lleva una melena de flipar. Nos entregan un formulario para que lo rellenemos y luego vamos pasando de uno en uno para que nos entreviste Benson, que da la impresión de ser un hombre de hielo hostil con brasas encendidas en las hemorroides. Lo flanquea una encargada de personal maruja, gorda y de mediana edad.

Me doy cuenta de que no tengo la menor oportunidad de que me den el curro, así que respondo con escaso entusiasmo a sus preguntas de mierda, cuando de pronto dice Benson: «Bueno, como has hecho de pinche de cocina, seguramente empezaremos asignándote tareas de tipo general en la cocina, y a partir de ahí ya veremos cómo se desarrollan las cosas.»

¡Me quedo flipao que te cagas! ¡Hay como unos seis millones de capullos en el paro, y no sólo me han dado el curro, sino que ya hay una oferta implícita de ascenso! Me siento complacido conmigo mismo un instante hasta que salgo y me doy cuenta de que han contratado hasta al último cabrón que ha arrastrado su costroso culo hasta la entrevista. Por lo visto, la movida esta no es más que un proceso de filtrado para deshacerse de chalaos totales despedidos con anterioridad que sean lo bastante bobos como para volver a solicitar empleo bajo otro nombre. Quién coño sabrá cómo Marriott se libra de la criba sin parar. Y yo me pregunto: ¿qué clase de puto curro es éste? El resto de los candidatos eran de lo que no hay. No es que yo quiera ir de listillo, pero algunos de esos capullos tenían pinta de no ser capaces de rellenar el puto formulario ellos solos.

Nos piden que esperemos mientras se terminan de realizar todas las entrevistas individuales. Sólo tardan media hora pero a mí me parece una eternidad. Hubo un momento en que me entraron unas ganas locas de echar abajo las paredes prefabricadas de yeso esas. Entonces sale Benson para dirigirse a todos nosotros, a la vez que nos escudriña y busca el menor indicio de alma perjudicada. Es como si fuera repasando rítmicamente el fichero de teléfonos y direcciones que tiene en la cabeza: yonquis, traficantes y maricones..., yonquis, traficantes y maricones... Nicksy y yo intentamos mariconear un poco, haciendo como si estuviéramos liados y fuéramos una auténtica pareja homosexual en lugar de unos frívolos mariquitas cuyo porculeo indiscriminado podría convertir el cascarón oxidado en un hervidero de infecciones.

Sospechábamos que hasta en un curro como éste contratar a yonquis era algo inimaginable, que serían putas personas no gratas totales y punto. Pobre Nicksy: sabía cómo se sentía, porque yo tenía ganas marcharme y ponerme pronto. Empezaba a notar un puto hormigueo horroroso.

Concentrándome en la ventana que se encuentra a espaldas de Benson, veo al *Freedom of Choice* atracado en el muelle; es un buque de carga y descarga, o «cade» como la llama Benson. La auténtica misión de éste, no obstante, es trasladarnos la línea del Partido: «Ni que decir tiene que cualquiera que sea descubierto bajo la influencia de, o en posesión de drogas ilegales, no sólo será despedido en el acto, sino que también incurrirá en responsabilidades judiciales.»

Admiro la cara de afrenta que luce Sick Boy. Se la ha vendido a Benson como si fuera genuina, sacándole de paso un poco de marcha atrás arrepentida.

«No pretendo insinuar nada acerca de ustedes, damas y caballeros. Es sólo que Ámsterdam está cerca del puerto Hook of Holland y..., en fin, adónde vaya cada cual cuando no está de servicio es cosa suya, siempre y cuando eso no afecte ni a la seguridad ni a la calidad del servicio que proporciona esta embarcación...»

Él sigue divagando y yo intento desconectarme de la mierda restante que suelta fijándome en el culo de la chica que tiene la gran mata de pelo a lo Robert Plant. Los ojos de Sick Boy, como era de esperar, están clavados en el mismo punto, mientras que Nicksy parece completamente pirado y tiene la mirada ausente. Oigo decir a Benson: «Les felicito. Ahora forman ustedes oficialmente parte de la familia Sealink. ¡Nos vemos todos a comienzos del año que viene!»

Así que tenemos curro. Hay tres, cuatro o seis millones de parados; ni dios lo sabía porque los métodos de cálculo cambiaban a la misma velocidad que uno se muda de gayumbos, y la pandilla más variopinta que yo haya visto en mi vida, un hatajo de yonquis, maricones y quién coño sabe qué más, ha sido contratada por Sealink para el desempeño de empleos remunerados cuando se inicie la temporada de primavera. ¡Me muero de ganas de comunicarle a máter y páter la edificante novedad de que el retoño zanahorio por fin se ha reformado!

Cogemos el tren de vuelta a Londres en un estado de ánimo festivo, abriendo unas latas, mientras Marriott nos pone al corriente en lo que se refiere al chanchullo, en plan serio y Míster Aquí-Estoy-Yo-Con-Mis-Cojonazos. Tenemos que ir a The Dam,[1] comprarle la mercancía a un individuo que hay ahí y traerla aquí en el barco. «El tipo de la mesa, el que os señalé, Frankie, es el jefe», explica Marriott aunque yo no vi una puta mierda. «Bebe en el pub Globe de Dovercourt. Cuando empecemos, os llevaré allí a invitarle a una pinta de vez en cuando, para que se quede con vuestras caras. Tened al cabrón contento y siempre os dará el visto bueno para pasar los controles. Frankie me filtra los detalles de la rotación del personal, porque es fundamental saber cuál de los cabrones esos de Aduanas está de servicio, sobre todo cuando le toca hacer la ronda a un hijo de puta que se llama Ron Curtis. Con ese cabrón no hay nada que hacer. Si se huele algo, no queda otra que encerrarse y aguantar el dolor, aunque estemos pasando un kinkón de aquí te espero.»

Me resulta un coñazo escuchar a este mamón, y lo mismo les pasa a los otros. Es cosa del *speed;* me he metido dos rayas bien gordas por la napia y cada vez que las ruedas de acero chisporrotean en un cambio de agujas, un calambrazo recorre el tren y me sube por el espinazo. *Yee-hah! Roll along covered wagon, roll along...*[2]

El rollito festivo se multiplica por diez cuando en Sheffield sube un grupo de chavalas borrachas que llevan gorritos de Papá Noel. Una de ellas, una rubia, saca unas sorpresas navideñas y Sick Boy no pierde ni un segundo en ponerse a abrir una con ella y colocarse el gorrito de papel crepé en la cabeza. «Ya sé yo la sorpresa navideña que me gustaría abrir a mí», le dice en un tono insinuante y lujurioso; mientras sus amigas le aclaman, Sick Boy se agacha y le dice algo al oído. Ella le pega un golpe en el brazo de coña, pero en menos de un minuto se están comiendo la boca el uno al otro a saco.

Yo estoy desatado del todo y desbordante de malicia, por lo que no me puedo resistir a sacar el mechero y pegarle fuego al gorro de Sick Boy.

1. Ámsterdam. *(N. del T.)*

2. Fragmento de la letra de la canción «Roll Along Covered Wagon», de Jimmy Kennedy (1902-1984), letrista y compositor irlandés que tuvo más éxitos en Estados Unidos que cualquier otro compositor irlandés o británico hasta la aparición de Lennon y McCartney, y que, al igual que éstos, fue condecorado con la Medalla de la Orden del Imperio Británico. *(N. del T.)*

Una de las chicas se lleva la mano a la boca al ver las llamas prender con fuerza y extenderse a su pelo, que chisporrotea ruidosamente cuando empieza a quemarse. La chavala rubia con la que se está morreando le aparta y chilla.

«¿Pero qué cojones...?», grita él, dándose febrilmente de palmaditas en la cabeza mientras se desprenden y revolotean por el vagón trocitos quemados de gorro.

«Fai-ah...! Di-ri-ri...! ah take it you'll burn...»,[1] canto yo.

«¡¿QUÉ COJONES HACES, EH!? ¡CABRONAZO PSICÓPATA! ¡IMBÉCIL HIJOPUTA DE MIERDA!» Se abalanza sobre mí y me pega un puñetazo en los huevos. «¡ESO ES PELIGROSÍSIMO QUE TE CAGAS, CAPULLO EMPANAO!»

Me doblo cual navaja al cerrarse, riéndome a despecho del dolor y la náusea: «Hijo de puta..., era *The Crazy World of Arthur Brauuh-uuhn...»,* protesto.

«¡Me vas a pagar el corte de pelo y el peinado, joder! ¡Puto cretino...!», masculla Sick Boy mientras se acicala en el reflejo de la ventana, pero enseguida vuelve con la chica mientras me hace un gesto despectivo con la mano. «Tú quédate ahí. Puto crío.»

«Sois desesperantes, joder», murmura Marriott en voz baja. Entonces una de las chavalas de Sheffield, con los ojos como platos y la cara desencajada, abre el buzón y grita: «I EHM THE GOD ORF 'ELL FI-AH AND I BRING YOU...»[2]

Nicksy y yo aprovechamos para arrancar a cantar: *«FAI-AH...! DI-RI-RI!, I take it you'll burn...»*

Sick Boy sigue mirándome como si quisiera matarme, pero dedica el grueso de su atención a la rubia. Yo me pongo a charlar con la chavala cantarina. Va bolinga pero se enrolla que te cagas. «¿Y por qué van a divertirse sólo esos dos, eh?»

«Unos aficionados es lo que son», le digo yo. «¡Te pienso comer la boca hasta dejarte sin labios!»

«¿Pues a qué esperas?»

No estaba esperando, y mis labios agrietados y mi tocha llena de mocos me dan completamente igual: le meto la lengua hasta la garganta sin dudarlo un segundo. Sin embargo, como de costumbre, veo que Sick Boy me lleva un paso de ventaja; el cabrón se ha levantado y

1. Fragmento de la letra de «Fire» (1968), de *The Crazy World of Arthur Brown. (N. del T.)*

2. Introducción recitada de la misma canción. *(N. del T.)*

está conduciendo a la rubia buenorra a los lavabos. Cuando paramos para respirar un poco veo que Marriott está mosqueado porque no le hacemos caso, pero Nicksy le cuenta que tenemos tiempo de sobra para ir poniendo en orden y repasando los detalles. El cabrón lo sabe, además; sólo está haciendo teatro. Empezamos a cantar otra vez el estribillo de «Fire», pero discutimos acerca de la letra mientras las latas se deslizan sobre las mesas y van cayendo una tras otra. ¡Así que nos preparamos para desembarcar en el West End con las chicas estas de Shenfield, y la Navidad acaba de arrancar a tope que te cagas!

HOGMANAY[1]

Aparto los ojos de las páginas de mi novela de bolsillo, amarillentas como el pis, y por la ventana del autobús juno la luminosa media luna que se ve detrás de las torres de alta tensión, proyectando nítidas sombras sobre el arcén de la autopista. Estamos a finales de diciembre y hace un frío como para helarte las gotitas esas que se te quedan en la uretra, pero por fin empieza a notarse la calefacción del autobús y por la parte de la ventana donde tenía apoyada la cabeza corren riachuelos de sudor y de condensación.

Nicksy y yo nos hacemos caso omiso mutuamente bajo el tibio glaseado de nuestras luces de techo individuales mientras van haciendo erupción en la penumbra, asaltándonos, los pedos, gruñidos, ronquidos y carcajadas de los borrachuzos que viajan en este fétido autocar, como si fueran los ruidos de los animales salvajes del bosque. Pero el silencio que reina entre los dos es guapo; nos conocemos desde hace tiempo suficiente como para no tener que llenar el vacío sólo porque sí. A cada uno nos gusta tener su espacio, y más cuando andamos un poco jodidos.

Sick Boy tenía muchas ganas de que me llevara a Nicksy a nuestra casa, contándome que no para de hablar de ir a ver a Matty y diciéndome que es lo menos que podemos hacer después de que nos haya alojado él. Me explicó que había decidido quedarse en Londres a pasar el Año Nuevo para ir de fiesta con Andreas y Lucinda, ya que «el histrionismo» de Edimburgo no le atraía. Me dice que sigue cabreado con Begbie a cuenta de sus «calumnias» y que no le apetece andar por ahí con él hasta que haya recibido al menos alguna clase de disculpa. Le dije que más le valdría no esperar sentado. Yo encantado

1. Denominación escocesa del día y la festividad de Nochevieja. *(N. del T.)*

de dejarle ahí a su rollo: ya le pueden dar por culo a pasar la fiesta de Hogmanay en Inglaterra.

En cuanto el autobús entra en St. Andrews Square vamos directamente a Montgomery Street y por el camino pillamos un lote de bebida para llevar. Llegamos una hora tarde a cuenta de la cantidad de tráfico que hay intentando entrar en Edimburgo; capullos que vuelven a casa por Año Nuevo. Son pasadas las diez cuando llegamos al chabolo de Monty Street, que en cierto modo Spud y Keezbo han heredado. Hay una fiesta en pleno apogeo y nos apuntamos con ganas. El ambiente es chachi, quitando que Matty apenas le dice una palabra a Nicksy, que no para de hablarle, pero el muy cabroncete se comporta como si fuera un desconocido en vez de ser el tío que nos tomó bajo su protección y nos hizo de guía de Londres durante la época culminante del punk. Estoy mosqueado con el gilipollas este. Por lo menos Franco está amigable con él: «Así que eres de Londres, ¿eh, colega?», pregunta a Nicksy. «Una vez, en Benidorm, me follé a una tía de Londres. ¿Te acuerdas, Nelly? ¿De Benidorm y del par de tías londinenses aquellas?»

Nelly parece no tener ni zorra de lo que le dice pero asiente con la cabeza.

Alguien saca los instrumentos y empezamos a enredar. La cosa desemboca en una pequeña *jam session* en la que Nicksy rasguea la acústica de Matty con una destreza que su dueño es incapaz de igualar, mientras Franco canta acerca de beber vino y sentirse más que contento con voz fuerte y clara, plena de nostalgia.

Yo y Keezbo punteamos y aporreamos a la vez que intentamos mantener el ritmo y acompañar un poco a Franco y Nicksy. La voz de Franco es digna de oírse; es como si por ser Hogmanay hubiera absorbido la cantidad justa de alcohol y buenas vibraciones y éstas hicieran intersección en tan maravilloso vector mientras él se convierte por unos instantes en un ser distinto, en una fuerza llena de gracia y de espíritu.

Yo voy mirando los rostros de todo el mundo, iluminados por las velas; Nicksy, Keezbo, Tommy, Spud (que ya no lleva el cabestrillo), Alison, Nelly, Franco, June, Matty y Shirley, además de una tía hecha polvo y con una larga cabellera azabache que ha venido con Nelly pero que éste no se ha molestado en presentarnos. El cabrón este tiene el don de gentes de un matón fascistoide. Un gran fuego de carbón arde en la chimenea; los del ayuntamiento pueden meterse en el culo sus chorradas acerca de la zona libre de humos y a todo el mundo le emociona visiblemente cómo canta Franco. Nos sumamos a él al llegar el estribillo y nos convertimos todos en uno solo y compartimos ese sueño roto...[1]

Begbie está tan absorto en su interpretación que casi cuchichea con los ojos entreabiertos no sé qué de la hora a la que la gente se va a sobar...

Pobre Spud; al capullo sentimental, se le llenan los ojos de lágrimas mientras Franco canturrea suavemente con voz grave. Matty sigue de morros a pesar de que Shirley le sonríe y le sacude por el hombro, y yo me fijo en que Kelly y Alison miran a June, que mira boquiabierta a Franco, como si fuera una estrella de rock and roll, cosa que en cierto modo esta noche es. Franco es el blanco de todas las miradas y Nicksy rasguea con firmeza y convicción. Keezbo marca un ritmo suave, que me lleva de modo casi imperceptible a tocar un ritmo simple y discreto en el bajo Shergold sin trastes, y a desear que en su lugar estuviera tocando el Fender, porque cuesta ver los puntos de guía del mástil a la exigua luz de estas velas. Finalmente, Begbie se llena los pulmones de aire para el gran clímax, el último estribillo de la canción, que de verdad es cien por cien él.

Terminamos entre vítores, cosa que Franco logra soportar por los pelos. Yo le guiño sutilmente un ojo, algo que me doy cuenta de que le gusta más por el discreto reconocimiento que transmite. Mi raquítico meñique se ha quedado insensible y dormido de tanto intentar pulsar esas octavas.

Spud tiene los ojos enrojecidos y húmedos. «Franco, tío..., ha sido... asombroso..., como quien dice...», suelta, pero sus comentarios llevan a todo el mundo a mirar al cantante.

«Ya», suelta Begbie, pero se nota que Spud le ha mosqueado al hacer tantas alharacas. «Pa Año Nuevo Rod Stewart es insuperable, joder», y llena de whisky el vaso de Spud para dejar de ser el centro de atención.

Pero el pobre Spud va demasiado pedo para enterarse de por dónde van los tiros, y sigue dale que te pego: «No, pero es que ha sido asombroso. Sabes, si yo cantara como tú, Franco...»

«Cierra la puta boca», le dice Begbie en tono suavemente amenazador. Nicksy me mira a mí con gesto tenso y enarcando una ceja.

«Pero si sólo digo...», declara Spud.

1. Se trata de la canción de Rod Stewart «In a Broken Dream» (1970). *(N. del T.)*

«¡He dicho que cierres la puta boca, coño!»

Spud se queda callado, al igual que los demás. Todos comprendemos en el acto que Begbie se da cuenta de que un pedacito de belleza de su alma ha quedado al desnudo, y que a pesar de su ego y de los cumplidos que le han hecho, lo considera una debilidad en potencia, algo que algún día podría ponerle en una situación comprometida.

«Sólo me he puesto a cantar un poco, ¿vale?»

Nicksy guarda la acústica de Matty en la funda. Yo miro con mucho teatro el reloj de la repisa de la chimenea y suelto: «¡Venga, gente, será mejor que nos pongamos en movimiento si queremos llegar a casa de Sully a tiempo de oír las campanadas!»

Para todos es un alivio cambiar de escenario. Salimos a la calle, donde el aire está frío y en calma. La ciudad está aprisionada por el hielo, como un pisapapeles hecho de árboles, muros y nieve. Todo el resto de la peña está subiendo por Leith Walk camino del centro y hacia the Tron para escuchar las campanadas. Nosotros, sin embargo, vamos en la dirección opuesta, con las suelas deslizándose y chasqueando sobre las aceras heladas, rumbo a Leith. Kelly y Alison van cogidas de mis brazos, cada una por un lado; sólo es por motivos de seguridad mientras dure este traicionero recorrido, pero sienta bien de todas formas. Kelly vuelve rápidamente la cabeza, como si fuera un lémur, tomando una instantánea visual de mí antes de volverse hacia Ali. Noto el latido de la cicatriz de magnesio que su sonrisa me ha dejado por dentro. «Siento muchísimo lo de tu madre», le cuchicheo al oído a Ali, «y también no haber estado aquí para el funeral. No me enteré hasta que todo había terminado.»

«No pasa nada. La verdad, ha sido un alivio, porque al final sufría muchísimo. Sé que sonará horrible, pero yo estaba rogando: déjate ir de una vez.»

«Pues siento muchísimo que te hayas quedado sin ella y que tuvieras que pasar por todo eso.»

«Qué adorable es Mark, ¿verdad?», dice Kelly mientras me mira y me produce otra punzada en el estómago, antes de volverse de nuevo hacia Ali.

«Tiene sus momentos», reconoce acerbamente Ali, pero me da al mismo tiempo un fuerte apretón en el brazo. Una gran sonrisa ilumina el rostro de Kelly y por un instante pienso que le molarían unas pelotas color canela, pero la idea es ridícula; está saliendo con el tal Des Feeney, ese tío que es una especie de pariente de Spud.

In your rents, Dream Boy.[1]

Las chicas tienen una belleza etérea en semiperfil mientras hablan entre sí conmigo en medio, y la luz de las farolas de sodio resplandece en la mirada traviesa de Kelly y los ojos desolados de Ali. Ennoblecido por mi estatus de consorte, una gracia golfa se asienta en mi alma gracias al cálido fulgor del whisky. Hace una noche cruda, pero no sopla el viento, y cuando me vuelvo veo a Nicksy fundido con Spud y Tommy en una risotada salvaje, mientras Franco, June y Keezbo van caminando un poco más adelante. «Está como una puta cabra, y me quedo corta», cuchichea Ali mientras señala con la cabeza para indicar a Begbie. «¡Danny sólo quería hacerle un cumplido!»

Estoy a punto de decir algo, pero decido no hacerlo cuando de pronto Begbie se para en seco y arrastra violentamente a June hasta un portal. Cuando pasamos por delante la oímos decir: «Frank, no», riéndose de forma estentórea y temerosa. «Aquí no.»

El cochino hijo de puta se la va a cepillar allí mismo.

«Es un sentimentaloide total, de esos que cantan serenatas a la luz de la luna», intento sugerir cuando ya los hemos dejado bien atrás. Alison levanta desdeñosamente los ojos hacia el cielo y Kelly ladea la cabeza, sonriendo de esa forma tan mona y tan sexy que tiene. Está guapísima con la cara llena de pecas y ese pelo corto rubio oscuro en punta, y rebosa esa extravagante confianza recién adquirida de quien se encuentra de pronto muy a gusto en su piel. Eso es lo que dice a veces el viejo, y nunca lo había pillado hasta ahora. Me pregunta por Aberdeen, y me cuenta que ha empezado a hacer el curso de acceso para la Universidad de Edimburgo. Yo le cuento que me he tomado un año sabático y que estoy pensando en marcharme a Glasgow o al sur.

Los demás se han parado a esperarnos, pero no hay ni rastro de Franco, que seguramente estará tirándose a June con la máxima dureza en ese piojoso portal.

Seguimos avanzando hacia Easter Road, ya que el queo de Sully se encuentra en ese extremo de Iona Street. Mañana es el partido del derby, así que estamos al ladito. «Estos capullos no nos han ganado en Año Nuevo desde 1966», declara Matty mientras blande una botella de whisky y mira con gesto desafiante a Keezbo.

«Ese récord caduca mañana», dice Keezbo.

1. Juego de palabras: *In your dreams, Rent Boy* («En tus sueños, Rent Boy») se convierte por inversión en «En tus alquileres, chico de ensueño». *(N. del T.)*

«Anda y vete por ahí, cacho mongolo. ¡Y una puta mierda!», le espeta Matty, y luego añade maliciosamente en voz baja: «tocino de los huevos.»

Esto último ha sido un tanto borde y no venía a cuento para nada, pero Keezbo lo deja estar. Shirley pone mala cara y mira al suelo. Matty siempre anda metiéndose con Keezbo. Algún día de éstos el grandullón se dará media vuelta y le partirá los morros al cabrito picajoso este. Y no seré yo quien llore cuando ocurra.

Vemos a Begbie y a June saliendo del portal. Vienen hacia nosotros, Franco luciendo una sonrisa obscena, y June con una pinta cada vez más incómoda y tímida a medida que se van acercando. Les esperamos en silencio. Franco capta las vibraciones. Pese a que actúe a tontas y a locas cuando se trata de armar bronca por su cuenta, puede llegar a ponerse de lo más susceptible cuando es otro cabrón el que crea un ambiente propicio. Igual al final Sick Boy sí que acertó con sus planes para las fiestas. «¿Qué coño os pasa?»

Matty rompe el silencio y señala a Keezbo. «¡Joder, sólo le estaba diciendo al capullo del *Jambo* tocino este que su equipo es una mierda!»

«No pienso discutir de fútbol contigo antes de que den las campanadas, Matty», suelta Keezbo.

«Eso», le dice Franco a Matty, «¿por qué andas metiéndote con el puto Keezbo, puto zumbao?»

«Porque es un gordo cabrón de los Hearts.»

El brazo de Franco sale disparado y le mete una colleja a Matty. La leche es de las que duelen, pero también es una puta humillación porque Shirley está delante. «¡Cierra la puta boca! ¡Hoy somos todos colegas, joder, haya puto fútbol o no!» Acto seguido, mira a Keezbo con una sonrisa de depredador. «Como vea a este gordinflón zanahorio por la mañana, le meto un viaje que se traga todos los putos dientes.» Y entonces mira a Matty. «Pero esta noche todos somos amigos del alma a tope, ¿vale?»

A falta de argumento alguno en contra, doblamos la esquina, aparecemos en Iona Street y subimos las escaleras por un callejón que está justo al lado del Iona Bar. Me muero de ganas de entrar en calor. Sully nos saluda a todos; es un anfitrión grandullón, afable y con voz ronca, con unos rasgos muy marcados y un corte de pelo rockabilly peinado hacia atrás que yo siempre pienso que le quedaría mejor a un menda más mayor. Me voy para la cocina y veo a Lesley, Anne-Marie Combe, una morena delgadita y de pelo corto que, cómo no, trabaja de peluquera, y a la que le metí mano en el apartadero hace años, cuando iba hasta el culo de vodka, y a Stu Hogan, un tipo rubio corpulento muy aficionado a las bromas pesadas que me sirve un chupito de whisky. Yo prefiero con mucho el vodka, pero alguien dice algo acerca de que si es Año Nuevo, y a todo el mundo le ponen uno. Ahora mismo el jaco ni lo toco, y ni siquiera me meto *speed.* Me estoy poniendo un poco las pilas. Stu me pregunta por Londres; me cuenta que Stevie Hutchinson anda por ahí abajo y me pasa un número de teléfono de una libreta de direcciones vieja y cutre. Ésa es una buena noticia; Stevie es un tío legal, y además es bastante buen cantante, o por lo menos lo era cuando estábamos los dos en Shaved Nun. Como cualquiera que tuviera talento, no tardamos en quedarle pequeños. «Vive en Forest Hill», me cuenta Stu. «¿A ti eso te queda cerca?»

«Sí, bastante», suelto yo. Aunque en realidad no. Bueno, sí y no, en términos londinenses. «¿Sigue saliendo con la capulla empanada aquella?»

«¿Con Sandra?», suelta Stu.

«Sí, esa, Chip[1] Sandra solían llamarla. Además de comérselas le gustaba llevarlas puestas en el hombro.»

«Nah..., cortaron antes de que él se bajara a Londres.»

«Me alegro, porque es una zorra amargada de mierda. No la soporto, joder. ¿Te he contado la historia de...», empiezo, pero titubeo al ver la cara tan seria que pone Stu.

«Da la casualidad de que ahora *soy yo* el que sale con Sandra», me interrumpe. «Ahora mismo viene de camino para acá. Es más, antes de que hagas más comentarios insidiosos acerca de otras personas, creo que debería informarte de que la semana pasada ella y yo nos comprometimos.»

Joder...

«Ah..., quería decir..., en realidad yo no conozco a Sand...»

A Stu se le ilumina la cara mientras le brotan las carcajadas de algún lugar de las profundidades de su pecho. «Te pillé», me suelta sonriendo antes de sacudirme una palmada en el hombro y pirarse.

«¡Hijo de puta! ¡Coño, ésta te la guardo, Hogan!»

Me la acaba de clavar hasta la empuñadura, pero en fin, qué más da, la fiesta está en pleno apogeo. Tommy está rellenando un vaso de

1. Juego de palabras intraducible. *Chip*, además de significar «patata frita», se emplea en la expresión *to have a chip on one's shoulder*, que significa «ser una persona acomplejada o resentida.» *(N. del T.)*

media pinta hasta arriba con un gran chorro de whisky. «¿Dónde está Segundo Premio?»

«Quién coño sabe, no lo he visto. Estará tirado en alguna canaleta en algún sitio.»

Tommy esboza una sonrisa cómplice y me llena el vaso hasta arriba, pero no disfruto nada con esta bebida, joder. Me abrasa las entrañas. Lesley ve la mueca que hago, y mientras Tam se encarga de Nicksy, se me arrima. «¿Tienes algo de jaco?»

«No.»

«¿Te apetece un chute?»

«Sí», digo. He estado intentando evitar el jaco escocés y las agujas, porque el bacalao ese es letal que te cagas, y notas que se te apodera de verdad. Con el turrón es más fácil: no parece que le joda a uno tanto. Pero que le den por culo, estoy más o menos de vacaciones..., de vacaciones en casa...»

Nos largamos a uno de los dormitorios y nos sentamos, con las piernas cruzadas, sobre una enorme cama con armazón de latón cubierta con un edredón de tartán mientras Lesley prepara los chutes. Me deja atónito, porque creí que acababa de fumarse un chino, pero tiene un juego de herramientas completo y es de lo más competente. Enciende una vela, la mete dentro de una lata de tabaco y apaga la luz principal. Cada uno preparamos nuestro equipo respectivo, y yo voy primero. Mi vena absorbe tan ávidamente el bacalao que es como si apenas tuviera que hacer presión sobre el émbolo.

Ahhh..., DE PUTA MADRE...

De puta madre..., ay, tío... aaah..., qué bien, qué bien...

Me había olvidado de lo potente que es la manteca esta. Lesley no había preparado demasiada pero me desplomo sobre el *Royal Stuart*...[1]

«El otro día me lo encontré en el bolsillo de mis vaqueros», me explica recogiéndose el cabello rubio detrás de las orejas y poniéndose a dar golpecitos pacientemente antes de chutarse, mientras yo me recuesto, completamente derretido. «Hacía semanas que me había olvidado por completo de que lo tenía. Lo llevé a la Bendix y estuve en un tris de echarlo a lavar. Menos mal que no lo hice, porque hay una sequía... ¿Pero de qué te ríes?»

... ay, qué guapo, coño...

Intento contarle el chiste de la Bendix pero apenas puedo articu-

1. Contracción de Royal Stuart Tartan, tartán de la Casa de los Estuardo muy difundido a partir de 1977 como accesorio de moda punk. *(N. del T.)*

lar palabra, y en cualquier caso, ella ya se ha chutado y al cabo de unos segundos se encuentra en idéntico estado que yo.

Madre de Bendix, dioses de la lavandería, os doy las gracias por el rey jaco; gracias por ese lavado más blanco que la cal...

La luz de la vela se apaga y ambos nos quedamos despatarrados sobre la cama; a continuación nos abrazamos con emoción pero de manera más o menos casta. Lesley lleva puesto un top azul de tela resbaladiza que parece de seda pero no lo es. Luego nos quedamos como fritos, yo con la cabeza apoyada en su estómago, con el top enrollado y escuchando los ruidos que hacen sus tripas. «Borbotones y chisporroteos, borbotones y chisporroteos», suelto yo.

«Estoy colgada...»

«Yo también. Hace frío...» Me sacudo las zapatillas, me quito los vaqueros y me meto debajo del edredón tartán. Ella hace otro tanto, gateando hasta colocarse a mi lado y dándome un beso guay en los labios. Luego mete el índice dentro de mi jersey y me recorre la caja torácica. «Estás flaquísimo, Mark.»

«He perdido algo de peso. Supongo que tengo un metabolismo acelerado.» Y me levanto sobre los codos y la miro a mi vez.

Lesley me sonríe lúgubremente en la penumbra. Por debajo de la puerta entra luz a chorros, y también por detrás de las cortinas desde la farola de la calle. «Un metabolismo de jaco, más bien. Eres un tío bastante raro», me suelta sin dejar de trazar el contorno de mis costillas con los dedos.

«¿En qué?», pregunto, interesado por saber si quiere decir raro en plan molón o raro en plan bicho raro tarado. Tampoco es que me importe en cualquiera de los dos casos, porque me siento guay que te cagas.

«Pues... a la mayoría de los tíos se les nota si les molas.» Bajo esta luz tan exigua, las pupilas de Lesley se estrechan felinamente. «Pero contigo no sé...»

«Claro que me molas», le cuento. «Tú le molas a todo el mundo. Eres una chica muy guapa», le suelto mientras le echo el pelo tras la oreja, como hizo ella cuando estaba preparando los chutes. Lo es. En cierto modo.

«Sí, ya», dice ella dubitativamente, pero sin dejar de sentirse un tanto halagada. Así que estira la mano hasta mi entrepierna, la mete dentro de los calzoncillos y coge un puñado de plastilina. «Entonces, ¿cómo puede ser que estemos en la cama juntos y a ti no se te ponga dura?»

«Es que estoy demasiado colgado. Después de chutarme la manteca esta cuesta siglos que se me levante..., cuando fumo un poco de turrón no hay problema, se me pone como una secuoya californiana, pero como me meta de esto...»

En realidad Lesley, con ese gran busto que tiene, no es mi tipo, pero por supuesto que aun así me la tiraría si no estuviera tan hecho polvo. Los dos nos quitamos las camisetas y acto seguido nos abrazamos y nos besamos un rato, pero ella está tan colgada como yo, y balbuceamos chorradas otro rato más antes de sumirnos en algo afín al sueño mientras ella sigue con la mano ahuecada en torno a mis blandos genitales.

Soy consciente de que ha transcurrido cierto lapso de tiempo, cuando Alison y Kelly, bebidas hasta el culo, entran en la habitación, seguidas por Spud, inundándola así de áspera luz matutina. «Uuy», dice alguien antes de cerrar la puerta rápidamente. Luego la abren un poco y gritan: «¡Feliz Año Nuevo!»

Yo intento contestar algo entre dientes. Tanto Lesley como yo estamos en ropa interior, y fuimos quitándonos el edredón de encima a lo largo de la noche, a medida que empezó a notarse más la calefacción. Lo vuelvo a subir para cubrir esos pechos voluminosos, firmes y blancos como azucenas.

«Me cago en la puta...», suelta ella al despertarse, mientras los demás, soltando risitas como unos críos atontados, cierran la puerta.

«Mmmm...», concuerdo yo más o menos, sintiéndome chungo y con un sabor metálico en la boca.

«¿Qué hora es?», pregunta Lesley incorporándose con el edredón delante de las tetas. Bosteza y me mira.

«Quién coño sabe...», rezongo, pero suena como si la fiesta todavía coleara. Oigo el «Cum On Feel the Noize» de Slade y deduzco que Begbie sigue monopolizando el tocata. Según vamos regresando, lenta y dificultosamente, al estado consciente, Lesley y yo nos sentimos bastante avergonzados, por lo de tener las herramientas encima de la mesilla de noche, pero también por la situación general. Nos quedamos fritos antes de las campanadas y ni siquiera hemos follado. Alguien vuelve a llamar a la puerta con una sucesión de golpecitos suaves. No abren, pero detrás de ella oigo a Spud: «El fútbol, tronco, el fútbol. Pub. El derby. The Cabbage.»

«Dame un minuto. Llévate a Nicksy al Clan contigo y os veo ahí dentro de un rato.»

Lesley y yo oímos cómo el piso se va vaciando. Te tiras a alguien cuando vas salido y hasta el culo, y por la mañana suelen tener una pinta horrorosa que te cagas. Con ella pasa todo lo contrario, es preciosa y es como si me diera cuenta por primera vez. Ahora tengo una erección de campeonato, y ella tiene una pinta sexy y morbosa del carajo, pero ya pasó el momento y ella se levanta y empieza a vestirse, dejándome sin otra opción que hacer otro tanto.

«Vale, nos vemos luego», dice ella.

Eres un puto tarado, Renton, un puto memo simplón y retrasado.

«¿No te apetece bajar al pub a tomarte una?»

«No. Voy a casa de mi madre en Clerie para celebrar el Año Nuevo.»

Salimos al frío, y cada uno se va por su lado. Enseguida lamento no haberme ido a Clerie con ella, pese a que no me haya invitado a hacerlo. El pub está hecho un caos, y todo el mundo anda cantando canciones de los Hibs. Un tío maduro con unas gafas de culo de vaso se ha desnudado y está bailando en el escenario de las gogós. En las nalgas lleva tatuado con tinta china el nombre de PADDY STANTON[1] acompañado por un par de ojos y ELVIS en la polla, que una maruja entrada en años intenta ocultar con la calceta que estaba tejiendo mientras él se menea.

«Es su madre», explica alguien.

Nicksy se lo está pasando bomba; por lo visto, el cambio de aires le ha sentado bien. En cambio, a mí me está costando mucho beber. El alcohol me pone malo; la Reina Heroína es una zorra bastante celosa, y no le gusta que otras drogas, sobre todo la Princesa Priva, intenten usurparle sus presas. Ali y Kelly parecen estar en plena conspiración, Nicksy le está contando a Tommy y Spud una historia sobre Sick Boy, y yo me veo obligado a ocupar el asiento del dolor junto a Begbie, que me arrea su codazo de marca en las costillas. «¡Qué bien te lo has montado..., con Lesley! ¡Qué suerte tienes, guarro cabrón! ¡No te cortas, coño! ¡Yo me la tiraba pero ya mismo, joder! Supongo que se la habrás metido por todos lados, ¿no, cabrón pelirrojo?»

«No, sólo han sido unos arrumacos», le suelto yo. «Mimitos de Año Nuevo.» Miro a Tommy, que parece llevar una resaca del carajo. Menea la cabeza, asqueado consigo mismo.

«¡Sí, ya, y yo me lo creo, cochino hijoputa pelirrojo de los huevos! Se la estuviste metiendo toda la noche, cabronazo suertudo», sen-

1. Patrick Gordon Stanton (1944-): jugador del Hibernian durante gran parte de su carrera y directivo del mismo club durante una breve temporada. *(N. del T.)*

tencia mientras hace el cambio ese de chupito a pitillo y de vuelta al chupito con una mano que curiosamente impresiona. «¡A ésa le tuve yo echao el ojo durante siglos! No se corta el cabrón este», anuncia a toda la mesa.

Los demás se suman a él, negándose a creer en mis honorables protestas. Habría sido mejor decirle a todo dios que estuve tirándome a Lesley de todas las maneras posibles y que ella no paraba de pedir más. Entonces habrían pensado: «Sí, claro.» Al decirles la simple verdad, ahora creen que se la he metido en todos los orificios. Tiene que ser una mierda ser tía. Me acerco a la gramola y pongo «Lido Shuffle», de Boz Scaggs, a la vez que pienso en «Baws Skagged»,[1] el nuevo apodo que me he puesto y que me guardaré para mí.

Cuando vuelvo a mi asiento, Kelly está como escuchando a Nicksy y a Ali largando con gran seriedad sobre problemas de relaciones; él sigue babeando sobre la tal Marsha de unos pisos más arriba de nuestro queo en Dalston, y ella no para de largar sobre un tipo casado del curro con el que se ve. De pronto, Ali mira a Nicksy de modo penetrante y le pregunta: «¿Qué va a hacer Simon en Año Nuevo?»

«No sé», dice Nicksy encogiéndose de hombros.

«¡Adoro a Simon!»

«Ya», dice Nicksy recelosamente. «Es un tío fenomenal.»

Franco se me arrima un poco más para decirme en voz baja y en modo confidente: «Oye, colega, que tú eres el único cabrón de aquí en el que puedo confiar...»

«Vale...»

«¿Conoces a Tyrone el Gordo?»

«Sólo de oídas», le suelto. Sobre Tyrone el Gordo, también conocido como Davie Power, circulaban toda clase de historias. O bien regía la ciudad con mano de hierro, o bien era un tocino saco de mierda y un chota cobarde, dependiendo de quién contase la historia. A mí todo el rollo gángster ese nunca me interesó.

«Le estoy haciendo unos trabajitos.»

«Vale.»

«Pero no estoy seguro de estar haciendo bien.»

1. Juego de palabras basado en la homofonía entre Boz Scaggs (cantante y guitarrista nacido en 1944 que fue miembro de la Steve Miller Band) y «Baws Skagged», que podría traducirse por «demasiado puesto de jaco para mantener relaciones». *(N. del T.)*

«¿Qué es lo que haces?»

«Ayudarle a colocar sus máquinas tragaperras. Es todo en negro, así que es superguay. Además es cobrar por no hacer nada. Yo, Nelly y un cabrón enorme llamado Skuzzy nos dedicamos a ir por los pubs y dejarles una copia del catálogo de las tragaperras. La mayor parte de las veces los capullos captan y saben que tienen que elegir la que va a instalar Power», dice mirando a Nelly, que está dotado que te cagas para ese trabajo, ya que no para de acercarse a la máquina tragaperras, haciendo caso omiso de su chica mientras mete las monedas una tras otra, con un careto que es el vivo retrato de la concentración.

«Vale, pues si no estás seguro, déjalo.»

«Ya», suelta el, «pero Nelly también está haciendo cosas para él, y no quiero que ese cabrón vaya pavoneándose por ahí como si él fuera el hijo de puta que tiene el rabo del tamaño del puto monumento a Walter Scott. No tiene ningún sentido cortarse la polla para picar a los huevos, ¿sabes cómo te digo?»

Ahora aquello tenía sentido; si Nelly estaba trabajando para un gángster de altos vuelos, no había manera de que Begbie pudiera dejar eso fuera de su currículum. Los muy cabrones decían ser grandes colegas, pero llevaban compitiendo el uno con el otro desde los tiempos del colegio.

«Es algo a tener en cuenta, supongo», suelto yo, procurando que suene como si me importara una mierda, y consiguiéndolo por los pelos.

«Al principio, pensé: "joder, a Nelly le ha salido un chollete y estaba ofreciéndole una tajadita a su amiguete, coño."» Pero ahora lo veo de otra forma, joder. Es como si quisiera decir que no tiene muy buen concepto de mí, carajo, y que pensara que la voy a cagar; por eso me lo deja a mí, para que yo me dé de putos morros», declara Franco mientras me fulmina con la mirada. El muy zumbao está cogiendo carrerilla.

Yo lo único que puedo hacer es asentir. De pronto Tommy vuelve a la vida, con la cara más fruncida que un farolillo chino, y todos nos volvemos y lo miramos, asustados, mientras se lleva la mano a la boca. De entre los dedos le sale una rociada de potas mientras corre frenéticamente hacia el retrete entre grandes vítores de todos los que estamos alrededor de la mesa.

Salvo Franco.

A mí me importaban una puta mierda estos cabrones y su negocio, y también la guerra encubierta que libran entre sí, pero no quiero que la cosa pete aquí. «Nah, yo creo que Nelly va de legal, Franco. Tal y como lo veo yo, lo que pasa es que sí tiene buen concepto de ti, y que él queda mejor con Power si le presenta a un tipo evidentemente capaz de manejar las situaciones.»

Franco medita un poco al respecto. Mira hacia donde está Nelly y luego me mira a mí. Parece estar de acuerdo. «Sí, me parece que estoy siendo un poco duro con el cabrón. Nelly es un capullo legal y siempre lo ha sido», dice mientras Nelly mira hacia donde estamos nosotros. «¡Todo bien, Nelly, cabronazo! ¡Págate una ronda, pues! Una rubia y un whisky para mí, y una rubia y un vodka para este cochino hijo de puta zanahorio! ¡Y para los chavales y las chicas también! Venga, Tam, que eres un puto flojo», le ruge a Tommy, que regresa del tigre con cara de fantasma. Vuelve a arrugar el rostro con el gesto crispado de dolor mientras alguien le pasa una copa.

Nelly le dedica un saludito encantador y se aparta de la tragaperras para pedir una ronda a gritos. Nos sumamos todos al coro de «Somos el Hibernian FC» que sale a todo volumen de otra mesa, y luego apuramos las bebidas y nos marchamos a ver el partido.

Le llamaban Andy. Pese a que tenía pasaporte británico, por su acento la mayoría de la gente decía que era yanqui. Era un individuo muy circunspecto, pero eso no parecía importarle demasiado a nadie. Los forasteros aparecían e iban y venían, y eran libres de guardar silencio o de contar cuentos chinos según les conviniese, así como de probarse nuevas identidades antes de esfumarse como fantasmas. Si uno tenía jaco o dinero, no se le hacían muchas preguntas comprometidas.

Según una de las versiones más habituales de la historia de Andy, sus padres habían emigrado a Canadá desde Escocia cuando él tenía cuatro años. A medida que fue creciendo, se fue distanciando de su familia y sus andanzas le acabaron llevando a Estados Unidos, donde ingresó en el cuerpo de Marines a fin de obtener la ciudadanía estadounidense. Sirvió en primera línea en Vietnam. Quizá regresó con estrés postraumático no diagnosticado, o a lo mejor simplemente fue incapaz de adaptarse a la vida fuera de las disciplinadas estructuras militares. Vagó por varias ciudades norteamericanas hasta acabar en el distrito de Tenderloin de San Francisco. Se hizo activista político en el movimiento de los veteranos de Vietnam. Tuvo problemas con las autoridades. Éstas vieron su pasaporte británico y, pasando por alto su historial de servicio en el ejército estadounidense, le enviaron de vuelta a un país de origen que apenas recordaba.

Con independencia de que su origen estuviera en Vietnam o en el distrito de Tenderloin, fuera la consecuencia de compartir agujas, de las transfusiones de sangre o del sexo sin protección, Andy contrajo una enfermedad. En Edimburgo se juntó con un grupo laxamente federado de forajidos que le adoptó. Tenían acceso a la medicina que él necesitaba. Estaba formado por Swanney de Tollcross, Mikey de

Muirhouse y el viejo hippie Dennis Ross. También estaban el esquivo y sospechoso Alan Venters de Sighthill, un ladronzuelo de Leith llamado Matty y un motero siniestro llamado Seeker. Éstos eran sólo algunos de los miembros más destacados de una comunidad difusa y a menudo refractaria, que fue creciendo de modo exponencial cada vez que cerraba una fábrica, un almacén, una oficina o una tienda. Fue en este entorno donde, sin que lo supieran él ni nadie más y a raíz de compartir las grandes jeringuillas hospitalarias de los chutódromos de Edimburgo, Andy se convirtió en el Johnny Appleseed[1] del sida.

1. John Chapman (1774-1845), de apodo Johnny Appleseed, fue un pionero y héroe folklórico estadounidense que en 1800 empezó a recolectar simiente de manzana y a viajar rumbo al oeste por el valle del río Ohio sembrando manzanos a lo largo de su travesía. *(N. del T.)*

Se lo dije a la puta June hace un rato: menos mal que ya casi ha pasao enero, joder. Vaya una puta mierda de mes. Hace un frío que se te congelan las pelotas y todo dios se queda en casa todo el rato. Y Renton largándose otra vez de extranjis al puto Londres de las pelotas con el capullín ese al que trajo aquí con él. No era mal tipo el cabrito, pero todo quisque debería quedarse en el puto sitio del que venga. Es lo que digo yo siempre, coño. Al menos Rents volvió a casa; Sick Boy ni siquiera hizo acto de presencia, joder.

Al cabrón ese de Cha Morrison, de Lochend, lo encerraron después de reventar a Larry. Sigue yéndose de la puta boca, encima, o al menos eso me cuentan, joder. *¿Cómo es que Begbie nunca acaba en el maco? Eso hace que te preguntes si el cabrón no será un chota, coño.* Insinuaciones de mierda. Ya le daré yo putos chotas a ese cabrón. Ese cabrón es hombre muerto: mira que ir difundiendo insinuaciones de mierda. El capullo está mosqueao porque la gente como Davie Power quiere liarse a hacer putos negocios conmigo, no con un mangui barriobajero, que es lo que es ese puto pringao. Pero el que de verdad me ha decepcionao es el Hong Kong Phooey aquel, el capullo de Pilton al que le partí la boca cuando se pasó de listo después de que le hiciera un bombo a la guarra de su hermana. Ése no ha dicho ni pío, pero supongo que se habrá puesto enfermo de usar putas pajitas pa tomarse la cena. Aun así, le hará compañía al crío de los huevos cuando llegue; eso es lo que le dije al puto Nelly el otro día, joder: ¡el crío de los huevos estará comiendo putos alimentos sólidos antes que ese cabrón!

La puta June no me da ninguna conversación; no vale más que pa meterla. Ahora que va a tener una criatura, está contenta quedándose en casa viendo la caja tonta con su tabaco y sus Babychams.[1] Así que yo encantao de salir a la calle, firmar en el puto paro y luego irme al centro a currar un poco. Gav Temperley es un tío legal, y sabe que es mejor no tocarme las pelotas haciéndome ir a putas entrevistas, porque le dije en secreto que llevo un tiempo haciendo pequeños encargos para Tyrone Power el Gordo.

Así que les firmo el autógrafo y luego me subo al buga con Nelly y salgo escopeteao hasta George Street, a la oficina. Subo a ver a Power el Gordo y me lo encuentro ahí dentro con el grandullón de Skuzzy. Me pongo a mirar un mapa de Edimburgo grande que te cagas que hay en la pared; tiene clavadas chinchetas con todas esas etiquetas de plástico de colorines, pa marcar donde Power tiene colocadas sus tragaperras. Son todas verdes, salvo un par de ellas que son blancas. Power señala una con un dedo tan regordete que parece una de esas putas salchichas que ponen en el escaparate los carniceros. «Esta tasquilla de mala muerte. Se la han traspasado a un carcamal de lo más bocazas y respondón. No quiere poner una tragaperras en el local. Su misión, caballeros, en el caso de que decidan aceptarla», dice el tipo riéndose de su propia gracia a lo *Misión imposible* –pero yo sigo serio porque no estoy aquí pa reírle las gracias a nadie y si el cabrón tiene algún puto problema con eso que se joda–, «es convencerle de los considerables beneficios que obtendría si reconsidera su postura.»

Nelly suelta unas risillas de nena y hasta Skuzzy luce una sonrisa en el puto careto. Pero ni de coña voy a hacer yo el papel de secuaz de un villano de tres al cuarto: si quiere que le den el carnet de actor que se suba al escenario del King's Theatre de Glasgow pa la puta comedia musical de Navidad. Así que Nelly y yo le decimos chao a Skuzzy y al cabrón del gordo este y nos largamos rumbo a la taberna a ver al galápago ese.

Llegamos al bar y me doy cuenta de que en este sitio las alarmas se me disparan que te cagas. Aquí hay algo que no cuadra, joder.

«Esto déjamelo a mí», le digo a Nelly. «Tú espérame aquí.»

Me pone cara de estar a punto de decir algo, pero luego se encoge de hombros mientras yo salgo pitando del buga y me meto en el bar.

Cagüen la puta, no me equivocaba yo en lo del garito este. Tengo un puto sexto sentido. Yo soy de los que creen que hay peña que lo tiene; yo lo tengo que te cagas y me ha venido de puta madre mogollón de veces. Por supuesto que conozco este local, pero me sorpren-

1. Nombre comercial de una bebida alcohólica gasificada y de poca graduación hecha a base de peras fermentadas. *(N. del T.)*

de todavía más ver al viejales que curra aquí. Es el tío Dickie, Dickie Ellis; bueno, en realidad es colega de mi tío Gus, que era el hermano de mi madre, pero para mí él también era como un tío, y el cabrón se alegra de verme que te cagas. «¡Frankie, muchacho! Cuánto tiempo sin verte, hijo. ¿Cómo te va? ¿Qué tal está tu madre?»

«No le va mal, Dickie, está muy bien...», le digo yo. «¿Cuándo te traspasaron este local?»

El bar es uno de esos locales forraos de paneles de caoba repleto de whiskies de todas clases. Tiene un suelo de linóleo limpio y huele a barniz. Viejo y en buen estado: poco más o menos como Dickie, que tiene el pelo tirando a blanco pero lo bastante escaso pa que se vean cachos coloradotes en el cuero cabelludo; lleva la barba y el bigote recortaos y unas gafas de montura fina y dorada. Arruga el careto como un acordeón viejo: «Me concedieron la licencia hará unos tres meses.»

Echo un vistazo alrededor para estudiar el antro. «¿No tienes una tele para ver las carreras de caballo o qué?»

«Ni tele, ni gramola ni tragaperras», suelta él. «La gente viene aquí a beber y a charlar, Frank. ¡Así es como tendría que ser un pub!»

«Claro», digo yo. Ya veo: aquí vienen a beber estudiantes rojillos y vejestorios. Todos hablando de política. Como Dickie. Pienso que no le puedo hacer nada al abuelo este, pero que tampoco puedo darle un disgusto a Power. Si hago eso no cobraré mi puta paga y el cabrón de Nelly o Skuzzy vendrán aquí y arreglarán cuentas con el viejo Dickie. ¡Y luego Power contratará a algún cabrón como Cha Morrison pa hacer mi puto curro! Es como si oyera la voz perturbada de ese pedazo de carne de trena en la cabeza ahora mismo: *Begbie no estuvo a la altura, es demasiao sentimental...*

Una situación de mierda en la que haga lo que haga, salgo yo perdiendo.

El viejo Dickie parece que se huele algo, porque me suelta: «Los matones de Power me han estado dando la lata para que ponga una de sus putas máquinas tragaperras en el local.» Lo dice sacando pecho. Lo que no sabe el carroza este es que a los matones todavía no los ha visto. «Pero los mandé a tomar por culo. ¿Qué van a hacerme? ¿Pegarme una paliza? Y a mí qué. Yo a Power no le tengo miedo, lo conozco desde los tiempos en que se le caían los pantalones porque le faltaba chicha en el culo», me suelta con una gran sonrisa.

Power no es el único capullo que conoce de aquellos tiempos. «A mi tío Gus lo conocías bien, ¿no, Dickie?»

Al vejete se le humedecen los ojos. «Frank, Gus y yo éramos como hermanos. Conocí a toda la familia de la parte de tu madre, los McGilvary. Buena gente.» El viejo capullo me coge de la manga. «Gus y yo, que en paz descanse, no éramos *como* hermanos: *éramos* hermanos. Y tu madre, Val, ¡mi Maisie y ella fueron amigas del alma durante un montón de años!»

Me lo quedo mirando, así que me suelta y pone cara de circunstancias.

«Mira», le suelto, «como tú y yo nos conocemos desde hace mucho, no te voy a venir con cuentos ni chorradas. Estoy currando pa Power», le cuento. «Y me ha mandao aquí pa que te apriete las tuercas.»

Veo cómo al viejales el alma se le cae a los pies que te cagas, como si se le fuera a estrellar la cara contra el puto linóleo.

«Pero tal como lo veo yo, tú y Gus erais como hermanos. Eso te convierte casi en mi tío. ¿Te acuerdas de que siempre te llamaba tío Dickie?»

«Me acuerdo perfectamente, Frank.»

«Eso es porque *eras* como un tío para mí. Y ahí no ha cambiao nada. ¿Te acuerdas de cuando me llevabas al cine?»

Ese rostro viejo y reseco se ilumina. «Claro. Las matinales de los sábados. Tú y Joe. La sala State y la sala Salon. ¿Cómo está Joe, por cierto?»

«Ahora mismo no nos hablamos», le cuento.

«Vaya..., lo siento.»

«En fin, la pelota está en su tejao», suelto yo antes de cambiar de tema, porque de mi puto hermano no me apetece hablar. «Eso. Y también me llevaste a Easter Road.»

«Claro..., estuvimos allí la noche en que Jimmy O'Rourke marcó el hat-trick aquel durante la segunda mitad contra el Sporting de Lisboa, ¿te acuerdas?»

«Sí...», digo yo. Me acuerdo muy bien, y además fue un partidazo chulo que te cagas. «Jimmy O' Rourke..., ese tío sí que sudaba la camiseta, joder. ¡Anda que no nos vendrían bien unos cuantos como él hoy día!»

También me llevó a Hampden y a Dens Park. Lo bueno de Gus y Dickie era que cuando te llevaban a un partido fuera y se iban a la taberna a echar unos tragos, te dejaban quedarte dentro del buga con patatas fritas y Coca-Cola. No como el viejo, que cerraba la furgona costrosa aquella con llave y me decía que me quedara jugando en la calle, cerca del pub, por lo general en alguna puta barriada *Weedgie*. «Para que te hagas un hombre, carajo», me decía el cabrón. Es un milagro que no me raptaran unos putos maricones. A ningún hijo mío le va a tratar nadie así, cagüentodo.

Pero el viejo capullo este de Dickie no para de sonreír que te cagas con cara supertriste, como si fuera a romper a llorar, y dice encogiéndose de hombros: «Para mí cualquier pariente de Gussie siempre fue como de mi familia, Frank.»

«Claro. Y como te he dicho, para mí eras como un tío mío, y ahí no ha cambiao nada, joder», suelto yo. Porque yo me acuerdo de lo que pasó: en pocas palabras, después de que el pobre Gus se cayera de ese puto puente, el galápago este se hizo cargo. Así que apuro el chupito. «Y ésa es la historia que le pienso contar a Power.»

Dickie menea la cabeza. «Oye, Frankie, hijo, pondré la máquina. Por respeto al compromiso en el que te encuentras», asiente todo triste con esa vieja cabeza canosa. «Si trabajas para Power, no quiero que estés a malas con él.»

«Que no», suelto yo. «Tú no vas a poner ninguna puta máquina que no te apetezca poner, coño, me da igual lo que diga Power o quien sea. Si el cabrón quiere montar un drama, que se suba al escenario, joder.»

«¡No seas bobo! La pondré, Frank.» Ahora el viejales me está suplicando, joder. «Pondré la máquina. En realidad da casi lo mismo.»

«Que no. Esto lo arreglo yo, joder», le suelto mientras salgo pa la calle. «Ya nos veremos.»

Una vez fuera, me subo al coche y entonces me suelta Nelly: «¿Ya está resuelto?»

«Lo estará», le digo. «Llévame otra vez al despacho de Power.»

Nelly se encoge de hombros y enciende un pitillo sin ofrecerme siquiera, lo cual es de un maleducao que te cagas. Arranca el coche y nos largamos. Volvemos al centro, y yo salgo y me voy al despacho. El cabrón este se queda en el buga con una cara de cabreo que flipas.

Estoy otra vez en el despacho de Power mirando a la joven recepcionista que antes no estaba, y con el corazón haciéndome bum-bum-bum. Pero entonces pienso: ¿qué va a hacer? Si quiere pararme tendrá que matarme, coño. A mí me importan una puta mierda Power, Skuzzy o quien sea; eso lo tienen que tener claro, joder. Pero iré de tranqui. A fin de cuentas, conmigo el cabrón se ha portao.

Cuando entro, Skuzzy no está y Power está reclinao en el sillón. «Frank, hombre, apoltrónate. ¿Cómo ha ido?»

«Oye, Davie», le suelto, sentándome en el asiento que está del otro lado del escritorio, «¿te acuerdas de que cuando empezamos me dijiste que si alguna vez necesitaba un favor no tenía más que pedírtelo?»

«Sí, Frank..., claro que me acuerdo», me suelta Power, desconfiao de pronto. A la peña como él no le gusta que les contesten una pregunta con otra puta pregunta.

«Se trata de Dickie Ellis. No sabía que era él el que llevaba la taberna esa. Es una especie de pariente mío. Mi tío. Sé que tú te has portao bien conmigo...»

«Tú te has portado bien conmigo, Frank», me dice Power mientras apaga el puro. «Me gusta cómo llevas los asuntos.»

«... pero no quiero que al viejo lo agobien. Así que te agradecería, como favor personal y tal, que en este caso dejaras estar lo de la tragaperras. Cualquier otro capullo me importa una mierda, pero no el viejo Dickie.»

Power se reclina todavía más en ese pedazo sillón acolchao que te cagas, y de repente se echa hacia delante, pone los codos encima del escritorio y apoya esa enorme cabeza afeitada sobre los puños. Me mira directamente a los ojos. «Ya veo.»

Yo le sostengo la mirada, y también le miro fijamente. «Te lo estoy pidiendo como favor personal. Sin condiciones. Si tú me dices que nasti, que no puedes, vuelvo ahí ahora mismo y le coloco la tragaperras sí o sí. Me da igual lo que haya que hacer, joder», suelto yo, asegurándome de que el capullo entienda de qué cojones voy.

Power coge una estilográfica y tamborilea con ella sobre la mesa sin dejar de mirarme en ningún momento. «Tú eres leal, Frank, y eso me gusta. Entiendo que esto te ha colocado en una posición difícil. Pero dime», y ahora el capullo se da golpecitos en los dientes de delante con la estilográfica antes de señalarme a mí con ella, «¿por qué crees que te envié allí a ti?»

«Para hacer que pusiera la puta máquina», suelto yo.

Power niega con la cabeza. «A mí la máquina me importa una puta mierda. No se lleva un negocio intimidando y amenazando a todo dios. La mayoría de las veces la gente entra en razón, y cuando no lo hace, nos vamos a otro lado y respetamos su decisión; suponiendo, claro, que tengan tablas suficientes como para ser discretos.» Y entonces enarca las cejas pa asegurarse de que me entero de por dónde van los putos tiros y me suelta: «Pero el viejo Dickie es un puto bocazas, Frank. A mí me parece perfecto que no ponga ninguna de nuestras máquinas en su pub, pero es tan bocas que confunde la benevolencia con debilidad. En pocas palabras, el carcamal ese se cree que yo», dice indicándose a sí mismo con la estilográfica, «y por extensión tú», dice señalándome ahora a mí, «somos un par de putas nenas.»

Noto que me tenso. Pienso en el viejo capullo de la taberna. ¡El muy cabrón me ha estao tomando por un puto primo!

Tyrone Power el Gordo se percata de que llevo un mosqueo que te cagas. «Lo que yo te sugeriría, Franco, es que volvieras ahí y tuvieras una pequeña charla con tu tío Dickie. Le dejamos que siga sin tener máquina en el local, como favor personal que yo te hago», dice Power sonriendo como un gato grande y gordo que acabara de echarse un periquito al puto coleto, «pero asegúrate de que le quede claro que eso se debe exclusivamente a su relación contigo, al respeto que yo te tengo como colega y», entonces el capullo sonríe aún más, «a ese temperamento bonachón que me caracteriza.»

«De acuerdo..., se agradece», le digo mientras me levanto y me vuelvo para marcharme.

Pero entonces el tío me dice: «Favor con favor se paga. Yo también quiero que me hagas un favorcillo.»

«Tú dirás.» Y me vuelvo a arrellanar en el asiento.

«El puto jaco ese está por toda la ciudad. Todo dios anda metiéndose.»

«A mí me lo vas a contar. Putos gilipollas», suelto yo.

«Desde luego. Es cosa de pringaos, de eso no hay duda; pero se puede ganar dinero con él. Un montón de dinero. La ciudad está inundada de jaco, y algún cabrón que no soy yo se parte de risa cada vez que va al banco. Me encantaría saber quién lo está moviendo y de dónde lo saca. Si pudieras mantener los ojos y oídos abiertos, te lo agradecería.»

«Muy bien», suelto yo. «Eso haré», y pienso en Rents y Sick Boy y Spud y Matty y en todos los tontos del culo que le están pegando a la puta mierda esa. Veo lo que les hace a esos gilipollas, sobre todo al capullo pelirrojo ese de Renton, y como me entere yo de dónde sale, no le pienso dar el chivatazo a Power para que lo controle él. ¡Lo tiraré al puto Forth y a los putos cabrones que trapichean con él los ahogaré!

Así que vuelvo directamente al buga. Nelly está leyendo el *Record* y comiéndose un hojaldre con beicon. El muy cabrón ni siquiera me ha dicho que iba a ir a por un puto hojaldre. ¡A todos nos gustaría dedicarnos a leer el periódico y papear putos hojaldres con beicon!

Puto espabilao. Así que le digo que volvemos al garito. El cabrón me pone una cara de sarcasmo total y me suelta: «¿Te ha dicho Power que hay que ponerla de todas todas?»

«A mí Power no me ha dicho una puta mierda», le digo al cabrón, y eso le cierra la puta boca.

Nelly asiente con la cabeza despacito, como hace siempre este capullo cuando está impresionao pero no quiere reconocerlo. Le pega un bocao a su hojaldre. El muy cabrón sabe que eso quiere decir que la puta mano derecha de Power en Leith soy yo, no él, aunque a mí eso me la sude. Cuando volvemos al pub, le digo que deje el puto motor en marcha.

Me voy pa dentro y me llevo a Dickie a la trastienda. «Ya está todo arreglao, aquí no vas a poner ninguna máquina.»

«Gracias, hijo, pero no tendrías que haberte molestado», gimotea, y entonces se pone a hablar sin parar de mi tío, mi madre y mi abuela hasta el mismo instante en que le cierro el pico al galápago este de un cabezazo en el puto careto. Las gafas salen disparadas de su cara y acaban en el suelo, mientras yo le cojo por esa garganta vieja y escuchimizada con las dos manos y lo asfixio encima del escritorio. «Yo... yo... Frank... la pondré... pondré la tragape...»

«¡NO QUIERO QUE PONGAS LA PUTA TRAGAPERRAS!» Entonces bajo la voz hasta el nivel de un susurro: «¡Ya te lo he dicho! ¡Todo eso ya está arreglao, joder!»

«Eeeuughhh... Francis... eeeuughh... es que... no...»

«Pero como te vuelvas a ir de la boca sobre Power», digo arrastrando al viejo hasta el suelo y arreándole una patada en las costillas, «¡esa puta tragaperras será lo último de lo que tengas que preocuparte, coño! ¡¿Entendido?!»

«En... entendido», dice el viejo con voz entrecortada.

Al muy cabrón le pego otra patada, y entonces se le escapa un gemido enorme y empieza a potar. Pegarle un palizón a un viejo no tiene ningún aliciente ni da punto ninguno, pero odio al hijo de puta este por haberme puesto en esta puta situación, así que le meto una buena somanta.

Después de un rato, me acuerdo de que es mi tío Dickie, el que me llevaba a la sala Salon al cine y a Easter Road para ver el fútbol cuando mi viejo siempre pasó olímpicamente de salir del puto bareto. Así que le ayudo a levantarse y a encontrar las gafas, se las pongo y le acompaño hasta el bar. «Lo siento, Frank..., siento haberte puesto en esta situación...», me dice entre jadeos.

Me llega el puto tufillo ese y me doy cuenta de que el viejo se ha meao encima. ¡Como un puto borrachín! ¡Será marrano el viejo hijo de puta! Una gran mancha oscura y húmeda le cruza las pelotas y los muslos. Y la chavala de la barra también tiene pinta de estar a punto de cagarse encima, mecagüen. «¿Se encuentra bien, señor Ellis?»

«Sí..., no pasa nada, Sonia..., encárgate tú de momento...»

«¿A ti te parece que tiene pinta de estar bien, joder?», le suelto a la puta zorra atontada esta. «Ha sufrido una mala caída. Lo voy a llevar al hospital.»

Conque me llevo al viejo quejica al tigre y le digo que se limpie lo mejor que pueda antes de sacarle por la puerta lateral y meterle en la parte de atrás del buga. Nelly le echa una mirada. «Dickie se ha asustao y se ha meao encima», le suelto. Nelly no dice na, pero se nota por la forma en que mira a Dickie que tampoco a él le ha impresionado mucho que digamos, joder. Ya te digo. Joder, cómo me ha decepcionao el viejales.

Sentada ante la mesa de la cocina, Cathy Renton miraba boquiabierta y en silencio al vacío mientras fumaba un cigarrillo y de vez en cuando fingía leer el *Radio Times*. Su marido Davie oía su propia respiración, cargada de fatiga y de estrés, por encima del puchero de *stovies*[1] burbujeante que estaba puesto en el quemador. El tiempo, tan frágil y tan cansado como cualquiera de los dos, parecía titubear; para Davie, la carga del silencio de su mujer le resultaba todavía más desgarradora, debido a su carácter insidioso y aplastante, que sus sollozos y sus soliloquios atormentados. De pie, en el umbral de la puerta, mientras arañaba con las uñas la pintura del marco, pensó en lo mucho que todos ellos se habían relacionado a través del pequeño Davie. Ahora él ya no estaba, y Billy, ocioso e inestable en la vida de civil desde que lo habían licenciado del ejército, tenía problemas con la policía. En cuanto a Mark, en fin, ni siquiera quería pensar en qué andaría haciendo en Londres.

Su hijo mediano se había convertido para él en un extraño. Cuando era un crío, parecía que era Mark, aplicado, servicial y dotado de una serenidad convincente, el que encarnaba las cualidades más sobresalientes tanto de él como de Cathy. Pero siempre había dado muestras de una vena obstinada y terca. Aunque carecía de la agresividad franca y directa de Billy, en Mark salía a relucir con frecuencia una faceta más fría. Se comportaba de forma extraña con su hermano Davie, que parecía repelerle y fascinarle en igual medida. Al llegar a la adolescencia, a su naturaleza reservada se había añadido una veta turbia

1. Plato tradicional escocés hecho a base de sobras de rosbif, carne picada u otra, acompañada de patatas estofadas con manteca, grasa de cerdo o mantequilla, y normalmente (aunque no siempre) cebolla. *(N. del T.)*

y calculadora. Davie Renton creía, de manera optimista, que en la vida todos llegamos a un punto en el que nos esforzábamos por convertirnos en la mejor versión posible de nosotros mismos. Ninguno de sus otros hijos había llegado aún a esa encrucijada. Esperaba que cuando lo hicieran, no hubieran ido demasiado lejos por el mal camino para no poder volver atrás. No es que no comprendiese las iras respectivas de Billy y Mark. El problema estribaba en que las comprendía demasiado bien. Fue el amor de Cathy, pensó mientras contemplaba el humo azulado que salía del extremo del cigarrillo de su mujer, el que había sido su propia tarjeta de te-libras-de-la-cárcel-gratis.

Consternado de ver una pila de platos sucios a remojo en el agua fría y estancada del fregadero, Davie se acercó y se ocupó de ellos, raspando con el estropajo los tenaces restos de comida incrustados en la porcelana y el aluminio. Entonces sintió algo que no había sentido en mucho tiempo: los brazos de su mujer en torno a su cintura en expansión. «Lo siento», dijo ella en voz baja mientras apretaba la cabeza contra su hombro. «Ya me arreglaré.»

«Lleva tiempo, Cathy. Lo sé», dijo él acariciando con el dedo una de las venas del dorso de la mano de su mujer, y luego dándole un apretón como para animarla a seguir hablando.

«Es que...», vaciló ella, «con Billy metiéndose en follones y Mark en Londres...»

Davie se dio la vuelta y rompió el abrazo, pero sólo lo hizo para estrechar a Cathy entre sus brazos. Se asomó a aquellos ojos grandes y atormentados. La luz que entraba por la ventana puso de relieve algunas arrugas nuevas en su rostro, y algunas de las viejas se veían ahora más marcadas. Davie estrechó la cabeza de Cathy contra su pecho, no sólo para consolarla, sino porque este súbito enfrentamiento con la mortalidad de su mujer era algo que resultaba superior a sus fuerzas. «¿Qué pasa, amor?»

«El otro día, cuando estaba en la iglesia poniéndole una vela a Davie...»

David Renton sénior hizo acopio de fuerzas para no levantar la vista hacia el techo ni suspirar de exasperación, sus reacciones habituales cuando se enteraba de que su mujer había estado en St. Mary's.

Cathy levantó la cabeza y clavó su afilado mentón en la clavícula de su marido. A éste, el cuerpo de su mujer se le antojó muy menudo estrechado contra el suyo. «Vi ahí al pequeño de los Murphy», carraspeó ella a la vez que se zafaba del abrazo y se acercaba al cenicero que estaba encima de la mesa para apagar lo que quedaba de su cigarrillo.

Tras vacilar un instante, encendió otro inmediatamente a la vez que se encogía de hombros como medio disculpándose. «Tendrías que haberlo visto, Davie; estaba hecho un asco y tenía una pinta horrorosa; era todo piel y huesos. Ha estado metiéndose la heroína esa; me lo dijo Colleen cuando la vi en el Café Canasta. Lo ha echado de casa, Davie. Le estuvo robando. El dinero del alquiler, el dinero para el club de la cooperativa Provident...»

«¡Qué horror!», exclamó Davie con tristeza mientras pensaba en su propia madre, sola en aquella casa de Cardonald, y luego en Mark, durmiendo en el sofá de alguna lúgubre casa okupa en una ciudad lejana que por un instante se le vino, preñada de amenazas, a la imaginación, antes de que esa visión se transformara en un piso glamuroso lleno de marchosos profesionales de la metrópoli. «¡Me alegra pensar que Mark está en Londres con Simon, lejos de ese tirado!»

«Pero... pero...» El rostro de Cathy se arrugó hasta convertirse en una caricatura de sí misma que perturbó a Davie. «¡Colleen dijo que Mark también la estaba tomando!»

«¡Ni de coña! ¡*Tan* idiota no es!»

Los ojos y la boca de Cathy se expandieron hasta dejar tirante la piel de su rostro. «Eso explicaría muchas cosas, Davie.»

Davie Renton no se sentía capaz de soportar aquello. Sencillamente no podía ser cierto. «No», dijo con solemne rotundidad. «Nuestro Mark no. ¡A Colleen lo que le pasa es que está trastornada por lo que le ha pasado a Spud, y quiere convertir a Mark en chivo expiatorio!»

La tapa del puchero refunfuñó, pedorreó y tintineó, y entonces Cathy se acercó al fogón, bajó el fuego y removió un poco los *stovies*. «Eso es lo que pensé yo, Davie, pero aun así..., entiéndeme, ya sabes lo hermético que es.» Miró a su marido. «Le costó siglos contarnos que iba a dejar la universidad... y luego lo de la chica esa con la que salía...»

Davie se aferró al alféizar de la ventana, se echó hacia delante y notó la presión en sus hombros tensos mientras se asomaba melancólicamente al exterior. «¿Sabes?», dijo hablando con su reflejo fantasma, «yo solía pensar que si alguna vez nos avergonzaba iba a ser dejando preñada a alguna chica o algo así. Jamás imaginé que sería por las drogas.»

«Lo sé, lo sé..., pero es que a veces parece tan raro..., a veces...», dijo Cathy echando el humo de los pulmones. «Entiéndeme, aquello que hizo con Davie..., eso fue retorcido. Ya sé que es espantoso decir algo así de tu propia sangre, y lo quiero a morir..., me sentí tan orgulloso cuando empezó a ir a la universidad..., pero...»

Davie apoyó la frente contra el frío cristal de la ventana. Recordó su última conversación con Mark, en la que había levantado la voz y había hablado en tono consternado, diciéndole a su hijo que los *tories* pretendían darle un portazo en las narices a la clase trabajadora en materia educativa. Y que aquélla era la última oportunidad para que gente como él obtuviera un título sin endeudarse con los bancos para el resto de sus vidas.

Mark no había parado de repetir «sí..., sí..., sí» mientras llenaba su bolsa de deporte de ropa de cualquier manera, y luego le salió con la tontería de siempre de montar un grupo musical en Londres, igual que la última vez que había estado ahí. «La culpa la tiene esa mierda del punk rock, es esa basura la que lo trastornó», caviló Davie Renton mientras se apartaba de la ventana y le contaba a su mujer la proposición ante la que había emplazado a su hijo. «Echarlo todo abajo; vale, muy bien. Pero ¿con qué lo vais a reemplazar?»

«¡Con drogas!», chilló Cathy Renton, «¡eso es lo único con lo que piensan reemplazarlo!»

Davie meneó la cabeza. «Yo no acabo de verlo, Cath. Está en Londres con Simon. Dentro de nada los dos empezarán a trabajar en los ferries. No van a dejar trabajar en un barco a unos yonquis, Cath. ¿Van a querer que alguien esté alucinando con heroína, inyectándose LSD o como demonios lo llamen, o hablando de elefantes rosas todo el día mientras hacen funcionar un barco? Ni hablar. Estamos hablando del mar; en el mar ese tipo de cosas no se toleran. Hacen pruebas para detectarlas. No, no es más que el puñetero hachís ese, que le atonta. Con la cabeza que tiene, encima.»

«¿Tú crees?»

«Pues claro que sí. ¡*Tan* idiota no es!»

«Es que no podría soportarlo, Davie», dijo Cathy con voz entrecortada mientras apagaba un pitillo y encendía otro. «No después de lo de Davie. ¡No ahora que van a juzgar a Billy en los tribunales!»

«Simon está allí abajo, él le llevará por el buen camino. Y también está Stevie Hutchinson, del grupo aquel que tenían; es un chico muy majo, ellos no se meterían en nada semejante...»

El estridente sonido del teléfono procedente del vestíbulo interrumpió en seco a Davie. Cathy salió pitando a contestar. Era su hermana. Se quedaban hablando durante horas, reflexionó Davie mientras comparaba desgracias. Sintiéndose de más, salió de casa y se fue a dar un paseo por el muelle.

El puerto, bañado por una llovizna permanente, se había convertido para él en un hogar donde refugiarse del hogar, y a Davie le recordaba su Govan natal. Recordó cómo había venido al este para estar con Cathy, mudándose todos esos años atrás de una casa de vecinos a otra y de un astillero a otro, cuando le ofrecieron trabajo en Henry Robb's. Ahora el viejo astillero estaba abandonado. Había cerrado un par de años antes, poniendo fin así a más de seiscientos años de construcción naval en Leith. Él había sido uno de los últimos empleados en recibir el finiquito.

Mientras deambulaba por el complejo laberinto de callejuelas del viejo Leith y pateaba los desechos que había dejado atrás el deshielo, Davie contemplaba maravillado los edificios tan dispares que habían mandado construir los mercaderes que hicieron de Edimburgo una ciudad próspera en los tiempos en los que debía su buena fortuna al comercio marítimo. Proliferaron enormes construcciones de piedra con cúpulas doradas y templos pseudoatenienses llenos de columnas. En otro tiempo habían sido iglesias o terminales ferroviarias como Citadel Station, delante de la cual había pasado Davie mientras caminaba fatigosamente, pero ahora eran tiendas temporalmente designadas o centros comunitarios, todos cubiertos de carteles chabacanos e incongruentes llenos de colores fluorescentes que anunciaban gangas o actividades varias. Muchos se encontraban en mal estado, y habían sucumbido al vandalismo o al abandono, intensificado ahora por rachas de planes de vivienda pública, lúgubres diseños utilitarios de la década de los sesenta. En consecuencia, no había ningún otro lugar del mundo que tuviese del todo el mismo aspecto que Leith. Ahora bien, aquello era una ciudad fantasma. Davie se fijó en la sucesión de antiguas vías de ferrocarril que conducían a los difuntos muelles y se acordó de la multitud de hombres que iban y venían desde astilleros, muelles y fábricas. Ahora una muchacha embarazada que mecía un carrito de bebé en una esquina discutía con un jovencito que tenía un corte de pelo flat-top y llevaba puesto un chándal de acetato. Una panadería solitaria rodeada de una erupción de comercios al por menor que lucían señales de SE ALQUILA LOCAL tenía una ventana destrozada y cubierta con tablones. Una mujer que llevaba puesto un mono de color marrón y el pelo tieso y lacado le miraba recelosamente desde el interior, como si él fuera el responsable. Un perro callejero negro olisqueaba unos envoltorios tirados en el suelo, espantando así a dos gaviotas que chillaban protestando mientras planeaban por encima de él. ¿Adónde se había ido todo el mundo?, se preguntó. Estarían en casa o escondidos, o en Inglaterra.

Como inevitablemente parecía dictar la inercia urbana de Escocia central, Davie Renton acabó en un pub. No era uno de los que él frecuentaba. Aquel sitio despedía un olor difuso e inquietante que se podía percibir a través de una espesa cortina de humo de cigarrillos. No obstante, considerado desde otros puntos de vista, el local estaba bien, y el barniz de la barra y de las mesas estaba reluciente. La camarera era una bonita joven cuyo porte tímido y gesto incómodo insinuaban que su hermosura era una adquisición reciente con la que todavía no se sentía del todo a gusto. La compadecía por tener que trabajar en un pub como aquél, y se esforzó por poner buena cara al pedirle una pinta de *special*[1] y un whisky, cosa que le sorprendió, ya que últimamente no solía beber con tantas ganas. Beber de aquella forma era cosa de jóvenes, algo que más valía hacer cuando uno estaba libre de perturbadoras reflexiones sobre la propia mortalidad. No obstante, apuró las dos bebidas rápidamente y volvió a pedir lo mismo, quedándose en la reconfortante barra. Estaba bueno. Se sentía cálido y entumecido. Le estaba sentando bien.

Mientras la camarera reponía sus consumiciones, vio a su hijo mayor, Billy, en un rincón con sus amigos, Lenny, Granty y Peasbo. Los saludó con una inclinación de cabeza y ellos le hicieron señas de que fuera a sentarse con ellos, pero rehusó con un gesto de la mano, satisfecho de dejarlos a sus anchas mientras él cogía un ejemplar del *Evening News* que alguien había abandonado sobre la barra. Aquellos jóvenes rezumaban energía y confianza en sí mismos, pero el desempleo había reducido sus horizontes a las dimensiones de su localidad y al mismo tiempo los había tornado iracundos e inquietos. El dicho aquel de que cuando el diablo no sabe qué hacer, mata moscas con el rabo, que tanto le gustaba citar a su abuela, una *Wee Free*[2] de Lewis, era muy certero.

Un hombre había salido de la oficina y se había colocado en primera línea tras la barra. Por el rabillo del ojo, Davie se dio cuenta de

1. Variedad de cerveza de barril semejante a la *heavy* –que a su vez es algo más floja y clara que la Export– pero más dulce y muy gasificada. De aparición bastante reciente. *(N. del T.)*

2. Apodo dado a los miembros de un grupo minoritario de la Free Church of Scotland que permaneció al margen de la fusión de la United Presbyterian Church of Scotland en 1900, y que dio lugar a la United Free Church of Scotland. *(N. del T.)*

que le estaba mirando fijamente. Levantó la vista y vio al ex poli que llevaba el pub. «¿Mineros, eh?», le sonrió éste sin alegría mientras señalaba la insignia del sindicato que Davie lucía en la solapa, la que le habían dado en Orgreave. «¡Maggie le puso bien las pilas a esa pandilla de vagos hijos de puta!»

Aquellas palabras hirieron a Davie Renton en lo más hondo. Notó como otra versión de sí mismo, que había abandonado mucho tiempo atrás, cuando llevaba recorridos ochenta kilómetros por la autopista M8, salía a la superficie. Se le tensaron y se le endurecieron los rasgos. Captó un indicio de turbación en el rostro de Dickson, que se inflamó y dio paso a la ira cuando Davie mencionó con toda frialdad un incidente en el que un policía había muerto a machetazos en el transcurso de unos disturbios en Londres. «Me han dicho que allá en el sur uno de los tuyos ha perdido la cabeza.»

Dickson se quedó ahí parado hiperventilando durante dos segundos. «Ya te enseñaré yo lo que es perder la cabeza, *Weedgie* cabrón», saltó. «¡Vete a tomar por culo de aquí!»

«Descuida», contestó Davie sonriendo desabridamente, «este sitio apesta a beicon *scabby*»,[1] mirando fijamente y con expresión impasible a Dickson antes de apurar lentamente su bebida, dar media vuelta y salir a la calle, dejando al dueño del pub bullendo de rabia.

Mientras regresaba hacia donde estaba el astillero abandonado, a Davie Renton, que ahora estaba casi al borde las lágrimas pensando en el policía decapitado, en su familia y en su viuda, le corroyó la angustia. Pensó en la forma en que, en un momento de rabia, había utilizado desvergonzadamente la espantosa muerte de aquel hombre a manos de una multitud desquiciada y llena de odio para devolvérsela a aquel asqueroso del pub. Pensó en la generación de su padre, en la que hombres de todas las clases sociales hicieron causa común contra la mayor tiranía que jamás había conocido la humanidad. (Pese a que una de dichas clases, como siempre, hubiese tenido que soportar un número de bajas desmesurado.) La camaradería engendrada por dos guerras mundiales y un amplio imperio estaban ya muy lejos. Poco a poco pero de manera irrevocable, nos estábamos desmoronando.

Cuando los muchachos que estaban en el rincón vieron entrar a Davie en el pub, Lenny se había pasado una mano narcisista por su

1. Juego de palabras intraducible. El adjetivo *scabby* significa «costroso», pero *scab* también significa «esquirol». *(N. del T.)*

corto pelo rubio rojizo. Había girado la cara, colorada por una elevada presión arterial, hacia Billy. «¿A tu viejo no le apetece acercarse?»

«No, me parece que sólo ha venido aquí para salir de casa», dijo Billy, un tanto ofendido, pues adoraba la compañía de su padre en un pub. La presencia del viejo nunca era una carga; todo lo contrario, era el alma de la fiesta: siempre contaba buenas historias, pero sin acaparar la palabra jamás, prestaba mucha atención a lo que decían los demás y bromeaba constantemente. Le afligía pensar que quizá su padre creyera que aburriría a los hombres de menos edad. «La vieja anda fatal de los nervios desde que murió Davie, y el hecho de que Mark se haya pirado a Londres no ayuda.»

«¿Qué tal le va allá abajo?», preguntó Peasbo, de rostro anguloso y mirada férrea, lanzando una mirada furtiva hacia la puerta mientras entraba un jubilado con gorro de lana y visera que fue avanzando lentamente hasta la barra.

«Ni puta idea.»

«Vi a su amigo Begbie en el Tam O'Shanter el otro día; estuvo hablando sin parar de unos cabrones de Drylaw que le habían dado una paliza a su tío Dickie», dijo Lenny sonriendo solapadamente sin quitarle la vista de encima a Billy. «Por lo visto fueron unos *Jambos*», dijo acusándole medio en broma. «Escupieron sobre el retrato de Joe Baker,[1] así que Dickie se mosqueó y les leyó la cartilla. Le metieron una somanta de cuidado. Lo hicieron a plena luz del día, además.»

Pese a darse cuenta de que le estaban vacilando, Billy entró al trapo de todas formas. «Lo comprobaré la semana que viene en el club social de los Hearts de Merchiston antes del partido. A ver si puedo conseguirle unos cuantos nombres a Franco. Yo os odio a muerte, cabronazos *hibbys*», replicó en broma pero sólo a medias, «pero no está bien hacerle eso a un viejo, y menos cuando es pariente...»

Lenny asintió con la cabeza en señal de aprobación y entrelazó los dedos e hizo crujir sus nudillos exhibiendo los músculos fibrosos y correosos que tenía en los brazos. «En fin, que Franco Begbie es de esa clase de cabrones con los que nadie querría enemistarse.»

Ellos reconocieron que estaba en lo cierto y siguieron bebiendo pausadamente sus consumiciones. Billy le echó otra mirada a su pa-

1. Joseph Henry Baker (1940-2003): futbolista internacional inglés nacido en Liverpool. Criado en Motherwell, Escocia, fue el máximo goleador del Hibernian F. C. durante cuatro temporadas consecutivas, en las que estableció un récord de cuarenta y dos goles en treinta y tres partidos durante la temporada 1959-1960. *(N. del T.)*

dre, y se planteó la posibilidad de intentar persuadir una vez más a su obstinado viejo de que se acercara a echar un trago con ellos. Pero no logró captar la atención de Davie, que estaba absorto en el periódico. Y cuando Billy Renton volvió a mirar a su padre, éste estaba saliendo del bar. Distraído y enojado, ni siquiera se había despedido de ellos al salir. Había cruzado unas palabras airadas con Dickson, el dueño, escena que Billy había presenciado a medias y había atribuido a palique de pub. *Igual no*, pensó mientras se fijaba en las puertas del pub, que aún seguían balanceándose.

Billy volvió a mirar hacia la barra. Conocía a Dickson de la logia. Siempre se había llevado bien con él, pero era un tío raro y era del dominio público que era un sobrao. Levantándose rápidamente de su asiento, Billy atravesó el bar a toda prisa y se acercó al mostrador. Tomando nota de la rapidez con la que se había movido, sus amigos se miraron entre sí para confirmarse mutuamente que el tiempo había empeorado.

«¿Qué pasaba con ese tío, Dicko?», preguntó Billy a la vez que señalaba la puerta con la cabeza.

«Nada, sólo era un puto borracho asqueroso. Un cochino *Weedgie* rojo hijo de puta. Le he mandado a tomar por culo de aquí.»

«Ajá», dijo Billy asintiendo pensativamente antes de dirigirse a los servicios. Echó una larga meada mientras se miraba en el espejo que había encima del retrete. La noche pasada había tenido una gran bronca con Sharon por asuntos de dinero. Ella no quería que él volviera al ejército, pero aquí no tenía una puta mierda que hacer. Ella quería una casa. Un anillo. Una criatura. Billy estaba tan ansioso por pasar a la siguiente etapa de su vida como ella. Estaba empezando a cansarse de la vida tal cual estaba: beber, hablar de chorradas, pegarse con zumbaos, ver cómo sus vaqueros pasaban de la talla 32 a la 34 y que aun así le quedaban estrechos...; le sentaría bien tener una casa y un crío. Pero para eso hacía falta tener dinero. Eso ella no parecía entenderlo. A menos que quisieras vivir del Estado como un puto vagabundo sin el menor respeto por ti mismo, todo eso requería *dinero*. Y si no lo tenías, todo el mundo, *hasta el último capullo de todos*, parecía tomarte el pelo, joder. Sharon, Mark, el bocazas gilipollas del Elm y ahora el puto payaso ex poli este de la barra.

Billy terminó de mear, se subió la cremallera, se lavó las manos y volvió a la barra. Dedicó al tabernero una sonrisa de vendedor de seguros. «Eh, Dicko, no te lo vas a creer. El viejo borracho ese al que has echado está en la parte de atrás, ciego hasta el culo y sentado encima de uno de los barriles. Creo que ha echado una meada ahí fuera.»

Dickson entró inmediatamente en estado de alerta. «Conque sí, ¿eh?», se entusiasmó, palpitante de expectación. «¡Ahora se va a enterar ese cabrón! ¡No sabe que le tengo exactamente donde le quería, joder!» Y salió corriendo hacia la salida lateral que llevaba al patio, con Billy siguiéndole.

En aquel pequeño patio interior pavimentado, Dickson, confundido, miraba furioso a su alrededor. Echó un vistazo tras los barriles vacíos amontonados. Aquello estaba desierto. Se fijó en que la puerta marrón que daba al callejón había sido cerrada desde dentro. ¿Dónde estaría ese viejo cabrón? Se volvió y miró a Billy Renton. «¿Dónde está ese asqueroso hijo de puta?»

«Se ha ido», dijo Billy en voz baja. «Pero su hijo está aquí.»

«Ah...», dijo Dickson quedándose boquiabierto. «... No sabía que era tu padre, Billy, ha sido un error...»

«Y que lo digas, joder», comentó Billy Renton una fracción de segundo antes de soltarle a Dickson una patada en los huevos con todas sus fuerzas, viendo cómo el dueño del pub enrojecía y se le escapaba un grito sofocado mientras se sujetaba los testículos y caía de rodillas sobre el frío suelo de piedra. La segunda patada de Billy le arrancó limpiamente los dos dientes de delante y aflojó unos cuantos más.

Lenny y Peasbo habían salido al callejón detrás de Billy, y evaluando rápidamente la situación, cada uno de ellos contribuyó con un par de contundentes patadas contra la figura tendida para mostrarse solidarios con su amigo. El grandullón de Chris Moncur salió a investigar y se quedó mirando mientras sus labios se torcían en una sonrisa. Alec Knox, un viejo dipsómano que había experimentado los malos tratos de Dickson en varias ocasiones, se vengó fríamente asestándole dos feroces patadas en la cabeza al tabernero inconsciente, que estaba tendido en el suelo con los brazos y las piernas en cruz.

Peasbo regresó al bar dando grandes zancadas, le hizo un gesto con la cabeza a Granty y, haciendo a un lado a la camarera, que apenas protestó, abrió la caja registradora y afanó los billetes y las monedas de una libra que contenía mientras Lenny, que había entrado tras él, cogía una botella de whisky del botellero y la lanzaba contra una pantalla de televisión situada en alto. Tres vejetes que estaban jugando al dominó se estremecieron al levantar la vista un instante para fijarse en la fuente del impacto, y volvieron inmediatamente al juego cuando Granty les lanzó una mirada abrasadora. El grupo de agresores se marchó rápidamente, no sin antes dar instrucciones a los empleados y a los parroquianos habituales sobre qué contarle a la policía. El consenso fue que los daños sufridos por el dueño y su local habían sido perpetrados por tres *Jambos* de Drylaw.

Que las mañanas sean más soleadas no da mejor aspecto a este sitio, y atufa más que el suspensorio de un luchador profesional. No hacemos más que echar la basura en el rincón. En alguna parte debajo de ese montón de mierda, hay un cubito de plástico de mierda, y ha sido una puñetera guerra de desgaste ver quién iba a ser el primero en dar el brazo a torcer y ponerse a limpiar. Y tirar todas esas putas botellas de cerveza.

Suena el teléfono. Contesto yo.

«¿Está Simon?» La voz de otra niña pija.

«Ahora mismo no. ¿Quieres que le dé un recado?»

«¿Podrías decirle que Emily Johnson, de la estación de metro de South Kensington, ha intentado ponerse en contacto con él?» Y entonces la tía me da un número de teléfono, que apunto en el cuaderno junto a los demás.

Entro en la cocina y ya no aguanto más. Cojo un par de bolsas de basura y empiezo a llenarlas.

«¿Has recibido tu giro postal de Hackney, Nicksy?», me pregunta el puto tontolculo de Rents mientras se pasea por ahí en calzoncillos y camiseta enseñando unas piernas tan flacuchas que parece un *Jock* biafreño zanahorio y blanco como la leche.

«Nah, aún no ha llegado, cagüentodo», le digo mientras me dirijo hacia la puerta con la basura para tirarla por la rampa, porque estos cabrones no levantan el culo ni del sofá ni del colchón. Lo único que han estado haciendo últimamente estos capullos es meterse puto jaco; los muy cretinos parecen pensar que fumar chinos no cuenta, y el lunes tenemos que empezar a trabajar. Me la estoy jugando con el tal Marriott, joder. Como la caguen...

«¿Quién era?»

«Otra zorra pija preguntando por Sick Boy, como si hiciera falta preguntarlo», le digo mientras salgo por la puerta. Sigue haciendo un poco de fresquito, pero no cabe duda de que la primavera está al caer.

De repente oigo un gañido agudo, y al llegar al hueco de la escalera ¡veo a unos granujillas con un cachorro –es una cosita negra pequeña– y que lo están metiendo en la puta rampa de la basura! ¡Una monadita de labrador negro, encima! «*¡Eh!* ¡Vosotros, cabroncetes!»

Salgo corriendo hacia ellos pero uno, que es una puta escoria, lo suelta y el bicho aúlla mientras cierran la trampilla; cuando yo la abro de un tirón el perro ha desaparecido igual que un conejo en la chistera de un mago. Se oye un chillido descendente durante todo el puto recorrido hasta el final. «¡So cabronazo!», grito encarándome con el pequeño hijo de puta, absolutamente furioso que te cagas.

«Mi madre me dijo que tenía que deshacerme de él, ¿vale?», dice el golfillo este.

«¡Devuélvelo a la puta tienda, enano descerebrao!»

«Está cerrada, ¿eh? ¡Mi madre me dijo que si volvía aquí con él me mataba!»

«Puto memo...» Me meto en el ascensor con las bolsas. No voy a echar nada que le pueda caer encima al cachorrito. Me bajo al cuarto de las basuras. Está cerrado y hasta el lunes no hay recogida. ¿Habrá sobrevivido a la caída? La mayor parte de la basura será blanda. Tendré que comprobarlo. Dejo las bolsas de basura junto a la puerta. Aquí fuera hace frío. No puedo pensar. Vuelvo a la escalera. ¡Joder! Es ella, saliendo del ascensor. Sola. Chaqueta azul. Pitillo en mano. Marsha.

Vaya pinta más horrorosa. Tiene los ojos hinchados y rojos. «Marsha, para un segundo. Espera.»

«¿*Tú* qué quieres?», dice dándome la espalda como si no existiera, joder.

Me la quedo mirando. «Quiero hablar contigo. Del... bebé.»

Ella se vuelve y me mira a los ojos. «No hay ningún bebé, ¿vale? Ahora ya no.» Y se ciñe la camiseta amarilla.

«¿De qué me hablas? ¿Qué ha pasado?»

Con una sonrisa sarcástica que te cagas, me suelta: «Me lo he quitao de encima, ¿vale?»

«¿Que qué?»

«Mi madre me dijo que por aquí hay demasiadas crías con críos», dice con acento jamaicano.

«Joder, pues te lo podía haber dicho un poco antes, ¿no?»

«Lo único que necesitas saber tú es que ya no está.»

«¿Pero cómo? ¿Qué quieres decir?»

«Yo contigo no tengo una puta mierda que hablar», explota de repente en tono estridente. «¡Quítate de en medio, joder!»

«Pero tenemos que hablarlo..., estábamos...»

«¿Tenemos que hablar de qué, joder?», dice ella, pero ahora con acento de barriada londinense. «Estaba saliendo contigo y ahora no. Iba a tener un bebé y ahora no.»

«¡Alguien te ha comido la olla para que lo hicieras! La criatura también era mía, joder. ¿Es que yo no tenía nada que decir al respecto?»

«Pues no, no tenías, coño», me grita mientras me mira con una expresión de odio en estado puro.

La criatura también era mía, joder.

El corazón me late a toda velocidad mientras la veo dar media vuelta y salir por la puerta de la escalera contoneándose, su culito prieto moviéndose despacio dentro de los vaqueros, haciendo el rollito ese de modelo de pasarela, como si me estuviera vacilando que te cagas. «Por favor, nena, vuelve», me oigo decir mientras la sigo hasta la calle.

No sé si me habrá oído, pero no se vuelve a mirar y sigue alejándose por el sendero que pasa entre Fabian House y Ruskin House.

Entonces oigo un ruido como de jadeos y al bajar la vista veo a un enorme pastor alemán que me está olisqueando los huevos. Un skinhead regordete me echa una mirada y le dice: «¡Hatchet! ¡Déjalo!»

El perro se da la vuelta y sale corriendo hacia él, mientras yo vuelvo a pensar en el cachorrito atrapado en la basura. Subo a toda prisa al piso otra vez, donde me encuentro a Mark y a Sick Boy en el sofá fumándose un chino. Por todos los santos, vaya unas putas horas. «Festividades..., trabajadores...», dice Mark, colgado que te cagas. «Estamos de fiestecilla, Nicksy».

No quiero tener un puto crío, ello hizo lo correcto, yo sólo quería ayudarla, eso es todo. Seguir saliendo en la puñetera foto...

Sick Boy habla consigo mismo, delirando como hace la gente cuando va puesta de jaco. «La Lucinda esa; parece que cuanto peor la trates, más te desee: tiene un complejo de papito total. La podría chulear con mucha facilidad. Igual que a algunas de las guarrillas de por aquí, ¿eh, Nicksy?... Sólo que con ésta me sacaría una pasta... una pasta que te cagas...»

Rents deja la pipa de papel de plata encima de la mesita de centro, y entonces él también empieza a divagar. «Tuve que darle orientación profesional sobre la puta delincuencia en Año Nuevo a Begbie. ¡Yo! Mi problema es que soy demasiado pretencioso para ser un tío de Leith como mandan los cánones y demasiado barriobajero de mierda para encajar en el estereotipo del estudiante con dotes artísticas. Toda mi vida discurre entre un extremo y el otro...» Y se desploma de nuevo sobre el sofá.

Me pongo delante de ellos. «Escuchad», les interrumpo, «quiero que montéis guardia en un par de plantas, la quince y la catorce. No dejéis que nadie tire basura por la rampa.»

Cómo no, Mark empieza a poner putas pegas. «Pero dentro de nada va a empezar *Crown Court.*»

«¡Que le den por culo a *Crown Court!* ¡Hay un cachorro atrapado en la basura abajo, pareja de yonquis inútiles de mierda!»

Mientras arranco oigo decir a Mark: «Psicosis de *speed.* Son los síntomas clásicos.»

Menuda jeta tiene ese capullo. ¡Son estos cabrones de *Jocks* los que me están volviendo majara! Vuelvo abajo rapidito. Los porteros llevan un montón de tiempo sin venir por los recortes del ayuntamiento, pero me encuentro a una negra enorme con la que hablo delante de las escaleras y me dice que una tal señora Morton que vive en la segunda planta tiene llaves del cuarto de la basura. «Es una de esas gordas con forma de T.»

Tengo que darme prisa o el perro, y eso suponiendo que el pobre cabrito haya sobrevivido a la caída, acabará enterrado debajo de más basura o aplastado por botellas vacías. Llego a la segunda planta y en el piso 2/1 encuentro el nombre –MORTON– en la puerta. La aporreo un poco y no tarda en abrirme una viejecita achaparrada que parece un tonel.

«¿Señora Morton?»

«Sí...»

«Necesito las llaves del cuarto de las basuras. Unos críos han tirado a un cachorrillo por la rampa. Está atrapado.»

«No te puedo ayudar», me dice la señora Morton. «Tendrás que ir a ver a los del ayuntamiento.»

«¡Pero si hoy es sábado!»

«Los sábados trabajan. Bueno, algunos.»

Intento hacerla cambiar de actitud, pero la viejecita no está dispuesta a dar su brazo a torcer. Por lo menos me deja entrar para llamar por teléfono. Consigo hablar con los cabrones del ayuntamiento y enseguida me hierve la sangre, porque cuando intento trasladarles la gravedad de la puta situación, me pasan con los del Departamento de Limpieza, y éstos me pasan con los de Vivienda, que a su vez me pasan con los de Salud y Medio Ambiente, que me ponen en contacto con la oficina central, que me dicen que vaya a la oficina local de la zona, ¡y al final éstos me dicen que en realidad todo esto tendría que pasar por la puta Sociedad Protectora de los Animales! Y durante todo este tiempo la tal señora Morton poniéndome mala cara y mirando el reloj que tiene en la pared.

Sudo como un violador al pensar en el pobre perrito y llamo por teléfono a mi colega Davo, que trabaja en el ayuntamiento. Menos mal que hoy está haciendo horas extra, joder. «Me da igual cómo lo hagas, colega, pero necesito que me consigas las llaves de los cuartos de la basura de Beatrice Webb House; es en mi barriada de Holy Street. Para ayer.»

Hay que ver cómo se enrolla Davo, ni siquiera me hace una sola pregunta. «Lo intentaré. Tú quédate ahí tranquilo, que yo te vuelvo a llamar a este número. Dime cuál es.»

Le canto el número, y ahí me tienes, en el pasillo ventoso de la viejecita esta intentando persuadirla, porque quiere echarme. «No te dije que podías darles mi número de teléfono», se queja. «No me gusta dar mi número de teléfono, a los extraños no.»

«No son extraños, son los del ayuntamiento.»

«¡Por estos lares sí que son unos malditos extraños!»

«Tiene usted razón», le digo, y me empieza a largar sobre lo mal que la han tratado a lo largo de los años, cosa que me parece muy bien, pero yo en lo único que pienso es en Marsha y en el pobre chucho ese.

Al cabo de quince minutos suena el teléfono y es Davo, Dios bendiga ese gemido nasal *Scouse*.[1] Que me aspen si no lo ha arreglado todo. «La llave ya está de camino en un minitaxi. Tendrás que pagar al jodío conductor, pero como sólo la ha tenido que traer desde la Oficina de la Vivienda del distrito serán un par de libras nada más. La necesito de vuelta para las cinco de la tarde de hoy.»

«Te debo una de aúpa, colega.»

«Y que lo digas, mecachis.»

Después de colgar, me despido de la viejecita, le dejo unas monedas al lado del teléfono y me bajo a la parte de abajo de todo el bloque. Ahora hace un frío de cojones, así que me abrocho el sobretodo. No tengo que esperar demasiado para que aparezca un turco en un taxi que se me para delante y me enseña una llave grande y maciza

1. Véase nota en página 53. *(N. del T.)*

que te cagas que me meto en el bolsillo rapidito antes de arreglar cuentas con él.

Abro la pesada y enorme puerta de madera negra; joder, cómo huele eso. Hay un interruptor, así que le doy y una luz de techo amarillo enfermizo inunda la habitación. Un poco más adelante veo el gran cubo de aluminio sobre ruedas. Medirá dos metros y pico de alto. ¿Cómo cojones voy a subirme ahí arriba?

Entonces veo que junto a las paredes están amontonados un montón de muebles de mierda que la gente no quiere. Cierro la puerta con la llave para que no entre ningún enano descerebrao a incordiar y meter las narices. El puto pestazo es abrumador y por un instante me dan arcadas antes de que hasta cierto punto empiece a acostumbrarme. Acerco un viejo aparador, me subo encima de un salto y me asomo al interior del cubo. Está lleno casi hasta los topes de mierda. Hay mogollón de putas moscas, unas cabronas enormes, que zumban a mi alrededor y chocando contra mi cara, como si fuera unos de esos chavalines africanos. Pero no veo ningún perro. «Ven, pequeño... ven, pequeño».

No oigo nada. Me meto dentro y los pies se me hunden dentro de la mierda comprimida. Me da un espasmo en las tripas y me estremezco de la náusea; es como una puta fiebre. Apoyo la mano contra el extremo de la rampa para estabilizarme, y me encuentro con que está cubierto de alguna clase de excremento putrefacto. Me vuelve a dar una arcada, antes de intentar limpiarme todo lo que pueda. Joder, esto es horrible; aquí hay de todo: pañales, basura doméstica, compresas, condones usados, botellas, colillas y mondaduras de patata por todas partes. Todo menos el puto cachorro.

De repente se oye un estrépito del carajo que viene de arriba y tengo que ponerme a cubierto pegándome a un lado del cubo mientras bajan zumbando a toda pastilla un montón de botellas. ¡Los cabrones podrían haberme matado! ¡Seguro que han salido de los pisos de arriba que les encargué a esos inútiles escoceses de mierda que vigilaran, joder! El hedor es nauseabundo; me quema las fosas y se levanta un montón de arenilla que se me mete en los ojos y me ciega.

Ni un puto pitbull con armadura podría haber sobrevivido a esto. El pobre cabroncete estará chafado y enterrado debajo de toda esta mierda. Tomo aire y toda la tierra vieja y las cenizas de tabaco arremolinadas por la corriente de aire creada por la rampa se me meten en los pulmones y me hacen toser y potar. Apenas puedo ver a través de un ojo lloroso. Me estoy poniendo malo que te cagas, y estoy a punto de abandonar cuando de repente oigo un gimoteo sordo. Escarbo un poco más, aparto unos cuantos periódicos empapados y ahí está el perrito, entre cáscaras de huevo, bolsas de té viejas y mondaduras de patata. Me mira con sus ojazos. Pero lleva algo en la boca.

El contenido de mi estómago sube otra vez para arriba y echo el freno porque el cachorro está sujetando una especie de puta muñeca fláccida. Medirá unos treinta centímetros de largo, y tiene la cabeza grandota y los miembros delgados y como de goma. Parece un extraterrestre cubierto de salsa de tomate y tierra y toda clase de porquería. El perro lleva una de las piernas en la boca. No me gusta el aspecto que tiene esto, joder. Se me hiela la sangre y siento cómo me late en la cabeza. La forma en que la cosa esta cuelga de las mandíbulas del cachorro..., tiene los ojos cerrados, pero es como si los párpados, azulados, estuvieran más o menos desorbitados. Tiene el pelo negro y apelmazado. Lleva una herida en un lado de la cabeza, un gran agujero en la carne del que sale mierda. Esto no es una puta muñeca. Parece...

Me lleva a mí en la boca...

De la pierna...

Mi carita...

Su carita...

No me puedo ni mover. Me quedo sentado encima de la basura, mirando al cachorro y la cosa ensangrentada y de color café y azulado que está masticando. El perro la suelta y se me acerca. Le cojo y me lo pongo debajo de la barbilla. Está calentito, gimotea suavemente y en el aire frío veo el aliento cálido que echan sus pequeñas fosas.

Sigo mirando la cosa esa tirada en la basura. Tiene los ojos cerrados, como si estuviera en paz y durmiera.

Joder, no veo bien qué...

No es un bebé. Tan tonto no soy, coño. Habría que ser un cabrón de lo más enfermo para llamar bebé a esta cosa; está muy, muy lejos de serlo. Pero eso no quiere decir que no haya que mostrar un poco de respeto, maldita sea. No me parece bien dejarlo aquí como si fuera basura, como haría una guarra asquerosa de mierda.

Dios mío, ¿qué cojones ha hecho esta tía?

No sé qué hacer, pero tengo que salir de aquí, porque otro montón de mierda baja estrepitosamente desde arriba y me sacude en la espalda. El cachorro me lame la mano; me lo pongo bajo el brazo y salgo del cubo. Me largo de la habitación y cierro la puerta con llave.

Mientras camino durante siglos con el perro debajo del abrigo apesto a basura. Se pone el sol y hace un frío tremendo cuando me doy cuenta de que me dirijo por donde el canal. El perro ya ha dejado de lloriquear; ha debido de pasar frío. Parece que se ha quedado dormido. Yo no puedo pensar más que en la cosa esa que se quedó en la rampa. Primero en el porqué, luego en el cómo y después en el cuándo. Fechas. Horas. La Oficina de la Vivienda del distrito no está lejos, y dejo la llave en recepción. La chica del mostrador se me queda mirando como si fuera un capullo total y estuviese a punto de empezar a decirme de todo menos guapo, pero no lo hace. Supongo que no tengo una pinta muy saludable; apesto, voy cubierto de toda clase de mierda por todas partes y llevo puesto este viejo abrigo del que asoma un cachorro. Salgo de allí cagando leches y vuelvo al canal.

Qué coño puedo hacer..., ¿en qué cojones andaría ella pensando...? Había dejado pasar demasiado tiempo, fijo que es ilegal, joder...

Sigo recorriendo la orilla por debajo de los puentes, y empieza a hacerse de noche. El cachorro se pone a llorar con unos gemidos largos y penosos cada vez más ruidosos. Me largo del canal y me paro en un Spar a comprar un poco de comida para perros. He dado la vuelta completa y estoy otra vez en casa, y subo en el ascensor. Entro y dejo al cachorro en el suelo, y me meto en la cocina para ponerle al pobre cabroncete un poco de papeo...

«¿Aún no ha llegado tu giro postal, Nicksy? Porque las cartas encima de la mesa, colega: necesito que me subvenciones...», me suelta Renton, y de pronto ve al perro olisqueando por el suelo. «¡Tenemos perro! ¡Qué guay!», dice con esas enormes ojeras negras bajo los ojos, y luego añade: «Por cierto, apestas del carajo.»

«Dios, es verdad Nicksy, pero ni te imaginas», se apresura a mostrarse de acuerdo Sick Boy.

La verdad es que en eso no les puedo llevar la contraria, joder. El perro le lame la mano a Rents, y los dos juegan con él aunque con pocas ganas. «¿Por qué no le llamamos Giro...?», propone Renton. Mientras le pongo al cachorro la comida en un plato sopero, veo que andan fumando más jaco.

«Me gusta lo de la pipa», dice Rents. «Tengo unas venas de mierda. Por eso no puedo donar sangre, les cuesta siglos encontrarlas.»

«Vaya forma de desperdiciar jaco», argumenta Sick Boy. «La mayor parte se esfuma al hacer combustión. Pero yo el jaco puedo tomarlo y dejarlo a voluntad. Sólo hago esto porque el lunes es nuestro primer día de trabajo.»

«¿Es que no sois capaces de hacer nada, cabrones? ¿Eh?»

«Danos un poco de tregua, joder», dice Sick Boy señalando la cocina. «Las botellas de cerveza esa que llevaban meses ahí tiradas ya no están», dice señalándose orgullosamente a sí mismo con el dedo antes de añadir: «¡Y adivina quién acaba de tirarlas!»

«¿Que tú qué?»

¡El cabrón este podría haberme matado, joder!

Cierro los puños de pura rabia pero ellos ni se enteran. Me quito el abrigo. Le pego a la pipa de papel de plata, metiéndome el bacalao ese en los pulmones y en la cabeza, y todo mejora de repente. Ni siquiera me molesta que ahora ese cabrón de Sick Boy haya llamado por teléfono a la Escocia de los huevos ni que vaya a llegar una factura de aúpa. «Por supuesto que ahora como bien, mamá, lo bastante para dos personas. Que no, que no hay nadie embarazada. Nada de *bambinos.»* Tapa el auricular con la mano. «¡Por el puto bobochorra de Jesucristo! ¡Cómo son las madres italianas!»

Entro en la habitación con el abrigo en la mano. Me siento con la cabeza entre las manos e intento pensar, puñeta. No puedo oír por culpa del ruido que están armando. Es el elepé de los Pogues. Vuelvo adentro y les pido que lo bajen.

«Pero si es *Red Roses for Me*, Nicksy, lo he puesto para oír el tema este, "Sea Shanty", ¡porque nos vamos a hacer marineros!», dice Mark mientras revisa mis singles de Northern Soul por enésima vez. «La verdad es que parten la pana, Nicksy.»

Sonrío levemente para mis adentros mientras Mark vuelve a pasarme la pipa; esta vez me apetece meterme una buena calada. Me lleno primero los pulmones y luego la cabeza con el bacalao este. Me recuesto en la silla y disfruto de la sensación de pesadez en los miembros y de mareo.

«Me la trae floja. ¿Qué sentido tiene? La música es una pérdida de tiempo, sólo te apacigua y te hace creer que no es todo una mierda tan grande como es. Es como tomar putas aspirinas para luchar contra la leucemia», le digo.

«Pero es guay», me suelta; no me está escuchando. Pero ahora ya me la trae floja.

Porque aquí nadie escucha a nadie. ¿Y qué es este puto rollo del "guay"[1] este? ¿Cómo es que nunca vemos *Jocks* en la tele diciendo eso? Pienso mientras el jaco fluye a través de mi cuerpo y me tranqui-

1. *Barry:* término de argot de Edimburgo de origen gitano que significa «espléndido» o «maravilloso» y que hemos traducido aquí como «guay» o «de puta madre». *(N. del T.)*

liza del todo. El cachorro está meando en un rincón y yo me río. Mark cabecea y suelta: «Pero esto es lo mejor que hay, Nicksy.»

«Te los puedes quedar, colega», le digo. Y va en serio además. ¿Qué bien me pueden hacer a mí?

«No digas eso o acabarán en las tiendas de Berwick Street antes de que puedas pronunciar la palabra "jaco"», dice Mark riéndose, pero luego parece asustarse al darse cuenta de lo que acaba de decir. «Yo no soy tan malo», dice bajando la voz de golpe. «Pero no pierdas de vista a Sick Boy», me cuchichea mientras su colega cuelga el auricular.

Cuando le ofrezco la pipa, Sick Boy la rechaza. «Tengo que ir a ponerme guapo.» Imita a un colega pirao que tienen los dos en Escocia, un *Jock* seriamente perjudicado al que conocí ahí arriba en Año Nuevo, dando golpes de cadera. «¡Esta noche he quedado para follar, coño! ¡Más vale que la cabrona esta no se corte!»

Allá en Jocklandia al pobre Frankie deben estar pitándole los oídos, porque anda que no se cachondean de él. Pero no es de esa clase de tipos de los que te reirías a la cara.

«Eso te llevará bastante tiempo», dice Rents. «No me refiero a lo de follar, porque ahí no durarás más que unos segundos, sino a lo de ponerte guapo.»

Sick Boy le hace sin ganas un corte de manga como respuesta mientras sale por la puerta.

«¿Te importa que le pegue un toquecito a un colega mío de Edimburgo? Te daré el dinero y tal», me implora Renton con una sonrisa de colgado con un puño cerrado apoyado contra un lado de la cara.

«Adelante, tontolculo», le digo yo, porque ahora ya me la machaca.

«Entonces lo haré», me sonríe mostrándome sus dientes amarillos. «En cuanto le haya dado otra calada a esa pipa..., el turrón este... es delicado a tope y tal», dice mientras llama al perro para que se acerque. «Giro..., ven aquí, amiguete..., qué nombre más guay para un perro... Me cago en la puta, le dije a Stevie que nos veríamos luego en el West End y estoy *Donald Ducked...*[1] y encima ese cabrón es de los que no se drogan..., fijo que se da cuenta..., pero sólo voy a pegarle una caladita para ponerme las pilas...»

Y yo me doy cuenta de que a mí también me apetece; es más, me siento como un campesino ruso famélico en una pastelería francesa bien surtida, porque el lunes por la mañana tenemos que empezar a ponernos a *currar*, joder.

1. Argot rimado: *Donald Ducked* por *fucked* («hecho polvo»). *(N. del T.)*

La luz volvió a encenderse. Siempre volvía a encenderse. Lizzie recordaba a aquel tío, el futbolista, del colegio. Siempre le había parecido un tío majo y era guapo. Pero ella aspiraba a ser artista y había seguido estudiando más allá de los dieciséis años de escolaridad obligatoria, y se movían en círculos diferentes. Desde una edad temprana, había estado cristalizando entre ambos una membrana invisible de ambiciones.

Nada más regresar al College of Art, y con los propósitos para el año nuevo todavía intactos, a Lizzie McIntosh le asestaron un golpe devastador. Mientras iba con su carpeta al despacho de su tutor, oyó a Cliff Hammond conversando con otro profesor. Estaba a punto de llamar a la puerta, que estaba entornada, cuando se quedó de piedra al oír su nombre, y se quedó ahí parada escuchándoles mientras la hacían trizas. «... es una muchacha despampanante, pero completamente desprovista de talento. Me temo que la han mimado haciéndole creer que tiene facultades y algo que ofrecer cuando en realidad y con toda franqueza, ése no es en absoluto el caso...», había dicho Hammond en un tono desdeñoso y fatigado que le había oído emplear en relación con otras personas sin imaginar jamás que llegaría a oírle utilizarlos refiriéndose a ella.

De repente, el suelo de cristal que Lizzie había creado se resquebrajó bajo sus pies y se sintió caer. Con la cabeza a punto de estallar, pero notando al mismo tiempo una sensación de entumecimiento impregnando sus miembros y su rostro, se estiró el pelo hacia atrás como para formar una coleta. Acto seguido se dio media vuelta y se preguntó si lograría sacar fuerzas suficientes para llegar al final del pasillo. Dejó la carpeta apoyada contra la pared que estaba junto a la puerta del despacho de Hammond, bajó las escaleras y salió del edificio universitario. Hacía frío, pero Lizzie apenas reparó en ello al sentarse en un banco de the Meadows y ver el barro que se había pegado al reluciente cuero de sus botas. Al levantar la cabeza, Lizzie se fijó en el débil resplandor de la luna, que aguardaba impacientemente el momento de desbancar a la tenue luz anaranjada del sol de última hora de la tarde, cuyos rayos brillaban aún en un cielo que se iba oscureciendo. ¿Podía considerarse una artista ahora? ¡Cuánta vanidad y cuánta falsa indulgencia!

Apenas se había fijado en el partido de fútbol que estaba finalizando a escasos metros de donde estaba ella. Pero él sí la había visto, ensimismada, y rogó para que siguiera distraída hasta que el árbitro hiciera sonar el silbato y a él le diera tiempo de arreglarse rápidamente y emerger del vestuario. Tommy Lawrence había percibido que ahí estaba su oportunidad y que los hados estaban de su parte; una ducha somera, unas rápidas negativas antes las invitaciones a ir a echar unos tragos y salió escopeteado y atravesó el parque hasta llegar a aquella triste figura. De pie ante ella, apuesto y con gesto de sinceridad bajo una húmeda mata de cabellos color castaño pastel.

Lizzie no intentó llevarle la contraria cuando Tommy le dijo que la veía alterada. Él se dio cuenta de que en su tono de voz no había ira; le relató la historia con elegancia e imparcialidad, aunque es posible que esto hubiera que atribuirlo a lo conmocionada que estaba. Tommy comprendió de forma instintiva que tenía que ayudar a Lizzie a recobrar su rabia y su arrogancia. «No es más que su opinión, el punto de vista de una sola persona», le dijo. «Por lo que dices, es un tipo de lo más asqueroso. Seguro que quiere rollo contigo.»

Lizzie empezó a caer en la cuenta de que ése bien podría ser el caso. Se trataba de Cliff Hammond. En más de una ocasión la había invitado a tomar una copa o un café. Tenía cierta reputación. Todo encajaba. Había rechazado a aquel presumido petimetre, a aquel depredador arrugado, y ahora él estaba tomando represalias de la forma lamentable y amargada que le era propia.

«Pues entonces no es precisamente imparcial, ¿verdad? Es un baboso», declaró Tommy. «¡No dejes que un gilipollas como ése te corte el rollo!»

«Ni hablar», dijo Lizzie. «Pero ni de coña, vamos», añadió al darse cuenta de repente de que aquel chico acababa de reafirmarla y restablecer su confianza en sí misma.

«Deberíamos ir a buscar tu carpeta.»

«Sí, joder, qué razón tienes», dijo Lizzie mientras se levantaba.

Todo parecía haber recobrado su importancia. Gracias a Tommy Lawrence de Leith.

La carpeta estaba exactamente en el mismo lugar donde la había dejado. Lizzie la estaba recogiendo en el preciso instante en que Cliff Hammond salía de su despacho. «Vaya..., Liz..., ahí estás. ¿No estábamos citados hace más de una hora?»

«Sí. Vine a la hora acordada. Pero te oí hablando con Bob Smurfit.»

«Ah...» Al reparar en que Lizzie iba acompañada, Hammond palideció un poco.

Entonces Tommy se colocó a una distancia incómodamente cercana a él; Hammond, tenso, retrocedió involuntariamente un paso. «Eso, te oímos decir un puñado de cosas», dijo Tommy entornando los ojos y con mirada acusadora.

«Yo..., creo que ha habido un...», tartamudeó Cliff Hammond, con la palabra «malentendido» atascada sin remedio en la garganta.

«Es de muy mala educación hablar de los demás a sus espaldas. Y más cuando lo que se dice es bazofia. ¿Te importaría repetir lo que dijiste?»

Para ser un hombre que hacía hincapié en el poder visceral del arte, que adoraba a las nuevas hornadas de pintores jóvenes contemporáneos de Glasgow, Cliff Hammond se sintió destrozado al tener que afrontar su propia debilidad al enfrentarse a una justificada indignación ajena. Si Lizzie hubiera estado sola, habría intentado explicarse, arreglar aquello de alguna forma, pero en ese momento se sintió pequeño y enclenque en comparación con aquel joven alto y de aspecto fornido, cuyo porte y acento remitían a lugares hostiles que hasta ese momento Hammond sólo había considerado nombres periféricos en el mapa de la ciudad, finales de línea que figuraban en la parte de delante de autobuses color granate, o escenarios de sórdidos reportajes periodísticos; lugares que él jamás se sentiría tentado de visitar. Uno de los lados de la cara comenzó a temblarle espasmódicamente.

Fue ese reflejo incontrolable el que libró a Hammond de la violencia física. El desprecio de Tommy por la cobardía de su verdugo dio paso enseguida a la aversión por sí mismo por haberle intimidado. Ambos hombres se habían quedado como paralizados hasta que Lizzie dijo: «Vámonos, Tommy», y, tirándole de la manga, se lo llevó a un bar situado cerca de la universidad.

Así fue como Tommy había entrado en su vida hacía dos semanas. Desde entonces habían sido inseparables. Pero cualquier rapidez que poseyera Tommy Lawrence estaba circunscrita al terreno de juego, por lo que la noche pasada, Lizzie había tomado las riendas de la situación y había sugerido que salieran a tomar unas copas para luego arrastrarle hasta su casa y su cama. Qué bueno haberse quitado eso de encima.

Ahora la resplandeciente luz de última hora de la mañana atravesaba las cortinas y se extendía sobre ellos. Lizzie mira a Tommy, dormido y con una sonrisa que es como un baño de satisfacción. Como los libros que Lizzie tiene en los estantes y las fotografías que adornan las paredes, Tommy augura una especie de paraíso. Sin embargo, no sólo había oído hablar inequívocamente bien de él; conocía a alguna de las personas a las que frecuentaba, ante todo por su reputación. Al pensar en ellas, la bondad no era la primera virtud que se le venía a una a la cabeza. Puede que fuera la situación poscoito, pero ¿acaso alguien parecía malo cuando estaba durmiendo? Seguro que hasta hijos de puta malvados como Frank Begbie accedían a una inocencia angelical cuando estaban roque. Y no es que ella tuviera el menor deseo de averiguar si era cierto en este último caso. Costaba imaginar que un tío tan majo como Tommy pudiera ser amigo de un pirado como Begbie. Lizzie no entiende cómo puede frecuentar a gente así.

Una paloma arrulla ruidosamente en el alféizar de la ventana y Tommy abre de golpe los ojos. Los llena, agradecido, con la imagen de Lizzie recostada junto a él leyendo *Matadero Cinco*. Lleva puestas unas gafas para leer que nunca había visto y también lleva recogido en un moño su melena rizada color castaño. Se ha puesto una camiseta, y Tommy se pregunta cuánto tiempo llevará despierta y si no se habrá vuelto a poner aquellas bragas azules. «Hola.»

«Hola.» Lizzie lo mira con una sonrisa.

Él se incorpora y se apoya sobre los codos para ver mejor la habitación, aireada y fragante.

«¿Te apetece desayunar algo?», le pregunta Lizzie.

«Sí...», titubea él. «Eh..., ¿a ti qué te apetece?»

«Creo que en la nevera hay huevos. ¿Qué tal unos huevos revueltos con tostadas?»

«Estupendo.»

Entonces alguien llama a la puerta de forma ruidosa y truculenta. «¿Quién coño será?», se pregunta Lizzie en tono airado y voz alta, pero sin dejar de levantarse en el acto y ponerse una bata. Se vuelve a echarle una mirada a Tommy y le pesca mirándola a ella. Sí que lleva puestas las bragas azules, y el mero hecho de verla sigue haciendo que le ardan los labios.

«No vayas», le ruega él.

Ella se lo piensa. Entonces aporrean la puerta de nuevo, de manera insistente, como si fuera la policía. «Parece importante.»

Lizzie se pregunta por un momento si su compañera de piso, Gwen, acudirá a ver quién es, antes de acordarse de que ese fin de semana no iba a estar. Por eso había traído a casa a Tommy. Encuentra sus zapatillas con cara de gato y sale al pasillo mientras empiezan a aporrear la puerta otra vez, en sintonía con el ritmo marcado en su cabeza por el vino tinto que bebieron anoche. «¡Vale! ¡Ya voy!»

Cuando abre la puerta se queda atónita al ver delante de ella a Francis Begbie.

«¿Está Tommy?»

Por un instante, Lizzie se queda sin habla. ¡Llevó a Tommy a casa y ahora el pirado este sabe dónde vive!

«Siento molestar», dice Begbie esbozando un sucedáneo de sonrisa, porque es evidente que no lo siente en absoluto.

«Espera aquí», dice ella dándole la espalda.

Begbie coloca el pie en el umbral para que la puerta no se le cierre en las narices. Lizzie se da cuenta de que la sigue con la vista mientras avanza por el pasillo. Entra en el dormitorio, donde encuentra a Tommy vistiéndose. Cree haber escuchado la voz de Franco, y piensa: *no puede ser.* Pero el ceño fruncido de Lizzie le dice *sí puede ser.* «Preguntan por ti.»

Mientras Tommy se marcha, Lizzie está que echa humo, y se pone a reconsiderarlo todo.

«¡Vaya puntazo, Tommy, chaval!», brama Franco cuando Tommy aparece por el vestíbulo. Eso desarma su ira por completo, y Tommy tiene que reprimir el impulso de sonreír.

«¿Qué haces tú aquí?»

«¡Joder, pensé que estarías tú aquí, cabronazo! Mi prima Avril vive en este portal: Franco se entera de todo lo que pasa en Leith; entérate, cacho cabrón. Así que anoche un puto completo, ¿eh, Tommy? ¡Braguitas de adolescente y todo! ¡A Sick Boy eso le pondrá del hígado que te cagas, cabronazo!»

Tommy sonríe mientras se vuelve a echar una mirada fugaz al pasillo. Vestido sólo con una camiseta, nota el frío en sus brazos descubiertos. Begbie, pese a que sólo lleva una camiseta Adidas y una chaqueta muy fina, no parece encontrarse en absoluto incómodo. «¿Qué quieres, Franco?»

«¿Tú qué coño crees que quiero? ¿Qué cojones llevo diciendo

toda la semana, so tontolculo? ¡Tienes la cabeza demasiado llena con rollos de tías, eso es lo que te pasa! Hoy. Easter Road. El YLT:[1] vamos a enseñarles a esos capullos de *casuals* cómo se hacen las cosas. Tú, yo, Saybo, Nelly, Dexy, Sully, Lenny, Ricky Monaghan, Dode Sutherland, Jim Sutherland, Chancy McLean y un montón de peña más. ¡Larry ha salido del hospital! ¡Somos una banda que te cagas! ¡La vieja escuela vuelve a la carga y arrasa una vez más! No consigo encontrar a Spud, joder, pero es igualito que Renton y Sick Boy en Londres: no supone ninguna pérdida. A la hora de la puta bulla, esos cabrones son un puto lastre.»

Tommy escucha atónito y sin dar crédito el rollo que le suelta Franco.

«Pues eso, que estamos todos en el Cenny, ¡hasta Segundo Premio! Y sin beber, encima. Se supone que ha dejado la priva. ¡Como que va a durar así mucho! Anda que no le gusta chupar a ese cabrón. ¡Eso sí que sería una risa, él y el puto capullo ese de Aberdeen que se parece a Bobby Charlton, revolcándose juntos en la puta cuneta! ¿Te acuerdas de él, ese que se ha quedado calvorota que te cagas con veintidós tacos?»

«Scargill», dice Tommy, acordándose de un tío gordinflón con una cortinilla rizada que dirigió una emboscada del Aberdeen en King Street desde el Pittodrie Bar. «Os veo ahí luego», dice con todo el entusiasmo del que es capaz.

«Asegúrate de que así sea, mecagüen...», dice Franco lanzándole una mirada acusadora. «Ellos han bajado con una cuadrilla grande que te cagas, y la cosa está en plan "todos a sus putos puestos".» Por Leith no van a andar fanfarroneando, eso ya te lo digo yo, joder. ¿Un montón de putos follaovejas con su Copa de la Champions de mamones bajando aquí, bebiendo en nuestros pubs y ligando con nuestras...?» Franco titubea, y mira a Tommy.

Tommy no lo puede resistir. «¿... ovejas?»

Durante unos segundos Franco está ausente. Se queda parado y en silencio; el oxígeno parece haberse esfumado del rellano de la escalera. Acto seguido asoma en sus labios una sonrisa casi imperceptible. Se ríe estrepitosamente, lo que permite a Tommy expulsar el aire que no se había dado cuenta de que estaba reteniendo. «¡Vaya puntazo, cacho cabrón! Vale. Pues que no se te olvide y estate allí», dice Begbie dándose abruptamente media vuelta y bajando las escaleras dando

1. Véase nota en página 204. *(N. del T.)*

saltos. Cuando llega al último escalón se vuelve, mira a Tommy y le dice gruñendo en voz baja y con gesto impasible: «Acuérdate, no nos hagas esperar.»

Tommy cierra la puerta e intenta recomponerse. La pronta aparición de Lizzie con las manos en jarras y luciendo una expresión que dice «¿Y bien?», le hace pasar del desaliento a la desesperación. «Franco..., me olvidé de que había quedado en ir al partido con los chavales.»

«No me gusta que por las mañanas aparezcan putos psicópatas en la puerta de mi casa, Tommy.»

«Franco no es mal tipo...», dice él sin convicción. «Su prima Avril vive abajo.»

«Ya. Sé quién es. Tiene tres hijos, cada uno de un padre distinto...», empieza a decir en tono de condena, pero la desdichada y caricaturesca expresión de contrición que luce Tommy bajo ese flequillo de pelo castaño la apacigua. «No nos queda leche.»

«Bajaré a buscar», dice él ofreciéndose voluntario.

Tommy se pone el jersey antes de salir. Echa a andar con brío en cuanto llega a la calle. Pero en su interior prende una sola idea: *Lizzie y yo*. Ni siquiera Franco puede aguar eso. *Es* un puntazo.

La calle va animándose poco a poco, a medida que los legañosos juerguistas que llevan toda la noche despiertos se van mezclando con quienes inician un nuevo asalto al fin de semana. Mientras pasa por delante de una cabina de teléfonos, Tommy se siente repentinamente inspirado cuando las palabras de Franco, taimadas e insensibles pero a la vez elogiosas, reverberan dentro de su cráneo iluminado. *Así que anoche un puto completo, ¿eh, Tommy? ¡Braguitas de adolescente y todo! ¡A Sick Boy eso le pondrá del hígado que te cagas, cabronazo!*

Retrocede sobre sus pasos y hace una llamada a Londres. Una voz lejana le responde a medida que va introduciendo las monedas. «Hola, hola, qué bueno volver a...»

Es Renton. Parece ir puesto. «Mark.»

«Tommy..., no te lo vas a creer, estaba a punto de llamarte..., ¿qué es lo que acabo de decirte, Nicksy?»

Una voz *cockney* que Tommy reconoce; *el tío pequeñajo ese al que conocimos en Blackpool, el que vino aquí arriba a pasar el Año Nuevo. Nicksy*. «¿Todo bien, Tommy, colega? Date un salto por acá y llévate a estos cabrones de vuelta a Jocklandia..., mañana nos espera un poco de curro y estos capullos no están en condiciones...»

«De eso nada, colega, ahora que ya te los hemos endosao te los quedas tú. ¡No queremos volver a ver a esos pirados por aquí!»

«Otra jodía cruz que me toca llevar... Vale, chaval, nos vemos...»

«Hasta luego, macho...»

Y entonces vuelve a ponerse Rents. «¿Cómo va todo en la hermosa Escocia, Tam?»

«Como de costumbre. Begbie ya la quiere volver a liar.»

«Ya..., a ese tío lo que le hace falta es un poco de amor...»

«Quiere ir al fútbol a pegarse con los del Aberdeen. El rollo del Lochend y tal ya es bastante malo, ¡y encima ahora quiere que me pegue con peña a la que ni siquiera conozco! ¿A mí qué más me da que los del Aberdeen inflen a leñazos a uno de Granton o de donde sea? Begbie está flipando con toda la mierda esa de los *casuals*. Tiene seis o siete años más que todos esos capullines. Es penoso.»

«Ya conoces al Generalísimo. Cualquier excusa para montar follón es buena. Ése es su rollo...», dice Renton riéndose de una forma muy extraña que Tommy no le había oído con anterioridad. «Ji... ji...»

«¿Qué ha sido eso?»

«Sick Boy, que acaba de decir que lo que necesita es echar un polvo.»

«Eso da igual. La golfa esa de Samantha Frenchard, de Pilton, ya ha tenido un crío suyo, y ahora le ha hecho un bombo a June Chisholm.»

«Ya, pero las tías esas tienen que estar un poco chaladas para dejar que Franco se las cepille ya de entrada. ¿Y qué pasa contigo, pues? ¿Algún rollo serio con alguna chavala? ¿O no haces más que seguir metiéndote drogas?»

Se produce una pausa, y a continuación dice Renton: «¡Ajá! ¡Adivina quién ha follado y no llama más que para restregárnoslo por la jeta!»

«Bueno, pues sí, el fin de semana pasado conocí a alguien. Y va todo de putísima madre, si se me permite decirlo.»

«Ya era hora de que echaras un *Nat King*.[1] ¿La conocemos?»

«Lizzie. Lizzie McIntosh.»

«¡No jodas!»

«Sí jodo. Estamos saliendo.»

«¡Qué suerte tienes, cabrón! La ultrabuenorra esnob de Lizzie, que vive donde los Links...»

1. Argot rimado: *Nat King Cole* (1919-1965, pianista y cantante estadounidense de jazz y pop) por *hole* («agujero»). La frase coloquial es *to get one's hole. (N. del T.)*

«¿Queeé...?», le oye decir a Sick Boy. «¿*Tommy* se está cepillando a Lizzie Mac?»

«Así es. Alucinante», suelta Renton antes de decir por el auricular: «En tiempos me hacía pajas pensando en ella... ¿Te he contado alguna vez lo de cuando pillé a Begbie haciéndose una paja con ella en el campo de deportes del colegio, no haciéndose una paja *con* ella, físicamente, o encima de ella, como en plan porno, sino *pensando* en ella...?»

«¡He dicho que *estamos saliendo*, Mark!», protesta Tommy, acordándose de que en tándem Rents y Sick Boy suelen ser una combinación de una crueldad devastadora. Aunque decían ponerse de los nervios el uno al otro, nunca paran de espolearse mutuamente, como unos gemelos malévolos con fijación por el dolor ajeno.

A esto le sigue otro incómodo paréntesis al que Renton acaba poniendo fin. «Ya..., eh, perdona Tam, tendríamos que ser más... más maduros... Te felicito. Todo un puntazo. Yo no me estoy cepillando a nadie, pero Sick Boy..., en fin, ya sabes: Sick Boy es Sick Boy.»

«¡Festín de felpudos angloides!», grita Sick Boy en tono desafiante por el aparato.

«Eso sí, tenemos perro», prosigue Renton. «Nicksy quiso ponerle de nombre Clyde, por el futbolista Clyde Best y porque es un labrador negro, pero Sick Boy y yo empezamos a llamarle Giro, y ése es el nombre al que responde...»

El teléfono empieza a hacer bip-bip. «Bueno, Mark, ya nos vemos.»

«Vale..., dile a Swanney...» Rents empieza a divagar y Tommy disfruta con la sensación del corte de la comunicación antes de colgar el auricular.

En la tienda, Tommy compra leche y un periódico. A él le tira más el *Record*, pero cree que quizá el *Scotsman* impresione más a Lizzie. Lo coge y está a punto de entregárselo al dependiente cuando decide cambiarlo por el *Herald* basándose en consideraciones de última hora acerca del sexismo del *Scotsman*. No sabe si Lizzie será alguna clase de feminista, pero tan a comienzos del partido siempre conviene marcar todas las casillas.

Lizzie contra Begbie. ¿Podía estar más claro? Con veintidós años ya cumplidos, es demasiado mayor para andar peleándose con los chicos de Aberdeen, o, ya puestos, con los del Lochend. Es una idiotez. A uno se le acaba quedando pequeña esa mierda. El Kevin McKinlay ese, del Lochend, es un tío legal. Lo conoció hace poco jugando los dos al fútbol. Las navajas ya habían salido a relucir en otra ocasión y al verle en el vestuario del Gyle, Tommy estaba preparado para un enfrentamiento o al menos para lidiar con una mirada llena de odio y un desaire. Pero McKinlay se limitó a saludarle con un gesto de la cabeza y a sonreírle como diciendo: *Agua pasada. Niñerías. Todo eso ya pasó.*

Con los piraos la cosa cambia. Nada es agua pasada jamás. Un buen día pasan a ser MALT: Middle Aged Leith Team[1] y siguen librando las batallas trilladas de su juventud. Eso no va a tirar por ahí. Ahora, por vez primera, ve que realmente existe una forma de escapar de todo eso y que es muy sencilla. No hace falta huir. Simplemente conoces a alguien especial, te apartas y te introduces en un universo paralelo. Tommy nunca había estado enamorado. Le habría gustado enamorarse de chicas anteriores pero no llegó a sentirse de ese modo. Ahora esa sensación le asalta por todos lados; hermosa, boba, obsesiva, ocupa todo su tiempo y todos sus pensamientos. Está ansioso por volver con Lizzie, y el desasosiego que experimenta le desconcierta por completo.

Mientras dejaba sobre la mesita de centro de cristal una bandeja con té y tostadas, Alison consideraba ahora el domicilio familiar como un batiburrillo de mobiliario de épocas diferentes. En el saloncito, un hogar de teca de la década de 1970 se disputaba el espacio con una cómoda victoriana de caoba y un tresillo contemporáneo de roble, mientras los goterones de cera de una lámpara de lava de los años sesenta engordaban antes de subir hacia arriba. Su padre, Derrick, jamás había podido renunciar a un mueble viejo, y se limitaba a cambiarlo de sitio dentro de la casa. Ahora parecía tener la cabeza igualmente llena de trastos inconexos mientras ella observaba sus intentos de interrogar a su hermano Calum. «¿Te crees que no sé en qué andas metido? ¿Piensas que nací ayer?»

La mirada desdeñosa de Calum parecía decir: *Si hubieras nacido ayer, eso te convertiría en un crío llorón. Conque sí, poco más o menos.*

«¿Eh? ¡Contéstame!»

Calum guardó silencio; desde que había muerto su madre apenas había cruzado una palabra con nadie. Alison sabía que aquello no era bueno. No obstante, simpatizaba con su hermano, y no soportaba que su padre se pusiera así. Siempre le había considerado un hombre inteligente, pero el dolor y la ira habían acabado por volverle idiota.

1. Podría traducirse como «Matones callejeros maduros». *(N. del T.)*

¿Acaso tenía la menor idea de la pinta de retrasado que tenía con aquel bigote de subnormal, resacoso y ahí puesto en cuclillas delante del hogar eléctrico con aquel albornoz de tartán colgando de sus delgados hombros?

Derrick no pudo aguantarse las ganas de soltar a su hijo otra ración de cliché. «Es que no quiero que cometas los mismos errores que cometí yo.»

«Es natural, Cal», intervino Alison apoyando a su padre. «Papá no sería humano si no le importara..., ¿verdad, papá?»

Derrick Lozinska decidió no hacerle caso a su hija mayor y concentrar su atención en su hijo. Calum tenía los ojos pegados a la tele, que habían dejado encendida sin voz, donde el Pato Lucas estaba estafando silenciosamente a un patidifuso Porky. «Sabes muy bien lo que trae esa gente. Problemas. Problemas gordos. Lo sé. ¡Os he visto, acuérdate!»

Aquello no tenía vuelta de hoja. Su padre aburría regularmente a Alison relatando aquella desgraciada ocasión en la que había visto al *Baby Crew*[1] en acción. Fue cuando aquella emboscada en el puente Crawford, en Bothwell Street, cuadrilla contra cuadrilla, y luego, cuando los vio persiguiendo a un grupo de hinchas de los Rangers en desbandada. Calum había estado en primera línea, con un trozo de muro en la mano. Cuando Alison le pidió a su hermano su versión de los acontecimientos, él no lo negó; se limitó a replicar que Derrick y el atontado de su amigo no tendrían que haber estado ahí, ya que nadie andaba por allá salvo los hinchas de los equipos visitantes y chicos que iban buscando pelea.

Calum pulsó el mando a distancia y cambió de canal. Alison se fijó en la pantalla. *Está leyendo las noticias del mediodía esa vieja bruja que lleva el careto lleno de maquillaje. Es curioso, ella suele salir por las noches.*

«¡Con un ladrillo en la mano y dispuesto a lanzarlo contra una aglomeración de gente!», exclamó Derrick mirando a Alison con gesto suplicante. Ella sacudió obedientemente la cabeza, aunque por alguna razón inexplicable la imagen de su hermano blandiendo un ladrillo en la calle le resultaba divertida.

Mientras Calum miraba a su padre, Alison poco menos que *veía* sus cavilaciones burlonas y silenciosas: *¡Un trozo de muro, zumbao, no un puto ladrillo!*

1. Especie de «sección adolescente» de los Capital City Service, *casuals* seguidores del Hibernian Football Club. *(N. del T.)*

Derrick se estremeció mientras sacudía su fatigada cabeza. «En el reformatorio, ahí es donde va a acabar.»

«Ahora los llaman correccionales. Como el de Polmont», le informó Calum.

«¡Tú no vayas de listo conmigo! ¡Da igual cómo demonios los llamen, tú no vas a unirte a los *casuals*, ni para este partido ni para ningún otro!»

«¡No iba a unirme a nada! Sólo intentaba escuchar las noticias...»

Calum estaba centrado en un plano de un local que Alison conocía. Era el pub Grapes of Wrath, y estaba cerca de los Banana Flats donde se había criado Simon. Oyó la voz en off de Mary Marquis: «... encabezando la nueva campaña para impedir que los taberneros locales se conviertan en víctimas de la violencia».

Acto seguido apareció un plano de un hombre maduro, el dueño del pub, en una silla de ruedas y con pinta de tarado, babeando por la comisura de los labios, hablando como un muñeco jadeante sobre cómo unos matones le habían dado una paliza y le habían destrozado el garito. Alison se acordaba de esa historia: se rumoreaba que habían sido tres tipos de Drylaw, pero nunca los encontraron.

Cortan y pasan a un policía de expresión adusta, Robert Toal, de la Policía de Lothian and Borders. «Éste es sólo uno de los inquietantes casos recientes en los que un miembro honorable de la comunidad ha sido brutalmente agredido y atracado en su propio establecimiento a plena luz del día. En este caso, las lesiones sufridas por la víctima le dejaron minusválido e incapacitado para seguir trabajando en la hostelería. Es muy triste que las personas que ofrecen un servicio a la comunidad ya no puedan sentirse seguras en sus propios establecimientos. Por desgracia, los negocios basados en el dinero en metálico son muy vulnerables a esta clase de agresiones.»

La imagen vuelve a un anulado y abatido Dickson declarando desconsoladamente: «Yo sólo pretendía hacer mi trabajo...»

Cortan y pasan a un plano exterior de Water of Leith con el sol centelleando encima del río y ofreciendo un ambiente sosegado antes de que la cámara vaya ascendiendo lentamente hasta llegar a una deprimente fábrica abandonada situada en la orilla, evocando así una impresión de amenaza y de ruina, antes de volver, por último, a Mary en el estudio. «Una historia muy triste, sin duda», declara ella en tono compasivo, «pero ahora pasemos a la información deportiva. Esta tarde se celebra un encuentro entre dos equipos escoceses, ¿no, Tom?»

«Así es, Mary», respondió un tipo joven y trajeado de aspecto esbelto, «al Hibernian de John Blackley le va a tocar la tarea nada envidiable de tratar de detener la imparable marcha triunfal del Aberdeen de Alex Ferguson. Eso sí, si el mandamás de los Hibs está nervioso ante esa perspectiva, lo disimula muy bien...»

Entonces cortan y pasan a Sloop,[1] cuyo característico cabello pelirrojo empieza a estar canoso en las sienes. Alison se acordaba de la vez que vino al colegio a entregar unos premios para el día de los deportes. Se alegró de que echaran aquel reportaje sobre los Hibs, pues permitió a padre e hijo mantener una tregua temporal.

Alison no acababa de entender la movida casual. A ella le parecía que gastarse dinero en ropa buena para luego acabar revolcándose por los desagües pegándose era algo perverso y contraproducente. Su padre, después de haber dado inicialmente su visto bueno por aquello de ir elegantemente vestido, no tardó en profesarle hostilidad. Confesó que cada vez que veía asomar los ojos de niña de Calum por debajo de aquel flequillo idiota se ponía furioso. Le entraban ganas de coger unas tijeras y cortárselo. Decía que tenía algo de *insolente*.

No obstante, Calum y Mhairi estaban pasando las penas del infierno. Eran jóvenes y estaban llenos de ira y asustados. Y yo no estoy mucho mejor, pensó Alison mientras cogía una revista de encima de la mesa.

Mientras terminaba el reportaje sobre los Hibs, Alison vio a Derrick inspirar con dificultad y armarse de valor, y supo que iba a encararse otra vez con su hermano. «No vas a ir al fútbol y se acabó. No quiero que te juntes con esos... *casuals*», dijo, escupiendo esta última palabra.

«¡Sólo he quedado para ir al fútbol con mis amigos!»

«Ya, ¿como la vez que fuiste con esa piedra en la mano? Ni hablar. Tienes quince años recién cumplidos y vives bajo este techo. Dios mío, si tu madre estuviera aquí», dijo Derrick interrumpiéndose en seco y arrepintiéndose inmediatamente de haber dicho tal cosa.

«¡Pues no está!», exclamó Calum levantándose de golpe y saliendo por la puerta para subir a su habitación.

Derrick pronunció con voz débil el nombre de su hijo antes de dejarlo disolverse en un suspiro. Se volvió hacia Alison, perplejo y

1. Apodo del futbolista y entrenador John Blackley (1948-) basado en la canción de los Beach Boys «Sloop John B.». *(N. del T.)*

encogiéndose de hombros. «No sé qué hacer con ellos, Alison, de verdad que no lo sé.»

«Se pondrán bien. Estas cosas llevan tiempo.»

«Gracias a Dios que a ti no te pasa nada», dijo Derrick. «Siempre fuiste una chica madura y sensata», comentó su padre, lleno de orgullo.

Qué poco me conoces, joder, pensó ella mientras se oía a sí misma protestar ligeramente. «Papá...»

«Siempre fuiste la más lista. Y tomaste las riendas y estuviste a la altura. Calum y Mhairi no; a ellos les está costando mucho. Me preocupa muchísimo», dijo Derrick con gesto abatido, «que ese muchacho acabe descarriándose.»

«¿Acaso no hace las mismas cosas que hacías tú cuando tenías su edad? Llevan ropa nueva, tienen una jerga nueva, la música es distinta, pero todo eso es superficial. Seguramente habrá entre ellos algún psicópata que sea carne de talego, pero por cada uno de ésos habrá una docena de chavales normales que pasarán por esto y lo dejarán sin nada más que unas cuantas historias divertidas que contar.»

Agradecido, Derrick le sonrió a su hija. «No te falta razón.» Parecía que había reconocido su sabiduría, pero acto seguido sacudió la cabeza. «Es que es una insensatez. Alguien tiene que decírselo. Odio tener que reconocerlo, pero él no es fuerte, como somos tú y yo. Tiene algo de víctima.»

Alison no pudo sino quedarse mirando a su padre, ahí sentado con el albornoz puesto.

«Lo que quiero decir», dijo Derrick, visiblemente turbado y ciñéndose la ropa más estrechamente, «es que eso le convierte en presa fácil para tipos menos escrupulosos, esos que saben que cuando las cosas se ponen feas de verdad, sólo queda el sálvese quién pueda.»

«Te estás poniendo paranoico.»

«No, porque sé quién va a ser el uno entre mil al que detengan durante la bronca y cumpla condena o tropiece y se caiga y lo pisoteen hasta dejarlo reducido a un vegetal. ¡Ese chico necesita que le aclaren las ideas!»

Alison se preguntó cómo iba a hacer tal cosa su padre en albornoz y zapatillas raídas. ¿Por qué no se daba una ducha y se vestía, como hacía antes, en lugar de holgazanear de esa forma todas las mañanas?

Se abrió la puerta principal y entró Mhairi. Alison hizo pasar a su hermana a la cocina, ansiosa por aliarse con ella y determinar qué hacer con los hombres de la familia. Encendió la radio de la cocina para que hiciera de tapadera.

Mientras Duran Duran interpretaba «The Reflex», y Alison hablaba de la discordia existente entre su padre y su hermano, se dio cuenta de que no conseguía retener la atención de Mhairi. Entonces su hermana se llevó la mano a la boca, y Alison se volvió y vio a Calum por la ventana de la cocina, escabulléndose por el tubo del desagüe tras recorrer el último tramo que le quedaba para llegar al área verde comunitaria.

«¡Calum!», gritó ella acercándose a la puerta trasera y viendo desvanecerse la silueta de su hermano tras la colada que estaba en el tendedero.

«¿Qué ha pasado?», gritó Derrick apareciendo en el umbral.

«Cal ha salido a hurtadillas y se ha escapado, ¿vale?», le dijo Mhairi con una sonrisa.

«¿Qué...? ¡Maldita sea, se lo advertí!» Derrick corrió hacia la puerta, pero al darse cuenta de que iba en albornoz se detuvo de golpe.

«Yo le encontraré», dijo Alison en un tono más condenatorio de lo que le habría gustado, antes de coger el bolso y salir al exterior. Lo buscó por toda la zona verde y no vio nada más que ropa tendida.

Calum debía de haber trepado por el muro del jardín para saltar hasta el sendero lleno de maleza que discurría junto al bloque de viviendas. Era un poco pronto para que hubiera ido a Easter Road, así que ella estaba segura de que andaría por el Foot of the Walk.

Lo vio un poco más adelante, hablando con Lizzie y Tommy Lawrence en la calle. Cuando Alison se acercó, Calum no hizo el menor ademán de irse.

«Hola, Ali», dijo Lizzie mientras Tommy también la saludaba.

«Hola.»

«¿Vais a ir al partido?», preguntó Calum a la pareja ignorando a su hermana. Lizzie miró primero a Calum y luego a Alison, como si su hermano fuera un retrasado mental.

«Nah. Hoy va a ser un día de locura ahí arriba. Habrá piraos por todas partes», le respondió Tommy en tono displicente. «No se te ocurra acercarte por ahí hoy, amiguete.»

«Eso es lo que ha dicho papá», dijo Alison mirando a Calum.

«A casa no pienso volver», contestó él.

«Haz lo que te dé la gana. Yo no soy tu carcelera», dijo Alison, esperando que el cambio de tercio le inclinase a ser más razonable. Miró a Tommy y Lizzie, y señaló con la cabeza hacia el café de enfrente. «¿Os apetece ir a tomar un café?»

«Buena idea», dijo Tommy. Alison no sabía si Calum se apuntaría, pero así fue. Entraron en el café Up the Junction. El local estaba a tope, pero había una mesa libre y se sentaron en ella.

Alison preguntó a Lizzie sobre sus estudios universitarios mientras ésta le preguntaba a ella por su trabajo. Durante todo ese tiempo, Alison intentó escuchar la conversación de Tommy y Calum para averiguar los planes de su hermano. ¿De verdad andaba con esa cuadrilla de hooligans?

«El Aberdeen es un equipazo de primera», comentó Tommy. «Leighton, McKimmie, Millar, McLeish, Simpson, Cooper, Strachan, Archibald, McGhee, Weir..., es increíble lo que han conseguido hacer bajo la batuta de Alex Ferguson.»

«Ya», se mostró de acuerdo Calum mientras miraba tímidamente a Lizzie. A Alison le quedó meridianamente claro que su hermano estaba coladísimo por ella. «Qué putada que sean mucho mejores que los Hibs con diferencia.»

«Pero no los puedes odiar de la misma manera que a los Rangers y al Celtic», argumentó Tommy, «porque lo han hecho utilizando medios justos, no haciéndole la pelota a los cretinos a los que les va toda la mierda esa del rollo sectario.»

«Sí», volvió a mostrarse de acuerdo Calum; durante un embarazoso instante le salió voz de pito antes de que carraspeara violentamente para disimular, «¡han ajustado cuentas con la *Old Firm*[1] y han conquistado Europa, y ahí están los Hearts y los Hibs subiendo y bajando entre divisiones!»

«¿Es que no sois capaces de hablar de otra cosa?», preguntó Alison mientras miraba a Lizzie.

«Hay otras razones para ir al partido, no sólo el fútbol», respondió Calum.

Alison estuvo a punto de decir algo, pero se mordió la lengua.

«Por lo menos las cosas se están animando en las gradas», remató su hermano con una sonrisa, y volvió a parecer un chiquillo impertinente.

Tommy asintió con la cabeza. «El descenso es bueno para el espíritu de la afición. Man U, Chelsea, West Ham, Spurs; todas esas hinchadas se forjaron a través de la adversidad, defendiéndose de los paletos locales que iban buscando pelea. A los Hearts les hizo bien; Keezbo me ha hablado de viajes alucinantes a lugares como Dum-

1. Véase nota en página 32. *(N. del T.)*

fries, donde había helicópteros de la policía dando vueltas por encima de Palmerston Park y todo.»

«Ya, el descenso vino bien para reforzar las cuadrillas de *casuals* de los Hibs.»

Alison era consciente de que Tommy estaba dándole gusto a su hermano. Él era demasiado sensato para frecuentar a los *casuals* o incluso a sus viejos amigos del YLT. Se notaba que estaba tanteando un nuevo futuro con Lizzie. Ella se había ido a hablar con la chica que estaba detrás del mostrador, a la que Alison reconoció como una ex alumna de la Leith Academy. Tommy se levantó y se fue a los servicios. Alison decidió aprovechar la ocasión. Miró a Calum con ojos suplicantes. «Vuelve a casa. Cogeremos un vídeo. Estaremos tú, yo y Mhairi. Nos reiremos y charlaremos.»

«No tenemos nada de lo que reírnos, y toda la charla del mundo no lo va a cambiar», dijo Calum mientras se recostaba en la silla.

Mientras su hermano flexionaba los músculos de su cuerpo, que era delgado pero fibroso, Alison se dio cuenta de que se había vuelto físicamente más fuerte que ella. *Ahora mi hermanito podría zurrarme*, reconoció para sus adentros. ¿Cuándo había sucedido eso? «Papá no quiere que...»

«Él no va a hacer nada, y tú tampoco», le espetó Calum en tono desafiante mientras lucía una mueca burlona, antes de levantarse y sacudir la cabeza sonriendo amargamente.

Tommy volvió de los servicios, y habló un poco con el chiquillo antes de que se marchara. Alison vio a Calum salir al exterior y enfilar la calle como si Tommy Lawrence acabara de pasarle a su hermano un testigo.

Lizzie volvió a la mesa. «¿Se encuentra bien?»

«Últimamente anda un poco despendolado, y me quedo corta. Desde que murió mi madre», admitió Alison.

«Espabilará», aseveró con gesto esperanzado Tommy. «Calum es buen chaval.»

«Ya», dijo Alison espirando sonoramente. «Vale, ¿y vosotros qué planes tenéis?»

«Vamos a ver *Indiana Jones y el templo maldito*», respondió Lizzie.

«La ha escogido ella», precisó enseguida Tommy. Alison imaginó que eso era porque más de una persona había comentado que él se parecía un poco a Harrison Ford. Envidiaba a aquella pareja, imaginándosela en una sala de cine calentita incubando su amor en el invernadero silencioso de la oscuridad. De vez en cuando una sonrisa y un beso, un apretón de la mano, y luego entrelazar los dedos cuando Harrison hiciera restallar el látigo en la pantalla. Pensó en llamar a Alexander, y luego ansió que estuviera ahí Simon. Tenía ganas de preguntarle a Tommy si había tenido noticias de él, pero algo la retuvo. La relación que mantenía con Simon era no exclusiva y más que clandestina. De repente le pareció muy poca cosa comparada con la que tenían Tommy y Lizzie. La mano de él descansando sobre la de ella, la forma en que se miraban el uno al otro...

Renuente a seguir haciendo de carabina, Alison les dejó, se fue caminando junto al río y se sentó en un banco. El sol empezaba a ponerse sobre los almacenes abandonados que veía delante de ella, y de vez en cuando pasaba de largo una persona o un perro por el puente de peatones. Llevaba su libro de poesía en el bolso. Lo sacó y le echó una ojeada.

Ahora el libro parecía carente de sentido. La vida real no era reducible a la palabra escrita, y hasta el habla, nuestras interacciones con los demás, no parecían sino un teatro que no hacía sino distraernos. Bajó el libro y posó la vista en el río, negro y calmado. La vida real era *esto;* cuando, absortos en nuestros recuerdos, reflexionábamos en soledad.

Alison apenas se había dado cuenta de su presencia al aproximarse a ella. Cuando lo hizo, al principio él parecía más bien vacilante, y poco a poco se fue volviendo más atrevido, tras dejarse caer en el banco a cierta distancia de ella. «¿El libro ese está bien?»

Alison estaba demasiado distraída para levantarse e irse en ese mismo instante. En lugar de hacerlo, por tanto, levantó la vista. Él era joven; mucho más que ella incluso, poco más que un crío. Tenía cara de fresco, y unos ojos inquietos que la observaban desde debajo de aquel ubicuo flequillo. «Así, así.»

«Tú eres la hermana mayor de Calum, ¿no?»

«Sí. ¿Conoces a mi hermano?»

«Sí. Siento mucho lo de vuestra madre y eso.»

«Gracias.»

«Vaya mierda, ¿no? La mía murió hace dos años. Ahora vivo en casa de mi tía.»

«Lo siento...», dijo ella antes de reconocer que tenía razón. «Es verdad. Es una mierda.» Estuvo a punto de añadir «y me quedo corta», pero Kelly, bromeando sólo a medias, le había leído la cartilla medio por emplear tanto aquella muletilla. Alison se dio cuenta de que su interlocutor estaba mascando chicle, y él se dio cuenta de que ella se había dado cuenta, así que le ofreció uno y ella aceptó. Sintiéndose obligada a corresponder de alguna forma, ella le dio un cigarrillo.

«Se suponía que iba a ir a Easter Road, pero pasé. Y luego me apeteció dar un paseíto», explicó el, inclinándose para aceptar el fuego que ella le ofrecía. «¿Tú cómo te llamas?»

«Alison.»

Él le tendió la mano y ella estiró la suya y se la estrechó. «Bobby», dijo él con una leve inclinación de la cabeza antes de levantarla y echar un poco de humo torpemente. «Eres una tía muy guay, Alison», dijo él con cierto pesar. «Ojalá tuviera yo una hermana como tú.» Y entonces le dijo adiós con la mano y se marchó por el puente de peatones. Sostenía el cigarrillo de forma extraña, como si no fuera fumador. Alison le observó mientras se iba, preguntándose durante todo ese tiempo cómo era posible que aquel chavalín tan bobo como adorable la hubiera dejado en un banco junto al río con el corazón hecho migas.

Al lado de las aguas empezaba a hacer frío pero se quedó allí durante siglos, hasta que los borrachuzos y los pervertidos comenzaron a molestarla con peticiones de pasta y sexo. Un hombre muy anciano y muy frágil, que pasó de largo con dolorosa lentitud con un andador, le preguntó lúgubremente: «¿A quién hay que lamerle el coño para que te hagan una mamada por estos lares?»

Había llegado la hora de irse.

Cruzando una de las aceras de Constitution Street, Alison dobló la esquina y llegó al Foot of the Walk. Lo vio de inmediato, en un banco que estaba debajo de la estatua de la reina Victoria, quieto y en silencio. *Tiene pinta de estar esperando la hora de cierre de los pubs para reventar al primer tipo respondón al que le ponga la vista encima.* «Frank. ¿Qué tal estás?»

Begbie entornó los ojos y la miró con gesto de concentración mientras ella se sentaba a su lado en el banco. Ella captó el olor a bebida que desprendía, pero todas y cada una de sus reflexiones y acciones parecían premeditadas y ejecutadas de manera deliberada; se estaba aferrando a una forma de sobriedad a través del ejercicio de la voluntad. Tardó un par de segundos en responder. «Bien. Siento lo de tu madre y eso.»

«Gracias.» Alison estiró las piernas y se fijó en los ribetes de piel que decoraban la parte superior de sus botas. Miró Walk arriba. Por encima de ellos titilaban los bordes de una luna llena, abriendo las capas de un cielo denso y nublado que proyectaba sombras curiosas. La reina Victoria descollaba sobre ellos, ocultándoles parcialmente de la luz de la farola. «¿Dónde has estado?»

«En el club de los estibadores. Algunos de los chicos siguen ahí.» Frank Begbie echó una breve mirada sobre Constitution Street. «Sólo he salío porque había un par de capullos que me estaban poniendo de los putos nervios. Varios de nosotros bajamos allí después del fútbol y nos pusimos a privar a saco. A mí me apetecía subir al centro, pero ellos querían quedarse ahí jugando a gángsters de medio pelo, haciendo como que una bronca de las de toda la vida con unos espabilaos no fuera digna de ellos. ¡Sobre todo Nelly, con sus putas chorradas sobre si Davie Power esto y Davie Power lo otro!»

Alison se los imaginó perfectamente a todos, en torno a una mesa del club, con sus movimientos estilizados y su labia. No era de extrañar que aquello ya no le molara a Tommy. No era de extrañar que Simon y Mark se hubieran marchado a Londres. Bajo la luz ambarina de la farola, Alison volvió a pensar en Calum, dándose cuenta de en qué podía llegar a convertirse su desgarbado hermanito tontaina. Tenía ganas de preguntarle a Franco por el partido, y si había habido alguna clase de disturbios.

«Casi le reviento un puto vaso en la cara a ese cabrón», gruñó Francis Begbie, «así que salí a la calle a que me diera el aire pa despejarme la puta cabeza, ¿no? Ya nada es como antes. Ya nunca veo a Rents o a Sick Boy, cojones. No sé dónde está Spud. Todo quisque anda pegándole al jaco. Tommy ni siquiera apareció para ir al fútbol, joder.»

Mientras Franco vomitaba su amarga letanía de agravios, el aire parecía ir espesándose, como un descenso barométrico antes de estallar una tormenta. Alison se sintió haciendo muecas de dolor por dentro.

«Han sido Londres y los cabrones esos de ahí abajo los que han echado a perder a Rents y Sick Boy, coño», declaró Begbie. «Estaban perfectamente hasta que bajaron ahí; no se daban aires de ninguna clase. El capullín ese que trajeron acá arriba era majo; contra él no tengo nada, pero a esos dos lo que les ha jodido la pelota ha sido Londres.»

Aquello era una sarta de sandeces, pero Alison no tenía ganas de discutir. Los pirados. ¿Cómo conseguían seguir así sin parar? ¿Cómo lograban mantener los niveles de energía necesarios para alimentar tanta rabia e indignación? ¿Acaso no se cansaban nunca?

«Con Rents y Sick Boy y los demás te echas unas risas. Nelly y Saybo y todos esos no pillan mi sentido del humor», dijo Begbie abatido. Entonces miró a Alison de manera significativa. «June ha perdido al crío.»

«Ay..., cuánto lo siento, Franco. Pobre June..., ni siquiera sabía que estaba..., ¿de cuánto tiempo estaba?..., ¿se encuentra bien?»

«Pues claro que está bien.» Franco miró a Alison como si estuviera loca antes de explayarse: «El que no está bien es el crío, ella está de puta madre, coño.» Encendió un cigarrillo, y después, en el último momento, le ofreció uno a ella. Ella titubeó un segundo, lo aceptó y se inclinó hacia él para que le diera fuego. Franco echó una calada, se llenó los pulmones de humo y se recostó. «¡Ella lo único que tenía que hacer era mantener a la puta cosa esa ahí arriba y ni siquiera pudo hacer eso! Joder, qué inútil. Pa mí eso es un asesinato o casi, cojones: ¡asesinato por priva o asesinato por fumeque! Se lo dije y empezó a llorar que te cagas, antes de enseñarme un montón de porquería roja y marrón que llevaba en las bragas. Yo se las cogí y se las restregué en la puta cara. ¡Le dije que la culpa había sido suya y que era una puta asesina!»

Alison se quedó de piedra, sin dar crédito a sus oídos.

«Pues sí, la semana pasada la pesqué fumándose un piti. ¿Quién puede decir que no fue eso lo que hizo que saliera disparado antes de tiempo, joder?»

A Alison se le escapó un grito ahogado de incredulidad. «No es así como funcionan las cosas, Frank. Para una chica es algo terrible. Nadie sabe por qué sucede.»

«¡Yo sí! ¡Yo sí lo sé! ¡Pasa por culpa del fumeque! Pasa por culpa de la priva», gimió mientras señalaba Walk arriba con el pitillo que sostenía entre sus dedos amarillentos. De repente sacudió la cabeza con un vigor inverosímil; a Alison le recordó a un perro saliendo del mar. «Igual es lo mejor que podía haber pasado, coño, porque si es tan mala ahora, ¿qué clase de madre habría sido cuando naciera el crío, joder? ¿Eh?»

«No es culpa suya, Frank. Estará destrozada. Deberías ir a casa y consolarla.»

«A mí no se me da nada bien esa mierda», respondió él negando con la cabeza.

«Sólo tienes que hacerle compañía, Frank; lo agradecerá.»

Por un segundo, Alison casi consideró la posibilidad de que el reflejo borroso de la luz de sodio incandescente fuese una lágrima en el ojo de Franco, pero seguramente se trataba de su propio reflejo.

A continuación, él apostilló con inamovible frialdad. «No. Eso es cosa suya. Tiene amigas y hermanas para toda esa mierda.»

Alison se levantó. La experiencia la había llevado a creer que el sufrimiento solo engendraba más sufrimiento. Sólo existía el consuelo, lo único que podíamos ofrecernos unos a otros. Y no obstante no se sintió del todo capaz de posar la mano, suspendida en el aire e inmóvil, sobre el fornido hombro de Franco. Comprendió que él y ella estaban condenados a sufrir sus respectivos dolores por separado, y darse cuenta de ello la alivió. «Vale, Frank, cuídate, ya nos veremos.»

«Sí, ya nos veremos.»

Y Alison se marchó Walk arriba, ahora demasiado bloqueada como para notar el azote del frío. Veía los reflejos y de vez en cuando oía el crujido de la escarcha primaveral bajo sus pies mientras esperó que apareciera el autobús nocturno que la llevaría a Tollcross y a casa de Johnny Swan. Pilrig y la morfina de su madre muerta estaban todavía más cerca. La había expropiado de forma rauda e instintiva, diciéndole a su padre que iba a devolverla al hospital y que su amiga Rachel, que era enfermera, sabría qué hacer con ella. Para la mente aturdida y agradecida de su padre aquello no representaba más que otra tarea práctica que había completado su hija, igual que registrar la muerte, hacer una reserva en el crematorio y otra en el club de los estibadores para la ceremonia y la fiesta de despedida, encargarse del catering, anunciar la noticia de la defunción y del funeral en el *Evening News* o llevar la ropa vieja de su madre a la tienda de beneficencia.

El Walk se fue llenando de borrachos que canturreaban y le chiflaban a las chicas a la salida de los pubs. Luego, a cierta distancia tras ella, oyó ruido de cristales rompiéndose y gritos seguidos por una terrible quietud quebrantada dramáticamente por unos alaridos más animales que humanos. Alison siguió caminando, pues sabía quién sería el responsable. Y no obstante se sintió atribulada durante todo el trayecto a casa por el espíritu atormentado y malévolo de Begbie. En su propia psicosis de pérdida, la suya era la voz del demonio, e impregnaba todos los demás sonidos: el chirrido de las ruedas de los coches al subir por la calle, el temblor de los árboles pelados mecidos por el viento, las risotadas de las chicas borrachas, y los gritos de los hombres que iban entrando y saliendo de un pub a otro. Tenía el cerebro ensombrecido por el remordimiento, apelmazado como el polvo de anfetamina encerrado en una papela húmeda y sucia. Pensó en el dolor de June, en la calavera de su madre, y luego en las mujeres del grupo de poesía, aquellas muchachas que parecían haberse licenciado en una escuela de señoritas de algún planeta remoto. En hacer el amor con Simon, con Alexander, y luego con aquel tío al que había conocido la otra noche en el Bandwagon, ¿Andy? No, Adam. Durante un segundo pensó que a lo mejor, si cerraba los ojos, algo así como una pauta, una apariencia de orden, iría insinuándose, pero estaba demasiado asustada como para atreverse a intentarlo.

Un coche de policía que iba haciendo ulular la sirena, seguido por su hermana mayor, una furgoneta ambulancia, emergió de la oscuridad y pasó a su lado a gran velocidad.

Océano

1. Servicio de aduanas

Sick Boy, mochila al hombro, piensa que su amigo Renton es un auténtico yonqui demacrado; que a su lado hasta Spud o Matty parecerían sanotes. Mientras atraviesa rápidamente la bien iluminada zona de aduanas, cada fibra de su ser grita: *ése no va conmigo.* En el aire viciado pesa un fuerte olor a sudor rancio, más enfatizado que sofocado por el penetrante olor a desodorante barato. El rechoncho funcionario, con una telaraña tatuada en el dorso de la mano, da una calada a un cigarrillo fingiendo desinterés, pero Sick Boy se da cuenta de que los ha fichado. Tendrá que cruzar esta puerta a diario y, si Marriott se sale con la suya, a veces con un considerable paquete de drogas de calidad sudando en sus calzoncillos.

Nicksy, que lleva un bolso de viaje de polipiel, es un reflejo del declive de Sick Boy. Habla con Marriott, pero mordazmente concentrado en un reguero de baba que le sale del hocico y le resbala por la barbilla. Nicksy está paralizado por el horror de su dilema personal: piensa que si tiene que soportarlo un segundo más se muere, pero si se larga no volverá a trabajar en esta ciudad, por sórdida que sea.

Al final es a Renton, que lleva dos bolsas de la compra, al único que paran y registran. Luce una bobalicona sonrisa nerviosa mientras los agentes de aduanas vuelcan, con gesto severo, unas cuantas camisetas desgastadas y ropa interior sobre una mesa para inspeccionarlas. Entretanto, su alijo personal le quema los dedos de los pies en el fondo de las deportivas. Tomó la fortuita decisión de última hora de dejar en casa el material que tenía en la funda de las gafas y da las gracias asintiendo torpemente con la cabeza cuando le indican que puede pasar. Nicksy va muy por delante, sin mirar atrás.

Salen de la zona de aduanas, y al atravesar una puerta de cristal de doble hoja se trasladan al muelle, donde los azota un viento gélido. Unas nubes hinchadas y plomizas le roban la luz al cielo mientras se dirigen al portalón antes de embarcarse en la enorme nave blanca, rebautizada *Freedom of Choice* después de ser privatizada, en lugar de su designación anterior: *Arms Across the Sea.*

Aunque resulta bastante impresionante desde fuera, el interior de la embarcación parece un desangelado laberinto de cubiertas, camarotes y escaleras de acero pintadas de verde y blanco. Tras sortear varias puertas batientes hostiles, bajan por una escalera que parece sacada de una pesadilla, adentrándose en las entrañas del barco hasta llegar a su alojamiento.

Renton inspecciona el estrecho ataúd de camarote que tendrá que compartir con Nicksy (asegurándose de que su amigo *cockney* se queda con la litera inferior, pues ha descubierto que tiene algo de meón) y está ansioso por echar una cabezada. Pero enseguida tienen que volver a subir las escaleras hasta una de las cubiertas –sudando, esforzándose por llenarse los pulmones de aire y con las pantorrillas ardiendo– para una iniciación potencialmente torturadora. Allí les entregan unas bolsas de viaje azules razonablemente elegantes estampadas con el logo de Sealink. Cada bolsa contiene un chaleco rojo y una corbata o un fular de seda y dos camisas o dos blusas, según el género del «operario». (En la desindicalizada era posprivatización, todos reciben esta denominación en lugar de la de «camareros». Los operarios cobran menos.) El supervisor, un hombre de unos treinta años, bajo y delgado, con gafas, que luce un pulcro peinado a lo Beatle y una resplandeciente camisa color crema, informa a la docena de recién contratados que es responsabilidad suya encargarse de lavar su indumentaria y llevar una camisa limpia en todo momento. «Esto es de la máxima importancia», cecea con deje amanerado el encargado, al que bautizan instantáneamente como Camisa Crema, mirando fijamente a Sick Boy, que se encuentra al fondo del todo con Renton y Nicksy, «¿me explico?»

«Afirmativo», ladra Sick Boy, consiguiendo que los novatos congregados se vuelvan hacia él, antes de añadir: «No se puede gobernar un barco sin orden.»

Camisa Crema lo mira como si le estuviese vacilando, luego piensa que quizá no sea el caso y lo deja pasar, antes de acompañarlos para hacer una visita guiada del barco. Renton y Sick Boy reconocen simultáneamente a la chica del pelo rebelde de cuando hicieron la entrevista. «La única chica medio potable a la vista», le dice Sick Boy a Renton con desdén. «Las currantas fondonas esas tipo Pauline

Quirke[1] me han sonreído», dice indicando con la cabeza a dos mujeres que tienen cerca, «pero lo siento, nenas, ¡estáis destinadas a una vida de sudar en la cocina, no en la cama!»

Renton les echa un breve vistazo y piensa que una de ellas no está tan mal antes de que sus ojos regresen a su posición original. «¿Captas rollo babuino o qué?»

«No seas tan sexista e inmaduro. Que una tía haya tenido un crío no significa que haya que descartarla», se mofa Sick Boy.

Renton decide hacerle caso omiso. «Ese bollito», dice relamiéndose y fijándose de nuevo en la chica de la melenaza, mirándola con unos ojos pícaros que a Sick Boy casi le gusta, «es una preciosidad», cuchichea mientras suben otro estrecho tramo de escaleras.

«Está potable, Renton, no es ninguna preciosidad.» Sick Boy inspira más a fondo, con la esperanza de que el aire le llegue a las piernas.

«Vete a tomar por culo. Fíjate en ese pelazo a lo Robert Plant», dice Renton mientras los novatos acceden afanosamente a la siguiente cubierta y se despliegan en abanico. Ve a Nicksy, que se rasca una oreja muy enrojecida, pero no ve a Marriott por ninguna parte.

«Es usted un joven con serios problemas emocionales, señor Renton. Sólo a ti se te ocurriría compararla con Robert Plant, yo pensaría más bien en Farrah Fawcett-Majors», le dice Sick Boy mientras Camisa Crema, tabla sujetapapeles en mano, les echa una mirada. Ha empezado a soltar su discurso y, ante la competencia surgida al fondo, levanta la voz un decibelio, etiquetándolos como potenciales alborotadores. «Así que si suena la alarma, todos tenemos que seguir al pie de la letra las normas de evacuación.»

«Sí, pero tiene un pelazo», insiste Renton dándole un codazo a Sick Boy, «lo mires por donde lo mires. Además, que le den a Farrah Fawcett-Majors, el Ángel más sexy era Kate Jackson. Esa voz ronca...»

Sick Boy mira a Camisa Crema, que sigue echando aire caliente comprimido por esos labios de comepollas fruncidos en un mohín que sin duda harían de él en todo un éxito en maricalandia, y que ahora está venga a soltar el rollo sobre lo que hay que hacer en caso de que el barco se hunda. *Que le den por culo a todas esas chorradas, si sucede tal cosa corres hasta el bote salvavidas más próximo apartando a codazo limpio a todo capullo que te encuentres por el camino.* Se acerca más a Renton. «Estamos hablando de una mujer, Rents. De una tía *sexy*. Podemos discutir si Fawcett-Majors o Jackson, Plant o Page, pero la

1. Pauline Quirke (1959-): actriz inglesa. *(N. del T.)*

analogía que has utilizado en este contexto ha sido preocupantemente homosexual. ¿Te pica la curiosidad por estar en un barco, Rent Boy?», le pregunta, mientras Camisa Crema se pone tieso y eleva la voz de nuevo: «... para saber exactamente dónde se encuentra cada punto de evacuación...»

«Vete a la mierda, la última polla que chuparía sería la tuya», dice Renton. La Chica del Pelazo lo oye, y se tapa la boca con la mano para sofocar una risita.

«Puede que fuese la última, pero aun así veo que no lo descartas del todo. Parece que me das la razón, ¿no crees?»

«Era una puta figura retórica, capullo», susurra Renton. «Claro que lo descarto, al cien por cien.»

La Chica del Pelazo se vuelve de nuevo y esta vez se fija en ellos, lo que obliga a Camisa Crema a levantar la voz una vez más. «... de acuerdo con la Ley de Salud y Seguridad Laboral de 1974...».

«Me alegra oírlo», le dice Sick Boy a Renton.

«Pues no sé por qué lo dices tan ofendido, hombre.»

«Ay, Dios», le replica Sick Boy con un mordaz sarcasmo, «ponte en mi lugar. Siempre he querido ver desde arriba las raíces pelirrojas de tu pelo mal teñido mientras tus dientes podridos me rozan las pelotas. Tengo esa fantasía desde que le llegaba a la rodilla a un saltamontes. Y ahora nunca se cumplirá. ¡Bua! ¡Mísero de mí!»

Sus gritos de indignación se prolongan en la misma línea, atrayendo las risas de más novatos, y Camisa Crema ya está harto de distracciones. «Quizá...», dice fijándose en Sick Boy con lo que el destinatario de la mirada considera con preocupación como una mirada de agáchate-que-te-voy-a-dar, antes de echar un vistazo a su lista, «Simon... quiera compartir su bromita con nosotros, ya que evidentemente parece ser más importante que nuestra salud y seguridad en el barco.»

«No era ninguna broma, eh..., Martin», dice el autodenominado hombre del Renacimiento italoescocés, recordando el nombre con que se presentó el supervisor, «sólo le decía a mi amigo que, como hijo de una comunidad marinera cuya familia lleva generaciones surcando los mares en balleneros, arrastreros y en la flota mercantil, me parece maravilloso que Sealink nos haya dado esta oportunidad.»

La cara de Camisa Crema indica que vuelve a sospechar que le están tomando el pelo. Sin embargo, Sick Boy mantiene la cara de póquer hasta el extremo de conmover verdaderamente al supervisor.

«Gracias, Simon..., tal vez no sea el mejor trabajo del mundo», declara, emocionado, «pero tampoco es el peor. Pero esta parte de iniciación es muy importante, por lo que os rogaría a todos que prestéis la máxima atención.»

«Por supuesto, Martin, me he dejado embargar por la emoción», responde Sick Boy sonriendo con dulzura, «por favor, acepte mis más sentidas disculpas.»

Camisa Crema le lanza una breve sonrisa que parece una invitación a cenar que a Sick Boy le revuelve las tripas antes de empaparse de la admiración susurrada de Renton. «Estás en plena forma, Sick Boy, sobre todo lo de "flota mercantil" en lugar de marina mercante. ¡Ésa me la apunto!»

Nicksy se ha arrimado a Renton, y se ha puesto a soltarle un rollo sobre el significado de la vida. «¿De qué va todo esto, Mark? ¿Eh?»

Buena pregunta, piensa Renton, mientras Camisa Crema sigue con su perorata. «... la legislación se concibió como ley habilitante. Su objetivo es que cada uno de los empleados se haga responsable de la salud y la seguridad en el trabajo. Por tanto, todos nosotros somos, en cierto modo, inspectores de seguridad y sanidad, y tenemos la responsabilidad de...»

Todos tenemos que asumir responsabilidades, recordó que había dicho su padre sobre Davie. Un latido del inflexible palpitar de la muerte en el pecho de Renton, consciente de que jamás volvería a ver u oír a su hermano. Traga un nudo inexistente que tiene en la garganta: sí que llevabas mucho tiempo muerto, como rezaba el refrán.

Pensar en Davie lo lleva a acordarse de Giro, el perro. Ha empezado a ladrar por la noche: un sonido agudo y curiosamente rítmico que le recuerda la tos de Davie. Ha sustituido a ese sonido como fuente de algo que para Renton va más allá del tormento, y que es más como un peculiar testimonio. Ahora es el único que se levanta a oscuras para echar comida en el cuenco del cachorro. Una noche se dio cuenta de que Giro había estado pegándole a las papelinas que había encima de la mesita de centro. «No es buena idea que vivas con nosotros, amiguito», había dicho con tristeza, lamentando haberse encariñando tanto con el animal. Renton admiraba la manera en que Giro era capaz de levantarse sin más: sin necesidad de ducharse, cepillarse los dientes ni vestirse, estaba listo para salir al parque en el acto. Y le encantaba que el perro atrajese la atención de las chicas en London Fields. *¡Ay, qué monada!*

Gracias a ese perro acabaré follando, casi a mi pesar.

Pero Nicksy le está incordiando. «¿Qué cojones hacemos aquí, Mark? Quiero decir... en serio.»

¿Qué cojones sabrá este capullo sobre el significado de la vida?, piensa Renton ahora que tiene a Marriott en su punto de mira, inmóvil y con las manos entrelazadas.

«... así que lo primero que necesitamos», dice Camisa Crema, desesperado por captar la atención de doce pares de ojos, «son dos voluntarios que quieran ser nuestros inspectores de salud y seguridad..., puesto que un voluntario vale por dos reclutas forzosos, sean hombres o mujeres», añade examinando sus inexpresivas caras, «... así que, por favor, que levanten la mano quienes estén interesados...»

Todas las manos se mantienen firmemente bajadas y la mayoría de los presentes bajan la cabeza y miran la cubierta metálica pintada de verde. «Vamos», suplica Camisa Crema, horrorizado, «¡se trata de la salud y la seguridad, algo que nos afecta a todos!»

Sigue sin haber voluntarios, sólo una serie de furtivas miradas de soslayo. Enfurruñado, Camisa Crema menea amargamente la cabeza y consulta su tabla sujetapapeles, luego vuelve a observarlos detenidamente.

Renton reconoce ahora que le está dando la pájara. Necesita meterse algo.

Por suerte, Camisa Crema ha asignado arbitrariamente las tareas de salud y seguridad a un joven que parpadea sin cesar y tiene la cara cubierta de cicatrices de acné que parecen cráteres lunares, y a una de las coquetas currantas jamonas de Sick Boy, poniendo piadosamente fin a la charla. Un segundo supervisor se aproxima con andares afectados a Camisa Crema y anuncia con tono de voz agudo y amanerado: «Y ahora, si sois tan amables de retiraros a vuestros camarotes y poneros vuestros uniformes, dentro de veinte minutos nos reuniremos en la cantina, donde se os asignarán vuestros puestos de trabajo.»

Se alejan y Renton se demora un segundo o dos, con la esperanza de poder charlar con la Chica del Pelazo, pero ella está ocupada hablando con el otro supervisor, a quien Renton ha apodado Blusa Beige, así que baja a las dependencias de personal, en las entrañas del barco. Cuando llega al camarote Nicksy ya está allí, con la bolsa de Sealink a sus pies y poniéndose el uniforme. «¿Todo bien, colega?»

«Joder, pues la verdad es que no, colega», y se pone la camisa color crema sobre el cuerpo delgado y la abotona, ajustándose la goma de la pajarita para mayor comodidad, luego el chaleco, que le queda demasiado grande y holgado. «Te veo en la cantina.»

«Vale...» Renton decide echarle pelotas a la situación. Deja el jaco, el alijo que tiene escondido en la puntera de las deportivas, y se mete un poco de *speed* de una papela que lleva en el bolsillo pequeño de los vaqueros. Es la única forma de sobrevivir a este turno. En cuanto le sube, se dirige a la cantina para reunirse con los demás. Se siente fatal, como si no fuese más que un parche, y en cierto modo el *speed* le agudiza los dolores del síndrome de abstinencia, pero la frenética energía mental lo distrae.

La agresividad de la anfetamina le hace atravesar varias puertas batientes con un exagerado contoneo hasta la zona de personal del refectorio. Efectivamente, la fortuna sonríe a los valientes, pues queda claro que la asignación de turnos ha dejado a Camisa Crema con la impresión de que pertenece al equipo de Blusa Beige, mientras que Blusa Beige parece creer lo contrario. Poco dispuesto a sacar a ninguno de los dos, o a sus listas, de su error, Renton opta por permanecer sin ser asignado a ninguna y decide que se dedicará a recorrer el barco como un fantasma.

Se ha formado una cola para comer. Renton no tiene hambre pero las lentejas parecen comestibles y cree que debería intentar comer algo. Le vacila al chef, orgulloso y tieso como un soldado, con su gorro alto y su uniforme blanco. «¿Qué tal, bollito?», ladra de cara a la galería, con la energía tóxica potenciada por los gritos efusivos de las mariconas, las risitas apreciativas de los listillos y una deliciosa sonrisa de la Chica del Pelazo.

El chef permanece impasible: unas gruesas gafas oscuras de pasta negra y el cuello cubierto de manchas hepáticas, un volcán a punto de entrar en ebullición enfundado en lino blanco almidonado. Renton tiene la repentina sensación, aun a través de su arrogancia narcótica, de que esta insolencia probablemente es un error, cosa que queda confirmada cuando un veterano camarero inglés homosexual le dice: «No le toques las pelotas al chef, colega, es un auténtico cabrón.»

Renton nunca había oído esa frase: no le toques las pelotas al chef.

Nicksy no está y no ve a Sick Boy, y la monada de Fawcett-Plant está charlando con una de las currantas, así que Renton decide prescindir de las lentejas e iniciar sus paseos, para alejarse del alcance de la fría y peligrosa mirada del chef. Al irse, lo oye vociferar a un pinche de cocina: «¿Quién es ese puto jeta escocés?»

Mientras sube una escalera, Nicksy nota que le cuesta respirar. Al llegar arriba se asoma al mar por el ojo de buey de las puertas batientes. El personal está en cubierta, esperando a que embarquen los vehículos y los pasajeros de a pie. Ve a Marriott apoyado en la baranda, fumando un cigarrillo, sin quitarle de encima en ningún momento los ojos ardientes de su maltrecho rostro cadavérico. Siguiendo la misma línea de visión, descubre a Sick Boy charlando con la chica de la melenaza rubia alborotada. Estudiando sus tetitas, su prieta figura curvilínea y todo ese pelo volando al viento, Nicksy piensa: está buena, pero sin la menor lujuria lasciva.

«¿Tienes hachís?», le pregunta Sick Boy a la chica.

«Sí, un poco», dice ella, intentando en vano controlar sus agitados rizos mientras el primer coche sube la rampa y los ansiosos pasajeros de a pie ascienden con dificultad por la pasarela con la fútil esperanza de encontrarse el bar abierto.

Sick Boy oye a Camisa Crema decirle a un lánguido compi: «Ésta es la parte que siempre me emociona», mientras extiende los brazos con aire pomposo y mira a los pasajeros que avanzan apelotonados, «esto es lo que me hace darme cuenta de por qué estoy aquí.»

Sick Boy mira fijamente a los pasajeros y decide que ya los aborrece a todos. Entonces se oye un canturreo de «Man-ches-terr na, na, na...», al tiempo que una pandilla de jóvenes de rostro cetrino, más o menos de su edad, sube a cubierta pavoneándose. Se vuelve hacia la chica del pelo. «En ese caso, tendré que pasarme por tu camarote más tarde. No puedo dormir sin fumarme un peta.»

«Vale», le dice ella, volviendo brevemente la cabeza al oír el cántico. «Yo me llamo Charlene.»

«Simon», dice Sick Boy asintiendo secamente.

Camisa Crema chilla instrucciones al personal de camarote que recibe a los pasajeros, mientras los viajeros británicos fluyen hacia el interior del navío. Nicksy se escabulle sigilosamente y sube otro tramo de escaleras metálicas hasta la cubierta superior. Al poco rato, una sirena brama un tanto flatulentamente, seguida poco después por un ruido sordo y una sacudida cuando el motor del barco se pone en marcha. El buque sale lentamente del puerto, y va cogiendo velocidad, seguido por gaviotas excitadas a medida que llega a mar abierto. Luego oye unos pasos a sus espaldas, seguidos por un grito: «¡Nicksy, cacho cabrón!»

Al volverse ve el flequillo lacio de Billy Gilbert, un viejo amigo del West Ham, que lleva una camiseta Adidas color castaño y crema. Destaca entre una cuadrilla de tíos que avanzan hacia él por la cubierta. Todos comparten una mirada tensa, alerta, como si fueran galgos en sus cubículos esperando a que las puertas se abran y el conejo mecánico eche a correr por el canódromo. Billy ojea de arriba abajo el uniforme de Nicksy. «Bonito traje, colega. De alta gama, se podría decir.»

Risotada general, y entonces Nicksy ve a otro amigo de Ilford, Paul Smart, y a unas cuantas caras conocidas más de los bajos fondos. No sabe qué está pasando. «¿De qué coño va todo esto?»

«Caramba, sí que estás picajoso, Nicks. ¿No te tratan bien aquí en el *Titanic?*»

Toma un poco de aire y fuerza una sonrisa. «Sí, perdona, Bill, no está tan mal, es un curro más o menos potable.»

«¿Vas al partido luego?»

«Eso tenía pensado», miente Nicksy. Aunque había leído un artículo sobre el tema en el *Standard*, por algún motivo creía que el partido de ida de la próxima ronda de la UEFA iba a ser en Upton Park. «Si acabo a tiempo después de este puto turno.»

«Estupendo, nos vemos en el Bulldog, entonces», dice Billy echando una mirada alrededor, como si anticipase una emboscada: «Me han dicho que hay un montón de peña del Man U en este puto barco.»

«Yo no he oído nada. ¿Piensas correrlos a guantazos hasta Surrey?»

«Podría ser», le responde Billy riéndose.

Un chaval de tez pálida, que lleva una camiseta verde de Sergio Tacchini, va corriendo hacia ellos precipitadamente y chilla: «¡Hay un montón de peña del Man U en el puto bar de abajo!»

Y la cuadrilla se larga escaleras abajo, pasando en tropel junto a Sick Boy, Camisa Crema y otros miembros del personal, que están subiéndolas en ese momento, mientras Nicksy desaparece rápidamente en dirección opuesta.

«Esto pinta mal», dice Camisa Crema. «Simon, ¿podríais acompañarme tú y tus amigos...», y consulta la hoja, «... Mark y Brian? ¿Dónde están?»

Sick Boy cae en la cuenta de que Rents y Nicksy, al igual que los encargados de salud y seguridad de Camisa Crema, se han esfumado. «No estoy seguro del todo.»

«El primer trayecto de la temporada y tenemos el barco lleno de hooligans», dice malhumoradamente Camisa Crema, disgustado. «Será mejor no perderlos de vista y asegurarnos de que se tranquilicen.»

«Eh, vale...», dice Sick Boy a regañadientes. Es evidente que Camisa Crema le ha cogido cierto cariño. De momento no está seguro de cómo utilizarlo a su favor, pero le intriga enormemente la perspectiva de poder hacerlo.

En cubierta Nicksy se tropieza con una mujer de brazos rollizos enfundada en un chaleco acolchado. Parece angustiada y le dice que ha perdido a su hija. «Ven conmigo, cielo, ya la encontraremos», le dice y la saca de allí.

2. Deberes razonables

Reconozco que me gusta el *Salisbury Crag* un poquito más de lo que me conviene, pero Renton se ha ido un poco de la pelota pelirroja esa. Da pena, moqueando por la napia sin parar y con esa voz metálica nasal que parece haber adoptado; sería capaz de chuparle los meados de la entrepierna a un borrachuzo si creyese que con eso se iba a poner. Anda escondiéndose, es obvio. ¿De qué? ¿De qué, sino de sus miedos? ¿Su máximo temor? Que el gen tarado que produjo al *fratello* hecho polvo se le note. Bien visto, Rent Boy. Bien visto.

Al principio no me sentía demasiado mal; me había buscado un polvo para los turnos. Echo de menos a Lucinda, y no soporto dormir sin que me calienten la cama. La tal Charlene parece una pibita peleona, una artista del folleteo que no tiene preguntas ni exigencias. Estamos aquí de charla mientras los pasajeros, que son la auténtica escoria del planeta, suben al barco como si fueran ganado. Por suerte, entre ellos hay una o dos chicas con pinta de golfas. Y luego zarpamos. Básicamente el personal de camarotes, u «operarios», no tenemos otra función que controlar a los «clientes», como se ha rebautizado a los pasajeros.

Entonces me di cuenta de que había empezado a ponerme nervioso preguntándome dónde estaría el capullo de Renton. No me cabe duda de que habrá encontrado un sitio oscuro y cerrado en el que enterrarse. El verbo «ratear» resuena en mi cerebro cuando me separan de Charlene y me veo obligado a seguir a Camisa Crema, que persigue a una panda de muchachos londinenses que pasan corriendo a nuestro lado rumbo al bar. El estrépito de lo que sólo pueden ser cristales rompiéndose interrumpe súbitamente el canturreo pendenciero procedente de esa dirección. Luego se oyen gritos y Camisa Crema cruza a todo correr las puertas del bar agitando los brazos, mientras los pasajeros salen despavoridos en tropel.

Lo sigo por entre los viajeros que se retiran. Se ha liado una bronca en el otro lado del bar. Creo que son los del West Ham contra los del Manchester United, pero no lo sé y me importa menos. La violencia es una herramienta que puede ser útil en ocasiones, pero la versión recreativa es un vicio de fracasados como Begbie, al que tengo entendido que le ha caído un año por agredir a un gilipollas de Lochend. La cosa se está poniendo un poco fuerte: hay unos cuantos payasos pegándose torpemente en la periferia, y más todavía haciendo aspavientos, pero la bronca principal es como un tornado en cuyo centro habrá una docena de cuerpos más o menos, enzarzados en un auténtico cuerpo a cuerpo. Entre los pasajeros cunde el pánico y salen apelotonándose, los niños y las mujeres gritando, y los cabrones cuadriculados protestando horrorizados ante esos «animales». *Camisa Crème* me sacude por el hombro, rogándome: «¡Tenemos que detenerlos! ¡Lo están destrozando todo!»

«Creo que en esta ocasión me abstendré, Martin, y se lo dejaré a los de seguridad», lo informo mientras un vaso se estrella contra la barra a nuestras espaldas. «¿O quizá a la policía? Ya sabes, esas personas a las que les pagan un buen sueldo por arriesgar la vida y la integridad física en este tipo de situaciones.»

«En la descripción de tu puesto dice "y cualquier otra tarea que, dentro de lo razonable, la dirección considere apropiada".»

«¡Muy bien!», exclamo, alejándome rápidamente del barullo. «¿Hay algún delegado sindical en esta puta bañera oxidada?»

El Cremita me mira brevemente con un mohín de decepción, pero allá él, sin duda está opositando para la Medalla Real al Trabajo cuando se dirige directamente al meollo del *Reg Varney*.[1] Yo lo sigo con cautela y se arma la de Dios es Cristo mientras los últimos pasajeros en salir, machotes que estaban a punto de meterse en el fregao pero que al final han decidido que era demasiado para ellos, salen en tropel para alejarse de la gresca. Más cristales rompiéndose, súplicas y guturales invitaciones a sumarse a la reyerta. Debería pirarme, pero esto tengo que verlo, porque Camisa Crema se abre paso con grititos, morritos y peditos hasta el mismo centro de la bulla al grito de: «¡BASTA! ¡BASTA!»

Con gran asombro por mi parte, parte de los hinchas se detienen brevemente, todos ellos demasiado avergonzados ante la idea de ser él el que zurre a semejante maricona enana encaramada a unos tacones cubanos. Salta a la vista que son todos auténticos *top boys*[2] o aspiran-

1. Argot rimado: *Reg Varney* (1916-2008, actor inglés conocido por su papel en la telecomedia de la década de 1970 *On the Buses*) por *barney* («gresca»). *(N. del T.)*

2. En el contexto de los *casuals* y los hooligans, los cabecillas. *(N. del T.)*

tes a serlo, y se dan cuenta enseguida de que verse envueltos en un mano a mano con una maricona bajita les dejaría en mal lugar. Finalmente, un golfillo pringao del montón que lleva puesta una camiseta bastante guapa da un paso adelante y tumba al Cremita de un bonito crochet de derecha que le revienta la nariz. La cuadrilla de los del norte aprovecha para retirarse, gritando amenazas mientras se repliegan poco a poco hacia la salida. Milagrosamente, todo ha terminado.

«Pa ti también hay si te apetece, capullo», me ofrece el chaval.

Con el feo crujido del puño contra el hueso resonando todavía en mis oídos, creo que podré prescindir, muchas gracias. Hago un gesto hacia unos tipos mayores, que por suerte le dicen al impaciente y joven Jedi que se tranquilice, y le guían hacia los norteños en retirada. Los pocos pasajeros que quedan siguen paralizados de miedo en sus asientos, pero los chicos del West Ham, con la posible excepción del joven Skywalker, parecen una cuadrilla demasiado disciplinada para tener el menor interés en meterse con civiles.

«Lamento haberos interrumpido, muchachos», les digo en tono agradecido, pero ya han salido tras los del norte. Ayudo a Camisa Crema a levantarse y salir del bar, procurando evitar que el clarete sin duda infectado que chorrea de su nariz espachurrada empape el sagrado uniforme de la empresa que le da nombre.

«Ezto no puede zer...», protesta tapándose la tocha reventada con una mano mientras lo escolto a través de la puerta de doble hoja, «eztán deztrozando el barco...»

«Tranquilo, socio», le recomiendo mientras deslizo la mano dentro de su chaqueta y saco una cartera que me meto hábilmente en el bolsillo del pantalón. La desaparición la achacarán a la escaramuza. «Esos muchachos se habrán agotado enseguida de pegarse. Vamos a la enfermería.»

Me llevo al afligido bujarra abajo y lo deposito en la enfermería, donde una enfermera gorda tipo Hattie Jacques[1] le está vendando la cabeza a un pirao. Sus dos colegas lo esperan con cara de no haber roto un plato, sonriéndose el uno al otro mientras el herido gimotea con acento de Manchester: «Yo no he venido aquí para pelearme con los del West Ham..., he venido para vérmelas con los del Anderlecht...»

«Espera aquí, Martin, voy a ver si puedo calmar un poco las cosas», y dejo al Cremita con la intención de irme derechito a mi cama-

1. Hattie Jacques (1922-1980): actriz británica conocida por su trabajo en la serie de largometrajes *Carry On* y la serie de la BBC *Sykes*. *(N. del T.)*

rote a sobar. No me pagan lo suficiente para ponerme a separar a zumbaos empeñados en partirse la cara. Nunca podrían pagarme lo suficiente para eso.

Por el camino, me doy un garbeo por la cubierta y hago el recuento del botín: cuarenta y dos libras, una tarjeta bancaria y una foto de un sobrino gay de ojos ridículamente brillantes con un flequillo relamido enroscado hacia los cielos cual helado de cucurucho. Me guardo el dinero en el bolsillo y lanzo lo demás al cruel mar. Me sienta de maravilla saber que he ejecutado el crimen perfecto. La cartera no aparecerá nunca jamás y cuando la reinona vengadora llame para denunciar el robo, lo más probable es que la policía holandesa en el Hook inspeccione la totalidad de los orificios de todos los hinchas del West Ham y del Man U.

Al volver al camarote, me fumo un chino y echo una cabezadita muy satisfactoria. Soy consciente de que algún capullo llama a la puerta, pero ni de coña le voy a abrir a nadie. Sé que Renton me estará rateando por la sencilla razón de que si yo me he guardado un poco de jaco para uso personal, fijo que él habrá hecho otro tanto.

Me levanté cuando me dio la gana y, decidido a localizar al bueno de Pelotas Canela, me sorprendió ver que el barco ya había atracado en el Hook y que los coches habían empezado a desembarcar. Arriba, el bar estaba destrozado: un par de mozos y una curranta rechoncha friegan el suelo mientras Blusa Beige hace fotos de los daños, supongo que para el seguro. Veo a un grupo de polis holandeses en el muelle, pero por lo visto pasan de hacer una sola detención, mientras la patulea *cockney* sale en avalancha coreando: «Somos los cabrones de rojo y azul.» Una de las reinonas de la tripulación me cuenta escandalizada que se han llevado a un tipo al hospital con la garganta rajada; el aire marino ha debido de hacer que a algún pirao se le fuese la mano.

¡Al abordaje, mis valientes!

Vuelvo a la oficina, donde veo a Camisa Crema con un grueso vendaje en la napia hablando por radio, sin duda con la policía o con los de seguridad portuaria. Cuelga el auricular y parece a punto de recriminarme por haber desaparecido.

«¿Cómo estás?», me anticipo, lleno de falsa preocupación.

«Bien..., gracias por ayudarme antes..., pero ¿dónde te habías metido?»

«Estaba buscando a Mark e intentando calmar a algunos de los pasajeros más iracundos. Había una anciana muy disgustada por la violencia. Me pareció prudente sentarme con ella un rato.»

«Sí..., bien pensado... Dios, lo vamos a pagar muy caro cuando el señor Benson se entere de esto.» Se estremece de pensarlo. «Te veo abajo, en el bar.»

«A la orden», digo con un pulcro saludo militar. Tras la puerta, en la cubierta repleta de cristales rotos, un papanatas boquiabierto barre con el brío de un perezoso lisiado puesto de Mogadon. Hay que joderse, hay tanta clientela de servicios sociales trabajando en este barco que hasta alguien remotamente normal se vuelve inmediatamente indispensable lo quiera o no.

Así que vuelvo a bajar al bareto destrozado y allí veo a Nicksy, sin la pajarita y con el chaleco abierto, bebiendo whisky en la barra. Al camarero, que se presenta como Wesley, de Norwich, no le importa un carajo todo el asunto; se considera afortunado de estar aún de una pieza, así que me sirvo un whisky de malta que no tengo intención de beberme y amago un brindis con Nicksy. *«Slàinte.»*[1]

Ni rastro de Charlene, ¿y dónde estará ese capullo de Renton?

3. Cubierta de vehículos

Me encanta la idea de estar, como dicen los comentaristas futbolísticos, «sin posición fija», o sea, no tener asignada una única función. Así que he asumido la tarea de pasearme por el navío y charlar con la gente con la que me voy topando, asegurándome de que todo está en orden. Schopenhauer decía que un hombre solamente puede ser él mismo cuando está *Jack Jones*,[2] y Nietzsche creía que todas las ideas verdaderamente geniales se conciben mientras uno está caminando. Ya me veía como un capitán de barco afable, dándome un garbeíto por ahí, viendo cómo anda la peña, quizá invitando a alguna bella señorita o dos a la mesa del capitán, mientras las entretengo con historias picantes sobre la vida marítima en el puerto de Leith.

Soy un hombre de mar, lo llevo en la sangre. Creo que a Sick Boy le encantaría estar en mi pellejo ahora mismo, aunque probablemente esté montándose algún chanchullo propio.

1. Brindis utilizado en Escocia, Irlanda y la Isla de Man que significa «salud». *(N. del T.)*

2. Argot rimado: *Jack Jones* por *alone* («solo»). *(N. del T.)*

Oigo gritos que vienen de arriba e indican problemas, lo que significa trabajo, así que me voy abajo, lejos del mundanal ruido, bajando las escaleras metálicas que conducen a las entrañas del barco. Abajo hay mogollón de coches y camiones aparcados. Un tipo que va en mono me grita desde el rellano de arriba que no debería estar aquí abajo. Es la historia de mi vida: siempre estoy donde no debería estar. Como en el planeta Tierra, por ejemplo. «Ya. Vale. Nos vemos luego», le digo con un gesto de la mano mientras sigo alegremente mi camino.

De arriba llega un chasquido metálico que suena como si fuera un timbal gigante. Noto cómo los motores bombean el barco por debajo de mí, llevándolo a través del Mar del Norte. Llego al fondo, a las hileras de vehículos. Estoy flipando; el turrón este es cosa buena. Así que me siento entre unos coches. El tiempo pasa. O no. ¿A quién le importa? Me pongo a rayar un coche elegante, pero luego pienso, que le den por culo, la guerra de clases puede esperar, las drogas de calidad, no. Al rato me sobresalta un ruido de pasos y de gente hablando al tiempo que baja los escalones metálicos hasta los carros. Me levanto, subo los escalones metálicos de vuelta a la cubierta y entro en el bar, que está totalmente destrozado. «¿Me he perdido algo emocionante?», les pregunto con una sonrisita de suficiencia a Sick Boy y Nicksy.

Camisa Crema está aquí, dando órdenes al personal, que intenta limpiar. Una de las currantas hace su papel de Doña Fregona sobre un rastro de churretones de *Roy Hudd*.[1] Camisa Crema se ha llevado un buen castañazo en todo el hocico. En cuanto me ve me suelta: «¿Dónde estabas?» Luego se acerca más, mostrándome la napia reventada. «¿Has estado bebiendo?»

«Estaba muy mareado», digo, todo aletargado y con los ojos entreabiertos, «creo que tengo la gripe. Tuve que echarme un rato. Me tomé mogollón de jarabe Night Nurse ese. Para que luego digan que eso no tumba», digo, mirando a Sick Boy en busca de apoyo.

Me echa un cable con un reacio: «Si tienes la constitución de una nena, sí.»

Casi convence al Cremita. «Si te encontrabas mal, tenías que haber acudido a verme a mí o a tu supervisor.»

«Ése es el problema», admito, «parece que no estoy en ninguna lista, pero eh... no estaba seguro de adónde tenía que ir, ¿entien-

1. Argot rimado: *Roy Hudd* (1936-, humorista y actor británico) por *blood* («sangre»). *(N. del T.)*

des...?», le digo al capullo, colándole la estudiada ignorancia fingida de panoli poligonero, método de probada eficacia para exasperar a las figuras de autoridad.

«¡Julian!» Camisa Crema llama a Blusa Beige y, tan seguro como que siempre dan *Songs of Praise*[1] en la tele cuando tienes una resaca brutal, los muy capullos no logran encontrar mi nombre en sus listas de mierda. «Vale, pues entonces te pondremos en la cocina a trabajar con el chef», me dice enfurruñado el bandido porculero de Camisa Crema con aire triunfalista y mezquino.

Ay, ay..., el odio llega a la ciudad...

No son buenas noticias. Pero ya me encargaré de eso luego, ahora tenemos un rato libre y quiero irme a la piltra. Sick Boy no quiere ni oír hablar del tema, está empeñado en irse de fiesta por Ámsterdam. «¿Estamos a media hora del sitio más enrollado del planeta Tierra y te vas a meter en una caja en las entrañas sudorosas de un barco atracado, mareándote y dedicándote a intentar masturbarte desganadamente? Pues muy bien. Allá tú. ¡Flojo!»

Me pone en evidencia, porque hay unas cuantas personas mirándome, entre ellas la Fawcett-Plant, que me mira burlona con los labios fruncidos.

«Vale», me oigo ceder. «Pero necesito algo de *speed.*»

Uno a cero, Williamson.

Nicksy se muestra reacio, pero Sick Boy encabeza la marcha con brío. Me entero de que la Fawcett-Plant se llama Charlene, y dice ladinamente: «Yo me apunto.»

Me doy cuenta de que lo más seguro es que el cabrón suertudo este se la haya camelado. Supongo que no se podía esperar otra cosa.

«Vamos, putos aguafiestas», dice Sick Boy, «nos llevaremos un poco de *speed* y exploraremos el lugar.»

«No sé», suelta Nicksy, «igual Marriott quiere que..., ya sabes...» Y mira de soslayo a Charlene.

Ella capta la indirecta y dice: «Vale, voy a cambiarme. ¿Os veo en quince minutos?»

«Vale», le dice Sick Boy antes de espetarle a Nicksy: «A Marriott que le den. No tengo claro el tema este, Nicksy, quiero echar un ojo primero.»

1. Serie de contenido religioso de la BBC que comenzó a emitirse todos los domingos desde el año 1961, en la que aparecen congregaciones cantando himnos cristianos. *(N. del T.)*

«Estoy de acuerdo», asiento. «Es nuestra primera noche libre. No voy a salir por ahí con esa maricona yonqui y aguantar sus chorradas de gángster. Que el capullo ese se calme un rato.»

Pensé que Nicksy igual se mosqueaba, porque fue él quien lo organizó todo, pero al parecer se la machaca. «Vale», dice encogiéndose de hombros. «Tengo que reconocer que me está tocando los putos huevos», añade echando un vistazo al bar, «todo el día tocándome los cojones.»

Así que nos cambiamos, desembarcamos y pillamos el tren a The Dam. Vamos yo, Sick Boy, Nicksy y la encantadora Charlene, que va toda maquillada y viste lo que parecen unos trapos bien caros. Parece una yuppie camino de una presentación o algo, pero lleva su bolsa de Sealink. Cuando se va al servicio, Sick Boy nos susurra: «¿Qué está pasando aquí? ¿Es de antidrogas o qué?»

«No... no digas tonterías», le suelto.

Enarca las cejas, y una expresión de lenta concentración le cubre la cara. «En cualquier caso mira, yo creo que lo estamos haciendo al revés. Tendríamos que venderle el caballo blanco de Edimburgo de Swanney a los troles de aquí.»

Nicksy le lanza una mirada despectiva.

«Lo siento, colega, no te ofendas, pero ya sabes lo que quiero decir», dice sonriendo Sick Boy.

Charlene vuelve con unos cafés, todo un detalle por su parte, puesto que ayuda a bajar el *speed.* Abro una papela y nos metemos un buen tiro, salvo ella, que se conforma con chupar un poquitín.

Nos bajamos en la Estación Central. Como la mayoría de los turistas de nuestro barco, nos dirigimos a la izquierda, derechitos al Barrio Rojo. Es una pasada ver a las tías en los escaparates y a todo dios vendiendo mierda abiertamente por las calles cercanas al Mercado Nuevo. Vamos a un bar y Sick Boy y yo pedimos limonada, mientras que Charlene y Nicksy se piden una cerveza que viene en vaso pequeñito. Estamos de cháchara, sobre todo Nicksy y yo, que cuenta un montón de historias nuestras de la casa okupa en la que estuvimos en Shepherd's Bush con Matty. Charlene parece distraerse después de un rato y se larga.

«Debe de ser una fulana de agencia, y se va a hacer el turno de patas abiertas a algún hotel», dice Sick Boy, pero ha perdido el interés y parte rápidamente a una «misión de espionaje», dándonos instrucciones para que nos reunamos con él en la Estación Central dentro de un par de horas. Seguro que ha quedado en algo con Charlene, el capullo rastrero. Tampoco hace falta que le echen tanto misterio. Como si a nosotros nos importase.

Nicksy está bebiendo mucho, las cervezas vacías alineadas como soldados, y soltando chorradas. Parece un poco flipado. Vuelve a hablar de la tal Marsha, luego de su madre y su padre, y de cómo siempre anda peleado con ellos, pero que los quiere mucho. Este tío es uno de los mejores tipos que uno puede esperar encontrarse. Fue de puta madre por su parte alojarnos a Sick Boy y a mí, cuando a Sick Boy apenas lo conoce. Algún día se lo pagaré.

Pero estoy inquieto y decido darme un voltio y dejarle ahí privando. Así que salgo y me doy un garbeo por las calles adoquinadas, fijándome en los borrachos que miran a las tías que están en los escaparates, pensando en lo alucinante que es el sitio este. Bajo por un canal y acabo en una plaza a la que llaman el Leidsplein. Entonces miro la hora y me doy cuenta de que debería volver. Un fulano con pinta de ir muy pasado, con un acento que no logro situar, se pone a hablarme en la calle. Me vende algo de *speed.* Lo pruebo y es sorprendentemente bueno. De hecho, es la puta bomba y me siento menos cansado y empiezo a disfrutar más del jaco que me metí antes. ¡Ámsterdam mola mazo! Algún día me vendré a vivir aquí. El tío me dice que es serbio, y luego que si subo por esta calle estrecha llena de tiendas, llegaré antes a la Estación Central.

Aunque es tarde y está oscuro, todas las tiendas están abiertas. Comparada con Europa, Gran Bretaña es un puto cementerio. Subiendo la calle me topo con Charlene, que está saliendo de una tienda de moda. Primero me fijo en la bolsa de Sealink que lleva, y luego en su pelo. «¡Hola!», le digo, y me mira con los ojos desorbitados y toda alterada. «¿Dónde está Sick Boy?»

«Y yo qué coño sé, no lo he visto. Es tu colega», me dice, masticando y mirando nerviosamente a su alrededor. Puede que se haya metido más *speed.*

«Perdona, creía que estabas... eh...»

«¿Con él? ¡Por favor! ¡Puede que él se lo tenga muy creído, pero eso no quiere decir que convenza a nadie más!»

Es imposible expresar lo dulces, lo dulcísimas que esas palabras suenan en mis oídos. «¿Estabas de compras?», le pregunto.

«Algo así.»

Vamos a tomar un café en una calle lateral y me pregunta por Nicksy, a quien me doy cuenta de que he perdido, y por Sick Boy: quién sabe qué carajo andará haciendo. Decido no contarle a Charlene sus planes para reunirnos y charlamos mogollón de rato antes de pillar el siguiente tren. Estoy destrozado pero disfrutando del subidón del *speed* mientras el tren surca la oscuridad a toda velocidad. A juzgar por lo que vi al venir aquí, no nos perdemos gran cosa, la campiña holandesa es llana y parece una mierda. Siento unas ganas tremendas de meter los dedos en el pelo alocado de Charlene. El pelo de las tías es cojonudo; pienso que podría estudiar peluquería, pero sólo para ser peluquero de tías. Sick Boy lo hizo después de dejar los estudios, su primer y último trabajo legal. Su jefe sólo toleraba que les pusiera los dedos encima a las aprendizas, luego a las clientas, pero le paró los pies cuando quiso meterlos en la caja.

Charlene, pasándose una mano por su melenaza, dice: «Tengo un camarote para mí sola. No pusieron a nadie conmigo. ¿Te apetece venir a fumar unos petas?»

«Vale.»

«Cuando digo fumar me refiero a follar, por supuesto», dice con una sonrisa nerviosa.

«Guay», digo. Me gusta el estilo de esta chica, pero me doy cuenta de que es otro de los motivos por los que tomo drogas. Si no fuese hasta el culo me habría puesto colorado a tope ante semejante comentario. Ahora estoy justo en ese punto en el que ando medio preguntándome si debería pasarle el brazo por el hombro, besarla o algo. Paso, por si la he entendido mal, o me estaba vacilando, y sigo rajando.

Volvemos al barco. Está bastante tranquilo y, por suerte, no vemos a Sick Boy ni a nadie cuando llegamos a su camarote y se quita la chaqueta inmediatamente. «Venga, pues», dice, y ya se está desabrochando la blusa. ¡Joder, no estaba de coña! Me quito la ropa, preocupado por si huelo mal, porque estos últimos días no me he lavado mucho y seguro que me apesta el aliento. Estoy desnudo y debo de parecer una navaja, porque estoy muy empalmado, lo que parece haber dejado mi cara demacrada sin sangre. Tengo la sensación de que se me va a soltar y largarse reptando, como un parásito abandonando al huésped que ha dejado seco, mientras mi cuerpo se derrumba como una columna de ceniza.

Charlene se desviste metódicamente, colgando su elegante chaqueta y su falda. Se quita la blusa pero se deja puestos el sujetador y las bragas; son de un lila brillante y transparente y veo los pezones que coronan sus pechitos y también distingo el felpudo, aunque parece rubia natural. Es muy menuda, y se acerca a mí sorteando mi polla a lo Jimmy Johnstone[1] y me abraza. «Estás muy delgado», me cuchichea, rodeándome el cuello con los brazos y alzando la vista para mirarme con esos ojillos casi orientales que tiene.

Me doy cuenta de que lo del pelo deben de decírselo todo el rato, así que empiezo a tocarle el culo, mientras la llevo hacia la cama. Le quito las braguitas, revelando una mata dorada y sedosa, mientras ella dice: «¿No quieres que nos morreemos primero?»

Puede que mi aliento sea un corte de rollo total, pero qué cojones, el pelo de Charlene se desparrama sobre la cochina almohada y nos besamos y a ella no parece importarle, así que pronuncio las palabras mágicas que casi siempre funcionan, aunque me exciten a mí más que a cualquier tía: «Quiero comerte el coño...»

«Creo que mejor no», dice ella, poniéndose tensa.

«¿Por qué no?»

«No somos *amantes.* Sólo estamos echando un polvo. ¡Venga, Mark, fóllame!»

«Luego», mascullo mientras me coloco encima y voy bajando, pasando la lengua por su barriga, y luego por el ombligo hasta llegar al vello fino y tenue.

«Mark...», protesta, pero he llegado al clítoris, que se yergue bajo mi lengua. Intenta apartarme la cabeza con las manos, pero luego exhala y se deja ir. «Ay, joder..., haz lo que te dé la puta gana...», y noto que empieza a relajarse y acto seguido se tensa de nuevo, pero esta vez en plan guay y ahora ya no podría sacar la cabeza de ahí aunque quisiera, mientras ella se corre una y otra vez.

Finalmente me aparta y dice jadeando: «Estoy tomando la píldora..., venga, métemela...»

«No hay problema», le digo, y se la meto, follamos un rato y ella se corre otra vez; está a cien después de esos orgasmos clitorianos. Me recuerda a...

Joder..., ¿cuánto dura esto?

Me doy cuenta de que las drogas, que a veces pueden dificultar que se me levante, han hecho que me resulte imposible soltar el chorromoco. Me retiro y ella se pone encima, luego se la meto por detrás, luego ella vuelve a ponerse encima y eso es lo mejor, porque me encanta ver su pelazo suelto y un cosquilleo desenfrenado se abre

1. James Connolly «Jimmy» Johnstone (1944-2006): futbolista escocés célebre por su carrera en el Celtic de Glasgow, y al que los hinchas votaron como mejor jugador de toda la historia del club en 2002. *(N. del T.)*

paso a través de mi letargo y por fin vacío la tubería. En realidad hace que me duela la polla, pero es un puto alivio.

Nos derrumbamos en un montón sudoroso sobre la cama individual de esa caja metálica de habitación. Mola que seamos los dos tan delgados. Me imagino a peña de la talla de Keezbo y Big Mel, la de la empresa de Gillsland, o a una de las currantas intentando montárselo aquí. ¡Ni de puta coña! Para esos capullos debe de ser un círculo vicioso: te cuesta pillar, así que te deprimes, comes demasiado, engordas más y te resulta más difícil aún echar un polvo, te deprimes más...

«Ha sido fantástico..., divino de la muerte...», dice ella, y es la sinfonía más hermosa para mis oídos, porque ninguna tía me había dicho eso nunca, y casi pienso que debe de haber alguna otra persona en el camarote a la que se lo esté diciendo. «¿Dónde aprendiste a comer un coño de esa manera?»

No me atrevo a decirle que con una puta de Aberdeen. «Bueno, ya sabes..., tengo una aptitud natural...»

«Desde luego», ronronea agradecida, y se me hincha el ego pero me duele un huevo el caño. Me arde como si me hubieran disparado con un rayo láser y estoy demasiado acelerado para dormir, así que le pregunto: «¿Qué hacías antes de trabajar aquí?»

«Robar», dice sonriendo mientras me acaricia el pendiente como si estuviese a punto de mangármelo. «Todavía lo hago», y señala el bolso de Sealink encima de la mesa.

La ropa, por supuesto; es toda una *tea leaf* profesional. Casi me entran ganas de contarle lo del chanchullo con Marriott. Pero no, paso, y caigo en un extraño sueño narcótico abrazado a ella, consciente de que el turno de la mañana llegará pronto a jodernos a los dos.

Por supuesto, la fría mañana trae una atmósfera de desconfianza, odio ponzoñoso y paranoia. No entre Charlene y yo, nosotros estamos de puta madre, aunque de madrugada me clava las rodillas en el pecho para mandarme a mi camarote. Trepo por encima de Nicksy hasta la litera de arriba y duermo unos cuarenta minutos hasta que la alarma me despierta y me deja hecho polvo.

No, el mal rollo está en la mesa del desayuno de la cantina. Por lo visto, Marriott se ha pasado toda la noche y toda la mañana llamando a mi puerta. No está de buenas, su careto asqueroso lo delata. Deja una bandeja con un cuenco de cereales y un café en la mesa, luego se me acerca por detrás y se agacha para echarme la bronca. «Os necesitaba aquí anoche, capullos», nos dice a Sick Boy, a Nicksy y a mí con un siseo viperino. «¿Qué hubiera pasado si tuviese puta mercancía?»

Nos miramos unos a otros pero sin decir nada.

«Manteneos al loro, joder», amenaza mientras se sienta.

«Vaya», dice Sick Boy, «¡buenos días a ti también!»

Yo también empiezo a sentirme engañado y acorralado. Como si nos hubiesen metido a la fuerza en esto. He estado haciendo cálculos: cantidad pasada, tiempo de condena que cumpliríamos si nos pillan y remuneración ofrecida y, sencillamente, no me salen las cuentas. Este capullo parece creerse nuestro dueño. Pues bueno, mi puto dueño no es.

«No tiene por qué ser agradable», dice Marriott, y veo la mirada de Sick Boy ardiendo de resentimiento mientras el viejo picota hecho polvo lo escruta para asegurarse de que vaya a cumplir su parte del trato. «¿Me explico, Simon?»

«Es este hombre el que debería preocuparte», dice Sick Boy señalándome a mí, sin duda mosqueado por haberme enrollado con Charlene. *«Mancanza di disciplina.»*

«¿De qué habla?», le pregunta Marriott a Nicksy.

«Quién cojones sabe.»

Este capullo se cree que somos yonquis como él. A mí no me lo parece, sin embargo; hay una gran diferencia entre un pequeño hábito de fumar chinos y de vez en cuando chutarse y ser todo un drogadicto profesional, la marioneta sin alma de algún gilipollas al que le importas una mierda.

Marriott se pone a rajar otra vez con ese tono gruñón de colgado que tiene. «En cuanto os dé el aviso, volvéis pitando a la ciudad y os ponéis a pasar para ganaros vuestra dosis, porque como os vean intentarlo durante el turno de Curtis, si no os pilla él, podéis estar seguros de que lo haremos nosotros, joder», dice con los ojos desorbitados, con un tono y una mirada tan intimidatorios como Larry Grayson[1] con tutú. «No le deis pie a que os registre o acabaréis en pelota picada con sus manos enguantadas por el culo sacándoos la cena por los intestinos con media comisaría de Essex mirando.»

Pillo a Sick Boy poniendo los ojos en blanco con un gesto teatral burlón que indica que la idea no carece de atractivo. Marriott reacciona ante la conspiración humorística y se pone siniestro de verdad: ya no se anda con historias para impresionar. «Y a partir de ahí las

1. Larry Grayson (1923-1995): humorista y presentador inglés muy popular en los setenta y ochenta, fue uno de los primeros personajes televisivos abiertamente homosexuales en el Reino Unido. *(N. del T.)*

cosas se pondrán feas de verdad, porque entonces se enterarán, y os meterán en un barril de petróleo y os tirarán al mar.»

Al margen de que se estuviera quedando con nosotros o exagerando, a ninguno de nosotros nos apetece comprobar si va de farol. Siento que mi mirada se dirige a mi regazo y luego a Nicksy.

Marriott se levanta; apenas ha tocado sus cereales, pero se apoya en la mesa, con los nudillos pálidos. «Controlad o no vais a sacarme un puto duro», bufa antes de largarse.

Sick Boy cabecea. «¿Quién es ese gilipollas? ¿En qué nos has metido, Nicksy?»

«Pues no haberte apuntado», protesta Nicksy.

«Yo no me he apuntado a una puta mierda. El capullo hizo una propuesta. Sonaba bien. Y ahora ya no. Punto. Mi colega Andreas puede conseguirnos toneladas de turrón. Si vamos a pasarlo por aduanas por una puta mierda...»

Sick Boy baja la voz, porque parece que ahora le toca merodear a Camisa Crema. Es de suponer que el barco está listo para volver a llenarse y deberíamos prepararnos para zarpar hacia alta mar rumbo a la alegre Inglaterra. Se aclara la garganta, con su ubicua tablilla en la mano, y luego gira en redondo sobre sus tacones cubanos y se larga.

«Joder», gruñe desdeñosamente Sick Boy, «en este puto barco no se puede ni respirar sin que te entren los maricones. Igual da economía oficial que economía sumergida, todo dios quiere metértela por el culo», declara. «En fin, será mejor que nos pongamos en marcha. Nos espera otra mañana de mierda. ¡Zafarrancho de combate!»

Qué mañana más triste, gris y húmeda, tío; me voy a ver a Franco al maco, ¿sabes? Había quedado con June, su madre y su hermano Joe para ir cuando no hubiese nadie más, ¿sabes? Le han caído doce meses a la sombra, pero saldrá en seis. Un par de tíos de Lochend se fueron de pedo después del fútbol y Franco sacó la conclusión de que, ya que Cha Morrison había apuñalado a Larry, él tenía que rajar a dos muchachos de Lochend. Pero el tío al que rajó no era colega de Morrison, y resulta que es el primo de Saybo. Así que eso ha creado cierta fricción: Saybo no va a visitar al Pordiosero en la prisión de Su Majestad de Saughton. Ali fue a verle un rato antes esa noche, y dijo que estaba totalmente en pie de guerra.

Así que las visitas estamos todas mojadas y pasando frío, mientras echamos lo que llevamos encima en las cajitas esas, las llaves, los relojes y tal, bueno, no es que yo tenga reloj, ¿sabes?, pero ya me entiendes. Te dan una fichita y luego pasamos y esperamos donde las mesas y las sillas, con los boquis vigilando. Cuando aparece Begbie, tengo que decir que se le ve en forma total. Más mazas aún de hacer pesas en la cárcel. Lo único que parece rallarlo de verdad es que Cha Morrison está en Perth, y él tenía unas ganas locas de vérselas con el nota ese. Como él mismo dice, ésa es la única razón por la que quería pasar por la cárcel. Me pregunta por Leith y tal, luego se pone a darme la brasa por estar pegándole al jaco.

Justo cuando empiezo a pensar que ha sido un error venir, veo como que empieza a cansarse de todo. «Oye, gracias por venir...», dice, «es sólo que es una mierda ver a la gente que viene a visitarte. Aquí dentro no pasa nada, joder, y se te acaban quitando las putas ganas de saber qué cojones pasa fuera.»

«Ya, tío...», asiento, porque entiendo lo que quiere decir el menda, a mí tampoco me gustó nunca que vinieran a verme cuando estaba en el reformatorio de Doc Guthrie's, ¿sabes?

«Así que no pierdas el puto tiempo con visitas. No me vas a sacar conversación», dice volviéndose hacia donde están los guardias, «y tampoco es que vayamos a poder salir de priva, coño. Si hay alguna novedad, vais a ver a mi madre y que me la cuente ella, joder.»

Debí de parecer un poco incómodo y, bueno, como poco apreciado, tío, porque Begbie mira donde llevaba la escayola del brazo y me suelta: «¡No me pongas esa cara de pena, cojones! ¡Ni que te estuviera mandando a tomar por culo, joder! ¡No te estoy mandando a tomar por culo! Es un detalle que hayas venido, ¿vale? Sólo digo que no pierdas el puto tiempo viniendo y esperando que te dé conversación, coño.»

«Ya..., vale. Eh... A los Hibs les fue bien el sábado.»

«Ya sé cómo les fue a los putos Hibs, Spud. Aquí hay periódicos y tele, capullo», dice el menda sacudiendo la cabeza.

Intento reorientar la conversación. «¿Viste el programa sobre los monos de Gibraltar que echaron el otro día? Estuvo guay, tío. Nunca me había parado a pensar en los monos, bueno, sí que había pensado en ellos, pero no en serio, no sé si me entiendes. Pero el programa ese me dio que pensar, ¿sabes? Había un mono...»

Levanta la mano para hacerme callar, como si fuese un emperador romano o algo. «No lo vi», dice poniendo fin a la conversación. Luego me suelta: «¿Qué tal va el brazo?»

«Guay, tío, como nuevo, como si nunca hubiese pasado nada.»

«¡Ya te dije yo que no te iba a pasar nada! ¡Tanto puto follón por un brazo roto! ¡Creí que la estabas palmando de tanto que llorabas, so capullo!»

«Ya, eh, lo siento, tío», le digo, y luego le cuento que Rents y Sick Boy le mandan recuerdos de Londres, cosa que es mentira porque no hacen más que partirse el culo cuando alguien lo menciona, pero sólo en plan colegueo y tal. Pero, claro, eso al Pordiosero no le haría mucha gracia. El caso es que, en el fondo, creo que sí se alegra realmente de verme. Es que el tipo es así, ¿sabes?

Pero ver a un hombre enjaulado no es bueno para el alma y tal, así que cruzo encantado las puertas de la cárcel y vuelvo al mundo real. Y no es que aquí fuera se esté mucho mejor. Si en la trena no hay nada que hacer, fuera pasa casi lo mismo, sólo que sin muros. Pero al menos en el trullo comes tres veces al día, ¿sabes? Qué muermo, tío. Es como tener un grifito dentro que te va soltando gotitas de ácido en las tripas y corroyéndote los órganos. Lo peor es estar en la cama por las noches. Intento estirar los brazos y las piernas, pero casi antes de darme cuenta me dan calambres otra vez, se me cierran los puños y digo cosas raras en voz alta que me asustan. Eso no puede ser bueno, tío.

Y fuera con alguna peña todo son prisas, historias y movidas y tal, ¿sabes? A mí eso de andar corriendo nunca me convenció demasiado, y eso que en el colegio corría que me las pelaba. Pero cuando tienes veintiún tacos y llaves de casa tienes que tomarte las cosas con calma y relajarte y tal. Demasiado andar de aquí para allá, eso nos está matando a todos, tío. Tanto andar como pollos descabezados y todo eso. Te estresas si tienes curro y te estresas si no lo tienes. Todo el mundo a la suya, todo dios saltándole al cuello a todo dios y jodiéndonos los unos a los otros. Ya no hay solidaridad ninguna, ¿sabes? Ya no hay curro, se acabó, y ya no hay donde huir.

Llevo todo el día con la boca superseca, pero para mí que es cosa de ese jaco marrón tan raro que pillé en casa de Johnny anoche. Cuando lo sacó creí que el tipo me estaba vacilando, porque aquello tenía más pinta de cacao que de *Salisbury Crag*, ¿sabes? Estuve a punto de ponerme a cantar: *Cup hands, here come's the Cadbury's!*[1] Pero dice que es lo único que pudo encontrar. Me remango y le echo un ojo a una costra que me ha salido en el brazo y que me pica. Me la rasco un poco y rezuma un poco de pus amarillento. Me bajo la manga rapidito; joder, tío, no puedo ni mirarla...

Cuando me bajo del bus en Leith, al último tío al que esperaba encontrarme en chándal corriendo por los ventosos bulevares del viejo puerto es Segundo Premio. «Ey, Rab, tronco», le digo mientras el menda aparece brincando por Bonnington Road.

«Spud...», me dice, y se para pero sigue corriendo en el sitio mientras me va soltando en qué anda últimamente, entre una bocanada y otra, y yo entiendo que ha dejado la priva y tiene una novia nueva que se llama Carol, que es amiga de Alison, y que se está volviendo a poner en forma y va a hablar con un tío de Falkirk sobre una prueba, pero que igual llama a su antiguo jefe del Dunfermline. Y entonces se pira, dando botes sobre sus Nike, hacia Junction Strasse.

En fin, que sienta de fábula ver a un tío al que le van bien las cosas. Delgado, en forma, sobrio, disfrutando de sexo guapo con una

1. «¡Poned las manitas, que aquí vienen los Cadbury!» Eslogan de un anuncio de Cadbury's de la década de los ochenta. *(N. del T.)*

Fräulein y con la posibilidad de ganarse los garbanzos jugando al deporte rey. Si lo piensas, el tío lo tiene todo, colega, pero supongo que todo eso da lo mismo si todo lo que tienes dentro de la olla peluda son malos rollos y desgracias. Eso sí, le tengo una envidia que no veas: más verde que Jimmy O'Rourke, el de los Hibs, en un huerto de repollos, tío.

Pero yo tengo mis propios negocietes a los que atender esta tarde, así que giro en la esquina de Newhaven Road, rumbo a Bowtow. Cuando llego al almacén Matty ya está allí. Tengo que decir ya de entrada que Matty es uno de los pocos tíos con los que no consigo llevarme bien. Siempre mantenemos unas relaciones totalmente de negocios, ¿sabes? Y sé que sólo me ha pedido que le eche una mano porque Rents y Sick Boy están en Londres, porque Tommy no quería saber nada –otro que anda ennoviado– y porque Franco está hospedado por cuenta de Su Majestad.

Antes pensaba que todo el mal rollo se debía a que Matty era de The Fort y yo de Kirkgate, que no es que sea la otra punta del mundo, pero no es eso, porque Keezbo es de The Fort y Matty es todavía peor con él. Pero sigo pensando que los tiros van más o menos por ahí. Allí tienen una mentalidad distinta a la mayoría del personal de Leith, como yo, que soy de Kirkgate, o Sick Boy, que es de los Banana Flats. Estos tíos, en fin, es que tienen una mentalidad muy Fort, no sé si me explico. Así que intento hablarlo con Matty. Le digo: «Vosotros, la basca de The Fort, tenéis que tener una actitud defensiva porque estáis ahí metidos en esa barriada llamada The Fort, que parece un fuerte, y de hecho estáis ahí encerrados, separados del resto de Leith. Sick Boy y yo, por ejemplo, somos de barriada, tenemos una cartilla de alquiler de esas del ayuntamiento y todo, pero somos como más expansivos, porque no estamos encerrados como vosotros. Tenemos el mar abierto delante de nosotros. Eso tiene que generar otra mentalidad, Matty, ¿me entiendes?»

Rents, Sick Boy o Keezbo, digamos, se pondrían a discutir del tema este fijo, pero Matty sólo me suelta: «Joder, me van a dar las llaves de un piso en Wester Hailes. Ella quiere, pero a mí no me hace tanta gracia, ¿sabes?»

Y punto, tío. Ése es el nivel de su conversación. Eso me hace pensar que Matty nunca podría triunfar en el mundo del rock, vamos, ni tocando mejor la guitarra y eso. A ver, imagínate al nota este en el estudio con Frank Zappa y The Mothers of Invention, ellos de juerga sin parar y él cogiendo y soltándoles: «Me han dado las llaves de un piso en Wester Hailes.» A ver, ¿cómo iba a reaccionar esa basca ante algo así? ¿En plan: «Guay, chavalote, guay, va, venga, vamos a comernos un tripi»? Vamos, que en la cosa social tienes que poner algo de tu parte, ¿no?

Así que estamos descargando varias cajas de productos no perecederos ilegales y llevándolos de la furgona al almacén, y no hace calor ninguno pero yo estoy sudando a tope. Y le estoy contando a Matty lo del jaco raro marrón de Swanney, pero él lo único que dice es: «Ya, es verdad, no hay manera de pillar del blanco.» Luego empiezo a hablar de ir a visitar a Franco, y resulta que Matty también ha ido a verlo. ¡Y por fin charlamos un poco! Se pone a contarme que Franco le estuvo dando la paliza sobre Swanney y otro elemento, Seeker, y sobre Davie Power, pero me doy cuenta de que en realidad no le oigo bien porque de repente lo veo todo distorsionado y borroso. Me entra un mareo y tengo que sentarme en la acera y pienso, ¿será que la manteca que me metí ayer era chunga o qué...? Me fijo en la costra llena de pus del brazo donde me pinché, pero fue con mi propia chuta y Keezbo también se metió un poco...

«¿Joder, de qué vas?», oigo decir a Matty mientras levanto la vista hacia la débil luz del sol. «Venga, mongolo, ¡que tenemos que organizar todo esto!»

No me encuentro bien. Algo va mal. Estoy hecho polvo. Me encuentro chungo y es como si a mi alrededor todo estuviese a oscuras y a kilómetros de distancia... «Tengo que ir al hospital, Matty, estoy que me muero...»

«Joder, ¿pero qué te pasa?»

«Me voy, tío», y me levanto tambaleándome, y es como una pesadilla y Matty diciendo que va a tener que descargar todas las cajas él solo, pero yo ya voy haciendo eses como un borrachuzo por Ferry Road. Echo la pota y me desplomo sobre la barandilla, y entonces una maruja y su crío me preguntan si estoy bien, y yo me incorporo y camino un poco más calle abajo... y luego...

La primera semana en Sealink fue bastante movidita: una reyerta, un poco de jaco y algo de sexo guapo. No te *puede* ir mejor, joder. Y encima, Marriott ha planificado la primera intentona para esta noche. Ni de coña aguantamos un mes aquí.

Éste es el sitio más raro en el que haya currado en la vida; ni siquiera la empresa de Gillsland, con las competiciones de chorizos de Les los lunes por la mañana, puede competir con esto. En cuanto al personal, el *Freedom of Choice* es como el *Marie Celeste.*[1] Somos expertos en escurrir el bulto; no sólo los temporeros, los fijos también. Les han hecho contratos de trabajo nuevos a todos, lo que quiere decir trabajar más horas cobrando mucho menos, por lo que la motivación es inexistente. De ahí que los pasajeros con problemas sean incapaces de encontrarnos. A veces, cuando estamos visibles, paseamos por el barco fingiendo cara de concentración, rehuyendo siempre todo curro real. La vocecilla ceceante de Camisa Crema parece andar persiguiendo fantasmas, nombres precedidos por un ansioso «¿Dónde está...?». Por supuesto, ni dios tiene ni zorra idea.

Se suponía que me habían asignado a la cocina como castigo, pero ha resultado ser una puta perita en dulce; mucho mejor que hacer de camarero. Para empezar, hay menos riesgo de tener que enfrentarse con cuadrillas de futboleros o despedidas de soltero llenas de borrachos. No tengo la menor gana de lidiar con esa clase de

1. El *Marie Celeste* fue un barco mercante hallado abandonado a la deriva en medio del Atlántico en 1872. Cuando lo encontraron, el buque estaba en buenas condiciones de navegación y no se apreciaba ningún motivo por el que la tripulación se hubiese visto obligada a abandonar el barco. Arthur Conan Doyle escribió un relato sobre el caso, popularizando así el misterio. *(N. del T.)*

mierda. Y, para ser sincero, la movida de contrabando de Marriott también me importa un carajo. Si puedo pasar la aduana entre turno y turno con un par de gramos para mí y ser capaz de conservar el curro, perfecto. ¿Pero pasar diez gramos de turrón sin cortar en los pantacas sólo para que un gordo cabrón pueda comprarse anillos de oro, conducir un BMW y apoltronarse en un chalet en la Costa del Sol? Anda y que le den por culo. En el ejército de Maggie hay millones de pringaos haciendo cola para ese puesto. Sick Boy y yo estuvimos hablando de ello, y él está de acuerdo conmigo. El único detalle que queda por resolver es cómo darle la noticia a Marriott. Pero me importa una mierda, tengo otras cosas en mente.

Pim, pam, pam, va el barco, levantando espuma por el Mar del Norte, seguido por bandadas de gaviotas chillonas que se alimentan de sus excrementos. Pim, pam, pam, hacemos Charlene y yo cuando me ella me coge de la mano y me lleva abajo, y me monta a lo loco, con el pelo al viento, o yo chupo y lamo su deliciosa rajita peluda hasta que ella gime de placer o yo me asfixio. Su boquita de muñeca en mi polla, los ojos desorbitados y encendidos mientras le llega al fondo de la garganta. Somos oralmente competitivos: los dos queremos hacer que el otro se corra antes. Suelo ganar yo, forzándome a pensar en el careto vaginal de Ralphy Gillsland en el instante decisivo para aplazar el chorromoco. Mi apetito sexual sigue sin ser lo que debería, pero al menos fumar chinos de turrón no parece haberlo diezmado del todo, a diferencia de cuando me chuto jaco blanco. Libido juvenil contra adicción crónica a la heroína; quizá se trate de la batalla suprema entre un impulso irrefrenable y un objeto inerte. Pero sólo puede haber un ganador, así que tendré que controlarme con el jaco. En cierto modo compensa; en lugar de excitarme demasiado y no querer más que meter la polla, me relajo y me centro más en los preliminares. Nunca me había dado cuenta de que se podían hacer tantas cosas con los dedos, y en cuanto a lo de mi puta lengua, soy como el tío ese de Kiss o el gordo de Bad Manners que se parece a Keezbo...

En cubierta estamos de fiesta permanente; los clientes borrachos van tambaleándose y tropezándose, todos ciegos, con el personal yonqui y maricón. La hostilidad de Sick Boy hacia Charlene y yo por habernos enrollado se disipó enseguida, en cuanto se dio cuenta de que a las niñas bien les gustan los marineros y de que tener camarote propio en un barco lleno de despedidas de soltera con tías borrachas es un chollo tremendo. Es el único tripulante masculino con camarote propio, gracias a un chanchullo que se montó. Le dijo a Camisa Crema: «Tengo unos hábitos de sueño muy peculiares, Martin, y pueden resultar embarazosos si alguien tiene que compartir dormitorio conmigo. Te estaría muy agradecido si me ahorrases a mí y a cualquier otro esa situación tan violenta asignándome, si puede ser, un camarote para mí solo.»

El bujarra paticorto lo miró compasivamente y le dijo: «Déjamelo a mí, veré qué puedo hacer.»

Pero hasta ahora, en lo que al jaco respecta, sólo hemos pasado un poquito para uso personal por la aduana. Yo estaba cagado de miedo, incluso cuando vi a Frankie, con quien habíamos tomado algo en el pub Globe. Pero hubo una vez que estaba listo para pasar y él no estaba allí, sino algún otro tipo. Me acojoné y volví sobre mis pasos, alejándome del barco, antes de ver a Frankie aproximándose hacia mí. «Fui a echar una cagada», me dijo sonriendo alegremente, antes de relevar al otro tío y dejarme pasar completamente puesto.

Más problema me supuso el chef, al principio. Bueno, él no en realidad; él resultó ser un tipo legal cuando llegabas a conocerlo. Era el trabajo y más concretamente el puto calor. Nadie que no haya trabajado en una cocina industrial puede hacerse la menor idea de lo continuo y agotador que es. Pero aguanté bien el curro, en gran parte gracias a Charlene. Ella nos describió como «follamigos». Se tomó la molestia de explicarme que tenía un maromo al que habían enchironado y que yo era básicamente un polvo de reemplazo.

Así que tengo que controlar mi encoñamiento, y no es cosa fácil. Para mí ella es mi equivalente femenino inglés: una princesa de los astilleros de Chatham, en Kent. Y hay que tener en cuenta al tipo del maco. Charlene no quiere hablar de él, cosa que a mí me parece muy bien, pero dice que está en el maco por hurto, no por nada violento, cosa que no deja de ser un alivio. Pero esté allí por lo que esté, a nadie le hace mucha gracia que un capullo se esté zumbando a su *lemon curd*.[1] No se puede decir que sea muy romántico montárselo en una cama estrecha, pero al menos ella tiene tantas ganas como yo y, después de cumplir, subimos a cubierta, sin demasiada ropa, la justa para estar presentables si alguien nos ve y vemos salir el sol, pálido y áspero, sobre el puerto. Ráfagas de lluvia helada azotan los edificios bajos de hormigón del puerto y ululan por entre las estructuras del

1. Argot rimado: *lemon curd* («crema de limón») por *burd* («tía, chorba»). *(N. del T.)*

buque por encima y por debajo de nosotros. Se forman grandes charcos en los adoquines irregulares del muelle. Figuras solitarias luchan contra el viento, atando pesadas cuerdas a los amarres o simplemente caminando entre los edificios con tablillas sujetapapeles en la mano. El vendaval azota la melenaza de Charlene y nos quedamos allí en camiseta y pantalones de chándal, jugando a un juego en el que soportamos tantísimo frío que uno de los dos grita ME RINDO y nos retiramos a toda prisa, bajando como cangrejos los montones de escaleras estrechas hasta las hediondas entrañas del barco y nuestro apestoso nido, antes de hacernos un ovillo y follar otra vez.

Durante el rato de permiso que disfrutamos en Ámsterdam, después de nuestros turnos, Sick Boy y yo estamos en el Grasshopper mientras Charlene juega al billar con dos chicas *Scouse*[1] de risa gutural que fuman como carreteras, pasajeras que han venido en el barco. Nicksy entra, con cara de colegial asustado, acompañado por Marriott, al que se le ve nervioso y con los ojos desorbitados, que se mosquea en cuanto divisa a las chicas. Indica la puerta con la cabeza.

Yo miro a Sick Boy. Nos disculpamos con las chavalas y salimos a la calle con Nicksy y Marriott, y nos sentamos en una concurrida terraza que hay al otro lado de la plaza. Viene una camarera y pedimos café.

«Será esta noche», dice Marriott. «Pasamos diez gramos cada uno.»

Yo estoy a punto de decir que ni de coña, pero Sick Boy se me adelanta. «Lo siento, compañero. Te agradezco la oferta, pero esta vez me veo obligado a rehusar.»

«¿Qué? ¿Que tú..., pero qué coño dices? ¿Me tomas el pelo...? Aquí tengo la puta manteca», dice indicando la bolsa de Sealink que tiene a sus pies, antes de abrir la cremallera y enseñarnos los cinco paquetes.

«Como te he dicho, me encantaría poder ayudarte, pero en esta ocasión concreta no me queda otro remedio que decir que no.»

«Serás ca... ¿y qué se supone que voy a hacer con esta manteca de los cojones?», dice, lanzando una malhumorada mirada a un par de mochileros que hay en la mesa de al lado con esos ojos de búho estreñido que tiene. Uno lleva una bandera del Canadá con la hoja de arce estampada. En Escocia llevamos generaciones exportando a toda la peña cuadriculada a Canadá. ¿Resultado? Ellos son unos capullos de lo más aburridos y nosotros unos drogatas marginales.

«No es problema mío», dice Sick Boy con arrogancia.

1. Véase nota en página 53. *(N. del T.)*

Entonces Marriott, cegado por el pánico, me mira a mí. «Tú no me irás a dejar tirado también, ¿no?»

«Ahora que lo dices, sí», le digo, mientras su mandíbula casi toca el suelo. El muy capullo parece estar dudando entre partirme la cara o romper a llorar. «Lo siento, colega, no es nada personal», miento, «pero nos has estado metiendo en una encerrona con esta movida. He hecho cálculos: gramos, tiempo en chirona, remuneración. No me salen las cuentas.»

«No va a haber ningún tiempo en chirona», chilla, frustrado. «¡Ya os conté lo de los fulanos de aduanas! ¡Está todo controlado!»

«Entonces no deberías tener ningún problema en encontrar socios lo bastante espabilados y ansiosos de aprovechar esta inigualable oportunidad de negocio que ofreces», le suelto. Ahora sí que estoy disfrutando, mientras me fijo en la sonrisa de Sick Boy, cada vez más ancha.

Marriott se pone a hiperventilar y le dice a Nicksy: «Me dijiste que eran de fiar, capullo...»

Nicksy flipa que te cagas. «¡¿A quién cojones estás llamando capullo?!» Se levanta de un salto y se arrima a Marriott, que se echa hacia atrás en la silla. «Tengo bastantes más cosas en las que pensar que en ti y en tus putos trapicheos de mierda, ¡gilipollas de tres al cuarto!»

Los mochileros canadienses, ambos pálidos y gafotas, se vuelven y nos miran angustiados. Nicksy vuelca la bolsa de Sealink de una patada y un paquete de jaco cae sobre los adoquines. Tengo que decir que no había visto diez gramos de jaco en la vida y, aunque no abulta más que un paquetito de caramelos, no como la papela normal de medio gramo, que es más o menos del tamaño de dos guisantes gordos, me entran unas ganas de echarle la zarpa que te cagas. Pero Marriott se me adelanta: suelta una especie de gorjeo y se agacha, mete el paquete en la bolsa de viaje y la cierra en un solo movimiento frenético.

Nos miramos entre nosotros, nos levantamos y volvemos al Grasshopper. «Esto no se va a quedar así», grita Marriott al tiempo que la camarera aparece con cuatro cafés con leche. Nosotros nos volvemos y nos reímos mientras el muy imbécil, todo crispado, se hurga los bolsillos para sacar los florines con los que pagarle.

«Muy bien, colega, le has dicho a ese cretino dónde puede ir.» Sick Boy levanta el brazo de Nicksy en el aire, en plan boxeador victorioso, mientras cruzamos la plaza. «¡ICF!»[1]

1. Siglas de *Inter City Firm,* una de las primeras cuadrillas de hooligans futbolísticos, vinculada al West Ham United. *(N. del T.)*

«Para mí que voy a tener que echar mano de todos los contactos que tengo para sacarnos de este puto marrón», dice ansiosamente, «pero se estaba quedando con nosotros que te cagas, ¿eh?»

«Sí», concuerdo, «pero es un puto comemierda. No va a hacer nada.»

«No es él quien me preocupa.» Nicksy sacude la cabeza y luego me mira fijamente. «No irás a pensar que el jaco ese era suyo, ¿verdad?»

«Ya...», caigo de repente, sintiéndome un poco imbécil, y notando cómo se me hace un nudo en el estómago.

«Caballeros, cabe la posibilidad de que nuestra breve estancia en Sealink esté tocando a su fin», declara Sick Boy al tiempo que abre las puertas y volvemos a entrar en el Grasshopper. Mientras Nicksy y yo asentimos, añade en plan libertino: «Pero ahora mismo hay damas a las que atender, ¡y vamos a atenderlas!»

DESERCIÓN

A la mañana siguiente, durante el desayuno, Marriott saludó a sus ex camaradas desertores con una cara de asco que sólo sería capaz de lucir un hombre obligado a pasar la aduana en solitario con cincuenta gramos de heroína encima. A pesar de su éxito, parecía haber perdido varios kilos en sudores que su demacrada constitución mal podía permitirse. Había decidido resolver su problema él mismo en lugar de llamar a su jefe; eso sólo habría disgustado a Gal sin evitarle tener que arreglar las cosas en persona. Pero un negro resentimiento lo embargaba. En cuanto encontrase nuevos reclutas, pediría algunos favores y aquellos gilipollas lo pagarían caro.

El taciturno silencio de Marriott dejó meridianamente claro a Renton, Sick Boy y Nicksy que pensaba vengarse. Así que, cuando volvieron a Hackney, decidieron que no sería prudente volver a Sealink. El hecho de que Charlene también hubiese decidido abandonar los mares le facilitó mucho la decisión a Renton. A pesar de que sabía poco de ella, aparte de que se ganaba la vida robando, era de Chatham y vivía «habitualmente» en Kennington (de algún modo lo había confundido ilusamente con Kensington[1] hasta que ella se lo aclaró), le gustaba y quería conocerla mejor. La noche siguiente la pasaron juntos en Beatrice Webb House, y Renton estuvo encantado de que Sick Boy se ausentara, cabe suponer que para ir a casa de Lucinda o de Andreas, donde por lo visto solía quedarse muy a menudo. En el colchón de la habitación libre, ella le dice, después de que un encuentro sexual matutino les calentara el cuerpo: «Me alegro de que

1. A diferencia de Kennington, barrio situado en el sur de Londres y de extracción social media-baja en la época, el céntrico distrito de Kensington es una de las zonas más prósperas de Londres. *(N. del T.)*

tú tampoco vayas a volver a ese barco apestoso. Sé lo que tramabais... con el tal Marriott y todo eso. Todo el mundo hablaba de ello.»

«¿Qué?», dice Renton horrorizado, y más aliviado aún de haber abandonado el barco. No es que hubiesen sido discretos precisamente, reconoce abatido; la cruda realidad es que a nadie le importa siquiera. Pero eso cambiará: la empresa se encargará de eso. Al fin y al cabo, estábamos en la era de los esquiroles y los chivatos.

«Deja esa mierda», le aconseja Charlene, con la cabeza apoyada en el brazo. Sus rasgos angulosos, contraídos bajo la suave luz de la mañana que se cuela por las persianas de mimbre, le dan a Renton la impresión de que, a pesar de su nariz respingona y su constitución élfica, quizá sea mayor que él. «Como te trinquen por eso te puede caer mucho tiempo. Joder, sé reconocer un rollo chungo cuando lo veo. La semana pasada Benson mandó venir a una empresa de seguridad, ¿sabes?»

«Pero sólo fue para revisar los procedimientos para cuando hay problemas. Por lo de la bulla con los hinchas y tal.»

Charlene entorna un poco más los ojos. «¿De verdad te crees que sólo se trataba de eso, pardillo?»

No lo cree. Renton sabe lo que está pasando en la empresa. Pero ha hecho creer a Charlene que fue eso, junto con el rencor de Marriott, lo que lo decidió a olvidarse del tema. No quiere decirle que ni de coña volvería a Sealink si ella no lo hace. ¿Pero qué piensa hacer ella a largo plazo? Desde luego está al tanto de sus preocupaciones inmediatas, mientras se dirigen una vez más al West End.

Toda arreglada, Charlene se ha recogido su melena rubia en una cola baja, salvo por dos mechones que le cuelgan sobre cada oreja, encaracolados en espirales y bien fijados con laca. Él, siguiendo indicaciones de ella, lleva puesto su único traje azul marino de la cooperativa Leith Provi para bodas y funerales. Mientras la espera en Carnaby Street, ella le roba un par de zapatos negros de piel y una camisa de seda azul claro con corbata a juego, detalle que casi lo hace llorar de gratitud. Renton alucina con su profesionalidad, su bolsa de Sealink forrada con papel de plata para evitar que salten las alarmas de seguridad. Agazapado en un callejón, cambia sus viejas zapatillas de deporte y su camiseta y sale de nuevo parpadeando hacia la luz y la gente que está de compras. «Ahora estás listo», dice ella enderezándole la corbata como si fuese su primer día de colegio. Van a los almacenes John Lewis de Oxford Street y llenan la bolsa de mercancía; Renton se hace con un polo Fred Perry para él. En los servicios, saca un poco de turrón con el que se ha hecho recientemente, además de algo de *speed* en base del bueno, mientras inspecciona su botín. Se queda allí durante siglos, con la ventanita abierta para tratar de dispersar los humos variados. Cuando por fin sale, con las piernas flojas y la cara entumecida, emparanoiado con que Charlene se haya pirado o la hayan trincado, cambia de expresión en cuanto sus ojos se topan con la sonrisa traviesa de Charlene. Enlazan los brazos y salen tan campantes de la tienda, excitados por su éxito.

Se besuquean y se magrean durante todo el camino hasta Highbury & Islington, Renton tragando las mucosas que tiene en la garganta para evitar soltárselo a Charlene en toda la boca. Mantiene la palma de la mano apoyada en el vientre de Charlene, sujeta por la cinturilla de su falda, conforme con no deslizarse más abajo. Ella le agarra el muslo, con la muñeca acariciando su semierección narcótica. Mientras él hace planes borrosos de futuro, a Charlene la agobia el insistente recuerdo de que quiere a otra persona y debería estar preparándose para cortar con su ligue escocés. Para cuando salen del metro de la línea Victoria para coger el tren de superficie a Dalston Kingsland, el sentimiento de culpa la vuelve fría y distante, pero Renton está demasiado colocado y es demasiado inexperto en cuestiones sentimentales para darse cuenta o preocuparse demasiado por sus cambios de humor. Llegan a Beatrice Webb House y, al ver que el ascensor funciona, ambos sueltan suspiros victoriosos al unísono, desconcertados por el ritmo tan acompasado que llevan.

Dentro del piso, se encuentran a Nicksy en el sillón, fingiendo ver reposiciones de *Crown Court* mientras contempla desagradables opciones. Que estaba demasiado avanzado para haberlo hecho legalmente. Decían que cuando se hacía en el momento adecuado lo sacaban con un raspado, pero que tenían que meter el fórceps allí dentro y sacarlo todo de una vez, o a trozos, cuando la cosa estaba más avanzada. Que la cosa, LA COSA, se merecía algo más que acabar en la rampa de las basuras.

Saluda someramente a Renton y Charlene cuando entran brincando y se tiran en el sofá, pero ellos sólo tienen ojos el uno para el otro, y para ver la tele. «*Crown Court*... mola...», dice Renton mientras Nicksy mira hacia la cocina.

«Mark..., tengo que hablar contigo...», dice Charlene, enderezándose en el sofá, pero Renton se lanza sobre ella, acallándola con un beso apasionado. Inician una batalla de cosquillas, riéndose histéricamente, y empiezan a darse el lote otra vez. Nicksy toma nota de que su amigo escocés y la Chica del Pelazo han adoptado esa arrogante actitud que dice «míranos, acabamos de inventar el sexo» de la gente que vuelve a follar después de un largo paréntesis. Su numerito a lo Bonnie and Clyde le recuerda su propia abstinencia y vuelve a pensar en Marsha, a siete pisos de construcción modular por encima de él, y en los frutos abortivos de su amor, que estarán pudriéndose en algún vertedero municipal.

De repente, Charlene le pega a Renton un bofetón de consideración, lo señala con el dedo y le insiste: «Hablo en serio», pero él sigue haciendo el payaso, mordisqueándole los dedos como el cachorro, que está tumbado a sus pies.

A Nicksy no le gustan las chicas apocadas, pero piensa que Charlene se lo tiene demasiado creído. Siempre anda tocándose el pelo y fijándose en cómo reaccionan los tíos; en su opinión, eso la convierte en una engreída. También piensa que no es ni de lejos tan guapa como ella se cree, aunque reconoce que esa melena es de lo que no hay.

Renton y Charlene mantienen un tenso intercambio entre susurros y se trasladan al colchón de la habitación de invitados. Nicksy decide darse una vuelta por el mercado de Dalston. Un colega que tiene en Ilford tiene un montón de walkmans de contrabando y conoce a un perista jamaicano que no hace preguntas.

Fuera no hace un día muy estimulante. Ya ha llovido y unas nubes mugrientas y saturadas amenazan con volver a la carga. Mientras lanza un escupitajo a la alcantarilla para intentar expulsar el amargo sabor de la aversión que siente por sí mismo, Nicksy reflexiona sobre el siguiente paso a dar en su caótica vida. Al igual que el trabajo de Sealink, el alquiler de Beatrice Webb House probablemente se ha agotado. Quizá se lleve a Giro y sus singles de Northern Soul a Ilford, a casa de su madre. A ella le gustan los perros y como tiene jardín, allí el animal será feliz. Lo hablará con ella primero: no quiere que Giro acabe formando parte del holocausto canino navideño de la rotonda de Gants Hill.

Arriba, en el piso de Beatrice Webb House, Charlene y Rents juegan con Giro en el salón. Se pasan el bolso de piel de Charlene, que el cachorro intenta atrapar entre sus fauces babeantes. Logra agarrarlo con fuerza al séptimo intento, mientras Renton lo sujeta firmemente por el otro extremo.

«¡Dámelo! Me cago en la leche, te vas a quedar sin dientes, Giro», dice Charlene mirando primero al perro y luego a Renton, disgustada porque han vuelto a hacer el amor y todavía no le ha dicho lo que le quería decir. *Bueno, pues ha sido la última vez.*

«Nah, no puedes dejarlo.»

Sus palabras tienen un peso fantasma y Charlene siente que la ternura la embarga. Trata de contenerla. «¿Qué?»

«No puedes dejarlo», dice él agarrando el bolso mientras Giro gruñe por las fosas nasales, «si no el perro se malcría y se cree el jefe de la manada.»

«Tampoco es que tenga mucha puñetera competencia en este piso, ¿no?»

Renton la mira y está a punto de decir: «Joder, creo que estoy enamorado de ti», aunque no está muy seguro de que sea cierto, y si lo es, de que decirlo en este momento sería una buena jugada estratégica. Así que titubea. Entonces Charlene le mira y le dice: «Tenemos que dejarlo.»

«¿Dejar qué?», pregunta Renton, abrumado por una sensación de abatimiento inmediata en lo más profundo de su ser. Relaja los dedos, y Giro libera el bolso de sus manos y se aleja trotando victoriosamente con su premio.

Charlene lo mira fijamente y con dureza. «Ya sabes a qué me refiero.»

«Por mí no hay problema», dice Renton, completamente devastado. Luego empieza a desbarrar, angustiado: «Pero... es guay... lo de mangar juntos. Y follar y tal. Tú misma lo dijiste...»

«Sí, así es», reconoce ella, «pero ya te dije desde el principio que no estábamos saliendo juntos.»

«Yo nunca dije que lo estuviéramos haciendo.» Oye el tono aniñado de su voz y, en un flashback, se ve a sí mismo de niño correteando por The Fort con un palo en la mano. Luego, en el paseo de Blackpool, hundiendo su cara llorosa en el pecho de un desconocido.

«Eres un tío estupendo, pero ya te lo dije, hay otra persona.»

«Tienes al chorbo ese, ¿y qué?» A Renton le sorprende la amargura de su tono y el hecho de que quiera decir: «Seguro que tiene la polla más grande que yo», pero se contiene y se limita a comentar: «Imagino que será muy guapo.»

«A mí me lo parece. Te caería bien. No sois tan distintos.»

«Ya», dice Renton despectivamente. «¿Y eso?»

«Bueno, para empezar, le gustan las drogas un pelín más de la cuenta. Y también el Northern Soul y el punk. Mira..., te dije desde el principio que había otra persona. Ya sabías que nunca iba a ser un rollo permanente.»

«Por mí vale», dice él en tono poco convincente, antes de sacudir la cabeza con tristeza y decir, casi para sus adentros: «Qué curioso, yo sólo quería una chica con la que no fuese como si estuviésemos saliendo de verdad, que sólo fuéramos colegas y tal. Como dijiste, follamigos. Como el rollo que tiene Sick Boy con un par de tías en Escocia; sin complicaciones ni nada. Y es lo que tenía contigo...»

«Ya, bueno, pues entonces problema resuelto, ¿no?»

«No, porque ahora es como que quiero más», y piensa en las relaciones anteriores que ha tenido a lo largo del último año o así: Fiona, luego aquella chavala tan guay de Manchester, Roberta se llamaba, y algunas otras de las que prefiere no acordarse.

«A mí me parece que no sabes lo que quieres.»

Renton se encoge de hombros. «Simplemente me gusta ponerme, mangar, andar por ahí y follar y tal. Mola mazo.»

«¡Pues entonces no me mires así!»

«¿Así cómo?»

«¡Como un bebé foca atrapado en el hielo a punto de que le revienten la cabeza a palos!»

La rígida sonrisa que esboza Renton trepa a su pesar hacia sus ojos. «No me había dado cuenta..., perdona. Es sólo que eres una tía de puta madre...», dice cabeceando en un gesto cariñoso. «Lo del papel de plata en la bolsa fue la leche.»

Charlene lo mira, luego se vuelve a acomodar en el sofá y piensa en Charlie, en Scrubs,[1] en sus dos incisivos saltados, que le dan esa sonrisa tontorrona que ella amaba perversamente. En ellos dos: novios de la infancia de los Medway Towns, Rochester y Chatham. Sí, quiere a Charlie. Mark es mejor en la cama, pero eso no va a durar, no con toda la heroína que fuma. Pero le gusta. «Eres el primer tío que no estaba todo el rato dándome la paliza con el pelo de los cojones; me pone de los nervios», dice ella sin convicción.

Renton encoge ligeramente los hombros en un ademán despectivo. «Mola mazo pero a veces creo que estaría mejor corto. Acentuaría esos ojos tan bonitos que tienes», dice arrastrando las palabras mientras nota una punzada amortiguada, casi una náusea, en lo más profundo de su ser, que le hace volver a pensar en el jaco.

1. Nombre que recibe coloquialmente la prisión londinense de Wormwood Scrubs. *(N. del T.)*

Charlene le sonríe, y se pregunta si la estará vacilando. Pero parece bastante alterado. Quiere a Charlie, pero sabe que la cárcel no le ha hecho ningún bien, y sospecha que aún no ha visto los daños en toda su extensión. Es lo bastante pragmática para mantener abiertas sus opciones. Es bueno saber que le importa a Mark. Se levanta, coge un bloc que hay junto al teléfono, garabatea un número y un nombre, «Millie», y arranca la hoja. Renton también se levanta: parece que la situación lo exige. Ella le mete el papel en el bolsillo de los vaqueros. «No es el mío, es el de una amiga de Brixton. Ella sabrá cómo ponerse en contacto conmigo si quieres quedar alguna vez. Déjale tu número de teléfono. Ya me lo pasará ella y yo te llamaré.»

Renton está delante de ella y no hace el menor ademán de apartarse. Por un instante Charlene piensa que le está cerrando el paso, pero no lo tiene por la clase de tío capaz de montarle una escena. De hecho, al estrecharlo entre sus brazos, le desconcierta lo distante que está ahora y lo bien que parece aceptar la situación, lo fácil que ha sido todo esto para él, una vez pasado el breve arrebato de necesidad. La inunda un torrente de remordimiento. «Eres un tío estupendo», dice, abrazándolo con más fuerza.

Pero él se retuerce como un niño desobediente en los brazos de una titi demasiado cariñosa. «Ya..., tú eres de puta madre..., eh, nos vemos, Charlene», dice maquinalmente.

Déjame déjame déjame... jaco jaco jaco...

Charlene se separa y da un paso atrás, lo agarra de las manos y lo mira fijamente. Se maravilla ante lo anguloso de su delgado cuerpo y su sonrisa de dientes amarillos. «Me llamarás, ¿verdad? Estuvo bien..., en la cama y todo eso...», dice ella.

«Sí, ya te lo he dicho», dice Renton con todos y cada uno de los nervios de su cuerpo gritando VETE mientras, para su grandísimo alivio, Charlene sale del piso con la correa del bolso de Sealink cruzada al hombro, tapando así su última visión de aquel culo prieto que había llegado a considerar su altar. Aunque tenía la imagen grabada a fuego en el cerebro, le habría gustado que le hubiera echado una miradita de despedida.

Pasé de la estudiante y la choriza corta conmigo.

Sobreviviré, hey, hey.

En cuanto oye las puertas del ascensor, Renton corre a buscar su alijo a la chirriante nevera. La heroína está al fresco en un cajón, junto a una lechuga y un apio medio podridos. Con la funda de las gafas, vuelve al sofá, se agacha sobre la mesita de centro cubierta de detritus de la desidia, y empieza a prepararse un chute. Le intriga el ruido de la puerta al abrirse, y le preocupa que Charlene haya vuelto. Pero sólo es Nicksy, que le echa una mirada desdeñosa antes de dirigirse a la cocina, donde inmediatamente corta dos grandes rayas de *speed* sobre la mesa renqueante y declara en plan punk que Inglaterra es una mierda. «Se ha ido todo a tomar por culo, colega.»

Renton está quemando la heroína, la llama lame la cuchara. Le preocupa un poco su falta de pureza, pero parece disolverse en un burbujeante elixir. «Escocia también», dice solidariamente mientras mira a Nicksy. Era cierto: el optimismo de posguerra había llegado indudablemente a su fin. El Estado de bienestar, el pleno empleo, la Ley de Educación de Butler:[1] todos habían desaparecido o se habían vuelto precarios hasta el punto de perder todo significado. Ahora era el sálvese quien pueda. Ya no estábamos todos en el mismo barco. Pero no todo era malo, pensaba él, al menos ahora podemos elegir entre una gama mayor de drogas.

Nicksy se levanta de un salto, y se coloca en el umbral de la puerta que separa la cocina del salón. Señala la cuchara y su contenido, con los nervios de punta, la mandíbula inferior temblando como la de una marioneta, y el pelo lacio pegado al cráneo. «Déjalo estar un rato, Mark. Dijiste que ya no ibas a chutarte más esa mierda.»

Renton levanta la mirada, su cara toda una estampa de hosca y recalcitrante justificación: «No me toques los cojones, Nicksy. Me acaban de dejar, ¿vale?»

«Ah..., vale. Lo siento», dice Nicksy antes de regresar a la cocina. No sabe por qué. Gira en redondo sobre el suelo enlosado y vuelve de un salto al salón. «Hay que ser dinámico», murmura para sí.

«Tú has pasado por esto, macho», comenta Renton, apretando el cable de la lámpara de sobremesa alrededor de su fino bíceps y cogiéndolo luego entre los dientes. «No es muy agradable, ¿verdad?», lloriquea, desconcertado al oír que su voz suena idéntica. *Joder. Ahora sí que hablo por la napia.*

«No, no lo es.»

«Pues sí, Charlene se ha ido a tomar por culo. Tiene novio. Está a punto de salir de la cárcel.» Renton se da unos golpecitos hasta hacer asomar una vena de la muñeca.

1. Ley de Educación aprobada en 1944 que introdujo la gratuidad de la educación en todos los niveles y la escolarización obligatoria hasta los quince años. *(N. del T.)*

«Pues eso no te va a ayudar.»

«No es cuestión de que me ayude, sino de que me deje estar.» Si de algo va ser escocés, va de ponerse ciego, explica Renton mientras se clava lentamente la aguja en la carne. «Para nosotros colocarnos no es simplemente algo divertidísimo, ni siquiera un derecho humano básico. Es una forma de vida, una filosofía política. Ya lo dijo Rabbie Burns: el whisky y la libertad son inseparables.[1] Pase lo que pase en el futuro con la economía, esté quien esté en el puto poder, puedes estar seguro de que nosotros seguiremos embolingándonos y chutándonos mierda», anuncia, palpitando con gloriosa expectación mientras introduce su oscura sangre en la jeringa antes de darle a beber la pócima a sus famélicas venas.

Vuelve a casa, chico...

Guau..., guapo que te cagas...

Renton se desploma sobre el sofá desvencijado y sus muelles rechinantes, que soportan su peso oscilante como si fuesen portadores de un féretro, y se ríe con un bostezo insondable: «Fumar esta mierda... no es rentable y punto...»

A Nicksy no le apetece ni ver la televisión ni escuchar los comentarios yonquis de su amigo.

No logra tranquilizarse, se le ha subido el *speed* y se retuerce en el sillón. Al captar el intenso tufo que sale de sus zapatillas, se pone en pie de golpe. Mira hacia el techo color crema mate.

Marsha.

Y sale por la puerta como si el piso estuviera en llamas.

1. *Whisky and freedom gang thegither.* Título de un célebre poema de Robert Burns (1759-1796), poeta escocés considerado el bardo nacional. *(N. del T.)*

Nicksy ha salido disparado por la puerta. Últimamente anda mucho más tenso de la cuenta. ¿Qué fue del enano cockney *caradura y aficionado al sparring verbal, del buscavidas que nunca dejaba que nada le afectase?*

Seguramente la tal Marsha esa, la de arriba. Mujeres. Vaya un puto campo de minas. La estudiante que te tiras y dejas plantada. La mangui que te roba el corazón y...

PUNZADA...

Me cago en la puta...

PUNZADA DE COJONES...

Uy..., me levanto y salgo pitando al trono. Una meada larga que parece durar meses. El perro está de pie, apoyando las patas delanteras contra la taza para ver mi chorro de pis. Mete el morro dentro, se moja, suelta un gañido y se larga danzando, echándome una mirada con la que parece estar llamándome cabrón. «Giro... lo siento, compadre...»[1]

Estoy aburrido de mear..., que se acabe ya..., que se acabe ya..., que se acabe ya...

QUE SE ACABE YA...

QUE SE ACABE YA...

PUM PUM DUF DUF

Llaman a la puerta. Me la sacudo. Me la guardo. Me muevo. Abro.

Es la pavita negra esa, la tal Marsha, y me grita un mogollón de mierda. Sobre Nicksy, que si se ha subido a la cornisa... despotricando sobre críos muertos...

Está como una puta cabra..., pero entonces la bofia... Dios mío, es la

1. En castellano en el original. *(N. del T.)*

puta bofia... Una agente gordinflona y un poli con orejas de soplillo nos dicen a los dos que bajemos a la calle en el ascensor...

Cuando el ascensor llega abajo ella sigue gritando que Nicksy es un enfermo y un retorcido y que qué coño quiere de ella y yo pienso...

ME CAGO EN LA PUTA...

No me van a dejar volver a entrar por el jaco...

¡ES MI PUTO JACO!

TORRES DE LONDRES[1]

Lucinda es mi billete a la buena vida. Es hora de dejar de hacer el chorras e ir a por todas: ponerle el anillo en el dedo, mudarme de forma permanente a su queo de Notting Hill y hacerle un bombo como póliza de seguridad. Momento en el cual el pijo angloide de su viejo tendrá que entrar en razón y reconocer que el joven Williamson no va a desaparecer del panorama. Luego será todo cuestión de esperar sentado unos cuantos años antes de acceder a la fortuna familiar. Llevo en el bolsillo la llave que dice compromiso con K mayúscula, el anillo que compré en una joyería medio pasable de Oxford Street.

No cabe duda de que Lucinda es la clase de chica a la que podría llevar a casa y presentarle a la *mia mamma*, y puede que haga eso precisamente, dado que Rents y yo empezamos a sentir la llamada de Caledonia. Formar parte del sindicato del giro supone hacer un viaje al sur en un autocar de la National Express cada quince días para firmar en el paro, y Nicksy está hablando de dejar el piso y volver a casa de su madre una temporada. Además, quiero ver cómo anda el pobre Spud. Tengo entendido que está fatal.

Y a Lucinda le apetece familiarizarse con los bajos fondos. Me asombra que tantos de sus amigos vayan de ese palo. Para el ojo inexperto quizá pasen por pobres por las pintas o por cómo se comporten, huelan o incluso hablen, pero en algún punto del camino de baldosas amarillas les está esperando, guardado en un escondrijo situado más adelante, un sustancioso botín que no se han ganado. Un buen fajo que lo cambia todo. Un montón de tela que me dice

1. «Towers of London»: título de uno de los temas del cuarto elepé del grupo británico XTC, *Black Sea*, editado en septiembre de 1980. *(N. del T.)*

a mí: *que te den, so falso,* cada vez que peroran monótonamente con sus acentos *cockney* de pega. Ahora mismo ella está probando esta mierda, de momento en plan irónico, pero los dos sabemos que por poco que la anime, la adoptará como recurso estilístico sin cortarse un pelo. Me dice que hablo como Sean Connery a la vez que hace gala de una preocupante curiosidad por conocer Leith y los Banana Flats. Ahora, si lo que quiere es vida barriobajera, yo soy el más indicado para proporcionársela, y tengo que reconocer que la perspectiva de tirármela en un colchón saturado de manchas de semen y jugos de chocho de cientos de vagabundos en una torre de apartamentos de Hackney tiene cierta estética *trash.* Luego, en el momento poscoito, sacaré el anillo y pondremos rumbo al norte para ir a ver a *la mamma.* Echo de menos algunas caras (por no hablar de coños) de casa y, sobre todo, quiero asegurarme de que el saco de escoria cuya polla rancia me escupió a este mundo no esté liando a mi madre.

Nos bajamos de la cutre línea North London en Dalston Kingsland, que tiene la única ventaja de ser gratis, y bajamos hacia la barriada de Holy Street. Lucinda, pese a toda su chulería, se agarra con más fuerza de mi brazo, confirmando que es un pelín demasiado blanda para este territorio. *No temas, bella damisela, aquí está Simon.*

La ladronzuela esa de la Charlene Fawcett-Majors-Plant con la que anda enrollada Rents está cruzando la calle. Apartamos simultáneamente nuestras cabezas fingiendo que no nos hemos visto. Tengo entre manos mejor mercancía que esa pequeña guarra, muchas gracias, aunque Lucinda me está rallando, cotorreando sin parar acerca de lo «real» que es este sitio. Si me apeteciera «lo real» me habría quedado en Leith, pero dejo que se aferre a sus delirios de chica con pelas. Pero se ha dado cuenta de que Charlene y yo pasábamos descaradamente el uno del otro, y eso despierta más sospechas que si nos hubiéramos saludado efusivamente. «¿Quién es ésa?»

«Una pava bastante borde a la que se folla Mark.»

«¿Y qué fue de la tal Penny?», pregunta en tono amenazante.

«Exacto», salto yo. «Ése tiene la misma moral que una rata de alcantarilla. Me parece...»

Pero qué cojones...

«¿Qué pasa?», pregunta Lucinda volviendo a agarrarme la mano con fuerza, al ver la muchedumbre que se ha reunido en Beatrice Webb House. ¡Siguiendo esa línea de visión veo que en una de las cornisas de la torre hay alguien que acaba de salir por la puta ventana!

Parece que tiene un brazo dentro, agarrándose a este mundo. Joder, es Nicksy. «¡Me cago en la puta! ¡Es mi compañero de piso! ¡Nicksy!»

«Simon, es terrible..., ¿qué está haciendo...?»

Tengo que reconocer que mi primera reacción instintiva es el impulso de desear fervientemente que salte, con el único fin de convertirme en uno de los protagonistas fundamentales del drama de una vida breve y trágica. Pienso en repartirme su colección de discos con Renton. En invertir en un poquitín de turrón y exportarlo a Escocia. Esos capullos no sabrían ni lo que es. Entonces me doy cuenta de que Nicksy no está en la cornisa de nuestro piso, sino casi arriba del todo. ¡Es el queo de esa guarrilla imbécil!

Y entonces veo a la tarada de Marsha entre la multitud, rodeada de un grupo de jóvenes negratas de ojos hambrientos y unas cuantas focas caribeñas carrozonas que no estaban al final de la cola cuando tocaba repartir el arroz y las habichuelas. Me ve y se acerca, echando chispas por los ojos y fuera de sí. «¡Vino a mi puto piso y empezó a gritarme como un energúmeno! Y luego trepó directamente a la puta ventana, ¿vale?»

«Está como una cabra», le digo.

Marsha me mira y se da cuenta de que a mí me la machaca, así que no hace falta que se moleste en hacer como que a ella no, o al menos no tanto. Lucinda y ella, dos damas londinenses de distinta extracción social, la pija y la pobre, se miran con recelo mutuo y afán intimidatorio. Marsha me mira y me dice: «¡Tendrías que estar cuidando de él! ¡Es tu compañero de piso!»

«Qué será, será»,[1] comento mientras los clisos alucinados de la zumbadita esta se desplazan de mi persona hacia la planta catorce. No tenemos nada más que decirnos.

Veo el coco zanahorio de Rent Boy y me aproximo hacia su nerviosa y temblorosa espalda, aunque cuando nos ve sus ojos ladinos no dejan de revolotear brevemente sobre el pecho de Lucinda. «La poli nos ha mandado salir», se queja. «No dejan usar las escaleras a nadie. ¡Han enviado a un menda arriba a hablar con él! ¡Con el jaco encima de la mesita del salón y todo!»

Ahora le dedico plenamente mi atención. Exasperado, me doy una palmada en la frente. «Como haga una estupidez...»

«La puta bofia podría poner el queo patas arriba», suelta Renton apretando sus dientes amarillentos.

1. En castellano en el original. *(N. del T.)*

Lucinda me tira de la mano. «No pasa nada, Simon», me tranquiliza, «la Policía Metropolitana sabe lo que se hace. Reciben formación especial para este tipo de situaciones.»

Reciben formación especial. Brixton. Broadwater Farm. Stoke Newington. David Martin. Blair Peach. Colin Roach.[1] «Sí, ya, están muy al día.»

Él sigue en esa estrecha cornisa, agarrado al marco de la ventana. ¿Cómo cojones ha logrado llegar hasta ahí? Tiene un tope de seguridad que hay que desatornillar para poder abrir la ventana lo bastante para que alguien pueda salir por ella. Hay un cordón policial en la entrada del edificio: no puede entrar nadie. Una vieja pelleja gimotea diciendo que tiene que pasar para darle de comer al gato. La policía hace oídos sordos. ¿Qué cojones está haciendo el retrasado ese montando todo este lío por una zorrilla de tres al cuarto? Hace un rato Marsha andaba por ahí supermosqueada, y ahora llora mientras la consuela su hermana. La chica tiene bastante buen polvo, pero está tan averiada que no tiene remedio. Shin duda Nickshy tendría que darshe cuenta, ¿no, Shean? *Pero el amor esh ciego, Shimon.* Eshte complejo de shalvador, Shean, ¿cómo es que lo tiene tanta gente? *A mí que me regishtren, amigo.*[2]

Es difícil discernir si Nicksy quiere saltar o ha decidido que no es tan buena idea y está demasiado paralizado por el miedo para volver al interior. Pillo a Rents murmurando algo que suena como «Puto notas», y no puedo estar más de acuerdo con su parecer. Pero luego la caga cuando añade: «Si alguien debería hacer eso, soy yo», volviendo su rostro de drogata, pálido y lleno de granos hacia mí y añade: «¡Charlene acaba de cortar conmigo!»

«Lo lamento», digo, un tanto crispado, pues es como si viera a Lucinda dándole a los engranajes del coco y pensando: *Creía que salía con la tal Penny...* El puto tirado pelirrojo sólo llevaba un par de semanas follándosela, así que no serían precisamente Romeo y Julieta, digo yo. «Creo que se ha quedado atrapado.» Le estrujo la mano a «Cinders» y señalo con el dedo la planta catorce para desviar el azaroso rumbo de sus reflexiones. Se le ponen los ojos como platos y está temblorosa y boquiabierta.

Pienso que una caída en línea recta acabaría con Nicksy espachurrado contra los adoquines, mientras que si cogiera un poco de

1. Relación de motines reprimidos y «pifias» con resultado de muerte provocadas por la Policía Metropolitana de Londres entre 1979 y 1985. *(N. del T.)*

2. Aquí se imita un ligero defecto de habla del actor Sean Connery. *(N. del T.)*

impulso y diera un salto en plan harakiri podría acabar sobre el césped. En cualquier caso, estaría jodido. La limpieza resultaría más difícil en el hormigón, imagino. Suponiendo que el cuerpo se despanzurrara, claro. Sólo de pensarlo, me suben por las pantorrillas unos escalofríos que me llegan hasta las manos y me dan espasmos en el ojo del culo. De repente quiero que no salte, que se salve, y lo deseo con todas las putas fibras de mi ser. El menda ese me acogió en su casa. Es un tío legal que te cagas. Palpo la cajita de plástico que llevo en el bolsillo y que contiene la alianza de oro con diamantes, y lo único que quiero es llevarme a Lucinda arriba y follármela maravillosamente, y luego, cuando esté en trance y flipada, hacerle la proposición y ponerle el puto anillo en el dedo. Juego, set y partido, Williamson, ¡y este capullo egoísta de Nicksy lo está echando todo a perder!

¡Cinders acudirá al baile!

Entonces se ve aparecer a un policía en la ventana. Está hablando con Nicksy, al que se le ve asustado de verdad. Ojalá tuviera unos prismáticos, pero está claro que hay algún tipo de negociación en curso. El poli no se mueve, y no puedo distinguirle la cara, pero se mueve de forma muy económica. El circo se prolonga durante lo que parece una eternidad, aunque seguro que sólo son unos minutos como mucho, hasta que Nicksy echa un vistazo hacia abajo y empieza a avanzar por la cornisa. El poli lo coge del brazo, le sonríe de forma tranquilizadora, y lo ayuda a meterse en el piso, primero una pierna y luego la otra.

Cuando desaparece en el interior, se desata una gran aclamación, seguida por una ronda de educados aplausos, como si se tratara de celebrar una bonita jugada de críquet. Aunque ya no suceda nada, dos subnormales con uniformes de policía –un papanatas con orejas de soplillo y una rubia vomitiva obesa y con problemas de autoestima– se niegan a retirar el cordón. «Tenemos que esperar la autorización», dice la gorda, con un walkie-talkie chirriante pegado a la oreja.

Finalmente, los espesitos integrantes de la *Old Bill*[1] deciden que no hay nadie más esperando encaramarse a las cornisas de la torre y nos permiten amablemente volver a nuestras casas.

Muchas gracias, polizontes.

El ascensor vuelve a estar averiado, así que nos toca una extenuante subida de siete pisos. Al menos sirve para enseñarle a una su-

1. Véase nota 2 en página 25. *(N. del T.)*

dorosa Lucinda cómo vive la otra mitad, mientras Renton rezonga y lloriquea sobre las injusticias de la vida, con las que supuestamente le atañen a él en primer plano, como no podía ser de otra manera. Reconozco una risa burlona procedente de las escaleras de arriba; es la tal Marsha. Nos mira con las manos en jarras. «Así que ésta es tu novia pija, ¿eh? ¿Por eso ya no vienes a follar conmigo, tronco?», me espeta con acento jamaicano.

Veo tanto a Lucinda como a Renton volverse hacia mí y noto cómo me pongo lívido. Lucinda da media vuelta y baja las escaleras como una exhalación, y yo salgo tras ella pisándole los talones. «¡Cinders! ¡Espera!»

Entonces se detiene y me mira. «¡Déjame en paz! ¡Vete a la mierda!»

«Sube aquí una noche de cada dos, ¿que no?» Miro hacia arriba y veo a Marsha asomada a la barandilla, cacareando como una hechicera de vudú caribeña, una enorme piñata blanca en una cara acartonada.

«¡Está loca, Cinders! ¡Es la titi de Nicksy!»

«En una de sus pelotas blancas tiene un lunar negro enorme», chilla Marsha entre risas, y su hermana también se echa a reír.

«¿En cuál de ellas?», pregunta Renton con voz de colgado, y de una forma que indica que el muy gilipollas *de verdad intenta ayudar,* joder. Me llevo las manos a la cabeza, angustiado, clavando el índice y el pulgar en mis sienes palpitantes.

«¡Déjame en paz! ¡Que me dejes, joder!», grita Lucinda antes de bajar la voz y añadir: «Y pensar que..., eres un mentiroso asqueroso... De verdad, me das pena», se ríe, casi a modo de acompañamiento gutural y caballuno de las chillonas burlas con acento entre *cockney* y jamaicano que vienen de arriba y resuenan por toda la escalera.

«¡Joder!» Me doy otra palmada en la frente mientras los estridentes cacareos de arriba van remitiendo, y Marsha y su hermana echan a correr escaleras arriba.

«Es una mierda que te dejen tirado..., ahora nos han dejado a todos...», observa el mentecato de Renton. «¡Ve tras ella!»

«Ni de puta coña. Se ha ido todo a la mierda: estoy acabado», le digo mientras lo hago a un lado de un empujón y subo las escaleras. Entonces oigo un viperino «¡Joder!» y pasa a mi lado a toda prisa, saltando como un demonio escalones arriba. Cuando entro en el piso, Renton está recogiendo el jaco y demás bártulos de la mesita de centro como un poseso. «¡AYÚDAME, SOPLAPOLLAS!» No me queda otra que hacer lo que me pide y acabamos justo cuando llaman a la puerta. Han bajado a Nicksy; lo acompañan un poli y una mujer que frunce el gesto con cara de desaprobación. Renton pone agua a hervir y prepara un poco de té. La mujer sujeta nerviosamente una taza manchada y descascarillada del West Ham mientras ella y el poli ayudan a Nicksy a acomodarse en el sofá. Yo estoy destrozado y necesito de mala manera tumbarme y reflexionar acerca de mis opciones, cada vez más escasas. Me acerco a la ventana y veo a Lucinda atravesando con paso firme el césped hacia Kingsland Road y la estación del tren de superficie, que la llevará al oeste y hacia la vida real.

Estoy acabado. Destrozado.

«Me cago en la puta, ¿estás bien?», pregunta Rents a mis espaldas.

«Sobreviviré», le digo.

«Me refería a Nicksy.» Señala a la ruina que está en el sofá.

«Sí...», gimotea Nicksy, levantando la mirada con cara de rata de alcantarilla medio ahogada.

El poli posa su mano en el hombro del lamentable vegetal. «Brian tiene que venir a charlar con nosotros un rato, y luego podrá volver a casa.» Le echa una mirada a la titi hostil, que supongo que será una puta asistenta social. Nada más lejos de mí que calumniar en bloque a una profesión entera, pero todos los asistentes sociales son unos putos gilipollas. «No se trata de nada siniestro», dice al ver la cara contenciosa que pone Renton, «sólo necesita hablar con alguien.»

Cinders...

En cierto modo estaba enamorado de ella.

«Puede hablar con nosotros», dice Renton, a la defensiva, «somos sus colegas.»

Yo pienso: *habla por ti, Rent Boy.* Coleccionar pringaos (al menos pringaos sin vagina) no es lo mío.

Cinders, vuelve... ¡Hasta pagué el puto anillo!

El poli nos mira con una sonrisa cansada y sacude la cabeza. Nicksy se encoge de hombros a modo de tímida disculpa, como reconociendo que se ha comportado como un auténtico gilipollas, lo que sin duda es el caso. Vuelvo a cambiar de opinión. Si vas a hacer algo así, al menos ten las narices de llegar hasta el final en lugar de cagarte patas abajo y acabar quedando como un payaso sin cojones. Piensa en el pobre Spud, conectado a una puta máquina de respiración artificial y luchando por seguir con vida, mientras el mariconazo angloide este ni siquiera tiene huevos para acabar con la suya. Piensa en mí, abandonado por mi casi prometida, pero sin tirar la toalla. Sigo dando guerra.

Renton sigue al desgraciao de Nicksy y baja con él en el ascensor.

Yo me apunto: pero sólo porque no se me ocurre nada mejor que hacer. *Quizá Cinders haya dado media vuelta.*

En la puerta de Beatrice Webb House, Nicksy se mete en un coche con la asistenta social, que se lo lleva, sin duda para hacerle una buena paja mental en alguna parte. El poli que lo convenció de que entrara se vuelve hacia otro policía, contempla el gris municipal de la torre contra el cielo azul pálido y comenta: «Hay un buen trecho hasta llegar abajo.»

¡Joder, pero qué asombrosa capacidad de observación! ¡Tenemos la suerte de que todo un fenómeno de la Policía Metropolitana se ocupe del caso! Con todo, acabo mirando hacia arriba mientras pienso en maneras de vengarme de esa zorra ninfómana negrita. ¡Si el puto Nicksy le hubiese dado lo suyo como es debido, no habría tenido necesidad de enredar conmigo, y ahora yo estaría planificando una boda de alto copete!

A Renton parece fascinarle el poli socorrista, un mutante alto, delgado, con la cabeza rapada y piel cetrina. Tiene unos ojos como risueños que no casan con la raja cruel que tiene por boca. «¿Cómo lo ha convencido para que entrase?»

El poli lo mira con leve desprecio antes de ablandarse un pelín. «Sólo le he hecho un poco de caso. He hablado con él y lo he escuchado.»

«¿Qué le pasa?»

«Vosotros sois sus amigos», dice encogiéndose de hombros el cerdo, «a lo mejor os lo cuenta él mismo, cuando llegue el momento.»

A Renton parece disgustarle un poco lo que acaba de oír. Se retuerce, incómodo, y luego mira fijamente al policía. «¿Pero qué le ha dicho para que volviera adentro?»

El poli sonríe con gesto sobrio. «Sólo le he dicho que por muy mal que pareciese que estaban las cosas ahora mismo, todo eso forma parte de lo que es ser joven. Y que las cosas se vuelven más fáciles. Que tiene que recordar eso y no echarlo todo por la borda. Que la vida es un don.»

Mi vida con Lucinda. Destrozada. Mi gran oportunidad. A la porra. ¡Todo gracias a Nicksy!

Renton parece pensarlo por un momento. Mantiene la pose de yonqui, abrazando su propio cuerpo pese a que no haga frío. El puto picota colgado de los huevos va a atraer más la atención de la pasma que Nicksy, temblequeando de esa forma, y encima delante de un poli. «¿De verdad? Quiero decir, ¿de verdad se vuelve todo más fácil?», pregunta con urgencia.

El poli niega con la cabeza. «Y una mierda; se pone mucho peor, maldita sea. Lo único que pasa es que las expectativas que tienes en la vida se vienen abajo. Te acostumbras a toda la mierda y ya está.»

Renton parece tan perturbado como yo; nos miramos y nos damos cuenta de que el agente no está de coña. Pienso en el pobre Spud. Renton mira descarnadamente al poli. «¿Y si no te acostumbras qué? ¿Qué pasa si no consigues acostumbrarte?»

El poli vuelve a levantar la vista hacia los pisos de la parte de arriba, se encoge de hombros y tuerce el morro. «Pues que la ventana esa seguirá ahí.»

Tam entra como caminando sin prisa por la planta, me ve y viene derechito hacia mí. Tiene careto de preocupación y me dan ganas de gritarle: ¡respiro, tío, puedo respirar! ¿Mola o no? Me apetece contarle que me han dicho que me voy a poner bien, pero no puedo decir nada y tal, con el tubo este metido en la garganta no puedo responder a sus preguntas. Sólo puedo respirar. Y Tam lo pilla, y me da un apretón en la mano. Así que empieza a largar: me cuenta que ha estado fuera una semana, en el norte, pateando por la montaña con Lizzie y tal, y que volvió pitando en cuanto pudo. Pienso que fijo que si yo hubiera estado con ella yo también habría venido pitando, aunque sé que él no ha querido decir eso y es un detalle por su parte haber venido. Ahora me mira todo triste y va y dice: «Ay, Danny, tontolculo. ¿Qué vamos a hacer contigo?»

Yo le señalo el tubo, pero entonces entra la enfermera de turno, Angie. Tommy le pregunta por el *Hampden Roar*.[1]

Oigo a Angie dándole los detalles, como ha tenido que hacer con todos los que han venido a visitarme. «Llegó a urgencias tambaleándose, veía doble, no vocalizaba bien, tenía los párpados caídos y debilidad en el músculo ocular.»

Tommy asiente, y luego me mira como diciendo: «¿Y? ¿Eso qué tiene de nuevo exactamente?»

«El diagnóstico ha resultado ser botulismo por herida», le dice Angie.

«¿Y eso qué es?»

Angie pone cara de circunstancias. Es una tía de puta madre, Angie, ¡aunque sea una *Jambo* de Slighthill! O a lo mejor una *Jambette*,

1. Véase nota 2 en página 316. *(N. del T.)*

si es así como se llama a las titis *Jambos.* Pero no, igual sería sexista. «Algo muy desagradable», le dice a Tommy. «Pero por suerte los médicos lo diagnosticaron enseguida, así que pudimos aplicarle el tratamiento adecuado, que consistió, entre otras cosas, en ponerle a Danny este respirador artificial y administrarle la antitoxina botulínica. Esperamos que se recupere por completo.»

«¿Ha sido por el ja... por la heroína?» Tommy hace la misma pregunta que hizo mi madre la semana pasada, cuando me desperté. Hablan todos de mí como si no estuviera y eso me saca de quicio; que tenga este tubo metido por la garganta no quiere decir que no pueda oírles y tal, ¿sabes?

Angie no le contesta directamente, sino que se limita a poner cara de mosqueo pero amable a la vez, como solían hacer los mejores maestros en el colegio y dice: «Has sido un chico de lo más tontorrón, ¿a que sí, Danny?»

A eso no es que pueda objetar gran cosa, aunque no tuviera un tubo metido en la garganta y tal.

«Tú haz todo lo que te digan, y ponte las pilas cuando salgas», dice Tommy clavándome sus penetrantes ojos castaños mientras me da otro apretón en la mano.

Intento decirle «guay», pero noto que los músculos de la garganta se contraen alrededor de esta especie de cañería rígida y me entra una pequeña convulsión, así que le estrujo la mano y asiento con la cabeza. Entonces Tommy se pone a contarme lo que ha estado haciendo en las Highlands y tal. No quiero cortarle el rollo a un tío enamorado de una titi de buen ver, pero es todo que si «Lizzie y yo esto» y «Lizzie y yo lo otro». Supongo que así es su vida, pero la verdad es que los rollos sentimentales de otra peña son un muermo total, sobre todo cuando tú estás pillando cero *Ian McLagan*[1] y tal. Al final me pega un apretón de manos que casi me parte los dedos y me dice: *«See ye behind the goals.»*[2]

Después se va, pero entonces aparece el médico paki, el señor Nehru, el que, según dicen todos, me salvó, acompañado por una chica. Lleva una especie de traje y gafas, pero no parece asistenta social. Tiene un pelo negro y lustroso bien chulo que le llega como hasta los hombros.

1. Argot rimado: *Ian McLagan* (1945-, teclista de Small Faces y luego de Faces) por *shaggin'* («pillar cacho»). *(N. del T.)*

2. Frase hecha de Leith que significa «Hasta luego». *(N. del T.)*

«Danny... Danny boy...[1] ¡mañana vamos a quitarte el aparato este! ¡Eso es bueno! ¿No?», me suelta el señor Nehru.

Le muestro el pulgar al colega, porque este tipo mola mazo y me ha salvado totalmente la vida, tronco. Me mola la voz cantarina que tiene, y esa forma de mover la cabeza de un lado a otro cuando habla. Sí, tío, cuando alguien se entusiasma tanto, yo me dejo llevar también, ¿sabes? Eso es lo que necesito, colega, tener un motivador a mi lado todos los días. Que me asista y me anime, ¿sabes? Alguien que me diga que soy guay y que me lo monto bien. Alguien como el señor Nehru.

El señor Nehru mira a la chica, que lleva unas gafas rojas guapísimas ligeramente tintadas, y que es muy flaca, en plan zancudo, y va y le dice: «Danny contrajo botulismo por herida. Es una enfermedad potencialmente mortífera que se produce cuando las esporas de la bacteria *Clostridium botulinum* contaminan una herida y germinan, generando la neurotoxina botulínica. Eres un tipo muy afortunado, ¿no es así, *Danny boy?»,* me canturrea y yo le respondo guiñándole un ojo. Le dice a la titi flaca con gafas que la incidencia del botulismo por herida está aumentando, y que se debe a la inyección subcutánea de heroína o en los músculos.

«¿Y a qué es debido?», le pregunta la chica con acento pijo.

«Las razones no están claras, pero podría tener algo que ver con la contaminación de determinadas partidas de heroína, así como a cambios en las prácticas de inyección.»

«Parece muy preocupante... ¿Podría hablar con él?»

«¡Claro! Puede oírla perfectamente. Los dejaré a solas para que se conozcan.»

La chica sonríe forzadamente al señor Nehru, pero cuando se sienta a mi lado los ojos se le iluminan y parece emocionadísima. Y yo pienso, «¿aquí qué pasa?», ¡pero sin poder decir nada!

«Danny... Entiendo que lo has pasado muy mal debido a tu enfermedad y tu dependencia de la heroína. Pero he venido aquí a ayudarte, y para ayudarte a dejar todo eso atrás.»

Yo sigo sin poder decir nada, pero el sol sale por detrás de la chica y arroja sobre ella un gran resplandor, enmarcándola en una luz suntuosa y cegadora; igual es que todas mis plegarias han sido escuchadas, tío, porque esta chica tiene como una pureza tipo Virgen María, ¿sabes?

«Quiero ayudarte, trabajar contigo en una unidad nueva e innovadora que hemos creado. En este centro puntero habrá otra gente

1. Véase nota en página 239. *(N. del T.)*

como tú, y trabajaremos con Tom Curzon, que es de lo mejorcito que hay en este campo, y seguramente el mayor experto de todo el Reino Unido en programas de rehabilitación centrados en el cliente. ¿Querrás trabajar con nosotros y dejar que te ayudemos a ponerte bien?»

Yo asiento y digo sí, sí, sí mentalmente y levanto los pulgares.

«Ésa es una noticia realmente estupenda», me dice sonriendo. «En cuanto te sientas más fuerte, me encargaré de que te trasladen al centro de rehabilitación», y de verdad que se la ve entusiasmada. «Me llamo Amelia McKerchar, y estoy aquí para ayudarte, Danny», dice estrechando mi mano sudorosa.

Y yo siento que me acaban de salvar a tope, tío, ¡que me ha salvado un ángel misericordioso! ¡Ahora ya sólo puedo ir para arriba!

Sequía

DILEMAS YONQUIS N.º 2

A juzgar por la forma en que se ha estado metiendo bacalao en el cuerpo, el capullo ese debe de estar a un pelo de escroto de diñarla. Salgo dando bandazos de donde me quedé sobado, encima de las frías y asquerosas baldosas de linóleo de la cocina, y apoyo la cabeza en su pecho: un latido débil y poco perceptible. «Matty, despierta.»

Enseguida me arrepiento de haberlo hecho, porque el capullo resucita y ahora es todo tormento y desesperación. Primero él y luego Alison, que ni me había fijado que estaba acostada en el sofá. No hacen más que quejarse de lo mal que están, y de lo chunga que es esta movida y las ganas que tienen de dejarla. Luego Maria sale temblequeando de la habitación donde han sobado ella y Sick Boy, lloriqueando acerca de su madre y su padre. Sick Boy aparece detrás de ella, también temblando como un gatito recién nacido, con un ojo parpadeándole espasmódicamente y diciendo: «¡Callaos de una puta vez! ¡Vaya una panda de plastas! ¿Soy el único cabrón que sabe divertirse aquí o qué?»

Me voy al baño y echo una meada; estoy demasiado asustado para mirarme en el espejo. Cuando acabo, la chiquilla esa, Jenny, la colega de Maria, sale del dormitorio. Parece aterrada, con esos ojos grandes y llorosos, y aparenta unos diez años, mientras se me acerca de forma vacilante. «Dicen que van a pillar un poco más de eso», gimotea mientras se restriega una postilla roja que lleva en la cara interior del codo. ¿Gajes del oficio? ¿Iniciación cultural? Dejémoslo en accidente laboral. «Me pinchó Maria, justo ahí», me dice. «Pero ya no quiero más, quiero irme a casa.» Me mira a mí como si fuese una especie de carcelero y me estuviese suplicando que la pusiera en libertad. «¿Tú qué crees que debería hacer?»

«Vete a casa», le digo, negando insistentemente con la cabeza y volviendo a mirar hacia el salón, «no vuelvas a entrar ahí ni a decirles adiós siquiera, si no quieres que te líen», y abro la puerta y la acompaño

a la escalera. «Ya les digo yo que te encontrabas mal y tuviste que irte a casa. Tú vete», le insisto, y entonces oigo voces histéricas gritando desde el salón y quiero que la chica se pire ahora mismo. «¡Vete a casa! Rápido...»

Y se pira saludándome con la cabeza, llena de temerosa gratitud. Cierro la puerta y recorro el pasillo frío y mohoso hasta llegar al salón.

Sick Boy, que está tirado en un puf que está apoyado contra la pared, se hace oír entre el barullo. «Me voy de caza.» Nos escudriña a todos con esos enormes ojos que tiene. «¿A quién le hace?»

Se quedan todos ahí sentados, temblando y gimiendo. Esto parece una especie de funeral palestino de masas, rebosante de angustia, para conmemorar a los últimos mártires lanzadores de piedras. Maria dice no sé qué de que quisiera estar muerta, y Ali se levanta del sofá para consolarla. «No digas eso, Maria, no eres más que una chiquilla...»

«Pero es como si ya estuviera muerta..., esto es un infierno», balbucea, arrugando la cara y completamente hundida en la miseria.

«Más putos melodramas», dice Sick Boy mirándome a mí y poniéndose en pie con ayuda del radiador. «¿Quién viene?»

«Yo me apunto...», le digo, y salimos al pasillo.

Sick Boy me mira con esos ojazos tristes y me posa la mano suavemente en el hombro. «Gracias, Mark», me dice en voz baja. «Alejémonos de estas tías asquerosas, joder. Ya pasaron los tiempos en que podías mantenerlas calladas llenándolas de lefa, ahora lo único que quieren es jaco, jaco y más jaco.»

«Ya», le digo yo. «Pero la vida sigue, ¿no?»

Asiente secamente y vamos desfilando hacia la puerta principal. «No tendríamos que haber vuelto aquí», se queja. «Podría haber pillado donde Andreas..., teníamos montado el chanchullo de cobrar el paro con Tony..., allí estábamos de vicio, tío, de puto vicio...»

Maria grita: «¿Dónde está Jenny? ¡Como se haya pirado sin decir nada la reviento!»

Oigo a Ali decirle algo para calmarla, mientras Sick Boy y yo nos escabullimos rápidamente por la puerta principal, como unos ladrones huyendo de la escena del crimen. Oímos la voz de Matty, aterrado, chillando a nuestra espalda: «¡Dadnos un toque si pilláis!»

No paramos, ni miramos atrás. Cuando abandonamos la escalera y salimos a la calle, alguien grita por la ventana, pero no pensamos volvernos para ver quién es.

Junta de Salud de Lothian
Privado y confidencial
Casos de VIH+ registrados en febrero

Gordon Ferrier, 18 años, Edimburgo Norte, mensajero y boxeador aficionado, por consumo de drogas por vía intravenosa.

Robert MacIntosh, 21 años, Edimburgo Norte, limpiaventanas, por consumo de drogas por vía intravenosa.

Julie Mathieson, 22 años, Edimburgo Norte, estudiante de teatro, un hijo, por consumo de drogas por vía intravenosa.

Philip Miles, 38 años, Edimburgo Norte, cocinero en paro, tres hijos, por consumo de drogas por vía intravenosa.

Gordon Murieston, 23 años, Edimburgo Norte, soldador desempleado, por consumo de drogas por vía intravenosa.

Brian Nicolson, 31 años, Lothian Oeste, ingeniero civil desempleado, por consumo de drogas por vía intravenosa.

George Park, 27 años, Edimburgo Sur, peón desempleado, un hijo, por consumo de drogas por vía intravenosa.

Christopher Thomson, 22 años, Edimburgo Norte, panadero en paro, por consumo de drogas por vía intravenosa.

Ahora siempre tengo las manos frías. Como si me fallase la circulación. Antes no las tenía así. Me las ando frotando, ahuecándolas y soplando en ellas hasta en los días de calor. Tengo el pecho congestionado, y el sistema respiratorio permanentemente obstruido por una flema espesa.

Duf duf duf...

Pero soy yo quien se ha hecho esto a sí mismo. Nadie más me ha jodido; ni Dios ni Thatcher. Lo he hecho yo; he destruido el Estado soberano de Mark Renton antes de que esos cabrones pudiesen acercarse siquiera a él con su bola de demolición.

Resulta raro volver al hogar paterno. Está muy silencioso desde la muerte de Davie. Incluso cuando estaba en el hospital seguía teniendo una gran presencia; mi madre y mi padre corrían de un lado para otro, siempre preparándose para visitarlo, comprando cosas que llevarle, hablando sin parar sobre su estado con parientes y vecinos. Ahora los niveles de energía de la casa se han desplomado y parece que ya nada tenga sentido; cuando llegué, el viernes por la noche, ya estaban los dos en la piltra. Billy seguía levantado.

Sólo había venido a recoger unos elepés para venderlos, pero acabé sentándome a ver el boxeo con Billy y luego me quedé a sobar en mi antigua cama. Mi cuerpo está metabolizando el jaco más rápido. Antes solía pasar días sin meterme. Ahora la cosa anda en torno a las cuatro putas horas. Me he vuelto más aletargado y más vago, básicamente para ahorrar energía y no quemar el jaco. Estoy irritable. Aburrido. Despistado. Y, sobre todo, apático. Levantarme del sofá (para cualquier cosa que no sea meterme jaco) me cuesta un esfuerzo monumental.

Keezbo y yo nos apuntamos al programa de la metadona, seguidos por Sick Boy. Le quita hierro al mono pero es una mierda y seguimos todos con tembleques y siempre en busca de bacalao. Se lo cuento a la chica de la clínica y me dice que sólo necesitamos algunos «ajustes» para eliminar todos los síntomas del síndrome de abstinencia. ¡Casi nada, joder!

La mayor parte de los días, cuando no ando buscando jaco, me dedico a leer el *Ulises* de Joyce, que me sorprendió y agradó encontrar en la biblioteca de McDonald Road. La verdad, antes nunca lo había pillado, me parecía un rollo insoportable y punto, pero ahora me pierdo en él, y flipo con las palabras y las imágenes que sugieren igual que si estuviera de tripi. Ojalá me lo hubiera llevado conmigo a casa de mi madre.

En el programa de la metadona hay que presentarse a diario en la consulta del hospital de Leith. Tienen previsto chaparlo el año que viene, pero tengo que ir allí a que me evalúen y me den mi jarabe con sabor a limpiarretretes. Es un poco como estar apuntado al paro, pero tienes más sensación de formar parte de una comunidad. Te encuentras con mogollón de picotas. Algunos parecen avergonzados, y entran como escondiéndose, a otros se la suda completamente y enseguida te preguntan si llevas algo. Algunos son chalaos, ni más ni menos. Si no se hubieran enganchado al jaco se habrían enganchado a otra cosa. La mayoría no, sólo son tíos del montón que se han drogado hasta sumirse en la inconsciencia para rehuir la vergüenza de no estar haciendo nada. El aburrimiento los ha vuelto locos, locos por las drogas. Por lo general se lo guardan todo dentro, y mantienen la máscara de la compostura con palabrería dura y burlona y humor patibulario. No pueden permitirse el lujo de que les importe algo, y saben que si aparentan apatía el tiempo suficiente, ésta no tardará en estrecharlos entre sus brazos. Y están en lo cierto.

La metadona es una mierda. No coloca nada, pero me dicen que insista porque con el «ajuste fino» de mi dosis, me quitará las molestias y será muchísimo mejor que la alternativa. A veces, en la clínica te miran como si fueras una rata de laboratorio y te hablan con un tono callado y ceremonioso. Me hicieron análisis de sangre, no sólo para el VIH, insistió el tío. Al menos están haciendo algo. Por fin se han dado cuenta de que ahí afuera están pasando cosas fuertes.

Desde luego, en casa de mi madre no pasa gran cosa. Me he dado cuenta de que cuando mi vieja y mi viejo no están, Billy y yo dejamos de competir, nos olvidamos de que nos aborrecemos mutuamente y en realidad nos llevamos razonablemente bien. Estuvimos viendo a un boxeador negro americano arrollar a la última y malhadada esperanza blanca.

Entonces Billy dijo algo así como: «No aguanto la vida de civil, joder.»

«¿Estás pensando en volver a alistarte?»

«Puede.»

Resistí el impulso de seguir hablando del tema. En estas cuestiones, Billy y yo no nos entendemos de ninguna manera, y aunque a mí me parece que es un pringao total, es su vida, y no seré yo quien le diga cómo tiene que vivirla. Pero él siguió hablando un rato más, diciendo que los oficiales eran unos gilipollas y que se cagaba patas abajo durante las patrullas a pie, pero que a la vez molaba tener colegas que te apoyaran y sentir que formabas parte de algo. La semana que viene lo van a juzgar por pegarle una paliza a un capullo en un bareto, así que anda perdidísimo y de los nervios.

Billy se ha instalado en la antigua habitación de Davie, la buena, la que tiene vistas al río. La asignación del mejor dormitorio a alguien al que le hubiese dado lo mismo estar en un sótano que en un ático suscitó cierto resentimiento conjunto por parte de Billy y de mí cuando nos mudamos aquí desde The Fort hace unos años. El muy cabrón no se cortó a la hora de reclamarla para él tras la muerte de Davie. Pero da igual, tampoco es que yo esté planeando volver a casa. Ahora la que fue su parte de la habitación se ve desnuda. Se ha llevado su foto enmarcada de Donald Ford[1] con la elástica que llevaban los *Jambos* en los setenta, parecida a la del Ajax, y el pergamino caligrafiado que hizo en clase de arte (su único logro visible tras once años de educación pública) con la letra completa de «Hearts, Glorious Hearts»[2] en tinta granate. Por suerte, la figurita de plástico del rey Billy[3] a caballo que contemplaba con aire reprobador los pisos infestados de hinchas del Hibernian desde el alféizar también ha desaparecido.

La cinta adhesiva que colocó hace siglos sigue en el suelo, atravesando la alfombra. La levanto y veo una línea gruesa más oscura que contrasta con el azul claro desteñido por el sol. Billy la llamaba el

1. Futbolista escocés que jugó en el Heart of Midlothian entre 1965 y 1976. *(N. del T.)*

2. Himno del Heart of Midlothian F. C. *(N. del T.)*

3. Guillermo III de Inglaterra y II de Escocia, monarca protestante de la Casa de Orange. *(N. del T.)*

Muro de Berlín invisible, que lo separaba de mi póster de la Copa de Liga del 72, presidido por Stanton, una foto de equipo del Hibs de la temporada del 73, con las dos copas expuestas, y una foto de Alan Gordon en pleno lanzamiento. Hay una reciente de Jukebox. Tengo una foto buenísima de la iglesia de St. Stephen's Street donde Tommy pintó con espray IGGY ES DIOS en el lateral del edificio y un montaje de fotos adolescentes que me hice, primero de punk y luego de *soul boy*, en las que cada corte de pelo da más vergüenza que el anterior. Debería acercar la cama un poco más a la ventana, porque Billy no va a volver.

Es más, ha tenido las narices de ir y comprar una cama de matrimonio para poder tirarse a Sharon cómodamente en la habitación de Davie cuando ella se queda a dormir. Un picadero para *Jambos*. ¿Cómo cojones conseguirá el muy pervertido que se le levante con mis padres durmiendo en la habitación de al lado? ¿Es que no tiene dignidad, joder? Yo jamás traería a una chica aquí, a casa de *mi madre*.

Así que el sábado por la mañana me levanto tarde, pasadas las once. No tengo hambre, pero mis padres, sorprendidos de verme, insisten en que me quede a comer mi picadillo de los sábados. Es una especie de tradición que ella preparara el picadillo temprano, normalmente a mediodía, para que pudiéramos irnos a Easter Road o a Tynecastle, o a veces, en el caso de mi padre, hasta Ibrox. Aunque el fútbol ya no tiene tanta presencia en nuestras vidas últimamente, la costumbre del picadillo de mediodía ha resistido perversamente. Se saca el mantel blanco, luego la fuente de barro con el picadillo bullendo y una cebolla grandota flotando en el medio. Y luego viene el puré de patata, seguido por los guisantes. Pero el silencio y la rigidez de los movimientos de mi madre delatan una tensión clara en la ceremonia: parece que se hayan percatado de que algo me pasa. La vieja se sienta a la mesa con mirada desquiciada, y se ha quedado sin pitis. Le pide a Billy, pero él se encoge de hombros, indicándole que no tiene. Recuerdo que le he oído decir algo acerca de fumar menos o de dejarlo. «Tengo que bajar a por tabaco», dice ella.

«No necesitas tabaco ahora mismo, Catherine», le dice el viejo como si fuera una niña. Raras veces la llama por su nombre de pila, y me doy cuenta de que algo se cuece porque se miran con nerviosismo y a mí de reojo. Yo le doy vueltas al picadillo en el plato. Me he comido un poco de puré, pero el picadillo está demasiado salado, me escuece los labios porque los tengo secos y cuarteados, y los guisantes parecen unos balines verdes y arrugados, porque se han quedado demasiado rato en el horno. Mi vieja no tiene ni puta idea de cocinar, pero aunque fuese la mismísima Delia Smith[1] yo no podría comer una puta mierda, y tiemblo y parpadeo bajo la luz que entra a borbotones por la ventana grande.

¡Joder, yo sólo había venido a buscar unos elepés!

Por el rabillo del ojo veo a mi vieja levantarse, revolver en los cajones de la alacena, y levantar los cojines del sofá y los sillones por si encuentra algún pitillo perdido debajo. Me está dando mal rollo, y me entran ganas de decirle: «Siéntate a comer de una puta vez, por favor», cuando mi viejo me mira y me dice con tono acusador y mirada acerada: «Quiero preguntarte algo, algo muy serio. ¿Eres uno de ésos?»

Esta vez quiere decir yonqui, no maricón.

«¡Dinos que no es cierto, hijo, dinos que no es cierto!», suplica mamá, agarrada al respaldo de la silla, con los nudillos pálidos de tanto apretar, como si estuviese preparándose para encajar un golpe.

Por alguna razón, paso de mentir. «Estoy en el programa de la metadona», les digo, «pero he dejado el caballo.»

«Puto imbécil», espeta Billy despectivamente.

«Bueno, pues entonces es eso», declara mi padre con frialdad. Luego me mira fijamente con un suplicante: «¿No?»

Yo lo único que puedo hacer es encogerme de hombros.

«Eres un yonqui», dice mi padre entornando los ojos, «un asqueroso yonqui mentiroso. Un drogadicto. Eso es lo que eres, ¿no es así?»

Yo lo miro. «En cuanto me etiquetas, me niegas.»

«¡¿Qué?!»

«Nada, algo que dice Kierkegaard.»

«¿Y ése quién coño es?», suelta Billy.

«Søren Kierkegaard, un filósofo danés.»

Mi viejo golpea la mesa con el puño. «¡Pues para empezar déjate de esas gilipolleces! Porque todo eso se ha acabado: tus estudios y tus oportunidades. ¡Ningún puñetero filósofo te va a ayudar! Esto no es uno de tus caprichos pasajeros, Mark. ¡No es algo con lo que puedes andar enredando hasta que te aburra! ¡Esto es una cosa seria! ¡Estás tirando tu vida por la borda!»

«Ay, Mark...», empieza a lloriquear mi madre, «no me lo puedo creer. Nuestro Mark..., la universidad..., estábamos tan orgullosos, ¿verdad, Davie? ¡Estábamos tan orgullosos!»

1. Célebre cocinera y presentadora de televisión británica. *(N. del T.)*

«Esa mierda te mata, lo he leído todo sobre ella», declara mi padre. «¡Es como ponerse a jugar con una pistola cargada! Acabarás en el hospital, como el chico de los Murphy. ¡Casi se muere, por el amor de Dios!»

Mamá se echa a llorar: sollozos jadeantes y entrecortados. Quiero consolarla, decirle que me voy a poner bien, pero soy incapaz de moverme. Estoy paralizado en la silla.

«Puto pringao», me espeta Billy, «esa mierda es cosa de zumbaos.»

Es evidente que se han restablecido nuestras comunicaciones habituales, así que miro abiertamente al teleñeco este con un desprecio que te cagas: «A diferencia de la madura, sensata y socialmente aceptada práctica de estrellarle la cabeza en los morros a completos desconocidos en lugares públicos, ¿no?»

Billy parece enfadado por un instante, pero lo deja pasar mientras una indulgente sonrisa se le va insinuando en el careto.

«¡De eso ya hemos hablado!», grita mi padre. «¡Llevamos toda la semana hablando de éste y de sus puñeteras estupideces!», dice señalando desdeñosamente a Billy con el pulgar sin mirarlo. «¡Ahora es de ti de quien tenemos que hablar, hijo!»

«Escuchadme un momento», les digo. «No es para tanto. Me he pasado un poco con la fiesta y me he enganchado un poco. Sé que tengo un problemilla pero lo estoy solucionando. Estoy yendo a la clínica, me he apuntado al programa de la metadona, y me estoy quitando de la heroína.»

«¡Sí, pero no es tan fácil!», chilla mi madre de repente. «¡Me lo han contado todo, Mark! ¡Lo del sida ese!»

«Para pillar el sida tienes que inyectártela», le digo tranquilamente mientras niego con la cabeza, «y yo sólo la fumaba. Pero ya está, se acabó. Es cosa de pringaos, como dice Billy», pero al tiempo que le doy la razón, como el tarado que soy, no puedo evitar que mi mirada se pose en mi brazo.

Mi viejo la ha seguido y, veloz como el rayo, me lo agarra y me remanga, revelando las marcas costrosas y purulentas. «¿Ah, sí? ¿Y eso qué es entonces?»

En un acto reflejo, retiro mi brazo marchito. «Casi nunca me inyecto y nunca comparto jeringuillas», me defiendo. «Mirad..., sé que se me ha ido de las manos, pero estoy intentando solucionarlo.»

«¿Ah, sí?», grita mi madre fijándose horrorizada en mi brazo. «Pues no parece que te estés esforzando mucho, ¿no?»

«Pues estoy haciendo todo lo que puedo.»

«¡Se está automutilando, Davie!»

«Por lo menos reconoce que tiene un problema, Cathy», la consuela mi padre. «Algo es algo», parece admitir. Luego me fulmina con la mirada y me pregunta. «¿Fue en Londres donde empezaste a hacer esto?»

No puedo evitar reírme en alto al oírlo. Tengo más acceso al bacalao aquí del que jamás podría tener allí.

«Ya puedes reírte, ya», dice sombríamente, y luego: «Simon no es así, ¿verdad? Stevie, Hutchy, no es así, ¿no?»

«No», le digo, por algún motivo, no quiero meter a Sick Boy en esto. «Ellos nunca la han probado, ¿vale? Sólo yo.»

«Claro, el puñetero primo», dice mi madre con amargura.

«¿Pero por qué, hijo?», implora mi padre. «¿Por qué?»

Nunca se me ocurre qué responder a esa pregunta. «Me da buen colocón.»

Los ojos se le salen de las órbitas como si le hubiesen atizado en la nuca con un bate de béisbol. «¡Maldita sea, tirarte por un barranco probablemente da buen colocón hasta que llegas abajo! ¡Espabila, por Dios!»

«Esto es una pesadilla», gime mamá. «No es más que eso: ¡una maldita pesadilla!»

A continuación se produce un gratificante silencio, se oye el leve tictac del elegante reloj de péndulo, el que el viejo le compró a su colega, el granuja de Jimmy Garrett, en el mercado de Ingliston. Entonces suena. Lentamente, da doce campanadas plomizas, aunque pasen bastante de las doce, midiendo nuestras vidas en latidos..., dum..., dum..., dum...

Intento comer un poco de picadillo, pero tengo las tragaderas jodidas. Noto cómo me baja por la garganta, pero los músculos no me funcionan. Es como si se me acumulara en el esófago y me fuera ahogando con cada bocadito, hasta que noto un repentino alivio cuando por fin me llega a la tripa, prieta como una pelota de tenis. Mi madre, que me ha estado escrutando detenidamente, parece acordarse de algo, y acto seguido se levanta con una repentina urgencia desquiciada que altera a todos los capullos presentes y se acerca de un salto a la alacena, donde coge un sobre y me lo entrega. «Ha llegado esto para ti», me dice en tono acusador.

Tiene matasellos de Glasgow. No tengo ni zorra de qué es ni de quién viene. De repente, soy consciente de los tres pares de ojos ardientes clavados en mí, lo que me dice que estaría feo guardarlo para luego. Así que lo abro. Es una invitación.

El señor y la señora de Ronald Dunsmuir
tienen el placer de invitar a
Mark Renton
....
al enlace de su hija
Joanne April con el señor Paul Richard Bisset
que tendrá lugar en
la iglesia de St. Columba de Escocia,
Duchal Road, Kilmacolm, Renfrewshire, PA13 4 AU
el
Sábado, 4 de mayo de 1985, a las 13.00
y al posterior banquete que se celebrará en el
Bowfield Hotel y Club de Campo,
Bowfield Road, Howwood, junto al aeropuerto de Glasgow,
Renfrewshire, PA9 1DB

Se ruega confirme su asistencia: 115 Crookston
Terrace, Paisley, PA1 3PF

«¿Qué es?», pregunta mi madre.

«Nada, una invitación de boda. Mi viejo amigo Bisto, de la universidad», le digo, sorprendido de que se vayan a casar y alucinado de que me hayan invitado. Joanne debe de estar preñada; es la única explicación posible, ya que a los dos aún les queda otro año en Aberdeen para terminar. La última vez que vi a Joanne fue en Union Street. Yo tenía una pinta de borrachín que tiraba de espaldas y me dirigía a casa de Don. Ella iba con otra chica. Ni me miró; se caló bien la capucha de la sudadera y cruzó la calle.

Mamá se pone a mirar al vacío, meneando la cabeza mientras una capa de lágrimas le cubre los ojos. Luego me echa una mirada furibunda y angustiada: «Podría haber sido la tuya..., con la Fiona aquella, tan maja», lloriquea. «O incluso con Hazel.» Mira a mi viejo, que asiente y le aprieta la mano.

«Pues sí, me libré por los pelos», digo yo.

«¡No empieces, Mark! ¡No empieces, me cago en la leche! Sabes muy bien a qué se refiere tu madre», grita mi padre.

Lo que sé muy bien es que llevo aquí un buen rato y, ahora que lo del jaco es de dominio público, no estoy de humor para oír más tediosas disquisiciones sobre en-qué-nos-hemos-equivocado. Fundamentalmente, se equivocaron al satisfacer sus caprichos egoístas de traer más vidas a este planeta hecho polvo. Yo no pedí que me trajeran a este mundo y no me da miedo morir. Lo único que pasará será que todo será igual que antes; no debía de ser un sitio tan estupendo, pero tampoco una mierda tan enorme, porque de lo contrario me habría acordado. Sólo había venido a buscar mis putos discos. Billy me mira, sabiendo *muy bien* lo que estoy haciendo, pero no dice nada.

Me paso por el cuarto de baño para mangarle los Valiums a la vieja, y subo por el Walk, renqueando por el peso de los discos que llevo en la vieja bolsa de Sealink. Afortunadamente, me encuentro a Matt y a Sick Boy en Kirkgate. Se les ve tan chungos como yo me siento y ninguno de los dos está demasiado entusiasmado cuando les pido que me ayuden a llevar la bolsa. Con todo, Matty la lleva un rato, aunque es evidente que lo hizo básicamente para pispear qué había dentro. Fue entonces cuando caí. Bowie, Iggy, Lou: todos iban a desaparecer.

«Joder, será una gran pérdida», dice Matty expresando astutamente mis pensamientos.

«Me los grabaré antes», le replico a la defensiva.

«Ya te veo haciéndolo, ahora mismo, joder», me suelta. Sick Boy va callado, se encorva hacia delante al andar, con los brazos cruzados sobre el pecho.

No pienso discutir con el capullo de mierda este. «Pues le diré a Hazel que me los grabe, tiene aguante para el aburrimiento.»

Matty se encoge de hombros y llegamos a la tienda. Sick Boy se queda fuera fumando mientras yo coloco los discos en el mostrador. El tío los examina con una cara que ya me conozco: yo mismo la he usado montones de veces en el trabajo. «A Bowie siempre puedo moverlo», me dice, «pero Iggy y los Stooges y Lou y la Velvet no le interesan a nadie. Demasiado setenteros.»

PUTO CABRÓN.

Así que me tanga con el precio y Matty finge echar un ojo a los discos y cintas expuestos mientras cuenta mentalmente cada billete y cada moneda que el tío me pone en la mano. Cuando salimos vemos a ese bujarrón vergonzante y estirado del Frente Nacional, Olly Curran, subiendo por el Walk. «¿Todo bien, Olly?»

«Sssí...», dice con ese tonillo de víbora siseante que tiene mientras nos mira por encima del hombro primero a mí, luego a Sick Boy y luego a Matty. Es evidente que cree que somos escoria, una desgracia para la raza superior blanca. «Eres un Connell», le dice a Matty con un tono levemente acusador.

Matty, pitillo en mano, se retuerce el pendiente como si tratase de sintonizarse el cerebro. «¿Y?»

«Ya no vives en The Fort», dice Olly.

«No, ahora vivo en Wester Hailes.»

Olly le dispensa una mirada de guardia de seguridad, demasiado espesa y zafia hasta para un policía, y luego se hace un silencio. Así que voy y digo: «Llevas ese cuello almidonado como todo un militar, Olly.»

Él sonríe, con su mirada ladina rebosante de odio imbécil, antes de ponerse todo farruco y espetarme: «Bueno, a algunos nos gusta mantener cierto nivel.»

«Ya, bueno, desde luego está impecable. Tengo entendido que a la parienta le gusta lo de meter el *dhobi* en la Bendix.»[1]

«Ssssí», sisea suavemente, receloso pero engreído, «así es.»

Sick Boy asiente y dice: «Yo conocí a una tía obsesionada con el tema ese. No podías meter nada en la lavadora. Siempre tenía que ser en la Bendix.»

«Sí..., a veces es una lata», rumia Olly, «porque la lavadora funciona perfectamente.»

«Pero, claro, si está acostumbrada a meterlo en la Bendix...», comenta Sick Boy con una risilla.

Me está costando un huevo no reírme, y la boca de Matty, abierta como una gruta y sus ojos como platos indican que el muy capullo sabe que estamos de vacile pero no tiene ni puñetera idea de por dónde van los tiros.

«Ya», declara Olly, «su madre era de la misma cuerda.»

«Pero seguro que alguna vez utilizará la lavadora, ¿no?», pregunta Sick Boy.

«Muy poco.»

«Pero seguro que a ti te gustará echar un *dhobi* ahí de vez en cuando, ¿no?», le suelta Sick Boy.

«Alguna vez lo intento, pero ella está siempre emperrada con lo de la Bendix.»

«¿Y alguna vez te ha dado a ti por ahí?», le pregunto.

«Cuando era más joven y estaba soltero, sí. Pero entonces era marinero y se me exigía pulcritud..., ¿qué?..., ¿qué?...», empieza Olly cuando ya no podemos aguantarnos. «¿De qué os reís? ¡Os habéis metido algo, maldita sea! ¡Os conozco! ¡Ya sé de qué vais!»

1. Véase nota 1 en página 65. *(N. del T.)*

«A ver, ¿de qué?», le respondo.

Me mira la muñeca, y el pus que supura la postilla sobre la piel de gallina blanca.

«Accidente laboral», le digo guiñándole un ojo, pero da media vuelta, asqueado, y echa a andar Walk arriba.

«¡Hala, a tomar por la Bendix!», le grita Sick Boy. Me duelen los costados de reírme. Pero me doy cuenta de que quien da risa soy yo, todos nosotros; el dolor empieza a notarse y nos miramos unos a otros, cegados por los mocos, sintiéndonos como leprosos en nuestro propio barrio. Los transeúntes se nos quedan mirando con cara de horror y asco: su desprecio es palpable. «Vámonos echando leches de aquí», dice Sick Boy.

Dolor. Dolor psíquico.

Y se avecina más cuando llegamos a Tollcross. Matty opta por esperarnos abajo. «No soy bienvenido, joder», dice. Dentro, las tomateras de la ventana se ven tan podridas y desastradas como Johnny, que está sentado delante de unas rayas de *speed.* Yo cometo el gran error de darle la pasta que le debo. Se la guarda y luego se niega a pasarnos nada más.

«Sólo una bolsita, colega.»

«Lo siento, amiguete, los negocios son así.»

«Pero te acabo de dar algo de panoja, sabes que soy de fiar.»

«Si no hay guita, no hay jaco. No hay mucho material circulando, así que el que hay es para los que pagan al contado. Yo que vosotros conseguiría la guita y me daría vidilla por si acaso.»

«Venga, Johnny, somos colegas...»

«En esta movida no hay colegas, chaval, ahora somos todos conocidos», me suelta. «En los tiempos que corren el Cisne Blanco no es más que un engranaje de la máquina, *compadre.*»[1] Se llena los pulmones de sulfato. «Soy director de una sucursal de Virgin, no el dueño de la Tienda de Discos de Bruce. No sé si me entiendes.»

Tiene razón. Ahora mismo no hay del blanco, y el turrón ha inundado la ciudad a saco. Swanney la está moviendo para otro, así que está bastante abajo en el escalafón. Estamos como empezamos. Matty se pone a gimotear cuando llegamos al fondo de las escaleras. «¿Nada? ¡Joder, pero qué me dices? ¿Cómo que nada?» El muy capullo nos acusa de estar rateándole y la discusión sigue calle abajo. «Puto mongolo», me suelta.

1. En castellano en el original. *(N. del T.)*

«Me gustaría que dejaras ya el rollo ese de lo de mongolo, Matty.»

«Sólo porque tu hermano lo era», dice; las palabras tabú salen chisporroteando de la asquerosa bocaza de tano del muy cabroncete.

«Nah, el síndrome de Down fue prácticamente el único problema de salud que el pobre mamoncete espástico nunca tuvo», le digo, avergonzándonos a los dos al mismo tiempo.

«Ya te hemos dicho que no hay jaco, coño», le espeta Sick Boy mosqueado. «Y corta el rollo ese de que *te rateamos.* ¡Ya me dirás cómo se le puede ratear algo a un puto gorrón que no se ha rascado el bolsillo una puta vez, joder!»

Al oír eso, Matty cierra el pico, y seguimos caminando en silencio. Llegamos al Foot of the Walk, jodidos y temblequeando, y entonces oímos un chillido que nos hiela la sangre: «¡SI-MOON!»

Dos lolitas que están delante de la puerta del Central nos hacen gesto de que nos acerquemos. Es el último sitio donde querría estar ahora mismo pero no hay forma de que acepten un no por respuesta. Es la chiquilla esa, Maria Anderson, y su coleguita Jenny. Resulta que Jenny es prima de Shirley, así que Matty no está muy contento. Yo tampoco. Le digo que se largue, y ella asiente como si fuera a hacerlo, pero se queda rondando, sin prisa alguna por darse el piro. En el Cenny se niegan a ponerles de beber, así que nos vamos al Dolphin Lounge. Nos sentamos en la esquina, todos bebiendo Pepsi porque tiene un montón de azúcar, y aparece Nelly, que viene del Crown Bar, que está al lado, se pide una pinta y se sienta con nosotros. Empieza a echar pestes de Begbie y Saybo, pero yo paso, porque quiero desconectar de todas las conversaciones que me rodean y pensar a quién podría sacarle algo de jaco. Pero él me sigue dando la brasa y me pregunta: «¿Crees que metí la pata?»

No lo estaba escuchando y no tengo la menor idea de qué me habla, así que le digo: «La decisión fue tuya, Neil», y me encojo de hombros al tiempo que miro a Jenny y percibo una mirada pesarosa que enseguida se vuelve desafiante. Que le den a la poligonera esta; están cayendo como fichas de dominó y yo no soy el asistente social de nadie, mucho menos el mío.

Nelly me mira con esa boca casi sin labios que tiene: «¿Y?»

Llegan otras dos jovencitas para unirse al harén de Sick Boy. «Sealink», dice una de ellas señalando la bolsa ahora vacía a mis pies, pronunciándolo *Sealunk,* con el típico acento de Leith. Normalmente, yo andaría olisqueando las migajas del banquete de ricachón de Sicko, pero ahora mismo ni de coña. Me he quedado sin Bowie, Iggy y Lou. Me cago en la puta, qué mal lo llevo. «Mira a tu alrededor, campeón, es innegable», le digo a Nelly.

«¡Joder que si lo es!», suelta el capullo, creyendo que me importan un carajo sus dramas. Creo que fue el bueno de Søren el que dijo que se pueden dar consejos cómodamente desde un puerto seguro, y la indiferencia total es el puerto más seguro de todos.

La hembra principal de Sick Boy es Maria, la belleza de rostro cadavérico de los Banana Flats. Está buena, pero está enganchadísima al jaco. Se rumorea que fue Sick Boy quien la enganchó, pero las prisas por encontrar al pecador hacen que la gente no vaya más allá de la gilipollez esa de «¿quién es el malvado hijo de puta que metió a mi hijo o a mi hija en la droga?». Cuando hay bacalao de por medio, la gente acaba por probarlo. Es tan inútil y tan carente de sentido como intentar culpar a otro chaval del cole de que tu crío haya pillado un catarro. Olvidémonos de la transmisión, aquí el problema es la *transición.* En realidad sólo se trata del asco que sienten hacia sí mismos por no haberse dado cuenta de en qué momento su crío se convirtió en otra persona.

Pero no por eso Sick Boy deja de ser un cabrón, y desde luego no fue de mucha ayuda. *Sweet sixteen, ain't that peachy keen,*[1] le dice con una sonrisa, forzándola con la caricia de Judas de sus palmas a esbozar una sonrisa perturbada, «y la escuela ya se acabó. Ahora ya estamos dentro de la legalidad, ¿eh, nena? ¡Una unión bendecida por el Estado!» Lleva un sombrero pork-pie, de *rude boy*, que no sé de dónde habrá sacado, seguramente de una de las chicas, y que se nota que a Nelly le toca las pelotas que te cagas.

Nelly me ve mirando el sombrero. Me lanza una sonrisa que dice «vaya pinta de gilipollas que lleva». Luego me dice en voz baja: «¿Sabes que Goagsie ha pillado el bicho? Al capullo lo vieron intentando entrar de extranjis en la clínica esa.»

«Sería para ir a buscar su receta de metadona. Nosotros íbamos a ir allí hora.»

«Nah, el muy capullo se derrumbó en el garito cuando le dieron caña con el tema. Se echó a llorar como una nena», se mofa Nelly.

Yo estoy mirando a Sick Boy, que no para de meterle mano a Maria a la vez que flirtea con Jenny. «Esta chiquilla es un caramelito. Si no te hubiese entregado mi corazón a ti, Maria...», medio amenaza, cosa que incomoda a Maria y suscita las risitas de Jenny.

1. «Dulces dieciséis, no son tan grandiosos.» Fragmento de la letra de «I Don't Like Mondays», de The Boomtown Rats (1979). *(N. del T.)*

Matty hace un tenso gesto de asentimiento. «A ver si nos piramos de una puta vez, joder, estoy chunguísimo», me dice por la comisura de su boca babeante.

Yo me vuelvo hacia Sick Boy. «¿Te apuntas?»

«No... Ricky Monaghan tiene un contacto. Me voy a quedar por aquí a ver si aparece.»

«Joder, Monny no tendrá nada», le espeta Matty con desprecio.

«Tú decides, rojo o negro, haz girar la puta ruleta. Yo me quedo aquí», y abraza con más fuerza a Maria, que nos echa una mirada agresiva.

Yo le doy el visto bueno a Matty. Parece importante ponerse en movimiento, y decidimos dejarlos a lo suyo.

Así que Matty y yo salimos a la calle, expuestos a la cruel luz, con toda la peña cuadriculada paseándose, capullos que no te desean más que males y agobios, y yo tiemblo como una chocolatina de Cadbury en boca de una modelo anoréxica.

«Oye, Mark, siento lo de antes..., lo que dije sobre Davie, ¿sabes? Me pasé de la raya.»

«Olvídalo», le suelto.

«Es sólo que estoy con el mono y eso, joder.»

«Olvídalo», repito, demasiado tenso para ponerme a hablar de chorradas con este capullo ahora mismo.

Entramos en el estanco a comprarle fumeque a Matty. La señora Rylance está detrás del mostrador; de su carota rubicunda salen unos pelos como escarpias. Me ve echarle un ojo a la hucha amarilla. «Los animales no pueden decirte cuándo se encuentran mal, hijo. Si te soy sincera, los prefiero a los seres humanos. O al menos a algunos», añade mientras me echa una mirada compasiva. «¿Cómo le va a mi *Danny boy?* Ese chico es un encanto.»

«Pues parece que está mejor...», declaro bruscamente, con unas ganas de pirarme de allí tremendas cuando veo a Matty hurgándose lentamente los bolsillos en busca de calderilla, ya que odio ser esclavo de las adicciones mezquinas y sin sentido de los demás. «Está fuera, en un centro.»

«Un centro...», repite catatónicamente la chiflada esta como un papagayo mientras recoge cautelosamente las monedas de la sucia pezuña de Matty, como si fuesen piedras preciosas sacadas de un retrete atascado.

Entra un grupo de chavalines y los ojos de halcón de la señora Rylance se ciernen sobre ellos tras las gafas. Cuando le echo la zarpa a la hucha amarilla del mostrador y me la meto rápidamente en la bolsa, veo que Matty se queda de piedra. Eso me lo enseñó Charlene: siempre hay que llevar una bolsa para mangar. El hurto se compone a partes iguales de sentido de la oportunidad y de capacidad de planificación. Mientras llevo a cabo el hurto, no dejo de pasear la vista en todo momento de la cabellera de estropajo de aluminio de la señora Rylance, que está regañando a los críos, a Matty, que otea inquieto para ver si hay moros en la costa.

Salimos y, en cuanto la puerta se cierra detrás de nosotros, oímos aullar a la señora Rylance: «¡LA HUCHA! ¡LA HUCHA DE LOS GATOS! ¡¿QUIÉN SE HA LLEVADO LA HUCHA DE LOS GATOS?!» Pero les grita a los pobres chavales, y mientras nosotros salimos zumbando calle abajo. Paramos para coger aliento en Queen Charlotte Street, sacudiendo la hucha de plástico de la colecta. Pesa bastante. Está llena de monedas de una libra nuevas.

De repente nos damos cuenta de que estamos justo enfrente de la comisaría de Leith, así que nos vamos cagando leches de allí y pillamos un 16 de vuelta a Tollcross. Johnny no está en casa pero, por suerte, Raymie sí. «Venid a comprar mis juguetitos», suspira con una voz a lo Bowie-Tony-Newley, antes de cerrar un ojo y mirar a Matty. «¿Tú no estabas vetado sine díe, chavalote? Igual queréis cerrar este trato antes de que vuelva el Cisne Blanco.»

«Sí...»

Así que nos ponemos a enredar con un cuchillo, ¡pero no logramos abrir la puta lata! Matty se lo clava, pero la hoja sale despedida del plástico reforzado y le da en la otra mano, la que sujeta la hucha, salpicando de sangre roja la hucha amarilla y el suelo de madera lleno de quemaduras de pitillos. «¡HIJA DE PUTA!», grita, chupando su propia sangre como un vampiro. Lo relevo, pero no hay forma, joder. Vemos que está llena de monedas de cincuenta peniques y de libra, pero ni siquiera podemos sacar ninguna, por culpa de esos dientes invertidos que bloquean la ranura.

¡Me cago en la leche, hijos de la gran puta!

Raymie saca un martillo y la aporrea, pero la hucha no cede. «Yo canto, ellos curran», dice cuando desiste. Sus comentarios inanes, que no vienen a cuento de nada, y que antes me hacían gracia, ahora chirrían que te cagas. Cojo el martillo y le atizo a la puta hucha, pero el chisme está hecho de resina resistente, el puto polímero sintético, cancerígeno, no biodegradable apenas se raya, joder. Ni una sierra podría con ella. Haría falta una puta trituradora. Raymie se está impacientando. «Caballeros, deberían abandonar esta humilde morada antes de que vuelva Johnny. El negocio no anda boyante en el apartado de la oferta, pichoncitos, y no vais a conseguir una puta mierda en materia de *Salisbury Crag* hasta que abráis el cacharro este.»

Raymie es un tío raro, pero nos está haciendo un favor. Johnny se ha vuelto quisquilloso con la pasta y más volátil con todo el *speed* y los barbitúricos que se mete. Si cree que le estamos vacilando nos puteará.

Matty y yo nos miramos y decidimos pirarnos e ir a ver si ha aparecido Monny, el contacto de Sick Boy. Volvemos hacia el puerto, pero luego decidimos no pasar por el Foot of the Walk y Kirkgate e ir a casa de Keezbo, en The Fort. Vive en la planta D de Fort House, dos puertas más allá de donde yo me crié. «Voy a subir a ver a Keith, Matty, tú quédate aquí abajo.»

«¿Para qué?»

Abro la bolsa, saco la hucha y la meneo junto a su oído. Un lado de su cara parece agarrotarse, como si le estuviese dando un ataque. «Porque voy a dejar caer esta mierda de chisme desde arriba. Tú deja que se estrelle contra el suelo y reviente y luego echas la pasta a la bolsa. ¿Vale?»

Matty parpadea como si le hubieran echado pimienta en los ojos. «Pero..., joder, puede acabar por todas partes.»

¿QUÉ COJONES HA SIDO ESO?

Ambos oímos resonar ruido de palique desde arriba. Me da vueltas por la cabeza. Un escalofrío de pánico me recorre la nuca. Vaya si estoy jodido; es la puta metadona de los huevos esta... Tiro de la manga de la chaqueta de Matty. «Keezbo y yo bajaremos enseguida a ayudarte, ¡no tenemos tiempo para ponernos a discutirlo, cojones!»

Matty se sorbe los mocos y asiente, mientras tiembla y mira a su alrededor. Dejo caer la bolsa a sus pies. Me voy para el portal y subo trotando hasta la planta D. En la galería veo a los padres de Keezbo: Moira, con su característico pelo castaño rizado y sus gafas de concha, y Jimmy, que sigue siendo un tipo fornido, con camisa blanca y pantalones negros, delante de la puerta de su piso. Según me voy acercando a ellos, el volumen de los gritos aumenta; vienen *de dentro*. Jimmy y Moira se miran el uno al otro, aterrados, y vuelven a entrar en el piso e intentan darme con la puerta en las narices. «¿Qué pasa? ¿Es Keith el que grita?»

«No eres bienvenido, ni tú ni ninguno de sus amigos», me suelta Moira, apoyando todo su peso en la puerta, pero he conseguido meter el hombro y la cadera dentro, y no pienso moverme. Llevo la hucha en la mano, la que está dentro, y tengo miedo de que me la quite, así que entro en el piso de un empujón. ¡Los pájaros están fuera de su jaula, revoloteándome en la puta cara! «¡No dejes escapar a los pájaros!», grita Moira, que ahora me empuja hacia dentro y cierra la puerta detrás de mí.

La escena es alucinante: unos cuantos periquitos y un pinzón cebra revolotean alrededor de Moira; tiene uno posado en el hombro y otro aterriza en el dorso de su mano. Lleva una chaqueta de angora, pero sin nada debajo, ni siquiera una blusa, sólo el sujetador, y la chaqueta no está abrochada hasta arriba porque puedo ver una cicatriz descolorida que le baja hasta la barriga y estoy seguro de haber visto algo moverse ahí abajo, sus tetas o algo. Se ciñe la chaqueta y se abrocha un par de botones, y ambos apartamos la vista, muertos de la vergüenza. Jimmy se queda ahí de pie, avergonzado y parado delante de la escalera, con el morro torcido. Los pájaros trinan a nuestro alrededor, ansiosos, exigentes. «Venga, Moira... Jimmy», les ruego, «sólo quiero ver a Keith...»

Entonces oigo un grito: «¡MARK! ¡LLAMA A LA PUTA POLICÍA!»

El pájaro abandona la mano de Moira mientras Jimmy mira hacia la cocina y ruge: «¡CÁLLATE!»

«Jimmy, ¿qué cojones pa...»

Joder, intento asimilar toda la escena, pero veo que han construido una valla de tela metálica, como una especie de jaula gigante, que separa la escalera del resto de la casa. La moqueta de la escalera está cubierta de periódicos llenos de cagadas de pájaro. Es como si hubieran convertido toda la parte de abajo de la casa –la sala de estar, los dormitorios y el baño– en una pajarera gigante, ¡reservándose para ellos el recibidor de arriba y la cocina! Moira me lanza una mirada ponzoñosa y Keezbo pide auxilio a gritos, mientras ella abre la jaula que da a la escalera y guía a la bandada de pájaros para que pasen. Ellos la siguen como ratas al flautista, luego se aparta ágilmente, los encierra, y se vuelve hacia mí.

«Vete», dice mientras abre la puerta principal.

Keezbo sigue gritando, pero parece que los gritos vinieran de fuera de la casa. Tiene que estar en la vieja pajarera del balcón que hay detrás de la cocina. «¡MARK! ¡AYÚDAME! ¡ME HAN ENCERRADO AQUÍ AFUERA!»

«¿Qué cojones? ¿Estás en el balcón, Keezbo?»

Entonces aparece Pauline, su hermana, en la escalera, dentro de la jaula, con un montón de periquitos verdes, amarillos y blancos piando a su alrededor. «Lo han encerrado en el balcón.» Se vuelve hacia sus padres. «No podéis dejarlo ahí afuera, mamá», y se echa a llorar.

Moira sigue manteniendo la puerta abierta y gritando: «¡FUERA!», y la cabrona entrometida de Margaret Curran asoma el hocico, la zorra cara de cuchillo es el vivo retrato de la miseria. «Ya no podemos más, Moira. Si no dejáis de hacer ruido tendremos que llamar a la policía. ¡Llevamos así todo el día! Y esos pájaros..., nunca me importó que tuvierais la pajarera en el balcón, ¡pero dentro de casa! ¡Es antihigiénico! ¿Cuánto tiempo vamos a seguir así?»

«El que haga falta, ¡es la vida de mi niño lo que está en juego!»

Se enzarzan, pero las interrumpo y le pregunto a Moira: «¿Qué coño le habéis hecho a Keith?»

«Lo han encerrado en el balcón», gimotea Pauline, con la cara angustiada apretada contra la rejilla de la jaula, y rodeada de pájaros revoloteando a su alrededor.

Me abro paso a empujones entre Jimmy y Moira y voy a la cocina. Han quitado el vidrio alambrado que separa la habitación tanto de la pajarera como de la parte exterior del balcón y la han tapado con unos tablones. Keezbo está fuera, golpeándolo y gritando: «¡AYÚDAME, MARK! ¡AYÚDAME, JODER!»

«Aquí no va a entrar hasta que se haya sacado ese veneno del cuerpo», dice Moira.

Me doy media vuelta y casi me topo con ella de narices. «¡¿Estáis de la puta olla?! Está con el síndrome de abstinencia», le digo, acordándome de Nicksy. «¡Es capaz de saltar o de intentar bajar por la pared! ¡Déjame verlo!»

Me doy la vuelta e intento abrir los enormes cerrojos de la puerta. Jimmy no hace nada para detenerme, pero Moira me agarra de la muñeca con sus dedos blancos y huesudos. «No..., no..., le estamos haciendo pasar el mono ese...»

«Lo estáis matando, ¡necesita una rehabilitación en condiciones, joder! ¡ESTÁ TAN CHUNGO QUE IGUAL SE TIRA!», le grito a la cara, y de repente cede y me suelta la muñeca.

La putarraca guarrindonga de la Curran se ha metido en la casa. La oigo gritarme desde el recibidor. «¡Tú te fuiste de aquí! ¡No eres bienvenido! ¡Vuelve a tu barrio donde el río, a la casa que nos tendrían que haber dado a nosotros!»

«Ya no vivimos allí..., nos mudamos», le digo, y me fijo en la expresión de desconcierto e incomprensión boquiabierta en su estúpido careto bovino mientras consigo abrir uno de los cerrojos. Oigo a Keezbo gimiendo al otro lado. «Nos dieron un piso mejor junto a The Shore», le miento a la Curran, mientras me afano con otro cerrojo. «Todas las ventanas dan al río... y tiene un balcón privado con mucha luz..., es un sitio precioso...»

Ella está que se atraganta de furia. «Un balcón..., en el río..., ¿pero cómo...? ¿Cómo puñeta... cómo puñeta lo...?», balbucea antes de que se le ilumine de golpe la mirada. «Entonces la antigua casa... estará vacía, ¿no?»

Abro otro cerrojo. Por el rabillo del ojo veo que todavía hay un periquito enganchado a la chaqueta de angora de Moira, justo encima de sus tetas de plástico. Me cago en la puta...

La chaqueta de angora se ha vuelto a abrir y veo que tiene unos cuantos polluelos metidos entre las tetas, los veo asomando las cabecitas, con el pico abierto, pidiendo comida. *Qué cojones...* La miro y ella me echa una mirada dura, con la boca fruncida, como diciendo: «¿Y qué?»

Yo me vuelvo hacia el último cerrojo..., no puedo ver eso...

«¡Entonces», insiste Margaret Curran, «vuestra casa estará vacía!»

«No..., la semana pasada se mudó allí una familia paki.» Aflojo el cerrojo al tiempo que Jimmy le dice algo a Moira sobre ponerse presentable.

«¿Cómo..., pero cómo, por Dios...?», la Curran está flipando y preparándose para hacerles una visita a los de la Asociación de la Vivienda. El último cerrojo cede y la puerta se abre de par en par.

Veo a Keezbo con su abrigo largo; parece una gran salchicha rosa envuelta en una morcilla. «¡Han intentado matarme, joder! ¡Vosotros!», señala a Jimmy y a Moira, «¡VOSOTROS!»

El periquito grande que Moira lleva en la rebeca levanta el vuelo mientras ella mira a Keezbo horrorizada, ciñéndose la chaqueta para tapar el nido de pájaros que lleva en las tetas. Se da cuenta de que Keezbo ha arrancado la malla metálica con la que habían cubierto el balcón. «¡NO DEJÉIS SALIR A CHEEKY BOY! ¡LOS PÁJAROS SALVAJES LO MATARÁN!»

«¡QUE LE DEN POR CULO A TUS PERIQUITOS! ¡HABÉIS INTENTADO MATARME!»

«¡NOSOTROS SOMOS LOS QUE ESTAMOS INTENTANDO SALVARTE LA VIDA, PUÑETA!», le ruge Moira a la cara, y entonces caigo en que no lleva puesta la dentadura. Entonces mira a Jimmy: «¡DÍSELO TÚ, JIMMY!»

«Estaba pasando frío», gimotea Keezbo, desolado, «¡frío y hambre!»

«¡Hambre de la puta droga, droga y más droga!», chilla Moira, «¡DÍSELO, JIMMY! ¡SÉ UN HOMBRE, POR DIOS, DILE A TU HIJO LO EQUIVOCADO QUE ESTÁ!»

«Moira..., vamos...»

«Tengo guita, Keith.» Meneo la hucha. «¡La abrimos y vamos a pillar!»

«Yo sé abrir esas cosas, Mr. Mark», me dice, con los ojos luminosos y abiertos como platos, mientras Moira mira a Jimmy con el ceño fruncido y cierra la puerta del balcón de un portazo, al tiempo que llama a Cheeky Boy para que vuelva a sus pechos falsos.

«Ahora tenemos que calmarnos todos..., Moira», le ruega Jimmy.

«¡QUE ME CALME, PUÑETA! ¡CALMA TE VOY A DAR YO A TI, JIMMY YULE! ¡ES TU HIJO, MALDITA SEA!»

«No tenemos tiempo», le digo a Keezbo mientras me asomo por el balcón y veo a Matty esperando en el patio de hormigón. «¡MATTY!», le grito, pero aquí arriba sopla el viento y se lleva mi voz. «¡MAAA-TTY!»

Finalmente, el capullo empanao mira hacia arriba con careto de no tener ni zorra de lo que pasa.

«¿Qué está pasando aquí?», exige saber Jimmy, saliendo al balcón mientras Moira sigue bramando con lo de dónde se equivocaría. De repente, amenaza: «¡Os voy a denunciar a los dos a la policía! ¡A ver qué os parece!»

«¡Así se habla, Moira!», grita Margaret Curran.

«Como... como metas a la policía de por medio», balbucea Keezbo, «¡informaré a la protectora de animales de que te metes pájaros en las tetas! ¡Estás de la puta olla!»

«¡No los llevo en las tetas! ¡No tengo tetas! Y ahora tampoco tengo hijo, ¡por Dios!»

Mientras ellos siguen peleándose, yo sacudo la hucha, y Matty me hace un saludito idiota. La suelto y veo cómo cae, se estrella contra el pavimento y revienta con un crujido explosivo; las monedas salen disparadas por el patio en todas direcciones en un chaparrón resplandeciente. ¡Joder, no creía que fuesen a desperdigarse tanto! Matty está al quite, pero aparece de la nada una panda de chavalines y se pelean con Matty por nuestra puta guita. «¡IROS A TOMAR POR CULO! ¡IROS A TOMAR POR CULO, ENANOS DE MIERDA...! ¡NO LOS DEJES...! ¡JODER!»

Keezbo y yo atravesamos corriendo la cocina, dejando atrás a su madre, su padre, Pauline y al callo de la Curran, salimos por la puerta, la galería y bajamos a toda leche por las escaleras.

«¡NO DEJÉIS SALIR A CHEEKY BOY!», grita Moira.

Salimos y bajamos la escalera y allí está Matty, gritándoles con voz lastimera a esos cabronazos de ladronzuelos: «Devolvédmelas...»

Nos ponemos a recoger las putas monedas y los chavalines se abren, pero entonces aparece la señora Rylance por la esquina y ve las esquirlas amarillas de la hucha rota y se pone a señalar y a gritar: «¡ES MI DINERO...! ¡EL DINERO DE LOS GATOS!»

La señora Curran interviene inmediatamente, gritando desde la terraza: «¡LADRONES! ¡LADRONES! LOS RENTON Y LOS CONNELL... ¡ASQUEROSOS GITANOS LADRONES! ¡SE QUEDAN CON TODO LO QUE NO ES SUYO!»

Recogemos toda la pasta que podemos pero, me cago en la puta, se para un coche de policía, y salen dos polis, así que nos piramos con los bolsillos llenos de calderilla. Los oímos pedir refuerzos por radio y nos metemos por Madeira Street, tiramos por Ferry Road, luego por Largo Place y bajamos las escaleras hacia el río, con las monedas saltando y tintineando. Uno de los polis se ha vuelto a meter en el coche, pero otro capullo corpulento sale corriendo que te cagas detrás de nosotros cuando llegamos a la pasarela de Water of Leith. Pero que le den por culo, hasta miro atrás; como que ése nos va a pillar aquí abajo, con esos ojillos de meada en la nieve encajados en una cara pálida y bulbosa que enrojece por segundos mientras el capullo gordinflón cara-hámster intenta acumular aire en los mofletes; resulta tan cómico que casi me troncho sólo de pensarlo. ¿Mandan a este gilipollas suburbano y sobrealimentado criado en Gumley a trincar a tres barriobajeros de Leith? ¿A unos chavales *criados expresamente* para huir de la bofia? ¡La pasma no tiene ni puta idea!

Por descontado, cuando vuelvo a mirar atrás está parado, jadeando, doblado y agarrándose las rodillas, mientras nosotros pasamos por debajo del puente de Junction Street. Luego se incorpora como un futbolista incompetente, resoplando, meneando el melón como si no diera crédito, como si el árbitro fuera a pitar y nosotros fuésemos a pararnos de repente y a meternos a regañadientes en una lechera mientras alguien nos saca tarjeta roja. ¡Que te lo has creído, gordinflón! Esta ribera arbolada nos quiere, este sarpullido de almacenes, callejas empedradas y viviendas de alquiler adora a sus hijos y aborrece a los putos pies planos, que no han traído más que desgracias a este lugar desde tiempos de Maricastaña. Hasta Keezbo se descojona de él; respira con bastante soltura, a pesar de estar colorado y sudando a chorros. Matty nos lleva mucha ventaja, pero mira atrás, se para y espera a que lo alcancemos. «Joder», dice sin aliento, «los cabroncetes esos se tiraron a saco..., eran los Maxwells esos de Thomas Fraser..., ni siquiera deberían andar por The Fort...»

Pienso que podría subir por la escalera de West Bowling Green Street y esconderme en el domicilio familiar, pero nunca hay que cagarla en la puerta de tu propia casa, así que seguimos avanzando hacia el Forth, cruzándonos con los patos que nadan junto a las fábricas abandonadas y los pisos nuevos. Vemos los Banana Flats, que descuellan sobre las nuevas construcciones del otro lado del río y vamos corriendo más despacio para recobrar el aliento y aparentar normalidad. Keezbo está resollando, con las manos en la cadera y Matty no para de girar la cabeza de un lado a otro como un búho. Me doy cuenta de que nos hemos olvidado la bolsa de Sealink, pero da igual, me importa una puta mierda.

Hay un tramo de acceso a la autovía que atraviesa una calle que da al patio de una nueva urbanización para yuppies, y podríamos tomar un atajo cruzándolo, pero es poco probable que los residentes se corten un pelo en llamar a la policía si ven a algún nativo merodeando en las inmediaciones de sus propiedades. Así que seguimos adelante a paso ligero. En el puente de Sandport Place no los vemos siquiera a nuestra derecha, agazapados en la salida de Coalhill, esperándonos, no en una tocinera, sino en dos coches patrulla.

JODER...

Ya no nos quedan fuerzas para seguir corriendo a ninguno. Nuestros motores funcionan a base de jaco y hemos consumido ya los últimos posos que nos quedaban en el organismo.

A Matty y a mí nos esposan el uno al otro, y a Keezbo solo, con las manos por delante, y nos conducen a una celda de detención en High Street. Es curioso, pero aunque me están arrojando a lo que promete ser el peor mono que he pasado nunca, en cierto modo me siento aliviado, por la sencilla razón de que todo ha terminado. Ahora estoy a la expectativa del siguiente gran reto: desintoxicarme. Pienso que me ayudarán fijo, joder, que no me van a dejar así, porque estoy temblando y la metadona es una puta mierda que no vale para nada.

Keezbo está jodidísimo. Está al borde de las lágrimas y no para de acercarse a la mirilla y aporrear la puerta. «Salgo del balcón», gimotea, «¡y me encierran aquí!»

Te pone de la puta olla, el gordo cabrón este.

Matty está en un banco, con la mirada fija en el suelo. Entran dos polis con tazas de té, y levanta la mirada y me quita las palabras de la boca: «Necesitamos ir al hospital, colega», le dice a uno de los polis. «Estamos todos chunguísimos.»

El policía mantiene una expresión neutral. Es un tipo más bien seboso pero de mirada sagaz, un cerdo que acaba de zamparse el contenido del comedero pero espera ansiosamente la siguiente ración de bazofia. «Estaba pensando en alojaros un par de semanas en el North British Hotel. Hasta que os sintáis un poquito mejor y tal. ¿O quizá preferís el Caledonian?»

Como el capullo empanao que es, Matty nos mira a Keezbo y a mí y nos suelta: «No sé, ¿a vosotros qué os parece?»

«A mí me parece que tendrías que enterarte de cuándo te están vacilando, Matty», suelto yo.

«Ah..., ya...»

Los polis se parten la caja al ver su careto abatido y atormentado. Keezbo se sienta en el banco y se vuelve hacia la pared, y aunque tengo la sensación de estar traicionando a Matty, no puedo evitar, pese a lo chungo que me encuentro, unirme a las risas.

DILEMAS YONQUIS N.º 3

El poli me mira con absoluto desprecio. No me extraña: lo único que ve delante de él es a un capullo asqueroso, retorciéndose y temblando en la dura silla de la sala de interrogatorios. «Estoy apuntado al programa», le digo. «Puede comprobarlo, si quiere. Estoy chungo porque no me han dado suficiente metadona. Dijeron que tenían que ajustarme la dosis. Compruébelo con la chica de la clínica si no me cree.»

«Ay, qué penita», me dice con una expresión ruin. «¿Por qué será que no se me caen las lágrimas por ti, querido amiguito mío?»

El capullo tiene unos ojos fríos y negros en una cara muy blanca. Si no fuera por ese pelo oscuro cortado a lo tazón y si tuviese una napia más grande, se parecería a uno de los periquitos de Moira y Jimmy. El otro policía, un muchacho rubio con un aire libertino y ligeramente afeminado, hace de bueno. «Tú dinos quién te pasa el material, Mark. Venga, macho, danos algunos nombres. Eres un buen chaval, tienes demasiada cabeza para andar metido en estas tonterías.» Cabecea con aire triste y luego me mira, con los labios fruncidos y aire reflexivo. «De la Universidad de Aberdeen, nada menos.»

«Pero si lo comprueba verá que estoy apuntado al programa..., en la clínica y tal.»

«¡Seguro que las estudiantes esas follan que te cagas! En las residencias universitarias esas. Ahí debéis estar encamados a todas horas, ¿no, macho?», suelta el Capullo del Corte Tazón.

«Sólo un nombre, Mark. Venga, amigo», me ruega Captain Sensible.[1]

«Ya te lo he contado», digo tan sinceramente como puedo, «voy a ver un tío donde la casa de apuestas, y lo único que sé de él es que se llama

1. Alias de Raymond Burns (1954-), cantante, compositor y guitarrista de la banda de punk rock The Damned. *(N. del T.)*

Olly. Ni siquiera sé si es su verdadero nombre. De verdad. El personal de la clínica les confirmará...»

«Supongo que la cárcel es como una residencia de estudiantes, menos por una cosa», dice Cabeza Tazón, «ahí no hay muchas posibilidades de echar un polvo. En todo caso», añade riéndose, «¡no sería el tipo de polvo que te iba a gustar!»

«Sólo tienen que darle un telefonazo a la clínica», suplico.

«Como te vuelva a oír decir la palabra "clínica", chaval...»

Siguen con esta mierda durante un rato más, hasta que, por suerte, el abogado de oficio que me han asignado entra y pone fin al tormento. Los polis se marchan y el abogado me da la noticia que quiero oír. Las opciones son crudas: en definitiva, o cárcel (al menos la preventiva hasta que vaya a juicio) o rehabilitación, en un centro nuevo, al que tendría que firmar para apuntarme durante cuarenta y cinco días si no quiero que me imputen el delito inicial. «No es la opción blanda», me explica. «Supone prescindir completamente de todo tipo de drogas. Te quitarán hasta la metadona.»

«Joder...», digo con voz entrecortada. «Pero tampoco es seguro que me caiga una pena de cárcel, ¿no? ¿Sólo por robar una hucha apestosa?»

«Hoy en día no hay nada seguro. Pero no pinta bien, ¿verdad? Ese dinero formaba parte de una colecta realizada por la anciana dueña de un comercio para una protectora de animales.»

«Dicho así...», reconozco encogiéndome de hombros.

El tío se quita las gafas. Se frota las marcas que le han dejado en los lados de la napia. «Por un lado, el gobierno está incitando a las autoridades a reprimir con dureza el consumo de drogas, y por otro, son conscientes del problema cada vez mayor que plantea la adicción a la heroína. Así que hay muchas posibilidades de que te impongan una pena de cárcel si no colaboras con el programa de rehabilitación. Tus padres están fuera, y les han informado de la situación. ¿Qué quieres hacer?»

Decisiones, decisiones.

«Me apunto al programa.»

ST. MONANS (ENSEÑANZA MUTUA)

No me mola mucho el rollo de la rehabilitación, pero por lo visto había que elegir entre eso o la cárcel, y no estaba dispuesto a jugármela. Quién coño sabe lo que le pasó a Matty, pero Keezbo aceptó un trato similar. Se mudó al piso de Monty Street conmigo para dejar que pasara el tiempo hasta que empezara el programa de la metadona, pero en la calle había bacalao y nos seguía gustando colocarnos juntos. Nos echamos unas risas guays cuando lo llevé a la clínica por primera vez y le hicieron el test del bicho del sida ese. La chica, que le estaba haciendo preguntas sobre transmisión, va y le dice: «¿Eres sexualmente activo?»

«Normalmente sí», le suelta Keezbo, sin enterarse de nada, «aunque a veces me gusta quedarme tumbado, con la tía encima, y que haga ella el trabajo. Pero en la variedad está el gusto, ¿no?»

«Lo que quería decir es si en este momento tienes pareja sexual estable.»

«¿Por qué?», le suelta Keezbo con una gran sonrisa, «¿te estás ofreciendo para el puesto?»

La única parte divertida fue ésa. Normalmente te hacían mogollón de preguntas. Tuve un par de entrevistas con un tipo medio enano que me comía la cabeza llamado doctor Forbes, y una con una tipa inglesa corpulenta que era psicóloga clínica. Les dije lo que creía que querían oír sólo para que dejaran de agobiarme. Keezbo me dijo que él había hecho lo mismo.

Cuando volvimos a casa, intentamos tocar un rato, pero primero su batería y mi ampli y luego la Fender acabaron en la tienda de segunda mano de Boston, en el Walk, a cambio de jaco. Eso sí, el bajo Shergold sin trastes no me lo pulí.

A según qué peña les parecía que no estaba mal, pero a mí no me molaba la metadona, y me encontraba chungo a menudo. Cuando no estaba demasiado hecho polvo para salir, la ciudad parecía muerta. Sick Boy se había esfumado; según su madre, se había ido a casa de su tía en Italia. Swanney mantenía un perfil muy bajo, y se suponía que a Spud lo habían trasladado del hospital a rehabilitación. Begbie estaba en la cárcel, Tommy y Segundo Premio estaban enamorados, se rumoreaba que Lesley estaba preñada y Ali, que está saliendo con un tío cuadriculado mayor, nunca contestaba al teléfono.

Pero el mayor misterio de todos era Matty: ni dios tenía noticias de él. Había optado por la cárcel y había estado en preventiva, pero se rumoreaba que le habían suspendido la condena, un fallo leve de cojones, porque se suponía que le iban a registrar la casa. De haberlo hecho, habrían encontrado toda la mercancía mangada. Me pregunté qué le habría contado a la poli, mientras sudaba sin parar bajo los focos, con el mono. En cuanto al resto, todos los ingredientes fundamentales de la existencia en Leith –colegas, tías, Hibs– simplemente parecían carecer de todo atractivo. Lo único que me interesaba era el jaco.

Después de ir a la clínica a por nuestra dosis, en el viejo hospital de Leith, le dieron una carta a Keezbo y al día siguiente se fue a rehabilitación. Debí de poner cara de excluido, porque la enfermera, una tía de puta madre llamada Rachael, que era amiga de Ali, me informó: «Tú serás el siguiente, Mark. Intenta aguantar el tipo.»

Así que me pasaba la mayor parte del tiempo en el piso, leyendo y pensando en Matty. En que no es un chota. O tienes madera para eso o no. O eres un esquirol o un chota o no lo eres. Y él no lo es. Así que me sorprendí un poco cuando apareció por el piso una noche, con una expresión un tanto escarmentada en su acostumbrada jeta de listillo. Me preguntó dónde estaba Keezbo y se lo dije. «Que le den por culo a ese rollo», me suelta, «yo no me desintoxico. No pienso pasar el mono.»

«Pero te dan cosas para ayudarte.»

«¡Y un huevo! ¡Te quitan la metadona! ¡Que le den por el culo a las pastillas para dormir, los paracetamoles y demás mierda que te den! Por mucho que lo pinten de rosa, sigue siendo el kinkón. Ni de puta coña, joder», insiste Matty. «Joder, tío, tendrías que haber aceptado la condena. Yo sólo pasé cuatro días allí dentro, con la metadona, y luego salí con una condena de seis meses suspendida. Joder, podías haberte quedado cuatro días en preventiva..., ¡es mucho mejor que una semana de mono y cinco de comedura de tarro en ese centro de rehabilitación de mierda!»

Me jode reconocerlo, pero estoy cagándome patas abajo con lo que me cuenta el capullo este. La metadona está lejos de ser perfecta, pero quedarse sin ella y sin acceso al *Salisbury Crag* era una perspectiva supersombría. Pero aunque la rehabilitación me acojonase, seguía sin estar dispuesto a arriesgarme a acabar en la cárcel, aunque no fuese más que unos cuantos días de preventiva.

Matty no se quedó mucho rato. Le dije que no tenía jaco, pero rateándole a saco. Se piró al poco rato, despidiéndose con el rollo habitual de «pégame un toque».

Un par de días después de que se llevaran a Keezbo, mis padres se presentaron en el piso. Se habían enterado de que estaba allí solo, así que me dijeron que me iban a llevar a casa hasta que me dieran plaza en el programa de rehabilitación. No me moló mucho la idea, pero insistieron en que podía acabar metiéndome una sobredosis o algo si me quedaba solo. Para entonces la metadona estaba empezando a hacerme efecto; con ella me entraron una pasividad y una pesadez corporal agotadoras, así que me dejé llevar. En casa de los viejos no hacía gran cosa, me dedicaba sobre todo a sobar, leer y ver la caja tonta. Recuerdo que llamó Nicksy diciendo que Giro, el perro, estaba en casa de su madre, pero que él estaba aburrido y pensando en mudarse a un piso con Tony. Sabía cómo se sentía. Un día, sólo llevaba unos días en casa, estaba en mi habitación leyendo a James Joyce cuando entró mi padre y me dijo que recogiera mis cosas. Cuando me dijo que me habían «dado plaza» en rehabilitación fue como cuando presumía delante de otra gente de que me habían «dado plaza» en la universidad un par de años antes. No pudo disimular el tono de emoción con que lo dijo.

Lo malo fue que cuando me pasé por la clínica ya les habían informado de lo que pasaba y me redujeron la metadona para prepararme para la desintoxicación. Así que empaqueté algo de ropa y unos libros. Encontré un bloc de papel con membrete municipal que Norrie Moyes me había dado hace siglos del que me había olvidado: estábamos planeando una venganza contra los Curran, pero al final se quedó en nada. Lo metí en una carpeta y la guardé en la bolsa.

Camino del puto culo del mundo en mitad de Fife caen chuzos de punta. Voy en el asiento de atrás y mientras mi padre conduce en silencio, mamá parlotea nerviosamente entre un pitillo y otro. Cuando llegamos allí, después de atravesar una aldea piojosa en la que hay unas cuantas casas, una iglesia y un pub, y aparcar delante de un edificio blanco de una planta, me encuentro chunguísimo y me dan calambres: ya he empezado a acusar la reducción de la dosis de metadona. Ni siquiera soy capaz de salir del asiento trasero del coche cuando el viejo sale y abre mi puerta. Cuando entra el aire frío a saco, me da una punzada de terror que me hace sudar. «¡No quiero hacerlo!»

Mientras oigo a mi madre decir algo respecto de hacer borrón y cuenta nueva, mi padre me suelta: «Ahora ya no depende de ti, amigo», y me coge del brazo y empieza a sacarme del coche a tirones.

Me agarro al respaldo del asiento. «¿Qué derecho tenéis a forzarme a entrar ahí?»

Mi madre se da la vuelta, y mirándome con sus ojazos de chalada, me arranca la mano del asiento. «Que nos importas, hijo, eso es lo que nos da el derecho... ¡Suelta!» Y mi padre pega otro tirón y salgo volando del coche; casi me caigo, pero me ayuda a mantenerme en pie sujetándome por la chaqueta como si fuese una muñeca de trapo. «Vamos, hijo, espabílate», me dice con firmeza, pero a la vez con ternura y como alentándome.

Cuando me enderezo sobre mis piernas temblorosas me doy cuenta de que mis ojos escocidos derraman lágrimas a chorros y me las seco con la manga, llenándola de mocos. Mamá baja del coche, y murmura con cara desconsolada: «No sé por qué nos ha pasado esto a nosotros...»

«Igual ha sido Dios», me aventuro, al tiempo que mi padre afloja la presión sobre mi brazo, «te estará poniendo a prueba otra vez o algo.»

Ella me mira y se acerca como el rayo mientras le grita a mi padre. «¿Lo has oído, Davie? ¡Es malvado!», exclama señalándole. «Mira lo que dices, so desagradecido...»

«Es la droga quien habla, Cathy, el síndrome de abstinencia», dice mi padre con sombría autoridad y mirándome con los ojos entornados. Ahora que la vieja está perdiendo los papeles, él puede hacer de poli bueno. El viejo tiene mal genio, pero no le gusta sacarlo. La vieja suele ser tranquila, así que mi táctica ha consistido en procurar que ella haga de cabrona chunga, cosa que curiosamente tiende a desactivar la mala leche del viejo. Pero ahora me encuentro fatal y el tiempo se me acaba. Me pica la garganta y siento ganas de arrancarme los ojos. Estornudo dos veces, con unas convulsiones sísmicas que hacen estremecerse todo mi cuerpo, y el viejo me mira con cara de preocupación.

Miro a mi alrededor, pero no hay donde huir. «Vamos», me ordena papá, con un punto de impaciencia en la voz. Recorremos el camino de grava hasta llegar a la puerta principal del edificio blanco y entramos. El sitio rezuma un omnipresente ambiente a control estatal: paredes de color blanco magnolia, moqueta marrón, penetrante luz cenital.

Nos recibe la directora del centro, una mujer flaca de pelo oscuro rizado, recogido en una coleta, gafas de montura roja y facciones finas y delicadas. No me hace el menor caso y opta por darles la mano a mis padres. Un tipo grande y lozano que luce un flequillo rubio me sonríe. «Yo soy Len.» Coge mi bolsa de viaje. «Voy a llevarme esto a tu habitación.»

El viejo vuelve la cabeza y echa un vistazo general. «Pues no parece mala choza, hijo», dice dándome un apretón en la mano con los ojos llorosos. «Tienes que aguantar hasta el fin, muchacho», susurra. «Confiamos en ti.»

La tía flacucha y gafotas está venga a parlotear con mi madre, que la mira con cierto recelo. «St. Monans se basa en un sistema cooperativo entre dos departamentos sanitarios y tres departamentos de asistencia social. Se compone de un programa de desintoxicación seguido de una terapia individual centrada en el paciente y sesiones de terapia grupal.»

«Ajá..., me parece muy bien...»

«El grupo es un elemento fundamental de nuestra filosofía. Lo concebimos como una manera de combatir las estructuras de relaciones exteriores que refuerzan las pautas de comportamiento del paciente drogodependiente.»

«Ya..., es muy acogedor», dice mamá mientras mira las cortinas y frota la tela entre el pulgar y el índice.

«Bueno, pues éste no les va a dar ningún problema», dice mi padre volviéndose hacia mí. «Vas a aprovechar esta oportunidad que te están dando, ¿verdad?»

«Claro», digo mientras me fijo en un chisme con el horario que hay colgado en la pared detrás de él. Dice HORA DE LEVANTARSE 7.00. Y una mierda.

Aprovecharé la primera oportunidad que se me presente para irme a tomar por culo de aquí.

«Lo que sea con tal de alejarte de las calles y de perdedores y chalaos como el Spud ese. Y el tal Matty. Esa gente no tiene ambición», dice disgustado.

«Abandonar el entorno que refuerza el comportamiento drogodependiente es uno de los aspectos fundamentales de nuestro programa. Proporcionamos un marco disciplinado y estructurado, y ofrecemos al paciente drogodependiente la oportunidad de hacer balance.» Así dijo Flacucha Gafotas.

«Te arrastrarán a su nivel, hijo. Yo sé lo que es», advierte mi madre mirándome con una intensidad perturbadora.

«Son mis colegas. Tengo derecho a andar con quien quiera», digo, mientras oigo un portazo en algún lugar distante, seguido de una amenaza pronunciada en voz alta.

«Son yonquis», dice ella frunciendo el ceño.

«¿Y qué? No hacen daño a nadie», le suelto mientras capto la expresión de incomodidad de Flacucha Gafotas: es consciente de que está en medio de una riña familiar, pero aun así mantiene esa actitud de prerrogativa de que estamos en *su* centro. Nadie más parece oír la consternación procedente de una habitación lejana, ni las pisadas atronadoras que llegan de algún pasillo.

Este sitio podría llegar a ser muy divertido, ya lo creo.

«¿Que no *le hacen daño a nadie?»*, gime mi padre, apenado. «Te pillaron con las manos en la masa, hijo, ¡saliendo de esa tienda con aquella hucha! Robándole a una anciana, hijo, a una pensionista que intentaba ganarse la vida y hacer algo por los animales enfermos. ¿No te das cuenta de lo mal que está eso, hijo?», y mira a Flacucha Gafotas –que pone cara seria pero neutral a la vez– en busca de apoyo, antes de volverse de nuevo hacia mí. «¿No te das cuenta de lo que eso dice de ti?»

Una vieja apestosa que, total, está a punto de espicharla..., vieja chivata de los huevos...

«Te iba mejor cuando andabas con Tommy y Francis y Robert, hijo», insiste mamá. «Cuando ibas al fútbol y todo eso. ¡Siempre te gustó el fútbol!»

De repente me entra una punzada de pánico y lo único que me apetece es agacharme por la sensación de frío y de mareo que me asalta. Pero en lugar de hacer eso, me vuelvo hacia mi nueva anfitriona: «Si me encuentro mal de verdad, ¿aquí me seguirán dando metadona?»

Flacucha Gafotas me echa una mirada calculada e impasible, como si me estuviera viendo por primera vez. Niega lentamente con la cabeza. «Este programa consiste en prescindir por completo de drogas. Aquí vas a dejar el tratamiento de metadona. Vas a formar parte de un grupo, de una *sociedad,* aquí en St. Monans, una sociedad que trabaja, descansa y juega unida, y no te equivoques, será duro», dice mirando ahora a mis padres. «Y ahora, si me disculpan, señor y señora Renton, deberíamos dejar que Mark se acomode.»

¡Me cago en la puta!

Mi madre me da un abrazo que me cruje. Mi padre, consciente de mi obvia incomodidad, se conforma con una cansina inclinación de cabeza. Tiene que tirar de ella para llevársela, porque está llorando que te cagas. «Es mi niño, Davie, siempre será mi niño...»

«Venga, vamos, Cathy.»

«Ya verás como me pongo las pilas aquí, mamá, ya lo verás.» Intento esbozar una sonrisa.

¡Iros de una puta vez! ¡Ya!

Quiero acostarme. No quiero formar parte del soso grupito de Flacucha Gafotas, de su puta sociedad. Y sin embargo, mientras mis padres se alejan, empiezo a fantasear con enamorarme de ella: Flacucha Gafotas y yo en una isla del Caribe con una reserva inagotable de jaco procedente de sus jefes de la seguridad social. Es como una de esas bibliotecarias sexys que son superfollables en cuanto se sueltan el pelo y se quitan las gafas.

Así que Len me acompaña a mi habitación. A pesar de su porte pulido y afable, es un capullo grandullón, una especie de segurata benévolo, y no me molaría tener que vérmelas con él. Enciende la luz fluorescente, que parpadea como la iluminación de un night club antes de estabilizarse, inundando la habitación de un resplandor enfermizo acompañado por el consabido zumbido. Me echo en la cama y examino el cuarto. Es un híbrido prosaico, a mitad de camino entre las residencias de Aberdeen y el camarote del *Freedom of Choice.* Tiene el mismo escritorio empotrado con estantes y silla que había en la uni, y un armario y una cómoda de diseño similar. Pero Len el Flequis me dice que no me ponga demasiado cómodo. Hay una sesión de presentación en la sala de reuniones, al parecer sólo para que el pobrecito de Renton conozca a los demás. Me pregunto si Spud o Keezbo estarán aquí o si los habrán enviado a otro sitio. «¿Cuánta gente hay aquí?»

«En este momento tenemos nueve pacientes.»

Pero lo primero que hace es entregarme un horario, el mismo que vi en la pared de la recepción. «Sólo quiero explicártelo rápidamente...»

Junta de Salud de Lothian/Departamento Regional de Asistencia Social de Lothian
Grupo de Drogodependencia de St. Monans
Horario diario

7.00	HORA DE LEVANTARSE
8.30	DESAYUNO
9.30	MEDICACIÓN
10.00	MEDITACIÓN
11.30	GRUPO DE REVISIÓN DEL PROCESO
13.00	ALMUERZO
14.30	TERAPIA INDIVIDUAL
16.00	TRABAJO EN GRUPO: PROBLEMAS DE DROGODEPENDENCIA
18.00	CENA
19.30	ACTIVIDADES RECREATIVAS/EJERCICIO FÍSICO
20.30	REFRIGERIO
23.00	HORA DE ACOSTARSE

«¿Levantarse a las siete de la mañana? ¡Estáis de coña!»

«Sí, al principio es duro», reconoce Len, «pero la gente se acostumbra enseguida. Se trata de poner algo de orden en unas vidas caóticas. Nos reunimos para el desayuno, que es de asistencia obligatoria para todos, aunque estén en desintoxicación, y después se os entrega la medicación que os haga falta.»

«Las siete de la mañana es una ridiculez», me quejo. La última vez que me levanté tan temprano fue para currar en la empresa de Gillsland. «¿Y eso de la meditación de qué va? ¡No voy a rezar ni a cantar ni nada por el estilo!»

Len se ríe mientras niega tranquilizadoramente con la cabeza. «No es nada religioso, no seguimos el modelo de Narcóticos Anónimos ni de Alcohólicos Anónimos. No os exigimos que os sometáis a Dios ni a ninguna potencia sobrenatural, aunque si queréis hacerlo nosotros no tenemos nada en contra. Ha demostrado ser muy eficaz y popular entre los pacientes drogodependientes en el pasado.»

La única potencia sobrenatural a la que me sometería jamás sería la de Paddy Stanton, o la de Iggy Pop.

«¿De qué va todo el rollo este de la "drogodependencia"?»

«Preferimos utilizar ese término que el de adicto.»

«Muy bien», digo encogiéndome de hombros.

Len da golpecitos en la hoja de papel con su grueso dedo para que vuelva a fijarme en el horario. «El grupo de revisión del proceso nos permite hacer balance de nuestro funcionamiento como miembros de esta comunidad, y señalar cualquier problema que pueda haber surgido entre nosotros. Como podrás imaginar, estas reuniones pueden ser bastante conflictivas. Después del almuerzo tenemos las sesiones individuales, en las que trabajarás con Tom o con Amelia. Luego hacemos una sesión en grupo para tratar sobre las cuestiones que rodean a la drogodependencia. Después de la cena toca tiempo libre: tenemos una televisión, una mesa de billar y algo de material para hacer ejercicio y música. No es gran cosa, sólo unas cuantas mancuernas y una guitarra, pero esperamos conseguir más material dentro de poco. Hay un pequeño refrigerio optativo, normalmente chocolate a la taza o leche malteada con galletas. A las once en punto se apagan las luces de todas las zonas comunes y la tele. Durante los cuarenta y cinco días del programa, no se os permitirá hacer ni recibir ninguna llamada telefónica, salvo por razones humanitarias y con el consentimiento previo de alguno de los directores del centro. *Sí* se os permitirá enviar y recibir cartas, pero todo el correo entrante será abierto y examinado antes de que se os entregue. No se permiten drogas de ninguna clase, alcohol incluido, en las instalaciones. Hacemos excepción a nuestro pesar con la nicotina y la cafeína», me dice sonriendo. «No se os permitirá abandonar las instalaciones durante el periodo de tratamiento, salvo si se trata de salidas programadas y supervisadas por el personal del centro.»

«¡Esto es como la puta cárcel!»

Len cabecea desdeñosamente. «En la cárcel sólo te encierran, y luego te echan. Nosotros queremos que os pongáis bien.» Se pone en pie. «Muy bien, tenemos una pequeña reunión de presentación en tu honor, pero antes deja que te enseñe las instalaciones.»

Me hace una visita guiada de «la instalación», como ellos la llaman. Me explica que estamos en la aldea de St. Monans, en la comarca de East Neuk of Fife, cerca de Anstruther, un antiguo y pintoresco pueblecito pesquero, que en la actualidad vive del turismo. Pero como nunca vamos a salir a verlo, daría igual que estuviera en el quinto pino. La aldea y el centro reciben el nombre de St. Monans, un santo del que nadie sabe nada. Es el Santo Patrón de Una Puta Mierda y, por tanto, ideal para este lugar. El centro es un edificio en forma de U que tiene un jardín amurallado en la parte de atrás. Tiene diez dormitorios, una cocina, un comedor y una sala de recreo con mesa de billar y tele. Junto a la sala de recreo hay una pequeña terraza cubierta que da a un patio y al jardín, que está rodeado de árboles de gran tamaño.

«Y ésta es la sala de reuniones», dice Len mientras abre una puerta, pero en cuanto entro lo primero que oigo es: «RENTON, CACHO CABRÓN», y luego un montón de risotadas seguidas por una ronda de aplausos. No me lo puedo creer. ¡Están todos aquí, joder!

«¡Joder! ¡Cabrones!», me oigo gritar, encantado. ¡Ha sido como entrar en una fiesta de cumpleaños sorpresa!

«Ahora ya estamos todos, chicos», dice riéndose Johnny Swan, ¡que lleva una puta corbata!

Veo a Keezbo, medio frito, con el codo en el brazo de la butaca y el cabezón apoyado en uno de sus mantecosos puños, y a Spud, sentado, temblando, y abrazado a su propio cuerpo en la clásica pose yonqui. «Pasa, tronco», me dice.

Y Sick Boy está tirado en un sillón que hay en la esquina. Lo saludo con la cabeza y me siento a su lado. «Bonita casa la que tiene tu tía.»

Esboza una sonrisa cansina. «No me quedó otra.»

Spud pregunta a Len si puede darle algo para los calambres y Sick Boy y Swanney me presentan a un tío de Niddrie que se llama Greg Castle, al que inevitablemente llaman Roy.[1] Hay un tipo pequeño con pinta asustadiza, Ted, de Bathgate, y un *Weedgie* de ojos negros y la nariz larga, rota y torcida conocido como Skreel. Llegó justo ayer y tiene unos temblores del carajo. Sólo hay una chica, una tía de melena rizada y facciones chupadas llamada Molly, que me mira con hostilidad manifiesta. Las marcas de pinchazos que tiene en el dorso de sus muñecas, flacas y pálidas, ya tienen tela en sí mismas, pero no son nada comparadas con esas marcas de cortes rojas de distintas profundidades, de precisión casi quirúrgica. Pero el que da más miedo es un motero enorme llamado Seeker al que nunca había visto pero conocía de oídas. Sus ojos vidriosos me miran fijamente por un momento con potencia de rayos X, antes de apartar la vista como si ya lo hubiera visto todo y ahora todo le aburriera igualmente.

Swanney me lanza un guiño furtivo y saca discretamente una navajita. Lo veo haciéndose un cortecito dentro de la boca y recogiéndose la sangre en las manos, mientras mira a Len, que se caga. «Se me ha saltado el punto...»

1. Roy Castle (1932-1994), célebre actor y presentador televisivo británico. *(N. del T.)*

«La enfermera no está...»

«Yo le acompaño a que se lo limpien», me ofrezco rápidamente.

«Vale...»

Pillo a Sick Boy, Keezbo y Spud fulminándonos con la mirada mientras Swanney y yo nos piramos por el pasillo rumbo al tigre. Lleva todo el material necesario en la bota y prepara rápidamente unos picos. «El último de la cosecha, colega. Disfrútalo porque nos espera un duro viaje...»

Se quita la corbata y me hace un torniquete en el brazo. Estamos pegándole a una papela de *speed* y se me cae de la mano cuando él me chuta y la heroína me llega al cerebro, aniquilando todo el dolor de este mundo.

De puta madre, cabronazo...

Me recuesto todo feliz en el tigre mientras Swanney se pica y me cuenta que había estado guardando jaco para uso personal, y que éste es el último. Recupera la papela de *speed* y nos la terminamos, aunque sea lo último que me apetece. «Cógela», me ordena mientras se esfuerza por colocarse la corbata. «Si se dan cuenta de que estás colocado, se acabó», dice poniendo los ojos en blanco. «Pero aquí no se está mal, es una red de contactos estupenda.»

«Gracias, Johnny», le digo con voz entrecortada, «ha sido todo un detallazo por tu parte, tío.»

«No hay de qué», me suelta.

Cuando volvemos, Len el Flequis y Flacucha Gafotas están lanzados a un discurso que no escucha ni dios, porque están todos repanchingados, y nosotros hacemos lo mismo. Aquí dentro voy a estar bien. Ésta es mi gente: la cuadrilla de St. Monans.

Para Alison, el tiempo se había transformado en una sucesión inconexa de mezquinos impulsos biológicos.

Bill y Carole, los otros miembros de su equipo, estaban al tanto de su relación con Alexander pero se comportaban con discreción, e incluso la apoyaban de un modo igualmente reservado y protector. Pero, al igual que él, se percataron del estado en que Alison estaba llegando al trabajo, y eso cuando se presentaba. Aquello no podía seguir así. Aquí la teníamos de nuevo, entrando a hurtadillas a las diez y media. Alexander, echando chispas por los ojos y con gesto patibulario, la convocó inmediatamente a su despacho de manera que todo el mundo lo viera. «Mira, puede que para ti no signifique nada», empezó, «pero en esta ciudad estamos al borde de una epidemia. No puedo tener favoritismos contigo a expensas de los demás. Venga, Ali», le rogó de repente, y por un instante la suave voz del amante suplantó a la del jefe, «¡esto es una tomadura de pelo!»

«Lo siento..., es que...», dijo Alison parpadeando ante la luz plateada que atravesaba las persianas de la gran ventana que había tras él, «esos autobuses son una locura...»

«En serio, creo que deberíamos plantearnos tu traslado, quizá deberías volver a la Piscina de la Royal Commonwealth. Es culpa mía, no debería haberme implicado...»

Un resplandor de ultratumba iluminó la mirada de Alison. Torció la boca en un mohín desafiante. «Si es culpa tuya, ¿por qué es a mí a quien hay que trasladar?»

Alexander la vio sin ambages como una jovencita y, por primera vez, experimentó una fugaz y esnob impresión de que Alison era una chica vulgar: una barriobajera. Y le avergonzó pensar así. No se le ocurría nada que responderle. No era justo, eso lo sabía. Sí, podía citar su posición y su papel decisivo en la lucha contra aquella plaga, pero no le pareció que eso fuese lo que ella querría oír. Era hora de ser sincero, tan brutalmente franco como lo había sido ella con él cuando le dijo que estaba saliendo con otras personas. «Tania y yo... hemos decidido volver a intentarlo, por el bien de los niños.»

Al oír aquello, Alison se enardeció. No sabía por qué: nunca había tenido ni la intención ni la menor impresión de que lo suyo con Alexander pudiera llegar a convertirse en una relación a largo plazo. Quizá no se tratara más que del shock de ser rechazada, o quizá estar con él le había dado más de lo que creía. «Me alegro por ti», respondió con toda la elegancia que pudo. La mirada compungida de Alexander le dijo que no lo había hecho del todo mal. «De verdad, no te lo digo por decir», declaró Alison, pese a que, al menos a cierto nivel, estuviera mintiendo. «Los niños necesitan a ambos padres», prosiguió, armándose de valor. «Yo nunca he querido *casarme contigo,* Alexander, sólo se trataba de sexo. Tranqui, tío.»

Aquella expresión suya ligeramente burlona y un tanto enigmática caló a Alexander en lo más hondo. La quería y se sentía terriblemente abatido ante la naturaleza irreparable de todo aquello. «No sé si conviene que sigamos trabajando juntos, la verdad...»

«Venga ya, que te den, ahora sí que estás empezando a darme yuyu, y me quedo corta», se mofó ella riéndose con tristeza y amargura. «Yo tenía mis movidas, tú tenías las tuyas, no tendríamos que haber acabado en la cama pero lo hicimos. Se acabó y no tengo putas ganas de contárselo al mundo entero.»

«Vale...», dijo él, titubeante, sintiéndose pequeño y débil, como un chiquillo.

La pasividad de Alexander hizo saltar algo dentro de Alison. Pensó en su madre, moribunda pero incapaz de enfurecerse por ello. Volvió a escuchar en su cabeza los versos de aquel poema clásico de Dylan Thomas.[1] Se había quedado boquiabierta ante aquel cuerpo marchito, tan ruinoso y decrépito que ya era poco menos que un cadáver mucho antes de que su corazón latiera por última vez. En aquel momento cobró conciencia de que ella también estaba madurando, al mismo tiempo que sus expectativas e ideales se veían profundamente trastornados. ¿Qué eran todas aquellas movidas municipales, todas esas chorradas sobre putos árboles? Era todo un montón de gi-

1. Se trata de «Do not go gentle into that good night», poema en el que Thomas urge a su padre a rebelarse contra la muerte. *(N. del T.)*

lipolleces sin sentido para que unos cretinillos pomposos pudieran sentirse ufanos e importantes. «¿Pero sabes una cosa? Te lo voy a poner fácil», gruñó ella de forma súbita y con voz grave. «Dimito. Del ayuntamiento. ¡Estoy harta de todo esto!»

«No seas boba, no puedes renunciar a tu trabajo, Alison, no dejaré que lo hagas», dijo Alexander a la vez que sentía que sus palabras caían sin remedio en el abismo cada vez mayor que se abría entre ellos.

«No tiene una puta mierda que ver contigo», dijo ella, y salió de su despacho, cruzó la oficina de planta abierta sin mirar ni a Bill ni a Carole y dio un portazo al salir. Recorrió los pasillos forrados de paneles de roble y el vestíbulo de suelo de mármol, salió por las pesadas puertas giratorias y llegó a la columnata de la plaza de la Casa Consistorial. Subió a toda prisa por la Milla Real, en dirección contraria a su casa, y se sintió mejor de lo que se había sentido en siglos, consciente en todo momento de que aquello no iba a durar.

Alexander era débil, pensó con desprecio. Ella también lo había sido, pero con un hombre fundamentalmente pusilánime. Quizá fuese una suerte. No había forma de saberlo.

Nunca se sabe nada.

La ciudad era hermosa. Era perfecta. Sí, las barriadas eran espantosas y en ellas no había nada, pero en el centro lo tenías todo. Alison siguió caminando, dejándose maravillar por lo asombrosa que era su ciudad. La luz que se derramaba sobre el castillo y bañaba con tonos plateados las calles del casco antiguo. Era el lugar más hermoso del mundo. No tenía parangón. Los árboles también eran hermosos. No se podía permitir que acabasen con los árboles.

Alison pasó bajo un andamio mientras cuatro chicas borrachas pasaban alegremente a su lado cantando, con los brazos entrelazados, como si estuviesen de despedida de soltera, aunque todavía era de mañana. Se volvió, con cierta sensación de envidia, y las vio haciendo eses calle arriba, ansiosa por conocer el origen de su misteriosa alegría. Aquello la inspiró a conservar la fe en los impulsos, lo que a su vez la llevó a entrar en un bar muy funcional que estaba a la sombra del castillo. Era temprano y todavía no había clientela. Una muchacha corpulenta y huraña, que la miró con ojos reprobatorios, le sirvió una copa de vino blanco. Se sentó junto a la ventana y cogió un ejemplar del *Scotsman* abandonado. La idea le hizo gracia: *Acabo de hacerme con un viejo escocés en un bar cochambroso. Otra vez.*

Acarició el largo pie de la copa entre el pulgar y el índice, contemplando el líquido color orina. Luego un sorbo de la agria sustancia avinagrada estuvo a punto de hacerla vomitar. El segundo fue mejor, y el tercero pareció reiniciar satisfactoriamente sus papilas gustativas. Hojeó el periódico y se detuvo en un editorial:

> Hemos de felicitar al Scottish Office[1] y al Consejo Municipal de Edimburgo por su oportuna intervención para afrontar la epidemia más grave a la que ha tenido que enfrentarse la capital escocesa. El atroz asalto a nuestro arbolado y, por tanto, a nuestra historia y nuestro patrimonio, que representa la terrible amenaza de la grafiosis del olmo nos afecta a todos. La plaga ha causado daños serios, pero las bajas hubieran sido mucho mayores de no haberse puesto en práctica con tanta premura y determinación la actual estrategia de talar y quemar los árboles afectados.

Los ojos de Alison se desplazaron hacia la parte inferior del periódico, hacia las cartas de los lectores. Había una de un médico de familia de una de las grandes barriadas de Edimburgo advirtiendo que análisis aleatorios habían revelado una incidencia anormalmente elevada de infección por el virus del sida. Se fijó detenidamente en una marca dolorida de su fina muñeca.

Una idea la corroía: árboles pudriéndose a un lado de West Granton Road y gente metida en pisos-varices, así llamados por sus revestimientos remendados, descomponiéndose de manera similar. Tanta muerte. Tanta plaga. ¿De dónde había salido? ¿Qué significaba?

¿Qué va a pasar?

Salió del bar reflexionando sobre aquello de camino a casa. Se había levantado un fuerte viento que se metía por todos los rincones y parecía estar haciendo tambalearse la ciudad como si fuese un decorado de cine. Era curioso que una localidad construida en torno a un castillo erigido en lo alto de una roca pudiese parecer tan endeble, pero aquella roca estaba ahora cubierta de andamios para intentar tratarla y evitar que se desmoronase. Atajando por Lothian Road, caminó hacia el extremo este de los jardines de Princes Street. Bajó por Leith Street, luego por Leith Walk y al llegar a su piso de Pilrig, colgó la chaqueta. Después se miró en el espejo del cuarto de baño. Pensó en su madre, en cómo le gustaba quedar con ella a tomar un café y enseñarle el top o los zapatos que se había comprado, cotillear sobre sus vecinos o sus parientes, o hablar sobre lo que habían visto en la

1. Véase nota en página 122. *(N. del T.)*

tele. Mientras se enjabonaba y se enjuagaba las manos recordó que había echado las toallas a lavar. Fue al armario a buscar unas nuevas. Entonces lo vio, tristemente arrinconado en el fondo del armarito: el neceser que Alexander se había dejado. Lo abrió y se fijó en el contenido: brocha, navaja y bloque de espuma de afeitar. Cogió la brocha y se la acercó a la barbilla para ver cómo le quedaría una perilla. Luego volvió a guardarla en el neceser y sacó la navaja de mango de hueso. La abrió. Qué liviana y letal parecía. Alison se subió la manga por encima del bíceps y cortó la vena y la arteria. Su sangre, tibia, salpicó los baldosines del suelo.

Mamá...

La sensación era agradable, como si el dolor que llevaba dentro se estuviera vertiendo igual que la sangre, como si le estuviese quitando de encima una presión terrible. Era reconfortante. Se deslizó pared abajo.

Mamá...

Pero una vez ahí sentada, las cosas fueron cambiando rápidamente: había demasiada sangre. Primero la atenazó una náusea incipiente, y luego la desbordó un temor apremiante. Sus pensamientos se volvieron borrosos y tuvo la sensación de que estaba a punto de perder el conocimiento.

Papá Mhairi Calum...

Arrancó la toalla del toallero y se la enrolló con fuerza alrededor de la herida, aplicando tanta presión como pudo. Se levantó a duras penas, avanzó tambaleándose hasta el salón y se abalanzó sobre el teléfono. Notó el palpitar de la sangre en el cráneo mientras marcaba el 999 y pedía una ambulancia entre gemidos. «Me he equivocado», se oyó repetir con voz entrecortada una y otra vez. «Por favor, vengan pronto.»

Y me quedo corta...

La toalla ya estaba empapada en sangre. Alison fue gateando como pudo hasta la puerta principal y la abrió. Permaneció sentada junto a la puerta, esperando y notando cómo los párpados se le volvían cada vez más pesados.

... corta...

Ya en el hospital, tras haber recobrado cierto grado de conciencia, se vio asediada por una procesión de rostros solemnes que le explicaron que habían llegado a tiempo, le contaron que había estado a punto de morir e hicieron hincapié en lo afortunada que había sido en esta ocasión. «Por favor, no se lo digan a mi padre», suplicó reiteradamente, cuando le pidieron con gesto severo la información de contacto de algún pariente próximo.

«Tenemos que informar a alguien», le explicó una enfermera bajita de mediana edad.

No se le ocurrió otra cosa que darles el número de Alexander.

La cosieron y le pusieron casi un litro de sangre. Alexander fue a verla más tarde y al día siguiente la llevó a su piso de Pilrig. Fue a buscar comida china y pasó la noche en su sofá. Por la mañana, cuando él fue a ver cómo estaba antes de ir a trabajar, se la encontró dormida. Al irse, echó un vistazo a la foto de sus dos hijos que llevaba en la cartera. Tanya y él tenían que seguir juntos por ellos. Pero esa noche se acercó a ver a Alison, le dijo que le había dado dos semanas de baja y le informó, sonriendo tristemente, de que había hecho caso omiso de su petición de dimisión. «No la he recibido por escrito.»

Estaban sentados, ella en el sofá, él en la butaca, y empezaron a hablar sobre sus experiencias de dolor por la pérdida de seres queridos. Alexander era consciente de que él había tenido menos que ella. «El padre de Tanya murió hace tres años. Infarto masivo. Ella ha estado furiosa desde entonces; sobre todo, al parecer, conmigo. ¿Pero qué puedo hacer yo? Yo no le maté. No es culpa mía.»

«Tampoco suya.»

Alexander lo pensó un poco. «No, no lo es», reconoció, «y tampoco es culpa tuya que muriese tu madre. Así que no te castigues a ti misma como si lo fuera.»

Fue entonces cuando ella le miró, con ansiedad cada vez mayor, dejando que él la viera llorar por vez primera. Al ver aquello Alexander no se sintió como había creído que iba a sentirse: fuerte, viril y protector. Alison tenía las facciones terriblemente deformadas y él compartió su espantoso dolor y la impotencia de no poder ponerle fin. «Nunca quise morir», dijo Alison, que parecía muy asustada, antes de cerrar con fuerza los ojos, como planteándose esa posibilidad. «Ni por un segundo... El médico me dijo que si el corte en la arteria hubiese sido un milímetro más profundo seguramente me habría desangrado en cuestión de minutos. Sólo quería aliviar la presión...»

«No puedes librarte de la presión. Nadie puede. Es horrible, pero lo único que podemos hacer es intentar aprender a soportar su peso.»

Ella lo miró con gesto abatido. Agradecía que hubiese estado allí apoyándola, pero se sintió aliviada cuando Alexander empezó a prepararse para irse. Esperaba que no volviera. Él pareció entenderlo. «De verdad, Alison, te deseo lo mejor», le dijo.

Cuando se hubo marchado, ella se quedó tendida en el sofá a oscuras; aún percibía el olor de su aftershave en la habitación y notaba el ligero ardor en el dorso de la mano, que él había acariciado con suavidad. Luego Alison se sumió en un sueño atormentado, e hizo caso omiso de las llamadas que iban acumulándose en el contestador. En algún momento se levantó, logró llegar al dormitorio y se deslizó bajo el edredón. Durmió con cierto sosiego hasta mediodía, y al levantarse se sintió más fuerte. Luego se calentó una lata de sopa, comió, se puso una rebeca de manga larga y enfiló Leith Walk para ir a ver a su padre.

Día 1

Me quedé más colocado que un piojo después del chute que me puso Johnny. Sabía que sería el último durante bastante tiempo y empezó a abandonar mi organismo casi tan pronto como me di cuenta de lo bien que me sentía. A las pocas horas me retorcía de malestar. Me pasé la mayor parte del día en mi camita, intentando recobrar el aliento y sudando como una puta en turno de noche, mientras el vigor abandonaba mi sangre poco a poco.

Las ventanas estrechas, que no se pueden abrir, están rodeadas de grandes e imponentes árboles que se alzan sobre el jardín amurallado y bloquean casi toda la luz. Es como si en el edificio no hubiera aire: lo único que se oye son los perturbadores gemidos de algún pobre pringao en una de las habitaciones de al lado. Evidentemente, no soy el único capullo que se está desintoxicando.

Conforme el atardecer plomizo va avanzando, en el exterior los murciélagos danzan en una parcelita iluminada que los árboles no logran tapar. Voy de la cama a la ventana y de ahí a la cama otra vez, caminando de un lado a otro como un demente pero demasiado asustado para salir de la habitación.

Día 2

QUE LES DEN POR CULO A TODOS.

Día 5

Han dejado este enorme diario de anillas en el escritorio, pero los últimos dos días he estado demasiado hecho polvo para escribir nada. Ha habido momentos en los que me quería morir, de lo intenso e incesante que es el puto dolor que produce el síndrome de abstinencia. Me han dado unos analgésicos, que seguramente son unos placebos de mierda. Acabas teniendo la impresión de que quieren que experimentes el tormento completo.

Si ayer hubiera tenido los medios y la energía necesarios para quitarme de en medio, me hubiera sentido muy tentado de hacerlo. Estos últimos días he tenido la sensación de que podría ahogarme en mi propio sudor. Mis putos huesos..., es como estar metido en un coche que estuvieran aplastando en un desguace. Joder, qué implacable es. Pienso en Nicksy y Keezbo, y en que si yo me hubiese sentido como ellos habría saltado. ¿Por qué cojones soportarlo?

NECESITO UN PUTO CHUTE.

Lo necesito de mala manera.

Sólo salgo de la habitación para ir al baño, o para desayunar, el único momento del día en que los que nos estamos desintoxicando tenemos la obligación de estar con los demás. Me tomo el té con cinco azucarillos, y Coco Pops con leche, y me lo papeo tan rápido como puedo. Es prácticamente lo único que puedo comer aquí; suelo comer lo mismo para el almuerzo y la cena, que siempre tomo en mi cuarto.

Anoche, o la noche anterior, me levanté a mear. En el pasillo, a la altura del rodapié, hay un par de luces nocturnas que emiten un leve resplandor, y casi me cago al ver a una bestia sudorosa e iluminada desde abajo avanzando a trompicones hacia mí. Alguna parte de mi cerebro me dijo que siguiese caminando y el monstruo me miró brevemente, murmurando algo al cruzarnos. Le dije: «¿Todo bien?» y seguí andando. Por suerte, cuando salí del tigre había desaparecido. No sé si fue un sueño o una alucinación.

Día 6

Una agresiva tormenta de trinos de pájaros me despierta de un sueño irregular y lleno de pesadillas. Me obligo a levantarme. Apenas puedo mirarme en el espejo. He estado demasiado desasosegado para intentar afeitarme y me ha salido una barba fina, rala y de color canela que parece más roja y más espesa de lo que es por los granos que tengo en la cara. Los que están llenos de pus amarillento ya son bastante repulsivos de por sí, pero son los dos grandes granos rojos con pinta de forúnculos que tengo en la mejilla y en la frente los que más asco me dan. Palpitan bajo la superficie de la piel como una línea de bajos de Peter Hook, y me duelen cada vez que intento mover la cara. Pero los que me asustan de verdad son mis ojos: parece que los lleve completamente incrustados en las cuencas, y tienen un aspecto mortecino y derrotado.

El «monstruo» de la otra noche era el motero grandullón, Seeker. El muy cabrón no tiene mejor pinta a la luz del día.

Sick Boy se ha estado camelando a la chica borde, Molly. «El amor es la droga más peligrosa de todas», declaró solemnemente, con toda seriedad. Por supuesto, ella se traga toda esa mierda, y no para de asentir. Yo estaba demasiado hecho polvo para reírme con sus chorradas y Spud estuvo venga a comerme la oreja con que lo de la desintoxicación no estaba tan mal. «Es que no paro de pensar que es guay que alguien se preocupe, Mark.»

Cuando me levanté de la mesa oí a algún capullo presuntuoso, seguramente Swanney o Sick Boy, refiriéndose a mí como Catweazle,[1] por el borrachín chalao aquel de la tele. Con mi pelo y mi barba desgreñados y mis andares encorvados, tengo la

1. Protagonista de la serie de televisión británica del mismo nombre emitida entre 1970 y 1971. *(N. del T.)*

impresión de que ésa es exactamente la pinta que tengo. Me alegra y me alivia volver a mi habitación.

Me ha vuelto a evaluar el doctor Forbes, que vino de la clínica de rehabilitación de la comunidad. En resumidas cuentas, me hizo las mismas preguntas de mierda que la otra vez. No podía dejar de fijarme en su cabeza: es demasiado grande para su cuerpo, en plan títere de Gerry Anderson, el de la serie Thunderbirds.

Más Coco Pops para cenar antes de retirarme a mi suite. Días felices. Aparece Len y hablamos un ratillo, sobre todo de música. Discutimos desganadamente sobre Beefheart y los méritos de Clear Spot (yo: es un disco de puta madre) frente a Trout Mask Replica (él: una mierda de elepé). Me vuelve a hablar de la guitarra que hay en la sala de recreo.

Día 8

Comí unas poquitas gachas para desayunar. Con sal. Flacucha Gafotas hizo algún comentario sobre echarle sal a las gachas (ella le echó azúcar a las suyas) y estuvimos burlándonos en plan de coña de sus costumbres inglesas. Ella insistió en que era escocesa, pero Ted y Skreel le dijeron que, a todos los efectos, los escoceses pijos eran igual que ingleses. Yo mencioné que en Inglaterra también había gente de clase obrera y la clase social sustituyó a la nacionalidad como parámetro de discusión. (Me cago en la puta: ¡fijaos en el capullo universitario este!)

Tom escuchó con atención, al igual que Seeker y una chica nueva, morena, de barbilla puntiaguda y ojos azules que Flacucha Gafotas nos presentó como «Audrey, de Glenrothes», como si fuese una concursante de The Generation Game.[1]

1. Concurso televisivo emitido por la BBC durante la década de 1970 y principios de la de 1980. Su presentador, Bruce Forsyth, siempre empezaba el programa

¡QUÉ AGRADABLE VOLVER A VERLES! ¡QUÉ AGRADABLE!

Audrey sustituye a Greg «Roy» Castle, que fue el primero en abandonar el programa de rehabilitación. Por lo visto, no pudo soportarlo más y prefirió pasar a residir en Saughton por cortesía de Su Majestad. Audrey nos saludó con una nerviosa inclinación de cabeza y se sentó en silencio a comerse las uñas. Me dio pena; acaba de salir, entre temblores, de la cápsula de desintoxicación constituida por su habitación, y era prácticamente la única chica del grupo. Tenía incluso peor pinta que yo, y temblaba horrores.

«Estoy seguro de que aquí serás feliz, Audrey», dijo Swanney rezumando sarcasmo, y luego añade: «No es imprescindible ser adicto a las drogas duras para estar aquí, ¡pero ayuda!»

Día 9

Se avecina otra mañana sosa y aterradora. Fuera, la blancura de las margaritas sobre el césped cubierto de rocío y crocos amarillos, blancos y violetas se extiende como una ola a los pies del muro de piedra. No está tan mal.

Aquí estoy, escribiendo esta mierda y preguntándome por qué lo hago, seguramente porque no hay otra puta mierda que pueda hacer. Las carpetas que nos han dado tienen dos secciones: una agenda, con una página por cada uno de los cuarenta y cinco días del programa, y apéndices en los que está lo que llaman el «diario». Flacucha Gafotas nos explicó que son para «tocar cualquier tema de la agenda en el que queramos indagar más». Al parecer las agendas son sólo para nosotros y podemos escribir en ellas lo que nos apetezca. Si

diciendo *Nice to see you, see you...* («Qué agradable volver a verles»), a lo que el público respondía *Nice!* («¡Qué agradable!»). *(N. del T.)*

queremos, podemos leer los diarios en las siguientes sesiones de grupo. Pero nadie va a escribir una mierda (al menos nada importante): aquí las puertas no tienen cerrojo y no hay nada seguro. Los cabrones que llevan el centro este no tienen ni puta idea de cómo son los capullos que hay aquí dentro. ¿Llevar un diario personal con Sick Boy y Swanney sueltos por ahí? ¡Sí, ya!

En lo único que soy capaz de pensar es: ¿por qué cojones estamos aquí? ¿Cómo coño he acabado aquí?

Día 12

¿QUÉ COJONES QUIEREN DE NOSOTROS ESTOS CABRONES?

Día 13

«Sinceridad», dice Flacucha Gafotas cuando saco el tema durante el desayuno. Un huevo poco pasado por agua con picatostes. «Lo entenderás mejor cuando te incorpores al grupo de revisión del proceso.»

Bueno, pues ya me lo han dicho. Debí de ponerle cara chunga porque añadió: «Para eso están la agenda y los diarios.»

Pero cuando vuelvo a mi habitación me pongo a anotar cosas inmediatamente. Si los demás capullos no están escribiendo nada (como parece ser la opinión general), entonces yo voy a apuntarlo todo.

Flacucha Gafotas se pasa por la habitación y me dice que le gustaría que me uniese al grupo de meditación. Yo acepto, más que nada por pasar más tiempo en su presencia. Nos sentamos en el suelo con las piernas cruzadas, mientras ella pone una cinta y se coloca delante de nosotros. Miro lujuriosamente sus pechitos, que se transparentan a través de su top negro elástico, flipando con la forma en que se estira, en plan gata, arqueando la espalda antes de adoptar cada posición. Nos manda hacer unos ejercicios de respiración y nos da instrucciones para tensar y después relajar diversos grupos musculares. Se supone que tendríamos que cerrar los ojos, pero yo la miro a ella, luego veo que los clisos de Johnny enfocan el mismo sitio. Me lanza un guiño cómplice de pervertido sexual, así que cierro los ojos y respiiiiiiiiroooo...

Después de la sesión, me quedo charlando con ella un rato. Me dice que si aprendemos a relajar los músculos, más adelante podremos reducir nuestro nivel de agitación. No me fío de ninguna teoría que invierta la causa y el efecto, y lo que dice no me entusiasma demasiado, pero cuando vuelvo a mi habitación intento hacer los ejercicios otra vez.

Keezbo nos ha abandonado. Me lo contó Spud después del almuerzo, mientras estaba leyendo a Joyce y mirando por la ventana. El Gordo de The Fort casi había acabado de desintoxicarse, pero se lo han llevado al hospital, debido a supuestas «complicaciones médicas». A saber qué leches querrá decir eso. Dicen que pronto volverá con nosotros. Ahora que su organismo ya está libre de productos químicos seguro que el tocino Jambo ya estará en el Village Inn con una pinta de rubia fresca delante.

«¿Es guapo el libro ese, Mark?», me pregunta Spud, como si se estuviese planteando algo en una de las cámaras más misteriosas del laberinto que tiene en el cráneo.

«Sí.»

Acto seguido se larga, y yo vuelvo a ponerme delante del escritorio. ¿Sobre qué escribir? Sobre nuestros sentimientos, dice Flacucha Gafotas. ¿Y cómo me siento? Pues salido que te cagas. Me doy cuenta de que me estoy desintoxicando no sólo porque unas veces me siento deprimido y otras desgraciado, y luego ansioso y excitable, sino también porque el único alivio que tengo son mis obsesiones carnales cada vez mayores. Pienso en Lesley en la cama en casa de Sully en Año Nuevo, y lamento no haberle lamido la pepitilla, haberle metido la polla entre esas tetas tan grandes o incluso que me la hubiera chupado. Ahora parece una oportunidad perdida y me siento idiota y débil, reconcomido por los remordimientos. Otra oportunidad desaprovechada. PEDAZO CAPULLO PEDAZO CAPULLO PEDAZO CAPULLO PEDAZO CAPULLO PEDAZO CAPULLO.

Esa misma tarde, un rato después, me masturbé pensando en Joanne Dunsmuir.

Aparte de leer a Joyce y pelármela, estoy tranquilo, desintoxicándome y cumpliendo condena.

Día 14

Al releer todo esto me doy cuenta de que, al repetir los diálogos que he oído, esto se parece más a una novela o a una serie de cuentos que a un diario. Y me parece muy bien. Nunca me tomaría la molestia de escribir un diario convencional.

He asistido a mi primera reunión del grupo de revisión del proceso. ¡Vaya una puta flipada! La peña se saltó a la yugular sin cortarse ni media; Johnny Swan y la tal Molly acabaron a grito limpio, lo que obligó a Tom y a Flacucha Gafotas a intervenir. Demasiado para mí tal como estoy, así que opté por almorzar en la intimidad de mi habitación, un poco de pescado soso al vapor que no debería comer, ya que soy vegeta.

Esta noche me he unido temblorosamente a todo el mundo en la sala de recreo. La bola rayada amarilla de la mesa de billar no está. Sospecho que Johnny Swan, que pasó una mano atenta por mi cabeza recién rapada, la habrá lanzado maliciosamente por encima del muro del jardín, dado que es el único que no juega al billar. Sick Boy y Swanney estaban en plena conspiración, hablando de Alison. Sick Boy decía: «Lozinska, la gran feminista. ¿En qué contribuye chupar pollas a cambio de heroína a la causa de la emancipación de la mujer? Que alguien me lo explique, por favor. Fue todo porque me estaba follando a otra además de ella; lo único que hacía la zorra resentida esa era intentar alejarme del chocho más prieto que nunca he gozado. Te agarra como un torno.»

«Un coño de calidad», concordó Johnny.

Quién cojones sabe de quién estarían hablando, pero debe de ser muy especial para que los dos estén de acuerdo. Sin embargo, vi a Spud haciendo oreja hasta que hizo una mueca y se volvió para otro lado, más mustio que un hámster metido en un microondas.

Volví a mi cuarto, pensando en machacármela otra vez pensando en Joanne Dunsmuir.

Joanne Dunsmuir.

¿Qué tiene de fascinante? Ni siquiera es especialmente guapa y, desde luego, no es una chica agradable, pero me hago muchas más pajas pensando en ella que en ninguna otra tía.

Estoy preparando la escena y meneándomela a gusto. En mi imaginación Joanne está boca abajo y yo le estoy quitando la falda de cuadros marrones y negros y bajando sus braguitas negras brillantes para revelar un curvilíneo par de nalgas prietas.

Y hasta ahí llegué, porque llamaron a la puerta y entró Spud de sopetón. Estaba bastante alterado y no se dio cuenta de que tenía las manos dentro del pantalón del chándal. Se sentó en una sillita de mimbre, todo nervioso, y se mordió el labio inferior. «La gente anda diciendo cosas..., este sitio es una pesadilla total..., me siento como una mierda total, Mark, y la gente anda contando mentiras.»

Le dije que no se preocupara, que no eran más que Sick Boy y Swanney fanfarroneando. Que eran todo faroles.

«¿Pero por qué tiene que decir esas cosas sobre Alison? ¡Alison es una chavala de puta madre!»

«Porque es un gilipollas hecho polvo, macho. Todos lo somos. Pero con un poco de suerte iremos mejorando. Olvídate de toda esa mierda machista, no es más que postureo. Puede que todos estos zumbaos hablen como violadores cuando están entre ellos, pero acabarán todos convertidos en maridos calzonazos que se preocupan por sus hijas que te cagas. Es pura pose.»

Me echó una mirada melancólica y de reproche, como un crío al que le acabaran de contar que Papá Noel no existe. No dejó de mirarme primero a mí y luego al suelo, y después a mí otra vez, como si estuviese haciendo acopio de fuerzas para decir algo, y por fin lo soltó: «Tú y Matty... ¡robasteis el dinero de la Liga Protectora de Gatos de la señora Rylance! ¡La de la tienda!»

JODER.

~~«Claro que sí. Así es como acabé aquí, por un poco de cochino dinero. Cuando pienso en lo que nos costó abrirla...»~~. «Claro que sí. Así acabé aquí, por cuatro putas libras metidas en una hucha de plástico de mierda. Con lo que nos costó abrirla... ¡así es como acabamos en el puto calabozo! ¡Por alguna vieja pelleja que quería escarmentar a los drogatas! ¡Por una puta hucha de mierda!»

«Pues no deberíais haberlo hecho, Mark», baló Spud. «Ni a la señora Rylance ni a los gatos..., porque no es como robar en las tiendas y tal, es una colecta caritativa, ¿no?, y ella es una viejecita que hace todo lo que puede por los animales abandonados. Una obra de caridad para los animales y eso.»

«Capto, colega, capto», le dije levantando una mano para subrayar mis palabras. «Cuando esté forrao extenderé un gran cheque a nombre de la Liga Protectora de Gatos y del Servicio de Rescate de Gatos de Lothian.»

«Un cheque...», repitió como en blanco. La idea pareció tranquilizarlo, aunque nuestros amigos felinos serán los últimos capullos ~~en recibir dinero alguno de mi parte~~ A LOS QUE YO VAYA A SOLTARLES GUITA. (Eso se parece más a como hablo yo en mi cabeza. A veces. Más bien. A veces. ¿Para qué intentar sonar diferente? ¿Para qué cojones ser como todos los demás capullos? Quiero decir, ¿a quién coño le beneficia?)

Así que le digo a Spud: «Verás, yo la idea que llevo es desengancharme, y luego controlar el hábito. O sea, no pasar nunca de, digamos, dos o tres gramitos a la semana. Y convertirlo en una regla inviolable. Mantenerme en el punto en que esté colocado, pero si hay sequía, que el síndrome de abstinencia sea supersuave y lo pueda pasar a base de analgésicos y Valiums hasta que las cosas vuelvan a la normalidad. Es ciencia, Danny. O matemáticas. Todo tiene su punto óptimo. Yo simplemente me pasé de listo y sobrepasé el mío.»

«La chica esa nueva que ha venido, la tal Audrey esa, parece una tía guay, ¿no? Se sentó a mi lado en el desayuno y todo», me soltó con ese aire de chavalín de primaria que a veces se le pone cuando aparece alguna titi en escena. «No habla mucho, ¿sabes?, así que me la quedé mirando y le dije: "No tienes que decir nada, pero si te apetece hablar, en privado y tal, aquí me tienes, ¿vale?" Asintió y punto.»

«Muy atento por tu parte, Spud. Yo estoy salidísimo, colega. Me la tiraba pero ya. Echando leches.»

«Nah, la cosa no va por ahí», protestó él tímidamente, «es una chica maja, y yo sólo intentaba ayudar, ¿me entiendes?»

«Aun así, tú saldrás enseguida, Spud, y gozarás de toda libertad para impresionar a todas las bellas damiselas del viejo puerto con tus historias de experiencias cercanas a la muerte y de la rehabilitación.»

«Nah, no quiero volver a Leith. Allí no hay nada que hacer», dijo cabizbajo. «No estoy preparado, tío...»

Luego se metió la cabeza entre las manos y me quedé de piedra al ver que se echaba a llorar. A llorar de verdad, con sollozos ruidosos, como de crío pequeño. «La he liado de mala manera... con mi madre...»

Lo rodeé con el brazo, y era como abrazar el martillo hidráulico de un currela. «Bah, venga, Danny, calma, colega...»

Él me miró fijamente, con la cara roja y la napia llena de mocos. «... si al menos pudiera encontrar curro, Mark..., y una novia..., alguien de quien cuidar...»

Entonces abrió la puerta Sick Boy. Puso los ojos en blanco, en plan amanerado, mientras Spud se frotaba sus propios clisos, enrojecidos e inyectados en sangre. «¿Interrumpo algo?»

Spud se puso en pie de golpe. «¡Deja de poner a parir a Alison! ¡Cierra la boca y no hables de ella, ¿vale?! Tu rollo con las tías... NO MOLA, ¿SABES? ¡NO MOLA NADA!»

«Daniel...», soltó Sick Boy con las palmas mirando hacia arriba, «¿... cuál es el problema?»

«¡TÚ! ¡LA GENTE COMO TÚ!»

Se encararon y empezaron a gritarse a sólo unos centímetros el uno del otro. «¡A ti lo que te hace falta es un puto polvo!», se mofa Sick Boy.

«¡Y a ti aprender a tratar a la gente con más respeto!»

«Ahórrame los axiomas trillados.»

«No creas que puedes salir de ésta con palabrería», gritó Spud, con la cara toda roja y los ojos lagrimosos. «He dicho que tienes que aprender a tratar a la gente con más respeto!»

«¡Ya, como que a ti te va de puta madre así!»

«¡TÚ TAMBIÉN ESTÁS EN REHABILITACIÓN, CHAVAL!»

«¡AL MENOS YO NECESITO MÁS DE UNA MANO PARA CONTAR LOS POLVOS QUE HE ECHADO!»

«¡UNO DE ESTOS DÍAS TE VAN A CERRAR ESA BOCAZA!»

«¿Y VAS A SER TÚ EL QUE LO HAGA O QUÉ?»

La pajarraca debió de oírse a través de las paredes de papel de fumar del centro y Len y Flacucha Gafotas se presentaron a todo correr para tratar de calmar la situación. Ni de coña me iba yo a meter en medio: por mí que se inflasen. Aunque es un alma cándida, Spud pelea bien cuando tiene motivos justificados y apuesto a que podría con Sick Boy. Habría sido un espectáculo cojonudo verlos darse de leñazos.

«No es así como manejamos los conflictos, a base de gritos y amenazas, ¿verdad, Simon? ¿Verdad, Danny?», preguntó retóricamente Flacucha Gafotas, en plan maestra de escuela de las de antes.

«¡Ha empezado él!», chilló Spud.

«¡Y una mierda! ¡Yo he venido a ver a Mark y tú has empezado a llamarme de todo!»

«Porque estabas...», titubeó Spud, «¡... porque estabas poniendo a parir a otra gente!»

«¡De verdad, tío, lo que te hace falta es meterla en caliente!»

Mientras Spud se daba media vuelta y salía por la puerta, yo aventuré: «Creo que a todos nos hace falta, es un axioma general», quedándome así con la última palabra que Sick Boy obviamente ha descubierto en su diccionario, con la vana esperanza de que Flacucha Gafotas se pusiese coqueta o al menos graciosa conmigo, pero pasó deliberadamente. El pobre Spud estaba que trinaba, pero se pegará los diez años siguientes disculpándose con Sick Boy, en cuanto le entre el sentido de culpa católico. Si de todas todas vas a acabar pidiéndole disculpas a este cabrón, al menos deberías aprovechar para arrearle; un error de cálculo por su parte. Len salió detrás de él, mientras Flacucha Gafotas nos miraba a Sick Boy y a mí como si fuésemos a <u>contárselo todo</u>.

Nosotros nos quedamos mirándola. «Es una disputa doméstica, Amelia», sonreí, «una cosa como muy de Leith.»

«Pues entonces que no salga de Leith», saltó ella.

«Eso no es tan fácil cuando medio Leith está metido aquí dentro», comentó Sick Boy mientras Flacucha Gafotas lo miraba con cara de malas pulgas antes de salir detrás de Len.

Sick Boy se asomó al pasillo para echarle un vistazo a Flacucha Gafotas según se iba. Amelia, Amelia, déjame meterte mano, joder,[1] le dijo al vacío, enarcando las cejas y tocándose el paquete. «Yo creo que se dejaría hacer... si las condiciones fuesen favorables.»

Día 15

Los pájaros que montan bulla son urracas negras, blancas y azules que anidan a sus anchas en el árbol que hay junto a mi ventana. Llevo aquí poco más de dos semanas pero parece que hayan pasado dos años.

Tengo los sentidos prácticamente abrumados por olores del pasado: el intenso y rico aroma de la tarta de chocolate de mamá, el penetrante olor a amoniaco de los meados de Davie, que te hacían llorar los ojos cuando estabas viendo la tele.

Me parto de risa con la forma en que el capullo de Sick Boy se cambia de ropa continuamente. Por las noches se pone elegante, como si fuese a ir a un night club y apesta a tope a aftershave. De día lleva pantalones de chándal y camisetas. Los dos utilizamos mucho la lavadora, por lo del sudor. Vi a Molly ahí después de desayunar, cargando algo de ropa interior. No me cae bien, pero la imagen me forzó a volver a mi cuarto y hacerme una paja. Con

1. *Amelia, Amelia, let me fuckin feel ya: Amelia* rima con *feel ya.(N. del T.)*

tanto palomino, la moqueta esta parece la pista de hielo de Murrayfield.

Molly está en el grupo de meditación, igual que Sick Boy, que va minando continuamente sus defensas. «Después de lo que me pasó con Brandon, paso de los tíos», la oigo declarar. Él responde con un: «No tienes derecho a decir eso. Tienes corazón y alma, y una vida emocional. Eres una chica guapa que tiene muchísimo que ofrecer. Algún día aparecerá el tío indicado», proclama, mientras mantiene esa penetrante mirada de rectitud. Como quien no quiere la cosa, ella se lleva una mano al pelo, mientras cuchichea: «¿De verdad lo crees?»

«Lo sé», declara él pomposamente.

El grupo de revisión del proceso me recuerda por qué me drogo. Se supone que estamos examinando el modo en que interactuamos los unos con los otros aquí en el centro, pero suele degenerar en auténticas pajarracas, que invariablemente se «resuelven» con abrazos falsos instigados por Tom o Amelia. No obstante, recuerda un poco al Cenny, al Vine o al Volley a la hora de cerrar. Las cosas positivas que nos animan a decirnos unos a otros parecen poco más que la expresión de nuestros deseos piadosos o falsos elogios. Por ejemplo, lo más agradable que Molly es capaz de decir acerca de Johnny en una de sus histriónicas reconciliaciones es que le gusta su jersey de aros blancos y azul marino. Su principal motivo de discordia es que Johnny trapichea, cosa por la que le dan bastante caña. Finalmente él se levanta y anuncia: «Que le den por culo a este rollo. No pienso aguantar esta mierda. Me largo.»

«Quiero largarme significa quiero meterme», le dice Tom a modo de súplica a su silueta en movimiento. «No lo hagas, Johnny. No huyas. Quédate con nosotros.»

«Sí, claro», dice él, y se marcha dando un portazo.

«Cuando empezamos a distanciarnos recurriendo a comportamientos que nos aíslan es cuando corremos el riesgo de recaer», explica Tom. La reunión finaliza entre la confusión y el caos. Tom cree que hemos «hecho progresos» y califica de «saludable» que aflore este tipo de conflictos.

Por decirlo con las inmortales palabras del Cisne Blanco: sí, claro.

Nos habían dejado grabar cintas para ponerlas en la sala de recreo. Swanney, a quien encontramos ahí de solateras después de hacer mutis por el foro, se ha traído una C45 con «Heroin» de la Velvet, «Cocaine» de Clapton, «Comfortably Numb» de Pink Floyd, «Sister Morphine» de los Stones, «The Needle and The Damage Done» de Neil Young y algunos temazos más. En la cara B están grabados «Suicide is Painless» (la sintonía de MASH), «Seasons in the Sun» de Terry Jacks, «Ode to Billie Joe» de Bobbie Gentry, «Honey» de Bobby Goldsboro y «The End» de los Doors, entre otras. Flacucha Gafotas confisca inmediatamente la cinta con el argumento de que es «inapropiada».

Ahora me paso la mayoría de las mañanas en el patio trasero. En un rincón hay un estante con mancuernas de distintos pesos. El motero grandullón, Seeker, es el único que las usa, así que me uno a él. Hace frío, pero al cabo de un rato no lo notas porque sudas bastante.

Pollo asado para almorzar. Me lo como.

Estuve haciéndome pajas y leyendo casi toda la tarde. Me disponía a meterme en la piltra cuando Swanney, con los ojos como platos, como si estuviera colocado, entra en mi habitación y se sienta en mi cama a despotricar. Me entero de que Raymie está en Liverpool (¿o era Newcastle?) y que Alison «se ha vuelto una cuadriculada y una vendida».

«Vino la poli y puso el piso patas arriba. Por suerte había sequía y lo único por lo que pudieron trincar al Cisne Blanco fue por un poco de jaco para consumo propio y un pelín de speed. Me ofrecieron una mierda de trato. Me han pillado con las manos en la masa, Rent Boy», me dice. «No puedo estar sin chutarme. Lo odio. Sin el jaco me rallo demasiado con todas las mierdas del día a día. ¡Lo necesito!»

«Te entiendo.»

«Pero fijo que algún cabrón ha cantado. Esa redada de la bofia tenía toda la pinta de ser un soplo de manual, estoy seguro. ¿Pero quién?, pensé yo. En fin, a mí no me va lo de dar nombres, así no es como se lo monta el Cisne Blanco, que prefiere navegar elegantemente por el río del amor y la iluminación, pero ¿quién es el único capullo al que han trincado últimamente y no ha acabado en el maco o aquí?»

Sé en el acto a quién se refiere, pero decido hacerme el tonto.

«El capullo insidioso de Connell, mira tú por dónde. Sé que Matty es colega tuyo, Mark, y entiendo lo de las viejas lealtades de The Fort y eso, pero siempre anda merodeando por ahí haciendo todo tipo de preguntas, como dónde consigo el material y toda esa mierda.»

Pienso en una vieja foto en la que salimos Matty y yo junto a los muros de The Fort con nuestras camisetas de los Hibs. Tendríamos unos ocho años. «Es un tea leaf. Sólo quería meter la cuchara en el pastel, Johnny. No le daría información a la poli.»

Lo digo en serio. Como a la mayoría de la gente, me pareció raro que a Matty sólo le cayera una suspensión de condena y unos cuantos míseros días de preventiva en lugar de la cárcel o la desintoxicación, pero no lo veo haciendo de chota.

Día 16

He ido a mi primera sesión de terapia individual con Tom Curzon, la «superestrella de la rehabilitación», según Flacucha Gafotas. Está claro que le pone.

Por lo visto, Tom esperaba que fuese yo el que hablase todo el rato. Ni de coña: me cerré en banda. Debió de ser como intentar sacarle el agua a un coco de Aberdeen.[1] Fue una sesión bastante dura, en la que estuvimos poniéndonos a prueba en una batalla de voluntades encubierta.

Día 17

Los pájaros parlanchines me han vuelto a despertar. Me fui a dar un paseo por el jardín, aunque estaban cayendo chuzos de punta. Vi un espectáculo perturbador bajo un arbusto junto a la pared del fondo: un cuervo patoso atraviesa una y otra vez con el pico el pecho de una paloma muerta, hasta que localiza un rollo de tripas, arranca un trozo viscoso y comienza a devorarlo. La escena me deja pasmado y me pregunto si la paloma seguía viva, agonizando pero sin haber muerto todavía, cuando el cuervo le hizo los primeros agujeros en el pecho.

Pienso en esto durante el desayuno y me siento indispuesto y angustiado.

Keezbo ha vuelto, pero está metido siempre en su habitación y nunca sale. Me niego a llamar a su puerta, es mejor darle algo de espacio al capullo gordinflón, evidentemente es lo que necesita. Ted, el de Bathgate, me dice que tiene entendido que Begbie reventó a alguien a leches en Saughton, pero por lo visto no fue Cha Morrison.

Un tipo al que le he cogido cariño es al Weedgie, Skreel. Lo empapelaron por intentar largarse de un taxi sin pagar. Estaba viviendo en varios albergues para sintechos de por aquí y de Glasgow, y todavía lleva moratones negros y

1. Alusión al chiste «¿Cuál es la diferencia entre alguien de Aberdeen y un coco? Que a un coco se le puede sacar un trago.» *(N. del T.)*

amarillos en los ojos de las bullas en las que se metió. Al llegar aquí le raparon la melena porque la tenía infestada de piojos (le dijimos que no esperábamos menos de un Weedgie). En mi vida había visto a alguien que tuviera más abscesos en las manos, los pies, los brazos y las piernas, y él los luce como si fueran medallas de honor. Cojea un poco a causa de una mala caída, y porque como casi no le quedaban venas utilizables en las piernas y los brazos, empezó a pincharse en las arterias. Se jactaba de que el año pasado se metía 750 mg de heroína al día, cosa que no dudo. Tiene los dientes podridos, lo que le produce dolores constantes; él le echa la culpa a los barbitúricos, que le gustan tanto como el jaco. No puedes por menos que respetar a Skreel, es la leche. Una cosa tengo que decir a favor de los Weedgies: no son gente de medias tintas.

«Pronto estaré muerto, jefe», me informa alegremente durante un almuerzo en el que a mí me sirvieron una ensalada de queso poco menos que incomestible y a los demás pastel de carne y patatas fritas con alubias. (Skreel, que mide un metro ochenta y tres, me saca un par de centímetros). «Lo único que quiero es seguir puesto hasta las cejas hasta que pase, ¿sabes cómo te digo?»

Día 18

Me despierto ante un sol dorado que resplandece en un cielo azul. En el patio, me maravilla sentir su calor en los brazos desnudos mientras escucho a las urracas excitadas que anidan en el sicomoro; su canto recuerda las carracas del fútbol de los cincuenta. Siento el impulso de ir más allá del delgado filo del horizonte que hay tras esos grandes muros de piedra oscura y ese denso follaje.

Me estoy aficionando cada vez más a las pesas. Seeker y yo solemos hacer unas cuantas series juntos por la mañana y por la tarde, después del desayuno y del almuerzo. Me gusta la disciplina que conlleva: empujar hacia arriba, sentir la sangre circulándome por el cuerpo y la cabeza a la vez que percibo el vaivén de fuerzas eternas y misteriosas en mi interior. Seeker levanta mucho más peso que yo y ha empezado a ponerse cachas de verdad; tiene ese tipo de físico, pero yo noto que me salen pequeños cúmulos de músculo en los brazos y los hombros. Molaría tener el aspecto lustroso y felino de Iggy Pop: musculoso y definido pero delgado y ágil a la vez. Seeker me enseña a ser sistemático: series, repeticiones y todo eso. Antes me habría limitado a levantarlas hasta cansarme o aburrirme. Esta interacción es cosa seria, pues Seeker no es un tío hablador, de hecho su comodidad con el silencio quizá sea el único punto que tiene a su favor. Lleva gafas de sol hasta en el interior.

Una sesión espinosa con Tom: me pregunta por mis conversaciones con el bobochorra del doctor Forbes, el de la clínica. «¿Estás deprimido, Mark?»

«Estoy en rehabilitación por adicción a la heroína», le contesto. Luego añado, bromeando sólo a medias: «En Fife.»

«Quiero decir antes de eso. Tu hermano murió el año pasado. ¿Lo lloraste?»

Me dan ganas de preguntarle: «¿Por qué, mecagüen todos los santos, iba a llorar el fin de una humillación y vergüenza incesantes? Si *tú* hubieras sido un crío desgarbado y sensible pero tremendamente egocéntrico criado en Leith, ¿no te habrías alegrado de que una de las fuentes de tu sufrimiento hubiese desaparecido?» Pero en lugar de decirle eso, le digo: «Por supuesto. Fue una pérdida muy triste.»

Día 19

¡Canté victoria antes de tiempo! ¡Seeker habla! Me cuenta que tuvo un accidente de moto muy chungo hace unos años. Le pusieron una placa de metal en el tarro y un tornillo en la pierna. En verano el dolor era soportable, pero en invierno lo único que se lo quitaba era el jaco, y acabó enganchándose. También me enteré de que lleva las gafas de sol porque desde el accidente es hipersensible a la luz. Pues me parece muy bien, qué cojones; los neones de aquí dentro son supermolestos, y para cuando me voy a planchar la oreja suelo tener un dolor de cabeza sordo, que no llega todo al nivel de una migraña. Descubrimos que los dos somos madrugadores, así que quedamos en hacer una sesión de pesas más larga antes de desayunar.

Ahora sé cómo se siente Tom con el resto de nosotros. Creo que esto ha sido un logro.

Día 22

La chorrada esta del diario se está volviendo tan adictiva como el jaco. Pero también es igual de peligrosa, por las mierdas personales que te sientes como obligado a poner por escrito en él. Ayer tuve que arrancar la página de la agenda, y un par de las de la sección del diario personal; las hice una bola y las tiré a la papelera. ¿Y si algún capullo las hubiera leído? Dicen que es confidencial, ¿pero qué significa eso aquí dentro?

Len me ha visto haciendo pesas con Seeker, así que me consideran preparado para las sesiones de grupo sobre problemas de adicción..., ¡PERDÓN!..., problemas de drogodependencia.

Mientras que en el grupo de revisión del proceso se analiza nuestro comportamiento general, éste se centra exclusivamente en el problema de nuestra drogadicción y en las cuestiones directamente relacionadas con ella. Nos sentamos en semicírculo, yo con los huesos de mi flaco culo apretados contra el asiento curvado y resbaladizo de la silla de chapa laminada. El único instrumental restante eran una pizarra de papel y unos rotuladores. Tom se sentaba con sus largos dedos entrelazados encima de la rodilla, igualmente incómodo, y la fricción y la tensión de su cuerpo desgarbado desmentían el aire desenfadado que pretende exhibir. Llevaba zapatos sin cordones, sin saber, el muy capullo, que eso significaba que cerca del ochenta por ciento de los presentes pensaría automáticamente que es un gilipollas sin remedio.

A mí la sesión de grupo me daba pavor, porque aquella mañana había habido mucho griterío en el grupo de revisión del proceso; Ted es un hijoputa bastante agresivo, y él, Sick Boy y Swanney se habían estado dando caña a tope. Sólo pararon cuando Seeker dijo de repente: «Bajad el puto volumen. Me estáis poniendo la cabeza como un bombo.» Y lo hicieron, porque a Seeker todo el mundo le tiene miedo.

Tom me presentó, aunque ya conocía a todo dios. «Me gustaría darle a Mark la bienvenida al grupo. Mark, ¿puedes decirnos lo que esperas de estas sesiones?»

«Sólo desengancharme y ponerme las pilas, y ayudar a otros a hacer lo mismo», oí proferir a una voz de boy scout chillona procedente de algún punto situado entre mi boca y mi nariz. Swanney soltó una risita y Sick Boy frunció los labios.

Pero al menos eso le dio vidilla a la cosa: todo el mundo empezó a participar, aunque el grupo consistió en debates sin orden ni concierto que no iban a ninguna parte.

Luego decidí ir a ver a Keezbo, que se había largado corriendo a su habitación.

Cuando entré estaba sentado en la cama, mirando un álbum de fotos. Por lo menos las viejas fotos me ayudaron a sacarle al muy capullo un poco de conversación. Había montones de ellas de cuando éramos críos en The Fort. Yo soy el más alto y entonces mi pelo parecía mucho más zanahorio.

Una de las fotos me llamó la atención, simplemente porque no la había visto antes. Varios de nosotros de chavalines en el descampado que había junto a The Fort. Era una foto de equipo con la elástica de los Wolves que todos habíamos quedado en pedir por Navidad. Tendríamos unos nueve años.

A mí me acabaron gustando los Wolves porque machacaron totalmente a los Hearts en la Copa Texaco en Tynecastle, ¡incluso después de dejarles ganar la primera vuelta a los pasmarotes en Molineux! En esa foto salimos yo, Keezbo, Tommy, Segundo Premio, Franco Begbie y Deek Low de pie al fondo y, en cuclillas delante de nosotros, Gav Temperley, George «el inglés» Stavely (que acabó mudándose de vuelta a Darlington), Johnny Crooks, Gary McVie (que murió en un accidente que tuvo con un coche que había robado hace unos años), el mulato Alan «Conguito» Duke (producto de algún marinero caribeño al que la deriva llevó al puerto) y Matty Connell.

«Nunca había visto esa foto», le dije a Keezbo. Me dio la impresión de que en aquellas viejas fotografías Matty ya había empezado a difuminarse, cual borrón fantasmal o, como en ésta, escabulléndose, con la cara diseccionada por el borde blanco de las fotografías Instamatic, con sólo un ojo furtivo visible.

«Tienes que haberla visto», dijo Keezbo mirándome directamente por primera vez. «¿Sabes quién la hizo?»

«No. ¿Tu padre?»

«No: el tuyo.»

«¿Y cómo es que la tienes tú?»

«Me hice una copia con los negativos. Tu madre se los pasó a la mía porque en el carrete también estaban las fotos de aquella fiesta de Fin de Año que hicimos en nuestra casa.» Pasó la página y me enseñó algunas fotos de mis viejos y los suyos, con otros amigos y vecinos, poniéndose hasta el culo. Entre ellos estaba el capullo fascista de Olly Curran, con la misma pinta de indeseable que siempre pero con el pelo negro en lugar de plateado. Pero la instantánea que me produce un nudo en el estómago es otra. Casi se me para el corazón por un segundo cuando la magnífica sonrisa bobalicona de Davie, en aquel cuerpo que era como un acordeón, llena el marco de la reluciente foto Kodak. Mi padre lo mira con una mezcla de amor y tristeza. Es una instantánea que siempre me ha resultado irresistible y repulsiva a partes iguales. Quise decirle algo a Keezbo pero lo que me salió fue: «Es curioso que no haya visto esa foto antes.»

Para cenar había haggis con puré de colinabos y patatas. Intenté no comerme el haggis, pero era eso o un huevo frito, que habría sido de lo más chungo con el puré, así que no me lo pensé dos veces.

En la sesión individual de esta tarde Tom me preguntó por la agenda. «¿La llevas al día?»

«Sí. Todos los días anoto algo.»

«Bien. ¿Y qué me dices del diario?»

La sección esa del fondo. La mía está sobre todo llena de palominos y de material para hacerme pajas (literalmente), pero Tom puso una cara tan seria e interesada que decidí mentir. «Me queda más novelístico o ensayístico. Supongo que estoy experimentando, trabajando algunas cosas.»

«¿Qué cosas?»

«Un trabajo que no fui capaz de terminar en la uni», empecé a tirarme el rollo, mientras me animaba y me iba soltando, «a ver, que lo entregué, pero tenía la impresión de que en realidad no había llegado a terminarlo. Era sobre F. Scott Fitzgerald. ¿Conoces su obra?»

«Tengo que confesar que no lo he leído. Ni siquiera *El gran Gatsby*.» Hizo un amago pasable de lamentarlo.

«Yo prefiero *Suave es la noche*», y mientras hablaba noté una sacudida en el pecho que sólo podría describir como suave, cuando se me apareció por un fugaz instante una imagen de Fiona apartándose el pelo de la cara en el ferry del Bósforo bajo un chorro de luz radiante. Hasta colocada parecía serenísima y digna. La amaba la amaba la amaba quería fundirme con sus huesos. Ahora su ausencia me hacía sentir como si me hubiesen devorado por dentro. No lograba entender cómo había pasado de estar con ella en las residencias universitarias de Aberdeen a estar aquí con Tom. Por mi mente desfiló una rápida procesión de rostros: Joanne, Bisto, Don, Donna, Charlene... y tragué saliva cuando un oscuro recuerdo me cayó encima como un avión abatido. A diferencia de lo que sale de nuestras bocas cochinas y charlatanas, que envilecen nuestras vidas con nubes de gases tóxicos, negras como el carbón e indisolubles, lo que diga el lápiz se puede borrar. Fuera, un repentino y furioso chaparrón golpeó la ventana como suplicando que lo dejáramos entrar. Mientras lo observaba, Tom me miraba con furia e impaciencia, exhortándome para que continuase.

«Ésa era la novela sobre la que estaba escribiendo», adorné la mentira para desviar su atención de mi ansiedad. «Estar aquí dentro me ha hecho darme cuenta de que no había entendido el libro en absoluto, un poco quizá como el propio F. Scott.»

«¿En qué sentido?»

Y mientras estaba allí inventándome todo aquello, me quedó claro, como en una epifanía rabiosa: un reestreno de algo de lo que me percaté por primera vez mientras estaba de tripi en aquel barco en Estambul, la mierda que tendría que haber escrito. «Fitzgerald creía estar escribiendo sobre la enfermedad mental de su mujer. Pero de hecho estaba escribiendo sobre su descenso hacia la enajenación alcohólica. La segunda parte del libro no trata más que de un tío rico embolingándose a lo bestia.»

¿CÓMO SE ME PODÍA HABER ESCAPADO ALGO TAN ELEMENTAL Y EVIDENTE?

«Interesante», dijo Tom escrutándome con aire inquisitivo. «Pero ¿no cabe la posibilidad de que fuera la enfermedad mental de su mujer una de las razones que le llevaron a beber en exceso?»

Vi adónde quería llegar el muy capullo con aquello. Donde dice mujer que sufre una enfermedad mental, léase hermano discapacitado fallecido. Pensé: a la mierda. Momento pantalla de humo. «Existe una teoría según la cual F. Scott fue un tanto avasallado y maltratado por Hemingway, un personaje más dinámico, a cuya aprobación aspiraba. Pero es errónea. Viene a ser como insinuar que el declive de E. M. Forster se vio precipitado por la aclamación con que los críticos acogieron a D. H. Lawrence, menos inhibido. Pero lo que dio pie a ambas cosas fueron el alcoholismo de Fitzgerald y el temor de Forster, que era un bujarrón de tapadillo...», entonces Tom me miró con cara de desconcierto, «... perdón, homosexual, a las consecuencias de expresar su sexualidad. Pero eso no quiere decir que Hemingway y el bueno de D. H. no fueran unos cabrones perfectamente capaces de detectar y explotar las debilidades de sus colegas más frágiles. Al fin y al cabo, las rivalidades literarias son iguales que las demás.»

«Tendré mucho interés en echarle un vistazo a esos libros. Sí que leí Lady Chatterley en la universidad...»

«Hijos y amantes es mejor.»

«Lo leeré», declaró Tom y, al calor del momento, me entregó un ejemplar de El proceso de convertirse en persona de Carl Rogers. Me pondré con ello cuando acabe con James Joyce.

Más tarde, Sick Boy vino a mi habitación y le conté lo de mi sesión. «Se creen que todo tiene que ver con el sexo», dijo agitando la mano despectivamente. «Y es verdad, pero no de la forma que ellos imaginan. Nunca conseguí llevarme bien con el capullo ese de Tom, por eso pedí que me transfirieran a Amelia. Durante la primera sesión, Tom me dijo que quería que fuera sincero con él. Así que le dije que quería follarme a casi todas las mujeres que conocía. Y no sólo eso, sino que quería que ellas me suplicasen que lo hiciera. Me dijo que era un explotador y que padecía una disfunción sexual. Yo le dije: "No, colega, se llama sexualidad masculina. Todo lo demás es engañarse." ¡Eso no le gustó un pelo! No le gustó que la realidad interfiriera con su universo de lector de The Guardian meticulosamente edificado en torno a chorradas pretenciosas de clase media»

«Me alegro por ti...», bostecé, cansado y deseando que se fuese para poder sobar un rato «... me sorprende que Amelia te aceptase después de eso».

«En efecto..., o soy un reto para ella o le molo. Sólo puede ser una de las dos cosas. Y ambas situaciones pueden obrar a mi favor.»

Enarqué las cejas con aire dubitativo, pero vi que no bromeaba.

«Oye, hablando de cuestiones de sexo...» Bajó la voz de forma cautelosa. «Quiero saber lo que opinas de algo. He oído una historia sobre un menda..., un tío que se dejó encular por una tía...»

«¿De qué cojones hablas? ¿Una tía enculando a un tío? ¿Era esa supuesta tía un travelo o algo?»

«Nah..., era una tía de verdad. Se fueron juntos a casa de la tía y ella se puso un consolador grande y se lo folló por el culo...»

«Buah...» Noté que se me contraía involuntariamente el esfínter.

«... y a él le gustó..., o al menos eso dijo ella».

«¡A mí me parece bastante sospechoso!»

«Pues sí...», dijo él, pero acto seguido lo reconsideró: «... bueno, el tío dijo que no querría que se la metiera por ahí un tío, que sólo le dejaría hacerlo a una tía.»

«Vale...»

«Entonces, ¿el tío es gay o hetero?»

«¿Al tío lo conozco?»

Sick Boy apretó bien fuerte los labios. «Sí. No digas nada...» Hizo una pausa, como si estuviese reordenando los muebles de una habitación en la cabeza, «... pero me lo contó Alison».

«Un momento... ¿Ali fue la tía que se tiró al tío ese con un consolador?»

«Sí..., dijo que la única manera de conseguir que el tío se acostase con ella era haciéndole eso. ¡Ya te puedes imaginar de quién estamos hablando!»

Se me vino inmediatamente a la cabeza la cara de mi antiguo compañero de grupo, contraída y sudorosa, como cuando se pavoneaba en aquel escenario del Triangle Club en Pilton. «¿Hamish? ¿HP?»

Sick Boy sonrió enigmáticamente. «Heterosexual Princesa de nombre y, por lo visto, también de condición. Alison insistió en que nunca se lo montaba con tíos. Personalmente, yo tengo mis dudas. ¿Tú qué crees: que es un marica sin remedio o que es hetero y sólo estaba experimentando?»

«¿No se tiró a Alison después de que ella lo encularа?»

Sick Boy dudó un segundo: «No...» Y acto seguido dijo más enfáticamente, «no, ni de coña se la tiró».

«Si se la hubiera tirado después, yo diría que estaba experimentando. El hecho de que no lo hiciera me lleva a inclinarme más por maricón perdido que por heterosexual.»

«¡Eso es exactamente lo que pensé yo!», exclamó Sick Boy con gesto triunfal, aparentemente convencido de la importancia de ese detalle. «No es el hecho de que experimentase con ella metiéndose el consolador por salva sea la parte lo que lo convierte en una reinona total, a Hamish, digo, ¡sino que no se la follase después! Huyó de su raja como si fuese un agujero negro en el espacio, ¡la puta nenaza! Y eso me lo contó ella misma. Por supuesto, como yo no voy contando las intimidades de los demás por ahí, confío en que serás discreto.»

«Eso es de cajón», mentí.

La historia era bastante interesante, sin duda, pero luego tardó siglos en irse. Me habló de chicas, de su familia, de los Hibs, de Leith, de Begbie y luego de chicas otra vez: «... uno de los inconvenientes de tener una polla tan enorme es que a veces les puedes hacer daño...», de lo que fuese, en definitiva, con tal de mantenerme despierto. Me quedé dormido y cuando me desperté unas horas más tarde, con la luz todavía encendida, esperaba verlo sentado en mi cama, soltando paridas, pero ya se había ido.

Entrada del diario personal: Alan Duke

Siempre me sentí mal por cómo traté a Alan «Conguito» Duke cuando éramos críos. Por entonces, el padre de Matty, Drew, me llamaba cariñosamente «Coco Canela». Los demás chavales de The Fort adoptaron el mote pero a menudo de forma peyorativa. Una vez estábamos en las escaleras de la Biblioteca de Leith y me estaban dando un poco de caña, así que me volví hacia Dukey y le dije: «Lárgate, "Conguito".» Aquello suscitó inmediatamente el cachondeo general y transfirió el acoso de mí hacia él.

Lo vi sufrir mientras crecíamos. Se convirtió en un cabeza de turco. Matty, un mangui malnutrido y zarrapastroso que siempre llevaba ropa de segunda mano, Begbie, con un padre presidiario y alcohólico, Keezbo, con sus rollos de seboso, su madre amante de los periquitos que tenía una pajarera en casa y yo, el del hermano espástico, podíamos meternos con Dukey cada vez que las cosas se ponían feas para nosotros. Más adelante, gente como los Curran lo maltrataron de manera más abierta y hostil.

Aunque cualquiera podría haber puesto en marcha la bola de nieve de «Conguito», el culpable fui yo. Siempre me he sentido bastante chungo por haberlo hecho.

Día 23

¡Tengo correo! Es una cinta grabada por Hazel. (Con grupos como Psychedelic Furs, Magazine, Siouxsie, Gang of Four... Hazel siempre ha tenido buen gusto para la música.) Me la entregan un día tarde después de revisarla para asegurarse de que no lleva drogas escondidas. Si conociesen a Hazel no se habrían molestado; la única droga que hemos compartido es el vodka. Es agradable recibir correspondencia. Por supuesto, el capullo que parece recibir mogollón, y todo ~~de chicas~~ de tías, es Sick Boy.

De vuelta en mi habitación, mientras Bowie canta sobre estrellarse siempre en el mismo coche, leo la nota:

> Querido Mark:
>
> Espero que la rehabilitación vaya bien, y que encuentres fuerzas para seguir adelante. Vi a tu madre en Junction Street el otro día. Me dijo que iba a la iglesia a encender una vela y rezar por ti. Sé que eso te hará reír, pero demuestra lo mucho que le importas, igual que a toda tu familia. Igual que me importas a mí.
>
> Sigo en Binns y tengo previsto hacer un viaje a Mallorca con Geraldine Clunie y Morag Henderson. Geri trabaja conmigo y seguro que te acuerdas de Morag de cuando íbamos al colegio.

¡Vi a Roxy Music en el Playhouse! ¡Vaya conciertazo, Mark! Luego vi unas cuantas caras conocidas en el pub Mathers, en Broughton Street: Kev Stewart, Gwen Davidson, Laura McEwan y Carl Ewart; todos preguntaron por ti y dijeron que te echaban de menos, igual que yo. ¿Podemos, POR FAVOR, recuperar al Mark de siempre?

Cuídate.

Con cariño,

Hazel XXXX

Al leerla, sentí que se me encogía algo en el pecho. Hago una bola con ella y la tiro a la papelera vacía (evidentemente, la de la limpieza se ha llevado la hoja de la agenda y los Kleenex sucios), pero luego la recojo inmediatamente, la aliso y me la guardo en el bolsillo de atrás.

¿El Mark de siempre? ¿Y ése quién cojones es?

Me recompongo y me voy a meditación con Spud y Seeker. Luego, tras un descanso y un café, durante el que Seeker nos habla de las motos que ha tenido, Flacucha Gafotas nos dice que la sesión de revisión del proceso está a punto de empezar, así que nos dirigimos como zombis agotados a la sala de reuniones. Es empalagosamente positiva, y tiene un rollito sensiblero de lo más baboso: montones de abrazos y veneración fingida. Pero lo único que consigue es diferir la agresividad al grupo de problemas de adicción de la tarde.

Tom parece un pelín más inquieto de lo habitual. Su camisa de leñador negra y roja está cubierta de migas de las galletas mantecadas que nos comemos a montones en estas sesiones. «Me gustaría presentaros a Audrey, que participa por primera vez en el grupo. Hola, Audrey.»

«Disfruta de la rehabilitación», dice Swanney con un acento jamaicano de pega. Ahora sé de dónde saca Matty esa enojosa costumbre. Dice odiar a Johnny pero le gustaría ser él.

A Molly, a cuyo lado se sienta Audrey, le mola Tom, y por lo visto nadie más, exceptuando a Sick

Boy. «Bueno», dice en tono pomposo, «he venido aquí para ponerme las pilas y estoy dispuesta a mantener una actitud abierta y darle a Tom la oportunidad de que haga su trabajo. Y estoy segura de que Audrey también.»

Todas las miradas están sobre Audrey, que guarda silencio mientras se muerde las uñas y nos mira con sus enormes y torturados ojos azules.

«Gracias..., Molly», dice Tom mientras en la sala se oyen tremendos suspiros y alguna que otra risita burlona. Tom me está mirando fijamente, como animándome a hablar pero, lo siento, compañero, yo he puesto rumbo a Puerto Silencio. Seeker estira las piernas, se coloca los brazos detrás de la cabeza, suelta un enorme bostezo, y luego se echa su melena de motero hacia atrás. Parece un león que acabara de comerse a un pitbull.

No puedo dejar de lanzarle miraditas a hurtadillas a Audrey. Tiene una pinta un poco desastrada, pero después de desintoxicarse todo el mundo tiene esa pinta. Como su nombre completo es Audrey Todd, Sick Boy ya le ha puesto mote: «Tawdry Odd».[1] No me extraña que se quede en su habitación casi todo el tiempo. Lleva unos vaqueros desteñidos y se nota que tendría unas piernas guays que te cagas si las pudieras ver como es debido. Tom mira a los demás, y luego otra vez a mí: «... ¿Mark?»

La intromisión me crispa, tanto más porque me ha pillado mirando lujuriosamente a Audrey. ¿A que no mola un pelo? Hora de desviar rápidamente la atención: «A mí no me vas a poner bien, colega. Olvídalo.»

«Yo sí que te iba a poner...», interviene Swanney, «¡... un pico como una casa! Si tuviera jaco, claro.»

Le obsequian con unas cuantas risotadas macabras.

1. Literalmente, «Hortera Rara». *(N. del T.)*

«Yo nunca dije que te pudiera poner bien», dice Tom negando con la cabeza. «El único que puede hacerlo eres tú.»

Asiento, aceptando la evidente verdad de lo que dice, y añado: «Eso me lleva a la pregunta siguiente: ¿tú qué haces aquí?»

Oigo a Molly chasquear la lengua ante mi pregunta.

«Yo estoy aquí para ayudar», dice Tom.

«A ver, un momento», me descubro diciendo, «tú no puedes hacer que me ponga bien, pero puedes ayudarme a ayudarme a mí mismo. Capacitarme. Facilitarme las cosas. ¿Ése es el rollo?»

«Así es.»

«¿Y por qué ibas a querer hacer eso?»

«Entiendo. ¿Estás cuestionando mis motivos?»

«No», sonrío, «sólo estoy aclarando las cosas.»

Ésa es una de las armas del arsenal interpersonal de Tom. Indaga hasta que te enfrentas a él y luego te suelta: «Sólo estoy aclarando las cosas.» No le gusta que la utilicen contra él. Hincha las fosas nasales y expulsa aire lentamente. «Mark, tenemos este tipo de discusiones circulares constantemente, y no llegamos a ninguna parte. Dejemos estas cosas al margen del grupo y reservémoslas para las sesiones individuales, como habíamos acordado.»

«Como tú habías acordado.»

«Como quieras, pero dejémoslas fuera del grupo.»

Molly exclama entonces: «¡Ja! Eso ya me gustaría verlo. ¡El problema es que Mark siempre tiene que ser el centro de todo!»

Encantado de hacer sparring verbal con la guarra cortita esta. «Guau. ¡Un yonqui egocéntrico! ¡Parad las rotativas!»

«Al menos algunos ponemos de nuestra parte. Tú sólo quieres tirarte el pisto con tus colegas», dice mirando despectivamente al resto del semicírculo. Audrey le pega otro bocado a las uñas.

En realidad Molly ha dado en el clavo. Creía que su educación se detuvo al llegar a lo de hacer mamadas en el cuarto de las bicicletas, pero es evidente que me había equivocado; tiene cierta perspicacia. El único objetivo real que tienen estas sesiones para mí es echarme unas risas con los colegas. Pero no me hará ningún bien dejar que Tom se dé cuenta, así que me veo diciendo con tanta seriedad como puedo: «Mira, es sólo que me está costando hacerme con todo esto», y echando un vistazo a mi alrededor, añado: «e intentar averiguar de qué va cada cual, eso es todo.»

Pero Tom se enrolla bastante bien; enarca las cejas, levemente exasperado, y echa una mirada alrededor del círculo. «De lo que quiero hablar hoy es de detonantes. ¿Cuáles son los detonantes que os llevan a querer consumir?»

«Un día con una "i" en medio», dice Spud, y su comentario detona sonrisas generalizadas. Tom hace caso omiso de Spud (pese a que lo había dicho completamente en serio) porque no es eso lo que estaba buscando. Necesita algo con lo que poder trabajar.

«Poner el pie en la calle», dice Keezbo, también totalmente en serio. Me preocupa un poco el grandullón. Ha perdido por completo el sentido del humor, cosa que para él es superimportante.

Esta vez, sin embargo, Tom responde a la intervención. «Gracias..., Keith.»

«Pasar el rato con estos capullos», dice Sick Boy mirándonos a mí, a Spud y a Swanney.

«Bueno, ahora sí que estamos llegando a algo», declara Tom incorporándose y echándose un poco hacia delante. «Keith ha dicho salir a la calle. El lugar donde vivimos. El entorno. Simon se ha referido a relaciones concretas, a amistades. A la presión del grupo que refuerza este comportamiento inadecuado y autodestructivo.»

No puedo dejar de soltar una ráfaga de carcajadas burlonas al oír eso. «¡Ah, pues entonces encerrarnos a todos juntos en una residencia es una idea de puta madre!»

«Rents tiene razón», suelta Skreel. «He conocido a peña superlegal aquí dentro, no me entendáis mal», y mira a su alrededor para asegurarse de que, efectivamente, nadie se ha ofendido, «pero ni uno de ellos me va a ayudar a dejar el caballo.»

Aun así, Tom mantiene la compostura. Quizá Flacucha Gafotas no se estaba marcando un farol cuando dijo que era «de lo mejorcito que hay en este campo». «Evidentemente, toda prestación de servicios tiene factores que la limitan. Pero, y esto no es más que una idea que os lanzo al tuntún: ¿no os parece que también sería posible utilizar los grupos formados por pares y amigos para reforzar conductas <u>positivas</u>?»

«¿Como la abstinencia o la sobriedad?», me lanzo de cabeza. Como si alguno de los capullos que están aquí quisiera estar sobrio.

«Pero ¿tú <u>quieres</u> desintoxicarte?»

A esa pregunta le sigue un largo silencio sepulcral mientras nos miramos unos a otros, con <u>La Gran Mentira</u> flotando en el espacio que nos separa. En los labios de todos. La Gran Mentira que hacía posible el juego de la rehabilitación, que subyacía a aquella secta estúpida y ridícula. ¿Qué decir? Swanney se percata de que es mucho lo que hay en juego, así que interviene para quitarle hierro al asunto. Luce una sonrisa en el careto pero a la vez habla completamente en serio. «He jodido a tanta gente que si dejara de picarme la culpa y el remordimiento me matarían, joder. Sencillamente no vale la pena.»

«No le falta razón», digo yo, precipitándome otra vez y odiándome por ello. Pero lo que digo lo digo con toda sinceridad, porque sé que Johnny también lo ha hecho. ¿Con cuántas arrobas de arrepentimiento tendría que cargar durante el resto de su vida? O aprendes a ser mejor persona y afrontar lo que has hecho, o aprendes a pasar de todo.

«Bueno..., sí...», dice Tom, «pero no olvidemos que ésta es una unidad experimental. Si no produce resultados, podéis estar seguros de que la cerrarán.»

Sick Boy decide ir a por Tom, quizá un pelín mosqueado de que el papel de cínico burlón lo haya copado yo. «¡Así que tenemos que hacer todos piña por el bien de la unidad! ¡Ésa sí que es buena!»

Pero lograr que Tom se inmute no es fácil. «Ya sabes cuál es la alternativa..., Simon. A todos los aquí presentes os han suspendido una condena, de manera oficial o extraoficial.»

Eso siempre nos centra. Por chungo que sea el rollo este, está tirado comparado hasta con el maco más blandito. Una cosa tengo clara, aunque no sea más que por las pocas noches de borrachera que he pasado en el calabozo: el talego sencillamente no es lo mío. Lo juré entonces y lo juro ahora: JAMÁS ME VAN A ENCARCELAR POR EL JACO. Antes de pasar un puto minuto entre rejas firmaré en la línea de puntos de cualquier rehabilitación de mierda que el sistema me ofrezca.

Tom se dirige a Skreel. «Martin...»

«Llámame Skreel.»

«Skreel, perdona. ¿Qué te gustaría sacar a ti de este grupo?»

«Yo sólo quiero dejar de picarme y ponerme bien otra vez», miente.

Tom asiente lentamente, manteniendo la mirada durante un segundo antes de volverse hacia Johnny.

Swanney es un cabronazo total, bendito sea. Sabe perfectamente cómo vacilarle a todo el mundo.

«Por supuesto que es difícil», dice encogiéndose de hombros, «porque todos sabemos lo guay y lo de puta madre que puede ser meterse un pico, sobre todo cuando estás chungo», y se relame los labios antes de esbozar una gran sonrisa; parece un lagarto que acabara de atrapar una jugosa mosca en pleno vuelo. Skreel empieza a retorcerse y la palidez del careto de Molly se asienta. Audrey le da un poco de tregua a las uñas y empieza a mordisquearse las puntas del pelo, mientras Spud se sienta con la cabeza entre las manos gimiendo con suavidad. Johnny continúa: «... esa hermosa y arrebatadora sensación de alivio que te proporciona cuando te fluye por las venas hasta llegarte al cerebro, y la increíble euforia que te entra cuando los problemas del mundo, toda la mierda, se desvanecen y se convierten en polvo a tu alrededor. Cualquier dolor desaparece. A cambio de un chutecito de nada, un solo chutecito...», cavila pornográficamente mientras Molly, Audrey, Spud, Ted y Skreel se revuelven en sus asientos.

«Ya basta, Johnny, por favor», dice Tom.

«Sólo quería decir», dice Swanney luciendo una sonrisa prefabricada, «que no todo es malo, porque si lo fuese, nadie se metería.»

«Ni ganaría dinero con ello», le espeta Molly, deseosa de volver a librar una vieja batalla.

Tom le indica que lo deje estar: «Te entiendo, Molly, pero por ahora quiero centrarme en las pérdidas. Me gustaría que pensaseis en lo que habéis perdido por culpa del consumo de heroína.» Se levanta, se acerca a la pizarra y coge un rotulador.

«Guita», grita Sick Boy.

Tom se vuelve con cara de desconcierto. «¿Ésa es tu novia?»

«La mejor que he tenido nunca», dice Sick Boy sonriendo, mientras todo el mundo se ríe. El pobre Tom se queda más tieso y más parado que un vibrador sin sus Duracell.

«Eh, tela», dice Spud con ánimo de ayudar.

Su intento de echarle un cable es bien recibido, aunque mientras escribe «DINERO» en mayúsculas, el cuello de Tom adquiere un tono más rojizo de lo habitual.

«Colegas», dice Ted.

Tom anota con su rotulador negro: «AMIGOS.»

«No sé los demás», dice Keezbo, mirando con tristeza a Sick Boy, «pero lo que acabas de decir sobre las novias, Mr. Simon...», y entonces mira a Audrey y a Molly, «o los novios, por no ser sexistas..., pero las ganas de follar se esfuman.»

Eso desata unas risillas nerviosas en toda la sala.

«No necesariamente», tercia Swanney. «El mejor sexo que he tenido fue puesto de jaco, al principio y tal.»

«Ya, al principio», se mofa Sick Boy. «Seguro que ésa fue la única vez que has echado un polvo sin pagar.»

Swanney le hace una peineta. «¿No fue ésa la vez que estabas con el monazo y llamaste a mi puerta?»

Sick Boy se revuelve en el asiento y se calla. De repente se hace el silencio. Es como si todos sintieran cierto hormigueo en los pantalones, esas pollas que llevan tiempo sin usarse y que están pidiendo marcha a gritos. O, en el caso de Molly y Audrey, coños que no se han usado demasiado o, lo que es más probable, que se han usado mogollón, pero que no han sentido gran cosa.

Así que seguimos hablando un rato más de las chorradas habituales. Pero nos cansamos con facilidad, y nuestros bostezos, cada vez más frecuentes, se convierten en la señal para hacer una pausa para tomar café: el elixir más aceitoso y alquitranado que quepa imaginar, tan cargado de cafeína que te pega un pelotazo que parece que fuese speed en base. Lo acompañamos con unas cuantas galletas azucaradas y, sobre todo, con pitillos. Casi todo quisque que está aquí dentro padece una adicción grave a la nicotina, Tom incluido. A mí me miran con suspicacia porque odio el fumeque.

Sin embargo, los descansos son los mejores momentos. Todo el mundo acaba contándoles a todos los demás cuando menos la versión apta para todos los públicos de su historia personal. Todos menos Audrey, y vista la concurrencia, admiro su prudencia. Sick Boy y Maria Anderson habían tenido un rollito bastante obsceno y cuando la madre de Maria salió de la cárcel, se la llevó de vuelta a casa de su hermano en Nottingham. Sick Boy finge estar indignado. «Me acusaron de ser su chulo», le dice a Seeker bufando. «La histeria antidrogas lleva a cierta gente a imaginarse cosas muy, muy escabrosas.»

«De todos modos, es lo mejor que hay para tener bajo control a una zorrita», le dice Seeker; el cabrón este es realmente inquietante. «Engancharla al jaco. Entonces te montas tu pequeño harén personal. No tienes más que tirar del sedal invisible», dice imitando el gesto de un pescador de caña, «y cuando terminas, las vuelves a echar al agua.»

Sick Boy se hace el desdeñoso, pero es evidente que disfruta con las peroratas misóginas de Seeker. A Molly la sacan de quicio y Tom hace un intento caballeroso de distraerla dándole conversación. Pero ella no quiere saber nada del tema, y mira a Seeker y le dice: «¡No se puede caer más bajo que tú!»

«¿De verdad? Eso son palabras muy prepotentes para una puta», sonríe, luego la pincha: «Pero fijo que así era el rollo que os llevabais entre tu maromo y tú.»

«¡No sabes nada de nosotros!»

Seeker la mira impasible. «Sé que <u>tú</u> eras la que se abría de piernas y se dejaba machacar el coñito por rabos de todos los tamaños y colores y que él era el primero en meterse cuando había Salisbury Crag.»

«¡Brandon estaba enfermo! ¿¡Qué otra cosa podríamos haber hecho?!»

«Ese tío hizo un buen trabajo contigo», observa Seeker apreciativamente. «Todavía te tiene donde quiere.»

Molly se lleva ambos puños al pecho, uno encima del otro, como intentando arrancarse una lanza clavada. Rompe a llorar, se da media vuelta y sale por la puerta rumbo a su habitación. «Estas cosas no nos ayudan en nada», le dice Tom a Seeker y hace ademán de salir tras ella antes de que Sick Boy, que ha visto su oportunidad, lo detenga. «No pasa nada», le dice a Tom para tranquilizarlo, «ya hablo yo con ella.»

Los demás nos terminamos los cafés y volvemos al trabajo en grupo. Al cabo de unos minutos, Sick Boy y Molly vuelven con nosotros. Me ha decepcionado, estaba convencido de que ya se habría metido en sus bragas. Debatimos sobre cómo nos hacía sentir la heroína y sale a relucir el término «anestesia». «Si la heroína es un anestésico, ¿ante qué nos estamos anestesiando?»

¿Cuándo se convirtió el vosotros en nosotros, oh, Gran Motivador Blanco?

Así que el muy capullo nos divide en dos grupos, reparte rotuladores y hojas de papel grandes, y nos dice que hagamos brainstorming o asociación libre con nuestras respuestas. El Grupo Uno está formado por Spud, Audrey, Molly, Ted y Keezbo. En el Grupo Dos estamos los señoritos más conflictivos: yo, Seeker, Sick Boy, Swanney y Skreel.

Los grupos vuelven con sus propuestas, que se cuelgan con Blu Tack de la pared.

GRUPO UNO	**GRUPO DOS**
SOSIEDAD	SERES HUMANOS
PROBLEMAS Y TRIVULACIONES DE LA VIDA	MENTIROSOS
LOS AGOBIOS DE LOS DEMÁS	AMBICIÓN
EXTINCIÓN DE LOS ANIMALES (LA CODICIA DEL HOMBRE)	DINERO
NÚMEROS ROJOS	COCHES
AGOBIOS DEL PARO Y DE SUBSIDIOS	ORDENADORES
POLÍTICOS	TELÉFONOS
ABURRIMIENTO	TELEVISIONES
QUE PIERDA TU EQUIPO	DENTISTAS
LOCUTORES INGLESES	TIEMPO
MEDIOS PARTIDISTAS	ESPACIO
NOVIAS/NOVIOS	MÚSICA
AGOBIOS FAMILIARES	SEXO
	HISTORIA
	JAMBOS
	RUGBY
	BARBAS
	ZAPATOS SIN CORDONES
	REHABILITACIÓN

Tom observa detenidamente las listas mientras se acaricia la barbilla como si fuera un chochito, con expresión inquieta. «¿Algún voluntario del Grupo Uno dispuesto a explicarnos sus ideas acerca de estos temas...?»

Nombran portavoz a Spud, que se pone en pie y empieza a divagar sobre los animales. «Verlos sufrir me deprime a tope, tío. Es que me supera, no lo soporto. Sólo de pensar que hay animales extinguiéndose por la codicia del hombre...»

Se oyen unas cuantas risas, pero Tom anima a Spud a continuar. Todo lo que dice parece acabar en «agobio». «Así que supongo», dice a modo de resumen, «los agobios en general y tal.»

Cuando le llega el turno a nuestro grupo, nadie está dispuesto a ponerse en pie y presentar la lista. Cese de comunicaciones total. Tom nos pregunta uno por uno, pero todos pasamos de él. Finalmente, Spud, en un intento de ayudar, señala la lista de nuestro grupo y dice: «Estoy de acuerdo con lo de los ordenadores, pueden ser un agobio total, como cuando los del paro te envían a uno de esos cursillos.»

Entonces se desata un largo y farragoso debate sobre el paro y los programas de formación que parece que no vaya a acabar jamás.

El reloj de la pared necesita pilas nuevas; se ha parado a las cuatro y media. De repente, Tom, visiblemente cansado, da por terminada la reunión y salimos de allí arrastrando los pies para pasar a la siguiente casilla rutinaria de nuestro horario.

Tanto al canto.

Sick Boy se esfuma inmediatamente con Molly. Jamás debí dudar de ese cabrón. Vaya chorra que tiene.

«Le estreché entre mis brazos sí y le apreté contra mí para que sintiera mis pechos todo perfume sí y su corazón parecía desbocado y sí dije sí quiero sí.»[1]

Al volver a mi habitación me pongo a oír el Kill City de Iggy Pop y James Williamson con los cascos en mi radiocasete de mierda. Estoy especialmente obsesionado con «Johanna», una canción que me hace pensar en Joanne Dunsmuir.

Casi me arranco el capullo masturbándome mientras pienso en ella.

Ensucio los retretes con un logo,

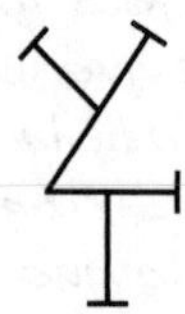

con el único objetivo de dar pie a un debate sobre grafitis.

1. Fragmento del monólogo de Molly Bloom (capítulo 18) del *Ulises* de James Joyce. *(N. del T.)*

Esta mañana sigue haciendo un tiempo plomizo, pero por lo menos la lluvia ha amainado. Como de costumbre, quitándome a mí, Seeker es el único que ya está levantado, y hacemos nuestra rutina de ejercicios en silencio.

El resto de la mañana escribo, escribo y escribo. Disfruto todo el rato con la forma en que la afilada y suave punta de este boli conduce mi mano por la página. He llegado a la conclusión de que todo lo que escribes, da igual lo mierdero o lo trivial que sea, significa algo. Redactar la entrada de ayer en el diario me hizo recordar que las navidades que nos regalaron la elástica de los Wolves fueron las inmediatamente anteriores a cuando los Hibs ganaron a los Hearts 7-0 en Tynecastle.

Habíamos bajado a la calle para hacernos aquella foto de equipo: sólo una, porque hacía un frío que pelaba. Después de Año Nuevo le tocó a Billy ir a los almacenes Boots, en Kirkgate, para que revelaran el carrete de fotos de las fiestas. Pero yo nunca llegué a ver esa foto de equipo de los Wolves. Recuerdo que Begbie me pidió que se la enseñara, y me pellizcó y retorció la piel de la muñeca cuando le dije que no había salido. Creyó que le estaba engañando.

El cabrón de Billy debió de destruirla como venganza por mis constantes tomaduras de pelo por la paliza que les habían metido en el derby.

Misterio resuelto. Puto gilipollas.

Pero el muy pasmarote se olvidó de los negativos, y mi madre se los pasó a Moira Yule. De manera que, más de una década después, veo la foto en el álbum de Keezbo.

Gloria a los Hibees. Un golazo de Steve Cowan a partir de un pase de Jukebox Dury en Fir Park.

En todas partes hay alguien que corta el bacalao y aquí adentro el mandamás es Seeker, y se nota que a Swanney no le hace demasiada gracia. Parece obvio que ambos rivalizan por el acceso a heroína procedente de la misma fuente y se tratan con mucha frialdad.

El sábado por la tarde, mientras los demás nos vamos a la sala de recreo para ver los resultados del fútbol, Sick Boy estuvo ausente; estaba cepillándose a Molly, y luego volvió para tirarse el pisto con Seeker sobre nuestra ruinosa experiencia en el ferry de Essex, aunque no llegó a mencionar a Marriott, y ni siquiera a Nicksy por su nombre. Eso sí, se notó que tanto Seeker como Swanney estaban interesados. Skreel empezó a hablar de Glasgow y de unos tíos de Possil a los que conoce. Ted, aunque es de Bathgate, pasó una temporada en Dundee y cree que allí arriba hay tema. Yo saqué a relucir a Don, el de Aberdeen, lo que al parecer impresionó a Seeker. «Menudo tío, ese.»

«¿Cómo está?»

«Ni puta idea.» Una pantalla de frialdad le cubrió el careto de repente.

A la hora de la cena, un hígado que huele a pis y a cebolla sella mi regreso definitivo al vegetarianismo. Para ser justo, hay unos cuantos carnívoros empedernidos que también arrugan la nariz al verlo y miran con envidia mi quiche, apenas más comestible y más seca que el chumino de una monja vieja.

Aunque a veces me abrume la agudeza de mis sentidos, sigo alegrándome de haber dejado la metadona: era como tener un condón gigante cubriéndote toda la piel. Los tembleques han amainado bastante, pero todavía sigo con altibajos anímicos. Hay momentos en que la vida no parece tener sentido y al siguiente estoy rebosante de optimismo y pensando en el futuro. Keezbo está de lo más aguafiestas en lo que a planes para el grupo se refiere, y eso que suele ser lo único de lo que le apetece hablar. Quería charlar con él sobre música y sobre mi canción «Cigarettes R' Us», pero Keezbo me soltó: «Chitón, Mr. Mark, ¡están echando Only Fools and Horses!»[1] Así que volví a mi habitación a seguir leyendo el Ulises.

Al poco rato, Seeker llamó a mi puerta y se sentó en la sillita, llenando el cuarto con su corpachón. En cuanto yo dejé el libro lo cogió él. «¿Alguna vez has leído Los Ángeles del Infierno?»

«¿De Hunter S. Thompson? Sí, me encantó.»

«Ese cabrón es un fantasma. Se lo inventó casi todo. Yo conozco a un par de tíos de Oakland.»

«¿De verdad?»

«Sí», soltó Seeker, y a continuación declaró rotundamente que iba a dejar el bacalao: a partir de ahora sólo piensa dedicarse a trapichear. «Si no, es verdad lo que dicen: no haces más que colocarte con tu propia mercancía. De todas formas, es una droga de mierda. La primera vez es la mejor. Luego no haces más que ir detrás de ese primer cuelgue.»

Es extraño lo absolutamente de acuerdo que estaba con todo lo que me decía, pero sin dejar de pensar que ahora mismo había muy pocas cosas que no estaría dispuesto a hacer a cambio de un poco de jaco. Hay algo moviéndose subrepticiamente debajo de mi piel, información bioquímica que me recorre el organismo. Es algo puramente físico, como eso que los boxeadores llaman «memoria muscular».

Seeker se quedó mirando fijamente la portada del Ulises con una intensidad que daba miedo, como si intentase absorber mentalmente el contenido del libro. Luego levantó la vista, se echó la melena hacia atrás y dijo: «Creo que esa mierda de Fools and Horses ya ha acabado.»

1. Telecomedia de gran éxito emitida por la BBC entre 1981 y 1991. *(N. del T.)*

Recuerdo que esta mañana me eché una enorme cagada de campeonato después de desayunar. Las cosas realmente empiezan a funcionar como deberían. Todavía estoy nervioso, pero como bastante guay al mismo tiempo. Decir que me siento eufórico sería exagerar, pero sin duda estoy expectante. ¡Me siento tan bien que me apetece salir y pillarme un pedo del carajo!

¡He ahí el problema!

Día 26

El aislamiento y la forma en que llueve sin parar ahí fuera me llevan a especular con la hipótesis de que el mundo entero se hubiera ahogado y nosotros fuésemos los únicos supervivientes. ¡El futuro de la humanidad está a salvo en nuestras manos! Los lúgubres y titubeantes acordes de la obra maestra de Bowie, «Low», se entremezclan con el repicar del tremendo aguacero que está cayendo ahí afuera.

Nos despedimos de Spud. Durante el desayuno le entregamos una cartita en la que le decíamos por qué lo íbamos a echar de menos. Fue otra operación diseñada por Tom, el Capo de la Rehabilitación, en el que cada uno teníamos que terminar la frase que aparecía en la tarjeta:

Voy a echar de menos a Danny porque...

Yo puse:

... es mi mejor amigo.

Spud la leyó y nos miró a todos, incapaz de decir palabra, pero fijándose sobre todo en Audrey y Molly. Molly estaba arrancando un cupón de alguna revista, y Audrey se estaba mordiendo el nudillo del pulgar derecho. Spud no paraba de mirar a una y luego a la otra. Mientras íbamos abrazándolo por turno, estrechó entre sus brazos primero a Audrey, que pareció asustarse, y luego a Molly, durante un rato larguísimo, y hasta hizo lo mismo con Flacucha Gafotas. Se le veía lloroso y confuso cuando lo llevaron hacia la salida, se volvió y miró a las chicas con una expresión enternecedora. Sick Boy estaba en un rincón con las mandíbulas apretadas, pero esa mirada ya me la conocía, ¡sabía que el cabrón había hecho alguna de las suyas!

Había llegado un taxi y la madre de Spud, Colleen, entró y se lo llevó. No pude evitar encogerme bajo su mirada reprobatoria cuando me despedí de él con la mano desde el umbral de la puerta. Mientras el taxi recorría el camino de gravilla, y Spud seguía mirando hacia atrás con cara triste y confusa, Sick Boy me llevó a su habitación. Se estaba tronchando de la risa, con la cara contraída, apenas capaz de articular palabra. «¿Has visto... has visto la cara que llevaba? En serio, ¿lo has visto... Dios mío... ¿lo has visto... mirando a las tías con esos ojillos de cordero degollado? ¿Estrechándolas en ese abrazo desesperado?» Estalló en una sonora risotada. Poco a poco empecé a comprender lo que había pasado.

«Le puse en la tarjeta: "Voy a echar de menos a Danny porque... es el chico más majo que he conocido en mi vida, y creo que me he enamorado de él." ¡Sabía que iba a creer que había sido una de las chicas! ¡Qué puntazo! En serio, ¿has visto el careto que ha puesto el pobre tontolculo?»

No pude evitar reírme con él. Pobre Spud. «Mira que eres hijo de puta..., el pobre capullo se estará volviendo loco...»

«Pero es afirmación positiva, de eso va el grupo», bramó Sick Boy.

«Sí, pero basada en la sinceridad.»

«Sólo estaba engrasando un poquito los engranajes de la maquinaria social.»

Así que nos fuimos a la sala de recreo riéndonos como críos atontolinados, y Tom comentó lo mucho que se alegraba de vernos de tan buen humor.

Durante la reunión de revisión del proceso estuvimos hablando de los diarios, y Tom nos animó a compartir su contenido con los demás. Por supuesto, ni dios, quitándome a mí, había escrito una puta mierda, o si lo habían hecho, no dijeron ni pío. Como yo. Empecé a darle vueltas a la idea, perversa pero plausible, de que todo dios tiene un Guerra y paz yonqui guardado en su habitación.

Otra desilusión para Tom (¡vaya un oficio más jodido el suyo!), y la reunión terminó tras los habituales encogimientos de hombros, mordeduras de uñas, chistes de mierda y tópicos virtuosos.

Sick Boy y yo habíamos tenido una pequeña ocurrencia, así que le pregunté a Tom si podíamos utilizar la máquina de escribir eléctrica de la oficina. «Estoy listo para empezar a escribir, pero tengo tan mala letra que necesito usar máquina.»

«¡Por supuesto!», dijo, sin duda con los pezones duros como piedras ante la perspectiva de un jugoso banquete de confesiones íntimas. «Toda tuya. ¡Me encargaré de que no te molesten!»

Toda tuya.

Pobre Tom, el diario y la agenda jamás verán la luz, pero le había hecho creer al muy capullo que se avecinaba alguna clase de progreso decisivo. La verdad era que, animado por Sick Boy, había decidido devolvérsela a los Curran, mis antiguos vecinos de The Fort, por el numerito que montaron en el funeral de Davie, y más en general por calumniar al clan de los Renton. Saqué el papel del Departamento Municipal de Vivienda que me consiguió Norrie Moyes. Sick Boy, con su fiel diccionario Collins en el regazo, me ayudó a redactar la carta.

Departamento de Vivienda del Consejo Municipal de Edimburgo
Waterloo Place, Edimburgo
Teléfono: 031 225 2468
Director: J. M. Gibson

Señor y señora Curran
D 104 Fort House
Leith
Edimburgo EH6 4HR

25 de marzo de 1985

Estimados señor y señora Curran:

PROGRAMA VECINAL DE ALQUILER CONJUNTO

Como es muy posible que sepan, la política del gobierno central, orientada a favorecer la venta de viviendas municipales, ha tenido como consecuencia una reducción en las existencias de viviendas del Consejo Municipal de Edimburgo, y principalmente en las de inmuebles de gama superior. Evidentemente, dicha coyuntura ha tenido repercusiones adversas en nuestra capacidad de cumplir nuestras obligaciones con los ciudadanos necesitados en materia de alojamiento.

En respuesta a estas circunstancias y en cumplimiento de nuestro compromiso con la igualdad de oportunidades y el fomento de la multiculturalidad en Edimburgo, el ayuntamiento ha diseñado un programa innovador, el Neighbourhood United Tenancy Scheme (NUTS).[1] El objetivo de dicho programa es integrar a las familias sin techo en las listas actuales de provisión de vivienda (adjudicando puntos especiales a las familias pertenecientes a minorías étnicas), en función de las existencias de viviendas disponibles en toda la ciudad, así como de la urgencia y las necesidades de cada caso.

Se nos ha notificado que su hija ha contraído matrimonio recientemente y que ya no reside en su piso de alquiler de tres dormitorios, sito en la dirección consignada en el encabezamiento de la presente.

Tomen nota, por favor, de que a partir del lunes, 15 de abril de 1985, dicha habitación será adjudicada al señor y la señora Ranjeet Patel.

1. En castellano, «Programa Vecinal de Alquiler Conjunto». En inglés, el acrónimo formado por las siglas NUTS significa coloquialmente «chalado». *(N. del T.)*

En principio, la cocina y el cuarto de estar seguirán siendo de su uso personal exclusivo, ya que en la habitación asignada a la nueva familia se instalará equipo de cocina y refrigeración. Tomen nota, sin embargo, de que esta disposición está sujeta a revisión. Se espera, por supuesto, que compartan ustedes las instalaciones del cuarto de baño con el señor y la señora Patel, sus hijos y sus parientes de la tercera edad.

A fin de facilitar una transición eficaz y sin contratiempos al programa NUTS, el ayuntamiento, en asociación con el Departamento de Educación de Lothian, ofrece clases elementales de lengua y cultura bengalí en un centro próximo a su domicilio, a las que, en cumplimiento de las condiciones de arrendamiento de su vivienda, se espera que asistan. Se organizarán bajo el título de Plan de Unificación Cultural para Nuevos Arrendatarios. En breve se les notificarán las fechas y el espacio en el que se impartirán dichas clases.

Disponen ustedes de tres días hábiles para recurrir este fallo. A tales efectos, pónganse en contacto con el señor Matthew Higgins en el número de teléfono consignado en el encabezamiento de la presente, extensión 2065, citando la referencia: D104 FORT/CURRAN/CAPULLOS.

Agradeciéndoles de antemano su colaboración en esta materia y deseoso de trabajar con ustedes y otros arrendatarios de la zona para asegurar el éxito de este emocionante e innovador proyecto, les saluda atentamente,

J. M. Gibson

J. M. Gibson
Director del Departamento de Vivienda

El contacto, Higgins, era supervisor de otra sección. Norrie lo odia, así que también le hacíamos un favor a él. Habíamos terminado y nos estábamos partiendo de risa. Atraídos por nuestra vociferante frivolidad, de pronto aparecieron Flacucha Gafotas y Tom, quien preguntó: «¿Qué pasa aquí?»

«Nada, sólo estamos metiendo entradas en el diario, como dijiste.»

«No me imaginaba que pudiera llegar a ser tan divertido...»

«No deja de tener su faceta entretenida»,

replicó Sick Boy, mirando a Amelia Flacucha Gafotas enarcando una ceja en plan Roger Moore.

«Muy bien, nos vendrá estupendamente un poco de alegría, dentro de un orden, para la reunión del grupo», dijo cortésmente Tom, mientras Flacucha Gafotas le lanzaba una mirada de admiración propia de una groupie dispuesta a chupársela en ese instante.

Día 27

Por desgracia, mis traviesos divertimentos con Sick Boy supusieron que ahora tuviera que ponerme las pilas y redactar algo para Tom. Así que anoche me quedé hasta tarde escribiendo y contemplando la luz de la luna, que se filtraba entre los árboles delgados e iluminaba el jardín amurallado. El viejo muro de piedra es señal de que, casi seguro, aquí había una casa muy antigua, que sería una casona de campo, y que la derribarían para erigir esta espantosa construcción utilitaria de mierda.

Ahora bien, armado con este bolígrafo y este cuaderno en blanco, sin hacer otra cosa que asomarme al exterior, nunca había estado tan centrado ni tan vivo. Casi era igual que cuando redactaba trabajos para la uni, pero esto es diferente. En lugar de ir reuniendo datos con los que formular, refutar y finalmente plantear una hipótesis, escribir de manera subjetiva y en estilo libre en mi diario me acerca más a alguna forma de veracidad. Cuando escribes, puedes recurrir a tu propia experiencia, pero desgajándola de ti mismo. Das con determinadas verdades. Otras te las inventas. Esos incidentes que te inventas clarifican y explican tanto, si no más, como los que realmente ocurrieron.

Luego me pongo otra vez a leer Ulises. Si logro superar esta mierda, será gracias a Jimmy J y a su Dublín; sienta de maravilla sumergirse en él. Algún día iré allí a conocer la ciudad de primera mano.

Cuando por fin logro conciliar el sueño, Sick Boy me despierta -parece que el muy cabrón no soba nunca- para decirme que lo han expulsado de las sesiones privadas con Flacucha Gafotas y que ahora tiene que volver a trabajar con Tom. Decir que no se ha quedado muy a gusto sería un eufemismo. «Según ella, me estaba comportando de manera inapropiada. A ésa lo que le pasa, por supuesto, es que tiene miedo de que su fachada de doncella de hielo se venga abajo. Sólo ha sido porque se lo dije sin rodeos: "Tengo que ser sincero contigo, Amelia. Tenemos un problema. Me inspiras sentimientos intensos.» Por supuesto, ella me suelta de inmediato: "Eso es inapropiado." Joder, parece una Dalek.[1] I-NA-PRO-PIA-DO... I-NA-PRO-PIA-DO.»

«Me cago en la puta, Williamson, estoy cream crackered.[2] Acababa de quedarme frito. ¿No podemos dejarlo para mañana?»

Para el caso que me hace, como si hablara yo solo.

«Así que le dije: "No puedes decirme que te exprese mis sentimientos y luego esconderte detrás de los roles cada vez que lo hago. No puede ser que sea yo el que levante barreras y que luego tú pongas fronteras cada vez que te conviene, porque eso apesta a hipocresía. Es fraudulento de raíz." Vaya, se notó que eso le llegaba al alma que te cagas.»

Pese a lo agotado que estaba, aquello empezaba a interesarme. «¿Qué te dijo ella?»

«Ah, pues las chorradas habituales: que si ella estaba aquí para facilitar mi rehabilitación y que si era yo el que manipulaba y hacía trampas; ya sabes cómo intentan distorsionar la realidad. Me dijo que me convenía averiguar por qué soy incapaz de relacionarme con una mujer si no es sexualmente».

1. Miembro de una raza mutante extraterrestre de la serie de televisión británica *Doctor Who*. *(N. del T.)*

2. Argot rimado: *cream crackered* (las *cream crackers* son una variedad de galletas saladas) por *knackered* («agotado», «destrozado», «exhausto»). *(N. del T.)*

Intenté poner cara de póquer: «¿Y tú qué le dijiste?»

«Le dije que quién estaba hablando de sexo. Que no pretendía seducirla cínicamente y que, con toda franqueza, me ofendía que hubiera llegado a semejante conclusión. Le di la razón en que sería completamente inapropiado mantener aquí dentro cualquier otra relación que no fuese la de paciente/profesional de la salud, porque eso pondría en peligro tanto mi recuperación como su puesto en esta institución, y que la respetaba demasiado para hacer algo así. Que sólo había sacado a colación esos sentimientos para tratar de dar cierta transparencia a lo que podía llegar a convertirse en una situación complicada. Así fue como conseguí que las aguas volvieran a su cauce.»

«Magnífico. Eres un puto enfermo pero también un puto genio. ¿Y ella qué dijo? ¿Cómo reaccionó?»

Noté que le costaba contener la indignación y que había optado por limitarse a aceptar los elogios.

«Se quedó aturullada, así que entré a saco. "Cuando todo esto haya terminado, me gustaría mucho que nos viéramos fuera de aquí", le dije. "Puede que tengas pareja, o hasta una relación estable..." Ella puso cara de póquer, pero a mí me pareció que en ese momento no tenía a nadie a mano. "... Es decir, en plan amigos, para tomar café y charlar de vez en cuando. Es lo único que te puedo pedir en este momento."

»Conque ella me mira de esa forma inescrutable y me dice: "Eres muy joven, Simon..."

»"Y tú también", respondí yo.

»Ahí me dio la impresión de que se esforzaba por no sonrojarse como una nena, pero quiso ir de sofisticada y me dijo: "Creo que soy mucho mayor de lo que imaginas".

»"Es curioso..., yo hubiera dicho que éramos más o menos de la misma edad", le dije yo. "A juzgar por los títulos que tienes, sólo puedes ser uno o dos años mayor que yo..., pero todo eso es irrelevante."

»"En efecto", contraatacó de inmediato esa zorra glacial, "no cabe duda de que es así. Lo que sí es relevante es que todo esto ha puesto en peligro nuestra relación profesional. Por tanto, voy a ocuparme de que vuelvas a recibir terapia privada con Tom."

»Joder, me entró un pánico acojonante mientras intentaba hacerla cambiar de actitud. "Es que no consigo relacionarme con él de la misma manera que contigo." ¿Sabes lo que me contestó?»

«No. ¿Qué?»

«"Aquí de lo que se trata precisamente es de cómo te relacionas." Y se negó en redondo a seguir hablando del tema.»

Una vez más, Sick Boy se pasó casi toda la noche hablando, soltando apaciblemente un monólogo compuesto casi de principio a fin por chorradas que no tenían más objetivo que justificarse a sí mismo. Al cabo de un rato, yo ya no entendía una sola palabra de lo que decía, pero lo raro era que ya no quería que se marchara, porque su voz me resultaba curiosamente relajante y me ayudaba a conciliar el sueño. Pero el muy cabrón me chasqueó los dedos delante de las narices un par de veces, así que lo mandé a tomar por culo. Eso sí, en cuanto se largó, ya no pegué ojo.

Día 28

¿Cuánto rato tiene que seguir lloviendo, joder? Es como si no hubiera parado de diluviar desde que llegué. ¿Cuánto tiempo puedes pasar regalándote la vista con las raquíticas ramas de los árboles o viendo a los pájaros descender del cielo? ¿O contemplando oscuras formaciones rocosas y reprochándote a ti mismo la mala vida que llevas?

Estoy deprimido que te cagas. Me recuerdo a Neil Armstrong, cuando se movía con un pesado traje espacial, separado del resto del universo por una lámina de cristal empañado. En la luna sería más feliz que aquí. Armstrong, Aldrin y el otro pobre hijoputa al que no conoce ni dios, que hizo todo el recorrido hasta allá sin que le dejaran abandonar la nave nodriza..., al final uno se pregunta para qué se molestaron en volver.

Día 30

<u>Desayuno</u>: gachas, tostadas, té.

<u>Meditación</u>: una paja precaria, mal hecha y decepcionante en mi habitación.

<u>Grupo de revisión del proceso</u>: Molly trata a Audrey de forma pasivo-agresiva, la incordia adrede con sus intentos de obligarla a abrirse. «Me da pena que te quedes ahí sin decir nada, Audrey, porque creo que tienes muchísimo que aportar al grupo, pero ahora mismo no lo estás haciendo. Además, me siento aislada, porque la única chica del grupo que habla soy yo.»

Auds se queda en su sitio mordisqueándose los pellejos de las uñas. Sin comentarios.

Tom asiente lentamente y luego se dirige a Audrey: «Audrey, ¿a ti cómo te sienta oír eso?»

Audrey lo mira e, inalterable, dice: «Hablaré cuando a mí me apetezca, no cuando les apetezca a los demás.» Y acto seguido le echa a Molly una mirada acerada. Molly se queda tan atónita como los demás, se echa visiblemente hacia atrás y se encoge en el asiento. ¡Qué guay ha sido!

¡VIVA AUDREY!

<u>Sesión del grupo de drogodependencia</u>: Después del vapuleo psicológico que le dio Auds, Molly Bloom vuelve a la carga y la emprende contra el patriarcado. Tiene en el punto de mira a sus viejos adversarios, Seeker y Swanney. «¿Cómo pueden

estar en este grupo y seguir siendo traficantes? Si se ganan la vida manteniendo la adicción de otra gente, lo siento mucho» y mira a Tom antes de añadir: ¿drogodependencia? No lo veo claro. Es que no lo entiendo.»

Seeker y Swanney se repantingan impasiblemente y disfrutan con su ira. Pero a mí me ofenden un pelín las constantes críticas de Molly a nuestros compadres que se dedican al suministro y la oferta. ¿Qué sería de nosotros sin ellos? ¡Sólo de pensarlo... da miedo! Jaco, jaco, jaco, cómo nos gustaba; aquella manteca pura y blanca que con tanto entusiasmo le pillábamos a Johnny. Él la llamaba China White, pero el bacalao aquel jamás había estado en Oriente y era un secreto a voces que procedía de un lugar mucho más próximo. Para mí, fue amor a primer chute, matrimonio al primer chino. Es cierto: adoro el jaco. La vida tendría que ser como es cuando uno va puesto. «Quizá lo fundamental es que todos, cada uno a su manera, mantenemos la adicción», me aventuro a decir, y me asusto en cuanto me doy cuenta de que lo que acabo de decir es muy propio de Tom.

Y el susodicho especula: «¿Acaso no radica ahí la naturaleza de esta enfermedad?»

«No es una enfermedad.»

«Vale, trastorno, si así estáis más cómodos», dice simulando unas comillas imaginarias con los dedos. Y pasea la vista en torno al mar de hombros que se encogen y de caras que dicen: "llámalo como te dé la puta gana". «No funcionamos según un modelo estrictamente médico de drogodependencia», reconoce Tom; no puedo evitar contonearme triunfalmente en la silla mientras en el estadio se levanta un coro de «Ooohs» ante este paso en falso.

Aunque es un gran profesional, Brian, creo que a Curzon le disgustará más que a nadie este error obligatorio.

Terapia individual: estaba hecho una mierda y no dije nada «relevante». Luego Tom me preguntó por mis relaciones. Me incomodaba mucho hablar de mi familia, de Fiona o de Hazel, así que me pasé la mayor parte del tiempo mareando la perdiz a costa de hablar de Charlene; le dije que era «el amor de mi vida». Le conté que era ladrona profesional, que robaba en tiendas, pero no pareció inquietarse apenas.

«¿Qué fue lo que te llevó a enamorarte de ella?»

«Su pelo. Era increíble, un auténtico fenómeno de la naturaleza. Además tenía un culo guay.»

«¿Qué facetas de su personalidad te atraían?»

«Me gustaba su profesionalidad; la facilidad con que identificaba a los seguratas de paisano. Solían ser hombres de entre treinta y cinco y cuarenta y cinco años y su lenguaje corporal se parecía al de los chorizos aficionados. Hacían como que miraban los productos, pero no paraban de echar ojeadas a los clientes; los juzgaban por la ropa que llevaban y luego se fijaban en la cara y en las manos. El simple hecho de ir bien vestido te eliminaba del radar de un ochenta por ciento de ellos, más o menos. Vigilaban a los que llevaban chándal de acetato o las marcas barriobajeras. Un logo de Adidas en una prenda siempre disparaba las alertas. Para dar una imagen sana y deportiva, Charlene solía llevar una raqueta de bádminton asomando por la boca del bolso de mangar. Se maquillaba estupendamente cuando salía a robar, y eso la hacía subir como la espuma en la escala social: de habitante de las barriadas de pisos subvencionados del estuario del Támesis a Joven Conservadora. Eso sí, mi indumentaria no le impresionaba, precisamente. «Pareces un yonqui manguta, Mark», me decía.

A Tom se le aflojaron lentamente los músculos de la cara y se le quedaron fláccidos.

Entrada en el diario: percepción de mi trastorno

Reconozco que de alguna forma y por algún motivo oscuro y profundo, esto que me hago con la heroína me lo hago yo solo. No voy a seguir el rollo a esa mierda impotente y de fracasados de que si esto es una enfermedad.

Y UNA MIERDA ES UNA ENFERMEDAD.

Esto me lo he hecho yo solito. Podría estar a punto de licenciarme en la universidad, o quizá de contraer matrimonio con una chica guapa. Cierto, podría hablar sin parar de la adicción como dolencia y dejarme absorber por el modelo médico, pero ahora que me he desintoxicado, oficialmente he dejado de ser un adicto a la heroína. Y sin embargo, la anhelo más que nunca; todo el rollo social de pillar, prepararla, chutarse y pasar tiempo con otros espectros jodidos y hechos polvo, de arrastrarme por ahí de noche como un vampiro, de ir a pisos cochambrosos de barrios de la ciudad venidos a menos para hablar de chorradas con otros fracasados perturbados e inestables. ¿Cómo podría alguien en sus cabales preferir esa clase de actividades a estar con ~~a hacer el amor con~~ una dulce muchacha, ir al cine o a un concierto, o tomarse unas cervezas e ir al ~~fútbol~~ FURBO FURBO PUTO FURBO con los colegas? Pero lo que es yo, yo sí lo preferiría. Tengo una dependencia psicológica mayor que nunca. La heroína me está destrozando la vida, pero la necesito.

No estoy preparado para dejarla.

Ahora, si le dijera eso con toda sinceridad a Tom y a Amelia, se acabó lo que se daba.

Día 31

Swanney se marcha; su estancia aquí ya ha tocado a su fin. Es un alivio para la mayoría, porque ha sido un poco cabrón con ellos. Creo que para él es un mecanismo de defensa. Algo que le asusta, algo enterrado muy profundamente en su interior, pero que se percibe. Conmigo suele portarse bien, como cuando nos conocimos jugando al fútbol. Cuando pasa por mi habitación para despedirse, me cuenta que quiere reunir un poco de guita y largarse a Tailandia. Empieza a babear acerca de las chicas orientales y a decir cosas como que si tienen la raja del coño de este a oeste, y no de norte a sur, y me doy cuenta de que desconecto. Cuesta escuchar las fantasías libidinosas de los demás cuando las tuyas son tan crudas y gráficas.

Joder, ahora mismo mataría por echar un polvo.

Entrada en el diario: sobre el allanamiento de morada

Tengo que ser sincero y reconocerlo: ¡me encanta allanar casas ajenas! Y mi principal motivación no es siquiera la ganancia material o la política de la guerra de clases (aunque nunca he dado el palo, ni tenido intención de darlo, más que en casas grandes y pijas). No, ante todo tiene que ver con la curiosidad por ver cómo viven los demás. Por lo general, trataba con respeto las casas en que allanaba y animaba a mis cómplices a hacer lo mismo. En una de ellas, a juzgar por las fotografías de las paredes y la nevera, la familia que se encontraba de vacaciones parecía de lo más maja, así que les dejé una nota disculpándome por cualquier posible molestia o trauma que pudiera haberles ocasionado. Insistí en que no se trataba de algo personal, sino que necesitábamos el dinero, les conté cómo habíamos entrado y hasta les di algunos consejos elementales sobre la seguridad en el hogar.

Mi comportamiento en la última casa que allané, el queo del Queen's Council, donde escribí lo de Cha en la pared (fundamentalmente para aplacar a Begbie, que me pareció que se estaba poniendo peligroso), fue bastante impropio de mí.

Sabía que no era el caso, pero siempre me he considerado más huésped que ladrón.

Día 32

Echo de menos a Spud y a Swanney (seguramente soy el único en lo que a este último se refiere). Keezbo está muy deprimido. Repite las mismas chorradas una y otra vez. Siempre da la impresión de que quiere decirme algo profundo, así que me siento a su lado, todo oídos, pero luego siempre acabamos volviendo a la vieja historia de cuando Moira y Jimmy lo encerraron en el balcón en The Fort. Lo adoro, pero empieza a hincharme las pelotas y lo evito siempre que puedo.

Ahora me entiendo mejor con Tom y Flacucha Gafotas; seguro que a ellos también les gustaría. Pero que se jodan, para algo les pagan por hacerlo, leches.

Entrada en el diario: acerca de mi madre y de la suya

Mi madre me iba a llevar al dentista. Yo tendría unos diez años. Hacía un día muy caluroso, así que paramos en Princes Street Gardens a tomarnos un té y un zumo. Un grupo de turistas nos preguntó unas direcciones en inglés chapurreado y ella empezó a hablar en un francés impecable y sostuvo una conversación larga con ellos.

Cuando se fueron, vi que se sentía culpable, como avergonzada de haber hecho aquello delante de mí. Yo no paré de preguntarle cómo era que sabía tanto francés y no quise dejar el tema. Finalmente me confesó que le habían concedido una beca para la escuela de señoritas James Gillespie, pero que la hijaputa de su madre, la abuelita Fitzpatrick, no la dejó ir. Dijo que estaba «demasiado lejos» de Penicuik, a «dos autobuses» de distancia. Lo peor de todo es que me acuerdo que mamá me dijo: «Supongo que fue para bien.»

Incluso entonces yo ya pensaba: y una polla fue para bien.

Día 33

Después del desayuno llegan a la unidad un par de novatos. Un tipo pequeñajo, reducidos los andares a un lento arrastrar de pies y una marcada tendencia a babear, y una chavala increíblemente gorda, más que Keezbo incluso. Ni de puta coña podía ser picota esa tía. Pero la política de la situación tiene muy poco interés para mí, porque no veo el momento de darme el piro, y estoy decidido a aguantar lo que me echen.

Y sin embargo, por raro que se me haga, esta pareja que parece tan solitaria y asustada me ofende. Es lamentable tener este sentimiento, pero para mí estos capullos son unos extraños que se han inmiscuido en nuestra pequeña movida.

Día 34

Siempre hay algún cabrón que ha molestado a alguien el día anterior, así que el desayuno suele ser el enervante momento de las disculpas. Esta mañana las gachas están buenas; han salido espesas en lugar de ralas o grumosas.

A Seeker, que, como macho alfa, evidentemente cree que tiene derecho de pernada sobre cualquier chavala con ganas, le irrita que Sick Boy se tire regularmente a Molly. Por desgracia para él, en las sociedades humanas la cuestión de la dominación siempre es un poquitín más compleja que en el reino animal. Los tíos más duros no son forzosamente los que más éxito tienen con las chicas; es más: muy rara vez se da el caso. En la cola de los folladores a veces van por detrás del tipo apuesto o del capullo parlanchín y arrogante, e incluso del deportista, del gracioso o del intelectual. No es de extrañar que se pongan tan tensos a menudo.

Seeker y yo seguimos haciendo pesas. Este rito es lo que me permite tirar palante, mucho más que las sesiones de grupo o las individuales con Tom, y sobrellevar esta depresión asquerosa que me debilita tanto. El otro día, cuando quise decirle que no estaba en condiciones, el cabrón hizo oídos sordos. «Venga. Vas a hacerlo.» Gracias a Begbie, conozco a los psicópatas lo suficiente para darme cuenta de cuándo llevan puesta la careta no negociadora, así que me levanté y, aunque me costó lo mío, me hice mis series. Y la verdad es que, al obligarme a hacerlo y notar la quemazón en los músculos y la circulación de la sangre, empecé a animarme bastante.

¡Así que me ha salvado el mayor traficante de la ciudad!

Me mira desde arriba en plan gallinita clueca, por los cristales fríos y oscuros de sus gafas, preparado para coger las pesas en cuanto llegue al punto en el que no pueda más. Irónicamente, gracias a esta actividad, me están saliendo venas más gruesas en los brazos; se van abriendo paso hasta la superficie de la piel. Me pregunto si la verdadera motivación de todo esto no será precisamente ésa.

La semana pasada encontré una comba en un cajón y me puse a saltar: tres minutos y uno de descanso, como los boxeadores; he ido subiendo poco a poco hasta llegar a seis asaltos después de hacer pesas; además, sigo con las flexiones de brazos y los burpis. Así que decido devolver el favor a Seeker y, pese a su cinismo inicial, le he liado con la comba. Queda raro verle saltar en el patio trasero, desnudo de cintura para arriba, con el pelo recogido en una coleta y las gafas de espejo puestas.

He empezado a anotar más cosas en el diario, intento reflexionar sobre cómo me metí en este fregao. Lo único que me salió fue lo de la vez que fui con el viejo a Orgreave.

Día 35

¡Estoy de putísima madre otra vez! La comba mola mazo. No he parado de rajar en la sesión privada con Tom. Aunque seguramente mañana lo veré de otra forma, ahora mismo me parece un tío majísimo. Ha leído Suave es la noche y es cojonudo que aquí haya alguien con quien poder hablar de libros, películas y política. Tuvimos un largo debate sobre Scorsese y De Niro; él insistía en que la mejor colaboración entre ambos fue Taxi Driver, y yo sostenía que había sido Toro Salvaje. «Taxi Driver fue la película de Schrader», insisto yo, «él fue el genio en la sombra».

Después de cenar, mientras todos los demás se van de cabeza a ver la tele, yo me voy al jardín. La noche oscurece las ramas de los árboles y los gorriones revolotean y se posan en el suelo para alimentarse de nuestras migajas. Apenas oigo las voces divagantes y contenciosas de los yonquis por encima de la voz estentórea del presentador de las noticias.

Entrada en el diario: cuando apuñalé a Eric Wilson, alias Eck, en el colegio

Fue en segundo curso, en clase de Dibujo Técnico; el profesor había salido a hacer no sé qué. Me pegaron dos capones en la cabeza, por detrás, acompañados por las consabidas risotadas de burro. No era la primera vez que pasaba y supe en el acto quién había sido. Me volví y saqué instintivamente la navaja automática.

¡ZAS! Untada en la mano para Eck Wilson. ¡Horror! Tendríais que haberle visto el careto. ¡ZAS! En el pecho. ¡ZAS! En la tripa. Ésa fue la puñalada más canalla y despiadada; con ésa sí que quise hacerle daño de verdad; el tío se quedó paralizado de miedo.

No fueron heridas graves, pero le sangraban bastante y Eck sufrió un shock. Igual que yo. Entre los testigos estaba el ladrón de coches de The Fort Gary McVie (RIP), que se quedó con la navaja. «Dame eso, Mark», me dijo, y se la guardó en el bolsillo. Mandó sentarse a todo el mundo a gritos, y que cerraran la puta boca, y eso hicieron, menos un par de pelotas ñoños que todavía seguían cacareando cuando volvió el profesor, el señor Bruce. Me preocupaba que Bruce viera la sangre y que llamara a la policía y me metieran en el trullo. Pero, cuando sonó la campana, Eck salió por su propio pie, ligeramente encorvado. Nunca se chivó, pero me lanzó amenazas furibundas de que me mataría en la calle y luego se fue a algún sitio a que le curaran las heridas.

Un par de días después le vi en Geografía. Yo no iba armado, me entró un miedo tan espantoso que se me hizo un nudo en las entrañas. Visualicé una pelea a golpes y estaba seguro de que Eck me iba a reventar a leches. Pero no lo hizo: se sentó a mi lado y empezó a hacerme la pelota, me invitó a caramelos -de limón, si mal no recuerdo- y me decía: «siempre hemos sido amigos...», lo cual, por supuesto, era una estupidez mayúscula.

Me quedé en silencio, disfrutando de la sensación de poder que me producía su mirada desesperada de miedo y saboreando el caramelo, alojado en el paladar, que iba disolviéndose lentamente en una ráfaga efervescente.

Día 36

Sick Boy se marcha; está recogiendo sus pertenencias, entre ellas el infausto y sobadísimo diccionario Collins. Lo que en manos de la mayoría de la gente sería una herramienta para instruirse, en las suyas resulta más letal que un revólver cargado. Su hermana Carlotta viene a recogerlo en un Datsun. Qué sexy es..., ¡esta noche me la voy a pelar cuarenta veces pensando en ella! ¡Vaya que sí, joder! A él no le hizo maldita la gracia verme flirtear a saco con ella. En un momento determinado, me encontré sobándole los brazos desnudos de arriba abajo al tiempo que me impregnaba las fosas nasales del aroma que desprendía su lustroso pelo negro: sólo pretendía recabar todos los datos sensoriales posibles, para luego. Ella se reía y Sick Boy salió del clinch en el que estaba trabado con una desconsolada Molly y medio en broma, medio de mala leche, me arreó una patada en la espinilla.

«Cuídame a este hombre», le digo a Carlotta, al tiempo que doy a Sick Boy un abrazo de amigotes y disfruto de lo incómodo que le resulta y de sus inútiles intentos de escabullirse de mis brazos, ahora más fuertes que los suyos.

Al principio sólo me hice amigo de este cabrón para poder ir a buscarle a casa y comerme con los ojos a sus hermanas, y a su madre también, antes de que engordara. En aquella casa sólo se podía entrar cuando el gilipollas borde del padre estaba fuera. Si salía a abrir la puerta él, iba y me decía: «Conque tú eres el chaval de The Fort, ¿no?» en un tono de lo más esnob, ¡como si los Banana Flats fueran el puto Barnton o algo así! Me dejaba esperando en la calle hasta que Sick Boy terminaba de arreglarse, y los piraos de los vecinos, que sabían que venía del otro lado de Junction Street, siempre acababan buscándome las cosquillas.

«Pórtate bien», me dice Sick Boy clavándome la mirada, «y nos vemos dentro de unas semanas.»

«Salgo la semana que viene», le recuerdo.

«Me voy una temporada a Italia, pero esta vez lo digo en serio. Me hará bien salir de esta bárbara ciénaga picta», dice, al tiempo que echa una mirada desdeñosa al cielo nublado y gris que se ve por encima de los árboles; luego se vuelve a Molly, que está hecha polvo.

«¡Llámame en cuanto vuelvas!», le dice ella, rodeándolo con sus delgados brazos.

Por encima del hombro de Molly veo el rostro de Sick Boy. Me echa un guiño y abre los ojos como platos antes de cuchichearle al oído: «Tú intenta impedírmelo, nena. Tú intenta impedírmelo.» Acto seguido, se separa de ella bruscamente y se va al coche.

Los vemos marchar. Molly vuelve dentro corriendo. Tom me apoya suavemente la mano en el hombro. «Has perdido a Danny, a Johnny y, ahora, a Simon. Pero alegra esa cara: el siguiente serás tú.»

Ya en la sala de juegos, a Molly se la ve desolada, pero la está consolando Keezbo, lo que me evita tener que toparme con ese tocino Jambo.

Vuelvo a mi habitación y me pongo a leer.

Me interrumpe Flacucha Gafotas, que ha venido a decirme que tengo sesión con Molly. Me pregunto de qué cojones me habla, y entonces ella se da cuenta y dice: «Perdona, me refería a la otra Molly.»

La otra Molly es una inglesa tiesa, con cara de caballo, cuyo nombre completo es Molly Greaves, y es psicóloga clínica interina. Nada más lejos de nuestra queridísima Molly, aunque se lo propusiera. La primera vez que la vi fue en la clínica, donde respondí a su insistente e inquisitivo interrogatorio en un estado de dócil aturdimiento. Ahora estoy mucho más irritable y recalcitrante y ofrezco mucha más resistencia al tono invasivo de su voz, por lo que la cosa no va tan bien.

Por las noches me siento en el porche de la parte de atrás a rasguear la guitarra bajo la capa del cielo, un cielo negro como la tinta, pero se me ha roto una cuerda y, como no tenemos repuesto, se acabó la fiesta.

Tom empieza a tocarme las narices. Se supone que me dan el alta la semana que viene, pero además de colocarme una cita para otra sesión infructuosa con la psicóloga clínica, ha decidido dejar de lado sus tácticas de buen rollo. Hoy me ha mirado a los ojos y me ha dicho, de manera distante y fría: «No te engañes, Mark.»

«¿Qué?» Me pilló a contrapié, y pensé, una vez más, en La Gran Mentira. Y en si pretendía regañarme por ello.

«Ayúdame.»

«¿Qué quieres decir?»

«Tú eres un tío inteligente, pero no tanto como te crees. Porque, aunque eres muy leído y tienes estudios, eres incapaz de resolver el enigma de por qué te haces esto a ti mismo.»

«¿Tú crees?», pregunté yo en tono desafiante, consciente en todo momento de que el cabrón había puesto el dedo en la llaga.

«No sabes por qué eres yonqui y eso te repatea que no veas. Es algo que ofende tu vanidad intelectual y tu sentido de la identidad.»

Aquello me sentó como un puñetazo en la boca del estómago. Porque era verdad. Estaba perplejo, pero no sólo eso; me sobresalté un poco, tanto por el giro de ciento ochenta grados que acababa de dar hacia un enfoque más agresivo como por lo que había dicho.

CABRÓN.

Apenas podía oír mis propias palabras porque me hervía la sangre, y empecé a despotricar. Lo que dije fue poco más o menos algo así: «No consigo ver el valor del mundo en el que vivimos. No me vale este sitio de mierda que hemos creado y que somos incapaces de mejorar. Eso es lo que me ofende. ¡He decidido no luchar, o salirme del sistema, si te gusta más esa expresión hippie de mierda!»

Y eso hace que parezca más elocuente de lo que fue en realidad.

«No es normal que una persona joven hable así», respondió Tom. «Lo que pasa es que estás deprimido. ¿Qué es lo que te deprime, Mark?»

No se me ocurría nada que decir. «El mundo.»

«A ti lo que te deprime <u>no</u> es el mundo», dijo Tom en tono categórico. «Sí, el mundo está fatal, pero las personas como tú tendrían que intentar mejorarlo. Además, eres lo bastante inteligente para arreglártelas y prosperar en cualquier tipo de sociedad. ¿De qué se trata?»

«El jaco da buen puntazo», le dije. Lo que fuese, con tal de pinchar el globo y no tener que enfrentarme a la Gran Mentira. «Siempre me ha gustado un buen colocón.»

«Así que estás en una edad en la que descubres que el mundo está hecho un asco y que no tiene fácil arreglo. Pues apáñatelas. Crece de una puta vez.» En sus ojos vislumbré una dureza que no había visto hasta ahora. «Tira palante, tío. ¿Qué me dices?»

«Pues esto.» Me remangué y le enseñé las cicatrices de los pinchazos.

La Gran Mentira.

Todos participábamos en un puto juego: el juego de la rehabilitación. Nosotros teníamos que confabularnos con los empleados de la casa y sacar adelante el mito de que queríamos dejar de consumir heroína. Pero a muy pocos de nosotros, si es que había alguno, les importaba un carajo. Lo que queríamos era desengancharnos para <u>poder volver a meternos, pero en dosis más moderadas</u>. Pero ni de coña queríamos dejarlo. Queríamos hacer borrón y cuenta nueva para poder picarnos sin que la cosa se nos fuera de las manos. En aquel juego, el éxito radicaba en nuestra capacidad para engatusar al personal de la casa, y en la suya para dejarse engañar y tragarse el mito de que realmente queríamos abrazar la gilipollez aquella de una vida sin drogas.

¿PARA QUÉ?

Sólo Seeker quería otra cosa: encontrar un sitio en Tenerife donde el espantoso frío invernal no afectara al metal que llevaba en el cuerpo.

Escribí más acerca de aquel viaje a Yorkshire que hice con mi padre. Me refugio en la escritura; sin ella, no podría soportar la vida aquí. Por motivos experimentales, intenté darle una estructura narrativa y escribir en función del modo en que los acontecimientos me habían ido afectando.

Entrada en el diario: a propósito de Orgreave

Ni siquiera la rigidez de tabla de este viejo e inflexible sofá puede impedir que mi cuerpo se escabulla hacia la salvación. Me recuerda las residencias universitarias de Aberdeen; tendido en la oscuridad, y regodeándome en la gloriosa ausencia de ese miedo que se acumulaba en mi pecho como las espesas flemas en el suyo. Porque ahora, oiga lo que oiga ahí fuera, el chirrido de los neumáticos de los coches en las estrechas calles de bloques de viviendas de protección oficial (que a veces barren con sus faros el aire rancio de esta habitación), borrachos desafiando al mundo o cantándole serenatas, o los desgarradores maullidos de gatos entregados a sus angustiantes placeres, ese ruido sé que no lo voy a oír.

Ni una tos.

Ni un grito.

Día 39

Dramón al canto, pues a última hora de la noche de ayer se descubrió que Skreel se había ausentado sin permiso. Volvió a primera hora de esta mañana, completamente colgado, arrastrando los pies, con una sonrisa boba en la cara y un poco de sangre goteando de la narizota, que traía reventada. Respondió a todos los interrogatorios con bruscos encogimientos de hombros. Por lo visto, logró pillar jaco en Kirkcaldy. Tal como lo veo yo, el cabrón se merece una medalla por haber emprendido semejante iniciativa. Sólo está por aquí media hora, cabe suponer que a modo de ejemplo negativo para todo el mundo, antes de que aparezca la poli y se lo lleve a la cárcel.

Celebramos una reunión de urgencia del grupo de revisión del proceso para debatir, como era de suponer, «nuestros sentimientos» respecto al incidente. Los ánimos están muy exaltados y Ted, que se había hecho muy amigo de Skreel, discute a grito pelao con Len, Tom y Amelia, y se larga de allí como una exhalación llamándolos «chivatos hijos de puta». Molly, en plan loro y en tono estridente, nos suelta que Skreel «ha decepcionado a todo el mundo». Vaya, a mí sí que me ha decepcionado, porque no me contó que se iba a dar el piro y que tenía un contacto por allí. Yo habría saltado el puto muro ese con él sin pensármelo dos veces. Como soy perverso por naturaleza, no digo una puta mierda, y como también soy filosófico, digo: «Ya no está aquí. No veo qué sentido tiene andar haciendo pesquisas y reproches. Sigamos con lo nuestro.»

La chavala gorda –Gina se llama– que acaba de desintoxicarse pero sigue con unos tembleques que te cagas, no para de gimotear: «No puedo con todo esto...», a la vez que se balancea, sentada sobre las manos y con los rollizos brazos pegados a los lados. El tipo pequeñajo que está con ella se llama Lachlan, o Lachy, según nos dice tímidamente. Para mí a partir de ahora será Lacayo del Estado, porque depende de una agencia estatal.

Ahora Molly y ~~Flacucha Gafotas~~ Amelia son muy amigas; la señorita Bloom es ahora poco menos que un clon, después de robar desvergonzadamente las poses y gestos a su hermana más pija. Esa misma noche, en la sala de juegos, empieza a parlotear sobre «relaciones destructivas que fomentan conductas negativas», y nos asegura que ella «jamás volvería a tener nada que ver con tíos como Brandon o incluso Simon... que sólo intentan engañarte con palabras».

¡Ay, qué pronto se olvidan! Lo cierto es que al oírlo no pude dejar de reírme perversamente por dentro, pues sabía muy bien que si Sick Boy hubiera entrado por esa puerta en ese momento, ella habría acabado con las bragas en la mano en cuestión de segundos.

«Cuánto me alegra que hayas aprendido la lección», dice Seeker, y luego me dedica una lúgubre sonrisa de complicidad, mientras Keezbo se mordisquea los pellejos resecos de las uñas, que le sangran profusamente.

«¡Pues sí que lo he hecho!», exclama ella en tono agresivo, echándonos una mirada desdeñosa, y se larga echando humo por las orejas.

Día 40

Hoy, en el mercado de traspasos yonqui: SALE: Seeker; ENTRAN: el viejo y apestoso hippie de Leith Dennis Ross y un mal bicho con cara de roedor, que es de Sighthill y responde al nombre de Alan Venters.

Desde luego que echaré mucho de menos a Seeker (vuelvo a ser un club de un solo miembro), sobre todo porque sé que me costará más motivarme para hacer ejercicio todas las mañanas y todas las tardes.

Día 41

Hace una mañana agradable y me levanto prontito para hacer pesas y saltar a la comba. Con gran sorpresa por mi parte, llaman a la puerta del patio y aparece Audrey. Me la imagino como la niña de Bowie con ojos grises, di algo, di algo..., mientras se une a mí con su silencio habitual para hacer unas pesas y saltar otro poco. Luego nos sentamos en el jardín y charlamos. Audrey no lo dice, pero es evidente que Seeker no le caía muy bien. Supongo que es comprensible. Al cabo de un rato vamos a desayunar mientras los demás se levantan entre gemidos y bostezos.

El menú de hoy: huevos revueltos y unas salchichas vegetarianas sorprendentemente buenas, acompañadas de montones de salsa HP. Único inconveniente: el sujeto ese, Venters, ahí sentado a su bola, pero dando mal rollo. Está claro que tanto a Audrey como a Molly les da repelús. Ese cabrón sólo va a traer problemas. Ahora, a mí me resbala.

Después de habérme metido a Joyce entre pecho y espalda, por fin paso a leer a Carl Rogers. Es más interesante de lo que esperaba: quiero terminarlo antes de marcharme, para dar una alegría a Tom.

Día 42

Caen chuzos de punta cada media hora, hasta que la lluvia se repliega de nuevo tras un cielo plateado, lleno de nubes deshilachadas.

Audrey ha sustituido a Seeker como compañero de ejercicios. Después de cada sesión nos sentamos y hablamos de música y de la vida. Me cuenta que estuvo trabajando de enfermera, con enfermos terminales, pero que cayó en una depresión grave y empezó a arramblar con la morfina que guardaban en el gabinete de las drogas, bajo control.

En definitiva, Audrey se ha hecho amiga mía, lo que la elimina ipso facto de mi gramola de J. Arthureo.[1] Es imposible hacerse pajas pensando en

1. Véase nota en página 99. *(N. del T.)*

los colegas, ni siquiera en los que tienen tetas y coño: a mí sencillamente no me sale.

Molly y Ted se largan. Su estancia aquí ya ha terminado. Ted se acerca y me suelta: «Al principio no me caías bien, porque me parecías malicioso y arrogante y notaba que siempre te escabullías para ir a tu bola y no mezclarte con los demás. Pero luego me di cuenta de que sólo querías tener un poco de tranquilidad y pasar la cosa esta a tu manera.» Le doy un abrazo sorprendentemente sentido. Alucino todavía más cuando Molly me abraza, me da un beso en la mejilla y me dice: «Voy a echar de menos las discusiones contigo, zumbao.» Yo también la beso y le deseo lo mejor. De toda la peña de la cuadrilla original, Ted y Molly son los que menos me molaban, pero los echaré de menos, pues el último fichaje no me ha impresionado en absoluto. Menos mal que el jueves me piro, coño. Joder, qué ganas tengo.

Me quedo levantado hasta tarde, alternando la lectura de Rogers con la escritura sobre Orgreave.

Día 43

Keezbo se gradúa con matrícula de nuestro centro de consumidores de drogas/drogodependientes, pero no parece muy emocionado. «Alegra esa cara, coleguita», le digo, «la sección rítmica de The Fort volverá a estar en activo muy pronto. Los esquiadores más duros.»

«Los esquiadores más duros», contesta con tristeza.[1]

¿Qué le pasa a ese tocino Jambo? ¡Hay que ver el puto careto que lleva! ¡Me parte el corazón! Antes de marcharse me abraza, y es como ser agredido por un oso gordo, afeitado y sudoroso. «Te

1. Véase nota en página 54. *(N. del T.)*

echaré de menos», me dice, ¡como si nunca más fuéramos a vernos! Acto seguido, el gordo cabrón me pasa un sobre. Lo abro después de que se haya ido; contiene una foto de equipo de toda la banda, con la elástica de los Wolves.

Día 44

Brian Clough estuvo en el Leeds United cuarenta y cuatro días. Yo habría preferido estar en sus botas que en las mías. Es poco tiempo para darle la vuelta a un club. Es poco tiempo para darle la vuelta a una vida.

Me acuerdo de aquel magnífico tema de John Cooper Clarke, «Beasley Street», y de la letra: «Hot beneath the collar, an inspector calls...»[1] Pues que me jodan si hoy no vinieron a vernos tres: uno del Servicio Nacional de Salud, otro del Departamento de Asistencia Social y otro del Scottish Office. En el Daily Express han publicado un artículo sobre la «fuga» de Skreel y un reportaje sobre el «hotel de cinco estrellas para yonquis», acompañado por un comprensivo editorial que dice que deberían cerrar el centro. Len me cuenta que un tipejo sórdido con pinta de pederasta estuvo merodeando por la entrada, acosando a los empleados para obtener declaraciones.

Es increíble que semejante escoria indecente (la prensa) publique tanta bazofia, que acto seguido unos retrasados dementes (el gran público) pongan el grito en el cielo y que inmediatamente después unos babosos repugnantes y oportunistas (los políticos) se suban inmediatamente al carro. Pero así es la vida en Gran Bretaña. De manera que en breve se hará «una evaluación exhaustiva del centro».

Lo cierto es que la noticia nos une más. Estamos como si fuéramos famosos y decimos

1. «Un inspector iracundo se presenta...» *(N. del T.)*

cosas muy elogiosas de la unidad. En calidad de máximo veterano, soy el que más habla, aunque ahora Audrey también tiene cosas que decir, y Dennis Ross, en cuanto miembro más anciano, maduro y elocuente de la nueva generación, hace una aportación muy destacada. (En el jardín de los eunucos, ni siquiera el que tiene una polla de cinco centímetros puede dejar de fanfarronear.) Les insistimos a los taciturnos burócratas que esto que estamos haciendo no es nada fácil y que no es exactamente pan comido.

Es evidente que Tom, Amelia, Len y el resto de los empleados están inquietos. Podrían acabar cerrando la unidad. Puesto que mañana vuelvo a casa, me niego a asistir a la «reunión de urgencia de la casa»; prefiero ver las noticias. Ha habido una gran redada por heroína y la policía y los políticos hacen cola para chuparse la polla y lamerse el coño unos a otros mientras proclaman sin descanso que están ganando la «guerra contra las drogas».

Sí, ya. Claro que sí. No tenéis ni zorra, cabrones.

Día 45

Y el próximo concursante del Juego de la Rehabilitación es... ¡ni más ni menos que mi viejo amigo Mikey Forrester! Una vez más, se pasará toda la semana gruñendo y sudando en su habitación, lejos de todo el mundo, asustado hasta de su propia sombra.

Capté la expresión de ansiedad y de confusión que tenía en la mirada y me fijé en su esquelético cuerpo. No podía haberle pasado a nadie mejor, pensé.

Cuando me vio, se le iluminaron los ojos, se acercó a mí arrastrando los pies y me soltó: «Mark..., ¿qué tal, colega?» Miró alrededor con suspicacia e inquietud. «¿De qué va el rollo este?»

Me acordé de que, hacía muy pocas semanas, yo tenía exactamente la misma pinta que él y que estaba igual de asustado. Así que lo llevé a mi habitación; allí se sentó y le entró el tembleque y se le puso la carne de gallina. Le di al menda mi opinión sincera acerca de la situación. Por lo visto, el muy cretino intentó asaltar una farmacia en Liberton. «Había visto Yo, Cristina F. en vídeo, ¿sabes?»

El puto tarao siguió rajando sin parar; yo intentaba escucharle, pero ansiaba que apareciesen máter y páter con el carro y me llevaran lejos de todo aquello. Dicho y hecho, vino Len a la habitación y a Mikey se le escapó un gemido cuando pasé a Len el testigo de médium-rehabilitador para que se llevara al retrasao aquel a su habitación y aprendiese a afrontar los largos días de desintoxicación que tenía por delante.

Pero yo me iba a largar ya, así que me puse a hacer las maletas y a guardar hasta la última de mis putas pertenencias. Lo último que eché a la bolsa fue el diario. Ha sido un buen amigo, pero dudo que volvamos a vernos. La vida sólo se puede entender de forma retrospectiva, pero hay que vivirla mirando hacia delante.

Me despido de Audrey, a la que todavía le queda otra semana aquí, y le digo que su estrategia de no decir una puta mierda y pasar desapercibida es la mejor. Le doy un beso y un abrazo, nos damos los números de teléfono, y me paso por la oficina a buscar el alta.

Posdata – Día 45 (por la tarde)

Es cierto eso que dicen: jamás de los jamases pongas la oreja detrás de las puertas, porque puede que oigas cosas de ti que no te apetece oír. Había recogido mis bártulos y estaba haciendo tiempo hasta que llegaran mi madre y mi padre, así que me dije: «Voy a devolver a Tom el libro de Carl Rogers.» Tenía la puerta del despacho entornada y oí a Amelia decir el nombre de Sick Boy. Vale, no es que lo dijera precisamente, pero no tuve la menor duda de que estaban hablando de él. «... es muy manipulador. A mí me parece que casi se cree su propia propaganda».

Condenado a sufrir, como una polilla que revolotea alrededor de una llama, me acerqué un poco más. De repente la oí cambiar de tercio. «... pero Simon es así. Luego está Mark, que se marcha hoy».

Me quedé parado.

«A largo plazo a mí él no me preocupa demasiado», declaró Tom con voz suave y atiplada. «Si logra llegar a los veintiséis o veintisiete años, su sentido de la moral empezará a hacerse oír, dejará de lado toda esa angustia existencial y estará perfectamente. Si hasta entonces consigue evitar una sobredosis y el VIH, la adicción a la heroína sencillamente se le quedará pequeña. Es muy inteligente y tiene muchas tablas y, con el tiempo, acabará aburriéndose de jugar a ser un fracasado.»

Así que entré a la vez que llamaba a la puerta y los pillé in fraganti. «Mark...», dijo Flacucha Gafotas ruborizándose. A Tom se le dilataron mucho las pupilas. Los dos parecían avergonzados que te cagas. ¿Era porque los había pillado hablando de mí o porque los había pescado utilizando una palabrota tan gruesa como «adicción»? ¿O quizá sería por emplear una expresión tan poco profesional y peyorativa como «fracasado»? En cualquier caso, saboreé aquel instante, y le tiré a Tom al regazo *El proceso de convertirse en persona*. «Un libro muy interesante. Tendrías que echarle un ojo algún día.»

Y acto seguido di media vuelta y me dirigí a la sala de juegos, donde me despedí someramente de los demás cabrones, de los que pasaba mucho; sólo Audrey me importaba, y a ella le había dicho *adieu* en condiciones. Tom se quedó en el despacho, seguro que tan avergonzado que ni se atrevió a salir a marcarse uno de sus faroles de despedida.

Saco mis cosas a la calle y me dispongo a esperar a mis padres. El cielo azul claro está salpicado de nubes que parecen batido de vainilla, y el sol lo tapa un gran roble.

A mi espalda, alguien hace crujir la gravilla con sus pisadas; veo a Tom, que se acerca sigilosamente y luciendo una expresión dolida y confusa en el careto. Es evidente que quiere hacer las paces: «Oye, Mark, lo siento...»

Pues que se vaya a tomar por culo y, de paso, que se meta directamente en su culo hipócrita y manipulador todos sus babosos lugares comunes y sus abrazos falsos. «Tú no entiendes la rabia interior y nunca la entenderás», le digo, mientras pienso en Orgreave y luego, por algún motivo, en Begbie. «Yo me hago daño y me saboteo a mí mismo para no hacer daño a nadie que no se lo merezca. Porque no se lo puedo hacer a gente como tú, que tenéis a la ley de vuestra parte.» Noto que me sube la bilis. «¡Si de verdad pudiera destrozar vuestro puto mundo, no perdería el tiempo jodiéndome la vida!»

En ese preciso momento, un carro conocido hace crujir la gravilla de la entrada, y los rostros emocionados de mamá y papá desmienten gran parte de lo que acabo de decir. El dolor que les he causado a ellos deja en mantillas no sólo mi presunción y mi vanidad, sino también la noción de que mis acciones poseen alguna clase de nobleza intrínseca. Pero que le den por culo a todo eso. Le doy la espalda a Tom y al centro y echo a andar hacia el buga.

«Buena suerte, Mark», dice Tom. «Te lo digo de corazón.»

Estoy cabreado conmigo mismo, pero con este cabrón estoy furioso. Puto burócrata embustero, empalagoso y cobarde. «Tú estás a leguas de lo que pretendes decir. Eso, suponiendo que alguna vez tuvieras intención de decir una puta mierda», le suelto mientras mi padre baja del coche. «Si quieres hacer algo útil, no pierdas de vista a ese cabrón de Venters.» Doy un puñetazo al aire despectivamente. Mi viejo frunce el ceño, pero los dos están encantados de verme, igual que yo a ellos, y subo a la parte de atrás del coche.

«Mi niño, mi niño, mi niño...», dice mi madre, estirándose desde el asiento del copiloto para abrazarme y lanzarme una andanada de preguntas, mientras mi padre habla con Tom y firma unos papeles. No tengo ni puta idea de lo que puede ser esa documentación. ¿Autorizaciones?

Al cabo de un rato, mi padre vuelve al coche y se monta en el asiento del conductor. «¿Qué ha pasado ahí entre el señor Curzon y tú?»

«Nada. Sólo una discusión boba e insignificante. Ahí dentro a veces las cosas se ponen un poco tensas.»

«Es curioso, eso es exactamente lo que ha dicho él», dice mi padre con una sonrisa casi de incredulidad. A mí se me cae el alma a los pies.

«Ay, hijo, hijo, hijo», dice mi madre, con lágrimas rodándole por las mejillas y sonriendo de oreja a oreja. Eso le quita años, y me doy cuenta de que llevaba mucho tiempo sin verla así. «¡Qué buen aspecto tienes! ¿A que sí, Davie?»

«Pues sí, la verdad es que sí», dice el viejo, volviéndose; me agarra por el hombro, ahora más voluminoso, y me mira como un granjero ojearía a un toro de primera en la feria ganadera del Royal Highland Show.

«¡Gracias a Dios que ya se ha terminado esta maldita pesadilla!»

Durante un par de segundos tengo el corazón en un puño, porque me preocupa que el buga achacoso no vaya a arrancar, pero mi padre pone el motor en marcha y afortunadamente nos marchamos del centro. En las escaleras se han congregado algunas personas, pero no vuelvo la vista atrás. Mamá sigue sujetándome la mano en el regazo mientras apaga un pitillo y enciende el siguiente; sigue prisionera del tabaco. Volvemos a Edimburgo y cruzamos el puente en el mismo momento en que en la radio empieza a sonar una canción conocida que habla, muy tentadoramente, de coger la autopista de las rayas blancas.[1]

Ellos no se enteran porque están muy ocupados charlando del día tan bonito que hace y de que ahora todos podremos volver a mirar hacia delante. Pero mi cuerpo y mi mente, prístinos pilares del templo de la abstinencia durante seis semanas, se sacuden en sintonía, como una caja de ritmos, ansiosos por esa primera bolsa de jaco. Sólo de pensarlo, me da tanta emoción que echo sudor frío a chorros por los poros. Joder, qué ganas tengo. Pero me propongo intentarlo, aunque no sea más que por ellos. Por algún motivo, el viejo le está metiendo al buga una caña tremenda, y la vieja y yo chocamos el uno contra el otro cada vez que, con los neumáticos chirriando, tomamos una curva.

Junio de 1969, Blackpool. La luna todavía era un queso, pero faltaba muy poco para que unos astronautas yanquis la envolvieran, la etiquetaran y la almacenaran en un frigorífico. Un paseo por la Milla Dorada. La diferencia que había entre la respiración agitada y fatigosa del abuelito Renton y la última vez que recorrimos el paseo marítimo era mucho mayor que sólo un año. Me acuerdo del día en que estábamos mirando las medallas que guardaba en aquella lata, y de su irónico comentario: «Sólo quieren ponerte la chatarra esta en el pecho para tapar las cicatrices que te deja la que llevas dentro.» Me acuerdo que en aquel momento pensé: no, no, abuelo, ésos fueron los alemanes. ¡Las medallas te las dieron los británicos!

Ahora me doy cuenta de que el pobre viejo lo tenía muy clarito.

Cruzamos la ciudad rumbo al puerto de Leith. No es muy tarde; los dueños de las tiendas del Walk bajan ya las persianas metálicas con ganas. Cuando llegamos a casa, tengo la corazonada de que hay algo preparado. De pronto se encienden las luces del cuarto de estar y veo un mar de caretos: Hazel, Tommy, Lizzie, Segundo Premio (con aspecto de estar en forma y con una rubia guapa a remolque), Billy,

1. «White Lines (Don't Do It)», de Grandmaster Flash y Melle Mel. *(N. del T.)*

Sharon, Gav Temperley, la señora McGoldrick, nuestra vecina, los colegas de Billy, Lenny y Granty; todos deshechos en sonrisas, dedicándome brindis con copas de champán; bueno, todos menos Segundo Premio, que bebe zumo de naranja. En la cocina, la mesa está llena de esos pasteles, emparedados y minihojaldres de salchicha que dan en las bodas y funerales, y una pancarta casera con letras verdes sobre fondo blanco:

¡BIEN HECHO, MARK, Y BIENVENIDO A CASA!

No es exactamente la fiesta de graduación que mis padres tenían en mente, pero en fin. Mi viejo me pasa una copa de champán. «Parriba, pabajo, pal centro y padentro. Pero tómatelo con calma, ¿vale?» *Tómatelo con calma.*

Me quedo mirando el opaco resplandor macilento anaranjado de los troncos de plástico de la chimenea y doy sorbitos a mi copa; la bebida me baja por la garganta y me entra en el estómago, el hígado y los riñones, hasta llegar al torrente sanguíneo. Las burbujas me estallan en la cabeza mientras Hazel me acaricia el brazo con gusto y sonríe discretamente. «Oye, ¿eso son músculos?»

«Algo así», admito, y me voy a por otra copa, perfectamente consciente de que, lejos de saciarme, me va a agudizar una necesidad que sé que me acecha sigilosamente. Vuelvo enseguida al lado de Hazel, pero Tommy me intercepta y me inmoviliza en un abrazo de colegui. «Pasa de esa mierda, Mark», me dice con voz entrecortada.

«No hace falta que lo jures, Tam: ya he aprendido la lección.» Eso no es *exactamente* mentira, porque sí que he aprendido *una* lección. Sólo que no es la que ellos tenían en mente. «¿Cómo está Spud?»

«No preguntes. Peor que nunca. Imagínate, pasar por la mierda esa de la rehabilitación para nada.»

«Ah, ya», digo, todo abatido, aunque por dentro estoy eufórico. *¡A saco, Murphy, muchacho!* «¿Y Matty?»

«Igual que Spud, pero en Wester Hailes.»

Entiendo lo que quiere decir Tommy. Así que las cosas casi no podrían estar peor para el señor Connell. Veo que Hazel se ha puesto a hablar con Segundo Premio y su chica, así que cojo la bolsa de deporte y voy a mi antiguo dormitorio; dejo el diario en la parte de abajo de un armario lleno de libros y otros trastos viejos.

Cuando vuelvo al cuarto de estar, me encuentro a mi madre discutiendo con Billy y agitando una tarjeta que quiere que le firme.

«Ni hablar», dice él con gesto rotundo. «Yo a los Curran no les firmo nada. ¿No te acuerdas de cómo se portaron en el funeral de Davie?»

«Pero han sido vecinos nuestros, hijo...» Mi madre me mira con gesto suplicante. «Tú sí que firmarás esta tarjeta; es para desear a Olly que se recupere enseguida, ¿a que sí, amigo?»

«No sabía que estuviera..., ¿qué le pasa?»

«Ah, claro, no te habrás enterado..., le dio un ataque al corazón, fue tremendo», me dice mi madre con cara de pena. «Dice que recibió una carta horrible del ayuntamiento y que se enfureció tanto que la tiró directamente al fuego. Luego se presentó allí y empezó a sermonearles sobre la gente de color, ya sabes cómo se ponían a veces...»

«Unos chalaos es lo que son», dice Billy.

«... y entonces se salió completamente de sus casillas, porque el ayuntamiento negó tener conocimiento de la dichosa carta. Pero él estaba furioso y quiso zurrar al empleado que estaba detrás de la ventanilla, así que llamaron a la policía. En fin, después se marchó, pero sufrió un colapso en cuanto puso los pies en la calle, ahí en Waterloo Place, así que se lo llevaron directamente al Royal.»

Un escalofrío me recorre todo el cuerpo y me pongo pálido. Mi madre me pone la tarjeta y el boli en las manos. Billy me mira y dice: «No irás a firmar eso, ¿verdad? ¡Odiabas a ese hijo de puta!»

«Hay que vivir y dejar vivir. Sólo es una tarjeta, y yo eso no se lo deseo a nadie», le contesto. Entonces veo la tarjeta, en la que aparece un dibujo de un tipo con aspecto abatido, tendido en una cama de hospital y con un termómetro en el pico, y un pie que dice: LAMENTAMOS QUE TE ENCUENTRES MAL. Al abrirla se ve al mismo individuo, pero pletórico, con una copa de champán en la mano y guiñando un ojo a una enfermera sexy que se atusa el pelo. El mensaje dice: ¡POR QUE VUELVAS ENSEGUIDA A SER EL DE SIEMPRE!

Así que apoyo la tarjeta en la mesa y garabateo: Con mis mejores deseos, Olly. Mark.

«¡Bien hecho!», dice mi madre con una sonrisa complaciente. Luego me cuchichea al oído, «ése es tu *verdadero* yo, hijo, todo bondad, hasta que te volviste tan raro y desagradable por culpa de esas drogas idiotas». Y le da a *mi verdadero yo* un beso en la mejilla.

Yo le guiño un ojo y me vuelvo hacia Billy: «¿Te acuerdas del equipo ese de los Wolves que ganó a los Hearts en la final de la copa Texaco? ¿Cuando ganasteis por uno a cero allá abajo, pero luego os reventaron por tres goles a uno en Tyney? ¿A cuántos jugadores de esa alineación podrías nombrar?»

«Joder...», dice frunciendo el ceño, «¡casi no me acuerdo de ninguno! A ver, estaba Derek Dougan, por supuesto, Frank Munro..., ¿era Billy Hibbit?..., ¡no, Kenny Hibbit...! Por cierto, hablando de los Curran, ése fue el que marcó dos tantos, y era escocés además... ¡Hugh Curran! ¿Y quién más?» Billy se vuelve hacia mi padre, que está charlando con Tommy y Lizzie. «¡Papá!», le grita, «dime la alineación del equipo de los Wolves que derrotó a los Hearts en la copa Texaco...»

«Vaya equipazo», dice mi padre, al tiempo que se limpia la napia con una servilleta de papel. «¿No te acuerdas de que aquellas navidades os regalamos a todos camisetas de los Wolves? ¿Y que tuve que pedir la tuya por correo?»

«Eso es. Fort Wanderers. Hiciste aquella foto de equipo en Navidad. Nunca salió», declaro, a la vez que miro deliberadamente a Billy. «Lástima, ¿no? Pero da igual, todavía me acuerdo de ella. De izquierda a derecha, en la fila de atrás, yo, Keezbo...» y echo una mirada a los chicos que están con sus titis, antes de volverme de nuevo hacia Billy, «... Tommy y Rab. Franco y Deek Low también. Delante, debajo de nosotros y en cuclillas, de izquierda a derecha; Gav, George el inglés, Johnny Crooks, Gary McVie, ¿te acuerdas del pobre Gazbo? Dukey el "Conguito" y Matty, con jersey de portero.»

Billy parece un tanto desconcertado mientras mi padre dice alegremente: «Vaya, ¡al menos esa maldita basura que te has metido no te ha destruido la memoria!»

No, no lo ha hecho. Porque me acuerdo de una cosa con toda claridad: cierta dirección de Albert Street y de siete cifras de un número de teléfono que me pasó Seeker. Me acerco a Hazel y rodeo su fina cintura con un brazo. Me sonríe; está impecable con ese vestido amarillo y calcetines altos de media, y huele de maravilla; parece una muchacha americana de barrio, de las del cine de los cincuenta. Noto cierto hormigueo en los pantalones. No sé si llevarla al piso de Monty Street y echar un polvo pésimo o localizar a Johnny, Spud, Matty, Keezbo y compañía..., o tal vez ir a ver a mi buen amigo y entrenador personal, Seeker.

Si te cuento que la mejor parte de ese lugar es la estación de ferrocarril, empezarás a hacerte una idea de lo que estoy diciendo. Por supuesto, jamás permitiré que los de Leith sepan que el pueblo natal de mi madre es un auténtico cagadero: nada que ver con los paisajes toscanos bañados por una luz que corta la respiración, de los que hice creer a esos mentecatos pasmaos que procedían los Mazzola. En el que quizá sea el país más impresionante para la vista, de toda la tierra del buen Dios, este pueblo es una espina entre rosas. Incluso en la región más cutre de Italia, otros montones de mierda de la zona la miraban por encima del hombro. Hasta entiendo que la familia de mi madre se marchara de allí y se trasladara a Escocia.

De niño nunca me había parecido un sitio tan horroroso. Sabía que una gran parte de él seguía enterrado a consecuencia de un corrimiento de tierras que se produjo en los años sesenta, pero en aquel entonces me parecía un lugar místico, la ciudad subterránea de la imaginación infantil, no la cruda realidad de un antro de complacencia y corrupción municipal. Aunque difícilmente hubiera servido de inspiración a ningún artista, la vieja granja familiar se me antojaba un lugar romántico, no una chabola rural a merced de los vientos, y hasta el enorme desguace lleno de Fiats oxidados, que sigue dominando la polvorienta aldea, era, para nosotros, como un patio de recreo, no una espeluznante mancha en el paisaje. Y tampoco me había fijado en que los terrenos que rodeaban el asentamiento eran yermos, ni en que los moradores eran gente desagradable y tenían un aspecto tan deprimido que no desentonarían en Gorgie Road.

Los únicos sitios del pueblo en los que pienso con afecto son este bar de la estación, donde estoy sentado tomándome un maravilloso café italiano, y el viejo granero donde el primo Antonio tuvo la excelente idea de dejar un montón de cojines que había mangado en la iglesia antes de casarse y marcharse a Nápoles para convertirse en un funcionario de rango inferior. Siguiendo la tradición familiar, fue allí donde seduje a Massima. Antes de romper el sello, tuve que aguantar dos semanas de besos y magreos frustrantes y las mamadas católicas que ya conocía de Escocia (joder, menos mal que fui a un colegio confesional, una de las pocas cosas que sí debo al cabrón de mi padre), seguidos por abundantes súplicas, requiebros, amenazas y, por último, menciones desesperadas a las palabras «amor» y «matrimonio». ¡Y Massima tiene casi veinte años! Mi prima Carla me lo advirtió de manera muy explícita, después de poco menos que echármela encima con ese estilo de aprendiz de matriarca italiana: tiene novio. Así que nos hemos visto a escondidas como fugitivos, de la estación al granero.

Pero «persevera» es mi segundo apellido, y ahora mismo estoy disfrutando de este café sin que me moleste en absoluto que el tren de Massima, procedente de otro pueblo que se encuentra a dos paradas de aquí, se retrase casi media hora más. ¿Dónde está el Duce cuando más lo necesita uno? Da igual; no se me ocurre ningún sitio mejor en el que esperar que este pequeño bar, con su puerta de cristal y sus viejos gordos que juegan a las cartas en la mesa de al lado. Tomo café expreso y me gusta ver la máquina que los hace, reluciente y siseante, que evoca las viejas locomotoras de vapor de épocas pasadas. Se me ocurre pensar que, para los pobres cabrones de este pueblo, las cosas no parecen haber cambiado gran cosa desde entonces: ¡aquí todavía impera el compromiso de por vida por un puto polvo! Hoy es un día «C», y la palabra es:

CONTRATIEMPO. sust. Accidente o suceso inesperado e inoportuno. 2. Disputa o desacuerdo de escasa entidad.

El subidón del café combate el efecto soporífero del sol de la tarde, que entra a chorros por la ventana. La cajera cierra la caja registradora con un «ping». Un gato gordo y pelirrojo, que me recuerda a Keezbo, se despereza en un trozo soleado del suelo embaldosado; levanta la vista y mira con gesto indolente mientras obliga a la clientela a dar la vuelta a su alrededor o a levantar los pies para pasar por encima de él.

Fuera, por la ventana, medio escarchada, veo a dos tíos jóvenes, que antes estaban jugando a la máquina del millón, dándose de empujones en broma. Uno lleva una camiseta de la Juve, el equipo del que es forofo Antonio. Parece que tienen muchos seguidores por estos lares, aunque es probable que eso haya cambiado desde que el Nápoles fichó a Maradona. Pobres cabroncetes; preveo mucha represión sexual en el futuro, *fratellos*. Qué rara es esa costumbre que tienen los muchachos de aquí de ir cogidos de la mano, como a veces hacen las chicas de su edad en Escocia. ¡Y lo siguen haciendo toda la adolescencia! ¡Imagínate, subir por el Walk de la mano de Renton, Spud, Tommy o Franco! Aunque seguro que a Franco le gustaría; me lo imagino con traje de marinerito, haciendo una rueda en la clase pija en el *Freedom of Choice*. Al pensar en Escocia, se me van los pensamientos a Mark y la rehabilitación, y saco de la cartera las páginas dobladas que me guardé. Son las que expropié de la papelera de su cuarto, las entradas de la agenda y del diario. No se merecía otra cosa, en pago a su grosería: ¡mira que quedarse frito cuando estaba intentando exponerle conceptos clave! Semejante irresponsabilidad siempre acarrea sanciones; en el mundo moderno no se puede bajar la guardia impunemente.

Día 21

Estaba soñando con Fiona cuando me desperté, a primera hora de la mañana. Le estaba metiendo mano contra una pared, pero ella se me escurría de entre las manos y adoptaba formas horrorosas, demoníacas. Aunque es un monstruo, me parece importante follar con ella antes de que me despierte..., pero en su forma ectoplásmica, es como intentar clavar una medusa a la pared... Me despierto con la polla en la mano, fláccida, con el bullicio de los pájaros al amanecer.

Después de desayunar (gachas, tostadas y té), toca el ya familiar rito de las pesas en el patio con Seeker. Vuelvo a mi cuarto con un subidón, pero estoy cansado, lo que en condiciones normales sería un estado óptimo para ponerme a leer, pero no logro tranquilizarme ni concentrarme. Me acosa un sentimiento de pavor y de pérdida terrible, tan poderoso que me estremezco. Luego tengo la sensación de no poder respirar. Parece que la habitación da vueltas y me doy cuenta de que sufro un ataque de ansiedad o de pánico o algo así; tengo que acostarme, e intento recobrar el control de la respiración, hasta que amaine. Se me pasa rápidamente y todo vuelve a estar como antes, sólo que estoy cagadísimo de miedo.

En la sesión con Tom, todo me irrita. Él se da cuenta perfectamente y me pregunta qué es lo que me molesta. Le digo que tengo remordimientos porque fui un hijo de puta total con una persona a la que amaba, pero que no puedo hablar de ello. Me sugiere que lo anote en el diario. Casi me vuelve a dar un ataque, pero esta vez de risa sarcástica, y ahí se acaba la sesión.

Estoy inquieto; algo me corroe por dentro. Vuelvo a tener la sensación de que me ahogo, aunque tengo el sistema respiratorio en mejores condiciones que nunca. Gracias a las pesas y al ejercicio, lleva días llenándose de aire igual que una jeringuilla se llena de jaco. Ahora no. Me esfuerzo por superarlo, recordando la frase de Kierkegaard: «la angustia es el vértigo de la libertad». Pero quizá no esté destinado a ser libre.

Paso horas explorando mi mente y los pensamientos me bullen a tal velocidad y con tanta fuerza que me imagino que me revientan el cráneo. Tom tiene razón: parece que no hay alternativa. Tengo que expulsar las palabras antes de que estallen por su cuenta. Acudo a las páginas del diario y escribo.

Entrada en el diario: cómo traicioné a Fiona follándome a Joanne Dunsmuir

Fui yo quien lo provocó, en el Talisman Bar de la estación de Waverley. Joanne y yo habíamos tomado algo con Bisto y Fiona en el viaje en tren desde Londres. Fue como si no pudiéramos poner fin a toda la movida, como si no pudiéramos poner fin a la maravillosa aventura que acabábamos de vivir. Nos bajamos en Waverley y dejamos a Bisto embarcado rumbo a Aberdeen. Ellos se despidieron con un besito casto, nada que ver con la pasión con que nos habíamos separado Fiona y yo en Newcastle.

Fuimos al bar de la estación y nos tomamos unas cuantas copas más. Joanne se angustió y dijo que no quería que nadie supiera que salía con Bisto. La conversación fue adquiriendo esa intensidad y profundidad que a menudo augura problemas entre los géneros. Obedeciendo a algún impulso demencial, le pregunté si podía besarla y empezamos a morrearnos. Estábamos los dos desenfrenados.

«¿Qué te apetece hacer?», me preguntó ella, mirándome con una determinación feroz.

Le dije al oído: «De verdad, creo que tendríamos que follar...» Yo estaba que casi me corría de excitación.

Nos largamos del bar y echamos a andar cuesta arriba con nuestro equipaje, ella con una mochila y yo con una bolsa de deporte cutre, hasta la entrada del parque de Calton Hill, donde acudían los bujarrones de noche. Pero no había anochecido, todavía era por la tarde y había luz de día.

Acababa de despedirme de Fiona, una chica de la que estaba enamorado. Pero aquello no iba a ser más que sexo. Fiona y yo no habíamos hecho ninguna declaración de intenciones ni habíamos negociado las condiciones de lo que iba a ser nuestra vida de pareja. Nunca dijimos que no saldríamos con otras personas. No queríamos ser unos burgueses lamentables (me avergüenza escribir esa palabra; sólo un universitario gilipollas la utilizaría, pero así lo sentía).

Así que Joanne y yo subimos en silencio las escaleras; las columnas ornamentales del monumento a Dugald Stewart destacaban por encima de nosotros, a la izquierda. Nos cruzamos con un tipo joven que llevaba un gorro de lana de viejales y, entretanto, empezó a alzarse, algo más adelante, el enorme y fálico monumento a Nelson, detalle que recordó el motivo por el que estábamos subiendo la colina. Sentí náuseas y mareos, pero seguimos adelante cargados con el engorroso equipaje, los dos al mismo paso. Me fijé en las Doc Martens rojas de Joanne, en sus medias negras, en su minifalda ceñida, en su chaqueta vaquera, en su melena, que se movía de un lado a otro, en las facciones afiladas de su perfil y en su mochila, que parecía querer penetrarla. Era todo muy irreal y onírico, y casi sopesé la posibilidad de salir corriendo como un crío. Pero, aunque en todo aquello había algo muy frío y distante, en mi puta vida había estado tan salido. El rugido del tráfico, que discurría por debajo de nosotros, en la ciudad, empezó a atenuarse. El siguiente símbolo de mi estado de ánimo, el cañón portugués, apareció ante nosotros como una acusación, cuando llegamos al monumento a Nelson.

¿De verdad necesitaba el cabrón ese tener otro aquí? Está justo encima del lugar en el que se vela permanentemente por la democracia, la sede del Parlamento escocés. Y sí, incluso habían grabado las palabras en una placa, a la entrada:

INGLATERRA ESPERA QUE CADA HOMBRE CUMPLA CON SU DEBER.

Nos detuvimos a contemplarlo, ambos estupefactos por lo fácil que podía llegar a ser joder a Escocia por todo el morro. Joanne soltó con saña: «¡Joder, cómo lo odio! ¡Es como si no fuésemos nada! ¡Aquí, en nuestro propio país! ¡Se lo quedan todo ellos!»

Me embargó un sentimiento de ira contra todo; contra mí, contra ella, contra el mundo entero. Parecía que se me habían pasado las ganas de follar hacía mucho rato. Entonces Joanne me miró y me besó ásperamente en los labios. Me excité en el acto y empezamos a darnos el lote. Joanne besaba bien. «Venga», le dije lacónicamente. Por algún motivo, pensé que ella daría media vuelta y se marcharía, pero se vino conmigo al fondo del parque, a la parte que da a Salisbury Crags.

Vimos los tupidos helechos a la derecha y supimos que ése era el sitio indicado. Entre la espesura de helechos, árboles y arbustos había un claro, un oasis ideal para follar al aire libre. Dejamos las bolsas en el suelo y nos sentamos en la hierba, como las parejas que van a merendar al parque. Con un gesto curiosamente recatado, Joanne hasta se alisó la falda. Por encima del ojo tenía una cicatriz fina en la que nunca me había fijado. La abracé y la besé. Lamí la cicatriz y le babeé toda la cara como un perro. Ella me besó a su vez y me mordisqueó el labio superior. Fui trepando con la mano rumbo a las tetas, por debajo de la camiseta, que ella se quitó de un tirón antes de desabrocharse el sostén y dejarme acariciar sus pechos, pequeños y firmes, mientras ella me desabrochaba los botones de los vaqueros, me sacaba la polla y me decía en tono apremiante: «Follemos ahora..., vamos a hacerlo ahora...» Y se detuvo para desatarse los cordones de sus Doc Martens mientras yo me quitaba las zapatillas.

Le pregunté si alguna vez le habían comido el coño y me dijo: «No, ¿vas a hacerlo tú o qué?», y le contesté: «Pues sí, sí que lo voy a hacer, joder...», y empecé a arrancarle los leotardos y las bragas y luego me abalancé sobre su dulce y aterciopelado felpudo. Con la lengua, separé los labios que rodeaban la vulva y empecé a describir círculos con ella in situ. La ferocidad de su reacción me pilló completamente desprevenido; empezó a jadear de inmediato y acto seguido se puso a gruñir: «Voy a chupar esa puta polla..., te la voy a chupar hasta que sangre...», y, con una sacudida, se puso boca arriba y empezó a moverse poco a poco, con los codos clavados en la hierba, hasta que noté que me lamía la pelotas colgantes y, luego, me agarraba la polla con la boca. Los dos nos pusimos a ello; dejé vagar la mirada por los arbustos para distraerme un poco de la intensa presión que se me iba acumulando. De repente, me empujó las caderas hacia arriba y se sacó la polla de la boca, pero al mismo tiempo que me clavaba las uñas en las nalgas. Me di cuenta de que se estaba corriendo a espasmos rápidos y violentos, así que me di la vuelta y empecé a follármela, primero despacio y luego rápido, y se corrió varias veces. Arthur's Seat y Salisbury Crags se alzaban por encima de nosotros; nos daba igual que de vez en cuando pasara por el sendero que había debajo de nuestro refugio un transeúnte o alguien haciendo footing. Confiamos en que los sicomoros y los helechos nos ocultasen mientras follábamos hasta perder de vista la línea del horizonte de Edimburgo. Intentamos no hacer ruido, pero ella jadeaba como un epiléptico, hasta el extremo de que me sentí obligado a preguntarle si se encontraba bien, pero se puso roja como un tomate y respondió con otra explosión. «Ay, me cago en la puta...», dijo, casi odiando su orgasmo final, pero obligada a continuar hasta exprimir la última gota a su arrebato. Yo estaba exaltado, absorto en el momento; jamás me había topado con una tía tan desenfrenada a la que hubiera follado tan a lo bestia. Pero todavía no me había corrido, así que la saqué y di la vuelta a su cuerpo, fláccido y ahíto, le separé las suaves nalgas, escupí en el estrecho orificio e introduje el dedo hasta la primera falange y luego hasta la segunda. Ella guardó silencio mientras se le cerraba el esfínter alrededor de mi dedo, pero seguía bastante relajada, y eso me dejó flipao, porque cada vez que había intentado meter el dedo en el culo a una chica o que me lo metiera ella a mí, uno de los dos siempre se ponía en tensión. Le dije lo que iba a hacer y empecé a introducirle la polla en el ojete. Me costó mucho tiempo meterla, pero, poco a poco, acabó entrando. Le mordisqueé la oreja y el cuello al tiempo que le apartaba el pelo a mordiscos, y ella gritaba: «¡Acaba ya! ¡Acaba ya!», como un entrenador de boxeo, y, aunque no podía moverme bien debido a la estrechez, estaba loco de lujuria y me corrí en su culo.

Mi polla, ya fláccida, se salió, y nos quedamos tendidos el uno al lado del otro, como una pareja de víctimas de accidente ferroviario, antes de que descendiera sobre nosotros un espeso manto de pánico y asco. A mí me dejó paralizado; Joanne fue la primera en levantarse. A esas alturas yo sólo pensaba en Fiona, y luego en Bisto, que seguramente habría bajado del tren con destino a Aberdeen haría poco. Cuando me enfrenté a las repercusiones de lo que acababa de hacer, me moría del asco y el miedo que me daba yo mismo. Joanne se quedó un rato sentada, con las rodillas contra el pecho, y luego se puso el sostén, las bragas y la camiseta. Luego, las medias, y se ató los cordones de las Doc Martens. En un estado de aturdimiento total, tomé la determinación de dejar la universidad y no volver jamás, mientras pensaba «jaco, jaco, jaco»; lo necesitaba más que nunca. Empecé a recoger la ropa y a vestirme. Joanne apenas me miró. Se limitó a levantarse y decirme «Me marcho», y se fue sin mirar atrás, siquiera. Y yo me hundí cada vez más en el caos de mi propia alma al comprender que lo que ella sentía no era vergüenza; me di cuenta de que ella no quería de mí nada que no le hubiera dado ya.

FIONA.

Intenté recobrar la compostura.

FIONA...

Me arrancaría el corazón con tal de poder volver con ella, lo rompería en cachitos como si fuera una hogaza de pan y se los echaría a los patos para que se lo comieran.

ESCRIBIR ESTA MIERDA ES UN SUICIDIO.

Sólo fue sexo. Fiona y yo no habíamos hecho ninguna declaración de intenciones ni tomado ninguna *determinación sobre cómo íbamos a vivir nuestras vidas.*

Entonces, ¿por qué estaba tan hundido?

¿Por qué sentía que había hecho algo terrible, que había destruido algo infinitamente precioso por nada en absoluto?

Y, obsesionado por la áspera mirada de Joanne, por su mueca de desolación, bajé la colina tambaleándome hasta Leith y una muerte en la familia.

Creías que lo conocías. Mark Renton, que siguió fiel a su novieta del colegio, esa zorra cascarrabias de Hazel, que corta un ambiente de fiesta con un solo mohín. Después aburrió a todo dios a muerte con lo mucho que quería a la maciza aquella de Fiona. Tanto dárselas de varón no machista, y resulta que es un marrano tan sinvergüenza como los demás. El caso es que para la mayoría de los tíos un pequeño *contratiempo* de tan poca monta es algo común y corriente, pero él se pasará años angustiado, dándole vueltas al asunto, porque es un blandengue. ¡Y el muy cabrón no me mienta una sola vez! ¡A mí, que soy su gurú sexual! ¡Jamás habría tenido confianza suficiente para tirarse a nadie de no haber sido porque andaba conmigo! Como aquella vez con Tina Haig, en el parque; ¡casi tuve que sacarle la polla de los pantalones y metérsela en el coño yo! Fue como limpiar la taza de un retrete con una escobilla pelirroja. Casi me da pena; casi, porque el chu-chú ya llega al andén.

Reprimo el impulso de levantarme a recibir a Massima, aunque la veo bajar del tren al andén con mucha elegancia; mira alrededor, topa con mi mirada y sonríe de una forma tensa e inquieta que indica que pasa algo. Espero que no le haya entrado tal sentido de culpa católico que tenga que currármelo para metérsela. El sello ya está roto, así que ya no hay vuelta atrás. Por tanto, divirtámonos a tope y arrepintámonos de todas nuestras faltas de una vez por todas. ¡Lo último que he sabido es que en el supermercado del pecado no hay caja rápida para los que compran pocos artículos! Massima tiene los ojos tan abiertos que casi resulta monstruosa, tiene el pelo más negro que la tinta y unas cejas grandes en forma de media luna a juego. Últimamente me tiran más las facciones marcadas y la belleza que no responde a los cánones. Las rubias bonitas convencionales, como Marianne y Esther, son como muñequitas sosas, y es única y exclusivamente el maquillaje con el que hacen tantos aspavientos lo que les define la cara. Cuando se lo quitan *antes* de acostarse, cosa que me irrita mucho, es como follar con un fantasma.

Massima pasa por las puertas giratorias con un vestido corto a cuadros de color blanco y azul oscuro, que me recuerda un polo Ben Sherman que tuve hace siglos. Con ese par de pencas al aire, hasta el buey más manso se pondría como un toro. «Simon», me saluda con ese acento gutural y mecánico que tienen tantas chicas italianas, pero aquí hay algo que no me acaba de encajar. Se sienta con rigidez; fijo que en esos ojos veo desasosiego. «He pasado mucho miedo...», me confiesa, y luego dice algo en italiano que no capto. Deduce de mi expresión que me he quedado en la inopia, así que vuelve a probar con el inglés chapurreado. «Soy... atraso en mi tiempo.»

¡Contratiempo! ¡Otra vez las fuerzas cósmicas!

«¿Quieres decir "atraso"?», le pregunto, y trago saliva. «¿Que no te ha venido la regla?»

«Sí...», dice, mirándome a los ojos con esos clisos vidriosos.

La clave está en no venirse abajo. Mantener la cabeza fría. Esto ya lo has oído otras veces y seguramente ésta tampoco será la última..., tienes piernas y hay trenes. Nunca serás de los que aceptan pasivamente cartas mal repartidas...

Así que le cojo las manos y le digo: «No saques conclusiones precipitadas, nena. Hagámonos una pequeña prueba... para estar seguros de lo uno o de lo otro. Pase lo que pase, superaremos juntos este pequeño *contratiempo.* Venga», le digo, y echo una mirada alrededor, «vámonos de aquí.»

Así que nos vamos del bar y de la estación y tiramos por la carretera pedregosa que sale de la ciudad, en dirección a la vieja granja, y empezamos a hacer planes por el camino. Cuando llegamos al granero de detrás de la granja, donde unas cabras piojosas pacen entre la poca hierba que hay, ya la he tranquilizado. Tanto, que los tirantes del vestido resbalan con facilidad de esos hombros tan finos; aparto el oscuro velo que forma la cascada de su pelo y dejo al desnudo ese cuello exquisito, hecho para que lo besen en plan vampiro.

«Me enseñarás Edimburgo, Simon», jadea ella, mientras la mordisqueo.

Maniobro para llevar las manos a su espalda y desabrocharle hábilmente ese sostén blanco; me maravilla lo marrones que son las aureolas de sus pezones y le susurro: «Tú intenta impedírmelo, nena, tú intenta impedírmelo.» Pero ¿sabéis una cosa? No pienso en la iglesia, ni en *bambinos,* ni en verla inflarse y ganar destreza culinaria al tiempo que se conforma con el polvete matutino de los sábados que me permitirá flirtear con las beldades de la ciudad; no, no, no, esta chica me toma por otro. Puede que mis inquietudes manifiestas sean la magnífica curva, casi imposible, de su cintura, que hace intersección con su cadera, pero en segundo plano palpita sin cesar una imagen de mí montado en ese tren de cercanías que lleva a Nápoles y, de ahí, a Turín, París, Londres y Edimburgo. «Sola, cariño, siempre sola», murmuro con voz ronca al tiempo que le paso las manos por la cintura hasta llegar a las bragas. «Si llevas una vida dentro, princesa católica, vete al norte, donde algún abortista nazi de sangre fría te hará un raspado que acabe con ella, o paga el precio de vivir en un pueblo papista de mala muerte...» Ella responde algo entre jadeos; menos mal que no entiende lo que le digo, joder, porque, después de esto, me vuelvo derechito a casa echando leches; puede que sea difícil vendérselo al Santo Padre, pero éstas son mis montañas y ésta es mi cañada.[1] ¡Salve, Caledonia!

1. *These are my mountains and this is my glen*. Fragmento de la letra de la canción popular escocesa del mismo título. *(N. del T.)*

Voy de tranqui porque todavía no se me ha pasado el *Shakin Stevens,*[1] después de lo de la rehabilitación y la temporadita en el hospital. La otra noche me puse a sudar de mala manera y apreté el botón de alarma: tenía miedo de haber pillado el bicho ese que está pillando todo el mundo. Llegó un momento en el que ya no podía respirar; fue como si se me hubiera olvidado cómo se hace. Sé que me he hecho la prueba y tal y me dijeron que estaba perfectamente, pero algo no va bien. Antes decían que sólo lo pillaban los maricones, y con eso no quiero decir que se lo merezcan, pero me preocupa que se pueda pillar sólo chutándose con *Jeremy Beadles*[2] y tal. Así que casi no pegué ojo en toda la noche, intentando recobrar el aliento y oyendo a los gatos esos de la parte de atrás peleándose y apareándose. Fue un alivio total cuando llegó la luz de la mañana, porque eso quería decir que por fin podría dormir.

Últimamente todo el mundo le pega al jaco. Antes sólo eran cuatro mendas hippies, como Dennis Ross y Sambuca Agnes, y luego aparecieron los notas aspirantes a ser guays, como Rents, Sick Boy y *moi*, que igual nos habíamos dejado liar demasiado por la cultura rockanrolera del «que os den por culo» y eso, ¿sabes? Demasiado esfuerzo invertido en intentar escandalizar a la sociedad establecida y eso, tío. Como si a esos mendas les importara una polla lo que hacen los arrabaleros, siempre y cuando no los moleste a ellos. Pero ahora

1. *Shakin'* quiere decir «tembloroso», y el nombre auténtico del cantante y compositor en cuestión es Michael Barrat (1948-). *(N. del T.)*

2. Argot rimado: *Jeremy Beadle* (1948-2000) por *needle* («aguja»). Presentador de televisión inglés de gran éxito, condecorado con la Medalla de la Orden del Imperio Británico por su dedicación a causas caritativas. *(N. del T.)*

ha llegado con fuerza a los bastiones de hormigón de la periferia (como los llama Sick Boy) de la hermosa Edina y todos los tíos que le pegaban a la Tennent's lager y se reían de nosotros hace seis meses andan detrás de él, sobre todo porque no tienen otra cosa que hacer. Johnny Swan está sacando pasta a punta pala, pero anda paraca total, conque, con tanto zumbao pululando por ahí, la poli acabará llamando a su puerta.

Así que me estoy quedando mogollón en casa. Al menos con mi madre las cosas van mejor y tal, y eso es bueno. Está siempre dándome la brasa con que vuelva a casa con ella, pero la verdad es que me gusta bastante estar aquí, en Monty Strasse. Mola tener queo propio una temporada, en plan rollito de hombre de mundo sofisticado, ¿sabes? Rents sigue con lo de la rehabilitación y Sick Boy está en la madre patria. O más bien en la madre patria de su madre. El queo este mola para dos, pero puede que tres sean demasiados, y para uno solo es de lujo total, así que seguramente volveré a trasladarme a casa cuando el par de mendas estos vuelvan a asomarse por la rendija del correo. Ahora mismo estoy de vicio, aquí sentado, viendo la peli esta de Stallone, pero no acaba de engancharme. Demasiada violencia, tío, y para *moi* eso es un corte de rollo total. Peña como Begbie, que está en el talego, hace cosas chungas en la vida real, y todos los actores esos, como Stallone, sólo son malos de mentira, para que les paguen un pastón por fingir que están tan zumbaos como la basca tipo Franco o Nelly. Y eso quiere decir que un tipo como Franco no tiene ningún incentivo para ser mejor persona, y menos si todos los mendas ricachones de Hollywood quieren jugar a ser como ellos y eso.

Pero es cierto, ¿no?

Así que la quito y pongo *El mago de Oz*. Ya sé que igual es viejísima y que no soy maricón, pero esta peli podría verla yo sin problemas todo el día, todos los días, ¿sabes? Entonces se me mete en la olla la idea completamente idiota de que ver esta peli podría traer mala suerte, por eso de que todos los maricones están pillando el bicho y ellos siempre andan viendo *El mago de Oz*. Pero no, tío, eso es una tontería sin pies ni cabeza; no hay que ser un zumbao tan supersticioso. Y es cojonudo verla a mi bola, tranquilamente y sin que me pongan a parir y tal, ¿sabes?

Aquí estoy, con mi taza de té, que en realidad es un tazón de sopa lleno de té (¡tiene asa y tal, no os vayáis a pensar que soy tan inculto!), con la leyenda *Souper Hibernian*, y medio paquete de galletas digestivas de chocolate McVitie's. ¡Paraíso total! Aunque me he pasao un poco mojándolas y una se me ha roto del todo y ha ido a parar al fondo del mar. Da igual, recuperaré los restos del naufragio en cuanto drene este océano de té calentito y dulce. Estoy totalmente metido en el rollo, pensando en los Munchkin esos y en que, en los estudios de Hollywood, los trataron como a ciudadanos de segunda clase, un poco como Maggie ha tratado a los parados-de-por-vida de por aquí, como yo y tal, cuando oigo girar la llave en la cerradura y alguien entra por la puerta.

Jo, tío...

Tiene que ser Rents; no puede ser Baxter, el casero, porque Gav Temperley me dijo que al pobre viejo lo encontraron *potted heid*[1] en su piso de London Road. Eso sí, Sick Boy me recomendó que estuviera ojo avizor, por si aparecía su hijo, que, por lo visto, es una alimaña de garras rapaces, pero no he visto ni rastro de él ni he sabido nada, ¿sabes? Pero qué pena, tío, vaya pecado, que un viejales que es casero y que tiene tantos pisos y tantos clientes se muera solo y tarden la tira en encontrarlo. Al pobre menda habría que llamarlo *Eleanor Baxter...*,[2] toda la gente solitaria, vaya que sí.

Conque me levanto a investigar y me encuentro a Sick Boy en el pasillo, con el equipaje y con un ejemplar del *Evening News* bajo el brazo. «Spud.»

«Sic... Simon. ¿Qué tal, tío?»

«Danny boy..., has perdido peso», me dice, antes de soltarme: «¿Todo en orden?»

«Sí, claro que sí», salto yo, porque eso es lo que ha empezado a decir la peña cuando en realidad te pregunta por el sida. Como el *cowie*, el *David Bowie*,[3] ¿sabes? «¿Qué haces ya de vuelta? Creía que estabas en Italia y tal.»

El Sickerino está como un poco avergonzado y va y dice: «Eh..., política pueblerina. Allí no te puedes portar como aquí, Danny», dice, dándose una palmadita en los huevos. «Tienes que tener cuidado con dónde la metes; el Santo Padre pilota una nave más estricta que esta cochambre de tugurio de infieles que tenemos nosotros. Empezaron a caldearse un poco los ánimos y me pareció prudente hacer mutis por

1. Véase nota en página 250. *(N. del T.)*

2. Alusión al estribillo de la canción de los Beatles «Eleanor Rigby» («All the lonely people...»). *(N. del T.)*

3. Argot rimado: *David Bowie* por *cowie* (que en el argot de la droga ibérico podría traducirse por «el bicho», en alusión al virus del sida). *(N. del T.)*

el foro.» Tira el *News* a la mesa. «Fíjate, esta noche canta Claudia Rosenberg en The Venue. A ver si pillo unas entradas para los dos.» Me aparta para entrar en el cuarto de estar. «¿Dónde está el teléfono?» Entonces ve lo que hay puesto en el vídeo. «Fuaa, con esa falda a cuadritos, Judy Garland está de lo más follable..., perdona, colega, ¿te he interrumpido mientras te la machacabas tranquilamente a tu bola?»

«No..., sólo estaba viendo la peli y tal...», le suelto, mientras él coge el teléfono y empieza a marcar un número.

«Hola..., ¿está Conor?... Dile que ha llamado Simon David Williamson, él sabrá quién es...» Sick Boy tapa el auricular con una mano. «Puto gilipollas. "¿Se puede saber quién llama...?"» Pone los ojos en blanco. «¡Hola! ¡Con...! ¡Guay...! No me va mal, colega, nada mal. ¿Y a ti...? *Excellento!* Oye, compadre, el tiempo vuela, así que, aunque sea imperdonable por mi parte, iré al grano. ¿Hay alguna posibilidad de conseguir entradas por el morro para ver a cierta cantante holandesa esta noche...? ¡De putísima madre! ¡Eres un puto genio, jefe!»

Y ya está, ya las ha gorroneado. La verdad es que yo no estoy tan contento, porque últimamente no me molan nada las aglomeraciones, llevo un punto claustrofóbico total, ¿sabes? Pero *El Sickerino* parece encantao y me da totalmente por saco cortarle el rollo a la peña cuando está tan entusiasmada, ¿sabes? ¡Además, es Claudia, la cantante holandesa, una leyenda total!

Sick Boy se acerca a una de sus bolsas de viaje, abre la cremallera y saca una botella de vino tinto. «¡Friega un par de vasos, Danny, que es la hora del Chianti! ¡Otro tanto a favor de los muchachos de Leith, porque además nos invitan a una fiestecilla privada después del concierto! ¡Venga, compadre, *jildy!*»[1]

Así que me voy a la cocina, pero como que sólo queda un vaso y tal. Pues para él. Friego para mí el tazón del *Souper Hibernian,* que contiene los restos deshechos de galleta. Nos echamos un par de tragos y vemos *El mago de Oz* un rato. Luego nos vamos a pata al concierto; paramos por el camino en Joe Pearce's a tomarnos una birra. Estoy guay y hasta me da igual la multitud que nos encontramos en The Venue al entrar. Lo guapo de Sick Boy es esa forma que tiene de hacerse con el control de la situación; el nota tiene sentido de..., no de la autoridad, sino más bien de lo que hay que hacer; se ha malacostumbrado porque era el *bambino* italiano que se crió con su *mamma,*

1. Término de argot militar anglo-hindú; del hindi *jaldi* («rapidez»). Se emplea como imperativo («¡Date prisa!»). *(N. del T.)*

rodeado de hermanas; al menos eso dice Rents, y ahí lleva toda la razón, porque es algo que canta a kilómetros. Aunque Sick Boy es un tío legal. Puede ser un poco hechicero malote con las titis, pero, por lo que se ve, a él le funciona. A veces me pregunto si me iría mejor con las chicas si las tratara peor, pero luego nunca me sale hacerlo.

Esto está hasta los topes, y de lo que se trata es de llegar más allá de esas columnas tan incordionas. Sick Boy se abre paso entre la multitud como si estuviera en su casa, y yo sigo su estela total. Le chasquean la lengua un par de veces y le ponen alguna que otra mala cara, pero luce esa gran sonrisa que desarma a todo el mundo y enseguida llegamos a la parte de delante. Poco después, un grupo de cuatro músicos –guitarra, bajo, batería y teclados– sale al escenario y empieza a tocar un tema instrumental. Una chavala enrollada que está a nuestro lado grita: «¡CLAUDIA! ¡CLAUDIA! ¡TE QUEREMOS!», y dicho y hecho, *The Woman* sale al escenario vestida de negro gótico entre grandes vítores.

Sé que está feo decirlo, pero me decepciona un tanto, porque siempre pienso en Claudia Rosenberg como la supermodelo esbelta y de pelo rizado que sale en la portada de *Street Sirens*, aunque supongo que eso fue hace siglos, ¿no? Esta edición que veo ahora podría ser la madre de alguien. Bueno, supongo que lo será, pero a ver si me explico, parece una maruja madura de Leith, de las que se ven en el bingo. Está superhinchada y demacrada y fuma un cigarrillo tras otro en el escenario. La chica de al lado vuelve a gritar: «¡TE QUEREMOS, CLAUDIA!», y Claudia lo oye y le echa al público una mirada gélida y amargada; después se lanza a todo trapo con «They Never Stay». Eso sí, su voz suena más chula y tenebrosa que nunca, y el grupo es más compacto que el chumino de un pato, así que todos nos volvemos *radio rental*.[1]

Aun así, Sick Boy no puede dejar de comportarse como un gato malo, y me suelta: «Fíjate en el cuello de prepucio que tiene esa vieja nazi. ¡Con lo mona que era en tiempos!»

«Es que está cada vez más pureta, tío, y de nazi no tiene nada, es *four-by-two*»,[2] grito yo.

1. Argot rimado: *radio rental* (conocida cadena de tiendas de alquiler del Reino Unido) por *mental* («loco»). *(N. del T.)*

2. Argot rimado: *four-by-two* (que a su vez deriva de *four wheel skid*, otro término de argot rimado empleado en lugar de *yid*, una forma peyorativa de decir «judío») por *jew* («judía»). *(N. del T.)*

«Es holandesa y los holandeses no son más que alemanes marinos», se burla él. «Que le den por culo a la Europa septentrional, la que mola mazo es la Europa meridional», brama Sick Boy, y luego sonríe a la gatita guapetona que tengo al lado.

«Pero ya no es una chavalina, así que no se puede esperar que tenga la misma pinta que en sus buenos tiempos», insisto yo.

«Ese pescuezo es de jaco», dice señalando al escenario, «no es envejecimiento normal. Nos hemos bajado de la noria en el momento justo, Danny boy.»

«Y que lo digas», suelto yo. No quería decir más, porque tampoco es que me haya quitado y tal. Sólo quiero no volver a engancharme a tope y eso. Según dicen, el jaco rejuvenece, pero paso de discutirlo con Sick Boy, porque el concierto este me está molando cantidad. Me encanta el tema «My Soul Has Died Again». Va de estar hecho polvo, y eso es algo con lo que más o menos me puedo identificar. Claudia repasa lo mejor de su repertorio y hace un bis chulísimo con «A Child to Bury» y una versión absolutamente sublime de «The Nightwatchman's Cold Touch».

Luego, Sick Boy me dice: «Vámonos entre bastidores. ¿Te imaginas la envidia que le va a dar a Renton?»

Yo pienso: pues sí, para Rent Boy será una putada perderse esta movida y tal.

Entre bastidores, el rollo es bastante fuerte; los seguratas no dejan pasar a casi nadie, pero Sick Boy consigue que un individuo lo vea y entramos directamente a una habitación llena de priva y papeo. Hay un par de chicas que están de buen ver y Sick Boy se va de cabeza hacia ellas. Ojalá tuviera yo su confianza en presencia de las titis; pero no es el caso, tío, no es el caso. Después de un ratito, aparecen los del grupo, que empiezan a charlar y a sentarse, ¡y de repente me doy cuenta de que tengo a Claudia sentada justo a mi lado! En la mano lleva un vaso de plástico con licor.

Me entran ganas de decir: «¡Qué concierto más guapo!», pero me corto a tope y no hago más que sonreír nerviosamente y eso. Y entonces ella me habla y me pregunta, ¡imaginaos!: «¿Y a ti cómo te llaman?» con esa voz áspera y cantarina que tiene. La verdad es que el aliento le apesta a fumeque. A ver, eso le pasa a todo el mundo; bueno, a Rents no, porque él no fuma, ni a Tommy, porque él casi tampoco fuma, sino a la gente normal. Pero el aliento de esta mujer está tan cargado de humo como el apodo del señor Smoky Robinson.

«Pues..., Danny...»

«Me gustas...», dice ella con una sonrisa. Se ve que tiene los dientes fatal, tío, todos amarillos y algunos rotos. Un poco como los míos, supongo. «¿Tú cómo te ganas la vida, Dah-nii?»

«Es que estoy como... sin curro..., parado y tal.»

Entonces me pega un codazo en el costado. ¡Tío, está tan zumbada como Begbie! «Sé lo que quierre decirr parrado. Erres uno de los "millones de Maggie", ¿no?»

«Ahí le has dao, tía. Sin curro y sin perspectivas de tenerlo, por culpa del thatcherismo y tal, ¿sabes?»

Ella mira alrededor y luego se agacha y me dice al oído: «Creo que voy a llevarrte conmigo a mi habitación de hotel; allí podrremos beberr brrandy del bueno.» Levanta el vaso de plástico al trasluz y hace una mueca. «Brrandy de verrdad. ¿Eso te gustarría, Dah-nii?»

«Bueno, sí..., ¡guay!», le suelto yo. «Eh, voy a decirle a mi amigo que nos vamos.»

Entonces ella pone cara de amargada y mira a Sick Boy, que está en su elemento con las dos tías esas, él y el guitarrista del grupo. La veo bufar, pero ¡qué guay que no esté tan impresionada con él como conmigo! Así que me acerco a él y me lo llevo aparte. «Eh, parece que tengo plan, tronco. Claudia quiere que vaya con ella al hotel. Aunque la verdad es que no sé muy bien qué hacer.»

Sick Boy mira a Claudia, que está hablando con una chica. Luego se vuelve de nuevo hacia mí. «¡Es una carrozona del carajo, pero tienes que enrollarte con ella! ¡Piensa en la de puntos que vas a ganar! ¡Imagínate la envidia que le va a dar a Renton! ¡Me cago en la puta, Iggy se la tiró! Lennon también. Y Jagger. Y Jim Morrison. ¡Podrías meter la polla en el mismo sitio donde la metió Iggy!»

Nunca lo había pensado así, pero supongo que sí que sería un poco apuntarse un buen tanto y tal. «Y que lo digas, tronco. Visto así, es una oportunidad que no se puede desperdiciar, ¿eh?»

«Por supuesto, joder», dice Sick Boy; se le endurece la expresión y baja la voz: «Hablando de pillar puntos, voy a darte un pequeño consejo: ¡no te cortes y clávasela en la puta bombonera!»

«¿Eh?»

«Que se la metas por el culo. Y lo que te encuentres por el camino, sea blanducho o duro, se lo vuelves a embutir por el puto tubo de la mierda.»

Eso no me parece nada respetuoso, así que le digo: «Eh..., la verdad es que esa forma de hablar no me mola demasiado, ¿sabes?...»

Los ojazos de Sick Boy brillan mucho. Se ha metido algo, seguramente coca. Fijo que el guitarrista ese estaba repartiendo. «Escúchame», dice, tirándome de la manga. «Tendrá el conejo sudoroso y más grande que el cañón del Colorado. Iggy Pop escribió la canción aquella, "Rich Bitch", la de *Metallic KO*, pensando en ella. ¿Te acuerdas cuando canta lo de que el coño de la chica era tan grande que se podía entrar en camión? Bueno, pues se supone que se refería a ella. Y estamos hablando de Iggy, que la tiene como un burro, y eso fue en los años setenta, antes de que ella tuviera un montón de críos a los que dejó huérfanos, un útero prolapsado y una histerectomía. A no ser que lo que tengas dentro de los pantalones sea la Torre Eiffel, ni siquiera vas a rozar los putos lados. Así que lubrícate el manubrio y se lo metes bien prieto por el alijo de las castañas», me dice, como si fuera una orden, mientras me mete un paquete en el bolsillo de la chaqueta.

«¿Qué?... Llevo gomas encima», le digo. Con el sida y tal, tío, tiene más sentido llevarlas encima. Nunca se sabe con quién vas a toparte, ¿eh?

«Es lubricante. Úntate bien el manubrio, dóblale las piernas hacia atrás en la posición del misionero, apunta abajo, y entrará sin ningún problema. Tú persevera. A ella le encantará. A las europeas les va ese rollo. En Italia lo usamos para evitar *bambinos* y seguir a bien con el Papa de Roma. ¡Tú eres irlandés, estas cosas ya tendrías que saberlas! ¡Ensarta la estrella de mar con tu viejo *shillelagh*[1] y no sabrá si habla en chino o tiene glosolalia, cacho cabrón!»

«Vale...»

Así que vuelvo con Claudia, que se levanta del asiento, echa la cabeza atrás y se va de la habitación. Yo la sigo y, según salgo, echo un vistazo atrás y veo a Sick Boy enseñándome los pulgares y al guitarrista imitando el gesto de rebanar un pescuezo. Aparto la vista. Veo a un tipo canijo con Claudia, y me preocupa un poco que la movida esta pueda ser un trío en ciernes; ya sabéis lo liberales que pueden llegar a ser los holandeses, con eso de ser tan permisivos y tal, pero entonces me doy cuenta de que es el chófer. Salimos fuera, él se sube a la parte de delante del coche y ella y yo montamos atrás. La chavala mona que estaba a mi lado en el concierto está esperando fuera y le grita a Claudia: «¡TE QUEREMOS!»

1. Bastón o garrote muy ligado al folklore irlandés, por lo general hecho con un palo de endrino muy nudoso que lleva una gruesa protuberancia en el extremo superior. *(N. del T.)*

A mí no me habría importado nada que se hubiera venido con nosotros, pero va Claudia y le dice: «Que te den por culo, cretina», mientras el coche se aleja. Vamos al Caledonian Hotel. Tío, ahora estoy nervioso que te cagas, así que empiezo a charlar por los codos a tope, le hablo del concierto y le digo que me encantó la versión nueva de «The Nightwatchman», y el trabajo de guitarra de Darren Foster. Entonces ella me tapa la boca con la mano y me suelta: «Calla. No me gusta cuando te da por hablarr tanto.»

Así que no digo ni mu, pero enseguida llegamos al Caley; sale el portero a abrir la puerta del coche, nos bajamos y entramos en el hotel. Los dos tenemos pinta de borrachines callejeros, pero la basca de plantilla está ultrañoña porque ella es quien es. Me doy cuenta totalmente de que yo solo nunca habría llegado a pisar un trecho tan largo de este vestíbulo de lujo, lleno de candelabros gansos de cristal y columnas y terciopelo y con una alfombra mullida bajo los pies... Nos metemos bajo una especie de baldaquín y llegamos al ascensor... jo, tío...

Así que nos montamos en el ascensor y subimos a su habitación. ¡Vaya preciosidad! En una como ésta caben dos pisos de Kirkgate. El cuarto de baño es descomunal; Claudia se deja caer en el catre, que tiene dosel, y da unos golpecitos con la mano en el espacio que queda junto a ella. Estoy cagado de miedo, porque siempre me pasa lo mismo con las chicas; esto no se lo contaría a los chicos, pero hasta ahora sólo lo he hecho con tres. La clave consiste en estar tranqui, tío, pero en cuanto me suba la adrenalina, esa tensión y esa agitación, la cosa será completamente imposible, tío, porque noto que los nervios se me van fundiendo por dentro unos con otros. Me corto totalmente con las tías que me gustan, es mi perdición, ¿sabes? Y la verdad, no es que Claudia me guste mucho, porque se está quitando esos vaqueros ajustados y veo que tiene los muslos grandes y fláccidos, y me fijo en los pliegues de la barbilla y vuelvo a pensar en la portada de *Street Sirens* y me pregunto: ¿de verdad ésta es Claudia Rosenberg?

Ahora ha sacado no sé qué y, tío, se pone a fumar jaco a tope con una pipa de papel de plata. Se llena los pulmones de humo y se pone como toda amodorrada. Me pasa la pipa y ya sé que ahora estoy intentando no ponerme mucho, pero estoy tan nervioso que tomo un poquito y empiezo a toser, y entonces ella se ríe a carcajada limpia, pero a mí no me importa, porque me quedo todo desmayao y pesado, y el jaco le ha quitado todo el hierro al miedo, tío.

Guay.

Ahora no estoy nada nervioso.

Así que empiezo a quitarme la ropa y me acuesto a su lado en esa cama tan gansa. Ella me mira con su carota gorda de maruja. «Erres un chico majo», me dice, al tiempo que me soba los pezones como si fuera yo el que tiene las tetas y eso.

«Yo... siempre... eeeh... he admirado... tu...»

«Calla...» Otra vez me tapa la boca con el dedo; luego me mete la otra mano en los calzoncillos, que me he dejado puestos. Tío, hace tanto tiempo que hasta con esa pizquita de jaco se me ha puesto dura que te cagas. «Tienes un pene muy bonito y muy larrgo. No es muy grrueso, ¡perro es muy, muy larrgo!»

No es muy grueso...

Pienso todo el rato en lo que me dijo Sick Boy, así que me pongo el condón y abro el lubricante y me lo froto por encima. Ella se ha quitado las bragas y huele mucho como a hojarasca, pero yo no digo nada. Como que te das cuenta de que lo suyo con el jaco es crónico total y que se ha abandonado un poco en la cosa de la higiene íntima, ¿sabes? Yo era exactamente igual antes de la rehabilitación. Pero eso hace que me pregunte unas cuantas cosas sobre Janis Joplin o Billie Holiday, es decir, cómo serían en el apartado conejil, ¿sabes?

Así que la tal Claudia empieza a tronar: «¡Métemela! ¡Métemela!»

«Vale...» Así que la monto, me pongo en posición y echo esas piernas gordas hacia atrás, apunto abajo contra el ojete, y empujo...

Entonces me mira con ojos desorbitados y tensa el cuerpo. «¿QUÉ HACES?»

«Eh..., intentaba como... metértela por el culo y tal», le digo.

Pues, tío, entonces me empuja a tope para sacarme de encima y me coge del pelo. «¡ALÉJATE DE MÍ! ¡LARRGO DE AQUÍ!»

Yo me aparto, pero el cuero cabelludo me arde a tope y ella está en plan sirocazo total, me persigue en cámara lenta alrededor de la cama, porque los dos vamos colocaos, yo en pelota picada y ella desnuda de cintura para abajo pero con una camiseta negra puesta; intento coger mis pantalones pero fallo y le digo: «Perdona..., perdona..., ¡tranquilízate!»

«¿Te crrees que porrque soy vieja puedes utilizarrme de rretrrete?»

«No..., sólo pensé...»

Se abalanza sobre mí y me arrea un puñetazo por encima del ojo. «¡LARRGO DE AQUÍ!», ruge, y le digo que ya me voy, pero que me deje coger la ropa, pero ella venga a pegarme patadas y puñetazos, y yo sin parar por toda la habitación, y no puedo devolverle los golpes porque es una mujer, así que me voy al cuarto de baño ese tan ganso y me encierro hasta que se calme. «Métete más jaco...», le suelto. Pero ella sigue gritándome que me vaya, así que abro la puerta, pero como me ha agobiado tanto me equivoco de puerta y resulta que da al pasillo del hotel, ¡y entonces ella me saca fuera de un empujón y la cierra!

Jooo, tíoooo...

Miro el pasillo, no hay nadie; llamo a esa puerta tan maciza y suplico, le ruego que al menos me tire la ropa y la oigo gritar: «¡Voy a tirrar toda tu estúpida rropa porr la ventana!»

«¡NO! ¡NO, POR FAVOR!», suelto yo, sin dejar de aporrear la puerta, pero un tipo que está en la habitación de al lado me mira y le digo: «Tienes que ayudarme, necesito que me prestes un...»

Lo único que hace el tipo es volver a meterse en la habitación y cerrar de un portazo. Miro por todo el pasillo y sólo se me ocurre coger los cubreplatos metálicos de la bandeja del servicio de habitaciones de algún menda y taparme los huevos y el culo con ellos. Sigo por el pasillo y entonces el ascensor se para, se abren las puertas y sale una pareja que empieza a reírse. Me meto dentro, pero el ascensor para en el piso siguiente; una mujer y su hijo pequeño están a punto de entrar pero luego se paran. «Ese señor no lleva ropa», dice el crío, y su madre pija lo aparta. Le doy al botón, el ascensor baja y las puertas se abren cuando llega al vestíbulo, donde hay mucho ajetreo.

Estoy completamente perdido, tío. ¿Qué le voy a decir a la poli? ¿Que una vieja cantante holandesa me tiró la ropa por la ventana porque intenté meterle la polla por el culo? ¡Fijo que acabo en el maco de cabeza! Así que voy a por todas, tío; salgo pitando a toda pastilla por la sala de recepción sin mirar a nadie, con los cubreplatos bien pegados, y oigo todas las voces escandalizadas según llego a la puerta.

El tío del sombrero de copa que hace de portero dice: «¡Esos cubreplatos son propiedad del hotel!»

Pero ya estoy fuera. Veo mi chaqueta tirada bajo la lluvia, en la acera, al lado de la parada de taxis, y ahí está mi Fred Perry, en la alcantarilla..., pero ¿dónde están los vaqueros?... Jo, tío; levanto la vista y veo los pantacas colgando del mástil de la bandera, pero a punto de caerse en cualquier momento..., oigo las carcajadas de las chicas que están en el tugurio de enfrente..., es el Rutland, tío..., el peor sitio en el que podría estar..., pero aquí llegan los pantacas..., sólo hay una zapatilla, así que paso de cogerla, tiro los cubreplatos y hago un bulto con la ropa. El portero, que decía a grito pelao que iba a llamar a la policía, sale detrás de mí y recoge los cubreplatos, mientras yo salgo corriendo con el culo al aire por la calle lateral, abrazando la ropa. Un taxista que estaba mirando y tronchándose me dice no sé qué, me anima a voces desde el taxi, pero yo sigo brincando por Rutland Street y bajo unas escaleras que llevan a un sótano viejo y apestoso. Pero a mí me da igual; me embuto los pantalones y se me hielan los pies, el suelo está asqueroso y mojado porque han caído chuzos de punta, y me pongo la camisa y la chaqueta. Cuando vuelvo a la calle, no tengo ánimos para ir a la parada de autobús pasando por el Caley y el Slutland,[1] así que tiro calle abajo, hacia Rutland Square. Con los pies congelados, paso por delante de todos los edificios de abogados pretenciosos y despachos pijos que hay en esa plaza georgiana con columnas gansas, y me alegro de que sea tarde y no haya nadie por aquí. Llevo las zarpas negras de suciedad y me duelen de frío; fijo que pesco una pulmonía y vuelvo al hospital ese, como si lo viera. No hago más que mirar las grietas de la acera y voy farfullando una vieja rima de la infancia:

Stand oan a line n brek yir spine
Stand oan a crack n brek yir back.[2]

Nunca he entendido cuál era la diferencia porque, pises donde pises, la jodes igual; igual es que iba de eso, de la vida en Escocia y punto, ¿sabes? Doblo la esquina, salgo a Shandwick Place, cruzo la calle a la altura del Quaich Bar y me pongo a esperar en la parada que hay junto a la iglesia tan gansa esa, St. Dodes, y la gente me mira los pies descalzos como si fuera un desgraciao que depende de los servicios de asistencia social. Aparece un 12 y gracias a Dios llevo en el bolsillo suficiente calderilla, que no se cayó cuando Claudia me tiró los pantacas por la ventana. Para el autobús, subo y meto la viruta en la ranura. El conductor me mira los pies. «Se ha dao mal la noche, ¿eh?»

«Sí.»

Y, sentado en el autobús, empiezo a pensar que igual es una especie de rollo kármico. Igual Dios nunca tuvo intención de que el culo

1. Juego de palabras basado en cambiar el nombre del Rutland a *Slut*land («guarralandia»). *(N. del T.)*

2. «Si pisas una raya, te romperás la columna; si pisas una grieta, te romperás la espalda.» *(N. del T.)*

de las tías fuera para esas cosas. *In Through the Out Door*,[1] como igual hubieran dicho los Zeppelin. Así que vuelvo a Monty Strasse, subo las escaleras y entro en casa. Allí están Sick Boy, las tías guapas esas con las que estuvimos entre bastidores después del concierto y el guitarrista, fumando chinos. Rents también está; parece ir colgadísimo y me saluda perezosamente con la mano. Está con Hazel, que pasa del tema y que no parece muy contenta.

Sick Boy echa más jaco en el papel de plata. «Has vuelto pronto, supersemental. ¡Aun así, entiendo que no quisieras quedarte a pasar la noche! Hala, cuéntanos los detalles escabrosos, so cabrón», me salta.

«Me dicen que te has apuntado un tanto...», dice Mark, arrastrando las palabras y riéndose en voz baja.

«Eh, tío... ¿Qué tal la rehabilitación?»

«Se ve de todo», dice él, encogiéndose de hombros y mirando a Hazel como disculpándose, pero ella se aparta y mira a otro lado.

«No eres de los que luego va presumiendo por ahí, ¿eh? Me parece admirable. Eso demuestra que tienes clase», dice Sick Boy, al tiempo que me pasa la pipa de papel de plata. «Toma un poco de esto, amiguete. ¿Dónde has dejado las putas zapatillas, cacho zumbao?»

«Es una historia muy larga, tío», le suelto, y cojo la pipa, porque la verdad es que no estoy de humor para hacerle ascos a nada, ¿sabes?

1. Octavo elepé del grupo Led Zeppelin, publicado en 1979. Significa literalmente «Entrar por la puerta de salida». *(N. del T.)*

Había sido un viaje largo e inquietante, bajo una lluvia racheada que golpeaba el parabrisas y dificultaba la visibilidad. Le sobrevino el cansancio de forma rápida e imprevista; no se dio cuenta de que el golpeteo y el siseo de los limpiaparabrisas de goma estaban produciendo un efecto arrullador y soporífero hasta que se le escaparon varios bostezos. Movió la cabeza, parpadeó rápidamente y sujetó con más fuerza el volante. Una señal de tráfico, que emitió un destello verde luminoso bajo la luz de los faros, le indicó que estaba ya cerca de su destino.

Russell Birch nunca había estado antes en Southend y había oído que podía ser un sitio muy animado, pero nada más entrar en aquel pueblo costero de Essex, estaba muy claro que el mal tiempo había frustrado la diversión del fin de semana. Tras salir de la A13, pasó por delante de la estación de tren y bajó hasta el Western Esplanade. Aún destellaban las atracciones turísticas del muelle más largo del mundo, pero estaba casi desierto. Era como si la gente hubiera llegado a donde quería ir y se hubiera refugiado en su pub o club preferido. Sólo unos pocos juerguistas valientes y poco abrigados caminaban apresuradamente por las calles, azotados por la lluvia mientras se dirigían con estoicismo hacia el siguiente puerto de escala.

Russell iba conduciendo despacio por el paseo marítimo, buscando la salida y deteniéndose en algunos semáforos, cuando de repente dos chicas, que parecían bolsas de té empapadas recién sacadas de una tetera, surgieron de la húmeda oscuridad y se interpusieron en su camino, obligándole a frenar. «Llévanos», gritó una ellas, con los rizos rubios oxigenados empapados cayéndole en cascada sobre la cara. Casi estuvo tentado de hacerlo. De no haber tenido prisa o llevado un cargamento tan comprometedor, probablemente lo habría hecho.

Pero siguió circulando, lo que las obligó a apartarse pitando. «Hijo de puta», oyó gritar a una de ellas en la lúgubre noche, mientras se alejaba a toda prisa.

Tardó un rato en encontrar el lugar de la cita, algo alejado de la ciudad. Se trataba de una taberna muy puesta con las pretensiones rústicas que caracterizan a muchos de estos lugares de la Inglaterra suburbana. Giró en un pequeño aparcamiento en la parte trasera del pub, cercado por un enrejado que trataba de contener la invasión de los setos y los árboles de los jardines colindantes. Unas pocas luces atravesaban la oscuridad casi absoluta y le mostraron el único coche que había, un BMW negro. Russell aparcó a una distancia prudencial. Tenían que ser ellos y debían de estar dentro. Abrió la puerta y caminó bajo la lluvia, consciente de que le temblaban las manos.

Aquellos hombres con los que se disponía a reunirse ¿serían delincuentes habituales o, lo que era más probable, simples mandados como él, que tenían que aguantar a alguien temible que les obligaba a hacer aquello, como le ocurría a él con su ex cuñado?

Entró en el pub por la puerta trasera, recorrió un estrecho porche acristalado y fue a parar a un espacioso bar de techos bajos. Aunque medía algo menos de metro ochenta, Russell aún tenía que agacharse para esquivar algunas vigas del techo. El pub estaba prácticamente desierto. Incluso con aquel tiempo monstruosamente inclemente, parecía inconcebible que un bar pudiera aguantar con aquella actividad mínima en una noche del fin de semana. Las otras dos únicas personas a las que podía ver eran dos hombres que estaban de pie junto a una chimenea encendida y un camarero que miraba absorto la televisión colocada en alto y que, de perfil, parecía el doble del actor que interpretaba a Arthur en *On the Buses*.

Russell decidió no acercarse ni saludar enseguida a los hombres apostados junto a la gran chimenea de piedra. Podía ser de mala educación, si es que había algún protocolo en esta clase de situaciones. Daba por sentado que lo había; todo tiene sus códigos, así que ¿por qué habría de ser diferente en aquel negocio?

Cuando el camarero se volvió para atenderle, el efecto Arthur se redujo, pero no se disipó del todo. Russell pidió una pinta de London Pride y se sintió decepcionado al advertir el acento del norte de Inglaterra del hombre, en lugar del *cockney* áspero de Arthur. Intentó pensar en el nombre del actor, pero no le venía a la mente.

Los dos hombres le observaban. Uno de ellos, delgado y con un peinado de cola de pato, se acercó hacia él avanzando a trompicones.

A aquel infeliz títere parecía enviarle el otro hombre, un tipo corpulento y amenazador, que le sonreía regodeándose en una cordialidad psicótica. Russell pensó por un momento que le conocía de algo, pero se dio cuenta de que se trataba de la sonrisa burlona. La tenían todos los matones y camorristas que había conocido.

No parecía que ninguno de ellos llevara algo encima y se alegró de haber dejado el paquete en el maletero del coche. Lo más sensato sería hacer la transacción fuera, en el aparcamiento solitario y oscuro. Empezó a sentirse un tanto satisfecho de sí mismo, cada vez más confiado a medida que el primer hombre se situó a su lado.

«¿Qué tal?», susurró éste, con un tono de voz suave pero metálico. Su acento era algo afectado y la enfermiza debilidad que irradiaba imprimió a Russell una inyección de moral aún mayor.

«Bastante bien. ¿Y tú?»

«No me puedo quejar. ¿Vienes de lejos?»

«De Edimburgo.»

El rostro del hombre se contrajo ligeramente al oírlo. Era a todas luces una prueba, por pobre que fuera. El hombre se presentó como Marriott, lo que hizo pensar a Russell de inmediato en Steve Marriott, de los Small Faces, una banda que siempre le había gustado. «Tómate algo con nosotros.»

Tras un trayecto en coche tan largo, no veía ningún motivo para no hacerlo. El fuego era tentador, aunque cuando Russell se acercó, el otro hombre emitió señales contradictorias. No le tendió la mano y simplemente saludó a Russell con una sonrisa maliciosa para después irse a la barra. Volvió con tres whiskies grandes. «Escocés. Un escocés para otro escocés», observó, aparentemente complacido consigo mismo, mientras los posaba sobre la repisa de la chimenea.

Russell habría agradecido un coñac, pero en cuanto probó un sorbo del líquido ambarino se percató de que era un buen whisky de malta, cuyo aroma a humo y turba sugerían, quizá, que era de Islay. Le calentó, como el fuego que ardía junto a sus piernas. Su pinta de cerveza seguía en la barra, pero le daba igual. «¡Salud!»

El tipo robusto por fin se presentó como Gal. «Algunos dicen que no es profesional este rollo de socializar, pero no estoy de acuerdo. Es bueno ponerle rostro a un nombre. Hay que saber con quién se está tratando. En este negocio la confianza es fundamental.» Una amenaza velada bullía bajo la superficie de su tono. Su labia no se correspondía con sus ojos hundidos, sesgados en el extremo de las cejas como si denotaran endogamia. Tenerle delante hizo que Russell maldijera en silencio a su ex cuñado, a su estúpida hermana y su propia debilidad, por ponerle de nuevo en aquella situación. Sabía que ahora sus padres le consideraban un fracasado, como Kristen, y no un tipo que cortaba el bacalao, como Alexander. Pero no sabían lo que hacía, cosa que hasta cierto punto le consoló. La semana anterior iba conduciendo por Leith Walk y había visto a aquella chica que se follaba su hermano mientras se dirigía al centro. Parecía cambiada: desastrada, estropeada, sin duda una yonqui, como el Marriott este. Quizá ésa fuera la lacra de su familia: sentirse fatalmente atraída por los bajos fondos.

Tras una bienvenida relativamente efusiva, ahora Marriott parecía darle de lado, como si hubiera decidido que Russell no era lo bastante importante como para tratar de congraciarse con él. Y entonces espetó de pronto: «No me gusta demasiado la gente de Edimburgo. Una vez tuve una mala experiencia con alguna gente de allí.»

Russell le miró sin saber muy bien cómo responder, pero allí quien mandaba era Gal, que miró con frialdad a Marriott. «Estamos hablando de Seeker. Un amigo mío.»

Marriott se calló.

Gal mantuvo la mirada fija en él durante un par de segundos antes de volverse hacia Russell, de nuevo con una sonrisa afable pero amenazadora en el rostro. «Entonces, ¿conoces al jefe?»

«Es mi cuñado», dijo Russell. Parecía prudente omitir el «ex».

Gal le miró de arriba abajo. Parecía decepcionado con Russell y éste imaginó que quizá también con Seeker. «¡Pobre diablo!»

Russell mantuvo el rostro inexpresivo. Tenía la impresión de que si esbozaba una sonrisa connivente o fruncía el ceño en señal de desaprobación, se podría malinterpretar.

«Bueno», prosiguió Gal con impaciencia, «no podemos estar de palique aquí toda la noche. Acabemos con esto», y se bebió el whisky de un trago, lo que incitó a los demás a hacer lo mismo. Russell se dio cuenta de que Marriott tenía problemas y le temblaba la mano, pero la agresiva mirada de soslayo de Gal no le abandonaría hasta que terminó. «Es un buen escocés», le dijo en tono acusador a su socio, que trataba a duras penas de reprimir las arcadas.

El trayecto hasta el aparcamiento fue una tortura. Russell tenía pavor a que lo próximo fuera un golpe en la nuca que le partiera el cráneo, el preludio a que le metieran en el maletero del BMW como si fuera un saco de carbón. Yacería brevemente junto al paquete guardado en la bolsa de viaje, que había sido envuelto en papel de regalo (un detalle que casi se había sentido impulsado a comentarle a Seeker, pero se había resistido), rumbo al desolado yermo que sería su última morada. O quizá le quitarían el dinero de Seeker por la fuerza y tendría que dar explicaciones. Cada paso que daba, marcado por los latidos de su corazón, mientras atravesaban el aparcamiento oscuro y desierto, parecía formar parte de un fatídico cortejo fúnebre.

Pero Gal se dirigió despreocupadamente a su coche y volvió con una caja, envuelta en un papel de regalo idéntico, e hicieron el intercambio. Russell no tenía la menor intención de abrirla y comprobar el contenido; podría haber habido cualquier cosa en los paquetes. Era evidente que ambas partes se tenían gran confianza.

«Ahora a casa sano y salvo, pero no te entretengas. Me he enterado de que tienes un montón de clientes esperándote en Edimburgo», Gal volvió a sonreír y le recordó a Russell a un viajante dicharachero. «Y dile a Seeker que el viejo Gal le manda recuerdos.» Después se volvió hacia el desdichado Marriott. Era desmoralizador para Russell ver cuánto se identificaba con aquel personaje devastado, otro pelele que se había pasado de la raya. «Venga, hijo de puta, movamos el culo.»

Russell caminó rígido hasta el coche con el paquete y lo dejó en el asiento del copiloto. Observó el BMW mientras arrancaba y abandonaba el aparcamiento. Sus manos húmedas y temblorosas agarraban el volante, pero enseguida se apoderó de él la euforia. Ya estaba. Lo había hecho. Era un triunfo. Ahora Seeker estaba en deuda con él, no cabía duda. Recibiría su parte y estarían en paz.

Arrancó el coche y salió del aparcamiento, alejándose de la ciudad hacia el norte, en dirección a Cambridgeshire. Se detuvo en una vieja cabina de teléfono, fuera de un garaje más antiguo todavía. Metió el paquete en el maletero, no fuera a sucumbir a una tentación potencialmente fatídica de examinar el contenido.

On the Buses.

El protagonista era, sin duda, Reg Varney. Stan. ¿Quién interpretaba a su compinche, Jack? Blakey, aquel inspector de autobuses, el nombre del actor era Stephen no sé qué, estaba seguro. Y a Olive, la esposa de Arthur, la interpretaba Anna Karen. Se quedó rumiando lo atípico que era que se tratara de dos nombres de pila femeninos. Marcó el número en el viejo teléfono de baquelita, un artilugio de otra época que se aferraba denodadamente a su pobre cometido. Respondió su ex cuñado. «¿Sí?»

«Soy yo. Todo ha salido bien. Vamos, que no miré qué había dentro, sólo recogí el paquete, como me dijiste.»

Se produjo un silencio enervante en el otro extremo de la línea.

«Eh, Gal te manda recuerdos.»

«Que le den a Gal. Vuelve aquí ahora mismo con la mercancía.»

Hablaba como si Russell estuviera a la vuelta de la esquina en lugar de a más de seiscientos kilómetros de distancia. Estaba agotado. Tenía que descansar. Era peligroso. Estaba seguro de que llamaría la atención de la policía en ese estado. «Oye, estoy reventado. Si me paran o tengo un accidente, no va a ser nada bueno para ninguno de los dos», se quejó.

«Que vuelvas aquí ahora mismo, cojones. Si no, sí que vas a tener un accidente, ¿entendido? No me hagas repetírtelo.»

Con el alcohol abrasándole el estómago y el cerebro, Russell quiso gritar: «¡Que te jodan! ¡Que te jodan, maldita escoria ignorante!» Pero le salió algo como: «Vale, estaré ahí lo antes posible.» Mientras se cortaba la línea, y llorando de exasperación, Russell Birch pensó en el agotador viaje de vuelta a Edimburgo. Cuando colgó el auricular en el soporte, el nombre del actor que había interpretado a Arthur en *On the Buses* le vino burlonamente a la cabeza.

Sé que yo puedo con todo esto. Puedo soportar estas circunstancias y trascenderlas. Lo sé no sólo porque consigo conceptualizarlo todo, sino también porque lo siento en mi carnes, emocionalmente. Inteligencia emocional y racional: esa mierda se me da bien. No soy un puto yonqui, sólo juego a serlo. Los yonquis de verdad son pringaos como Swanney o Dennis Ross, o si me apuras, el guarrete de Matty Connell. Asquerosos que llevan pegándole al tema desde el principio de los tiempos. Tom tiene razón, es una fase, y yo no soy más que un tío joven haciendo el chorras, joder. Es cierto: se me quedará pequeño.

Estaré perfectamente.

Tengo demasiados sesos y estoy demasiado al cabo de la calle para caer en una trampa como ésa. Ya sé que parece arrogante decirlo, pero es la puta verdad. Sé que a cierta clase de tías les molo y que soy capaz –cuando opto por esforzarme lo suficiente– de conseguir que se interesen otras.

Esta mierda no significa nada para mí. Ya sé que eso es lo que dice todo el mundo; ahí reside todo el atractivo del asunto, claro, pero en mi caso es cierto, porque yo no tengo ni trampa ni cartón. Puedo meterme a tope que te cagas y sin problemas. Y puedo parar en cualquier momento, mediante el ejercicio puro y duro de mi puta voluntad.

Dejarlo así sin más.

Pero no ahora mismo.

SOFT CELL[1]

El muy capullo intentó decir que lo habían encerrado por una puta infracción de tráfico, pero ya sabes cómo son esos cabrones, mienten más que hablan: lo que no van a hacer es decirte que fue por abusar de un puto crío. Los muy cabrones ya se imaginan lo que les pasaría, joder. Pero siempre hay formas de descubrirlos, anda que no. Y a mí la información me la pasó una fuente fiable que te cagas, un colega del carajo. No era cotilleo taleguero y punto. Yo de esa mierda no hago caso pa nada, coño.

Y yo no era el único capullo que pensaba que el tío era chungo que te cagas; cuando le dije al puto capullín *Weedgie* ese, Albo, que estaba compartiendo celda con un pederasta, me lo *contó* todo que te cagas y echando leches. Pues sí, en lo que a ese cabrón se refería, no hubo que esforzarse demasiado pa convencer a nadie, joder. A mí eso me dice algo inmediatamente, coño; anda que no, mierda.

Fue fácil. Quedamos con los boquis en que ellos mirarían pa otro lado, porque ellos también odian a los pederastas que te cagas. Así que me meto en la celda de Albo después de cenar, y veo al bicharraco asqueroso ese ahí sentado, leyendo un libro en el puto camastro; el cabrón daba el pego que te cagas. Pero a mí no me tangó, eso os lo digo gratis, joder. Y anda que no lo sabía yo, porque el que me había hablado del cabrón este era Rents, y Rents no se inventaría una puta historia como ésa, no es esa clase de tío.

Así que le digo al cabrón este: «Conque estás aquí por una infracción de tráfico, ¿no?» Y él levanta la vista y me suelta: «¿Qué? ¿Qué

1. Juego de palabras entre el nombre del dúo británico de tecnopop de la década de los ochenta (que podría traducirse como «célula blanda»), y el significado que se le da aquí: «celda blanda». *(N. del T.)*

quieres?..., ¿qué pasa aquí?», y poniendo esa cara que se le queda a la peña que parece que se vayan a poner a cazar moscas con la boca, y deja el puto libro encima del camastro. Le dejo levantarse y le suelto: «Mira que meter mano a putos críos, a tu propia hija», y le estrello el coco en los morros. Se comió un guantazo; oigo resquebrajarse el hueso y ese chillido que te imaginas que deben soltar los putos cerdos cuando les cortan el puto cuello en el matadero. En fin, quería perjudicar al cabrón aquel pero bien, rajarle los putos morros y ese puto careto de pederasta, pero sin baldeo lo único que podía hacer era venga a patear esa puta cabeza de pedófilo sin parar, y el cabrón siguió chillando hasta que empezó a soltar gruñidos suaves antes de perder el conocimiento. Me le meé encima, pero luego lo sentí por la puta celda del pobre Albo, así que cuando salí le dije que el cabrón se había meado encima, ¿no?

Conque me quedé más ancho que pancho, joder; había hecho mi buena acción del día dándole a uno de esos cabrones folla-niños una dosis de su propia medicina. Sólo me enteré luego de que el capullo aquel se llamaba *Albert* McLeod, no *Arthur* McLeod, que era como se llamaba el cabrón que me había dicho Rents, pero por lo visto el mes pasao lo trincó algún espabilao y lo enviaron al maco de Peterhead por su propio bien.

Así que supongo que sí, en fin, vaya, que me equivoqué de menda, ¿vale? Era un error fácil de cometer, por aquello de que McLeod es un apellido común del carajo y tal. Pero es que el capullo ese al que le metí, a ver, que el muy zumbao también *parecía* un puto asaltacunas; llevaba lo de pedófilo escrito en la cara. Pero cuando salga le contaré a Rents que inflé a leches al que no era. De todos modos, todo dios se equivoca, pero por lo menos el día de mañana podremos sentarnos todos delante de una puta pinta y echarnos unas buenas risas, ¿no?

NOTAS SOBRE UNA EPIDEMIA 7

Junta de Salud de Lothian
Privado y confidencial
Casos de VIH+ registrados en marzo

Alasdair Baird, 28 años, Edimburgo Norte, profesor de inglés, padre de un hijo, por consumo de drogas por vía intravenosa.

Christopher Ballantyne, 20 años, Edimburgo Norte, ebanista en paro, por consumo de drogas por vía intravenosa.

Michelle Ballantyne, 18 años, Edimburgo Norte, aprendiz de peluquería, por consumo de drogas por vía intravenosa.

Sean Ballantyne, 23 años, Edimburgo Norte, desempleado, ex soldado del ejército británico, padre de un hijo, por consumo de drogas por vía intravenosa.

Donald Cameron, 26 años, East Lothian, camarero a tiempo parcial, padre de dos hijos, por consumo de drogas por vía intravenosa.

Brinsley Collins, 17 años, Edimburgo Norte, estudiante, atleta y jugador de rugby, por consumo de drogas por vía intravenosa.

Matthew Connell, 22 años, Edimburgo Norte, desempleado, padre de un hijo, por consumo de drogas por vía intravenosa.

Andrew Cuthbertson, 19 años, Edimburgo Norte, desempleado, padre de un hijo, por consumo de drogas por vía intravenosa.

Bradley Davidson, 17 años, Edimburgo Sur, YTS Edinburgh Council, por consumo de drogas por vía intravenosa.

Alex Foulis, 19 años, Edimburgo Norte, desempleado, hemofílico, por transfusión de sangre.

George Frenchard, 20 años, Edimburgo Norte, desempleado, por consumo de drogas por vía intravenosa.

Andrew Garner, 23 años, Edimburgo Sur, desempleado, por consumo de drogas por vía intravenosa.

Colin Georgeson, 16 años, Edimburgo Norte, estudiante, por consumo de drogas por vía intravenosa.

David Harrower, 26 años, Edimburgo Norte, actor, por consumo de drogas por vía intravenosa.

Douglas Hood, 17 años, West Lothian, albañil y otros sectores de la construcción del YTS, por consumo de drogas por vía intravenosa.

John Hoskins, 30 años, Edimburgo Norte, camarero en paro, por consumo de drogas por vía intravenosa.

Derek Hunter, 42 años, West Lothian, marino mercante en paro, padre de cuatro hijos, por consumo de drogas por vía intravenosa.

Nigel Jamieson, 18 años, Edimburgo Sur, desempleado, por consumo de drogas por vía intravenosa.

Colin Jefferies, 22 años, Edimburgo Sur, administrativo en GPO, y cantante y guitarrista de una banda de rock and roll, por consumo de drogas por vía intravenosa.

David McLean, 20 años, Edimburgo Norte, desempleado, por consumo de drogas por vía intravenosa.

Anna McLennan, 23 años, Midlothian, enfermera diplomada, por consumo de drogas por vía intravenosa.

Lillian McNaughton, 22 años, Edimburgo Norte, modista, por consumo de drogas por vía intravenosa.

Michael McQuail, 28 años, Edimburgo Norte, peón en paro, padre de dos hijos, por consumo de drogas por vía intravenosa.

Lewis Manson, 21 años, Edimburgo Norte, desempleado, por consumo de drogas por vía intravenosa.

Deborah Marshall, 25 años, Edimburgo Norte, maestra de escuela primaria, contacto sexual con consumidor de drogas por vía intravenosa.

Derek Paisley, 26 años, Edimburgo Norte, ingeniero en paro, electrónica de Ferranti, estudiante a tiempo parcial de un curso de programación informática, padre de dos hijos, por consumo de drogas por vía intravenosa.

Greg Rowe, 18 años, Edimburgo Norte, aprendiz de carpintero del YTS, por consumo de drogas por vía intravenosa.

Scott Samuels, 27 años, Edimburgo Sur, profesor de kárate, por contacto sexual sin protección con consumidor de drogas por vía intravenosa.

Brian Scott, 19 años, Edimburgo Norte, YTS Edinburgh Council Direct Labour Organisation, por consumo de drogas por vía intravenosa.

Kenneth Stirling, 24 años, Edimburgo Sur, desempleado, por consumo de drogas por vía intravenosa.

Michael Summer, 20 años, Edimburgo Norte, fontanero, por consumo de drogas por vía intravenosa.

George Thake, 22 años, Edimburgo Sur, estudiante de contabilidad en la Universidad de Edimburgo y ganador del Premio Duque de Edimburgo, por consumo de drogas por vía intravenosa.

Eric Thewlis, 27 años, Edimburgo Norte, ingeniero de calefacción y ventilación en paro, por consumo de drogas por vía intravenosa.

Angela Towers, 20 años, Edimburgo Sur, empleada de British Home Stores, por vía de transmisión desconocida.

Andrew Tremenco, 21 años, Edimburgo Norte, estudiante de empresariales en la Universidad Heriot-Watt, por consumo de drogas por vía intravenosa.

Norman Vincente, 45 años, Edimburgo Sur, propietario de un bar especializado en vinos, padre de tres hijos, por contacto sexual sin protección con consumidor de drogas por vía intravenosa.

Susan Woodburn, 20 años, Edimburgo Norte, trabajadora de Whisky Bonds, madre de un hijo, por contacto sexual sin protección con consumidor de drogas por vía intravenosa.

Kylie Woodburn, 6 meses, Edimburgo Norte, por anticuerpos al nacer.

Keith Yule, 22 años, Edimburgo Norte, albañil en paro y batería aficionado, por consumo de drogas por vía intravenosa.

«TRAINSPOTTING»[1] EN LA ESTACIÓN CENTRAL DE GORGIE

Incluso inmerso en pleno sueño, Renton notó el comienzo del mono, ese momento en el que su cuerpo adormilado lo advirtió de un desequilibrio crítico en unas células privadas de jaco. Pese a su cansancio, sintió el imparable ascenso de su ser a la superficie, desde algún lugar en el tejido del colchón o, aún a más profundidad, desde debajo del entarimado del edificio, enterrado en la tierra cálida y blanda, subiendo, más y más, hacia aquel cuerpo destrozado y despellejado.

Había estado soñando con la heroína (¿o pensando en ella?). En estar al borde del éxtasis, con la mirada fija en la pared, sus pensamientos refluían lentamente por todas partes, como melaza derramándose de un tarro volcado. Al darse cuenta de pronto de lo inconexas que eran aquellas cavilaciones le siguió el regreso de aquel odioso picor: la punzada solitaria en un cuerpo hasta entonces relajado, benignamente saciado por el sueño de una noche tranquila. Rascarse aquella picazón no haría sino empeorarla y entonces empezaría el verdadero tormento. Aun estando terriblemente cansado, no logra ponerse cómodo. Al picor lo desplaza un intenso calambre: primero, en las piernas, y luego, en la espalda. Cuando empiezan los escalofríos, sabe a ciencia cierta que no se trata de su imaginación, es el bacalao, que está abandonando su organismo.

1. *Trainspotting:* hobby consistente en observar compulsivamente los trenes y anotar su número y características para luego darse importancia entre otros aficionados. Es objeto de ridículo generalizado en Gran Bretaña, como grado cero de los hobbies o la forma más fútil de pasar un tiempo con el que no se sabe qué hacer. También es un término de argot referido a la acción de localizar «vías» (venas) en buen estado para inyectarse heroína. *(N. del T.)*

Se despierta en la cama, temblando, junto a otro cuerpo. Es Hazel. «¿Joder, qué hora...?», se oye suplicar con voz titubeante y ronca.

Siguiente reflexión: *no hemos follado. Ni de coña.* Al menos, eso era imposible. Durante tres semanas ha estado pegándole a saco al jaco tras haber resistido unas ocho horas desde que le dieron el alta en St. Monans. En dos ocasiones habían conseguido copular como de costumbre, de forma tensa e insatisfactoria. Pero de eso hacía ya más de quince días. Desde entonces se ha repetido la escena de «búscame la vena, ponme un pico, hazme el noventa y seis»,[1] que se les había ocurrido a él y a Sick Boy como respuesta de humor patibulario a aquella camiseta provocativa de «invítame a beber, dame de comer, hazme el 69»[2] que circulaba por ahí.

Pero ella sigue ahí. Aparece de vez en cuando, unas veces con comida, y de vez en cuando con paracetamol, mucho más apreciado. La mira mientras duerme con una fugaz sensación de sobrecogimiento: bella, serena, temporalmente ajena a la causa de su tormento.

Huele su pelo. El aroma se mezcla con otros olores, menos dignos, en la cama que suele compartir con Sick Boy o Spud, acostados pies con cabeza. Piensa que, en cierto modo, Hazel prefiere que sea un yonqui asexuado, ya que así no supone ninguna amenaza. Recuerda aquella terrible conversación cuando ella fue a verle la primera noche que él estaba colocado después de la rehabilitación, y que lo más seguro era que no habría dicho nada si él no hubiera estado puesto.

«El sexo no me sienta bien. No tiene que ver contigo ni con los tíos en general..., es sólo que mi padre... solía...»

La oía, pero sin querer hacerlo: la información le llegaba desde una enorme distancia a través de los amortiguadores psicológicos y de las drogas. Le había repetido varias veces: «No pasa nada. Lo siento...»

«No tiene que ver contigo. Sólo quiero que lo sepas. He intentado que me guste, pero no lo consigo. Te lo digo porque sé que sales con otras chicas.»

«Vale..., bueno, en realidad no», dijo, agradecido por la salida que le estaba ofreciendo. Le hacía parecer una especie de semental, como Sick Boy. Lo cierto era que ligaba más que, digamos, alguien como el pobre Spud. En ese momento pensó en Charlene, cuyo ros-

1. Postura opuesta al «sesenta y nueve», en la que las dos personas se dan la espalda. *(N. del T.)*

2. *Wine Me, Dine Me, 69 Me.* Título de un largometraje pornográfico del año 1983. *(N. del T.)*

tro crispado contrastaba con la extravagante abundancia de los rizos que lo enmarcaban. También en Fiona, con aquella zona grasa en la frente que tanto adoraba, y de la que se había librado cuando se libró de él. Y en cómo había tenido demasiado miedo para aceptar el amor que ella le había ofrecido.

Un cobarde y un vicioso.

«¿Y qué pasó con ella en Aberdeen? Parecíais muy unidos.»

«Bueno, ya sabes..., las drogas», mintió. *Un cobarde y un vicioso.* «A ella no le molaban.» Miró los ojos verde claro y tristes de Hazel. Siempre pensaba que tendrían que haber sido castaños. Quizá por el cabello; tal vez había nacido con una espesa mata de pelo castaño. Ese pensamiento repentino casi le produjo náuseas: la madre mostrando al bebé a un padre pederasta sonriente, quien quizá comentara: «Tiene un precioso pelo castaño. Deberíamos llamarla Hazel.» Se le hizo un nudo en la garganta y preguntó acto seguido: «¿Por qué sales conmigo, quiero decir, por qué sigues viéndome?»

Ahora contempla el haz de luz que le atraviesa la cara como un láser, filtrándose por esas cortinas de color azul oscuro que nunca se pueden correr del todo. Tiene los ojos cerrados y los dientes, pequeños y ligeramente salidos, le brillan. «Me gustas mucho, Mark», le dijo.

«Pero ¿cómo *puedo* gustarte?», insistió él, afligido y confuso.

«Eres un tío majo. Siempre lo has sido.»

Estas palabras llevaron a Renton a pensar que, por muy chungo que te sientas, alguna gente nunca respetaba las reglas del juego. Aquella noche le dijo: «Duerme conmigo. No te tocaré.»

Ella sabía que lo decía en serio.

Y desde entonces yacieron juntos en la cama la mayoría de las noches, el yonqui y la víctima de incesto, el voluntario y la recluta forzosa del ejército de los sexualmente disfuncionales, y se ayudaban a dormir. No sabían si lo suyo era una especie de relación amorosa, pero sí, desde luego, que eran presa de algún tipo de necesidad.

Renton se inundó las fosas con el olor de su pelo. ¿Silvikrin, Vosene o Head & Shoulders? Recuerda, con penosa vergüenza, que en una ocasión trató de animarla a tomar heroína. Creía que sería algo que podrían compartir. Ella se negó en redondo y él se sintió bastante ofendido. Pero ya no lo estaba. Ahora no le daría nada a nadie. No tenía nada que dar.

Le acaricia suavemente el cabello, maravillado de lo fino que es. Recuerda la primera vez que Hazel se le acercó; ella estaba en primero y él, en segundo. Ella no había dejado de sonreírle, por los pasillos, en el patio, en la calle. Más tarde, le hizo llegar una nota a través de un amigo que iba a clase con él:

> Mark:
> Sé mi novio.
> Hazel xxx

Después de aquello, ella y sus amigas estallaban en risitas tontas en una conspiración nerviosa cada vez que se cruzaban con él. Los amigos de Renton empezaron a burlarse de él y a tomarle el pelo. La gente empezó a decir que eran novios, que «salían» juntos.

Mark y Hazel, subidos a un árbol, B-E-S-Á-N-D-O-S-E...

Esto le mortificaba: apenas habían hablado. Hazel era una chica dulce y menuda con gafas, que a los trece años parecía tener nueve.

«Mátala a polvos», recordó que le había dicho amenazador Sick Boy, «si no, lo haré yo.»

Pero el encaprichamiento pasó. Apenas volvió a verla hasta que ella terminó el segundo curso. Había cambiado físicamente: ahora tenía tetas, llevaba maquillaje, lucía unas gafas más chulas, que le ponían cachondo (las lentillas vendrían más tarde), y sus piernas habían adquirido esa definición en las pantorrillas que redirigía el flujo sanguíneo desde el cerebro hasta la polla. Pero también había perdido algo. Una vez evaporado el atrevimiento, parecía que ya no quería tener un novio, sino un amigo. Y en eso se convirtieron, en amigos. Se grababan cintas, iban a conciertos y surgió entre ellos una intimidad afectiva mientras fingían ante el resto del mundo que eran una pareja de novios convencional; iban juntos a fiestas de decimoctavo y vigesimoprimer cumpleaños, bodas y funerales con una extraña intimidad y un incómodo resentimiento. Aquel puto animal la había destrozado, a su propia hija. Renton se alegraba de haberle hecho aquella llamada de teléfono a Begbie. Ahora aquel pedófilo estaría sintiendo dolor de verdad.

Renton sale de la cama como puede. Hazel ha empezado a emitir pequeños ronquidos sibilantes. Coge los vaqueros como un gorila cogería a un joven renegado que estuviera lanzando golpes como un loco en una discoteca, inmovilizándolos e interrogándolos, registrando cada bolsillo con arremetidas que parecen golpes. De la primera salen algo de cambio, un billete de cinco libras arrugado y un calendario de partidos de los Hibs; de la segunda, una papela, que le levanta el ánimo antes de ver que no sólo está vacía, sino lamida a conciencia. Vuelve a mirar a Hazel; ahora está demasiado chungo para ser amigo de nadie. Tiene que salir a buscar jaco.

Se pone la ropa desparramada y se va al cuarto de estar, donde topa con la presencia encogida de Sick Boy, que tirita bajo el edredón, un recordatorio visual inmediato de su propio estado. Siguiendo su misteriosa costumbre, cuando se le excluye de la cama, duerme en el suelo en lugar del sofá, atravesado sobre el puf rasgado con las bolitas de poliestireno diseminadas por la raída alfombra marrón; es como si fueran larvas que salieran de su cuerpo. Por si hubiera alguna duda, los ojos de Simon Williamson se abren de golpe, en un estado de furiosa alerta, al captar la presencia de Renton durante un instante antes de conminarle: «¡Vuelve a llamar a Seeker!»

«Será el mismo puto rollo que anoche.» Renton coge el abrigo de detrás de la puerta y distribuye el peso sobre sus hombros quejumbrosos. La estufa eléctrica, con la que se hicieron después de que les cortaran el gas por impago de las facturas, lleva encendida toda la noche, arrojando un calor seco a la habitación, que huele a rancio. Pero tirita.

«¡Llámale ya!»

Las palabras de Sick Boy son innecesarias. Los nervios de Renton tocan la misma canción con más eficacia. Atraviesa la habitación como un fantasma, coge el teléfono de plástico y marca el número. Experimenta un alivio sorprendente cuando la voz áspera de Seeker le gruñe al oído: «¿Sí?»

«Seeker. Soy yo, Mark. ¿Todavía nada?»

La prolongada exhalación al otro lado de la línea: Renton casi puede verla surgiendo de los agujeros del auricular y escaldándole la oreja. «Oye, ya te he dicho que te llamaría en cuanto pudiera. No te estoy dejando tirado, joder. Vivo de esto. No hay nada en esta puta ciudad. ¿Te enteras?»

«Sí..., lo siento. Sólo se me ocurrió pegarte un telefonazo...»

«Skreel dice que en Glasgow pasa lo mismo. Llama a quien te dé la gana, no te valdrá de una mierda. Ya te diré algo cuando haya novedades. Ahora no me incordies, Mark, ¿vale?»

«Perfecto. Nos vemos.»

Se corta la línea.

Para ese cabrón no es problema, piensa Renton; ha seguido al pie de la letra el programa y ha dejado de consumir. Con la pasta que ha ahorrado, va a comprarse un apartamento en Gran Canaria. Su plan es vivir allí entre noviembre y marzo, para evitar el embate del mal tiempo contra su cuerpo. Desde que ha salido de la rehabilitación, Seeker describe despectivamente el jaco como cosa de pringaos y hace todo lo posible para que así sea: vende mercancía bien cortada a los chicos a cambio de pasta y a las chicas se lo trueca a cambio de polvos y mamadas.

Una noche, cuando Renton acudió tembloroso al piso de éste en Albert Street para pillar, interrumpió a Molly, que estaba temblando en la cocina, vestida con una camiseta de tirantes y unas bragas descoloridas, haciendo unos huevos revueltos. Su vivacidad a flor de piel se había desvanecido, dispersa por lugares oscuros muy alejados de aquellas calles desoladas, prácticamente desiertas. Parecía vieja y agotada, con el pelo rizado ligeramente estirado y encrespado con alguna sustancia grasienta y el rostro pálido, pero sudoroso; le miró con ojos sepulcrales antes de esbozar una débil sonrisa a modo de saludo. Él desvió la mirada, consciente de que si uno se asoma demasiado tiempo a un abismo, él te corresponde. En cualquier caso, la sonrisa glacial de Seeker le dio a entender que había un sheriff nuevo en la ciudad. Para asegurarse de que no hubiera el menor malentendido, informó a Renton de que «había tenido unas palabritas» con su ex novio chulo/camello. Cuando se le curasen las fracturas de los pómulos, iba a ponerse a trabajar para Seeker.

Más que nunca, Seeker estaba hecho una mole esculpida en el gimnasio. Apretó los bíceps evanescentes de Renton y le dijo que debería dejar el jaco y volver a hacer pesas. Pese a que se había convertido en un cliente preciado, Seeker hacía que Renton sintiera como si de algún modo le decepcionara por estar enganchado, como si fuera mejor que eso. «Mark Renton», le dijo con una sonrisa, «eres un tipo muy raro. No logro entenderte del todo.»

Como todo lo que decía Seeker, Renton sabía muy bien que encerraba una amenaza apenas velada. Pero era de suponer que aquello era lo más cerca de la amistad y el respeto que podía llegar Seeker. Renton declinó su oferta de acostarse con Molly previo pago, y se sintió aliviado de que Hazel se hubiera negado a probar la heroína. No quería que anduviera con ninguno de ellos. Puede que sus heridas parecieran hechas a medida para que se diera al jaco, pero sólo las habría agravado; haría todo lo posible para mantenerla alejada de él.

Sick Boy se levanta y se envuelve en el edredón como si fuera una capa. Después, se desploma en el sofá y lanza una lastimera súplica desesperada: «¿Qué vamos a hacer?»

«Y yo qué coño sé. Voy a intentarlo de nuevo con Swanney...» Renton coge el teléfono, marca y sólo oye el mismo sonido vacío. Vuelve a dejar el auricular en el soporte.

«Vamos allí.»

«Vale. Hazel está dormida.»

«Déjala», dice Sick Boy, «aquí nadie va a molestarla», y mira a Renton acerbamente. «*Cavoli riscaldati*, o col recalentada, como decimos en Italia. Nunca funciona.»

«Gracias por el consejo», responde lúgubremente antes de encaminarse al dormitorio. Hazel sigue dormida, aunque sus suaves ronquidos han dado paso al silencio, y le garabatea una nota:

Hazel:

He tenido que salir con Simon a hacer un recado. No sé cuándo volveremos. Nos vemos luego.

Gracias por grabarme todos esos discos. Significa mucho para mí. Me has devuelto algo precioso que había perdido por culpa de mi propia estupidez. Antes pensaba que los elepés me gustaban como objetos, por sus portadas desplegables, las listas de canciones, las notas de producción, las ilustraciones, etc. Pero ahora me doy cuenta de que una cinta con los títulos de las canciones escritas por ti a mano acompañadas de uno de tus dibujos y tus reseñitas es lo que más me encanta poseer.

Con cariño,

Mark XXX

PD. Creo sinceramente que eres la mejor persona que he conocido nunca.

La deja sobre la almohada, junto a su cabeza, y vuelve con Sick Boy, con el corazón roto, destrozado. Se están embarcando en una búsqueda que ambos saben que será inútil, pero parece preferible a no hacer nada. Toman dos Valium cada uno y salen del piso, de camino hacia Leith. Es desalentador, pero emprenden una lúgubre marcha en silencio, que ni siquiera interrumpen con una risita o un asentimiento irónico cuando pasan delante de la lavandería Bendix.

Van a casa de Alison en Pilrig. Tiene un aspecto espantoso: sin maquillaje, vestida con una larga bata azul, con las facciones cada vez más demacradas realzadas por el cabello recogido en un moño, con ojeras. Renton tiene que mirarla dos veces para cerciorarse de que realmente es ella. Alison se sorbe la nariz, incapaz de contener el hilillo de mocos que le gotea de una de las fosas nasales, que se ve obligada a limpiarse con la manga. «He cogido un maldito resfriado», se queja, respondiendo así a sus ceñudas miradas, cínicas y ávidas. Le piden que llame a Spud a casa de su madre, dando a entender que la voz de ninguno de los dos sería bien recibida si respondiera Colleen Murphy. «Danny ha vuelto a pelearse con ella», les dice Alison. «Anoche se quedó aquí, en el sofá. Ahora está en casa de Ricky Monaghan.»

Llaman a casa de Ricky y coge el teléfono Spud. Antes de que Sick Boy pueda preguntar, le espeta: «Simon, ¿tienes algo de jaco? Estoy más chungo que una rata envenenada, tronco.»

«No, estamos todos en las mismas. Si te enteras de algo, asegúrate de que sepan que nos apuntamos. Te llamo luego.» Cuelga el teléfono. Durante la conversación, no ha dejado de mirar a Alison en ningún momento. «¿Estás segura de que no hay nada por ahí?», le pregunta, en un tono mordaz y suplicante a la vez.

«No. Nada», le responde con un insulso encogimiento de hombros.

«Vale...», dice Sick Boy torciendo el morro, y él y Renton se marchan sin más dilación. Alison se alegra de que se vayan, Simon incluido, porque había estado en un tris de revelar el alijo de morfina de su madre. Que se jodan: no había forma de saber cuánto iba a durar la sequía y ansía la aguja de plata de su madre muerta, e imagina una última gota de sangre materna alojada en ella deslizándose dentro de sus propias venas ávidas. *Mamá querría que la tuviera yo.*

Renton y Sick Boy se encuentran de nuevo en el trillado camino hacia Tollcross. Suben por el Walk y después a The Bridges, y atraviesan los Meadows sin intercambiar una sola palabra y sin apenas mirarse. Su silencio es un pacto serio; todavía están en la fase en la que, con esfuerzo mental, pueden intentar negar lo peor de su desdicha individual. Llegan a casa de Swanney, que parece tan vacía como un plató de cine desierto. «¿Y ahora qué?», dice Sick Boy.

«Vamos a seguir dando vueltas hasta que veamos algo o se nos ocurra algo, o simplemente nos tiramos en el suelo y morimos como perros.»

Camina a través del viento...

Camina a través de la lluvia...[1]

Billy y yo nos aburríamos durante aquel paseo bajo la lluvia a primera hora de la mañana y estábamos hartos de esperar al abuelo, que jadeaba todo el rato. Era ridículo. Él ya no podía hacer aquello. Entonces, nada más pasar la torre, se detuvo de pronto, se quedó rígido e inspiró con fuerza. Era como si estuviera intentando empujar la metralla alojada en las profundidades de su cuerpo. Una extraña sonrisa apareció en sus labios antes de que una tos carrasposa la borrara mientras se iba combando hacia delante, antes de desplomarse en una especie de cámara lenta sobre el asfalto del paseo marítimo. «¡Quédate aquí!», ordenó Billy. «¡Voy a buscar ayuda!» Echó a correr por el paseo, habló con dos adolescentes de aspecto desmañado, los dejó y cruzó la calle a toda velocidad. Sólo iba a donde las tiendas para que alguien llamara por teléfono, pero en aquel momento pensé que se estaba escapando y que iba a dejarme allí para lidiar con el bochorno yo solo.

Aunque tus sueños se rompan en pedazos...[2]

Así que vi cómo moría mi abuelo, echando a veces un vistazo al mar, cuando aquel grotesco y desconcertante suceso se volvía insoportable. Porque, mientras él luchaba por respirar, con su rubicundo rostro cada vez más rojo y aquellos ojos de anfibio en blanco desorbitados, como si quisieran abandonar el cráneo, tuve la sensación de que había surgido del océano, arrastrado a tierra por la marea. Quise decirles que lo llevaran al agua, aunque en realidad no tuviera ningún sentido. Me di cuenta de la presencia de la mujer antes de verla; era de la edad de mi madre, quizá un poco más joven, y me consoló, acallando con su pecho los sollozos en los que había prorrumpido sin darme cuenta, mientras dos hombres intentaban ayudar al abuelo. Pero se había ido.

Camina...

Billy volvió corriendo por el paseo y me lanzó una mirada acusadora, como si tuviera ganas de zurrarme por no haber logrado mantener al abuelo Renton con vida hasta que llegara la ambulancia. Recuerdo que aquella mujer quería que me fuera con ella y en cierto modo yo también quería porque era amable, pero Billy la miró con cara de pocos amigos y me tiró de la mano. Pero cuando se llevaron al abuelo, me pasó el brazo por los hombros y luego compró un cucurucho para cada uno durante

1. *Walk on through the wind... Walk on through the rain...* Fragmento de la letra de «You'll Never Walk Alone», canción de Gerry and the Pacemakers que luego se convirtió en el himno del Celtic de Glasgow F. C. *(N. del T.)*

2. Véase la nota anterior. *(N. del T.)*

aquel trayecto en silencio de vuelta a la pensión. Mamá, papá y la abuela Renton se habían ido, pero la tía Alice seguía allí y se hizo cargo de nosotros.

En el autobús de vuelta, con la abuela Renton en estado de shock, mis padres no paraban de mirarme mientras pegaba en el álbum los cromos de futbolistas de Shoot. *Manchester City: Colin Bell, Francis Lee, Mike Summerbee, Phil Beal, Glyn Pardoe, Alan Oakes. Kilmarnock: Gerry Queen, John Gilmour, Eddie Morrison, Tommy McLean, Jim McSherry. «¿Por qué no dice nada, Davie?», recuerdo que preguntó mi madre, con Davie gorjeando absurdamente en el regazo. Mi padre estaba en trance y apretaba de vez en cuando la mano de su madre. «Es la impresión..., ya se le pasará...», dijo con voz ronca.*

Camina...

Caminan durante lo que parece un siglo, tiritando, insertando monedas en cabinas telefónicas, con la moral alta y expectantes en cada ocasión, pero topando siempre con el mismo desolador mensaje: nada que hacer, no había lugar para ellos en la posada.[1] Aquellas voces cansadas, vencidas en el otro extremo de la línea, gimiendo como si reconocieran que la Muerte ya está trazando cruces con tiza en sus puertas. Siguen andando; caminan por caminar, carne, huesos y respiración inconscientes, privados de voluntad, avanzando hacia la inercia, con el intelecto, la sensibilidad, la esperanza y la conciencia embotados. Todos sus cálculos son puramente biológicos.

Mirando de soslayo su reflejo en los escaparates de las tiendas por las que pasan, Renton se acuerda de un orangután, con los brazos balanceándose como si llevara brazaletes de plomo y mechones grasientos de cabello pelirrojo sobresaliendo de una maraña de sudor y suciedad.

Al cabo de un rato, se dan cuenta de que están en Gorgie. Esta parte de la ciudad les hace sentirse como unos intrusos. Aquí es como si pudieran husmear que somos del Hibernian, reflexiona Renton; no sólo los tipos que salen de las casas de apuestas y los garitos, sino también las madres jóvenes con chándal que empujan cochecitos de niño, y curiosamente, lo peor de todo, esas marujas con bocas que parecen ojetes de gato, que les lanzan miradas de bruja mientras caminan arrastrando los pies, con el mono a cuestas y paranoicos.

¿Quiénes son esas personas, esos extraños, entre los que nos movemos con tanta tristeza?

1. Lucas 2, 7. *(N. del T.)*

Renton cree que han estado deambulando sin rumbo, sin un plan. Pero en su cerebro febril han ido cuajando fragmentos de información e hipótesis que guían sus piernas cansadas. Sick Boy lo percibe y le sigue como un perro hambriento en busca de un amo borrachín callejero que todavía pueda proporcionarle algún tipo de comida. Recorren Wheatfield Road sumidos en una calma letal, que para Renton significa H-E-R-O-Í-N-A mientras huele el mismo desolador tufillo a jaco de Albert Street. «¿Qué hacemos aquí?»

Continúa caminando y Sick Boy aún le sigue como un cachorro psicópata, con los tendones del cuello hinchados. La hierba crece espesa y áspera entre los adoquines. Pero las viviendas victorianas parecen huir del sol mientras las dejan atrás, y ven el estadio de Tynecastle y la parte trasera de la tribuna de Wheatfield, recordando viejas batallas de días de derby bajo su larga techumbre en los tiempos previos a la segregación. La destilería se alza al fondo de una calle en la que reina un silencio letal y hay una estrecha vía de acceso a la izquierda que serpentea bajo el puente ferroviario; es muy fácil no reparar en ella, medita, si uno no supiera que está.

«Es aquí», dice Renton, «aquí es donde la hacen.»

Pasan por debajo y sólo unos metros más allá se alza sobre ellos un segundo paso ferroviario. Encastrado entre los dos puentes, a la derecha, un edificio victoriano de tres plantas, de arenisca roja, luce el rótulo BLANDFIELD WORKS.

Este edificio es el primero del complejo farmacéutico y alberga las oficinas donde se recibe a los agentes comerciales de la empresa y se atienden las consultas. Los siguientes, pasadas varias vías férreas, son menos gratos, rodeados de elevadas vallas perimetrales y coronados con alambre de cuchillas. Renton ve de inmediato la gran cantidad de cámaras de seguridad que les apuntan. Se da cuenta de que Sick Boy está haciendo lo mismo, que sus ojos grandes y saltones escudriñan y su mente febril procesa la información. Los trabajadores deambulan, yendo y viniendo de los diferentes turnos.

Mientras caminan, Renton expresa en voz alta sus pensamientos. «Aquí debe ser donde Seeker y Swanney conseguían el suministro original de jaco, aquella blanca fabulosa. Está claro que Seeker le apretó las tuercas a algún pobre capullo que trabajaba aquí.»

«Sí. Tiene que salir de aquí», dice nervioso Sick Boy. «¡Vamos a llamarle otra vez!»

Renton descarta la propuesta mientras su mente calenturienta intenta atar cabos. Seeker y Swanney debían de tener cada uno a algún pobre primo aquí dentro y hacían que los tipos asumieran grandes riesgos sacando la manteca al exterior. Pero ya no: sus contactos estarán en la cárcel, se habrán largado o algo peor. La empresa había descubierto el chanchullo y había incrementado la seguridad, impidiendo que los trabajadores puedan sacar mercancía del complejo. Ahora Swanney y Seeker ocupaban la base de una pirámide nacional que importa el turrón de Afganistán y Pakistán, en lugar de ser los mandamases locales que vendían un producto puro. Renton mira con gesto denodado a través de la alambrada fortificada, al interior de la planta. «Está allí dentro. El mejor bacalao, el más puro que nos hayamos metido o vayamos a meternos nunca. Detrás de esas vallas, esas verjas y esos muros.»

«Entonces, ¿qué hacemos? ¿Les pedimos a los capullos de ahí dentro que nos pasen un poco?», replica Sick Boy con sorna.

Una vez más, Renton le hace caso omiso y continúa caminando nerviosamente por el recinto, apremiando a Sick Boy a que le siga. Los ojos atareados de éste siguen la línea de visión de su amigo y abren una ventana a los pensamientos que rondan su cabeza.

Este capullo no puede estar hablando en serio, joder...

Pero Renton nunca había hablado más en serio. La parte lógica de su cerebro ha cedido ante el imperativo del síndrome. Los músculos tensos, los huesos doloridos y los nervios de punta gritan sin parar: SÍ SÍ SÍ...

La fábrica de opio. Aquellas vías férreas parecen definir el lugar: algunas de ellas separan la planta de la destilería; las otras la dividen en dos. Pasan por delante del aparcamiento de los empleados y miran por encima de la gran valla el edificio más asombroso en un recinto que alberga muchos ejemplos dispares de arquitectura industrial: una gran caja plateada con multitud de tuberías y conductos relucientes sobresaliendo de uno de los lados, algunos de ellos apuntando hacia el cielo. «Parece que el procesamiento químico se lleva a cabo allí», dice Renton. «¡Tiene que ser ahí donde fabrican el puto jaco!»

«Ya..., pero... ¡no podemos entrar, joder!»

Lo siguiente que a Renton le llama la atención es una zona de carga con grandes contenedores de plástico amontonados unos encima de otros. «El almacén. Me pregunto qué coño habrá en esas cajas.»

Miran boquiabiertos los recipientes apilados detrás de las alambradas de espino y las cámaras de seguridad. Sólo con el contenido de una de ellas tendrían para mucho, mucho tiempo. «Pero no puedes...», comienza a decir Sick Boy, protestando débilmente.

Mientras merodean por el solar contiguo, donde una valla publicitaria les informa de que está destinado a la construcción de un supermercado nuevo, intentan analizar detenidamente la situación. «Ahí es donde la fabrican y la almacenan», cavila Sick Boy, y se da cuenta de que se ha convertido. Están en pleno mono y no hay otra opción.

«Lo primero es averiguar la forma de entrar», asiente Renton. «Lo segundo, cómo acceder a la morfina.»

«Seguro que esta planta fabrica toda clase de productos farmacéuticos, no sólo jaco. Sería como buscar un cociente intelectual de tres cifras en Tynecastle, joder», espeta Sick Boy. «¡Si tuviéramos información privilegiada...!»

«Pues no vamos a recurrir a Swanney o a Seeker para conseguirla», dice Renton.

«Ni de coña.»

Siguen deambulando despacio por el exterior de la planta y llegan a la Western Approach Road, hundida y muy transitada, contemplando los vehículos que se adentran en la ciudad. En otro tiempo también fue una línea de ferrocarril que conducía a Caledonian Station, ya desaparecida, situada en el extremo occidental de Princes Street. *Soy un puto trainspotter*, piensa Renton, mientras mira hacia arriba y observa un tren de mercancías pasando por encima de sus cabezas. Las dos líneas que atraviesan la planta debían formar parte de la antigua red de cercanías de Edimburgo, que ya no se usa para el transporte de pasajeros, sino sólo de mercancías. Sin embargo, esta parte de la línea no la habían transformado en un carril bici público ni alojaba una nueva urbanización, como ocurría en la mayor parte de la antigua red ferroviaria de Edimburgo. Y los terraplenes estaban fortificados. ¿Por qué la línea circular sur de cercanías seguía intacta mientras el resto de la red ferroviaria urbana de Edimburgo había sido despedazada sin piedad por la infame «hacha de Beeching»[1] en los años sesenta? Tenía que ser la planta de jaco. Querían mantener a la gente lejos de ella.

«Ésta es la manera», dice Renton, «entramos por la vía de ferrocarril.»

1. Autor del informe que el gobierno británico encargó en la década de 1960 con el objetivo de reducir los costes de gestión de la red ferroviaria nacionalizada. Entre las recomendaciones de Beeching estaba el cierre de líneas no rentables y poco utilizadas, así como de gran número de estaciones locales. *(N. del T.)*

«Sí, está muy blindado por aquí, pero no pueden proteger toda la puta vía. Encontraremos la manera», dice Sick Boy, sacando desafiante el mentón.

Pero la confianza de Sick Boy suscita de inmediato las dudas de Renton. «Es demasiado. ¿Nos rajamos a la hora de cruzar la aduana en Essex con un par de paquetillos de mierda y ahora vamos a entrar en una planta fortificada?»

«Sí, vamos a hacerlo.» Sick Boy mira el cielo azul claro y después a las vías que discurren sobre sus cabezas. «¡Porque tenemos que hacerlo!»

No ven ningún acceso o salida de la planta desde la Western Approach Road, donde los coches circulan veloces, iluminados por el sol. Cruzan en dirección al estadio de Murrayfield, que se alza imponente enfrente del complejo fabril, y suben por un sendero que traza una curva junto al terraplén. Desde esta atalaya, el edificio dominante del complejo es una construcción victoriana de ladrillo rojizo y tejado acanalado que da por la parte de atrás a la carretera y está rodeada por un muro perimetral de piedra rematada en una enorme alambrada de púas; una barrera similar impide el acceso a la vía de ferrocarril. Un grupo de trabajadores ferroviarios con casco, que están junto a una caseta prefabricada, los miran con recelo. «Joder, será mejor que nos najemos», dice Sick Boy.

«Tranquilo. Deja que hable yo», dice Renton mientras se acerca uno de los hombres.

«¿Qué queréis?»

«Perdona, colega, ¿es una propiedad privada?»

«Sí, es propiedad de los ferrocarriles», les explica el hombre.

«¡Qué lástima!», dice Renton con aire melancólico, mientras mira la parte vieja de la planta, esa cuya parte de atrás da a la Western Approach Road. «Soy artista. Aquí hay una arquitectura victoriana fascinante, unos edificios magníficos.»

«Así es», asiente el tipo, que parece cogerle simpatía.

«Me habría encantado hacer algunos bocetos. Bueno, perdone por la intrusión.»

«No te preocupes. Si quieres, puedes presentar una solicitud en el departamento de relaciones públicas de los ferrocarriles en Waverley Station. A lo mejor te facilitan un pase.»

«¡Estupendo! Seguramente eso haré. Gracias por decírmelo.»

Sick Boy se encuentra demasiado mal para disfrutar de la actuación de Renton. De sus intestinos machacados brota un gemido, sus carnes adormecidas claman por heroína y su cerebro se inflama mientras percibe un hedor a podrido que emana de su cuerpo y de su ropa. Se quita una legaña costrosa del rabillo del ojo.

Siente un alivio indescriptible cuando concluye la breve conversación y regresan por el camino hasta la carretera, cruzando hasta el descampado y rodeando de nuevo el perímetro de la planta. Renton se detiene de nuevo a echar un vistazo al espacio cercado que hay entre los edificios de oficinas victorianos, el terraplén y el puente elevado. Es entonces cuando lo ve; se lo señala a Sick Boy.

Se trata de un vulgar edificio anexo de ladrillo rojo rematado por lo que parece un tejado de fieltro. Tiene una pequeña puerta rectangular pintada de verde y está situado junto a los escombros de un edificio más antiguo, convertido ahora en un montón de ladrillos y de tablas podridas cubiertos de algas, limo y malas hierbas. Se paran a mirarlo a través de la valla y reemprenden la marcha rápidamente cuando de las oficinas salen dos tipos trajeados que se dirigen al aparcamiento situado sobre la carretera, absortos en conversaciones de negocios. Pero ahora saben lo que van a hacer. Vuelven a Gorgie Road, entran en la ciudad y se detienen en Bauermeister's, en el puente George IV, para robar el mapa del Servicio Oficial de Cartografía de este segmento deprimido del sector occidental del casco viejo de Edimburgo que ahora les obsesiona.

Cuando vuelven al piso de Montgomery Street, Hazel ya no está. Renton no dice nada. Apenas se han acomodado cuando alguien llama tímidamente a la puerta. Al abrirla se encuentran con Spud y Keezbo, unos Laurel y Hardy llorosos, enfermos y temblorosos por carencia de jaco. Renton y Sick Boy empiezan a exponerles su propuesta en el salón cuando, de repente, oyen otra inquietante llamada a la puerta. Es Matty, que parece totalmente destrozado. Renton advierte que ni siquiera ha intentado disimular las entradas que tiene ahuecando hacia los lados el pelo del centro de la cabeza con el secador. Huele como podría oler un cadáver exhumado y un lado de la cara le palpita con un espasmo semipermanente. Parece encontrarse más chungo que ninguno de ellos. Se miran entre sí y deciden que no pueden excluirle. Así que Renton sigue poniéndoles al corriente.

«Es una locura, tío, no funcionará nunca, cumpliremos una condena gordísima, te lo advierto, y nos la comeremos *a pulso*. Ya te digo, ni de coña, tío, ni de coña...», dice con voz entrecortada Spud.

«Como lo vemos nosotros, no tenemos elección», dice Renton, encogiéndose de hombros. «He hablado con gente de Glasgow, Londres y Manchester. Últimamente la pasma y los de aduanas han hecho un montón de decomisos y no hay nada de turrón. Es una sequía total. Así que o nos la jugamos con el palo este o pasamos el mono a pelo. Así de simple.»

«Me he estado metiendo demasiado bacalao para planteármelo siquiera», dice Sick Boy sacudiendo la cabeza. Suda a chorros y su cuerpo se rebela ante la sola idea de esa opción. «Nos mataría. Y no creo que Amelia y Tom de St. Monans tengan muchas ganas de volver a acogernos en rehabilitación. ¿Y cuánto tiempo va a pasar hasta que otro capullo se atreva a traer otro cargamento o la poli la ponga a circular de nuevo por las calles? Para mí, demasiado. De eso estoy seguro que te cagas.»

«¿Qué pensáis vosotros, muchachos?», dice Renton, fijándose en las caras tensas y los ojos nerviosos.

«Si el plan es bueno, me apunto», dice Matty sin convicción.

«Yo también, Mr. Mark y Mr. Simon», confirma Keezbo.

Todo el mundo mira a Spud. «De acuerdo», dice con un estertor derrotado y apenas audible.

Renton les muestra dos planos, que despliega en el suelo. Uno es el mapa del Servicio Oficial de Cartografía, al que ha añadido anotaciones con rotulador. El otro es un dibujo que para ellos no tiene ni pies ni cabeza. «Por supuesto, no mencionéis esto a nadie, ni siquiera a los colegas.» Los mira a todos de uno en uno. «Menos mal que Franco está entre rejas. Nos llamaría de cabrones para arriba y luego insistiría en tomar el mando. ¡Y nos diría que tenemos que liarnos a tortas con los guardias de seguridad en lugar de evitarlos!»

Todos fuerzan una débil carcajada, salvo Matty. Renton se da cuenta de que ya ha empezado a comportarse como un capullo. Tiene cara de mal humor y no deja de suspirar despectivamente. Aun así, Renton señala las líneas de ferrocarril en el mapa. «Llegamos hasta la línea ferroviaria de la antigua estación de Gorgie, cerca de Gorgie Road. Aparcamos el buga, colocamos los tablones en el terraplén y caminamos con ellos por las vía hacia Murrayfield...»

«¿Tablones? Joder, ¿qué putos tablones?», dice Matty.

«Perdonad, se me ha olvidado mencionar que dentro de un rato vamos a ir al almacén de maderas para que nos corten dos tablones de cuatro metros y medio.»

«Joder, Renton, tú sí que estás hecho un buen tarugo.»

Renton recuerda lo buenos amigos que habían sido antes. Aquel verano de 1979 cuando fueron a Londres siendo dos punks adolescentes. Ahora parecía que hubiera pasado una eternidad. Reprime la rabia. «Ten un poco de paciencia, colega. La línea se divide antes de Murrayfield. La bifurcación de la derecha separa la fábrica de la destilería. Cogemos la de la izquierda, porque lleva hasta la planta química; hay un punto en el que la valla está muy cerca del terraplén.» Lo señala en el plano. «Al otro lado de la valla, a unos pocos metros, se encuentra este edificio anexo. Cogemos un tablón y lo apoyamos en la valla desde la vía...»

«Me cago en la puta», masculla Matty.

«... luego subimos por el tablón hasta la parte de arriba de la valla. Uno de nosotros se queda allí y los demás le pasan el otro tablón. Después lo tendemos desde encima de la valla hasta el tejado del edificio y bajamos por él».

«Joder, como el puto Spiderman», se mofa Matty.

«¿Pero no estará demasiado alto, y tal?», pregunta Spud, con los ojos llenos de lágrimas.

«No, será fácil. Además, eres el mejor escalador de todos nosotros», dice Renton.

Spud tiende una mano temblorosa delante de él. «Pero no así, tío...»

«No nos engañemos, no va a estar tirado; si lo estuviera, ya lo habría hecho algún otro capullo. Pero no es para nada imposible», insiste Renton, que vuelve al mapa. «Hay una tubería de desagüe en el edificio por la que podemos bajar para entrar en la planta. Después encontramos la droga, que es posible que esté en los contenedores almacenados en esta zona de carga», y señala la zona en el mapa, «o en este edificio de aquí, que probablemente sea donde la fabrican.»

Matty mira a Renton y después a los demás. Sacude la cabeza. «¡Joder, menuda mierda de plan!»

«Oigamos el tuyo, entonces, Matty», le reta Renton.

«No te hagas el listo porque hayas ido a una estúpida universidad de follaovejas de mierda, Mark», dice Matty sacudiendo despectivamente el mapa con el dorso de la mano. «Esto no es el asalto al tren de Glasgow ni tú eres Bruce Reynolds. ¡Te pareces más a Bruce Forsyth, joder, haciendo melonadas con estúpidos mapas y planos de mierda!»

Spud y Sick Boy se ríen un poco, mientras Keezbo sigue con cara de palo. Renton coge aire y dice: «Mira, no estoy jugando a ser ningún genio del crimen. Necesito jaco y», señalando la planta en el mapa, «ahí lo tienen.»

«Joder, para ti es como si fuera un puto proyecto escolar. Será como buscar una aguja en un pajar. ¡Joder, ni siquiera sabes dónde está el puto jaco! Tienen guardias, y seguro que perros también...», dice Matty mirando a los demás en busca de apoyo.

«A la primera señal de problemas, salimos de aquí cagando leches», dice Sick Boy. «Ningún perro ni ningún capullo retrasao de uniforme van a venir detrás de mí por un tablón.»

«¡Sigo diciendo que es una puta locura! A ver, joder, ¿qué coño saco yo de todo esto?»

Renton aspira el aire fétido de la habitación. Matty le está sacando de quicio. La abstinencia le está corroyendo el cerebro y los huesos y, cuando uno se encuentra así, es fundamental emplear las fuerzas en los hilos de conversación correctos. «Muy bien. En ese caso pasa el mono a pelo», dice bruscamente.

Entonces Sick Boy la toma con Matty. «¿Nunca has oído hablar del elemento sorpresa? ¿De la carga de la Brigada Ligera? ¿De los trescientos espartanos? ¿De Bannockburn? Joder, la historia está llena de tíos que dieron la vuelta a los pronósticos simplemente porque tuvieron las putas narices de intentarlo. ¿Acaso han cambiado el lema de Leith de "persevera" por "cágate patas abajo" cuando yo no estaba mirando?»

Matty se sume en un silencio que durante unos segundos es contagioso, hasta que el estridente timbre del teléfono lo quiebra y les crispa los nervios. Tanto Renton como Sick Boy se abalanzan sobre él, pero Renton llega antes, y se queda chafado de inmediato al oír la voz de su padre al otro lado de la línea. «¿Mark?»

Las sinapsis de su cerebro chocan unas con otras. «Papá... ¿qué pasa?»

«Necesitamos jaco», oye a Sick Boy diciéndole a Matty. «La tienen ellos y ningún capullo más. Punto.»

«¿En qué andas? ¿Estás pasando de esa basura?», le pregunta su padre.

«No queda otra. No hay nada», le anuncia con frialdad, mientras oye desatarse una acalorada bronca a sus espaldas.

«¡Pues a ver si no parece que te disgusta tanto!»

«¿Qué quieres, papá? ¿Te ha estado calentando los cascos mamá?»

«¡Esto no tiene nada que ver con tu madre! Hazel está aquí y está destrozada. Nos ha contado que has vuelto a pillar esa mierda.»

Puta chivata hecha polvo y frígida de los cojones...

«Oye, eso es una tontería. Dime qué quieres o cuelgo ya.»

«¡A mí no se te ocurra colgarme, hijo!»

Una bienvenida descarga de adrenalina hace estremecerse a Renton y cortocircuita brevemente el mono. «Lo voy a hacer dentro de diez segundos, a menos que me convenzas de lo contrario.»

«Estás arruinando la vida de todo el mundo, Mark..., la de tu madre, la mía... Después de lo de Davie, no ha sido...»

«Nueve...»

«... ¿te hemos pedido alguna vez algo?»

«Ocho...»

«No te importa, ¿verdad? Antes pensaba que para ti era todo un juego...»

«Siete...»

«... pero ahora ya sé que simplemente...»

«Seis...»

«... ¡TE DA IGUAL! ¡TE DA TODO IGUAL!»

«Cinco. ¿Qué quieres?»

«¡Quiero que lo dejes! ¡Quiero que dejes de hacer esto! Hazel...»

«Cuatro...»

«¡VUELVE A CASA, HIJO! ¡VUELVE A CASA, POR FAVOR!»

«Tres...»

«¡TE QUEREMOS! Mark, por favor...»

«Dos...»

«No cuelgues, Mark...»

«Uno..., así que si no hay nada más...»

«¡MAAARK!»

Renton deposita suavemente el auricular sobre la base. Se vuelve y ve a los muchachos mirándolo fijamente, boquiabiertos como peces de colores gordos en un estanque botánico a la hora de comer. «El viejo anda en plan patrulla vecinal, así que quizá sea una buena idea pirarnos de aquí a toda pastilla por si se presenta. Ahora no tenemos tiempo para esta mierda.»

Puesta de sol, y la barriga de las nubes se tiñe de rosa. A Renton se le ocurre que por muy pronto que te levantes o muy tarde que te acuestes, nunca ves ese momento en el que empieza la luz o el primer cardenal de oscuridad sangra bajo su frágil piel; la belleza y la aterradora, insondable sabiduría de la transición. Salen del almacén en la furgona de Matty, se detienen en el Canasta Cafe de Bonnington Road con el pretexto de comer algo, pero en realidad para repartir el Valium que Renton ha expropiado del botiquín de su madre. Tragan las pastillas con café con leche.

Renton ve a Keezbo comerse dos donuts y lamer el azúcar del tercero y el cuarto. *El poder del jaco: es increíble, pero el gordo cabrón parece estar perdiendo peso.* A él mismo le cuesta tragar un huevo revuelto en una tostada reblandecida. Aun así le dan retortijones. A Sick Boy le pasa lo mismo. Spud y Matty sólo pueden con el café y seis cigarrillos cada uno. Al anciano propietario del local le alteran las sacudidas de la taza de Matty en la mesa de formica. Sick Boy le tranquiliza diciéndole: *«È stanco: influenza.»*

«Llevas años yendo a ver a Swanney», le cuchichea Renton a Matty. «Tienes que saber dónde consigue la mercancía.»

Matty contrae la boca en una mueca maliciosa y mordaz. «¿Crees que me lo diría a mí?»

«Tienes ojos y oídos. Y no eres tonto, Matty.»

Keezbo se levanta y se va al baño. Matty le mira, después se encoge de hombros y se me acerca. «Joder, esto que quede entre nosotros, ¿vale?»

«Sí..., tranqui», dice Spud.

«El colega de Swanney, un tal Mike Taylor, trabajaba en la planta. Estaba en el almacén. Tú lo has visto», le dice en un tono medio desafiante a Renton, que asiente con la cabeza, pero no logra ubicarlo. «El colega de Mike trabajaba para un servicio de catering que repartía comida en la cantina de la empresa. ¿Sabes el papeo que va en esas grandes bandejas de aluminio?»

«¿Como en las comidas del colegio?», pregunta Spud.

«Exacto», concede Matty, aunque claramente molesto por la interrupción. «Pues el jaco salía en esas bandejas. Mike lo organizó todo para Swanney y había alguna peña más implicada. Pero le trincaron y, resumiendo, despidieron al capullo sin denunciarle. Se lo callaron porque era mala publicidad para ellos. Pero ahora los controles de seguridad para el personal son increíbles: cámaras por todas partes, registros aleatorios, de todo. Joder, ahora no podrías sacar ni un pedo en los pantalones.»

«¿Y qué pasa con Seeker?», pregunta Sick Boy.

«Joder, no quieras saberlo», dice Matty estremeciéndose. Aprieta los dientes amarillentos y marrones para impedir que castañeteen. «Va por libre. Ni siquiera tipos como Tyrone el Gordo han podido mangonear a ese cabrón.»

Keezbo regresa del baño y Matty cierra el pico intencionadamente. Pagan y salen a la calle. En el quiosco, un anuncio del periódico local declara:

Lo observan y sueltan unas risas lúgubres y burlonas. «Ojalá», se mofa Sick Boy.

Van al almacén de maderas, donde piden que les corten dos tablones de cuatro metros y medio de longitud. Vince, un fornido operario con el pelo negro encrespado, se da cuenta de que no andan metidos en nada bueno, pero conoce a Renton, Matty y Keezbo de cuando todos vivían en The Fort y no va a chotarlos. El ruido y la implacable potencia de la sierra angustian a Spud. Imagina que la madera fuesen sus extremidades, amputadas con violencia. Matty está jodido; se queda fuera, en el patio, intentando desesperadamente encender un cigarrillo, malgastando una cerilla tras otra. Desiste y le pide a Sick Boy su mechero. Mientras cargan los tablones en la parte trasera y sobre el asiento del copiloto, les revela que está demasiado hecho polvo para conducir. El Valium no ha surtido ningún efecto. «No puedo hacerlo.»

Se miran entre ellos y Keezbo extiende una mano fofa. Matty duda, pero los demás le apremian y deja caer las llaves en ella. Se sienta delante con Keezbo, mientras los demás se montan detrás, apretujados e incómodos, con los tablones colocados en diagonal. No logran cerrar las puertas traseras y Keezbo tiene que salir y unirlas con una cuerda. «Joder, nos van a trincar antes de que nos acerquemos siquiera», se queja Matty.

Sick Boy le hace una peineta en la nuca mientras Keezbo regresa, pone en marcha la furgona y arranca. Renton se fija en las gotas de sudor que salpican su cabeza afeitada y su cuello como si fuera una botella de cerveza fría. Mientras salen a Ferry Road ven a Segundo Premio haciendo footing y la mayoría de ellos miran para otro lado con cierta vergüenza. Cuando pasa junto a la furgoneta, absorto en su propio mundo, Renton se percata del buen aspecto que tiene.

Salen de Gorgie Road a un camino junto a un descampado y aparcan la furgoneta contra un muro. Pueden oír el murmullo del tráfico en la calle, pero no se puede ver a Renton y Sick Boy cuando salen de la parte trasera de la furgoneta con dos bolsas de viaje Sealink. Aunque ha perdido la suya, Renton se enteró de que Sick Boy birló unas cuantas durante el breve tiempo en que estuvieron trabajando allí. La más pesada de las dos contiene una pequeña palanqueta. Sick Boy echa una ojeada a los gruesos maderos y opta por las bolsas. Coge la bolsa de Renton y echa a andar, dejando que Renton y

Matty carguen con el primer tablón cogiendo cada uno un extremo, y Keezbo y Spud con el segundo. Sufren calambres, sudan y tiritan mientras se abren paso lentamente por el sendero cubierto de matojos rumbo al terraplén.

«Joder, esto no es buena idea», repite Matty.

«¿Se te ocurre a ti una mejor?», replica Renton una vez más, mientras cargan fatigosamente los maderos en dirección a la vía férrea cercada.

Sick Boy, que se ha adelantado corriendo por el terraplén, ha encontrado un agujero en la maraña de vallado de metal y madera, matas y alambre de púas. Lanza las bolsas de Sealink al otro lado y entra gateando por el agujero. Consiguen pasar todos, aunque tienen que levantar la valla para que Keezbo entre arrastrándose sobre el vientre en plan comando. Matty hace una mueca de dolor al estirar la mano y sentir el picor causado por una mata de ortigas. Se queja mirando lastimeramente cómo brotan granitos blancos venenosos. «Joder...»

«Te has ortigado», le informa amablemente Spud, mientras la misantropía escuece a Matty como el veneno que le inflama la mano. Pero el magro éxito que han obtenido desata un arrebato de euforia, que comparte a su pesar: están en el terraplén. Sienten crecer la expectación mientras miran hacia la vía férrea bordeada de árboles y arbustos bajo la luz que se desvanece.

Corren como la sangre de una herida profunda por el terraplén cubierto de grava. Tras continuos traspiés, desisten y toman el camino más fácil, caminando a grandes zancadas por las traviesas de madera mientras la suave curva de la vía férrea guía sus fatigosos pasos hasta el brumoso punto de fuga.

El borde del mundo se oscurece mientras el sol se hunde detrás de los bloques de viviendas ruinosos y del antiguo castillo; el aire fresco apenas contiene ya ozono, al aumentar los humos que la planta química y la destilería cercanas vomitan constantemente hacia el cielo en forma de unos zarcillos nebulosos, casi fantasmales. Un poco más adelante está la planta. ¿Por qué aquí, por qué en esta ciudad?, se pregunta Renton. La Ilustración escocesa. Se podría establecer el linaje entre aquel periodo de grandeza mundial de la ciudad hasta la actual capital europea del sida, que pasaba directamente por esa amalgama de plantas de procesamiento y almacenes ubicados detrás de aquellas vallas de seguridad. Era un parto peculiar del ingenio de Edimburgo para la medicina, la inventiva y la economía, de las mentes analíticas de los Black y los Cullen, filtradas a través de las especulaciones de los Hume y los Smith. De las reflexiones y los actos de los mejores hijos de Edimburgo en el siglo XVIII a sus hijos más pobres, que se envenenan con heroína a finales del XX. Le tiembla un ojo.

Nosotros, en Escocia...

Siguen avanzando por las vías, en medio de una oscuridad sólo interrumpida por alguna que otra luz que emana de las viviendas. «Tenemos que estar pendientes de los trenes de carga, que en esta línea llevan residuos nucleares», susurra Renton.

A medida que van recorriendo las vías, el ambiente de optimismo se esfuma. Comienzan a acusar tremendamente el peso de los tablones que llevan sobre los hombros. Se ven obligados a pararse y hacer una pausa, sentados en las traviesas que sobresalen de los raíles. Instan a Sick Boy, que lleva las bolsas y finge que son más pesadas de lo que son, a tomar el relevo. «Se me ha clavado una puta astilla en la mano», protesta, chupándose un dedo.

«¿Y cómo coño te has clavado una astilla? Si no has llevado ningún tablón», le espeta Renton.

«Lo he hecho antes», gime Sick Boy, mirando a Renton, que le lanza una mirada de reproche y desconfianza. «¿Qué? ¡Vale, ya lo intento, joder!»

Matty se estira, encuentra unas hojas de acedera y empieza a frotárselas en la mano. Le duelen los hombros más que nunca por culpa del tablón. Que les jodan si piensan que va a seguir cargando con él. Spud mira nervioso a Renton. «Estoy fatal, Mark, esto es lo peor. Sus ojos atormentados se dilatan. «¿Crees que vamos a morir?»

«No, tranqui, colega, estaremos bien. El mono duele, pero no mata, no es como una sobredosis.»

Spud, con los ojos del tamaño de pelotas de tenis, se limpia una cascada de mocos de debajo de la nariz con la manga de su andrajoso jersey amarillo y le dice a Sick Boy: «¿Y tú qué harías si sólo te quedaran unas semanas de vida y tal? Quiero decir, a estas alturas podríamos tener el *cowie* ese. Lo ha pillado un montón de peña.»

«Gilipolleces.»

«Pero ¿qué harías si sólo te quedaran unas semanas? Es un suponer.»

Sick Boy responde sin dudarlo: «Me compraría un abono de temporada para el estadio de Tynecastle.»

«¿Estás de coña?»

«No, porque al menos moriría con la satisfacción de saber que quedaría uno menos de esos cabrones.»

Spud fuerza una sonrisa tétrica. Keezbo mira un instante a Sick Boy como si fuera a decir algo y después se vuelve y contempla los raíles de la vía: marrón oxidado y plata brillante. Parece desquiciado por el sufrimiento de la abstinencia, desencajado y delirante de insomnio. «Es nuestro jaco por derecho. Lo fabrican en nuestra ciudad...»

«Así es, Keezbo», bufa Sick Boy, encendido de indignación: «¡Los asquerosos accionistas de Glaxo se forran mientras nosotros sufrimos! ¡Estamos chungos y la necesitamos, joder!»

«Este jaco pertenece por derecho a los habitantes de Gorgie», dice Spud, «porque está en la parte *Jambo* de la ciudad. Como el petróleo de Escocia. Si viviéramos en una sociedad verdaderamente socialista y tal.»

«¡Noticias de las diez!», exclama Sick Boy, y tararea la sintonía: «¡Ding! ¡No es el caso!»

Renton ve la expresión de desconsuelo de Spud e intenta animarle. «Keezbo es un *Jambo* y le estamos ayudando a conseguir su parte. Intenta verlo de ese modo.»

«No sé cómo un capullo de Leith puede ser de los Hearts», dice Matty.

«Pues yo lo soy y su hermano también», dice Keezbo, levantándose y mirando a Renton.

«Joder, construyeron la planta de jaco a lado del Tyney porque sabían que tendrían enseguida una clientela de gilipollas que necesitaría algo para aliviar el dolor de vivir», dice Matty mofándose con gesto desafiante de Keezbo, que sigue respirando con dificultad, con las manos en jarras.

«Drew Abbot me contó que por tradición Leith era territorio *Jambo»*, explica Spud, «y que sólo el último par de generaciones se ha vuelto más Hibby porque el estadio queda cerca.»

«¿Sí?», pregunta Sick Boy con cansancio.

«Sí, los estibadores siempre fueron *Jambos*, porque para trabajar en el puerto y en los astilleros había que ser masón.»

«¿Podemos dejar esta puta discusión para otro momento?», salta Renton, exasperado. «¡Si quisiera una jodida lección de historia me habría quedado en la universidad! ¡Andando!»

«Era un decir», protesta Spud con un mohín.

«Lo sé, Danny», dice Renton, pasándole el brazo por encima de los hombros. Una luna gibosa creciente, que se ha ido abriendo paso entre las nubes, los baña con su luz plateada. Debajo, se oye el suave rumor del tráfico. «Pero ésta es nuestra gran oportunidad. Tenemos que seguir centrados en esto o la habremos jodido. Eres mi mejor amigo, tío, perdona que te haya gritado.» Frota la espalda de Spud. Es tan flaca y enclenque que le cuesta creer que pertenezca a un ser humano.

«Lo siento, Mark, es que me he desinflao y me he acojonao, ¿sabes? Sólo intentaba distraerme, porque me estoy cagando patas abajo, tío.»

«Va a ir todo bien», dice Renton, agarrando un tablón y mirando a Sick Boy, que chasquea la lengua pero coge el otro extremo. Spud y Keezbo vuelven a colocarse el tablón sobre los hombros. Avanzan despacio por las vías. Esta vez es Matty quien descansa llevando las bolsas.

Camina unos pasos por detrás de Renton y, de pronto, le espeta: «Joder, Rents, en tiempos tú llevabas una camiseta de los Rangers. En primaria.»

«Mira, se lo he dicho a todo dios un centenar de veces, mi viejo nos compró a Billy y a mí camisetas de los Rangers y nos llevó a Ibrox cuando éramos unos chavalines para intentar que nos hiciéramos hunos», resopla Renton, insistiéndole a la voz incorpórea a sus espaldas. «Billy quería apoyar a un equipo de Edimburgo, así que mi padre nos llevó al Tynecastle y nos compró camisetas de los Hearts.» Se da la vuelta, mira a Matty y después a Spud, que camina al lado, cargando el otro tablón con Keezbo. «Yo odiaba ir allí, odiaba aquel asqueroso granate y el olor de la destilería nos ponía *Zorbas*[1] que te cagas. Así que le pedí a mi tío Kenny que nos llevara a Easter Road. Luego, cuando crecí un poco más, empecé a ir con todos vosotros, cabrones», y mira a Spud y de nuevo a Sick Boy, «con todos salvo contigo, Matty, ¡porque tú nunca vas de todas formas!», grita Renton, beligerante y cáustico, a la cara a Matty. «Joder, rechacé tanto a los hunos como a los *Jambos* tomando *una decisión informada del carajo,* así que eso me convierte en un Hibby más de verdad y más auténtico de lo que tú serás jamás. ¡Conque a ver si te callas de una puta vez, mangui de los huevos!»

Matty deja caer las bolsas y da un paso al frente, tenso, lo que obliga a Renton y también a Sick Boy a hacer otro tanto con los extremos respectivos del tablón que llevan entre los dos. «¿Conque yo soy un puto mangui? Joder, mírate tú últimamente, asqueroso de mierda...»

1. Véase nota en página 238. *(N. del T.)*

«¡BASTA!», grita Spud, mientras él y Keezbo dejan caer los extremos de su tablón y se interponen entre ellos. «¡Dejad esa mierda, tíos! ¡Odio ver discutir a los colegas!»

«Sí, comportaos, putos zumbaos», dice Sick Boy señalando con la cabeza la parte de atrás de un bloque de viviendas que hay encima de ellos con las luces de la cocina encendidas. «¡Bajad la voz si no queréis que llamen a la poli! ¡Cojamos los putos tablones!»

«Está saliendo todo mal...», se lamenta Spud, pero Matty, aunque masculla entre dientes, lo releva cogiendo el tablón y se ponen de nuevo en marcha.

«Todo va a salir de puta madre, Mr. Danny», cuchichea Keezbo mientras Spud, abatido pero agradecido, coge las bolsas. «Nos hacemos con un montón de bacalao, nos quedamos una parte para pasarlo y el resto nos lo guardamos para ir desenganchándonos poco a poco.»

«¡Eso es!», dice Renton como si se tratara de un revelación. «Nos racionamos la cantidad justa cada día, todo muy científico, una cura de reducción. La vamos dosificando *científicamente.*»

«Científicamente...», repite Spud con la mirada perdida.

Matty camina sumido en un infierno silencioso. El tosco madero le raspa el cuello, pero apartarlo del hombro supondría destrozarse la mano ya envenenada. El cielo azul oscuro de delante está ahora iluminado por la luz siniestra de la planta. Piensa en Shirley, en Lisa y en el piso de Wester Hailes. Aquel diminuto cubículo parecía una cárcel, pero ahora daría cualquier cosa por estar allí con ellas. Le da un espasmo repentino y deja caer el tablón, lo que lleva a Keezbo a soltar instintivamente el otro extremo.

Renton y Sick Boy hacen lo mismo. «¿Qué pasa?»

«Joder, no puedo... no puedo seguir con esto», dice Matty acuclillándose y agarrándose el vientre. «¡Me están matando los retortijones!»

«Tenemos que hacerlo. Es lo único que podemos hacer.» Spud se acerca y coge el extremo de Matty. Piensa en lo mal que debe estar Matty; ha estado consumiendo más y durante más tiempo que ninguno de ellos.

Sick Boy se coloca el tablón en el hombro y mira a Matty. «¡No te rajes!»

Matty se vuelve y camina varios pasos detrás de ellos, aguantándose el estómago. Se da cuenta de que se ha olvidado las bolsas, por lo que da la vuelta, trastabillando abatido, para recuperarlas y después les sigue. No consigue dejar de rascarse la piel, haciéndose grandes postillas y luego arrancándolas y arañando la carne viva e infectada con unas uñas mugrientas. Tiene los ojos enrojecidos y cansados.

Se arrastran como pingüinos estreñidos hacia el punto donde el terraplén discurre cerca de la valla. Ven el edificio anexo, que a Sick Boy le parece más grande que nunca. A Renton le duelen los ojos; tarda un poco en enfocar, pese a que los reflectores iluminen la planta desierta. No hay ninguna señal de vida. Es como un campo de concentración, medita Renton, y ellos parecen unos supervivientes de Belsen que intentaran *entrar* en lugar de escapar.

Aparece ante la vista el enorme edificio plateado con forma de caja, las tuberías que asoman como espaguetis, la gran y lustrosa chimenea y los demás conductos que apuntan hacia el cielo. Luego se oye un débil sonido y ven unas nubecillas de vapor procedentes de un conducto contra el negro telón de fondo. Salvo unas pocas nubes oscuras aisladas, el cielo luminoso es cavernoso y transparente, y resplandece con nuevas galaxias, un milagro que se produce a escasísima distancia de los sucios bloques de viviendas en ruinas.

«Fuaa, tío..., ¿creéis que habrá un turno de noche?», pregunta Spud, jadeante.

«Nah», dice Matty sin aliento, «serán las máquinas en plan robot, que seguirán procesándolo todo. No pueden apagar la maquinaria y volver a ponerla en marcha cada día. Se quedan funcionando toda la noche.»

Sick Boy hace una improvisada imitación de Begbie: «Como algún puto robot zumbao se ponga chulo lo apuñalo, joder, me da igual que sea un puto androide o no.»

Se ríen pese a lo chungos que están, unidos de nuevo, hasta que Spud sufre un acceso de tos seca y áspera que a punto está de provocarle un ataque. Están preocupados por él, después de su convalecencia, pero se calma de golpe, con los ojos llorosos, mientras se esfuerza por insuflar bocanadas de aire en sus pulmones obstruidos. «Uf, tío...», dice una y otra vez, sacudiendo la cabeza.

«¿Estás bien, colega?», pregunta Renton.

«Sí..., recobrando el aliento... Uf, tío...»

Renton mira a Sick Boy, que asiente, y colocan el tablón a la mitad del empinado terraplén y lo impulsan para que caiga sobre la tupida alambrada de la valla. El extremo del tablón impacta contra la valla con un golpe seco, provocando un estentóreo chirrido metálico antes de posarse y asentarse sobre el alambre de púas. Temiendo que los descubran, trepan de nuevo hasta los raíles, donde se tumban boca abajo, mirando el interior de la planta desde la vía.

Todo está en calma.

Al cabo de unos minutos, Renton se levanta y se desliza pendiente abajo hacia el tablón. Se sube encima, probándolo con su peso, y luego camina precariamente por la pendiente de cuarenta y cinco grados hasta el alambre de espino, que resplandece bajo la luz de las estrellas, mientras el metal afilado clavado en la madera mantiene el tablón en su sitio. Renton, con los carrillos inflados, se sube encima de la valla, iluminada por el blanco resplandor de la luna blanca, que despunta brevemente entre la espesa capa de nubes, y acto seguido baja corriendo hasta el terraplén. «Todo bien», les dice a los demás, que ahora están de pie y le observan maravillados, como si fuera un trapecista. «La clave está en no mirar abajo. ¡Pasadme el extremo del otro tablón!»

Él agarra uno de los extremos y Matty el otro. Debido al peso añadido del segundo cuerpo y del tablón, el primero se comba ligeramente. Renton camina con tiento hasta la parte superior de la valla. Mantiene un equilibrio precario en una posición de boxeador, con un pie delante del otro, mientras Matty empieza a acercarse a él y le pasa el tablón.

«Suelta...», murmura Renton, mirando la cara de zombis de sus amigos, mientras intenta combatir la idea que le obsesiona: ya no somos humanos. Hemos mudado nuestras pieles como lagartos, despojándonos no sólo de nuestro pasado, sino también de nuestro futuro. Somos sombras. Le tiemblan las manos mientras mira a Matty, en el otro extremo del segundo tablón, y lo transportan manteniéndolo en equilibrio sobre el primero. Por un instante parece a punto de caerse, pero Matty logra sujetarlo. Renton, con un equilibrio y una fuerza que nunca había sospechado que tuviera, aguanta el extremo y sigue pasando el tablón. En la cima, lo deja caer; su corazón parece saltarse un par de latidos mientras teme que el extremo del tablón no llegue a aterrizar en el tejado del edificio y se precipite irremediablemente en tierra de nadie, abortando la misión, pero cae sobre el tejado de lona alquitranada con un golpe sordo. La euforia vence al miedo y él se queda encaramado encima de la valla, a la espera de las alarmas, los guardias y los perros.

Pero no ocurre nada y los muchachos se reúnen en torno a la base del tablón en el terraplén. Lanza el otro tablón desde encima de la valla hasta el tejado, que cae con una pendiente menos acusada que el otro; es como si los tablones fueran las manillas de un reloj parado a las cinco menos veinte. «Venga», musita en la oscuridad.

Pese al malestar, Matty se mueve con la agilidad de un felino y se une a él en cuestión de segundos. Empiezan a pasarse las bolsas de viaje de Sealink. Sólo ahora, cuando el plan parece tener al menos alguna posibilidad de éxito, Renton se permite pensar en lo estúpidos que han sido llevando unas bolsas tan reconocibles: habría sido mejor que fueran de Adidas o de Head. Espera que eso no suceda mientras siente el crujido del fieltro quebradizo y granuloso del tejado bajo las suelas de sus gastadas zapatillas de deporte.

Ahora le toca a Spud entrar en la planta; al principio avanza lentamente, un paso tras otro, con parsimonia, para después cobrar velocidad en la pendiente. Al coronar la cima de la valla, parece estar a punto de tambalearse antes de emprender un rápido descenso por el tejado hasta caer en los brazos de Renton.

Sick Boy le sigue, mirando malhumorado y asqueado, como si estuviera atravesando en calcetines un campo lleno de mierda de perro, pero logra franquear el paso y se acuclilla en el tejado jadeando nerviosamente. Miran hacia abajo, a la planta sumida en una calma letal, iluminada por las luces nocturnas que brillan tenuemente en torno a ellos. Ven dos cajas de metal que contienen ojos electrónicos, pero que apuntan en dirección contraria, hacia las puertas por las que entran y salen los trabajadores. Renton piensa en los hombres invisibles que, encerrados en un cubículo en alguna parte, se dedican a mirar las imágenes con grano de aquellas pantallas. Al cabo de unos días, ¿qué se puede distinguir salvo interferencias borrosas en blanco y negro?

«Que algún cabrón le diga a ese puto gordo que espere allí», gruñe Matty, mirando a Keezbo, que se ha subido al primer tablón. «¡No conseguirá pasar, coño! ¡Joder, el capullo romperá el puto tablón y nos dejará a todos atrapados aquí!»

Se miran boquiabiertos por el pánico.

«Nos retrasará a todos», reconoce Sick Boy, volviéndose hacia Renton, pero Keezbo ya ha iniciado el ascenso.

«Venga, Keith», susurra Renton para animarle. «¡Los elegidos de Wigan!»

Sick Boy se da una palmada en la cabeza, mirando a Matty, mientras el tablón se comba bajo el peso de Keezbo. Pero el batería sigue avanzando, como un elefante sobre la cuerda floja. «Cuando llegues arriba del todo, no te detengas: baja corriendo al otro lado», grita Matty, rígido de tensión, y abriendo y cerrando las manos junto a los costados.

«¡El espíritu del Wigan Casino, Keezbo!», sigue animándolo Renton.

Keezbo llega a la cima. Mientras observan su avance, sienten un vuelco en el corazón cuando se tambalea durante dos espantosos segundos al cambiar de tablón, pero luego desciende disparado hasta ellos, mientras el tablón golpea la valla, con la boca abierta y los ojos fulgurantes. «Los esquiadores más duros, Keezbo Yule.» Renton estampa un beso sonoro en la frente sudorosa de Keezbo en cuanto llega al tejado rechinante. Sick Boy, encantado, agarra sus dos voluminosas nalgas y le pega un empujón con la pelvis.

Están en el edificio anexo, una anodina construcción de ladrillo rojo que mide unos cuatro metros y medio de altura y seis metros de planta. Desde esta atalaya, miran a su alrededor en busca de algún tipo de vigilancia. Nada. Ninguna de las cámaras les enfoca. Se miran entre sí con una especie de asombro infantil. Son cinco yonquis de Leith, encerrados en el interior de un complejo que contiene la mayor cantidad de morfina pura de esas islas.

Renton baja gateando por la tubería de desagüe. Es de plástico, no de metal, como había imaginado. Le preocupa que no pueda soportar el peso de Keezbo, pero no dice nada. Matty baja tras él, seguido por Spud y después por Sick Boy. Vuelven a mirar horrorizados a Keezbo y luego los edificios principales de la planta, presintiendo que la tubería se va a desplomar y van a quedar todos atrapados allí, indefensos y enfermos, dentro de aquella Venus atrapamoscas, hasta que llegue el turno de mañana y dé la alarma. Sin embargo, Keezbo baja a trompicones hasta la mitad de la tubería y salta el resto de la distancia, aterrizando de pie con una gran sonrisa. «Estamos dentro, Mr. Mark, Danny, Simon, Matthew.»

Renton se limita a celebrarlo propinándose un único golpe en el pecho. Los ojos de Sick Boy parecen a punto de salirse de las órbitas y se agacha apoyado contra el edificio durante un instante, como si sufriera un enorme dolor, antes de ponerse de pie de golpe. Se encaminan hacia las torres de reflectores, hacia la zona de carga y descarga situada en uno de los laterales de la planta de procesamiento, donde las cajas de plástico están apiladas en palés de madera. «Ahí dentro no habrá jaco», dice Matty, «será todo productos farmacéuticos. La morfina estará guardada bajo llave», gimotea.

Admitiendo que lo que dice es lógico, Renton insiste: «Pero estarán cerradas», y saca la palanqueta de hierro de su bolsa de Sealink. «Deberíamos asegurarnos antes de entrar en los laboratorios y los almacenes...»

Keezbo y Spud dan vueltas cogidos de las muñecas, inmersos en un baile rabioso, nervioso. «Allá vamos, allá vamos, allá vamos...», jadean eufóricos, antes de que el sonido estridente y cortante de una alarma turboalimentada irrumpa en la noche silenciándolos por completo. Parece surgir de debajo del suelo, vibrando a través de sus suelas de goma, y dejándolos inmovilizados por la impresión más paralizante que hayan experimentado nunca. Les rompe los tímpanos hasta dejarles casi sin sentido. Apenas pueden oír los gritos de los hombres y los ladridos de los perros por encima de ese estrépito mientras el miedo les empuja a huir de la paralizante cacofonía atravesando la explanada en dirección al edificio anexo.

No miran atrás, ninguno de ellos; Renton llega el primero, pero ahueca las manos para propinar a Sick Boy y después a Spud un fuerte impuso y auparlos por la tubería. Cuando él llega gateando hasta el tejado, ve el esqueleto iluminado por la luna que supone que es Daniel Murphy desvaneciéndose en el cielo, lo que significa que Sick Boy ya ha llegado al terraplén.

Renton se permite entonces mirar atrás. Parece que hay demasiados perseguidores corriendo por el tenebroso patio para que sea viable: perros y hombres, ladrándose palabras de aliento e instrucciones psicóticas unos a otros. Ignora los gritos y gruñidos a sus espaldas, y recorre a toda velocidad el tablón. Una vez arriba, mira por encima del hombro y grita a Matty y Keezbo que se suban al tejado. Entonces una linterna le ciega y se tambalea sobre la tabla, esperando caer al vacío en el lado seguro de la barrera, pero consigue hacer todo el recorrido hasta el empinado terraplén y nota que Spud le agarra el brazo y le guía hasta las vías. Se tumban y contemplan la silueta marfileña de Sick Boy alejándose por la línea de cercanías sur.

Renton y Spud ven a Matty encaramarse al tejado, mientras las linternas de los guardias de seguridad le iluminan. Keezbo es el último en subir por la tubería, con los guardias pisándole los talones y un pastor alemán intentando morderle el pie y fallando por pelos. Mientras Matty sube corriendo por el tablón hasta la valla, Renton y Spud ven a Keezbo elevar milagrosamente su enorme mole hasta el tejado del edificio entre los gruñidos de los perros. Parece que hay unos ocho hombres y cuatro perros, que se aúllan entre sí mientras sus adiestradores hablan a gritos por los walkie-talkies por encima de la alarma, que grazna como un monstruoso pájaro mecánico cuyos huevos corrieran peligro. Keezbo está en el tejado. Pero cuando Matty se sube encima de la valla para iniciar el descenso, un giro del talón hace que el primer tablón se deslice hacia abajo y caiga estrepitosamente en el espacio negro situado entre el edificio y la valla. Keezbo se ha quedado atrapado.

Mientras los perros ladran y dan vueltas al edificio, ven a Keezbo mirándoles, primero serio y después triste, desde el otro lado de la valla. Sus facciones se han contraído en una mueca de profundo dolor y traición. Después, de golpe, dan paso a una expresión de derrota y resignación, mientras Keezbo se sienta en el tejado como un Buda yonqui vencido, rodeado de hombres que vociferan y perros que gruñen abajo.

«Me cago en la puta..., Keezbo...», dice Spud, resollando, mientras Matty se une a ellos en la vía.

De pronto, Renton se pone en pie y brama al complejo: «¡DEJADLE EN PAZ, PUTOS CABRONES FASCISTAS DE MIERDA! ¡ES NUESTRO PUTO JACO! ¡LO NECESITAMOS! ¡ES NUESTRO PUTO DERECHO!» Coge piedras del terraplén y las arroja por encima de la valla contra los guardias y los perros. Una de ellas alcanza a un perro en el flanco y le arranca un gañido. «¡VENID AQUÍ, PUTOS CABRONES SARNOSOS!»

Matty tira de él. «¡Venga! Joder, tenemos que dividirnos», y ven a Spud correr por las vías y le siguen. Renton mira hacia atrás un par de veces y después acelera para atrapar a los demás.

«Gordo cabrón..., más vale que no... nos chotes», dice Matty con voz áspera, mientras corren sin aliento hasta las ruinas abandonadas de la estación de Gorgie, donde se detienen para recuperarse. Sick Boy espera en la oscuridad. Renton nota que la cabeza le da vueltas por el devastador esfuerzo de la huida mientras trata de llenarse los pulmones de aire.

«Aquí nadie va a chotar a nadie», protesta Spud ante Matty, mientras respira hondo y la mirada de Sick Boy va saltando de uno a otro. «Keezbo es legal.»

«¿Qué le ha pasado al puto tablón?», dice Renton, resollando. «¿Cómo es que no ha podido subir?»

«Se ha caído después de subir nosotros», se queja Matty. Advierte que Renton le juzga con la mirada. «¡Fue un accidente! Joder, ¿qué insinúas?»

Renton desvía la mirada, guardando un silencio elocuente, pero

Sick Boy tercia rápidamente. «Te voy a explicar lo que "insinúo" yo: un vulgar chorizo no está en condiciones de llamar soplón a nadie.»

«¿Qué?», dice Matty.

«Aquel jersey azul cielo Fair Isle que tenía.» Señala a Matty, torciendo el gesto en una mueca acusadora. «Ya sabes, el que tú me mangaste del tendedero en los Banana Flats aquella vez.»

«¡Yo no robé tu puto jersey!», Matty se vuelve hacia Spud en busca de apoyo. «Joder, eso fue hace siglos, éramos unos críos, todo dios mangaba ropa entonces.»

«Sí, ¡pero no *se ponían* lo que mangaban! Lo vendían y compraban prendas nuevas. Sólo un mangui de mierda *se pone* lo que ha robado», declara Sick Boy, encendiendo un cigarrillo y dando una calada. «Me acuerdo de cuando le dije a mi madre: "Matty Connell me ha birlado ese jersey que me compraste, se lo vi puesto en el colegio"», y esboza una leve sonrisa. «¿Sabes lo que me dijo? Soltó: "Deja que se lo quede, hijo. Los Connell son una familia pobre, a ese chico le hace más falta que a ti." Eso fue lo que me dijo. Mi madre estaba dispuesta a vestir a un mangui, a un *zarrapastroso infestado de piojos»,* y asiente ligeramente mientras pronuncia cada palabra, «sólo porque le daba pena.»

«Así que eso piensas de nosotros, ¿eh? ¿Eso es lo que has estado pensando de mí todos estos putos años?»

«Exacto», dice Sick Boy, encogiéndose de hombros, «así que ahora ponte sensiblero, como de costumbre. Pobrecito Matty. ¡Pobrecito *zarra-pas-troso* de mierda!»

Matty mira lastimeramente a Spud y Renton.

«¿Sabes lo que opino yo de todo esto, Matty?», pregunta Renton, agachado y con las manos sobre las rodillas, pero mirándole con dureza. «¿Lo que opino de esa maldita obsesión que tienes de poner a parir a Keezbo? Tiene que ver con que estuvo saliendo con Shirley. ¡No eran más que unos críos cuando salieron juntos, joder! ¡Ahora está contigo! ¡Supéralo de una puta vez!»

«¿Qué...? Eso no tiene nada que ver», se queja Matty, dolido y débil.

Sick Boy la toma con él. «Tengo entendido que Keezbo y ella lo hicieron todo.»

«¿Queeeé... ?», grita Matty, incrédulo. Mira a sus amigos, desencajado, espectral, con los ojos gélidos y la palidez de un zombi, y preferiría haberse quedado a enfrentarse a los perros.

«Sólo estoy repitiendo lo que oí», dice Sick Boy haciendo una mueca.

«Se lo oíste ¿a quién?», replica Matty, furioso. «¡¿A ESE GORDO CABRÓN?!»

«Las tías también hablan.»

«¿Qué coño quieres decir, Williamson?»

Sick Boy le echa una mirada muy estudiada a Matty. «Su primera vez fue cuando salía con Keezbo. Una enorme polla gorda llena de pelos coloraos, dentro de ti, poniendo fin a tu virginidad, y tu sangre goteando de su verga. Para ella debió de ser memorable. Es normal que piense en ese momento *cada vez* que ve a Keezbo. Seguro que por eso no se te quita de la cabeza, colega, lo entiendo perfectamente.»

Matty se queda clavado en el sitio, paralizado por una espantosa incredulidad. «¿Queeeeé... ?», repite sin dar crédito.

Spud gimotea lastimeramente: «Nah, tíos, venga, venga..., esto es una sobrada..., no está bien...», mientras Renton y Sick Boy saborean el desmoronamiento subconsciente de Matty ante ellos.

«No. Se. Te. Quita. De. La. Cabeza», pronuncia lentamente Sick Boy.

Matty parece bullir lentamente antes de explotar: «QUE TE DEN POR CULO, PUTO CHULO PROVOCADOR», echando el cuello en tensión hacia delante mientras le gotean mocos de la nariz. Después echa un vistazo a las piedras que tiene a sus pies e intenta coger una. Renton se precipita hacia él y lo agarra. «Vete a tomar por...»

«JODER, ¡VOY A MATARLE, COJONES! ¡VOY A MATAR A ESTE PUTO CHULO CABRÓN Y MENTIROSO!», y se abalanza sobre él mientras Renton y Spud lo sujetan.

Sick Boy mantiene una postura relajada y da una calada exageradamente despreocupada a su cigarrillo. «Ya, ya, ya. Seguro.»

«¡ERES HOMBRE MUERTO, WILLIAMSON!», Matty medio brama y medio chilla mientras da media vuelta y se aleja en la noche. Sick Boy finge despectivamente que le alcanza un disparo. Spud sigue la sombra en retirada de Matty. «Eh, Matty, espera, tronco...»

«Spud...», se queja débilmente Renton.

«Pasa de esos capullos.» Sick Boy agarra la muñeca de Renton para refrenarle. «De todos modos, es mejor que nos separemos. Cuatro tipos juntos van a llamar la atención.»

Miran a Spud bajar por la pendiente detrás de Matty, y desaparece de su vista en Gorgie Road, siguiéndole no hasta la furgona, sino por la calle, más allá del Stratford's Bar, sin saber por qué Matty va en esa dirección y menos aún por qué le sigue Spud.

Renton y Sick Boy siguen alejándose de la planta por las vías del tren, que serpentean sobre el pub y a nivel de la calle. La luna, agazapada tras una maraña de nubes, recuerda a Renton por un instante la cara pálida y compungida de Spud mientras desaparecía de su vista.

«Matty, ese puto roedor ponzoñoso», dice Sick Boy mientras caminan deprisa por las vías. «¿Quién ha sacado de quicio a ese cabrón? Estamos todos chungos hasta la médula, pero al menos intentamos comportarnos como hombres.»

«Siempre pasa lo mismo con ese cabrón picajoso, tenga el mono o no», dice bruscamente Renton, que ahora desearía haberle partido la boca a Matty antes. «Siempre tiene que hacer de puto aguafiestas. ¡Keith va a pasar una buen temporada en la cárcel por todos nosotros y lo único que se le ocurre a ese cabrón es ponerle verde!»

El dolor es cada vez más intenso y Renton maldice la locura de toda aquella empresa inútil, que ha quemado aún más restos de heroína en su organismo. Pronto estarán totalmente inmovilizados. Tienen que volver a por el Valium. Abrazados a sí mismos, siguen las vías hasta que llegan al viaducto del Union Canal, precedidos por una energía de ultratumba en aquel vacío terrestre fantasmagórico que parece separado de las somnolientas calles de la ciudad por otras dimensiones que la mera altura. Pero cuando el canal desciende hasta el nivel de la calle, esas vías y callejas frías y grises a las que han sido expulsados resultan igual de infernales, mientras Renton y Sick Boy sudan y se rascan como polluelos que acabaran de salir del cascarón.

En Viewforth abandonan el canal y empieza a caer una lluvia fría. Mientras caminan dando tumbos hacia Bruntsfield, contemplan las manchas anaranjadas de las lámparas de sodio que salpican las calles mojadas, antes de cortar por los Meadows y dirigirse hacia el North Bridge. Las aceras están desiertas, salvo por algún que otro borracho descarriado que busca un taxi, bares nocturnos o fiestas. Una sirena de los servicios de urgencias irrumpe en la noche desatando el pánico y haciéndoles salir disparados como ratas por los callejones apenas iluminados de la Milla Real, que bajan nerviosos rumbo a Calton Road. «Yo el rollo este de la vida no lo pillo», dice Sick Boy en voz alta y tembloroso.

Mientras caminan por las calles oscuras y desiertas, a Renton le asaltan los recuerdos de su hermano Davie. La casa está vacía y desangelada sin su caos y la familia, destrozada. Algo puede parecer inútil, ineficaz o improductivo, pero en cuanto desaparece todo empieza a desmoronarse y se vuelve una mierda. Finalmente responde a la afirmación de Sick Boy. «Es rarísimo que por un momento estemos aquí y al siguiente hayamos desaparecido. En un par de generaciones, a nadie le importará una mierda. No seremos más que unos gilipollas con ropas graciosas en fotografías descoloridas que un triste descendiente con demasiado tiempo libre saca del aparador para mirar de vez en cuando. No creo que a ningún capullo famoso se le vaya a ocurrir hacer una película sobre *nuestras* vidas, ¿verdad?»

Renton ha asustado a Sick Boy, que se detiene bruscamente en la calle vacía. «Te has rendido, colega. Eso es lo que pasa, que te has rendido.»

«Quizá», admite Renton. ¿Se ha rendido? Seguramente, llega un momento en que ya no te quedan ni lágrimas ni excusas.

«Eso me repatea que te cagas. Si te rindes, estamos todos jodidos», dice, poniéndose en marcha de nuevo, mientras pasa a su lado un ruidoso coche solitario. «Sé que echamos pestes el uno del otro, Mark, pero tú eres el que vale de verdad. Aquella vez que allanamos aquella casa, tú salvaste a la chica, tú y Tommy. Begbie la habría dejado palmar, y Spud, Keezbo y yo no teníamos ni puta idea de qué hacer. Pero tú te hiciste cargo. ¿Cómo supiste hacer eso?»

Davie...

Renton siente una quemazón y se encoge de hombros, como si dijera: ni puta idea. Después mira a su afligido *compadre.*[1] «Tú eres el que controla, Si. Estás a años luz del resto de nosotros. Siempre ha sido así. Con las tías y tal...»

«¡Joder, pero he hecho tantas cosas malas, Mark!», exclama Sick Boy golpeándose la cabeza con una violencia repentina, mientras salen a la entrada trasera de la estación de Waverley. «¡La he cagado a lo grande!»

Una fisura de dolor se abre en Renton y responde con un pánico ciego, interrumpiendo de inmediato la confesión de Sick Boy. «¡Yo también! ¡Sé lo que quieres decir!»

«¿Te refieres a lo de Olly Curran? Habíamos quedado en...»

«¡Que le den por culo a ese cabrón!», gruñe Renton maliciosamente. «Él se lo buscó con su mierda racista de cabeza cuadrada. ¡A mí ese gilipollas de mierda no me inspira la menor compasión! Hablo de Fiona», y siente que algo se rompe en su interior, como un dique que se desmorona. «¡La quería y la cagué! Cuando estuvimos de vacaciones, ya me lo veía venir», y eleva la mirada hacia el Calton Hill,

1. En español en el original. *(N. del T.)*

que se alza sobre ellos, «yo y ella, para siempre. Y me asusté..., me cagué de miedo. Cuando volví...», los ojos de Renton están enrojecidos e hinchados, «aquella chica de la que te había hablado, la de Paisley, que salía con mi colega..., estábamos borrachos, empezamos a tontear y la llevé allí», dice señalando la colina oscura y tenebrosa mientras salen a la vía de acceso que lleva a Leith Street, «o ella me llevó a mí, porque Fiona debió decirle que habíamos echado un polvo en aquel parque de Berlín Este..., me utilizó para quedar por encima de su amiga y yo quería hacerlo, así que me la follé en el parque... a la chica de mi colega..., la tía ni siquiera me gustaba...»

«Pero me apuesto algo a que el sexo estuvo guapo», dice Sick Boy, intentando fingir cierta curiosidad en su voz. Al fin y al cabo, conoce la historia con todo lujo de detalles. Estaba allí, en la propia letra de su amigo, en aquella hoja arrugada y desechada del diario que había sacado furtivamente de la papelera de la habitación de Renton, en el centro de rehabilitación de St. Monans, cuando su amigo se había quedado dormido. Quedó sorprendido por la minuciosidad y la fluidez de la prosa de Renton; cómo le habían salido aquellas frases sin editar, con aquellos trazos gruesos y floridos. La había estado guardando para reírse algún día, pero se da cuenta de que éste no es el momento de mencionarlo, ahora que del pecho de Renton brotan grandes sollozos secos.

Renton se siente miserable y lamentable. Había engañado a Fiona, así que tuvo que poner fin a la relación. Y había traicionado a Bisto, por lo que no podía volver a mirarle a la cara. No tenía excusa alguna. Él era así, podrido hasta la médula, piensa con tristeza, antes de recordar las palabras de Tom Curzon: *quizá sólo sea una fase por la que estoy atravesando...*

Y mira a Sick Boy, que ahora ha inclinado la cabeza y parece entenderlo todo... «¿Y qué? ¿Qué has hecho tú?» Renton se detiene en la calle oscura y mira a su amigo.

Sick Boy nota que algo se revuelve en su cuerpo e intenta salir por su boca, y que tiene que contenerlo. En su lugar, dice con voz entrecortada, para despistar. «Matty...»

«Que se joda.»

Y ahora Sick Boy agradece aliviado la interrupción de Renton, que ha impedido que confiese. *Menos mal que siempre tiene que hablar de él, joder.* «Pero... creo que fue ese capullín... el que delató a Janey Anderson por el fraude de las prestaciones. Se lo mencioné de pasada en una ocasión, fue una estupidez.» Mira a Renton, probando una mentira que le conviene. «Creo que fue él quien se chivó, Mark.»

«No...», dice Renton con la voz temblorosa, «ni siquiera él caería tan bajo.»

Sick Boy se dobla, permitiendo que la fuerza de voluntad que mantiene unidos su cuerpo mareado y bilioso y su alma se relaje para poder castigarse con el siguiente ataque de náuseas. «Estoy tan chungo...»

«Yo también. Pero ya casi hemos llegado, colega. Sólo tenemos que ponernos las pilas un poco más.»

Se avecina Elm Row, seguida por Montgomery Street. Intentan recomponerse ante el portal. «Cuando hayamos echado al coleto el último Valium», dice Sick Boy con los ojos húmedos, «ya está. Se acabó, Mark. Ya me he metido todo el jaco que pienso meterme en la vida.»

Una convicción tan fuerte y una certidumbre tan absoluta conmueven a Renton. Nota que se le humedecen los ojos mientras la imagen de Keezbo, perdido en tierra de nadie, arde en su cerebro. «Eso es», dice, tocando en el hombro ligeramente a su amigo, «hasta aquí hemos llegado», y ambos miran al cielo, incapaces de entrar en el portal, completamente agotados y espantados ante la idea de tener que subir aquella fría multitud de escaleras para llegar hasta su apartamento en el último piso.

Hasta aquí hemos llegado.

Y con esta certeza, contemplando la munificencia y el resplandor de las estrellas, Renton se siente exaltado, como si le estuvieran recompensando con una especie de infancia eterna; la idea de poder heredar toda la tierra y compartirla con todo espíritu humano. Pronto volverá a ser libre. Recuerda que, al final de su vida, Nietzsche comprendió que no bastaba con dar la espalda al nihilismo; había que convivir con él y, con suerte, salir del otro lado, habiéndolo dejado atrás.

Heroína.

Aquella chica de la casa que allanaron. ¿Cómo supo qué hacer?

Davie.

De no haber estado en aquella casa, viéndoles ocuparse de él, nunca habría establecido la fría conexión: se ha metido mierda, hay que sacársela. ¿Cómo? Agua salada. Aquellas vías neurales habían sido fraguadas en su cerebro por los gritos agudos de su hermano cuando estaba alterado, imprimiéndole los conocimientos de cómo cuidar de alguien en apuros. Una estrella brillante refulge ante él en el cielo, como un guiño de reafirmación. Y no lo puede evitar, no puede resistirse a la idea: *el peque*.

Sick Boy se ve a sí mismo como un prisionero de su boca embustera. Cada día ve ante el espejo unos ojos que se vuelven más fríos y despiadados como consecuencia de los dictados de la droga y la brutal ordinariez del mundo. Pero son las mentiras que se ha contado a sí mismo y a los demás las que le permiten semejante lujo. Ahora siente que se agita en su alma algo conmovedor y esta vez se da cuenta con júbilo de que incluso podría ser una verdad intentando salir a la superficie. La expulsa tosiendo y tembloroso de su garganta. «Una cosa, Mark, sé que pase lo que pase, pese a las idioteces que podamos hacer cualquiera de los dos, tú y yo siempre estaremos unidos y nos apoyaremos», afirma, mientras su pecho sube y baja lentamente. «Superaremos esto juntos», y se acerca a las escaleras, forzando a Renton a seguirle.

«Ya lo sé, colega», dice Renton, casi distraído bajo la luminosidad de las estrellas, hasta que la pesada puerta, que se cierra sola tras ellos, extingue su luz. «Hay mono en el menú y nos lo vamos a comer, eso está claro de cojones. Por mi parte, hasta aquí he llegado», dice sonriendo en la oscuridad, dando patadas a los escalones de piedra bajo sus pies. «He estirado el tema este del jaco todo lo posible. Ha sido una fase chula pero la heroína no puede enseñarnos nada nuevo, aparte de más miseria, y yo de eso ya he tenido más que suficiente.»

«Y que lo digas», coincide Sick Boy. «Los esquiadores más duros.»

Guiados por la débil luz de la bombilla de la escalera, llegan hasta su rellano. En el momento en el que abren la puerta y entran en el frío apartamento, el teléfono estalla en un timbrazo que les sacude los huesos.

Se miran entre sí durante un instante interminable en el que el tiempo se desintegra.

AGRADECIMIENTOS

Gracias a Emer Martin, por leer uno de los primeros borradores de esta novela y dar muchos ánimos y hacer críticas pertinentes.

A Robin Robertson, por no perder la fe en la trayectoria de este libro, más complicada que aquellas a las que ambos nos hemos ido acostumbrando a lo largo de los años.

A Katherine Fry, por su gran sabiduría y su increíble ojo clínico.

A toda la gente de los equipos de publicidad, derechos, ventas y marketing de Random House UK, que me han dado un apoyo fenomenal a lo largo de los años.

A Tam Crawford, por lograr que Ally y yo nos troncháramos de risa en el Cenny con sus relatos sobre pechos y periquitos.

A Kenny McMillan, el «bolsomán» originario.

A John Baird por su ayuda con el dialecto de Aberdeen.

A Trevor Engleson, de Underground Management, y Alex, Elan, Jack y a todo el mundo en CAA por apoyarme en Hollywood, y a Greg y Laura en Independent Talent por representarme en el Reino Unido.

A mis amigos y familiares en las estupendas ciudades de Edimburgo, Londres, Dublín, Chicago, Miami, Sidney y Los Ángeles. Me mantenéis en danza. De verdad es culpa vuestra.

Necesito y quiero darle las gracias a mi amigo el difunto Davie Bryce, del Calton Athletic Recovery Group de Glasgow. Puede que este hombre tan edificante ya no esté entre nosotros, pero a él se debe que tanta gente que de lo contrario no estaría, tenga ahora una vida que vivir.

Pero, ante todo, debo gratitud más allá de las palabras a Beth, por todo su amor.

IRVINE WELSH

Chicago, octubre de 2011

ÍNDICE